名士风流

（全卷本）

[法]西蒙娜·德·波伏瓦 著
许钧 译

Les Mandarins

Simone de Beauvoir

上海译文出版社

献给纳尔逊·阿尔格伦

目　录

第一章

一

亨利朝天空看了最后一眼，天空似一块黑色的水晶石。上千架飞机击破了这份宁静，这实在让人难以想象；然而，断续的话语在他脑海中跳跃，发出欢快的声响：进攻停止了，德军溃败了，我马上就可以外出了。他绕过沿河马路的一角。街头又将弥漫着油的香味和橘花的芬芳；人们又将在阳光灿烂的露天咖啡座上纵情地谈天说地；他也可以在吉他声中喝上一杯真正的咖啡了。他的双眼、双手和肌肤都处在饥饿状态：多么漫长的饥馑岁月啊！他慢慢地登上冰冷的台阶。

“总算熬出头了！”波尔紧紧拥抱着他，仿佛历尽万劫之后重逢。亨利从她的肩头上方，抬眼望着那棵灯光闪烁的枞树，它在屋里数面大镜子互相反照之下，显得到处都是，无边无际。桌子上，摆满了杯碟与酒瓶；几束槲寄生和枸骨叶冬青散乱地扔在一副踏梯下面。他挣脱开身子，把外套往长沙发上一丢。

“你听到广播了吗？有好消息。”

“啊！快对我说说。”她从不听广播，只想从他嘴里得到消息。

“你没有发现今晚的天空这么明亮？听说冯·龙德施泰特[1]的后方出现了上千架飞机。”

“我的上帝！那德国人再也不会打来了。”

“根本就谈不上他们会再打来。”

说实在的，他脑中也掠过了这种念头。

波尔诡秘地一笑：“我做了防备。”

“什么防备？”

“地窖里面有个小贮藏室，我已经让门房把它腾出来了，必要时你可以躲在里面。”

“你不该跟门房讲这种事，这样只会引起恐慌。”

她用左手紧紧地捏住披肩的末端，像是在护着自己的心脏。

“他们会枪杀了你的。”她说，“我每天夜里都能听到他们敲门，当我一睁开眼睛，就看见他们站在我面前。”

她一动不动，半闭着双眼，仿佛真的听到了什么动静。

“以后就不会有了，”亨利乐呵呵地说。

她睁开了眼睛，垂下了双手。

“战争真的结束了?”

“为时不会太长了。”亨利把踏梯搬到横在天花板正中的大梁下面，“要我帮你一把吗?”

“迪布勒伊一家很快就会来帮我的。”

“为什么非要等他们呢?”

他拿起铁锤，波尔把手放在他胳膊上，“你不去工作了吗?”

“今晚不去了。”

“你每天晚上都这么说。一年多了，你一个字也没有写。”

“别担心，我有写作的欲望。”

“这份报纸占用你的时间太多了，瞧你几点钟才回家。我肯定你什么也没吃，你不饿吗?”

“现在不饿。”

“你不累吗?”

“一点儿也不累。”

她的眼睛关切而贪婪地盯着他，在这种目光之下，他感到自己犹如一块易碎而危险的瑰宝——原来这就是令他精疲力竭的原因。他登上踏梯，用手小心翼翼地轻轻敲击着一枚钉子。这座房屋年代已不短了。

“我甚至都可以告诉你，我要写的将是一部欢快的小说。”

---

1 Karl Rudolf Gerd von Rundstedt（1875—1953），第二次世界大战期间德军元帅。

“你说的是什么意思?”波尔的声音有点儿不安。

“就我说的这意思，我想写一部欢快的小说。”

他差点就当场编造起这部小说的内容来，他很喜欢把自己的构思大声地讲出来。可波尔的目光死死地盯着他，那目光如此强烈。他没有吭声。

“把那一大把槲寄生给我拿过来。”

他小心地挂上了布满白色嫩芽的球状绿枝，波尔又给他递了一枚钉子。对，战争结束了，至少对他来说如此。今天晚上，是真正的节日。和平正在开始，一切都在开始。节日、消遣、玩乐、旅游，也许还有幸福，反正自由绝对少不了。他在横梁上系好了槲寄生、枸骨叶冬青和圣诞夜的彩色饰带。

“怎么样?”他边爬下梯子边问。

“好极了。”她走近枞树，把一支蜡烛重又竖直，问道：“如果不再有危险了，你要出发去葡萄牙吗?”

“当然。”

“你一去旅行，肯定又不工作了吧?”

“我想不会。”

她一副畏畏缩缩的样子，抚弄着在枝叶间微微摇晃的一只金色的饰球。他开口说出了她正等待着的话：

“真遗憾，不能带你一起走。”

“我完全清楚这不是你的过错。别伤心，我周游世界的欲望愈来愈小了。这有什么用呢?”她莞尔一笑，继续说着，“我等着你，要是平安无事，等待也并不使人厌烦。”

亨利忍不住想笑。这有什么用呢？问得奇怪！里斯本、波尔图、辛特拉、科英布拉，多么美丽的地名！他甚至无需说出这些地名就可感觉到喜悦的心情油然而生。他只需在心中默默自语：我将再也不呆在这儿，我要远走高飞了。远走高飞，这个词儿比最美的地名还美。

“你不去打扮一下?”他问道。

“我这就去。”

她登上室内的楼梯上楼去了。亨利走到餐桌边，想了想，他确实饿了，可每当他承认肚子发饿想吃东西时，波尔便往往焦虑不安，甚至连面孔都变了形，他拿起一块肉放在一片面包上，咬了一口，他暗下决心，自言自语道："从葡萄牙回来后，我一定到旅馆去住。"夜晚，回到一间无人等待着你的卧室，该是多么惬意啊！甚或在他热恋着波尔的时候，他也一心想独居一间空屋。只是在一九三九年至一九四〇年期间，她每天夜里都像死了一样躺倒在他那具遭受了可怕的摧残的躯体上，既然他已把自己的一切交给她，岂敢拒绝她什么要求？再说，宵禁也给这种结合提供了方便。"你什么时候远走高飞都可以。"她常常这样说，可当时他还不能走。他抓起一瓶酒，用开瓶塞钻钻进软木瓶塞，木塞子吱嘎作响。只要一个月时光，波尔就可能习惯那种没有他在身边的生活，她若不习惯，也活该。法兰西从此不再是一座囚笼，国界即将打开，生活再也不该是一种桎梏。整整四年，自己过着苦行僧般的生活，关心的只是他人。这足够了，也太过分了。眼下该过问一下自己了。正因为如此，他迫切需要独居，需要自由。漫长的四年之后，一个人要重新恢复原来的模样，谈何容易啊。有成堆的东西他必须弄个一清二楚。什么东西？嗳，他目前尚不明白，可抵达那儿之后，当他独自徜徉在油香扑鼻的街巷时，他会尽量设法明确自己的处境。他心头再次激动地一跳：天空又将一片蔚蓝，窗户上又会飘忽着晾晒的衣服。他将作为一个游客，双手插在兜里，行走在人群之中，他们操的不是他的语言，他们的所忧所虑也与他毫不相干。他将纵情地去生活，去感觉生活，这样，也许会使一切变得明朗起来。

"多可爱！你把所有瓶塞都打开了！"波尔步履轻盈地走下楼梯。

"确实，你就爱穿紫罗兰色的衣服！"他微微一笑，说道。

"因为你爱的就是紫罗兰色！"她回答道。十年来，他一直钟爱着紫罗兰色：整整十年，真漫长啊。"你不喜欢这件裙服？"

"噢！漂亮极了。"他慌忙说。"我只是想也许别的颜色配你也很合适，比如绿色。"他顺口说道。

"绿色？你觉得我穿绿色好？"

她站在一面镜子前，显得心慌意乱。一切都已枉然，黄色也好，绿色也好，总之，她十年前的花容月貌，他再也看不到了。想当初，每当她懒洋洋地把戴着紫罗兰色长手套的手臂伸给他时，他总是那么心满意足。他朝她轻轻一笑："来，跳舞吧。"

"好，我们跳吧。"她的声音是那么热烈，亨利不禁一愣。最近这一年里，他俩的共同生活变得黯然失色，连波尔都显得对它感到厌倦，然而，在九月初，她突然变了。如今，在她的每一句话中，在她的亲吻和目光之中，一种激情在微微颤动。他搂起她的腰，她紧紧地贴着他，低声道：

"你记得我们俩第一次跳舞时的情景吗？"

"记得，那是在宝塔舞厅，你说我跳得差劲极了。"

"那天，我让你开了眼界，参观了格雷万[1]博物馆。你当时连格雷万博物馆都不知道，你一无所知。"她以一种同情的口吻说道。她的额头紧贴在亨利脸颊上。"我又看到了我们俩在一起的情景。"

往事也在他的脑海中浮现。他们俩登上了海市蜃楼宫中的一块座石，周围是如林的石柱，他俩置身其间，仿佛得了分身术，变成了无数对伴侣！"对我说，我是世上最美的女人。""你是世上最美的女人。""你一定会是世上最光荣的男子汉。"他朝一面硕大的镜子看去，只见镜中沿着一条枞树形成的小径，他们这紧紧依偎在一起的一对伴侣被映照成数不清的身影，一眼望不见尽头。波尔朝他微笑着，一副心醉神迷的样子。难道她没有意识到如今已经不再是从前的一对儿了？

"有人敲门。"亨利说着，快步朝门口走去。原来是提着篮子和篓子的迪布勒伊一家。安娜抱着一束玫瑰花，迪布勒伊肩上搭着几大串红辣椒，身后跟着的纳迪娜显得闷闷不乐。

"圣诞快乐！"

"圣诞快乐！"

"您知道消息了吗？空军终于出击了。"

"知道了，一千架飞机！"

"他们被一扫而光了。"

"他们完蛋了。"

迪布勒伊把那些红辣椒放在长沙发上："用这玩意儿来装饰装饰你们

---

1 Jacques Grévin（1538—1570），法国医生、剧作家和诗人。

这间乱得像窑子似的小屋子。”

“谢谢。”波尔毫无热情地谢道。迪布勒伊把这套公寓说成窑子，听了好不让她气恼。他常说像窑子，是因为这屋里摆着这么多面镜子和挂着红色窗帘的缘故。迪布勒伊察看了一番屋子，说：“应该把红辣椒挂到中梁上去，这要比槲寄生美。”

“我喜欢槲寄生。”波尔斩钉截铁地说。

“槲寄生，是傻玩意儿，毫无特色，过时了。再说，它是寄生玩意儿。”

“把红辣椒挂到楼梯的扶手上吧。”安娜建议道。

“挂在这里，要漂亮多了。”迪布勒伊说。

“我坚持挂我的槲寄生和枸骨叶冬青。”波尔毫不相让。

“行，行，这是在您的家里。”迪布勒伊说道，然后朝纳迪娜示意：“过来帮我一把。”

安娜取出了熟肉酱、黄油、奶酪和糕点。“这是用来调制潘趣酒的。”她边说边把两瓶朗姆酒往桌上放。接着，她把一包东西塞到波尔的手中：“喏，这是给你的礼物。这个是给您的。”她说着递给亨利一只陶瓷烟斗，上面一只鸟爪正死抓着一只小蛋，与路易十五年前用的烟斗一模一样。

“真棒极了！十五年来，我一直渴望有这么一只烟斗。您是怎么猜透我的心思的？”

“因为您跟我说过！”

“一公斤茶！你真救了我的命。”波尔惊叹道，“多香啊！真正的好茶！”

亨利动手切起面包片来，安娜往上抹黄油，波尔则一面往面包片上涂肉酱，一面忐忑不安地察看着迪布勒伊用锤子猛击铁钉。

“您知道缺点儿什么吗？”他朝波尔大声说道，“缺一盏大水晶玻璃吊灯。我一定给您搞一盏来。”

“可我不需要！”

迪布勒伊把一串串红辣椒挂好，然后走下楼梯。

“不错！”他一边说一边用挑剔的目光检查着自己的杰作。他走近餐桌，打开一袋香料。多少年来，只要一有机会，他就调制潘趣酒，这配方是他在海地搜集来的。纳迪娜倚着楼梯扶手，嘴里咀嚼着一个红辣椒。她芳龄十八，尽管常在法国人和美国人的床上乱睡，但看上去仍然像情窦初开的少女。

“别把装饰品给吃了。”迪布勒伊朝她喊叫道。他把一瓶朗姆酒倒进色拉盒内，转身对亨利说：“我前天遇到了萨玛泽尔，我很高兴，因为他似乎已经打定主意跟我们走。您明天晚上有空吗?”

“十一点之前，我无法离开报社。”亨利回答道。

“那就十一点来一趟吧。”迪布勒伊说，“我们要讨论一下怎么行动，我很希望您能在场。”

亨利淡淡一笑：“我这就不明白为什么了。”

“我跟他说过您跟我一起工作，您在场分量会更重。”

“我并不认为像萨玛泽尔那样的家伙对此会很重视。”亨利仍然微笑道，“他肯定十分清楚我不是一个搞政治的人。”

“可他跟我想法一致，决不能放弃政治而让政客去搞。”迪布勒伊说，“您来吧，哪怕只稍待片刻也行。萨玛泽尔手下有一批人，值得重视，都是些年轻小伙子，我们用得着。”

“听着，您不要再喋喋不休地谈论政治!”波尔声音不快地说，“今天晚上是节日。”

“那又怎么样?”迪布勒伊反问道，“难道在节日里就禁止谈论令人关心的事情?”

“可您为什么坚持要把亨利往这桩麻烦事里拖!”波尔不甘示弱，“他已经够劳累的了，他已经跟您说过几十遍了，政治让他烦透了。”

“我知道，您把我看作一个不正经的人，总是想方设法把他的小伙计们往歪道上引。”迪布勒伊微笑道，“可政治不是堕落，我的美人，也不是社会游戏。要是三年后爆发新的战争，第一个抱怨的也许就是您。”

“这是危言耸听!”波尔道，“等这场战争彻底结束后，没有人想再打一次新的战争了。”

“人们想还是不想，您觉得这起得了什么作用!”迪布勒伊说。

波尔正要回击，可亨利抢过了话头。“真的，”他并无恶意地说，“我没有时间。”

“时间永远都有。”迪布勒伊说。

“对您来说是这样。”亨利微笑着说，“可我呀，是一个凡夫俗子。要我整整一个月，天天连续工作二十小时，也不睡觉，我做不到。”

“我也同样办不到。”迪布勒伊说，“我再也不是二十岁的年轻小伙子了。不过，不会要求您干那么多事的。”他神色不安地尝了尝潘趣酒，又这样补充了一句。

亨利开心地瞅了他一眼。不论是二十岁还是八十岁，迪布勒伊总是一双贪噬一切的大眼睛，满目喜悦，永远显得那么年轻。这真是个狂热的家伙！相比之下，亨利常觉得自己不专一、懒惰、不坚定，即使逼着自己也无济于事。二十岁时，他是多么崇拜迪布勒伊，以至觉得自己应该处处效法于他。结果呢？他还是永远睡不够，大量服麻醉剂，陷入愚蠢的泥潭而难以自拔。他不得不痛下决心：放弃娱乐。于是他渐渐失去了生活的情趣，同时，也丧失了写作的乐趣，慢慢变成了一部机器。整整四年里，他完全是一部机器。现在，他首先要使自己重新成为一个人。

“我毫无经验，真不明白这对您会有什么用场。”他说。

“没有经验，这自有它好的一面。”迪布勒伊开腔道。接着，他淡然一笑：“再说，就目前而言，您的大名对许多人来说颇有影响。”他笑得更带劲了，“在战前，萨玛泽尔在大大小小的各个派别中都混过，可我并不是因为这一点才需要他，而是因为他是一个游击英雄，他的名字有影响。”

亨利开口笑了起来，在他看来，只有当迪布勒伊想表现得恬不知耻之时，才显得最为幼稚天真。波尔谴责他危言耸听，这自有道理，倘若他真的相信第三次世界大战迫在眉睫，那他绝不会如此开心。事实是他看到出现了行动的可能性，迫不及待地要适时利用。亨利并不感到那么兴奋。显然，自一九三九年以来，他变了，从前，他是左派，这是因为资产阶级使他厌恶，社会不公平令他憎恨，也因为他把世上所有的人都看作兄弟。可这种美好的高尚情感并没有使他投入任何行动。如今，他知道自己若真的想要与自己的阶级决裂，他自己必须付出代价。马勒菲拉特尔、布古安和皮卡尔在小树林边丢了命，可他将永远怀念他们，仿佛他们还活在人间：他和他们围坐在一起，面前的桌上放着一盆红酒玉葱烧野兔，他们饮着白葡萄酒，谈论着前途，尽管并不十分相信会有什么前途。这四个当兵的，等战争一结束，他们各自又将重新成为一个资产者、一个农民、两个钢铁工人。此时此刻，亨利明白了，在其他三人和他的眼里，自己可能会像一个或多或少有点耻辱，但心甘情愿的特权者，再也不会是他们中间的人了。若要继续做他们的伙伴，唯有一条路可走：一如既往，与他们继续共事。一九四一年，当他与科隆布树林小组一起共事时，体会更为深刻了。开始时，事情并不顺利，弗拉基一口一个："你明白吧，我是个做工的，我说的是做工的人的理。"亨利恼火极了。然而，多亏了他，亨利领悟到了从前根本不知晓的一些事理，从此感觉到了这种威胁：仇恨。可他消除了这种仇恨，在共同的行动中，他们最终把他看作了自己的战友。可是，一旦哪一天他又重新成为一个冷漠无情的资产者，这种仇恨必将重现，那是理所当然的事。除非他做出相反的表示，不然，他肯定是亿万人民的敌人，是人类的仇敌。他绝对不希望这种下场，他要不惜付出任何代价，有所表现。不幸的是，行动已经改变了形式。抵抗斗争是一码事，政治又是另一码事。政治，这远远不能激起亨利的热情。他完全清楚类似迪布勒伊打算从事的运动意味着什么：委员会、讲演会、代表大会，人们讲呀，讲呀；势必要玩弄数不完的手腕，要没完没了地妥协，没完没了地接受站不住脚的折衷方案。时间被白白浪费，一让再让，气得让人发狂，还有那令人满怀忧郁的厌烦，再也没有比这更让人嫌恶的了。主办一份报纸，这是他心爱的工作，当然，两者并不相互排斥，甚或能互为补充。断不能把《希望报》作为遁词。不能，亨利自感没有权利回避，他只是设法把代价控制到一定限度。

"用我的名字，让我出席几次会议，这些，我无法拒绝您。"他说，"可不要对我有更多的要求。"

"我当然对您要有更多的要求。"迪布勒伊说。

"不管怎么说，眼下不行。从现在起到我出发这段时间，我有做不完的事。"

迪布勒伊直瞪着亨利的双眼："还始终坚持那个旅行计划？"

"决不放弃。最迟三周后，我就要启程。"

迪布勒伊声音中带有愠怨："这是开玩笑吧！"

"啊！我这下放心了！"安娜一副嘲讽的神气望着他说，"若您想去漫游一番，那您就去好了，您可以解释说这是唯一可做的明智的事情。"

"可我不想，这是我高人一筹之所在。"迪布勒伊说。

"我应该说，旅行对我来说就像是个神话。"波尔说道，继而向安娜莞尔一笑，"坐了十五个小时的火车后，你给我送上一朵玫瑰花，这所给予我的远胜过阿尔罕布拉宫[1]的花园。"

"啊！旅游，当然会使人兴趣盎然。"迪布勒伊道，"可眼下，留在这里更令人热情洋溢。"

"可是我呀，我是多么渴望到别处看看，需要时，不惜徒步远行，哪怕鞋子里满是硬硬的干豌豆，再磨脚也能忍耐。"

"那《希望报》呢？您整整一个月扔下不管？"

"我不在，吕克照样会办得很出色。"亨利回答说。

他诧异地望着他们仨。"他们根本体谅不到！"总是这同样几副面孔，永远是一式的装饰，谈论的始终是老话题，遇到的总是一样的问题，愈变愈是千篇一律：到头来，大家都感到像一个死去的活人。友谊，巨大的历史激情，对这一切，他已经付出了自己的代价，品尝到了其中的滋味。可如今，他需要别的东西，这种需要如此强烈，哪怕试图做一解释，也会显得可笑。

"圣诞快乐！"

门开了，樊尚、朗贝尔、塞泽纳克、尚塞尔，整个办报的班子全来了。他们带了酒和唱片，一个个面颊冻得通红，扯着嗓子齐声高唱着《八月时光》那首老调子：

他们在何方，我们再也不能相见，

---

1 Alhambra，位于西班牙格拉纳达的摩尔王朝宫邸。

结束了，结束了，一切都烟消云散。

亨利快乐地朝他们微笑。他感到与他们一样年轻，同时觉得或多或少是自己塑造了他们。他张口与他们一起高唱起来。突然，电灯灭了，潘趣酒闪闪发光，圣诞装饰物噼啪作响。朗贝尔和樊尚往亨利身上撒光闪闪的礼花星子，波尔点燃了枞树上的儿童蜡烛。

“圣诞快乐!”

他们成双成对、成群结伙地赶来，细听着迪詹戈·莱因哈特弹奏的吉他，他们跳啊、喝呀，纵声欢笑。亨利搂着安娜的腰肢，她声音激动地说：“差不多像在登陆的前夕，在同一个地点，来的也是这些人!”

“是的，可现在，登陆已经盼来了。”

“对我们来说，已经盼来了。”她说。

他知道她心里惦念着什么，此时此刻，比利时的村庄正在燃烧，滚滚热浪拍击着荷兰的乡野。然而在这里，却是一个节日的夜晚，第一个平安无事的圣诞节。有时候，必须庆贺一下，热闹一番，不然，打了胜仗又有何用？这是在过节，他又闻到了这熟悉的白酒、烟草和米粉的香味，闻到了长欢之夜的气息。千百道五彩缤纷的水柱在他脑海中喷射。战前曾度过多少个这样的夜晚：在蒙帕纳斯咖啡馆，大家开怀地喝着牛奶咖啡；在弥漫着油墨味的工作间，大家尽情地交谈；在小巧玲珑的舞厅里，他怀里搂着波尔这一世间最美的女子。在那嘈杂的金属机械声四起的拂晓时分，总是有一个温柔得令人发狂的声音对他喁喁私语，说他正在写作的一定是部好书，世上再也没有比这更为重要的了。

“您知道，”他说，“我已决定写一部欢快的小说。”

“您?”安娜一副逗乐的神情，瞅了他一眼，“什么时候动笔?”

“明天。”

真的，他突然迫不及待地要重新成为过去的他，成为一个他一直希望做的人：作家。他也重新体会到了这一躁动不安的欢乐：我要动笔写一部新的作品。他要畅叙正在复现的一切：黎明、长欢之夜、旅游和欢乐。

“您今晚看来心绪挺好。”安娜说。

“是的，我感觉到就要走出一条漫长的隧道。您没有这种感觉?”

她犹豫了一下：“我不清楚，不过，这条隧道中总也有过美好的时光吧?”

“那当然。”

他朝安娜微微一笑。她模样俊俏，今晚身着朴素的衣裳，在他看来反倒显得热情浪漫。若她不是自己的老朋友，不是迪布勒伊的妻子，他准十分乐意向她献几分殷勤。他一连请她跳了几曲，接着又邀克洛蒂·德·贝尔琼斯起舞。这位女子袒胸露肩，挂满了祖传首饰，专来与这帮出类拔萃的知识分子凑凑热闹。他接着又邀请了雅内特·康热和吕茜·勒诺瓦。所有这些女子，他对她们是太熟悉了，可还会有别的节日、别的女人。亨利朝普莱斯顿一笑，此时，普莱斯顿正微微摇摆着身子，穿过房间向前走来。这是亨利在八月份遇到的第一位熟悉的美国人，两人马上投入对方的怀抱之中。

“我坚持要来和你们共庆圣诞节。”普莱斯顿说。

“让我们共庆佳节吧!”亨利说道。

他们喝了酒，普莱斯顿颇带感情地讲起了纽约之夜。他已有几分醉意，倚着亨利的肩膀。“您应该来纽约。”他以急不可待的口气重复道，“我保证您会获得巨大成功。”

“当然，我一定去纽约。”亨利说道。

“到了纽约，租一架小型飞机，那是观赏当地风光的最好办法。”普莱斯顿说。

“我不会驾驶。”

“噢！那比开汽车还容易。”

“我一定学一学驾驶飞机。”亨利道。

对，葡萄牙之行只是个开端，还有美国、墨西哥、巴西，也许还要去苏联、中国，都要去走一走。亨利将重新开着小车，并将驾驶着飞机。灰蓝色的天空充满沉甸甸的希望，前程在无限地扩展。

突然，出现了一片寂静。亨利惊异地发现波尔坐到了钢琴前。她开始歌唱起来。她已经很久很久没有唱了。亨利极力以公正不倚的耳朵去倾听她的歌声，他过去怎么也无法对这一歌喉的价值做出正确的评价。当然，这不是一副无足轻重的嗓子，有时人们仿佛听到了铜钟大吕般浑厚而圆润的声音在回荡。他再次思忖："她为何半途而废？"当时，他曾把波尔的自我牺牲看作爱情的一种震撼人心的表示。后来，波尔放弃了一切尝试成功的机会，他对此感到奇怪，琢磨着波尔是否以他们的爱情为借口而逃避考验。

掌声大起，他也跟着别人鼓掌，安娜低声赞叹道："她的歌喉永远是这么漂亮。要是她重返歌坛，我肯定她会走红。"

"您真这么认为？为时已晚，不是吗？"亨利道。

"为什么？只要重新学唱几课……"安娜神色中带着几分犹豫，看了看亨利，继续说，"我觉得这对她有益。您应该鼓励她。"

"也许。"他说了一声。

他细细打量着波尔，她正笑靥动人地听着克洛蒂·德·贝尔琼斯热情洋溢的赞美之辞。这显然会改变她的生活，无所事事对她来说毫无好处。"而对我，这可以使事情大大简单化！"他暗自思忖。说到底，这有什么不行？今晚，一切看来都有可能实现。波尔将闻名遐迩，对自己的事业充满热情，这样，他便可以自由自在周游四海，在此处和彼处过着时间虽短暂却欢乐的风流生活。为什么不行？他露出微笑，走近纳迪娜，她一直站在炉旁，神色阴郁地嚼着口香糖。

"您为什么不跳舞？"

她一耸肩膀："跟谁跳？"

"您若愿意，跟我。"

她并不漂亮，与她父亲长得太相像了，花蕾般少女的体态，却配了张郁郁寡欢的面孔，看了真不顺眼。她碧蓝的双眼，酷似安娜，可却那么冷漠，以致显得毫无光彩又天真稚气。不过，那条羊毛裙遮盖下的身段却比亨利想象的要更婀娜多姿，那乳房也更为丰满。

"咱俩是第一次跳舞。"他说。

"是的。"她接着又说了一句："您跳得真好。"

"您吃惊吗？"

“我明白，这帮毛头小伙子谁也不会跳舞。”

“他们没有什么机会学。”

“我知道。”她说，“我们什么机会都未曾有过。”

他对她笑了笑。一位妙龄女郎，即使丑陋，终归是位女郎。他爱她身上科隆香水淡雅的馨香和新洗涤的内衣散发出的幽幽的清香。她跳得不好，可这无关紧要，这里有洋溢着青春气息的欢声笑语，有小号的高昂吹奏声，有潘趣酒的醇厚芳香，还有回映在一面面镜子里的那些枞树闪烁着的点点光亮，窗帘后面，是纯净的黑色夜空。迪布勒伊正在表演一个小魔术节目：他把一份报纸剪成碎片，可一转手重又完整无缺；朗贝尔和樊尚在用空瓶决斗；安娜和拉舒姆在唱一部伟大的歌剧的唱段。火车、飞机、轮船在围着地球转动，人们可以随意登上一游。

“您跳得不错。”他彬彬有礼地说。

“我跳得简直像头小牛犊，糟糕透了。可我不在乎，我不爱跳舞。”她带着几分疑虑察看了一下亨利的脸色，继续说，“一帮迷上爵士音乐的小疯子，乌七八糟的爵士音乐和烟味、汗味臭不可闻的地下室，这一切，您感兴趣？您？”

“有时就感兴趣。”他问道，“您对什么感兴趣？”

“对什么都没兴趣。”

她回答的声音如此粗暴，亨利不禁好奇地打量了她一番。他暗自揣摩，到底是因生活的失意还是恣意放纵自己才使她被推进了那么多人的怀抱？可能是心绪不宁的原因吧，她脸孔冷酷的线条反倒变得柔和起来了。他心中暗想：若是迪布勒伊的脑袋躺在枕头上，该是个什么模样？

“我一想到您要去葡萄牙，就觉得您出奇地走运。”她忌恨地说。

“不久，旅行一定会很容易的。”他说。

“不久！您是想说一年后或两年后吗？您是怎么混到机会的？”

“是法国宣传机构要我做几场报告。”

“显然，谁也不会请我做报告。”她低声咕噜道，“您要报告很多场吗？”

“五六场。”

“这样您就可以整整游逛一个月了。”

“无论如何得让老家伙们有点补偿吧。”他快活地说。

“可年轻人有什么补偿?”纳迪娜问道。她大声叹了一口气，又说道:“最起码出点新鲜事也好呀。”

“什么事?”

“自从处于所谓的革命时期以来，什么也没有变化……”

“八月份，总归有了点变化吧。”亨利说。

“八月份，人人都说一切都要大变，可跟以前几乎没有两样：吃得最少干活最多的还照旧是这些人，可大家仍然觉得这样很好。”

“这里谁也不觉得这样很好。”亨利说。

“可大家都凑合。”纳迪娜气呼呼地说，“无奈，只得浪费光阴去干活，这就已经够让人恶心的了；要是做了活连肚子都填不饱，我呀，宁愿去当强盗。”

“我完全赞同，我们意见完全一致。”亨利说，“可再等等吧，您太急于求成了。”

纳迪娜打断了他的话：“瞧您说的，就像是我家里人，唠唠叨叨地跟我解释来解释去，说什么应该等一等。可我根本不信。”她耸了耸肩膀，“说实在的，谁也不做任何努力。”

“您呢?”亨利笑眯眯地问道，“您是否做了点努力?”

“我？我还不到做努力的年龄。”纳迪娜回答道，“我算什么!”

亨利哈哈地朗声大笑。

“别伤心。您会长大的，年龄嘛，长得快着呢!”

“快？长一岁要过三百六十五天!”纳迪娜说。她耷拉下脑袋，一时默默无声地在心头琢磨。蓦然，她抬起双眼：“带我走吧!”

“去哪儿?”亨利问。

“去葡萄牙。”

他淡然一笑：“我看这不太可能。”

“只要有点儿可能就可争取。”他没有回答，纳迪娜紧紧追问：“为什么不可能?”

“首先，上面不会同意让我们两个人走。”

“算了吧！您谁不认识。就说我是您的秘书。”纳迪娜的嘴巴在笑，可目光热切而严肃。他一本正经地说：

“倘若我要带什么人的话，那是波尔。”

“她不喜欢旅行。”

“可她乐意陪伴我。”

“整整十年，你们朝夕相处，她还没见够？多一个月少一个月，这对她又有何妨？”

亨利重又露出笑容：“我回来时一定给您带橘子。”

纳迪娜的面孔沉了下来。亨利的眼前出现了一副迪布勒伊吓人的面孔。“您知道，我再也不是八岁的小丫头了。”

“我知道。”

“不，在您眼里，我永远是个用脚往壁炉里乱踢的脏丫头。”

“才不是呢，证据是我请您跳了舞。”

“噢！这是一次家庭聚会。可您不会邀我陪您一起外出。”

他颇有好感地细细打量了她一番。至少有了这么一位姑娘希望能换换空气。她希冀许多东西，新鲜的东西。可怜的丫头！她确实未有过任何机遇。骑自行车去法兰西岛，这差不多就是她做过的全部旅行了。清苦的少年时代，再说，那位小伙子死了。她好似很快得到了安慰，可不管怎么说，那总还是个可怕的记忆呀。

“那您错了。”他说，“我请您。”

“当真？”纳迪娜的双眸闪闪发亮。她一旦脸上露出兴奋的神色，看上去就可爱多了。

“周六晚上，我不去报社，咱俩八点整在红酒吧见。”

“到时做什么呀？”

“由您定。”

“我没主意。”

“到时我会有主意的。来，喝一杯。”

“我不喝酒，我再吃一个三明治还行。”

他俩走到了食品橱前。勒诺瓦和朱利安正唇枪舌剑，争辩不休：这是家常便饭了。他俩都斥责对方以不光彩的方式背叛了年轻时代的良知。昔日，他们觉得超现实主义过于拘谨，还不够怪诞，合力组建了“超人”运动。勒诺瓦后来成了梵文教授，作些神秘费解的诗作；朱利安则当了图书馆馆员，放弃了写作，也许他是少年得志，恐惧中年平庸、江郎才尽吧。

“你对此持何看法？”勒诺瓦问，“必须采取措施，反击附敌作家，对不对？”

“今天晚上，我不想费神思索。”亨利乐呵呵地回答道。

“阻止他们发表作品，此乃错误之策。”朱利安道，“当您全力撰写檄文之时，他们时间充裕，准会写出好书来。”

一只大手猛地搭在亨利的肩头：原来是斯克利亚西纳。

“瞧我拿什么来了：美国威士忌，我好不容易搞到两瓶。巴黎第一个圣诞节前夜，这是开怀畅饮的好时机。”

“棒极了！”亨利道。他斟了一杯威士忌，递给了纳迪娜。

“我不喝酒。”她一副被冒犯的神态说道。

她扭过脚跟，亨利把酒杯送到自己的唇边。他已经把这酒的味道忘得一干二净。说真的，从前，他更喜欢喝的是苏格兰威士忌。不过，既然他把苏格兰威士忌的滋味也忘得一干二净，两者就没有什么差别了。

“谁想喝一杯正牌的美国威士忌？”

吕克拖着两只患痛风的大脚走了过来，身后跟着朗贝尔和樊尚。他们各自满满斟了一杯。

“我更喜欢优质白兰地。”樊尚说。

“这酒不差。”朗贝尔说道，可自己并没有把握。他用探询的目光望着斯克利亚西纳：“在美国，他们真的每天都喝上十二杯吗？”

“他们，他们指谁？”斯克利亚西纳反问道，“美国人有一亿五千万，他们并不都像海明威笔下的主人公。”他的声音很不中听，对比他年轻的人，他往往不怎么客气。他故意猛地朝亨利转过身子：

“我刚才与迪布勒伊严肃地谈了谈，我心里很不安。”

他显得忧心忡忡，平时他就是这么一副神情，仿佛他在场也好，不在场也罢，不论发生什么事都与他个人休戚相关。亨利毫无心思分担其忧虑，只是嘴上问道："到底为了什么?"

"他目前正在组建的运动，我认为其主要目的好像在争取共产党手下的无产阶级。可这和迪布勒伊原先的打算似乎根本不是一回事。"斯克利亚西纳声音阴郁不快地说。

"对，完全不是。"亨利道。

他心中痛苦地思索："一旦我被迪布勒伊卷进去，每天不得不忍受的就是这类无休无止的争论。"他再次感到自己浑身上下被远走高飞的强烈欲望所吞没。

斯克利亚西纳定睛看了他一眼："你与他走一条道?"

"十分谨慎地小步走。"亨利回答道，"搞政治，并非我所长。"

"你十有八九没有看透迪布勒伊正在打什么主意。"斯克利亚西纳说。他用责备的目光盯着亨利，"他正在组织一个所谓独立的左派，可实际上同意与共产党人统一行动。"

"对，我知道。"亨利说，"那又怎么了?"

"怎么了，他是在打他们的牌。被共产主义吓坏的人为数很多，他要使这些人与共产党人重新接近。"

"不要对我说你反对统一行动。"亨利说，"若左派开始闹分裂，岂不好看!"

"受共产党人奴役的左派！这是一剂迷魂药。"斯克利亚西纳说，"如果您已决定与他们一块走，那就加入共产党好了，这样做更干脆。"

"做不到，对许多问题，我们看法都不一致。"亨利说。

斯克利亚西纳耸了耸肩："那么，从现在起，要不了三个月，斯大林派准会谴责您是社会叛徒。"

"到时再瞧。"亨利道。

他没有丝毫的兴致继续争论下去，可斯克利亚西纳死盯着他的眼睛："别人对我说《希望报》在工人阶级中读者很多。真的吗?"

"不错。"

"如此说来，你手中掌握着唯一的一份非共产党人的，却能打入无产阶级的报纸！你意识到担当的责任重大吗？”

“我意识到了。”

“如果你让《希望报》为迪布勒伊效劳，那你就是一个令人作呕的勾当的同谋。”斯克利亚西纳道，“虽然迪布勒伊是你的好友，”他又附加了一句，“可必须反对他。”

“听着，至于报纸，它任何时候都决不会为任何人效劳，既不为迪布勒伊，也不为你。”亨利说。

“总有一天，《希望报》必须要确立其政治纲领。”斯克利亚西纳说道。

“不。我决不要先验的纲领。”亨利回击道，“我坚持只谈我所想的，谈我是怎么想的，决不随便被人所左右。”

“这站不住脚。”斯克利亚西纳说。

突然，响起吕克平静的声音：“我们坚决不要政治纲领，因为我们要顾全抵抗运动的统一。”

亨利自斟了一杯美国威士忌。“所有这一切全是他妈的混账玩意儿！”他低声骂了一句。吕克嘴边总是挂着这些字眼：抵抗运动精神，抵抗运动统一。至于斯克利亚西纳，一旦有人跟他谈起苏联，他就脸红脖子粗。这些人最好还是到他们的角落里去说胡话吧。亨利一饮而尽。他用不着别人给他出主意，对报纸该怎么办，他自有主张。当然，《希望报》也许免不了要表明政治立场，可必须要完全独立。亨利保留了这份报纸，并非要把它办成像战前那些报刊一样的货色。当时，形形色色的报刊竟明目张胆地蒙骗公众，其后果已经看到：由于每天看不到值得信赖的权威性文字，大众晕头转向，不知所措。如今，派别之间的论战已经结束，大家对基本点的看法差不多趋于一致，必须趁此良机培育读者，而不应把东西往他们脑子里硬灌。亦即不要把观点强加给他们，而应该培养他们学会自己做出判断。这并非易事，读者往往要求现成的答案。切勿给他们造成无知、不可靠和自相矛盾的感觉。而难就难在这里：要无愧于他们的信任，而不是骗取他们的信任。办报有方的证据便是几乎到处都有人购买《希望报》。“如果自己也跟共产党人一样教条，何必又斥责他们搞宗派主义呢？”亨利暗自思忖。他打断了斯克利亚西纳的话：

“你不觉得可以把这次争论推到另一天吗？”

“行。我们约个时间。”斯克利亚西纳说，边从口袋里掏出了记事本。“我认为我们进行立场观点的交锋，已经刻不容缓。”

“等我旅行回来再说吧。”亨利说。

“你要去旅行？是出差搜集情况？”

“不，是去消遣消遣。”

“眼下？”

“当然是的。”亨利回答道。

“这不是开小差吧？”斯克利亚西纳说。

“开小差？”亨利乐呵呵地说，“我不是当兵的。”他一抬下巴，指了指克洛蒂·德·贝尔琼斯：“您应该邀克洛蒂跳舞，就是那位挂满了首饰、十分裸露的太太。她是名副其实的上流社会的贵夫人，对你十分仰慕。”

“上流社会女子，这可是我的癖好之一。”斯克利亚西纳笑嘻嘻地说。他摇了摇脑袋：“我承认我自己也弄不明白为什么。”

他前去邀请克洛蒂。纳迪娜在与拉舒姆跳舞，迪布勒伊与波尔围着圣诞树在旋转。波尔并不喜欢迪布勒伊，可迪布勒伊常常能想方设法逗得她发出笑声。

“你可是把斯克利亚西纳搞得气愤极了！”樊尚快活地说。

“我要出外旅行，他们都气极了。”亨利说，“首先是迪布勒伊。”

“这些人真是莫名其妙！”朗贝尔说道，“你比他们干得都多，不是吗？因此，你有充分的理由出去休息一下。”

“确实，”亨利心里想，“我跟年轻人最合得来。”纳迪娜羡慕他，樊尚和朗贝尔理解他，他们和他一样，刚有可能，便抓紧机会要去看看外面发生的一切，马上报名当了战地通讯员。亨利在他们身边呆了许久，不厌其烦地谈论起过去那非凡的日子。想当初他们占了报社的办公室，在德国人的鼻子底下卖《希望报》，而亨利则在撰写社论时抽屉里放把手枪。今天晚上，他觉得这些往事增添了崭新的魅力，因为他在十分遥远的地方清楚地听到了这些往事：他躺在松软的细沙上，大海是碧蓝碧蓝的，他懒洋洋地回忆着逝去的时光，回忆着这远方的朋友，并为自己独自躺在那里自由自在而心旷神怡。他心里乐滋滋的。

忽然，他发现自己仍呆在这间红色的公寓里，时间已凌晨四点。许多人已经离去，大家都要走了，他将又独自和波尔呆在一起，将不得不与她说话，向她表示爱抚。

“亲爱的，你的晚会简直是部杰作。”克洛蒂拥吻着波尔说，“你有一副奇妙的歌喉。若你愿意，准会成为战后的一个大歌星。”

“我可没有这么大的奢望。”波尔开心地说。

是的，她没有这种雄心壮志。亨利最清楚她心中的愿望：成为世界上最光荣的男子汉怀中最美的女人。要促动她改变幻想，可不是轻而易举的事情。最后几位宾客离去了，公寓突然间空空荡荡。楼梯上传来咚咚的声响，那脚步声继而节奏分明地击打着街巷的沉寂，波尔动手收拾起丢在椅子下的空杯子。

“克洛蒂言之有理。”亨利说，“你的嗓音永远是那样美妙。我已经许久没有听到你的歌声了！你为何不再歌唱？”

波尔的脸上露出了喜色：“你喜欢我的歌喉？你愿意我经常为你歌唱？”

“当然。”他笑眯眯地说，“你不知道安娜跟我说了点什么，她说你应该重返歌坛。”

波尔神色不悦地瞪了他一眼：“啊！不！别跟我提这事。这事早就了结了。”

“为什么？”亨利问，“他们那么热烈地鼓掌，你已亲眼看到了吧？他们大家都被感动了。眼下，许多夜总会都在开业，人们渴望新的歌星……”

波尔打断了他的话：“不，我求求你，别强求了。让我公开登场，我厌恶，别强求了。”她用苦苦哀求的声音重复说道。

亨利困惑不解地打量了她一番。“厌恶？”他用犹豫不决的口吻说道，“我这就不明白了，过去你对唱歌并不厌恶，你如今也没有变老。你知道，你呀，甚至更美了。”

“那是我生命中的另一段时光，”波尔道，“一段永远埋葬了的时光。

我从今之后，只为你歌唱，而决不为他人歌唱。”她话中含着如此强烈的情感。亨利不再做声，可他在心底里暗暗发誓，一定要再次发动进攻。出现了一阵沉默，波尔开口问道：“我们上楼吧？”

“上楼。”

波尔坐在床上，她摘下耳环，轻轻取下戒指。“你知道，”她声音平静地说，“要是我刚才对你要外出旅行有所指责的话，请你原谅。”

“想到哪儿去了！你完全有权利不爱旅行，并说出来。”亨利说。一想到晚上整个聚会期间，她心头一直为此事而深深内疚，亨利不禁感到局促不安。

“我完全理解你渴望出去走走。”波尔说道，“我甚至也十分明白你想不带着我，独自外出。”

“并不是我要想。”

她手一挥，打断了亨利的话：“你用不着客气。”她把双手平放在膝盖上，两眼直直的，上身笔挺，俨然一位阿波罗神殿里正在静思的女祭司。“我从来未曾想到要把你困在我们爱的牢笼之中。假若你不希望新的天地，不补充新的营养，那你就不成其为你自己了。”她朝前俯下身子，目光一动不动地望着他，“只要我不是你的累赘，也就心满意足了。”

亨利没有答腔。他既不想使她陷入绝望境地，也不愿给她任何鼓励。“要是我心头能对她产生几分怨恨也行啊！”他暗自在想。可是，他激不起丝毫怨气。

波尔站起身子，嫣然一笑，她的脸上重又显出了人情味，她双手搭在亨利的肩头，用自己的脸庞贴紧他的面颊说道：“你离开我能行吗？”

“你完全清楚，不行。”

“对，我清楚。”她快活地说，“就是你说行，我也不相信。”

她朝浴室走去。必须不时跟她说一句话，给她一个笑脸，断不能不这么做。她把这笑脸和话语当作圣物珍藏在心底，当她的信念发生动摇时，她每每从中索取奇迹。“可不管怎么样，她内心知道我再也不爱她了。”亨利自言自语。他这样讲，也是为了使自己深信不疑。他开始脱下衣服，套上睡衣。她自己虽然也知道，可要是她不答应，事情不会有任何进展。耳边传来了丝绸的窸窣声，继而又响起汩汩水声和水溅玻璃声。往昔，这响声往往使他激动得透不过气来。他不快地对自己说道：“不，今晚不行。”波尔出现在门口，一头细密的秀发披在肩头，神情严肃，赤身裸体。她风韵几乎不减当年，只是对亨利来说，这花容月貌已经毫无意义。她钻入被窝，默不作声地紧贴着他，他找不到任何借口拒绝她。这时，她已经心荡神驰地喘着粗气，贴得他更紧了。亨利动手抚摸她的臂膀，抚摸她的腹部，他感觉到自己的血液乖顺地向下流去。这当然更好，额头上一个热吻，绝不会就使波尔满足的。要向她解释清楚还不如干脆满足她的欲望省时间。亨利吻着那张灼热的嘴巴，它还是老一套，像平素一样在他的嘴下自动张开。可过了片刻，波尔离开了他的双唇，于是亨利怪不舒服地听到了她老调重弹，低声诉说起他早已不向她表白的那些话：“我永远是你的一串漂亮的紫藤花，对吗？”

“永远是。”

“那你爱我吗？”她把手放在他那强壮的身体上面问道，“你真的永远爱我吗？”

他感到没有勇气挑起悲剧。他已经习惯于招认一切，而这一点，波尔十分清楚。“真的。”

“你属于我吗？”

“我属于你。”

“对我说你爱我，说呀。”

“我爱你。”

她轻信地长喘了一口气。亨利猛地抱住了她，嘴巴紧压她的双唇。他迫不及待地进入了她的身体，为的是尽快完事。在她的体内，他犹如置身于这间红得过分的公寓，赤身通红。波尔开始呻吟起来，像往日一样，低声喊叫着。可是在过去，亨利的爱是她的保护神，她的喊叫、呻吟、欢笑和吻咬是神圣的祭品。可今天，他睡在一个误入歧途的女人身上，这女人说着淫秽的语言，那爪子抓得让人难受。他厌恶她，也厌恶自己。她仰着脑袋，紧闭着眼睛，裸露着牙齿，奉献得如此彻底，痴迷得如此可怕。亨利恨不得打她几记耳光，让她清醒过来，对她说：“是你，是我，我们在做爱，仅此而已。”他感到自己在强行糟蹋一具僵尸或一位疯女，却怎么都无法摆脱自己的性欲。当他最终又放任地扑倒在波尔身上时，他听到了一声胜利的呻吟。波尔低声问道：

“你幸福吗?”

“当然。”

“我是多么幸福。”波尔说道，两只明亮的眸子凝视着亨利，眼睛里闪烁着泪花。亨利让这张亮得令人难以忍受的脸蛋依在自己的肩头。“巴旦杏树又将花满枝头……”他闭着双眼道，“橘子树上一定会结出果子。”

二

不，我不会在今天就看到自己的末日。无论今天还是别的日子，永远不会。别人会看到我的死，但我自己永远见不到死的一天。

我又闭起双眼，却难以重新入睡。死神怎么又穿越了我的梦境？死神在游荡，我感到它在徘徊。为什么？

我并不是永远都清楚地知道自己会死去。孩提时代，我信仰上帝。一件洁白的裙服和两只熠熠闪光的翅膀在天堂的更衣室里等待着我：我希冀穿透乌云。我躺在绒被上，合抱着双手，任凭自己沉醉在天堂的极乐之中。有时，我在睡梦中自言自语："我已经死了。"但是，我那警觉的声音确保我永恒。死亡的沉寂，我恐怖地发现了它。一条美人鱼在海边渐渐死去，她为了一位年轻男子的爱而放弃了自己不朽的灵魂，无声无息地消失了，只留下几抹白色的浪花。为了让自己心静，我常在心底默默地说："这是个传说。"

这并非是个传说。美人鱼就是我。上帝变成了冥冥苍穹深处的一个抽象概念。一天晚上，我把它彻底抹去了。我从未为抛弃上帝而遗憾，因为是它窃走了我的乐土。可是有一天，我突然醒悟，一旦我抛弃了上帝，我便判了自己死刑。当时，我才十五岁，在空荡荡的套间里，呼天喊地。后来我恢复了理智，扪心自问："别的人是怎么生活的？我将怎样生活？难道我要带着这般恐惧去生活？"

打从我爱上了罗贝尔之时，我便再也不感到恐惧，对任何东西都毫不惧怕。只要我呼唤一下他的名字，我便平安无事。他就在毗连的房间里工作；我可以起床，去开门……可是，我仍然躺在床上。我不敢肯定他听不见那细微的咬噬的声响。大地在我们脚下断裂，苍天在我们头上张开一道深深的裂缝，我再也不知道我们是何许人，等待着我们的会是什么命运。

我蓦地惊跳起来，睁开眼睛：怎么能假设罗贝尔面临危险呢？这怎能容忍？他没有跟我说过任何真正令人焦虑的事，也没跟我说过什么新鲜事。我浑身疲惫不堪，我酒喝过量了，原来只是凌晨四点发作的一场小小的谵妄。但是，谁能决定何时神志最为清醒？难道不正是在自感仍然安然无恙之时，我又说了谵语？我是否真的相信安然无恙？

我难以回首往事，对我们自己的生活，我们向来不十分留意。唯有事件本身清清楚楚：逃难、回归、警报、炸弹、长队、开会、《希望报》的创刊号，一切都历历在目。在波尔的寓所里，一支棕色的蜡烛喷吐着尚未燃尽的火焰，我们用两只罐头盒制作了一只小炉，用纸烧火，烟熏得我们眼睛像针扎了一样。外面，是一摊摊鲜血，枪弹呼啸，炮声隆隆，坦克轰鸣。然而在我们所有人的心间笼罩着同样的死寂，经受着同样的饥饿，珍藏着同样的希望。每日清晨，我们被同一个问题所催醒：卐字旗是否仍在参议院上方飘扬？当我们在蒙帕纳斯十字街头围看节日的篝火欢腾雀跃时，我们心中荡漾的是同样的节日的喜悦。接着，秋去冬来，我们在圣诞树闪烁的光芒之中终于忘却了我们已经死亡，我察觉到我们重又开始存在，各自为着自己而存在。“你觉得过去还会重现吗？”波尔问道。亨利对我说：“我渴望写一部欢快的小说。”他们终于可以重新高声畅谈，发表作品，终于又可以商讨问题，建立组织，筹划行动。正是因为这一切，他们一个个才喜气洋洋。我不该选择这样的时刻自我折磨。今夜是节日，是第一个和平的圣诞节，也是布痕瓦尔德集中营的最后一个圣诞节，迪埃戈无缘欢度的第一个圣诞节。我们尽情欢跳，我们围着闪烁着希望之光的圣诞树热烈拥抱，可已不在世间的人是何其多呀，啊，何其多！谁也没有得到他们的临终嘱托，谁也不知他们葬身何处。空间把他们彻底吞没了。解放后的第三天，热纳维埃夫收到了一口棺材：确实是这一口吗？雅克的尸体没有找到。一位战友说他曾把一些笔记本埋到了一棵树下。什么笔记本？哪一棵树？索妮亚曾通过别人要一件羊毛套衫和几双丝袜，后来她再也没有索要过任何东西。拉舍尔和美貌非凡的罗莎的尸骨葬在何处？过去，朗贝尔曾多少次搂抱着罗莎柔美的身子；如今紧搂着纳迪娜，纳迪娜笑得是多么开心。想当初，迪埃戈过去紧紧抱着她的时候，她也是这样喜笑颜开。我凝望着镜面深处的那条枞树小径，心中默默地在想：这些蜡烛、枸骨叶冬青和槲寄生，他们看不到了，这儿给予我的一切，全是我从他们那儿夺来的。“有人把他们打死了。”第一个死的是谁？是他父亲还是他？死亡没有列入他的计划：他当时是否知道自己就要死亡？他曾奋力抗争还是安于天命？怎能知道呢？既然他已经身亡，知道又有何用？

既没有留下生日纪念，也没有留下墓穴碑文。正是为了这一点，我才摸索着穿越他所热爱的这一喧闹的生活，仍然寻觅着他。我把手伸向灯泡，可又垂了下来。我的写字台里有一张迪埃戈的照片，可即使看上几个时辰又有何用？乱如荆棘的头发下那张有血有肉的脸，我再也看不到了；那张脸上，一切都大得不成比例：眼睛、鼻子、耳朵和嘴巴。他坐在办公桌前，罗贝尔问道：“万一纳粹胜利，您干什么去？”他回答道：“纳粹胜利没有列入我的计划。”他的计划，是娶纳迪娜为妻，成为一个伟大的诗人。本来他是有可能成功的，早在十六岁时，他就已善于把词语变成钱币，也许他只需要很短的时间就可成功，需要五年或者四年。他活得是那么仓促。我们常常紧挨着围坐在取暖电炉旁，我高兴地望着他贪婪地阅读黑格尔或康德的著作。他飞快地翻动着书页，仿佛在浏览一部侦探小说，可实际上他都读懂了。唯独他的梦想总是姗姗来迟。

他的所有时光几乎都在我们家度过。他父亲是西班牙籍的犹太人，一心就想着做生意赚大钱，他自称受到西班牙领事馆的保护。迪埃戈责备他父亲生活奢侈，找了一位肥肥胖胖的金发女郎做情妇。我们生活清苦，这正合他的心意。后来，他到了崇拜他人的年龄，对罗贝尔充满敬意：一天，他带着自己的诗作来找罗贝尔，我们就是这样与他结识的。他与纳迪娜相遇，一见钟情，马上把他的爱奉献给了她。这是他的初次恋爱，也是唯一的一次恋爱。纳迪娜为感到自己不可缺少而无比激动。她把迪埃戈安顿到家里。迪埃戈对我也很喜欢，尽管觉得我过分理智了些。晚上，纳迪娜总是要我陪伴着，他和往常一样，躺在她的身旁，常问我：“还有我呢，您不吻吻我？”我便吻吻他。那一年，我女儿和我，我们亲亲热热。我感谢她能够保持真挚的爱情，而她也感激我没有违背她的心愿。我为什么要那样做呢？她当时虽然年仅十七岁，可罗贝尔和我都认为，就获取幸福而言，任何时候都不嫌早。

他们充满激情，善于幸福地生活。在他们身边，我重又获得了青春。“来跟我们一起吃晚饭吧，来，今晚是节日。”他俩一人拉着我的一只胳膊，对我说。那一天，迪埃戈偷了他父亲一块金币，他更爱自己动手去拿，而不愿接受施舍，像他这般年纪的人就是这种脾气。他轻而易举地把金币换成钞票，与纳迪娜在月宫公园高低起伏的滑车道上度过了整整一个下午。晚上，当我在街上与他俩相遇时，他们正在大口咬着从面包商后屋买来的一只大得出奇的奶油水果馅饼。这是他们用来开胃的惯用手法。罗贝尔在电话中受到了邀请，可他不同意放下手中的工作；于是，由我陪着他俩。他们俩脸上沾满了果酱，双手被集市上的灰尘染得黑乎乎的，但在他们的眼睛里分明流露出那种做了错事还洋洋自得的傲慢神气。饭店侍应部领班准以为他俩来这里是要迫不及待地把来路不明的钱财挥霍一空。他给我们指了尽头的一张餐桌，冷若冰霜却不失礼貌地问道：“先生没有上装吗?”纳迪娜把自己的上装搭在迪埃戈那件布满窟窿的旧粗毛线衫上，露出了皱皱巴巴又肮肮脏脏的紧身上衣。不过，还是有人服侍我们。他俩先要了冰激凌、沙丁鱼，继而又点了牛排、油炸土豆、牡蛎，最后又要上冰激凌。“不管怎样，反正到了胃里全部混在一起了。”他们整个嘴巴一边往食油和奶油里乱舔，一边向我解释说。他们填饱肚子是多么快乐！尽管我到处想方设法，但我们多多少少总是挨饿。“吃吧，您吃吧。”他们不由分说地让我吃。最后，他们拿了几块肉糜，放在口袋里带给罗贝尔。

就在此后不久，一天清晨，德国人拉响了塞拉先生的门铃；西班牙领事换了，可他毫无耳闻。迪埃戈那天夜里恰好在他父亲家睡觉。那位金发女郎没有受到打扰。“请转告纳迪娜，不要为我担惊受怕。”迪埃戈说，“我会回来的，因为我一心要回来。”这就是从他那儿得到的最后几句话。他平时是多么喜爱说话，可他所说过的其他一切话语永远被吞没了。

时值阳春季节，天空蔚蓝，桃树披满了玫瑰色的花朵。纳迪娜和我骑着自行车在百花争艳的小花园中穿行，我们的心头充满了欢乐，仿佛是在欢度和平时期的周末。然而，德朗西监狱的摩天大楼无情地戳破了这迷人的假象。那位金发女郎给一个名叫菲利克斯的德国人送了三百万法郎[1]，此人不时给我们一点有关犯人的消息，并答应帮他们父子越狱。有两次，我们透过望远镜瞥见了迪埃戈扒在遥远的窗台上，他那宛如羊毛似的鬈发被剃得一干二净，向我们微笑的不再完全是他，他那被毁坏的形象在尘世之外游荡。

五月的一天下午，我们发现大军营里空荡荡的，一些草垫子晒在窗台上，窗户大敞，牢房空无一人。在我们存放自行车的那家咖啡馆里，有人告诉我们夜里有三列火车离开了车站。我们紧挨着架着铁丝网的高墙，站立着窥望了许久。蓦地，我们看清了在遥远的高处两个孤独的身影朝我们俯着身子，年轻的那一位胜利地挥舞着贝雷帽。菲利克斯没有撒谎，迪埃戈没有被火车带走。我们高兴得透不过气来，骑车向巴黎城区奔去。

“他们关在一个美国俘虏营里。”金发女郎对我们说，“他们过得很好，天天晒太阳。”可是，她没有见到他们的面，我们给他们寄了粗毛线衫、巧克力，他们通过菲利克斯传话，向我们致谢。然而，我们却再也没有收到他们一封亲笔信。纳迪娜要求得到信物：迪埃戈的戒指和一绺头发，可他们恰好换了俘虏营，关押在远离巴黎的某个地方。渐渐地，再也说不清他们身处何地，他们杳无音信，踪影全无。无影无踪与不复存在之间没有多大差别。当菲利克斯最后心情忧郁地告诉我们“他们早就被枪毙了”的时候，一切都已经无可挽回了。

纳迪娜接连几夜乱喊乱叫。我从夜晚到清晨，整夜整夜地把她抱在怀里。后来，她渐渐恢复了睡眠。开始时，迪埃戈常在黑夜里进入她的梦境，笼罩着一种不祥的气氛。不久以后，连幽灵也烟消云散化为乌有了。她这样做自有道理，我不能责备她。守着一具尸体又有何用？我知道，有人用尸首来制造旗帜、盾牌、枪支，用来制造勋章、喇叭，乃至居室的装饰，可还是让他们的尸骨安息为好。无论成了丰碑还是成了宇宙间的尘埃，他们总归是我们的兄弟。可是，我们别无选择：他们为何离开了我

1 旧法郎，100 旧法郎合 1 新法郎。

们？但愿他们也让我们安宁。把他们忘了吧。让我们生活在一起吧。我们的生活中要做的已经够多了。死者既然死了，对他们来说，一切再也不成问题，可我们这些活着的人，节日的夜晚过后，我们还要醒来，我们怎样生活下去呀？

纳迪娜与朗贝尔在欢笑，唱片在转动，地板在我们脚下颤抖，蓝色的火花在摇曳。我凝视着直躺在一块地毯上的塞泽纳克：他十有八九在梦中回想他当初斜挎步枪、漫步巴黎的辉煌时光。我望着被德国人判了极刑，在最后时刻与一个德国俘虏交换幸免于难的尚塞尔，望着未婚妻被他不义的父亲告发了的朗贝尔，望着亲手宰了十二个保安队[1]队员的樊尚。他们将如何对待这如此沉重、如此短暂的过去，如何面对残缺的未来？我能有什么法子助他们一臂之力？助人是我的分内事。我有办法把他们安顿在长沙发上睡下，让他们讲述自己的梦，可我再也不能让罗莎复活，再也不能使那十二个被樊尚结果了性命的保安队员复活。即使我能成功，使他们淡忘自己的过去，可我能向他们展现怎样的未来？我能使他们消除恐惧、打消梦想、克制欲望、想方设法适应一切，可我能让他们适应什么样的境况呢？我发现在我的周围，再也没有任何可以依凭的东西了。

确实，我酒喝得太多了，开天辟地的不是我，谁也不会找我清账。可我为什么无时无刻不在为他人着想？我自己照顾一下自己不也很好吗？我让脸颊紧贴着枕头。我是在这里，确实是我自己：令人忧虑的是，我在自己身上找不到任何可想的东西。噢！若有人问我是何许人，我可以出示身份证。为了成为精神分析医生，我不得不先任人分析一番。他们发现我身上具有相当突出的俄狄浦斯[2]情结：我与一个比我年长二十岁的男人结婚，对我母亲存在明显的挑衅性，几次同性恋倾向的行为得以妥善了结，这一切都可以从中得到解释。我感谢天主教的教育赋予了我极为强烈的超我意识：这正是我奉行清教主义、自爱不足的原因所在。我对女儿的情感的双

1 第二次世界大战期间法奸组织的治安部队。

2 Oedipus，希腊神话中的人物，拉伊俄斯和伊俄卡斯忒的儿子，杀父娶母。俄狄浦斯情结引申指恋母或恋父情结。

重性源于我对母亲的挑衅和对我自己的无动于衷。我的病例再普通不过了，完全属于既定的范围。在天主教徒的眼中，我的情况也极为平常：一旦发现了肉欲的诱惑，我便不再信仰上帝。我与一个无宗教信仰的人结了婚，这最终使我彻底失落了。从社会观点看，罗贝尔和我属于左派知识分子。所有这一切并非纯属无稽之谈。我就这样被明确地划分了类别，并接受了分类，尽力去适应我的丈夫、我的职业，适应生生死死，适应大千世界及其可怖的一切。这就是我，差不多就是我，亦即谁也不是。

一个人做到谁也不是，这说到底是一种特殊的恩赐。我望着这些有名有姓的人在寓所里来回走动，心里并不羡慕他们。罗贝尔嘛，当然，他生来命运不凡。可其他几位，他们岂有那份胆量？他们怎敢自命不凡或冒冒失失地把自己当作食粮去喂养一群陌生人？他们的姓名被千万张嘴巴所玷污，好奇的人们钩去了他们的思想、心脏和生命：倘若我也落得这个地步，被那些捡破烂的人贪婪地钩耙，那我最终免不了会把自己视作一堆垃圾。我为自己谁也不是而感到庆幸。

我走到了波尔身旁，战争丝毫没有削减她那挑衅性的优雅风姿。她身着一件长长的紫罗兰发光丝裙，双耳挂着紫晶饰环。

“你今天晚上真漂亮。”我说。

她朝几面大镜子中的一面瞥了一眼。

“对，我漂亮。”她凄楚地说。

她是漂亮，可她的两只眼睛下方，几道重重的黑晕和她服饰的色彩一样深。实际上，她十分清楚亨利本来是可以携她同往葡萄牙的，她了解的事情比她嘴里说的要多。

“你该高高兴兴才是，圣诞节前夜，你操办得多么出色。”

“亨利那么喜爱热热闹闹过节。”波尔说道，她戴着紫晶戒指的两只手在机械地捋着那闪光变幻的裙服丝料。

“你不给我们唱点什么？听你唱歌，让我多高兴。”

“唱歌？”她惊诧地问。

“对，唱歌，”我笑着说，“你忘了你过去常唱歌。”

“过去，那多遥远。”她说。

“现在再不唱了，可现在又和过去一样了。”

“你这么认为?”波尔的目光直刺我的眼睛深处，仿佛穿透了我的脸庞，在向一只玻璃球发问，“你认为过去可以重现?”

我知道她期待我做出何种回答，我有点不好意思地笑了起来：“我可不是个预言家。”

“无论如何得让罗贝尔给我解释清楚，时间是什么。”她若有所思地说。

爱情也许并不是永恒的，在她接受这一道理之前，她差不多已经准备否认空间与时间的存在了。我为她感到恐惧，这四年里，她终于明白了亨利给予她的只不过是一种厌倦的情爱。可解放以后，我真不知道在她的心间又唤起了怎样的疯狂的希望。

“你还记得《这位才智横溢的黑人》那支歌吗?我是多么喜欢，你不愿意为我们唱唱?”

她朝钢琴走去，掀开琴盖。她的嗓子有点哑，可还是那样动人心弦。我对亨利说：“她应该重返歌坛。”他好像感到诧异。当掌声消失后，他走到了纳迪娜身边，两个人翩翩起舞。我真不喜欢纳迪娜看他的那副神态。对她也一样，我毫无办法救助她。我把我唯一的一件像样的衣裙送给了她，把我最漂亮的项链借给了她，我能做的全都做了。虽然我可以探察她的梦幻，可无济于事。她所需要的是朗贝尔时刻准备献给她的爱。可怎么阻止她糟蹋这份爱呢?她一直站在小楼梯上，面色苍白地注视着我们大家。可当朗贝尔步入寓所时，她一步几级地跨下了楼梯，一动不动地站在最后一级，像凝固了一般，为自己的一时冲动感到尴尬。朗贝尔向她走去，神情严肃地对她微微一笑：

“你来了，我多么幸福!”

她用生硬的语调说道：

“我是来看你的。”

这天晚上，他身着雅致的灰色套装，实在英俊。他的穿着总像个四十开外的中年人，追求朴素的美。他举止彬彬有礼，嗓音平稳而且准确，不轻易露出笑容，可他目光的慌乱和嘴唇的温柔无不显出他的青春活力。纳迪娜从他严肃的神情中得到满足，见他表现胆怯而感到心安。她献殷勤地打量着他，显得有点幼稚可笑：

“你玩得开心吗？听说阿尔萨斯的风光是那么秀丽！”

“你知道，一旦风景区被军队占领，就变得一片凄凉了。”

他们坐在楼梯的台阶上，长时间地交谈，然后又跳舞、欢笑，后来为了换换口味，两人可能又吵了一架；和纳迪娜在一起，总是以吵闹而告终。此时，朗贝尔独自坐在火炉旁，满脸不高兴。眼下根本不可能到房子的两头去把他俩扯到一起，让他们携起手来，重归于好。

我走到食品橱前，喝了一杯白兰地。我的目光顺着自己的黑裙往下移动，停留在自己的大腿上；会想到自己长着一条大腿，真滑稽可笑，谁也没有注意到这条腿，连我自己也没有。色如焦黄的面包似的丝裙下，这条腿细长有力，与别的腿没有什么两样，它总有一天也会被彻底埋葬，仿佛从未曾存在过：这显得多么不公平。我正沉醉在对这条细腿的欣赏之中，这时，斯克利亚西纳向我走了过来：

“看您样子好像玩得不怎么开心嘛！”

“尽我努力吧。”

“年轻人太多了。年轻人呀，从来就不开心。作家也太多了。”他一抬下巴，指了指勒诺瓦、佩勒迪埃和康热，“他们都在写作，对吗？”

“都在写。”

“您，您不写？”

我笑着回答说：“噢，上帝，不！”

他粗鲁的言谈举止惹我喜欢。从前，我跟众人一样，拜读了他名噪一时的作品《红色的天堂》，尤其使我激动的是他那部有关纳粹奥地利的大作：充满激情的见证，远胜一般的通讯报道。逃离苏联之后，他又逃出了奥地利，取得了法国国籍，可这整整四年里，他一直呆在美国，今年秋天，这是我们第一次与他见面。他很快用“你”称呼罗贝尔和亨利，可似乎从未注意到我的存在。他从我身上移开了目光，说道：“我常想，他们将会怎么样？”

“谁？”

“一般来说指法国人，可尤其是这批人。”

这次，轮到我细细打量他了：三角脸，高颧颊，锐利又严厉的眼睛，薄薄的嘴唇像女人的一般。这不是一张法国人的面孔。苏联对他来说是个敌国，而美国，他又不喜欢。天底下没有一处使他感到是自己的家。

“我是乘一艘英国船从纽约来的。”他挂着一丝微笑说道，“轮船服务员有一天对我说：‘可怜的法国人，他们连仗打赢了还是打输了都不知道。’我觉得这话对整个局势概括得比较精辟。”

他的话音中分明含有几分得意，真惹我生气。我说：“给过去的事件起个什么名称，这毫无意义，问题的关键是未来。”

“正是如此，”他激动地说，“正是为了未来幸福，才必须正视现实。我感觉到这里的人对此毫无意识。迪布勒伊跟我谈什么文学杂志，佩隆关心的是开心的旅游，他们好像都以为可以像战前一样生活。”

“那么，上天是派您来擦亮他们的眼睛啰？”

我声音生硬，斯克利亚西纳淡然一笑：

“您会下象棋吗？”

“很不高明。”

他继续挂着笑容，那股学究气早已从他脸上消失了。我们早就是知己朋友，意气相投。我心想，他又要来向我施展斯拉夫人的魅力了，而这魅力确实起了作用。我也忍不住笑了。

“下象棋时，要是我作为旁观者观战，我比棋手看得要清楚得多，哪怕我的棋艺不比他们高明，那么，这里情形也是如此：我是从外边来的，所以我看得清。”

“看清什么了？”

“死胡同。”

“什么死胡同？”

我陡然忐忑不安地这样问他。在很长时间里，我们一直肩并肩生活在一起，没有任何旁观者。这束来自外界的目光刺得我心绪不宁。

“法国知识分子已置身于死胡同中。事情落到他们头上了。”他带着某种洋洋自得的神态继续说道，“他们的艺术，他们的思想，只有在一定的文明得以保持的情况下才有其存在的意义。倘若他们想要人为地挽救这一文明，其结果必定一无所获，他们将再也没有任何东西赋予艺术和思想。”

“罗贝尔并非生来第一次积极从事政治。”我说，“政治活动从未妨碍他写作。”

“不错，一九三四年，迪布勒伊牺牲了许多时间投入反法西斯斗争。”斯克利亚西纳口气文雅地说，“可当时，他的道德观与其文学观似乎可以调和。”他又愠怒地接着说，“在法国，你们从未紧迫地感觉到历史的重担。在苏联，在奥地利，在德国，历史的重担是无法逃避的。正因为如此，比如我就不写作。”

“您过去写过。”

“您以为我就不梦想创作别的作品？可眼下根本顾不上。”他一耸肩膀，“只有历史上有过那种可恶的人文主义传统，才会面临斯大林和希特勒而去关心什么文化问题。显而易见，”他继续说，“在狄德罗、维克多·雨果和饶勒斯[1]的故国，人们总是想象文化和政治可以携手并进。巴黎长时间自视为雅典。雅典已经不复存在，早完蛋了。”

“至于历史的紧迫感，我认为罗贝尔在这方面比您强。”

“我并不攻击您的丈夫。”斯克利亚西纳只是微微一笑，否定了我这句话的完整意义，充其量只把它当作夫妻间感情忠诚的一种强烈表示。“实际上，”他补充说道，“我一直认为目前两个最伟大的思想家是罗贝尔·迪布勒伊和托马斯·曼。问题正是这样：我之所以预言迪布勒伊必将放弃文学，是因为我坚信他头脑清醒。”

我耸了耸肩膀。要是他想以此来奉承我，那可看错了对象，我打心眼里厌恶托马斯·曼。

“罗贝尔决不会放弃写作。”我说。

“迪布勒伊著作中的非凡之处，”斯克利亚西纳说，“在于他善于把对美的执著追求与革命精神熔于一炉。他在生活中也达到了类似的平衡：他

---

1 Jean Jaurès（1859—1914），法国政治活动家、作家，法国社会主义运动的主要领导人，《人道报》创办人之一。

一方面组织‘警觉委员会’，一方面勤于写作。可如今的问题是，这一和谐的平衡已经不可能存在了。”

“罗贝尔一定能获得新的平衡，请相信他。”我说。

“他必将牺牲其美的追求。”斯克利亚西纳说道。他脸上闪现出喜悦，得意地问道：

“您研究过史前史吗？”

“比下象棋强不了多少。”

“可您也许知道，壁画和在废墟中挖掘出来的文物表明了艺术的发展在很长一个时期内是连续不断的。可突然，绘画与雕塑消失了，人们发现了数个世纪的空白，这一空白与新技术的兴起恰好吻合。那么，我们正在进入一个新的纪元，由于种种不同的原因，人类必将面临新的问题，这些问题将再也不容人类拥有自我表现的奢望。”

“类推证明不了什么问题。”我说。

“就不这么比方了。”斯克利亚西纳耐心地说，“我以为正是由于你们亲身经历了这场战争，因此很难清醒地理解它的含义。一场战争绝不等于一个社会乃至一个世界的彻底摧毁，仅仅是摧毁的开端。科学技术的进步、经济的发展必将引起天翻地覆的变化，从而导致我们的思维方式和感知方式本身的革命：我们将很难回忆我们过去的面貌。到时，艺术和文学在我们眼里将只不过是过了时的消遣而已。”

我摇了摇头，斯克利亚西纳激情如火，继续说：

“噢，一旦哪一天世界的霸权掌握在苏联或美国的手中，法国作家的使命还会有什么意义？到时谁也不会理解他们，甚至都不会有人再讲他们的语言。”

“听您说话的口气，仿佛这一前景令您神往。”我说。

他一耸肩膀：“这是典型的女人之见，她们没有能力脚踏实地和客观地看问题。”

“就让我们脚踏实地吧。”我说，“客观上，绝没有证明整个世界一定会属于美国或苏联。”

“迟早会的，这是必定的。”他一挥手，止住了我的话，向我露出了斯拉夫人那漂亮的笑脸，“我理解您。解放刚刚不久，你们大家都还沉浸在欢乐之中。四年里，你们吃了许多苦，你们认为付出的代价已经够多了。可是，代价是永远付不够的。”他突然尖刻地说，直盯着我的眼睛，“您是否知道在华盛顿有一派势力十分强大，他们执意要扩大战役，一直打到莫斯科？用他们的观点看，他们确有道理。美帝国主义和苏联极权主义如出一辙，都坚决要求无限地扩张；他们两个国家无论如何得决一雌雄。”他的声音变得凄凉起来，“您自以为是在庆贺德国的失败，可实际上是第三次世界大战拉开了序幕。”

“这只是您个人的判断。”

“我知道迪布勒伊坚信和平能够实现，并相信欧洲也有实现这种和平的可能。”斯克利亚西纳说道，继又宽厚地一笑，“伟大的思想家也有出错的时候，我们最终不是被斯大林所吞并，就是被美国所侵占。”

“这样一来，也就没有什么死胡同可言了。”我乐呵呵地说，“再担心也无济于事，那些以写作为乐的人尽管去写好了。”

“要是没有任何人读您的东西，还硬要去写，是多么愚蠢的游戏啊！”

“当一切全都完蛋，也就只好玩愚蠢的游戏了。”

斯克利亚西纳不再做声，接着脸上掠过一丝狡黠的微笑：“就某种局势而言，不利的因素总归要少一点吧。”他俨然在交心。“要是苏联获胜，那没什么可说的，必定是文明的末日和我们所有人的末日。若是美国获胜，那灾难可能不那么严重。假如我们得以把我们的某些价值观强加给美国，得以保留我们的某些观念，那么也许可以寄希望于未来的人们，他们有一天会与我们的文化和传统重新建立联系：但必须考虑彻底调动我们的一切可能手段。”

“别对我说什么一旦发生冲突，您希望美国获胜！”我说。

“不管怎么说，历史的发展必将导致无阶级社会的产生。”斯克利亚西纳说，“这只是两三个世纪的事了。为了生活在这段时间里的人们的幸福，我热切地希望革命爆发在美国而不是在苏联统治的世界。”

“世界要是被美国统治，我似乎预感到革命将出奇地缓慢，将迟迟不能爆发。”我说。

“那您想象革命将由斯大林分子发起啰？革命，在一九三〇年前后，它在法国确实美好。可在苏联，我向您担保，革命就不那么美好了。”他耸了耸肩膀，“你们是在给自己预备到时将惊诧莫名的荒诞事！等到了苏联人占领了法国的那一天，你们准会开始明白的。不幸的是，那时就太晚了！”

“被苏联占领，连您自己也不会相信吧。”

“遗憾呐！”斯克利亚西纳说，继又叹息道：“说来说去，还是算了吧。让我们乐观些吧。假设欧洲有它自己的良机吧。只有通过每时每刻不懈的战斗，才可能拯救欧洲。决不能各自只为了自己工作。”

我这下倒无言以答了。斯克利亚西纳所希冀的一切，仅仅是要法国作家保持缄默，我完全理解他的心思。他的判断没有任何令人信服的地方，然而他那悲切的声音引起了我内心的反响：“我们将怎么生活？”自晚会一开始，这一问题就一直像针刺一样，痛苦地缠绕着我。它已经出现多少个日子，多少个星期了？

斯克利亚西纳用咄咄逼人的目光看着我：“两者必居其一：像迪布勒伊和佩隆这样的人要么重新正视现实，投入到行动中去，那就需要他们全力以赴。要么自欺欺人，硬要继续写作：他们的作品必定脱离现实，毫无前途。这种作品岂不就是盲目之作，只能像亚历山大体诗歌一样让人伤心？”

遇到一个滔滔不绝地议论世界和他人，同时又不断抬高自己的对话者，交谈真是困难。我实在没有把握不伤他，但我还是开了腔：

“将人们置于进退维谷的境地，实在徒劳无益，生活总会摆脱这种困境的。”

“在目前情况下不可能。要么像亚历山大城，要么像斯巴达城邦，不战则败，别无选择。眼下，还是自己多想想这些事情为好。”他带着某种仁义补充说道：“只要事先有思想准备，牺牲就不再痛苦了。”

“我坚信罗贝尔决不会有任何牺牲。”

“我们一年后再谈吧。”斯克利亚西纳说，“一年以后，他要么开小差，要么再也不写作。我不觉得他会开小差。”

“他永远不会放下笔。”

斯克利亚西纳脸上一亮：“赌点什么？一瓶香槟？”

“我什么也不赌。”

他淡然一笑：“您跟所有的女人都一个样，非得亲眼看到天上那一动不动的星星和路旁的里程碑才信。”

“您知道，”我耸了耸肩膀，反唇相讥道，“那些一动不动的星星这四年旋转得可出奇了。”

“知道。可您还不是坚信不疑，法国永远是法国，罗贝尔·迪布勒伊永远是罗贝尔·迪布勒伊，不然，您就会觉得自己没救了。”

“喂，”我开心地说，“您的客观性在我看来很靠不住。”

“我不得不站在您的立场上来理解您：您借以反对我的只不过是主观的信念。”斯克利亚西纳说道。一丝微笑又使他那两只在审问似的眼睛变得热烈起来。

“您对待事情很严肃，对吧？”

“因事而异。”

“有人事先就跟我说过。”他说道，“不过，我很喜欢严肃的女人。”

“谁跟您事先说过？”

他做了一个笼统的手势，既包括所有人，又不指任何人：“有人呗。”

“他们跟您说了些什么？”

“说您冷淡、严厉，可我不觉得。”

我紧抿双唇，以免再提别的问题。镜子的圈套，我有办法戳穿。可人的目光，这令人昏眩的深潭，有谁能抵挡得住呢？我总是一身黑色，沉默寡言，也不写作，这一切便构成了我的形象，人们有目共睹。我谁也不是。我就是我，这说来容易。可我到底是谁？到哪里去找我？必须置身于所有大门的另一侧。可若是我叩门，他们谁都不会做声。我猛然感觉到我的面孔在焚烧着我，我真恨不得把它撕去。

“您为何不写作？”斯克利亚西纳问。

“书已经够多了。”

“这并非是唯一的原因。”他两只到处搜寻的小眼睛紧紧盯着我，“事实是您不愿暴露。”

“暴露什么?”

“您表面看去十分自信，可心底却极为怯懦。您就属于那种因无所事事而引以为骄傲的人。”

我猛地打断了他的话：“别枉费心机来分析我的心理状态，我对它了若指掌。我是精神分析专家。”

“我知道。”他朝我微微一笑，“最近哪个晚上我们能不能一起吃顿晚餐？在这昏暗的巴黎城，我弄得晕头转向，谁也不认识了。”

我猛然想到：“啊，在他眼里，我倒是长着大腿的。”我掏出记事本。我没有任何理由拒绝。

“一起吃晚饭，”我说，“一月三日好吗?”

“好，八点钟在里茨饭店的酒吧。行吗?”

“行。”

我感到局促不安。噢！他对我到底持何种看法，这对我来说无关紧要。每当我从他人的意识中隐约地看到自己的形象，我总少不了恐慌一阵，可持续不了多久就会消失，因为我并不介意。此时令我心绪不宁的，是我通过并非属于我的眼睛瞥见了罗贝尔。他真的置身于死胡同？他搂着波尔的腰肢，正带着她旋转，另一只手不知在空中比画着什么。也许他是在给她解释时间的流逝，反正她在笑，他也在笑，不像处于危险之中。若他身处险境，他会知道的：他很少出错，从不欺骗自己。我走到一扇窗洞里，躲在红色的窗帘后面。斯克利亚西纳说了许多蠢话，可他也提出了某些问题，我无法轻而易举地摆脱其缠绕。在那一个个漫长的日子里，我回避了一切问题。人们是多么盼望这一时刻：解放、胜利，我要抓住这一时机，未来的事情明天再考虑总还来得及吧。可是，眼下却考虑起了未来的事情，思忖罗贝尔会怎么想。他的疑虑从不表现为沮丧的神情，而是化为超负荷的活动。难道这些谈话、信函、电话和不知疲惫的夜间工作并不掩盖着某种焦虑吗？他从不对我隐瞒什么，可有时也暂时把某些忧虑埋在自己心底。“再说，”我痛苦地想到，“今天夜里他还对波尔说：‘大家正处于交叉路口。’”他常常这样说，我总出于怯懦而避免赋予这些词句真正的分量。“交叉路口”。可见在罗贝尔的眼里，世界处于危难之中。而对我来说世界就是他：他处于危险之中。当我们手挽着手在熟悉的黑暗中穿行，沿着河畔回家时，他那滔滔不绝的话语并不足以让我放下心来。他喝了很多，极为开心。当他一连闭门工作几个昼夜之后，哪怕有机会出门走一走，也就成为一件了不起的壮举。今晚的聚会经他一说，如此富于立体感，以至我仿佛看到他像个瞎子似的从中穿越了过去。他呀，简直是眼观六路耳听八方。我听着他侃侃而谈，可我心底却继续在小声自问：战争期间，他充满激情撰写的回忆录，至今尚未完稿，这是为什么？莫非是个征兆？什么征兆？

“不幸的波尔！对一个女人来说，被文学家所爱，这不啻是个灾难。”罗贝尔常常这样感叹。他完全相信佩隆跟他说的有关波尔的一切。

我试图把注意力集中到波尔身上。

“我担心解放会冲昏她的头脑。”我说，“去年，她几乎再也不做任何幻想，可现在又开始玩弄起狂热的爱情来了，她是在单相思，是独自在玩。”

“她费尽心机，非要让我说时间并不存在。”罗贝尔说，接着又补充了一句：“她生活中最美好的时光已经过去了。既然现在战争结束了，她希望能寻回过去的时光。”

“大家都这么希望，难道不是吗？”我问道，仿佛觉得自己的声音带着喜悦。可罗贝尔却猛地紧挽着我的胳膊。

“有什么不顺心的事吗？”

“没有，一切都很好。”我用轻快的口吻回答说。

“得了！得了！当你拿出贵夫人似的声音，我就知道是什么意思。”罗贝尔说，“我敢肯定，此时此刻你脑子里正转得厉害。你喝了几杯潘趣酒？”

“肯定不如您多，再说喝了潘趣酒也无济于事。”

“啊！你承认了！”罗贝尔得意洋洋地说，“是有什么心事，连潘趣酒也无济于事。到底是什么事？”

“是斯克利亚西纳。”我笑着说，“他对我解释说法国知识分子完蛋了。”

“他巴不得这样!”

“我知道。可他说的还是让我发憷。”

“像你这个年纪的大姑娘，遇到一个什么先知，还轻而易举地受影响!斯克利亚西纳，我很喜欢他，他呀，爱折腾，说胡话，不安稳，眼睛四处乱转，可千万不要拿他当真。”

“他说政治一定会把您吃了，您必将不再写作。”

“你相信了?”罗贝尔乐呵呵地问。

“可您的回忆录迟迟不完稿，这是事实。”

罗贝尔犹豫了一下：“这是特殊情况。”

“为什么特殊?”

“在回忆录里，我提供了那么多反对我的武器!”

“正是这样作品才有其价值。”我激动地说道，“一个敢于自我暴露的人，是多么难得啊！说到底，只要他敢这么做，也就胜券在握了。”

“对，等他死了。”罗贝尔说道，继而耸了耸肩膀，“可我现在又重新进入了政治生活之中，我有一大帮劲敌，等这些回忆录发表的那一天，你想象得出他们那副高兴劲儿吗?”

“您的敌人总会找到攻击您的武器，不是这，就是别的。”我说。

“请设想一下这些回忆录一旦落到拉福利、拉舒姆或小朗贝尔的手中，或落到哪个记者的手中。”罗贝尔说。

罗贝尔撰写回忆录时，脱离了整个政治生活，不过问任何前景，断绝了与公众的联系，甚至都不知道作品是否会发表。正是这样，他重又体验到一个不为人所知的无名的作者刚刚踏进文学殿堂时的那种孤独感，在没有方位物指点、无依无靠的情况下去冒险进取。在我看来，他从来没有写过比这更好的作品。我不耐烦地说：

“那么，只要一搞政治，就再也没有权利写感情真挚的作品了?”

“有权利，可不能写引起丑闻的书。”罗贝尔说，“你完全知道，在当今的世界，有许许多多的事情若非要去讲，就不可能不造成丑闻。”他微微一笑，“说真的，所有有关个人的事情都可能造成丑闻。”

我们默默无言地走了几步。“您花费了三年时间撰写那些回忆录，现在往抽屉里一扔，您觉得无所谓吗?”

“我再也不想它了。我在考虑写另一部作品。”

“什么作品?”

“过几天再跟你说。”

我满腹狐疑地打量着罗贝尔：“您觉得挤得出时间写吗?”

“肯定。”

“噢！我看并不那么肯定：您根本没有一分钟能由您自己支配。”

“搞政治，起步最艰苦，慢慢就顺利了。”

我觉得他说得过分轻松了，紧接着追问道：“要是不顺利呢? 您放弃搞那个运动还是停止写作?”

“你知道，我一时辍笔，没有什么了不起的。”罗贝尔挂着微笑回答说，“我这一辈子粗制滥造的作品也够多了!”

我心头一揪：“您前几天还说您的作品尚未完成呢。”

“我始终这么认为，不过可以再等一等。”

“等一等，等一个月? 一年? 十年?”我问道。

“听我说，”罗贝尔用商量的口吻说道，“天底下多一部书少一部书，这并不那么重要。现在的形势令人欢欣鼓舞，你要明白：左派是第一次手中掌握着自己的命运，也是第一次有可能联合搞一个运动，既独立于共产党人，又不至于有为右派效劳的危险。决不能放过这一机会！我等了它一辈子了。”

“我呀，我倒觉得您的作品事关重大。”我说，“它带给人们的，是某种独一无二的东西。至于政治工作，并不是您单枪匹马就可以担当得了的。”

“可唯独我可以按照自己的想法去搞政治。”罗贝尔快活地说，“你应该理解我：警觉委员会、抵抗运动，这很有必要，可总是处于被动状态。今天，事关创建大业，这更有意义。”

“我完全理解，可您的作品更让我感兴趣。”

“我们向来认为不是单纯为了写作而写作。”罗贝尔说，“在某些时刻，其他形式的行动更为迫切。”

“对您并非如此。”我说，“您首先是个作家。”

“您完全清楚这不对。”罗贝尔用责备的口气说道，“对我来说最为重要的是革命。”

“是的。可您为革命服务的最好手段，是写您的书。”

罗贝尔摇了摇头：“这要因时而异。我们正处于关键时刻：首先必须在政治上取得胜利。”

“要是赢不了胜利，会有什么后果?”我说，“您总不至于真的相信面临新的大战的危险吧?”

“我不相信新的大战明天就会爆发。”罗贝尔回答道，“可确实必须设法避免在世界上造成一种战争的形势：一旦出现这种局势，迟早会动手打起仗来。同时也要避免这次胜利被资本主义所利用。”他一耸肩膀：“在自得其乐地写那些可能谁也不会去读的书之前，必须阻止发生的事情多着呢。”

我猛地在马路中间止住步子：“什么?您也认为人们会对文学不感兴趣!”

“毫无疑问，还有许多更重要的事情需要人们去做!”罗贝尔说。

他说得确实太轻巧了！我愤愤地说：“看您的样子，好像无动于衷。可一个世界要是没有文学艺术，那肯定凄惨得可怕。”

“不管怎么说，目前，还有千百万人，对他们来说，文学等于零!”罗贝尔说。

“是的。可是您总指望这一切得以改变。”

“我始终指望于此。你的看法如何?”罗贝尔说，“问题正是如此，如果世界一定要发生天翻地覆的变化，那么，人们必须要经历一个几乎顾不上文学的时期。”

我们走进了工作室，我坐在皮椅的扶手上。是的，我潘趣酒喝得太多了，四壁在我周围旋转。我朝二十年来罗贝尔不分昼夜伏在上面写作的写字台瞥了一眼。现在，他已经年届六旬，如果顾不上文学的阶段持续很久，那他有可能无望看到这一阶段结束的那一天，对此，他不该如此无动于衷。

“得了，您知道您的作品尚未完成，五分钟前您还说就要动笔撰写一部新书：这就意味着还有人读您的书……”

“噢！这绝对可能。”罗贝尔说，“但必须考虑另一种可能性。”他紧挨着我，坐在皮椅上。“这另一种可能性也不像你说的那么可怕。”他乐呵呵地补充说道，“文学是为人服务的，而人却不是为文学而生。”

“可对您来说，那太凄惨了。”我说，“假若您不再写作，您就不会有丝毫的欢乐。”

“我不得而知。”罗贝尔说，又淡淡一笑，“我没有想象力。”

想象力，他当然有。我清楚地记得那天晚上当他对我说“我的作品尚未完成”时，他是多么焦虑不安。他刻意追求的是这部作品要有分量，能流传后世。尽管他矢口否认，但他首先是一个作家。也许在开始时，他一心只想服务于革命，文学仅仅是一种手段；可如今，文学已经成为目的，他为了文学而酷爱文学，他的全部作品就是雄辩的证明，尤其是他再也不愿发表的那些回忆录。他撰写这些回忆录仅仅是为了写作的乐趣。不，事实是他为谈论自己感到厌倦，而这种反感不是好征兆。

“可我有想象力。”我说。

四壁在旋转，可我感到十分清醒，比没喝酒时要清醒得多。没喝酒的时候，头脑中步步设防，想方设法假装糊涂。突然，我一切全看得一清二楚。战争正在结束：一个再也没有任何保障的新的历史时期开始了。罗贝尔的前程没有保证：他很可能放弃写作，甚至他过去的全部作品都可能被虚无所吞没。

“您心里到底是怎么想的?”我问道，“事情到底是往好还是往坏的方向发展?”

罗贝尔哈哈大笑起来：“啊！我可不是先知！不过，手中倒是掌握着很多王牌。”他又补充了一句。

“可到底有多少获胜的机会?”

“你愿意我放手大干，还是希望我小打小闹?”

“用不着来讥笑我。”我说，“总可以时不时给自己提提问题吧。”

“我给自己提出了不少问题，你要知道。”罗贝尔说。

他常向自己发问，而且比我更为严肃。我从不付诸行动，正是由于这一原因，我总是好激动。我意识到自己错了，可与罗贝尔在一起，我即使错了也无所谓！

“您呀！只提那些您可以找到答案的问题。”我说。

他重又笑了起来：“是的，正是这样更明智，提其他问题又解决不了大事。”

“这并不成其为可以不提其他问题的理由。”我说道。我的语气变得咄咄逼人，不过不是对罗贝尔，而是对我自己，对我这些天来的盲目。“不管怎样，我希望对将会发生的事有个概念。”我说。

“夜已经很深了，我们又喝了那么多潘趣酒，你不觉得明天早晨再谈会更清楚些吗？”罗贝尔问道。

一到明天早晨，墙将不再旋转，家具和摆设将重归其位，整齐有序，我的思绪也将如同往昔，有条有理，我又将重新得过且过，只需看清脚下的路，无需瞻前顾后，心里也不再为这些鸡毛蒜皮、争执不休的麻烦事犯愁。可我被这如此井井有条的一切搅得疲惫不堪。我瞅了一眼迪埃戈坐在炉边时用的坐垫，他常说：“纳粹胜利没有列入我的计划。”可后来，他们把他枪杀了。

“脑子里的念头总是过分清楚！”我说，“战争胜利了，这个念头就清清楚楚。哎，那么多人死去了，今天晚上他们都不在场，过的是什么怪节日！”

“可心想他们并没有白白死去，总归与认为他们是白白送了性命不一样吧。”罗贝尔说。

“迪埃戈就是白白送了命。”我说，“即使并不是白死又怎么样？”我气呼呼地接着说，“这种一切都在超越自己、向别的事物发展的运动体系对活人来说倒真合适。可是，人死了就是死了，对他们不是超越，而是背叛。”

“并不一定就背叛他们。”罗贝尔说。

“只要忘却了他们和利用他们，就是背叛了他们。”我说，“怀念之情，这也许没有什么用处，要么就再也不是真正的怀念。”

罗贝尔犹豫了片刻，“我想我是生来就不善于怀念的。”他神色困惑地说，“对我无法解答的问题，对我无能为力的事情，我不太关心。我并不是说我就有道理。”他补充说道。

“噢！我也不是说您有错。不管怎样，人死了就是死了，我们呢，还活着，再怀念也无济于事。”

罗贝尔把手放在我的手上：“那就不要自寻烦恼了。你知道，我们也都会死的，这也就使我们与他们十分相近。”

我抽回手。此时此刻，任何情爱我都厌恶。我不想得到安慰，我还不愿意。

“啊！真的，您那可恶的潘趣酒搅乱了我的心。”我说，“我要去睡觉了。”

“去睡吧。明天，提什么问题随你的便，甚至那些无济于事的问题也行。”罗贝尔说。

“那您呢？您不去睡？”

“我想我还是去冲个淋浴，再工作一下为好。”

“显然，罗贝尔抵御怀念之情的能力比我要强。”我躺在床上暗自思忖，“他忙于工作，四处活动，因此对他来说，未来比过去要更实在。他写作：自己力所不及之事以及不幸、失败、死亡等等，一旦让它们在自己的作品中获得其应有的位置，他就感到无所牵挂了。可是我，我别无他法，我所失去的，再也无法觅回，我的背叛行为，任何东西都无法赎回。”我突然开始哭泣起来。我想：“在哭泣的是我的眼睛，而他一切都看得清清楚楚，可惜用的不是我的双眼。”我流着泪水，二十年来，我第一次孤独无援，独自经受着内心的痛苦和恐惧。我终于昏昏入睡，梦见我已经死去。我猛然惊醒，恐惧始终存在，一个小时以来，我一直在与它搏斗，可它依然存在，死神继续在游荡。我开了灯，可马上又灭了灯，如果罗贝尔发现我的门扉下有亮光，他准会不安的。一切都无济于事，今天夜里，他无法给我帮助。当我想和他谈谈他自己时，他回避了我的问题，他知道自己身处险境。正是为了他，我才感到恐惧。迄今为止，我对他的命运始终充满信心。我从未试图安排他的命运，因为事无巨细，都是由他做出安排。我与他相依为命，共同生活，就仿佛生活在我自己心中，从来没有任何隔阂。可突然间，我再也没有信心，我对一切都丧失了信心。罗贝尔再也不是恒星、路标，仅仅是一个人，一个年届六旬的老人，身体虚弱、易病，失去了过去的保护，又面临着未来的威胁。我两眼睁得大大的，背靠着枕头。我必须想方设法拉开一定距离，以便更好地看清他，仿佛在这二十个春秋，我未曾毫不犹豫地爱过他。

要这样做，并非易事。曾有过一段时期，我远远地望着他，可那时我年纪太轻，看他时距离拉得太远了。一些同窗好友在索邦学院把他指给了我，人们对他议论纷纷，话中交织着钦佩与愤慨。人们私下传说他酗酒、逛妓院。若真是如此，对我倒更有吸引力。我儿时笃信宗教，这给我留下了副作用。在我看来，罪孽是上帝不存在的可悲的表现，倘若有人告诉我迪布勒伊强奸少女，我准会把他奉为一种圣人。可惜他的恶癖微不足道，而他取得的过多的荣誉倒惹我恼怒。我开始听他授课，并暗自发誓，一定要把他当作一个虚假的伟人。他显然不同于其他教授，来时像阵风，总要迟到四五分钟。一开始，他的两只狡黠的大眼睛少不了先审视我们一阵，然后开始授课。他的声调忽而和蔼可亲，忽而咄咄逼人。他一副粗暴的面孔，声音猛烈，经常纵声大笑，我们有时觉得他带有几分疯狂，这一切之中无不蕴藏着某种挑衅。他身着十分洁白的衬衣，双手干干净净，脸刮得无可挑剔，因此，他穿的夹克衫、毛线衣和肥大的鞋子更显得有伤大雅，不是因为马虎所能原谅的。他喜欢的是舒适而不是体面，即无拘无束，这在我看来是故作姿态。我读过他的小说，可不大喜欢。我期待的是这些小说能给我某种令人激奋的启示，可它们给我讲述的却是普普通通的人物、平平庸庸的情感和一大堆在我看来无关紧要的琐事。至于他授的课，确实很有趣，这我同意，可说到底，平淡无奇，没有任何独到之处。他总是那么自信，使得我无法抵挡内心的欲望，恨不得驳斥他一番。噢！我也坚信真理属于左派，打从我孩提时代起，我就觉得资产阶级思想散发着某种愚蠢和虚假的气息，散发着一种极为难闻的臭味。后来，我在《福音书》中得知人是平等的，人人皆兄弟，对此，我坚信不疑。只是由于我的脑子里长时间以来灌输的都是绝对的东西，因此依我看，苍穹的虚无使任何道德都显得微不足道。然而迪布勒伊却想象尘世间可能存在着某种希望。我在第一篇论文中就此阐述了自己的观点。“革命，好吧，”我写道，“可后来结果如何?”一个星期后，在下课的时候，他把作业还给了我，对我大加讽刺。我的绝对观点据他看是一种不能面对现实的、小资产阶级的抽象的梦想。我无力与他抗争，他自然大获全胜。可这证明不了任何问题，我直言不讳地跟他挑明了这一点。第二个星期，我们重又开始辩论，这一次，他想方设法说服我，而不是压服我。我不得不承认私下交谈时，他丝毫没有把自己视作伟人的架势。此后，上完课，他常常主动与我交谈，有时还一直陪我到门口，路上尽绕远儿。后来，下午和晚上，我们一起外出，既不谈论道德，也不谈论政治，任何高深的话题概不涉及。他经常给我讲故事，但更多的是带我去游玩，他向我展现了街道、公园、河畔、运河，领我观看了墓地、市郊贫民区、货场、空地、小酒店和巴黎城中我不熟悉的角角落落。我发现许多我自以为了解的事物其实看也没有看过。经他一指点，一切都获得了无穷的意义：无论人们的面孔、声音、服饰，还是一棵树、一张布告、一块霓虹灯招牌或其他任何东西。我趁机重读了他的小说，这才恍然大悟，以前根本没有读明白。迪布勒伊给人造成一种感觉，似乎他心血来潮，仅为了满足自己的乐趣而去写那些毫无价值的东西，然而一合上书，人们立即会感到心头震动，激起愤怒、厌恶和反感，迫切需要事物发生变化。读了他作品中的某些段落，人们会把他视为一个纯粹的美学家：他对词语有独特的鉴赏力，对诸如阴天下雨、天空晴朗、爱情纠纷、偶然的事故等等有着一种天真无邪的兴趣，只不过并不就此止步不前；你会在不知不觉中突然发现自己置身于那些人物之中，似乎他们之间的任何问题都会与你休戚相关。正是因为这一原因我才如此强烈地要他继续写作。通过我自己的感受，我明白了他带给读者的是什么。在他的政治思想和诗人般的激情之间，并不存在距离。这是因为他非常热爱生活，以至他希望人人都能充分享受生活的乐趣，也正是因为他热爱人，所以属于人的生活的一切都使他充满激情。

我重温他的作品，倾听他的谈话，征求他的意见，我对此是那么专心致志，以至我从未想到问一下自己他到底为什么喜欢与我交往。此时，我已经无暇顾及发生在自己心间的一切。一天夜晚，当他在卡鲁塞尔公园把我搂到他的怀里时，我竟气愤地说："我只拥抱我将爱上的男子。"他平静地回答我说："可您爱我！"我很快明白了这是千真万确的事。我之所以对此毫无察觉，是因为这来得太快了：只要有了他，一切的发展都是那么迅速，首先制服我的甚至就是这一点。其他的人是那么拖沓，生活是那么缓慢，而他却和时间赛跑，冲击一切。打从我明白已经爱上他那一刻起，我便满怀激情地紧跟着他，令人不胜惊讶的事情目不暇接。我懂得了人可以没有家具摆设，不需时刻表而生活，中午可以免去午饭，夜里可以不需睡觉，下午则可以睡大觉，在树林子和在床榻上一样可以享受云雨之欢。成为他怀抱中的一位女子，这在我看来既简单又欢快，当欲望使我惊恐不安的时候，他的微笑使我心安。我的心头笼罩着一丝阴影：假期临近，一想到分离，我就感到害怕。罗贝尔显然意识到了这一点，莫非正是由于这一原因他才向我提出结婚？可当时，我脑子里甚至从未掠过这种念头，我才十九岁，觉得被心爱的男子所爱和被尊敬的父母和万能的上帝所爱一样自然。

"可我爱你！"后来过了很长时间，罗贝尔这样回答我说。出自他的嘴里，这句话到底意味着什么？一年前，当他全身心地投入到政治斗争中去时，他爱过我吗？还有那一年，他难道没有可能选择另一个女人以减轻因没有参加行动而造成的痛苦吗？这些问题微不足道，别提了。可以肯定的是，他狂热地希望我能幸福，而他的希望没有完全落空。至此，我没有不幸，没有，但也并不幸福。我身体健康，也有欢乐的时刻，但极大部分时间都在忧伤中度过。愚蠢、谎言、不公、痛苦：在我的四周，是一个漆黑一团的混沌世界。这一个又一个星期，一个又一个世纪，日日重复，无处归宿的时光，是多么荒谬！生活，就是在四十或六十个年头里，在虚无中踯躅，等待着死亡。正是因为如此，我才那么勤奋地学习，唯有书本和思想经受得住考验，在我眼里，唯有它们真实可信。

多亏罗贝尔，思想才降临到人间，地球变得像一部书那样完整统一，这是一部恶始而将善终的书。人类总是向着一定的方向发展，历史也有着它自己的某个方向，我的命运也是如此。压迫和贫困有可能自生自灭，邪恶已被战胜，丑闻已被扫除。苍穹在我头顶重又合拢，昔日的恐惧在我心头消失。罗贝尔并不是只凭大道理使我挣脱了困境，他向我表明了只要活着，生命就可自我满足。对于死，他毫不在乎，他的活动并非只是消遣，他爱其所爱，求其所求，对任何东西都不逃避。总而言之，我唯一的要求，只是能与他相似。如果说我提出了生活的问题，那主要原因是我在家中感到厌倦。如今，我已不再感到厌倦。罗贝尔以他对未来的设计，从一片混沌之中创造了一个充实的、秩序井然的、纯净的世界：这个世界是属于我的。唯一的问题，是要从中赢得我自己的立身之地。成为罗贝尔的妻子，这满足不了我，在嫁给他之前，我从未考虑过当妻子的生涯。此外，我一分钟也未打算过积极从政。在这个天地里，理论可以激起我的热情，我也有着某些强烈的情感，可实践令我望而生畏。我必须承认我缺乏耐心，革命正在进行，可它发展如此缓慢，迈着如此迟疑不决的小步！对罗贝尔来说，只要一种解决方法比另一种可行，那它就是好的，他总把最小的祸当作福。他自有道理，这毋庸置疑，可我似乎还未彻底消除我那些绝对化的旧梦：这满足不了我的愿望。继而，前途在我眼里显得十分遥远，我难以对尚未降生于世的后人发生兴趣，我更渴望救助眼下那些尚活着的人。为此，这救生的职业一直诱惑着我。噢！我从未想过可以从外界给某人带来预先设计的希望。但是，使人们失去幸福的往往是些微不足道的事情，我要帮助人们从中解脱出来。罗贝尔给了我鼓励，在这方面，他与正统的共产党人有着区别，他认为在资本主义社会里精神分析的运用有可能产生有益的效果，也许在无阶级的社会里仍能发挥其作用。他甚至觉得在马克思主义的启发下重新考虑传统的精神分析是一项令人神往的工作。事实上，这确实激起了我的热情。我的日子与在我身边旋转的地球一样充实。每日清晨，都伴随着头一日清晨的欢乐；每日夜晚，我心头重又觉得充盈着各式各样的新鲜事。年仅二十岁，就从心爱的人手中获得一个世界，这是多好的运气！在这个世界中赢得应有的位置，这又是多好的福气！罗贝尔也成功地完成了关键的一步：他使我免于孤独，却没有剥夺我的清静。一切对我们来说都是共同的，但是我有自己的友情、自己的乐趣、自己的工作和自己的忧虑。只要我愿意，我可以沉浸在某人怀抱的温情之中消受夜晚，或像今天一样，如同少女似的独处闺房，度过黑夜。我望着墙壁，望着门扉下的光线：我曾多少次感受到这份甜蜜，我沉睡着，而他就在我声音可及的地方工作。早在很多年前，我们之间的欲望就已经衰退，可是我们如此紧密相连，躯体的结合已经无关紧要，放弃这种结合，我们并不会因此失去什么。我仿佛觉得这是战前的某个夜晚，这种令我夜不能寐的焦虑心情并不是新添的。世界的前途往往漆黑一团。到底发生了什么变化？死神为何又来游荡？它继续在徘徊，到底是为什么？

多么固执的荒诞！我感到耻辱。这整整四年里，不管发生了什么事，我都坚信战后我们将重新寻回战前的时光。就在刚才我还对波尔说："现在，又重新与过去一样了。"现在，我又试图告诉自己："过去，与现在完全一样。"可是，并不一样，我是在撒谎：不像过去，从今之后将永远不再像过去。以前，即使最令人担忧的危险，我也胸有成竹，肯定能从中解脱出来，罗贝尔必定能摆脱危险，他的命运给我保证了世界的命运，反之亦然。可是，现在有着那么一个痛苦的过去，怎能还对未来充满信心？迪埃戈死了，死去的人太多了，丑恶又回到世间，幸福一词再也没有任何意义，在我的四周，重又是混沌一片。也许世界最终能摆脱危机，可要等到何日？两三个世纪，这太漫长了，属于我们的日子已经屈指可数，万一罗贝尔的一生在失败、怀疑与绝望中结束，那这一切再也无可挽回。

他在工作间里轻轻走动，他在阅读，在思索，在制订计划。他会成功吗？要不然，后果如何？没有必要往最坏处想，谁也没有把我们吃掉，我们只不过是在不再属于我们的历史中瞎撞。罗贝尔已经沦落到一个被动的见证人的角色，他将如何了却自己的一生？我知道革命对他已经铭心刻骨到何种程度，革命是他心中的绝对存在。他的青年时代给他打下了深深的烙印。他是在昏暗的小屋子里长大的，从小过着暗无天日的生活，在那漫长的岁月中，社会主义是他唯一的希望。他信仰社会主义，并非因为宽厚，也并非逻辑使然，而是出于需要。成为一个男子汉，这对他来说意味着像他父亲一样当一个活动家。尽管他经历了一九一四年的极端的失望，继而在图尔代表大会[1]两年后与加香[2]分道扬镳，而自己又无能为力，难以在社会党人中重新激起昔日的革命热情。但这一切远没有使他脱离政治，他一有机会，就重又投入政治活动，眼下，他比任何时刻都充满激情。为了让自己放心，我暗暗对自己说，创作源泉永不会枯竭的。我们婚后的那几年里，他没有从事别的活动，创作极丰，并自得其乐。或是，他首先是个作家吗？我尽量让自己这么想，直至今天夜里。我还从来没有胆量窥听他内心独自的对话，我再也不对我们的过去那么自信了。他之所以那么快就希望要个孩子，无疑是因为我不足以充分证明他的存在，或许他是在寻找一种报复，以回报他再也控制不了的未来。对，这一做父亲的欲望在我看来很说明问题。我们去布律埃旅行的凄惨气氛也意味深长。我们漫步在布满他儿时足迹的大街小巷，他领我看了他父亲执教的学校和他九岁时在里面聆听饶勒斯讲话的那座昏暗、低矮的房子；他向我讲述了他初次接触日常的烦恼和毫无希望的工作时的情景；他讲得太快了，咬词也太过分，可突然，他颇带不安地说："一切都未改变，可我却在写小说。"我只想把这看作是一时的冲动，罗贝尔生就性格开朗，我很难想象他会产生严肃的怀旧之情。可是，阿姆斯特丹代表大会之后，他整整一个时期，忙于组织警觉委员会。我发现他完全可以更开心些，我不得不承认事实：从前，他是在勉强地控制自己。他一旦感到无能为力，陷入孤独的境地，那一切对他来说都是徒劳的，尤其是写作，更是如此。一九二五年至一九三二年期间，他一边拼命强压心中的烦躁，一边写作。是的，情况正是这样。可与从前迥然不同，他仍然与共产党人和某些社会党人保持联系，对工人的统一和最终的胜利存有希望。我清楚地记得他经常挂在嘴边的饶勒斯的那句话："未来的人将是人类历史上最为复杂的、最富于生命力的人。"他坚信自己的作品有助于建设未来，未来的人一定会阅读，正因为如此，他才勤于写作。面临一个死路一条的未来，这再也没有任何意义。

1 法国社会党于1920年12月25日至31日在图尔召开代表大会，会上第二国际与第三国际的拥戴者分成两派，彻底决裂。

2 Marcel Cachin（1869—1958），法国政治活动家，曾任《人道报》编辑部主任，法共政治局委员。

假若他的同代人再也不听从他的话，假若后代再也不理解他，他唯一的出路就是沉默。

那该怎么办？他该会变成什么样子？一个沦为渣滓的活人，这真可怕，可还有更坏的命运，那便是舌如打结，不能讲话。那还不如干脆死了为好。我难道会有巴不得罗贝尔死去的那一天吗？不会的，这难以想象。他已经经受了沉重的打击，可每次总是化险为夷，他一定会摆脱困境的。我不知会以什么方式，可他一定会寻找到某种东西，比如，他哪一天会登记加入共产党，这并非不可能；当然，眼下他还未想到这一步，他对共产党人的政策抨击得太猛烈了。可是，假设他们的路线发生了变化，假设除了共产党人再也不存在任何统一的左派，那么，我想罗贝尔也许不会继续无所活动，也许最终会加入到他们的队伍中去。我不喜欢这种打算，要他屈从于他持有异议的命令，这对他来说比任何人都更痛苦。至于采取何种策略，他自有考虑。尽管他尝试着奉行犬儒主义[1]，可我完全清楚他将永远忠实于他从前的道德观。别人的理想主义总令他发笑，他有着自己的主义，共产党人的某些手段，他是绝对不能苟同的。不，这一解决方式根本解决不了问题。他与共产党人之间的差别太多了，他的人道主义与他们的并非同一回事。要是这样，他不但再也写不出任何真情实感的东西，而且将被迫否认他的整个过去。

“那活该!”他一定会这么对我说。刚才他还说：“多一部少一部书，这无关紧要。”可他真的是这么想吗？我对书向来十分看重，也许看得太重了。我年轻时，喜爱书胜于真实的世界，书对我至今还留下某种影响，书为我保留了一种美好的永恒的情趣。真的，我对罗贝尔的作品如此动情的原因之一就是：要是他的作品死亡了，那我们俩又将难以摆脱灭亡的命运，未来只不过是一座坟墓罢了。罗贝尔并不这样看待事物，可他也并不是一个完全忘我的杰出的活动家，他十分希冀身后留下名声，这名声对许多人来说具有深长的意味。再说，写作，是他在世上最热爱的东西，是他的欢乐，他的需要，是他的生命所在。放弃写作无异于自杀。

1　古希腊抱有玩世不恭思想的一哲学流派。

那么，他也只得逆来顺受，别人让他写什么他就写什么。其他作家就是这样做的。那是其他人，罗贝尔绝对不会。我最多只能设想他违心地行动，可写作，完全是另一码事，若他再也不能随心所欲地表达自己的心声，那笔就会从他手中自动掉落。

啊！我看到了，那条死胡同。罗贝尔牢牢地坚持某些想法，我们在战前坚信这些想法总有一天会变为现实。他的整个一生，既执著于丰富他的思想，又致力于让这些思想变为现实，假设这一切永远都不能发生，那又将怎样？罗贝尔始终捍卫人道主义，可要是决议违背了他的意愿被通过，罗贝尔能怎么办？倘若他帮助建设的是一个与他信奉的各种道德标准对立的未来，他的行动就是荒谬的。但是，若他执著地维护某些永远不可能在世间降临的道德观念，那他就成了一个迂腐的空想家，而他最不主张的就是成为一个类似的人。不，如果有此种结局，那别无选择，不管怎样，只能是失败、束手无策，而这对罗贝尔来说无异于活活死去。正因为如此，罗贝尔才充满如此强烈的激情投入斗争。他告诉我局势给他提供了他等待了整整一辈子的机遇，这我同意；可其中也暗藏着比他经历过的要更为严重的危险，对此，他自己也清楚。真的，我敢肯定，我刚才所思忖的一切，他心里也是这么想的。他思量前途对他来说也许是座坟墓，他将像罗莎和迪埃戈一样葬身其间，不留任何痕迹，其结局甚或更糟；也许未来的人们会把他视为落伍者、笨蛋，视为故弄玄虚的家伙，不是无用就是有罪，纯粹是一堆废物。也许可能有那么一天，他试图用他们这种残酷的眼睛来审视自己，那么，他必定在绝望中了却一生。绝望无援的罗贝尔，这不啻是个悲剧，比死亡本身还要难以承受。我宁愿自己去死，宁愿他去死，也不愿他陷入绝望的境地。不。明天和以后的日子里，每当我清晨醒来，眼前始终将笼罩着如此巨大的威胁，对此，我无法忍受。但是，纵然我上百遍地呼喊“不，不，不”也无济于事。明天和以后的日子里，我醒来时，将面临这一威胁。如果是一种信念，那至少可以带着它死去，然而这种无穷无尽的恐惧，日后将不得不经受它的煎熬。

第二章

一

翌日清晨，广播证实了德军溃败的消息。“和平真的开始了。”亨利上桌时对自己重复说道。“这下我终于可以写作了！”他暗暗发誓：“我一定要想方设法天天写作。”可到底写些什么？他并不清楚，但为之而庆幸，过去他的目的太明确了。这一次，他要尽自己的努力，在事先毫无考虑的情况下与读者倾心交谈，就像给一位友人写信。他也许能成功地向人们讲述在他过去结构过分讲究的作品中从无一席之地的各种事物。人们希望用词语挽留的东西何其多，可它们却都一一失去了！他抬起头，透过窗户仰望冷酷的苍穹。一想到这个上午又要流逝而去，真令人惋惜。这天上午，一切都显得那么珍贵：白纸、酒香和冷却的烟味以及从附近的咖啡馆传出的阿拉伯音乐。巴黎圣母院如同苍天一样冷漠，一个流浪汉在小巷间狂舞，脖子上挂着饰有蓝色鸡毛的大项圈，两个身着节日盛装的姑娘笑嘻嘻地看着他。今天是圣诞节，是德国溃败的日子，某种东西重又开始出现了。在这整整四个年头，他让那一个个清晨、一个个夜晚从自己的指间白白流失了。现在，他要付出三十个春秋，努力把它们追寻回来。人不能倾吐胸中的一切，这不错，但总可以设法表达自己生活的真正乐趣；各人的生活自有各自独特的情趣，这就需要吐露，不然也就没有必要用笔去“倾诉我过去和现在所热爱的一切，谈谈我到底是怎样一个人”。他画了一束花。他到底是谁？消失了如此漫长的时间之后，他变成怎样一个人？从内心去描绘自己的特征、去界定自身，谈何容易。他不是个政治狂，也不是个写作迷，也不是什么伟大的热血男儿。确切地说，他感到自己是个普普通通的人，但说到底，他并不为此感到不好意思。一个像大家一样的普通人，真诚地谈论自己，这有什么不好？他要以芸芸众生的名义，为芸芸众生说话。真诚：这是他本应追求的唯一的独到之处，是他必须遵循的唯一要求。他在花束上又添了一朵鲜花。要做到真诚，并不那么轻而易举。他并不打算自我忏悔。俗话说，凡小说都是谎言。啊！他以后倒要看看这话是真是假。眼下，尤其不能让问题捆住手脚；信步漫游，随便怎么迈开第一步：比如就从月光下的瓦德花园开始信步走去。空空的白纸，必须加以利用。

“你那部欢快的小说已经开始动笔了吗？”波尔问。

“我不知道。”

“你怎么不知道？你不知道你在写什么？”

“我准备让自己也大吃一惊呢。”他哈哈大笑说。

波尔一耸肩膀。可这也是真话。他不愿知道，他在纸上胡乱地固定下了他生活中许许多多个阶段，从而享受到了莫大的乐趣，除此之外，他别无奢求。晚上，要去与纳迪娜约会，他恋恋不舍地放下了手中的工作。可他告诉波尔，他要与斯克利亚西纳一起出门。近一年来，他学会了对自己的坦诚有所保留；“我和纳迪娜外出”这简简单单几个字说不定会挑起一系列的问题，招来种种飞短流长，所以，他宁肯说点别的原因。不过，这位姑娘一直被他当作侄女对待，而且她又不讨人喜爱，与她出门都要瞒着，确实荒谬。当初鬼使神差，竟与她相约，更是不可思议。他推开红酒吧的门，走到餐桌边，纳迪娜早已在拉舒姆和樊尚中间坐定。

“今天没有争吵吧？”

“没有。”樊尚气恼地说。

年轻人一起挤到这家窄小的红酒吧，与其说为了朋友之间欢聚一番，倒不如说是为了与政敌交锋。他们各自代表着各家各派。亨利经常到这里来呆上一刻，他多么想坐下来和拉舒姆以及樊尚一边随便聊聊，一边看看店中的客人，可是纳迪娜却马上站起身来。

“您带我去吃晚饭？”

“我正是为此而来。”

门外，一片漆黑，人行道上积满了冰冻的污泥。他到底该怎么打发纳迪娜？他开口问道："您愿意上哪儿？去意大利人餐馆？"

"去意大利人餐馆。"

她并不让人扫兴，她任他挑选餐桌，跟他一样要了一份甜椒和一份杂烩仔牛肉。不管亨利说些什么，她全都表示赞同，满脸喜色，亨利顿起疑窦。实际上，她没有听他说话，而是面对着碟子微笑，还一边在忙而不乱地吃着。亨利突然中断了话声，她似乎毫无察觉。待她把最后一口咽下了肚，她一张手，擦了擦嘴巴：

"现在，您领我去哪里？"

"您不喜欢爵士音乐，也不爱跳舞？"

"不喜欢。"

"咱们可以去北回归线咖啡馆试试。"

"那儿好玩吗？"

"好玩的夜总会您见得多了。在北回归线咖啡馆，交谈交谈可不坏。"

她耸了耸肩膀："要交谈，地铁的板凳就很好。"接着，她脸上露出喜悦："有几家馆子，我特别喜欢，那里可以观看赤身裸体的女人。"

"不可能吧？您觉得这玩意儿有趣？"

"噢！是的，土耳其人浴室就更有趣了。不过，有歌舞演出的小酒店也不差。"

"您莫非有点中邪了吧？"亨利笑着说。

"可能。"她冷冷地回答道，"那您有什么更好玩的？"

由一位既不是处女又没有出嫁的大姑娘陪伴观看裸体女人，再也想象不出比这更有伤大雅的了；可是，亨利要负责让她开心，又缺乏想象力。他们来到了阿斯塔特酒家坐下，面前放着一只香槟酒桶，店堂里还是空空荡荡的，舞女们围着吧台在聊天。纳迪娜仔细地打量了她们一番。

"要我是个男人，我每天晚上都带个漂亮的女人来，一天换一个。"

"每晚都来，一天换一个，可最终还不是都一个样。"

"绝对不会。那位可爱的棕发女郎和那位挺着那么漂亮的假乳房、一头棕红发的女人，虽然都穿着裙服，可完全不是一个味儿。"她用掌心托着下巴，打量了亨利一眼，"您和女人玩不开心吗？"

“像这样，不开心。”

“那要怎样?”

“呃，要是她们漂亮，我特别喜欢看着她们，和她们跳舞，或聊聊天。”

“要聊天，还是跟男人聊好。”纳迪娜说，她的目光变得布满疑云，“说来说去，您邀请我到底是为了什么？我不漂亮，舞跳得很糟，也不会聊天。”

他微微笑道：“您记不得了？您责怪我从不请您。”

“每次有人责怪您哪件事没有做，您都会去做吗?”

“那您为什么接受了我的邀请?”亨利反问道。

她向亨利溜了一眼，这目光是那么毫不掩饰地富于挑逗性，不禁使他感到惊慌：难道真的如同波尔所说，纳迪娜每见到一个男子都无法不委身于他?

“绝不应该拒绝任何邀请。”她一副教训人似的口气说道。

她一时默不作声，搅动着香槟。接着两人又你一言我一语地交谈起来，不过纳迪娜时不时故意保持缄默，两只眼睛直勾勾地盯着亨利，脸上露出一副惊诧莫名的怪嗔神情。“我总不能玩弄她吧?”他暗自思忖。她只不过惹起他几分欢心，亨利对她了解极了，要玩她再容易不过。可一想到迪布勒伊夫妇，他感到浑身不自在。他想方设法打破沉默，可有两次，纳迪娜竟然故意打起呵欠来。他也觉得时间是那么漫长。几对男女在跳舞，大多是美国汉子和一些姑娘，还有一两对假冒的外省夫妇。他决定等舞女们一表演完节目就马上离去。当他终于看见她们登台表演时，心里总算松了一口气。总共有六位舞女，她们戴着胸罩，穿着饰以闪光片的三角裤，头顶法兰西和美利坚合众国国旗色彩的大礼帽。她们跳得不好也不差，长得也不过分丑。这个节目毫无意思，根本激不起欢笑，可纳迪娜为何一副如此欣喜的神态？当舞女们脱去胸罩，露出涂着石蜡的乳房时，她用心不善地瞥了亨利一眼：

“哪一位您最喜欢?”

“她们都一个样。”

“左边那位金发女郎，您不觉得她的小肚脐长得挺迷人？”

“可一副十分可悲的面孔。”

纳迪娜不再做声，她用显出几分腻烦的行家目光细细打量着舞女。当她们终于一手挥舞着三角裤，另一只手用三色大礼帽紧掩着下身退出场去时，纳迪娜开口问道：

“长着一副漂亮的面孔重要，还是身段优美更重要？”

“要看情况。”

“什么情况？”

“整体，还有口味。”

“从整体上看，按您的口味，我能打几分？”

他轻蔑地盯了她一眼：“两三年以后再告诉您：您还没有长定型呢。”

“死以前，永远不会定型。”她用愠怒的声音说道。她的目光绕着整个舞场到处乱转，最后落到那位面孔可悲的舞女身上。那位舞女走到吧台边坐下，穿着一条黑色的短裙。“她真的一副愁眉苦脸的样子。您应该邀她跳舞。”

“并不是这样就会让她很开心的吧。”

“她的伙伴们一个个都有男人陪，她像是个没人要的货似的。那就去请她跳跳吧，这又会费您什么东西？”她陡然激烈地说，紧接着声音温柔地哀求道：“就去跳一次。”

“如果您非要我跳的话。”亨利道。

金发女郎毫无热情地伴他步入舞池。她平平庸庸、傻里傻气，亨利真不明白纳迪娜为何对她感兴趣。说实在的，纳迪娜如此任性，已经开始让他厌烦。当他回到座位在她身边坐下时，她已经满斟两杯香槟，若有所思地望着他。

“您真好。”她说道，两只眼睛向他频送秋波。突然，她淡淡一笑，问道：“当您喝醉了酒，您会变成一副滑稽可笑的样子吗？”

“我一醉，就觉得自己特别可笑。”

“那别人会怎么想？”

“当我醉了，我不在乎别人怎么想。”

她指了指酒："那您就一醉方休吧。"

"喝香槟，我不会醉。"

"您能连喝多少杯不醉？"

"很多杯。"

"三杯以上？"

"那当然。"

她不信地瞅了他一眼："我倒想开开眼界。您一口气把这两杯酒喝掉，您会一点儿事都没有？"

"一点儿事都没有。"

"那喝吧。"

"为什么？"

"人总是爱吹，必须让他们当面出丑。"

"喝了这酒，您是不是还要我顶着头走路？"亨利问道。

"喝了，您就可以回家睡觉。喝吧，一杯一杯连着喝。"

他干了一杯，感到胃里一翻。她又把另一杯送到他手上。

"有话在先，连着喝。"

他又一干而尽。

等他醒来时，发现自己赤身裸体躺在床上，身边是一个一丝不挂的女人，正揪住他的头发，摇晃着他的脑袋。他含混不清地低声问道："是谁呀？"

"是纳迪娜。醒醒，已经很晚了。"

他睁开眼睛，电灯亮着，这是一间陌生的房间，是旅馆的客房。他回想起了工作室、楼梯，在这之前，他喝香槟酒，现在头痛得厉害。

"到底怎么回事？我不明白。"

"你喝的香槟酒掺了七十度的烧酒。"纳迪娜朗声大笑道。

"你偷着往香槟里掺了烧酒？"

"掺了点儿！跟美国汉子在一起时，若我要让他们醉，我常用这一手。"她淡淡一笑，"这是捉弄你的唯一办法。"

"你捉弄了我？"

“如果可以这么说的话。”

他一抓脑瓜：“我什么也想不起来了。”

“噢！没有什么关系。”

她跳下床，从提包里拿出一把梳子，赤条条地站在大衣橱镜前，开始梳理起来。她的躯体多么富有青春气息！他难道真的紧搂了这个肩臂丰腴、乳房富有弹性的身躯？她蓦然发现了他的目光：“别这样看着我！”她一把抓起连衫衬裙，慌忙往身上套。

“你太漂亮了！”

“别说蠢话！”她声音傲慢地说。

“你为什么要套上衣服？来呀。”

她摇了摇头。他有点忐忑不安地说：“你有什么责怪我的吗？我醉了，你知道。”

她走回床榻，吻了吻亨利的面颊：“你刚才很可爱。可我不乐意再来一次。”她又走开去，并补充道：“同一天里不能再来了。”

什么也回忆不起来，这实在令人恼火。她套上了短袜，亨利赤裸裸地躺在被窝里，感到很不自在：“我要起床了，请你把身子转过去。”

“你要我转过脸去？”

“请你。”

她脸冲着墙，背着手，像个受罚的小学生似的站在一角。她遂用含讥带讽的声音问道：“这还不行吗？”

“行了。”他扣了裤带回答道。

她一副挑剔的神情细细打量着他：“你什么事都搞得那么复杂！”

“我？”

“让你上个床、起个床，你都那么多麻烦事。”

“你弄得我头痛极了！”亨利说。

他为她不愿再来一次感到遗憾。她身段柔美，真是个怪姑娘。

他俩来到了蒙帕纳斯车站旁边那家早早开门的比亚尔小咖啡店。就座后，面前摆着冒牌的咖啡。他开心地问道：“说到底，你为什么非要和我睡觉？”

“认识一下。”

“你都像这样结识他人?”

“一旦跟某人睡了觉，就消除了拘束，两人在一起比以前就更自在了，不是吗?”

“拘束消除了。”亨利笑着说，“可你为什么这么乐意跟我交往?”

“我希望你觉得我挺可爱。”

“我觉得你很可爱。”

她带着一副既狡黠又尴尬的神情看了看他：“我希望你觉得我挺可爱的，可以领我去葡萄牙。”

“啊，原来如此!”他把手放在纳迪娜的胳膊上，“我已经跟你说过，这根本不可能。”

“是由于波尔的缘故? 可既然她不跟你一块儿走，我完全可以去。”

“不行，你不能去，我会让她感到很伤心的。”

“别告诉她就是了。”

“那可要撒大谎了。”他淡然一笑，“何况她总会知道的。”

“那么，为了避免造成她痛苦，你就让我失去我那么渴望的东西?”

“你真的那么渴望?”

“一个阳光充足、有吃有喝的国度，我恨不得让自己的灵魂能去那儿安息。”

“你在战争期间挨饿了吧?”

“瞧你说的! 要知道找吃的，妈妈可真了不起；她常骑自行车行程八十公里，给我们弄回一公斤蘑菇或一块变质的肉。尽管如此，仍免不了要挨饿。当我结识的第一个美国人把他那份食物连同盒子一起往我怀里塞时，我简直都疯了。”

“正是为此你才那么喜欢美国人?”

“真的。再说，开始时我觉得挺好玩。”她一耸肩，“现在，他们组织得太严密了，再也没有什么意思。巴黎重又变得阴森森的。”她以一副苦苦哀求的神情望着亨利，“带我走吧。”

他真想能给她这一乐趣。给一个人以真正的幸福，是多么让人宽慰!

可又怎能让波尔承受这一切?

“你已经有过不少风流事,”纳迪娜说话,“波尔还不是忍了。”

“谁告诉你的?”

纳迪娜狡黠地一笑:“女人之间谈起自己的感情生活,那才带劲呢。”

确实,亨利曾向波尔招认了几次不忠的行为,她都原谅了,并对此表现出不屑一顾。可是今天,难就难在要说出外出的原因,这势必要逼他说假话,永远也解释不清。他再也不愿这样做。要么冷酷无情,干脆要求得到自己的行动自由,可他又勇气不足。

他喃喃地说:

“外出旅行一个月,那可不一样。”

“可一回来就可以分开嘛。我才不愿意把你从波尔手中夺走呢!”纳迪娜放肆地笑着说,“我只是想出游,仅此而已。”

亨利犹豫不决。和一位冲着他微笑的女人一起漫步在陌生的街巷,双双坐在露天咖啡座上;夜晚又在旅馆的客房里拥抱她那富于青春活力的热乎乎的躯体,这一切确实诱人。再说,既然他已经下定决心与波尔分道扬镳,再踌躇等待又有何益?时间消除不了任何隔阂,往往适得其反。

“听我说,”他说道,“我不能给你许任何诺言,要记住这绝不是诺言;可我尽量去和波尔商量商量,要是我觉得带你一起走有可能的话,那么,就答应你。”

二

我泄气地望着那幅小油画。两个月前，我吩咐孩子“画座房子”，他却画了一座别墅，有屋顶、烟囱，还冒着青烟，可不见一扇窗户、一扇门扉，四周围着高高的黑栅栏，铁栏杆尖尖的。“现在，画一家人吧”，他于是画了一个男子，手上牵着一个小男孩。今天他又涂了一座没有门扉、围着锋利漆黑的铁栏杆的房子，我们闯不进去。难道这是一个特别难以诊治的顽症？还是我不善医治？我把画放进了病历。是我不会还是不愿？孩子的逆反行为也许恰好反映了我自身感觉到的逆反心理：两年前在达豪集中营丧命的那位陌生人，要把他从他儿子的心中抹去，这不禁使我心悸。我暗自思忖：“那我应该放弃这一疗法。”我呆呆地立在办公桌旁。眼下还有两小时，也许抓紧时间可以把病案记录整理完毕。可我还下不了决心。当然，我总是给自己提出一系列的问题。医治，往往就是损毁。在一个不公平的社会里，个人的心理平衡又算得了什么？但是，我却始终激情洋溢，热心于给每一个病例寻找答案。我的目的不在于给病人提供一种内心虚假的慰藉，如果我想方设法帮助他们摆脱心中的幻梦，那是为了能使他们获得正视现实世界中各种真正的问题的能力。我每获得一次成功，就觉得完成了一项有益的工作。任务是多么巨大，它需要大家的合作，而这正是我昨天所思虑的。但是这就意味着每个明智的人在使人类走向幸福的历史进程中都要起到一定的作用。可我却再也不相信会达到这一美好的和谐。未来抛弃了我们，无需我们的参与，倘若只限于现实而言，那么即使小菲尔南变得像其他所有孩子一样开心、顽皮，又有何益呢？“我简直像是在纺质量极其低劣的棉纱。情况不妙。”我暗自思忖，“要是这样下去，最后只有把诊所关了。”我走到浴室，端出了一盆水，拿了一大把旧报纸，蹲在壁炉前，炉子里毫无生气地燃着纸团子。我把废报纸用水打湿，动手揉成一团团。对此类活儿，我不像过去那样厌恶了，有纳迪娜的帮助，加上女门房有时也帮我一把，整个家我拾掇得还算过得去。当我揉着这些旧报纸时，我至少肯定自己是在做某件有益的事情。令人烦恼的是这用的仅仅是我的双手。我终于做到了再也不想小菲尔南，再也不考虑我的职业。可仍然没有解决多大问题，我脑中又像唱片似的猛烈旋转：“在斯塔沃格[1]，被纳粹褐衫队残害的儿童不计其数，连收葬他们的棺材都不够了……”我们，我们总算幸免于难，可别处遭受了灾祸。人们匆忙藏起国旗，纷纷把武器扔入水中，男的夺门外逃，女的死守家门，任凭雨水拍打的街巷里，传来声嘶力竭的叫喊声；这一次，他们不再以宽宏大度的征服者的面目出现，而是怀着刻骨仇恨，杀气腾腾地扑来。他们终于走了，可欢乐的村寨焦土一片，孩子们的尸骨如山。

一股寒流使我浑身战栗，纳迪娜猛地打开了门，问道：

“你为什么没有叫我帮你一把?”

“我以为你在穿衣服呢。”

“我早就穿好衣服了。”她蹲在我的身旁，手中捏着一份报纸。“你害怕我不会？可我总还是能干的。”

实际上她笨手笨脚的，报纸总是打得太湿，搓得不够紧。可尽管这样，我还是应该喊她来的。我细细看了她一眼。

“让我来帮你打扮一下吧。”我说。

“给谁看？给朗贝尔?”

我到自己的衣橱里找出了一块披巾和一枚古老的首饰别针，把一双薄底浅口皮鞋递给她。这双鞋子是一位自觉已经康复的女病人送给我的礼物。纳迪娜犹豫了一下：

“可你今晚要出门，你到时穿什么?”

“谁也不会再看我的脚了。”我笑着回答。

1 Stavelot，比利时地名。

她接过皮鞋，咕噜了一声："谢谢！"

我真想回答一声："没什么！"我的体贴和慷慨往往惹得她不高兴，因为她并不真心感激我，恰恰相反，她在心底里责怪我这样做。我感觉到她在感激与怀疑之间左右摇摆，她毛手毛脚地揉着纸团。她生疑是有道理的。在我惯用的手段中，忠诚与大方实际上最不公道。我想方设法要消除她的痛苦，可结果总是让她感到理亏。她痛苦，是因为迪埃戈死了，是因为她没有节日裙服，是因为她笑得不美，由于心情忧郁而变丑了。她痛苦，是因为我不善于让她服从我，是因为我爱她爱得不够。也许不像恩赐似的待她，免得她无所适从，这样做更合适。要是我把她抱在怀里对她说"我可怜的小姑娘，原谅我没有更爱你"，我也许能给她安慰。要是我把她抱在怀里，也许我心底能筑起防线，不再怀念那些没有葬身之地的小孩尸体。

她抬起头："关于当秘书的事，你又跟爸爸商量了吗？"

"前天以来，一直没有再谈。"我连忙又补充说，"杂志四月份才出刊，有的是时间。"

"可我急需知道我该怎么办。"纳迪娜说，接着往火里扔了个纸团，"我真不明白他为什么反对。"

"他已经对你说过了，他觉得你准会浪费了自己的光阴。"可是，我觉得寻找一个职业，承担大人的责任，这对纳迪娜有好处，但是罗贝尔想得更高更远。

"可是学化学，这不是浪费时间吗？"她一耸肩膀说道。

"谁也不强迫你学化学。"

纳迪娜当初选择化学，是为了与我们斗气，没想到她吃尽了化学的苦头。

"化学并不让我厌烦，"她说，"烦人的是当学生。爸爸根本没有意识到：与你像我这么大年纪的时候相比，我比你要老练多了，我想做点真正的事情。"

"你完全知道我是同意的。"我说，"请你放心，要是你父亲见你死不改变主意，他最后总会点头同意的。"

“他会说同意，可我知道他到时会拿出什么腔调！”纳迪娜一副赌气的样子说道。

“我们一定能把他说服。”我说，“你知道，要我是你的话，我该会怎么做：我这就马上开始学打字。”

“马上学，我不行。”她犹豫了片刻，接着带着几分挑衅的神情盯着我，“亨利要领我跟他一起去葡萄牙。”

我一时慌了手脚。“这是你们昨天决定的事？”我用一种很难掩饰我内心不悦的声音问道。

“我早就决定了。”纳迪娜回答道，继又咄咄逼人地问道：“你肯定会骂我吧？你准会为了波尔责骂我吧？”

我在手中搓着一个湿纸团：“我觉得你这样做会给自己带来痛苦的。”

“这是我自己的事。”

“说来也是。”

我再没有多说，我知道我缄默不语会惹她生气。她本来需要有人给她出出主意，可她不由分说，一概拒绝，这样做的确也让我恼怒。她要的是我有话干脆明说，可是我却讨厌干涉她的私事。我还是鼓了鼓勇气说道：“亨利并不爱你，他眼下没有心思去爱……”

“那朗贝尔，他就那么傻，会娶我？”她抱有敌意地反问道。

“我从来没有逼你结婚，可朗贝尔爱你是事实。”

她打断了我的话：“首先，他并不爱我；他连让我跟他睡觉这样的要求都从来没有提过，甚至在圣诞前夜，我主动向他表示，他也不答理，气得我直跳。”

“因为他期望从你身上得到的是别的东西。”

“要是我不惹他喜欢，那是他的事；再说，我理解他已经有过像罗莎那样的姑娘，难呀。我请你相信我根本无所谓。只是不要老缠着我说他爱上了我。”纳迪娜声音越说越激动。我一耸肩膀。

“你愿意怎么干，你就怎么干好了！”我说，“我任你自由，你还有什么要求？”

她轻轻咳了一声，当她惶恐不安的时候往往这副样子。“亨利和我之间只不过是一起玩玩。回来后就分手。”

“坦率地说，纳迪娜，你真这么想?”

“真的，我真这么想。”她过分自信地回答道。

“可等你跟亨利呆了一个月以后，你就会迷上他的。”

“绝对不会。”她的两只眸子里又闪现出挑衅的目光，“如果你想知道的话，我昨天跟他睡觉了。可我根本不把这当一回事。”

我移开了眼睛，我实在不愿知道。我没有表露出窘迫的样子，说道：“这不说明问题。我有十分把握，等你们回来后，你一定会想抓住他不松手，可是他肯定不乐意。”

“到时瞧吧。”她说。

“啊！你承认了，你希望抓住他不放。可你错了，目前他所希望的，是获得他的自由。”

“这就要赌一场了：我觉得这挺好玩的。”

“盘算、要手腕、窥伺、等待，你觉得这好玩！可你连爱都不爱他！”

“也许我是不爱他。”她说，“可我需要他。”

她朝壁炉里扔了一大把纸团。

“跟他在一起，我能生活下去，你理解吗?”

“要生活下去，用不着任何人。”我不快地说。

她环顾了一下四周：“你把这就叫做生活！说实在的，我可怜的妈妈，你以为你过的是生活?跟爸爸一谈就是半天，剩下的半天跟那些疯疯癫癫的人打交道，你说这就叫生活！”她站起身子，拍了拍膝盖上的灰尘，用激怒的声音继续说道：“我有时也免不了干蠢事，这我不说。可我宁愿在窑子里了却一生，也不肯戴着冰冷的山羊皮手套，独自逍遥地过日子：你那双手套，总也不脱。你所有的时间都用来给人出主意，可你对人到底有何了解?我完全可以肯定，你从没有用镜子照照自己，从来没有做过噩梦。”

每当她理亏或对自己感到怀疑时，她总是采取这种对我进行攻击的策略；我没有答理一声，她朝房门走去。跨到门口时，她猛地止步，声音较为平静地问道：

“你等会儿来跟我们一起喝杯茶好吗？”

“你到时喊我一声就是了。”

我站起身，点了一支烟。我能怎么办？我再也不敢过问什么了。当她开始寻觅迪埃戈，继而到处厮混、躲避迪埃戈时，我曾试图插手；可是，纳迪娜突然发现了不幸，打击太猛烈了，她因此而愤恨、绝望，陷入歧途，越走越远，再也无法控制住她，只要我设法跟她谈谈，她马上就堵起耳朵，大喊大叫地逃出家门，直到拂晓时才回家。在我的一再要求之下，罗贝尔才开始开导她，那天晚上，她没有出门去找那位美国上尉，一直关在自己的卧室里。可第二天，她不辞而别，只留下一句话：“我走了。”整整一天一夜过去了，又是一夜过去了。罗贝尔四处找她，我在家中焦急地等待。多么可怕的等待！清晨四时许，蒙帕纳斯的一位酒吧招待打来了电话。我赶去后，发现纳迪娜躺在酒吧的一张长凳上，醉得不省人事，一只眼睛又青又肿。“就由她去吧，千万不能跟她对着干。”罗贝尔劝我说。我别无选择。倘若我继续再对抗下去，纳迪娜说不定会开始忌恨我，故意嘲弄我。可是她心里明白，我让步是违心的，实际上是在责备她：她因此对我耿耿于怀。也许她没有全错，要是我当初给她更多的爱，我们俩的关系可能不至于像今天的这个样子：也许我能有办法不让她过这种为我所指责的生活。我久久地伫立着，双眼望着火苗，心里反复说道：“我爱她爱得不够。”

我当初并没有盼她降生于世，是罗贝尔迫不及待地希望有个孩子。我怨恨纳迪娜妨碍了我和罗贝尔之间的倾心交谈。我爱罗贝尔爱得太深了，而对我自己不够在意，当我从这个闯入世间的小丫头身上发现罗贝尔或我的相貌时，并没有因此而激起我的母爱。我无所谓地看着她的蓝眼睛、头发和鼻子。我尽量不斥责她，可她感觉到了我的缄默和保留态度：她从小就对我疑心。任何一位小姑娘都无法与她相比，她是那样拼命地要战胜对手，去占据她在父亲心中的位置。她从不甘心于跟我同类，当我向她解释她很快就要来初潮，并说明这到底是怎么回事时，她恐慌不安地细听着我的话，而后竟把她那心爱的花瓶在地上砸了个粉碎。初潮来后，她火气如此之大，以致整整十八个月没有行经。迪埃戈的出现，在我们之间创造了一个全新的气氛：她终于获得了非她莫属的珍宝，感到已经跟我平起平坐，我们母女间因此而产生了情爱。可是后来，一切变得更糟了，如今，是糟上加糟。

“妈妈。”

纳迪娜在喊我。我顺着走廊走去，心里在想：我要是呆得太久，她会说我独占了她的朋友；可要是走得太急，她会以为我瞧不起他们。我推开门，里面有朗贝尔、塞泽纳克、樊尚、拉舒姆；没有一个女的，纳迪娜从来就没有一个女友。他们围着取暖电炉在喝着美国咖啡，她递给我一杯黑乎乎的、呛人的东西。

“尚塞尔被打死了。”她突然说。

我并不怎么熟悉尚塞尔，可是十天前，我亲眼看他与别的人围着圣诞树欢笑。罗贝尔也许说得有理，生者与死者之间并不存在多少距离。然而，这些正在默默无语地喝着咖啡的未来的死者却一副羞愧的神色，像我一样为如此活在世间感到耻辱。塞泽纳克无神的眼睛比平日更加呆滞，俨然一个动了大脑切除手术的兰波。我开口问道：

“怎么回事？”

“什么也不清楚。”塞泽纳克回答说，“他兄弟收到了一封短信，说他死在了战场上。”

“他不会是故意寻死吧？”

塞泽纳克耸了耸肩膀：“也许是。”

“也有可能没有征求他的意见。”樊尚说，“我们那些将军们才不怜惜人命呢，他们简直就是些大军阀。”

在他那张苍白的脸庞中间，两只布满血丝的眼睛看上去就像两个伤口，而他的嘴巴又酷似一条刀疤，乍一看，谁能想象得出他本长着一副端正、清秀的五官。与他恰恰相反，拉舒姆的面孔俨然一块任凭海流拍击的崖石，格外平静。

“事关荣辱！”他说，“若还坚持要伟大强国的威风，那我们必定还要有一定数量的替死鬼。”

“噢，瞧你说的，缴了法国内地军的枪，这并不坏。不过要是能悄悄地解决，这样对那些先生也许更合适。”樊尚说道，那条张开的“刀疤”挂着一丝微笑。

“你又在影射什么东西?”朗贝尔两眼直盯着樊尚，厉声地问道，“戴高乐给德·拉特尔下达了清除所有共产党人的命令？要是你指的是这个，那就明说吧，至少要有胆量说呀!”

“根本无需命令。”樊尚说，“他们不必细说就心领神会。”

朗贝尔一耸肩膀：“这连你自己都不相信。”

“也许确有其事。”纳迪娜咄咄逼人地说。

“肯定没有这事。”

“有何证据?”她问道。

“啊！你中计了。”朗贝尔说，“他们胡编乱造出一件事来，然后要你去证明是假的！显然，我不能向你论证尚塞尔不是背部中人一枪死的。”

拉舒姆淡然一笑：“樊尚可没有说这事。”

他们总是这样争辩不休。塞泽纳克保持沉默，樊尚和朗贝尔唇枪舌剑，拉舒姆见有机会便插上一句。一般情况下，他总责备樊尚奉行左派主义，也责怪朗贝尔小资产阶级的偏见严重。纳迪娜全凭自己的情绪，一会儿站在这一方，一会儿又跑到另一方。我避免卷入他们的争吵之中，今天他们吵得比平时更凶，无疑是因为尚塞尔的死使他们或多或少都感到震惊。不管怎样，樊尚和朗贝尔生来就凑合不到一处。朗贝尔一股子少爷气，而樊尚穿着那身羊皮里上衣，加上那副不健康的、狡猾的面孔，更像个无赖：他的眼睛里总藏着一股不太让人心安的东西。可我怎么也无法相信他竟用真的手枪杀过真的人。我每次见到他，总想起这件事，可无论如何都无法相信。也许拉舒姆也杀过人，可他从来没跟任何人说过，这样他也就不会惹麻烦了。

朗贝尔朝我转过身子：“连跟伙伴们也谈不拢了。”他说，“啊！眼下的巴黎，可不是好玩的。我思忖尚塞尔那样做是否也有道理，我不是说白白去送死，而是去打仗。”

纳迪娜气鼓鼓地盯了他一眼：“你从来就没在巴黎呆过。”

“我呆得够久了，觉得巴黎阴森可怖，可当我在前线转悠时，我又感到不光彩。”

“可你为了当一个战地记者，什么招都使出来了！”她声音刺耳地说。

“我宁愿那样也不愿呆在这里，不过那也只是个权宜之计。”

“噢！要是你在巴黎呆烦了，谁也不留着你。”纳迪娜满脸怒气地说，“听说德·拉特尔就爱漂亮的小伙子，你就去扮演英雄吧，去呀！”

“这也不比玩别的差。”朗贝尔咕噜道，一边瞪了她一眼，这目光别有所指。

纳迪娜轻蔑地打量了他一番：“到时你成了到处缠着绷带的伟大伤兵，那也不赖。”她冷冷一笑，“只不过别指望我去医院探望你。两个星期后，我就要到葡萄牙去了。”

“去葡萄牙？”

“佩隆带我去，我作为秘书。”她用满不在乎的声调说道。

“嗳，他真走运。”朗贝尔说，“他可以独占你整整一个月。”

“不是谁都像你这么讨厌。”纳迪娜说。

“是的，这年头，男人都这么贱。”朗贝尔嘀咕道，“贱得像女人。”

“你真粗野！”纳迪娜说。

我心中恼怒地自问，他们怎么就热衷于这些幼稚的把戏！不过，我相信他们可以相互支撑着重新生活下去，他们也一定能最终消除那些使他们又合又分的记忆。也许正因为如此，他们才互相诋毁、攻击，可憎恶的却是自身的不忠。不管怎么说，卷进去是最愚蠢的做法。我任他们争吵下去，离开了屋子。塞泽纳克跟着我来到前厅。

“我能跟您说点事吗？”

“说吧。”

“是求人帮忙的事，”他说，“我想求您帮个忙。”

我回想起了八月二十五日那一天，他肩挎着步枪，系着红绸带，加上他那满脸胡子，一派威武的雄姿，俨然一个名副其实的一八四八年革命战士。如今，他那蓝色的眼睛已经死气沉沉，满脸浮肿，跟他握手时，我发现他手心发潮。

“我睡眠不好。”他说，“我……我身上发痛。有一次，一个朋友给了我一盒美铋钠栓剂，我用了疼痛减轻多了。只是药店老板非要处方不可……”

他一副哀求的神情望着我。

“怎么个痛法?”

“噢！浑身痛。头痛。尤其是做噩梦……”

“用美铋钠可治不好噩梦。”

他的额头和双手一样湿乎乎的。

“我把什么都告诉您吧。我有位女朋友，我很爱她，想娶她，可是我……我要是不用美铋钠，跟她什么事都干不了。”

“美铋钠，是以鸦片为主要成分。”我说，“您常用吗?”

他神色惊恐不安：“噢！不，只是我跟吕茜过夜时才用一点儿。”

“那还好。用这类玩意儿，很快就会中毒。”他仍然哀求似的看着我，额头上渗出汗珠。“您明天上午来找我吧，”我说，“我到时看看能不能给您开这张处方。”

我回到房间。可以肯定，他多少已经中毒。他何时开始吸毒的？为什么？我叹息了一声。又是一个，我只得服侍他躺在长沙发上，设法让他倾吐出心中的一切。这些半死不活的人有时累得我精疲力竭。出了门，他们总算能够行走，勉勉强强地扮演大人的角色；可在我这里，他们重又成了屁股沾满屎星的婴儿，得由我来给他们洗刷掉他们的婴幼期。可是，我持的是一种无人称的话语，是理智、健康的话语。这不是他们真正的生活之所在，我的真正生活也不在这里，我为他们和我自己而感到厌倦，这也就不足为怪了。

我感到厌倦。“冰冷的山羊皮手套。”纳迪娜这样说我。“冷淡，让人敬畏。”斯克利亚西纳又那样说。难道我在他们眼里就是这个形象？难道我就是这副样子？我回想起了孩提时代的撒野撒娇，回想起了少年时代那颗心的激烈跳动，回想起了那八月时光的狂热亢奋。可是这一切都已经遥远。实际上我内心里再也没有任何东西在颤动。我用梳子梳理着头发，又修饰了一下面部。人们不能无休止地陷入恐惧之中，不然必定会心力交瘁。再说，罗贝尔已动笔撰写新的作品，心绪甚佳，我也再不深更半夜惊醒，浑身冷汗。可是，我仍然感到一蹶不振。我寻不到任何原因，不知为什么如此忧心忡忡，要么是我感觉不到幸福而伤心。毫无疑问，我过去被宠得太过分了。我拿起手提包，戴上手套，去敲罗贝尔的门。我没有任何心思出门。

“您不会太冷吧？您需要烧点废纸取取暖吗？”

他把扶手椅往后一挪，朝我微微一笑：“我感觉很好。”

这当然。罗贝尔向来感觉很好。那两年，整天萝卜腌酸菜加芜菁甘蓝，他吃得照样津津有味。他从不感觉到冷：仿佛他凭着瑜伽功体内就能造热能似的，有时我深更半夜才回家，他裹着那床苏格兰毛毯，仍然埋头写作，一见我竟会惊诧地发问：“怎么，到底几点了？”关于他那部新作，他只是含含糊糊跟我说了几句，可我感觉得出他颇为得意。我坐了下来。

“纳迪娜刚刚告诉我一个荒唐的消息。”我说，“她要陪佩隆去葡萄牙。”

他猛地向我抬起双眼：“这不遂你心意？”

“是的。佩隆可不是那种要捡便捡，要扔就可以扔的人，她准会迷上他，而且会迷得离谱。”

罗贝尔把手搁在我的手上：“你就不要为纳迪娜犯愁了，首先，要是她能迷上佩隆，那才怪呢。不管怎么说，她很快就会摆脱痛苦的。”

“她总不能一辈子用来摆脱痛苦。”我说道。

罗贝尔哈哈大笑：“真没法子！你女儿像个野小子似的东睡一夜，西睡一夜，总惹你不舒服。可我像她这个年纪时也是这样。”

罗贝尔总是把纳迪娜当男孩子看待。我开口说道：“那可不是一码事。纳迪娜见了男人就抓，换了一个又一个，这是因为她若孤独一人，就觉得不是在生活。我担心的正是这个。”

“听我说，她害怕孤独，这完全可以理解，迪埃戈的事还就在眼前。”

我摇摇头：“并不只因为迪埃戈。”

“我知道，你认为其中有我们的过错。”他以怀疑的口吻说道，继又一耸肩膀，“她会变的，来日方长，她准会变的。”

“但愿如此。”我紧紧地盯着他，“您知道，要是她有个真正感兴趣的工作，这对她至关重要。那个秘书的位置，就给了她吧，她刚才还跟我提这件事呢，她特别喜欢那个工作。”

“可是，那根本没有什么意思。”罗贝尔说，“整日打信封、整理资料，对像她这样聪慧的人来说，简直就是坑害了她。”

“她那样会感到自己有所用处，这对她无疑是个鼓励。”我说。

“她完全可以大有作为！她得继续求学。”

“眼下，她需要有所作为，她也许会是个优秀的秘书。”我又补充道，“不能对人要求过高。”

对我来说，罗贝尔的要求总是那么令人振奋，可适得其反，最终使纳迪娜丧失了信心。他从不向纳迪娜发号施令，他相信她，耐心地等待；可她依然故我，我行我素。她小小年纪就阅读了一些过分严肃的书籍，尚未成人就过早地加入大人的交谈。后来，她对这种教育方式感到厌倦，首先拿自己出气，现在又处处让罗贝尔失望，以此进行某种报复。罗贝尔茫然不知所措地望着我，每当他从我的话语中预感到某种责备，他总是这副神态。

“要是你真的认为这对她合适……”他说，“你比我更了解。”

“我真的认为。”

“那么，行吧。”

他轻易地让了步，这说明纳迪娜已经达到自己的目的，让他大失所望。只要再也不能毫无保留地热爱某种东西或从事某项工作，罗贝尔很快就会对它丧失兴趣。“显然，要是能有个职业，她可以因此不依靠我们，这就更好了。”我说。

“可她所需要的并非真正的自立，她是想拿自立当游戏。”罗贝尔冷冷地说。他再也没有兴趣谈论纳迪娜，我自然难以激起他的热情，使他对一个他根本就不赞同的计划提起精神。我不再做声，可他突然气冲冲地说：

“我真不明白佩隆为什么要做这次旅行。”

“他渴望休假。”我说，“对此，我是理解的。我认为他完全有权利去消遣消遣，他做得已经够多了……”我热情地补充了一句。

“他做得比我是多些。”罗贝尔说，“可问题不在此。”他一副蛮横的神态瞅着我，“革命解放联合会要起步，我必须有份报纸。”

“我知道。”我说，继又犹豫不决地补充道：“我在想……”

“什么？”

“不知亨利是否会把那份报纸让给您，他对那份报纸是那么珍惜。”

“根本就不是叫他把报纸让给我们。”罗贝尔说。

“那是要让他服从革命解放联合会的指挥。”

“他本来就是其中一员。采取一个明确的纲领，对他大有好处。一份报纸若无政治纲领，就站不住脚。”

“不要政治纲领，这正是他们的思想。”

“你把这叫做思想！”罗贝尔一耸肩膀。

“‘超乎于各派之上，坚持抵抗运动精神！’这类无稽之谈，对那个可怜的吕克来说，确能起点作用。呃，抵抗运动精神，这不禁使我想到洛迦诺公约[1]精神。佩隆不会上当而迷信那骗人的灵动桌[2]的。我有把握，他最终一定会行动的，只不过需要费点时间等待。”

我害怕罗贝尔到时会给自己搞个措手不及。每当他一心要实现某个计划，他往往把别人当作简单的工具。可是那份报纸，亨利为它献出了自己的一切，那是他的命根子，他决不会心甘情愿任人强加什么纲领的。

“您为何至今尚未跟他谈？”我问。

“眼下他一心只想着去游逛。”

罗贝尔神色显得如此不悦，我连忙建议道：“想方设法说服他留下。”

为纳迪娜着想，如果亨利放弃这次旅行，正中我下怀；可为了亨利，我又为此而感到遗憾：他是多么渴望能出去走走。

“你对他很了解！”罗贝尔说，“他要是固执起来，那才叫固执呢！我还是等他回来再说为好。”他把毯子往膝盖上一拉，“可不是要赶你走。”他乐呵呵地说，“可平时你最讨厌迟到……”

1　1925年10月16日，英、法、德、意、比、捷、波七国在瑞士洛迦诺签订的公约。其主要目的是为了“巩固欧洲的和平”，实际上是英、法企图固定战后德国西部的边境，把德国的侵略矛头推向东方。希特勒上台后，于1939年废除该公约。

2　一种专供迷信的招魂术使用的桌子。

我站起身："您说得有理，我得走了。您真的就不愿意去？"

"噢！不！我没有任何欲望去和斯克利亚西纳谈论政治，你嘛，他也许会饶了你。"

"但愿如此。"我说。

在罗贝尔闭门写作的那段时间，我经常没有他陪伴而独自外出。可今天夜里，当我突然陷身于寒冷与黑暗的包围之中，真后悔，不该接受斯克利亚西纳的邀请。噢！我理解自己，我看到的总是那些熟悉的面孔，对此，我已感到几分厌倦。朋友，我对他们太了解了，整整四年里我们肩并肩生活在一起，这给人以温暖。可如今，我们那亲密的劲儿已经冷却，散发着无益于人的霉味，我终于抵挡不住新的诱惑，让步了。可我们有什么可谈的？我也一样，绝无心思去谈论政治。一跨入里茨饭店的门厅，我停下了步子，对着一面镜子，细细地审视了自己一番。要做到衣着寒酸却又不失高雅，本该经常注意拾掇拾掇，可是我宁肯不屑一顾：身穿这件旧大衣，脚套这双木底鞋，我这副模样可真不佳。在好朋友的眼里，我无论怎样都还是我；可斯克利亚西纳来自美国，那儿的女人个个都那么喜爱打扮，他准会发现我这双木鞋的。我心里不禁想："我不该这么随便。"

当然，斯克利亚西纳笑容可掬，不会流露出内心真实的想法。他吻了吻我的手，这是我讨厌的事情，手比面孔还更裸露，有人那么紧贴着去打量，让我好不别扭。

"您喝点什么？"他问道，"来杯马提尼？"

"就喝杯马提尼吧。"

酒吧里挤满了美国军官和衣着时髦的女人，热气、烟味和呛人的金酒味很快渗入我的脑袋。我为呆在这里感到乐滋滋的。斯克利亚西纳在美国度过了四个春秋。那是一个伟大开放的国度，在那里，泉井喷射的是果汁和冰激凌。我贪婪地向他询问这一切，他很乐意地一一解答，我慢慢喝着第二杯马提尼。接着，我们到了一家小饭馆用晚餐，我毫无顾忌地把血红的牛肉和奶油白菜往肚子里填。这一次，轮到斯克利亚西纳向我提问了：要回答他那一个个过分细致的提问，确实困难。每当我设法重新品尝过去的日子里那天天如此的滋味——在那因宵禁令而门扉紧闭的屋子里弥漫的白菜汤味，以及当罗贝尔开秘密会议迟迟不归的时候，我内心笼罩的那种沉寂——他便不由分说地打断我的思路，他听得十分入神，仿佛感到词语在他的心底进行漫长的跋涉；可是，说话只能为了他，而不能为了自己。他打听一些实用的情况，诸如怎样设法制作假证件？如何印刷《希望报》？如何散发报纸？他也要求了解总体状况，我们是在怎样的精神氛围中生活？我竭力满足他，可难以如愿：我所说的不是比他想象的更糟糕，就是不如他设想的那么难以忍受。虽然真正的灾难并没有降临到我的头上，却给我的生活带来了烦忧，怎么对他讲述迪埃戈的死呢？那词语太悲怆，我难以启齿，那词语也太无情，他不会往脑子里装。那个过去，我无论如何也不愿重新经历；然而时过境迁，它竟然渐渐地显出了一种淡淡的温馨。我理解朗贝尔为何在这和平的岁月中产生厌倦，这种和平使我们重新获得了生命，却不赋予我们生活的理由。当我在小饭馆的门口再次面临那种寒冷与黑暗时，不禁回想起昔日我们是多么骄傲地向它们挑战。可如今，我需要光明，需要温暖，我渴望某种别的东西。斯克利亚西纳没有任何挑衅的意思，又开始滔滔不绝地对别人大加抨击，我希望他很快改变话题。他愤怒地指责戴高乐的莫斯科之行。

“严重的是，”他以谴责的口吻对我说道，“整个国家似乎对此都表示赞同。瞧瞧佩隆和迪布勒伊，他们都是些正派人，却与共产党人携手并进，这对了解底细的人来说，真是一种无名的痛苦。”

“罗贝尔可没有跟共产党人一块儿走。”我安慰他说，“他试图创立一个独立运动。”

“他跟我谈过，可他明确表示决不采取反对斯大林分子的行动。独立于他们，而又不反对他们！”斯克利亚西纳沮丧地说。

“您总不希望他反共吧，瞧眼下的局势！”我说。

斯克利亚西纳神情严肃地望着我：“您读过我的书《红色的天堂》吗？”

“当然。”

“那么，您该有个大致的看法，当我们将欧洲作为礼物拱手奉送给斯大林之时，等待我们的将是什么命运。”

“绝对不可能那样做。”我说。

“事实恰恰如此。”

“不对！必须赢得与反动派斗争的胜利，倘若左派开始分裂，那就完了。”

“左派！”斯克利亚西纳讥讽地说，继又专横地一挥手，“啊！咱们别谈政治了，我害怕与女人谈论政治。”

“又不是我挑起的。”我说。

“这倒是，”他出人意料地严肃说道，“我请求原谅。”

我们又回到里茨饭店的酒吧坐下，斯克利亚西纳要了两杯威士忌。这酒味让我高兴，因为这是一种新味道，斯克利亚西纳的价值就在于我对他还不熟悉。这个夜晚突如其来，因而散发着昔日那种充满青春气息的芬芳；往昔，夜晚的聚会并不雷同，晚会上，常与陌生人相遇，他们说的话往往出人意料，有时还发生一些新鲜的事情。五年来，在世界上，在法国，在巴黎，在别人的身上发生了多少事情，可是就轮不到我的头上。难道从今之后，我再也不会发生任何事情？

“呆在这里真怪。”我说。

“怎么怪？”

“这热气，这威士忌，这声音，这军装……”

斯克利亚西纳环顾四周：“我不喜欢这个地方，他们在这里给我征用了一个房间，因为我是一家法美合办的杂志的记者。”他淡淡一笑，“万幸的是，这里的生活费用马上就要贵得让我无法再呆下去，我将被迫离开。”

“您就不能不落到被迫的地步才走？”

“不能。正因为如此，我觉得金钱很腐蚀人。”一束喜悦的光芒使他的脸庞变得年轻了，“我一旦有钱，就尽快花掉它。”

“这不是维克多·斯克利亚西纳吗？”一个眼神十分和蔼的秃顶小老头走到了我们的桌旁。

“是的。”从斯克利亚西纳的眼里我看到了几分怀疑，同时又发现某种希望。

“您认不出我了？自维也纳一别，我老多了。我是马纳斯·哥德曼。

我自己许了愿，万一能与您相遇，一定要向您致谢：谢谢您的书。”

“马纳斯·哥德曼！当然认识！”斯克利亚西纳热情地说，“您现在法国生活？”

“自一九三五年以来一直都在。我在居尔集中营呆了一年，后来侥幸逃脱……”他说话的声音比他的目光更加温和，温和得近乎死气沉沉。“我不想打扰您，我为能与《棕发女郎维也纳》的作者握手感到荣幸。”

“我为能再次与您相见感到高兴。”斯克利亚西纳说。

矮小的奥地利人已经轻轻地离去，走出玻璃门，消失在一位美国军官的身后。斯克利亚西纳目送着他，突然说道：

“又是一次失败！”

“一次失败？”

“我本该让他坐下，跟他谈谈，他需要某种东西，可我不知他的住址，我的又没有给他。”斯克利亚西纳的话声中含着恼怒。

“若他想再见您，一定会到这儿来找您的。”

“他一定不敢。我该先开口询问他，这本来又不是难事！在居尔呆了一年，我猜想那整整四年里，他一直东藏西躲。他年纪跟我差不多，可看上去像个老头。他肯定渴望某种东西，可我让他走了。”

“他并没有显出失望的神色。也许他真的只是想向您道谢。”

“这是他给自己找的借口。”斯克利亚西纳一口气把酒喝了个精光，“张口请他坐一坐，这是多么容易的事，一想起本可以办到却没有去办的事，心里真憋气！什么机会都白白放过了！没有思想、没有冲动，不像过去那么开放，而是紧闭心扉。最大的罪孽莫过于此：疏忽罪。”他极为内疚地兀自讲着，没有容我插话，“那四年里，我一直呆在美国，吃得好，穿得暖，平平安安。”

“您那时无法留在这边。”我说。

“我也可以藏起来嘛。”

“我不知这又有何用。”

“当我的朋友们被流放到西伯利亚时，我寓居维也纳；当另一些战友在维也纳惨遭褐衫党徒的杀害时，我又来到了巴黎；而当巴黎被侵占期间，我又去了纽约。问题的关键是要探清如此苟活着是否有什么意义。”

斯克利亚西纳的声调触动了我的心。我们也一样，每当我们想起被流放的人们，心里就感到耻辱：我们没有任何可指责的，可我们没有分担足够的苦难。

“有难不能同当，仿佛成了罪人。”我又补充道，“感到自己有罪，真让人难受。”

突然，斯克利亚西纳显出一副隐秘、默契的神情，朝我微微一笑：“这要看具体情况。”

我一时细细察看着这副狡黠而又痛苦的面孔：“您是想指某些可以免得我们遭受良心责备的内疚心理。”

他反过来打量着我：“您可真不蠢。一般来说，我不喜欢聪明的女人，也许是因为她们还不够聪明吧，于是她们想表现自己，叽叽喳喳说个不休，可实际上什么也不懂。与您初次见面时让我吃惊的是，您那种始终保持缄默的姿态。”

我莞尔一笑：“我可没有多少选择余地。”

“迪布勒伊、佩隆和我，我们都讲得很多，您神态安详地倾听着……”

“您知道，”我说，“听别人说话是我的职业。”

“这不错，可那神态不同。”他点了点头，“您肯定是一个十分出色的精神分析大夫，要是我年轻十岁，我准交给您医治。”

“给您分析分析，这对您有吸引力吗？”

“现在为时已晚。一个成熟的人，是利用自己的缺陷与恶癖自我塑造的人；人们可以毁灭他，却不能医治他。”

“这要看什么病。”

“有益的唯有一种：保持自我，绝对的自我。”

他的面孔突然由于一种几乎令人难以忍受的坦诚而变得温和起来，他话声中那份给人以信任感的凄楚潜入我的心底。我冲动地说道：“比您病重的还有。”

“怎么回事？”

“有些人，你一见到他们，不禁会想他们怎么能够自我承受，不禁暗自思忖，这些人除非痴呆，不然肯定会对自己感到恐怖。而您并不给人造成这种印象。”

斯克利亚西纳的面容仍然那么严肃：“您就从不对自己感到恐怖？”

“从不。”我嫣然一笑，“可我与自我很少发生关系。”

“正因为如此，您才那么让人感到心安。”斯克利亚西纳说，“我们一见面，我马上就发现您这一点：您一副很有教养的少女的乖模样，让大人们尽管放心交谈。”

“我的姑娘都十八了。”我说。

“这不说明任何问题。再说，我向来无法忍受少女。可是一位宛若少女的妇人，那就迷人了。”他细细打量了我一番，继续说道：

“真有意思，在您的生活阶层里，所有女人都是很开放的；就您而言，人们也会揣摩您是否欺骗过您的夫君。”

“欺骗！多么可怕的字眼！罗贝尔和我都是自由的，我们互相从不瞒着什么。”

“可您从来没有滥用过这种自由？”

我有些尴尬地说：“只要有机会。”为了掩饰窘态，我一口饮尽了杯中的马提尼。这种机会不是很多。在这一方面，我与罗贝尔迥然不同。他认为在酒吧随便找个漂亮女人，跟她共度一小时，这很正常。可是我，我绝对不会答应把不能当朋友结交的男人当作情夫，我对友情的要求是严格的。这五年里，我一直毫无遗憾地过着清白的日子，我想我还会永远这么生活下去；作为一个女人，我的生活已经完结，这很自然：有多少东西都已经毁灭了，永远……

斯克利亚西纳默默无声地端详着我：

“不管怎么说，我敢打赌在您这一辈子没有过多少男人。”

“正是。”我说。

“为什么？”

“找不着。”

“要是找不着，那是您压根儿没有找。”

“对所有人来说，我都是迪布勒伊的夫人或安娜·迪布勒伊大夫：这只能赢得尊敬。”

他笑呵呵地说：“我并不那么想尊敬您。”

出现了一阵沉寂。我开口说道：

“为什么一个自由的女人就非得跟天底下所有的男人睡觉？”

他严肃地看了看我：“要是一个您对他有几分好感的男人开门见山，提出要您跟他过夜，您会干吗？”

“这要看情况。”

“看什么情况？”

“看他，看我，看具体环境。”

“就假设我现在向您提出这个要求。”

“我不知道。”

我早就猜透了他的用心所在，可我还是一时不知所措，乱了方寸。

“我向您提出要求：同意还是不同意？”

“您也太快了。”我说。

“我讨厌装模作样：向一位女人献殷勤，对自己和对她都掉价。我并不以为您会喜欢故作风雅的调情话。”

“不喜欢。可在做出一项决定之前，我喜欢先考虑一番。”

“那您就考虑考虑吧。”

他又要了两杯威士忌。不，我不想跟他睡觉，也不想跟任何别的男人睡觉。我的躯体早就沉睡在一种自私的麻木状态：我会以怎样的堕落行为去打扰它的安宁？再说，这似乎绝不可能。纳迪娜那么轻而易举地委身于陌生男子，对此，我常常瞠目结舌；在我这孤寂的肉体和我身边独自饮酒的男人中间，并不存在任何联系。想象自己一丝不挂地躺在他裸露的怀中，就像假设那躺着的就是我的老母亲一样荒谬。我说：

“等看看这晚上相聚的情况如何再说。”

“真荒唐。”他说，“脑子里总缠绕着这个问题，您怎能指望我们谈论政治或精神分析？您完全应该知道您将要做出何种决定，赶紧明说吧。”

他如此迫不及待，这清楚地向我表明了不管怎么说，我还不像我的老母亲；应该相信，至少在这一个小时之内，我是令人渴望的，因为他就渴望得到我。纳迪娜常常说她上床就像上饭桌一样无所谓，也许她说得有理。她责备我总戴着冰冷的山羊皮手套去接触生活，果真如此吗？若我脱掉这手套，将会发生什么事？倘若今晚不脱去，从今往后还会脱去吗？“我的生命已经完结。”我充满理智地对自己说，可是，与理智唱对台戏的是我尚有多少个春秋要打发。

我突然说道：“行，那就是同意。”

“啊！回答得好。”他像个医生或教授似的用鼓励的口吻说道。他想握我的手，可我拒绝了这份报答。

“我想要杯咖啡。我担心酒喝得过量。”

他淡淡一笑：“要是个美国女郎，准会再来一杯威士忌。”他说，“不过，您有道理，万一我们哪个醉得不省人事，那就丢丑了。”

他要了两杯咖啡，随之而至的是不快的沉寂。我说同意，这主要是出于对他的好感，是因为他善于在我们俩之间建立起这种亲密却不稳固的关系；可现在，这声同意冻结了我的好感。咖啡刚一喝完，他便说：

“上我房间去吧。”

“马上就去？”

“为什么不？您看得清清楚楚，我们再也找不到什么可说的了。”

我多么想有时间慢慢适应我所做出的决定，希望从我们缔结的协约中渐渐萌生出一种默契。可事实却是我再也找不到任何话题。

“上楼吧。”

房间被行李箱挤得满满的，有两张铜床，一张摆满了衣物和纸张，一张圆桌上摆着一些空的香槟酒瓶。他把我抱到怀里，我唇间感觉到了一张暴烈、欢快的嘴巴；是的，是可能的，是轻而易举的；某种东西在我身上发生了，它有别于其他的东西。我阖上双眼，进入了与现实一样沉重的梦境，直到拂晓时分，才心情轻松地醒来。这时，我听到了他的话声：“仿佛少女受到了恫吓。我们不会伤害少女的，我们只不过让她失去童贞，不会加害于她。”这些话虽然并非对我而言，却猛地把我催醒。我来这里可不是为了扮演一个被强奸的处女的角色，或玩弄别的什么把戏。我从他的怀抱中挣脱了出来。

“等一等。”

我躲进了浴室，匆匆地梳洗，拒绝任何思虑：要考虑已经来不及了。不等任何念头有时间在我脑中萌发，他已经来到了床榻，躺在了我的身旁。我紧紧地抱住他：现在，他是我唯一的希望。他的双手扒去了我的连衫衬裙，抚摸着我的腹部。我卷入了墨色的欲望波涛之中，任其冲击、颠簸、吞没；任其掀起、抛下；有时，我直落真空；我就要堕入欲河，陷入茫茫黑夜。多么惊心动魄的旅行！他的声音又把我抛到床榻：“我需要留点神吗？”“如果可能的话。”“你没有堵上吗？”他问得如此唐突，我不禁感到一阵恶心。“没有。啊！为什么？”要再动身去周游，已经很难。我重又在他的怀中默默思虑，保持沉默，紧贴着他的身子，透过我全身的气孔吞噬他的体温：我的骨架、肌肉在这情火中熔化了，安宁宛如细丝般柔软的螺旋，一层又一层地围着我缠绕。这时，他口气专横地说道：“睁开眼睛。”

我掀起眼睑，可它们像被沉重地压迫着，重又垂落在我那双被光线刺得难以睁开的眼睛上。“睁开眼睛。”他说，“这里是你，是我。”他言之有理，我不愿意回避我们俩。但是，我首先必须适应这一奇特的存在：我的肉体。眼睛要看着他那陌生的面孔，同时又要在他的目光打量之下，在自己的心底漫游，两者要同时兼顾，这确实是强人所难。既然他强求，我便看着他。我在混沌世界的半途中止住脚步，这是一个既无光明又不黑暗的世界，在这里，我既无身躯也无肉体。他掀起床单，与此同时，我意识到房间取暖很差，我意识到自己已经失去了少女的那种下腹。我任凭他好奇地打量这具既不冷又不热的躯体。他的嘴巴逗弄着我的乳房、爬行在我的腹部、顺势向我的下身移动。我急忙又闭上眼睛，整个儿藏匿在他拼命与我争夺的欢乐之中：这遥远而孤独的欢乐，宛如一朵被掐断的鲜花，那里，被损坏的鲜花正飘溢出浓郁的芬芳，渐渐在凋谢；而他兀自含糊不清地在说话，我尽量充耳不闻。但是，我感到厌倦。他又回到我的身旁。他的温暖顿时又使我浑身激荡。他不由分说地把他的性具塞到我的手中，我毫无热情地抚摸着。斯克利亚西纳责备道：

“你对男人的性具并不真爱。”

这一次，他发现了我的一个缺点。我心里在想：“要是我整个人都不爱，我怎能喜欢这块肉？我从何处去汲取柔情献给这位男子？”他的两只眼睛里隐藏着一种敌意，令我气馁；但是，对于他我并没有罪，哪怕是出于疏忽。

当他进入我的体内时，我并没有多少感觉，他遂又开始嘟嘟哝哝地说起话来。我嘴里阻塞着水泥，双颌之间再也无法透出一声叹息。他一时默不作声，但继而又说：“看。”我微弱地摇摇头：那里发生的一切与我如此无关，以致一旦我看到了，我会感到自己像是个观淫癖似的。他说：“你害羞！少女害羞了！”他一时陶醉在胜利之中。他接着又说道：“告诉我，你感觉如何，告诉我。”我仍然一声不吭，我隐隐约约感到体内有一个东西，可并无真正的感觉，就好似麻木的牙龈对牙医的金属器械只感到惊诧而已。“你有快感吗？我要你有快感。”他话声中透出怒气，要求算账似的说得一清二楚：“你没有快感？这没关系，夜长着呢。”黑夜太短暂了，永恒太短促了。败局已定，我心里清楚，我自问该怎么收场。当一个女人一丝不挂，孤身陷入敌手的怀抱，那她便毫无防御能力。我松开牙关，使劲从嘴中掏出词句。“您别这样总占着我，松开我……”“可是，你并不冷漠。”他愤怒地说，“你是用大脑在抵抗。可我一定要强迫你……”

“不。”我说，“不……”要解释清楚，太困难了。他的眼睛里闪现出真正的仇恨，我为自己一时被肉体快感这一温柔有余的幻景欺骗感到耻辱：一个男人，可不是一家土耳其浴室，我明白了。

“啊！你不愿意！”他说道，“你不愿意！真是犟驴的脑瓜！”他轻轻地敲击着我的下巴。我已经浑身疲倦，无力再以发怒脱身了；我开始战栗起来：一只拳头在挥舞，千只拳头……“到处都是暴力。”我暗自在想。我浑身颤抖，泪水夺眶而出。

现在，他吻着我的眼睛，喃喃低语：“我在饮你的泪水。”他的脸上露出胜利的柔情，使他重又回到了孩提时代。我怜悯他，也同样怜惜自己：我们俩都失败了，失望了。我轻抚着他的头发，强迫自己运用惯常的昵称“你”。

“你为什么恨我?”

“啊！是逼迫的。”他遗憾地说，“是逼迫的。”

“我并不讨厌你。我多么喜欢在你的怀里。”

“真的?”

“真的。”

从某种意义上说，这是真的；某种东西发生了，虽然错过了，令人伤心，而且滑稽可笑，却是实在的。我嫣然一笑：

“你让我度过了多么有趣的一夜，我从来没有消受过这样的夜晚。”

“从来没有？哪怕跟年轻小伙子在一起？你没撒谎吧?”

词语替我撒了谎：我承担了它们的谎言。

“从来没有。”

他狂热地紧紧抱着我，接着又进入了我的体内。“我要你跟我同时感到快乐。”他说，“你愿意吗？你一定得告诉我：就是现在……”

我气恼地想，他们发现的就是这玩意儿：同步！仿佛这能证明什么似的，似乎能取代默契。纵然我们同时享受，我们哪能就不分离？我深知我的快感在他心间不会有任何反应，而我惴惴不安地等待着他的快感，那只是为了让自己摆脱出来。然而，我被战胜了；我终于同意喘息、呻吟，我猜想自己不怎么熟巧，因为他问道：

“你没有感到愉快?”

“感到了，我向你保证。”

他也被战胜了，因为他不再强求。几乎转瞬之间，他紧贴着我睡着了，我也昏昏入睡。他那只横放在我胸部的胳膊把我憋醒了。

“啊！你在这儿!”他说，他睁开了眼睛，“我在做噩梦。我常做噩梦。”他在十分遥远的地方，在地狱的深处跟我说着：

“你就没有一个地方可以把我藏起来?”

“把你藏起来?”

“对。能消失得无影无踪那该多好。咱们就不能一起消失几天?”

“我没有地方。再说，我也不能走。”

“真遗憾。”他说道，接着问道：“你，你从来不做噩梦?”

“不经常做。”

“啊！我真羡慕你。我夜里需要有人在我身边。”

“可我马上得走。”我说。

“别马上走。别走。别丢下我。”他紧紧抓住我的臂膀，我成了救生圈，这是在哪次沉船事故中？我说：

“我等你睡着了再走。你愿意我们明天再见面吗？”

“当然。十二点整我在你家旁边的咖啡店等你。行吗？”

“一言为定。尽量安心地睡觉吧。”

当他的呼吸声变得粗厚均匀时，我悄悄下了床。这个与我的体肤紧密相依的夜晚，要挣脱它的怀抱，是痛苦的；但是，我不愿引起纳迪娜的疑心，各人自有欺骗他人的招儿：她对我和盘托出，而我什么都瞒着她。我一边在镜前重新装扮出一副端庄的面具，一边在想，纳迪娜对我做出决定有着举足轻重的影响，我因此而埋怨她。可从某种意义上说，我没有什么可后悔的。在床榻上从一个男人身上学到了多少东西！远比逼着他坐在沙发上，听他胡言乱语几个星期收益大！只是要经受住这类的体验，我太脆弱了。

整个上午我忙得不可开交，塞泽纳克没有赴约，可别的病人很多。我只能在心底默默地思念着斯克利亚西纳：我渴望再与他相见。我们共度的那个夜晚一直牵挂着我的心，它有头无尾，荒唐可笑；我希望通过我们俩的交谈，能胜利地挽救这一夜，把它善始善终地过完。我先来到了咖啡店：这是一家深红色的小咖啡屋，桌子光洁明亮，我常来此买烟，可从未坐过。隔开的雅座里，成双成对的男女在喁喁私语。我要了一杯准是冒牌的波尔图葡萄酒。我感到仿佛置身于一个陌生的城市，再也不甚明白我在等待什么东西。斯克利亚西纳像阵风似的匆匆赶到了。

“我请求原谅：我今天有十个约会。”

“您还是来了，真好。”

他朝我微微一笑：“睡得好吗？”

“很好。”

他也要了一杯波尔图葡萄酒，接着向我倾过身子，他的脸上再也看不到任何敌意。

“我想向您提个问题，行吗?”

“提吧。”

“您为什么那么轻易就同意上我房间去?”

我嫣然一笑：“出于好感。”我说。

“您当时没有醉吧?”

“根本没有。”

“那您没有后悔吗?”

“没有。”

他犹豫了片刻，我感觉到他是希望在内心的账本上记录详细的批评记录。“您跟我说您从来没有消受过这样的夜晚，我想知道，这是真的吗?”

我有些不好意思地笑了笑：“真的，又不是真的。”

“啊！我也是这么想的。”他失望地说，“这绝对不可能完全是真的。”

“当时是真的，可到了第二天就不那么真了。”

他一口气饮尽了那发黏的葡萄酒。我紧接着说：“您知道让我寒心的是什么吗？是您有时显得那么充满敌意。”

他一耸肩膀：“这是不可避免的!”

“为什么？两性之战?”

“我们不是同一类人。我是就政治上而言。”

我一时瞠目结舌：“在我的生活中，政治是那么微不足道!”

“无所谓本身就是采取的一种立场。”他冷冷地说，“您要明白，要是在这一方面不完全站在我一边，那么离我就始终很遥远。”

“那您就不该让我去您房间。”我责备道。

他露出一丝狡黠的微笑，眼睛眯成了一条缝：

“可是，一个女人离我很遥远，我无所谓，要是我渴望她的话，我完全可以跟一个女法西斯分子睡觉。”

“既然您抱有敌意，您就不会无所谓。”

他只是淡然一笑：

“在床上，相互有点怨恨，这并不坏。”

“真可怕。”我说，两只眼睛细细打量着他，“您不可能轻而易举地摆脱自我！”我说道，“您对人可以有怜悯心，也可以产生内疚，但肯定不可能有好感。”

“啊！今天是您给我做精神分析。”他说道，“继续分析吧，我对这玩意儿感兴趣极了。”

他的眼睛简直就像昨天夜里窥视我一样，充满贪婪，仿佛患了狂躁症。这样的目光，我无法承受，除非对方是个孩子或是个病人。

“您以为凭蛮横就可粉碎孤独，在爱情方面，没有比这更笨拙的了。”

他像是挨了一拳！

“说到底，昨天夜里是一次失败了？”

“多少是这样。”

“你还会重新开始吗？”

我犹豫不决。

“会的。我不喜欢一败就收场。”

他面孔骤然变得冷酷起来：“这种理由真差劲。”他一耸肩膀：“做爱可用不着头脑。”

这正是我的观点：他的言语和欲望之所以刺伤了我，是因为这一切都来自他的大脑。我说：“我猜想我们俩都太有头脑了。”

“那么还是不再来为好。”他说。

“我也是这么想的。”

是的，若再遭失败，结果会更加糟糕；看来，很难设想获得成功。我俩根本就不相爱，甚至连说话都是多余的，从来就没有任何东西需要挽救，这件事情本身就不包容着结果。我们彬彬有礼地闲聊了几句，接着我便回到了家中。

我并不怨恨他，也不怎么责怪自己。再说，正如罗贝尔很快就对我说的那样，这没有多少关系：仅仅是在我们记忆中存放的一件往事而已，只与我们有关。不过，当我上楼回到自己卧室时，我暗暗发誓，从今以后再也不设法脱去自己那双冰冷的山羊皮手套。“为时已晚。”我在镜中瞥了自己一眼，喃喃地说，“现在，我的手套已经与我的皮肤紧紧贴在一起，要想脱去，非得剥掉我的皮。”不，事情发展到这个地步，并非只是斯克利亚西纳的过错，其中也有我的错。我出于好奇心，出于挑衅，也因为疲倦，睡到了那张床上；同时也是为了向自己证明连我自己也不明白的某种东西：可我证实的无疑是事情的反面。我一动不动地呆立在镜前。我隐隐约约地想到，自己本可以过上迥然不同的生活，可以打扮自己，炫耀自己，享受到虚荣心的微妙乐趣或感官的强烈刺激。可一切为时已晚。我突然恍然大悟，明白了自己的过去为什么有时像是另一个女人的过去；如今，我正是那另一个女人：一个三十九岁的女人，一个上了年纪的女人！

我高声喊叫：“我上了年纪！”战前，我太年轻了，感受不到岁月的重负；接着是整整五个春秋，我完全忘却了自己。如今当我又恢复了自我，却得知我已被宣判：我的暮年等待着我，没有任何办法可以逃避，我已经从镜子深处瞥见了它。噢！我还是一个女人，月月照例行经，一切都未改变。只不过现在我醒悟了。我掀起头发：这绺绺白发，不是什么好奇的东西，再也不是什么征兆：这是个开端。我头上就要活活地染上我骨骼的颜色。我的脸庞还会显得光滑、健康，可这副面具时刻都会剥落，裸露出两只老太婆患伤风似的眼睛。冬去春来，失败可以补救，可任何办法都无法阻挡我的衰老。“连焦急都来不及了。”我转身离开了自己的形象，心中想道，“连后悔也为时已晚。只有继续这么下去。”

第三章

纳迪娜一连几个晚上来报社找亨利。一天夜里，他们俩甚至再一次进入旅馆的一间客房，但这一切并没有带来多少欢乐。对纳迪娜来说，做爱显然是一种无聊的事情，亨利也很快产生了厌倦。可是，他倒十分喜爱与纳迪娜一起出门，看着她吃，听着她笑，跟她随意交谈。她对许多事情都视而不见，但一旦她发现了什么，反应是强烈的，而且从不弄虚作假、不懂装懂。他暗自思量，她兴许是个令人愉快的旅伴。他被她那热切的愿望感化了。每次她都问：

“你谈过了吗?”

“还没有。”

她耷拉着脑袋，神情如此沮丧，以致亨利每每感到问心有愧。阳光、食物和真正的旅行，所有这一切，她都被剥夺了，如今，他还要再剥夺她。既然他已经下决心分手，让她享受这一切又有何妨？再说，即使是为波尔的利益着想，与其在他们俩分离时让她空欢喜一场，还不如在出发前说清楚为好。远离她时，他总感到自己是正确的：他几乎从未跟她玩弄虚情假意，当她假装相信已经消逝和被埋葬的过去可以重现时，实际上是在自己欺骗自己。但是，每当他来到她的身旁，他便觉得自己也有过错。“我不再爱她，莫非是个混蛋?”见她在公寓里来回踱步，他常常这样扪心自问。“要么当初爱她就是个错?”他当时和朱利安及路易一起在多姆咖啡馆，邻桌有一位肤色宛若紫藤的美丽女子正在装模作样地阅读《不幸的遭遇》，她还在独脚小圆桌上放着紫罗兰色的长手套。他从她面前走过，说了一声：“您的手套多漂亮!”“您喜欢吗？那就是您的了。”“我要它有何用?”“您可留作我们相遇的纪念。”他俩的目光都蒙上了一层柔情。几个小时以后，她赤身裸体，他紧紧地贴着她，赞叹着：“你太美了!”不，他不能谴责自己，被波尔的美貌和声音，被她言语的神秘色彩以及她微笑中透溢出的隐隐约约的持重所迷惑，这是自然而然的事。她年纪比他稍大些，了解许许多多琐碎的小事情，对此，他却一无所知，因而在他眼里，显得比那些大事还重要得多。在她身上他最欣赏的，是她对世俗利益的蔑视；她翱翔在一个超自然的天地里，亨利难以和她比翼齐飞，为此他感到绝望；她不惜把自己变成纯粹的肉体投入他的怀抱，亨利对此惊愕不已。“当然，我当时也有点昏头。”他承认。她相信山盟海誓，也相信保持她自我存在的奇迹；无疑因为这一点，他才是有罪的：想当初，他过分热烈地赞美波尔，可后来，又过于清醒地衡量她的价值。是的，他俩都有过错，可问题并不在此，而在于必须摆脱这一切。他嘴里总是翻来覆去地嘀咕：她该有所察觉吧？一般来说，每当他保持沉默，她很快便会开口询问他。

“你为什么要挪这些小摆设?”他问道。

“你不觉得这样摆更漂亮吗?”

“难道你就讨厌安下心来坐上一分钟?”

“我惹你生气了?”

“没有，可我想跟你谈谈。”

她嘴巴一抽，露出微笑：“看你的神态多么庄严！你别是跟我说你再也不爱我了吧?”

“不。”

“那别的什么事，我都无所谓。”她坐下说。她一副耐心而又带有几分嘲讽的神情，朝他倾过身子说道：“说吧，我亲爱的，我听你说。”

“相爱与不相爱，这并不是唯一的问题。”他说道。

“可对我来说，就是唯一的。”

“对我可不是，你也清楚，其他东西也举足轻重。”

“当然，我清楚，你的工作，你的旅行，我从来没有让你放弃过。”

“我珍惜的还有另一样东西，我经常跟你提起，那就是我的自由。”

她又淡淡一笑：“别跟我说什么我不让你自由吧!”

“只能自由到共同生活可以允许的程度，可对我来说，自由，这首先就是说独居。你还记得，当初我搬这里来时，我们说定只是在战争期间住在一起。”

“我并不以为我对你是个负担。”她说道，笑容荡然无存。

“谁也不可能比你更好相处。可我认为还是像当初那样分开生活更好。”

波尔微微一笑：“可你那时每天夜里来这里找我，你都说没有我，你睡不着。”

他是说过这话，可只有一年。他并没有反驳，只是说：“这不错，可我工作是在旅馆，在我房间……”

“那房间，只是你年轻时代的异想天开而已。”她以宽容的口吻说道，“男女分居，没有床笫之欢：你得承认你的那一套太抽象了，我无法相信你至今还那么当真。”

“不，并不抽象。一起生活，这既会导致关系紧张，又会引起放任自流；我感觉到我常常惹人不愉快或漫不经心，这让你伤心。还是真正想见面时再见为好。”

“我总是渴望见到你。”她怪嗔地说。

“可是当我疲惫不堪、心绪不佳或要工作时，我喜欢一个人呆着。”

亨利的声音硬邦邦的。波尔又露出了笑容：

“你马上就要独自出门一个月。等你回来看看你是否会改变主意……”

“不会，我永远不会改变。”他斩钉截铁地说。

波尔的目光陡然颤抖起来，她喃喃地说：

“向我起誓一件事情。”

“什么事？”

“决不跟另一个女人同居……”

“你疯了！多荒唐的念头！这不用说，我向你起誓。”

“那么，你就可以重新按你年轻时的那些可爱的习惯去生活。”她以无可奈何的声调说道。

亨利好奇地审视着她：“你为什么要求我起誓？”

波尔的目光重又变得慌乱，她一时缄默无语，接着强装出平静的口吻，说道：“噢！我知道任何一个女人都不能取代我在你生活中的位置。可是，我眷恋的是一些象征。”她欠身要站起来，仿佛害怕再听到别的什么。可亨利拉住了她。

“等等。”他说，“我必须直言不讳地跟你谈谈。我决不跟另一个女人生活，决不。可是，无疑是因为这四年里太清苦了，我渴望新的东西，我渴望冒险，我向往男女之间那些无关紧要的艳遇。”

“可你不是已经有过一次了吗?”波尔沉住气说，“那是跟纳迪娜。”

“你是怎么知道的?”

“你撒谎撒得很不高明。”

有时，她是那么糊涂！可有时又是那么敏锐！他不知所措，尴尬地说：“我没有跟你明说，真蠢，可我害怕不明不白地让你伤心。没有发生什么大不了的事情，而且也决不会持续多久。”

“噢！请你放心！我不会跟一个小姑娘吃醋的。尤其不会嫉妒纳迪娜!”她靠近亨利，坐在他座椅的扶手上。“我在圣诞之夜就已经跟你说过，像你这样的男子决不会受与别人同样的法则束缚。我决不会用那种庸俗的忠贞形式强求你。就跟纳迪娜开开心吧，随你跟谁都无妨。”她快活地抚摸着亨利的头发，“你看见了吧，我尊重你的自由!”

“看见了。”他说道。他松了一口气，同时又感到失望。如此轻而易举地获胜，这并没有给他带来任何结果，至少应该乘胜追击吧。“实际上，纳迪娜对我丝毫没有感情。”他补充说道，“她所需要的，仅仅是让我带她一道去旅行；当然，我们一回来就分手。”

“去旅行?”

“她要陪我去葡萄牙。”

“不行!”波尔说。她那副平静的面具猛然间炸得粉碎，出现在亨利眼前的，是一张有骨有肉的面孔，双唇颤抖，两眼噙着晶莹的泪珠：“可你跟我说，你无法带我一起去!”

“你没有坚持，所以我就没有尽力争取。”

“我没有坚持!? 为了能与你同行，我什么都在所不惜。我只是理解你的心思，你是想单独旅行。为了你的清静，我十分乐意做出牺牲。”她愤怒地喊叫道，“可为了纳迪娜，决不!”

“我独自一人还是跟纳迪娜在一起，这没有多大差别。”亨利带着恶意说道，“既然你不嫉妒她。”

“这差别有天大!”她惊骇不安地说，“过去你要么一个人出门，要么就是我陪伴着你，我们始终都生活在一起。战后的第一次旅行，你没有权利带另一个女人一起去。”

“听着，”他说，“要是你觉得这是个什么象征的话，那你就完全错了。纳迪娜渴望开开眼界，她是位可怜的姑娘，从来就没有见过什么世面，带她出去走走，我觉得是个快乐，仅此而已。”

“那么，要是真的仅此而已，”波尔慢慢地说，“那你就别带她去。”她一副苦苦哀求的神情望着亨利说：“我以我们爱情的名义求求你。”

他们一时默默无言地打量着对方。波尔满脸哀求的神色。可亨利突然感到心头一狠，仿佛他面临的不是一位身陷绝境的弱女子，而是一个手持刑具的刽子手。他于是开口说道：“你刚才还口口声声说尊重我的自由。”

“是的。”她声音粗野地说，“可要是你想毁了自己，我就要阻拦你。我决不让你背叛了我们的爱情。”

“换句话说，我的自由就是按你的意愿行事。”他含讥带讽地说。

“噢！你多不公平!”她呜咽着说，“你做的一切我都接受，一切的一切！可我知道，就这一点我不该接受。除了我，谁都没有权利跟你一起走。”

“这是你下的指令吧。”他说。

“可这是明摆着的!”

“我可不明白。”

“因为你蒙住了自己的眼睛，因为你一意孤行，硬要蒙住自己的眼睛！听我说，”她以通情达理的声音说，“你不要死恋着那位姑娘，你看这让我多么伤心。别带她走。”

亨利保持缄默，对这种理由实在无言以答。他怨恨波尔，仿佛她采取了某种本能的强制力量与他抗争。

“行了，我一定不带她走！”他说罢站起身来，向楼梯走去，“只不过从今往后再也不要跟我谈什么自由！”

波尔紧跟着他，把双手搭在他肩头：

“你的自由，就是让我经受痛苦？”

他猛地挣脱开身：“如果当我做我渴望做的事情时，你硬要让自己经受痛苦的话，那我就得在我的自由和你之间做出抉择。”

他迈了一步，她声音不安地呼喊了一声：“亨利！”她双眼惊骇不安：“你想说的是什么意思？”

“就我说的意思。”

“你总不会去故意毁了我们的爱情吧？”

亨利朝她转过身子：“好！既然你一再坚持，那我们这次就干脆说个清楚吧！”他对她实在气恼，不能不最终摊牌：“我们之间有误会，我们对爱情的看法并不一致……”

“没有任何误会。”波尔慌忙说，“我知道你又要对我说些什么：爱情是我的整个生命，可你想要爱情只是你生命中的一种东西而已。我知道，我同意。”

“是的，可是问题就出在这里。”亨利说。

“不是！”波尔说，“啊！所有这一切纯属荒唐。”她声音激动地补充说道：“你总不能因为我要求你不要带纳迪娜一起走，就对我们的爱情提出异议啊！”

“我一定不带她走，这已是说定的事情。可这里涉及的是别的东西……”

“噢！听着。”波尔突然说，“算了。要是非得带她走才能证明你是自由的，那我还是愿意你把她带走。我才不愿让你以为我束缚了你。”

“假如在我整个旅行期间，你非得折磨自己的话，那我是决不带她走的！”

“要是你出于忌恨，以糟蹋我们的爱情为乐，那我经受的折磨就更大了。”她耸了耸肩膀，“你是做得出来的，你对自己的任何冲动都看得那么重。”

她满脸哀求的神色看着他，等待着他的回答：“我对你并不忌恨。”她可以这样长时间地等下去。她叹了口气：“你爱我，可你又不愿为我们的爱情做出任何牺牲。非要我奉献一切。”

“波尔，”他声音和蔼可亲地说，“假若我这次与纳迪娜一起出外旅行，我再跟你说一遍，我一回来就再也不跟她见面，你和我之间任何事情都不会改变。”

她默不作声。“我这是在讹诈，”亨利心里想，“这真有点可耻。”最糟糕的是波尔也意识到了这一点，她就是要装出一副宽宏大量的模样，但心底却十分清楚她接受的是一桩颇为肮脏的交易。可怎么办？必须千方百计得到自己想得到的一切。他一心想带纳迪娜走。

“你想怎么办就怎么办吧。”波尔说，继又叹息了一声，“我猜想自己太看重象征了。说实在的，这位姑娘陪不陪着你，没有多少差别。”

“没有任何差别。”亨利威严地说。

继后的日子里，波尔再也没有提起这件事，不过她的每个举动、每次沉默无不在表示：“我无力反击，你滥用了这一点。”确实，她手无寸铁，没有任何武器。可是，这本身就是个圈套，它逼得亨利无路可走，要么成为牺牲品，要么当刽子手。他没有任何欲望扮演牺牲品的角色，麻烦的是他也不是一个刽子手。在他与纳迪娜在奥斯特利茨车站月台碰头的那个晚上，他感到心里挺不好受。

“你来得可不早。”纳迪娜一副抱怨的神态说道。

“我没有迟到。”

“快点上车，火车兴许就要开了。”

“绝不会提前开车。”

“谁也说不准。”

他们俩上了车，找了一个空的隔厢。纳迪娜神色困惑地站在两排座位中间，一动不动地傻呆了一阵。接着，她背向车头，凭窗而坐；她打开手提箱，像个老姑娘似的动手仔仔细细地拾掇起来：她套上一件室内便袍，穿上拖鞋，双腿裹上一条毯子，头下垫上枕头；然后，她又从当旅行包用的草提包里拿出一包口香糖。这时，她才想起了亨利的存在，笑靥动人地问道：

“波尔见你真的要带我走，她准大喊大叫了一阵吧？”

亨利一耸肩膀：“这显然不会让她高兴。”

“她说了些什么？”

“与你无关。”他生硬地说。

“可我要知道，可以开开心。”

“跟你谈那些，我才不开心呢。”

她从提包里取出一件尚未织完的石榴红毛衣，动手编织起来，嘴里还嚼着口香糖。“她太过分了。”亨利不快地想。也许她是故意逗他，因为她怀疑亨利仍在牵挂着那套红色的公寓。行前，波尔跟他吻别，眼里没有一滴泪水：“祝你旅途愉快。”可此时，她正在哭泣。“我一到就马上写信。”他自言自语。列车启动了，在郊区凄惨的暮色中飞驶。亨利打开一部侦探小说，朝对面那副满含愠色的面孔瞥了一眼。眼下，他没任何办法消除波尔的悲伤，因此，用不着为此扫了纳迪娜的兴。他鼓了鼓精神，欢快地说：

“明天这个时候我们就要穿过西班牙了。”

“是的。”

“他们想不到我们这么早就会到里斯本，我们有两天时间可以自由支配。”

她默不作声，专心致志地打了一会儿毛衣，接着往长座椅上一躺，用蜡球堵上耳朵，用披巾蒙住眼睛，把屁股朝向亨利。“我还指望有张笑脸来补偿波尔的泪水给我造成的痛苦呢！”他自嘲地想。他读完了小说，灭了灯。车窗上再也看不到蓝漆，车窗外黑洞洞的一片，天上没有一颗星星，车厢里冷飕飕的。他为何呆在这列火车里，面对一位大声呼吸的女子？我要让过去的重新出现，可这突然显得绝对不可能实现。

“她总可以更可爱一点吧！”翌日清晨，在通往伊伦的路上，他耿耿于怀地自言自语道。连他们走出昂代车站，身上感受到了阳光与微风的抚摸时，她也没有露出一个笑脸。当亨利接受护照检查时，她竟然放肆地打着呵欠。此刻，她正迈着野小子般的大步在他前面走，他提着两个沉甸甸的旅行箱，头顶着这轮全新的太阳，浑身热乎乎的。他毫无兴致地看着前面那两条长着细细的汗毛、刚劲有力的腿，她脚上那双短袜显得那两条裸露的腿更不讨人喜欢。一道栅栏在他们身后重新关上，六年来，他第一次踏上异邦的土地；一道栅栏又在他们面前打开，他听到了纳迪娜的一声赞叹："啊！"这是一声热情洋溢的叹息，纵使他如何抚摸，也从来没有从她嘴里掏出这般吟叹。

"啊！瞧！"

路旁，一座被烧毁的房屋附近，摆着一个货摊：上面有橘子、香蕉、巧克力；纳迪娜飞奔过去，抓起两个橘子，递给亨利一个；原以为这欢乐垂手可得，只有两公里的距离将它无情地与法兰西隔开，然而当他看到这份欢乐时，却感到四年来取代了他心脏的那团黑乎乎、硬邦邦的东西瞬间变成了一堆乱麻。他曾面不改色心不跳地看过那些在饥饿中挣扎的荷兰儿童的照片，可现在他恨不得坐在弹坑边，双手捂着脑袋，不再挪动一步。

纳迪娜又恢复了欢快的情绪，她拼命地往嘴里填水果和糖果，穿行在巴斯克乡村和卡斯蒂利亚荒漠，她笑眯眯地凝望着西班牙的天空。他们又在火车座椅的积尘中睡了整整一夜，第二天上午，他们沿着一条淡蓝色的溪流前进。溪流弯弯曲曲，在橄榄树林中蜿蜒，渐渐形成一条大河，最后是一片湖水。火车停了下来：里斯本到了。

"这么多出租车！"

一长溜出租车在火车站的院子里等待着旅客。亨利寄存了行李，对一位出租汽车司机说："带我们去逛一逛。"在高高低低的街道上，有轨电车叮当作响。当他们以令人晕眩的车速顺坡飞驶直下时，纳迪娜吓得惊叫起来，她紧紧搂住亨利的胳膊：他们已经失去了驾车飞驶的习惯。亨利也搂着纳迪娜的胳膊，哈哈大笑。他左顾右盼，显出难以置信的欢乐的神采：过去竟然又重现了。这是一座南方城市，灼热而又凉爽；天边，大海遥遥在望，微咸的海风拍击着大海的岬角：这座熟悉的都市，他认出来了。然而，与往日相比，它比马赛、雅典、那不勒斯、巴塞罗那还更令他惊诧，因为在今日，一切新事物都无异于奇迹。这座性情娴静的都市，山丘连绵，高低起伏，连同那色彩柔和、清冷的房屋和一艘艘白色的巨轮，它是多美啊！

“让我们在市中心的某个地方下车。”亨利说道。出租车在一座大广场停了下来，四周是影院和咖啡馆。露天咖啡座上坐着一些身着深色套装的男人，没有一个女人。女人们都挤在商业街上，摩肩接踵，街道顺坡而下，一直通往小港湾。亨利和纳迪娜很快打住了脚步：

“真想象不到！”

皮革，货真价实的皮革，厚实、柔软，皮革味隐约可闻；猪皮旅行箱、貂皮手套、浅黄色的毛皮烟袋，还有那鞋子，厚厚的皱胶底走起路来不出声响、不发脚汗。真正的丝绸、真正的羊毛、法兰绒套装、府绸衬衫。亨利猛然想到自己身着粘胶短纤维套装，脚穿翘尖碎纹皮鞋，相当寒酸。周围的女士们一个个身着裘皮服饰，脚穿丝袜和精制的薄底浅口皮鞋，置身于她们中间，纳迪娜显得像个流浪女。

“明天，咱们要买些东西。”他说，“买很多很多东西！”

“这话好像不当真吧！”纳迪娜说，“告诉我，要是巴黎人看到这场面，会说些什么？”

“跟我们说的一样。”亨利笑哈哈地说。

他们在一家糕点铺前停下脚步，可这一回引起的不再是垂涎，而是愤慨，纳迪娜气得目光发愣，像凝固了一般；亨利也一样，简直不相信自己的眼睛，一动不动地愣了片刻，接着推了推纳迪娜的肩膀：“咱们进去。”

里边，除了一位老头儿和一个小男孩，一张张独脚小圆桌的周围尽是女人，她们一个个头发油光闪亮，身着裘皮服装，挂满首饰，浑身肉鼓鼓的，正在虔诚地履行她们每日的填食任务。两个梳着黑色发辫的小姑娘斜佩着蓝色饰带，脖子上挂着许多勋章，一副矜持的神态，在津津有味地品尝着一杯浓浓的巧克力，上面堆着高高的掼奶油。

“你想吃吗？”亨利问道。

纳迪娜点了点头，女招待把一杯巧克力放在她面前。纳迪娜把杯子举到唇边，脸上的怒气转眼消失了。“我不能喝。”她说，接着又以抱歉的口吻补充了一句：“我的胃已经不习惯了。”但是，她感到这种不适并非由于胃的原因，她想起了某件事或某个人。亨利没有追问她。

旅馆的房间装饰着艳丽的提花布，浴室里有热水，摆着货真价实的香皂和毛浴巾。纳迪娜重又喜笑颜开，坚持要用马鬃手套给亨利擦身，擦得他从头到脚，浑身皮肤发红、发烫，接着，她又笑嘻嘻地让他仰躺在床上。她做爱时心情是多么舒畅，让人觉得她这回是真的得到了享乐。翌日上午，当她用那只粗糙的手触摸着厚实的毛料、光滑的丝绸时，她的两只眸子闪闪发亮："巴黎过去有这样漂亮的商店吗？"

"比这要漂亮多了。你不记得了？"

"我没去过漂亮的商店，我那时太小了。"她带着热望，看了看亨利，"你认为这一切迟早有一天又会有的吗？"

"总有一天，也许。"

"他们这里的人怎么这么富？我还以为是个穷国呢。"

"这是个穷国，可有很富的人。"

他们为自己以及巴黎的亲朋好友买了布料、袜子、内衣、鞋子和棉毛衫。他们进了一个地下餐厅用午餐，餐厅的墙壁贴着五颜六色的广告画，骑马的斗牛士在挑逗着愤怒的公牛。"肉或鱼，只供应一份：他们总还是有限制的！"纳迪娜笑呵呵地说。他俩吃了颜色发灰的牛排。接着，他们穿上了皮鞋，这鞋子的黄颜色虽然不怎么顺眼，但鞋底颇为华丽。他们顺着通往贫民区的鹅卵石路面街道向上走去。在一个十字街口，一群赤脚的孩子观看着一个早已褪色的小木偶的表演，听不到一声欢笑。马路愈来愈窄，临街的墙面全都剥落，纳迪娜的脸色阴沉下来：

"这条街脏死了，这样的街道很多吗？"

"我想肯定是的。"

"你看了好像并不生气嘛！"

他无心去生气。实际上，当他在一个黑暗的角落上方又看到阳光灿烂的窗台上晾着花花绿绿的衬衣衬裤时，心底甚至腾起一片欢乐。他们默默无言地顺着一条肮脏潮湿的小巷向前走，纳迪娜突然停在一条路面泥泞的石阶路中间。"真脏死了！"她又重复道，"咱们离开吧。"

"噢！再走一段吧。"亨利说。

过去在马赛、那不勒斯、比雷埃夫斯或中国城，他常常一连几个小时在那些脏乱的街巷游逛；当然，无论在过去还是今日，他都希冀根绝这一切贫穷；但是这一愿望仍然是抽象的，他未曾有过逃避的欲望，因为这里有强烈的人的气息，冲得他飘飘欲仙。山上山下，仍还是万头攒动、生机勃勃，蓝色的天空还是闪耀着灼热的光芒，直射屋顶。亨利仿佛觉得即刻就要获得昔日那无比强烈的欢乐，他沿着一条条街巷追寻的正是这一欢乐的气息，然而他没有寻觅到。蹲在门前的妇人在炭火上烤着沙丁鱼，不太新鲜的鱼味盖过了热油的香味。妇人们都赤裸着双脚，这里，男女老少都赤脚行走。朝着大街敞开的地下室里，没有一张床、一件家具、一幅画像，只有简陋的搭床、浑身脓疮的孩子或遥远处的一只山羊；外边，听不到一声欢乐的话语、一声爽朗的欢笑，只见一双双死气沉沉的眼睛。莫非这儿经受的苦难比别的城市更为深重？或许人们非但没有变得铁石心肠，反而对灾难更加敏感？不祥而晦暝的街巷上方，苍天的蔚蓝色显得格外残酷。亨利感到自己被纳迪娜无声的沮丧感染了。他们迎面遇到了一位身着破烂黑衣的妇女，她怀里的婴儿紧咬着她那裸露的乳房，她神色惊恐地奔跑着。亨利突然说：

“啊！你说得对，咱们离开吧。”

但是，离开也无济于事，在第二天法国领事馆举行的鸡尾酒会上，亨利便意识到了这一点。餐桌上摆满了三明治和精美的糕点，女士们身着早被人遗忘的色彩艳丽的裙服，一个个喜笑颜开；大家都讲着法语，美惠女神山的情景早已被抛到脑后，在这个完全陌生的国度里，它的灾难与亨利毫不相关。他彬彬有礼地跟别的宾客一起欢笑。突然，年迈的蒙多兹·达斯·维埃纳把他拉到了沙龙的一角；此人在萨拉查[1]独裁之前，曾任过公使。他衬着硬领、系着黑色领带，以不信任的目光打量着亨利：

“里斯本给您印象如何？”

“是座十分美丽的城市！”亨利回答道。对方的目光突然变得阴郁，亨利马上笑吟吟地补充了一句：“我应该说我尚未见多少东西。”

“平常，来这里的法国人总是想方设法对什么都视而不见。”达斯·维

---

1 Antonio de Oliveira Salazar（1889—1970），1932 至 1968 年任葡萄牙总理。

埃纳耿耿于怀地说，“你们的瓦莱里，他只欣赏大海、花园，可其他什么也看不见。”老人停顿片刻，继续说道：“您是否也硬要蒙上自己的眼睛?”

“恰恰相反!”亨利说，“我还怕眼睛不够用呢。”

“啊！根据别人向我做的有关您的介绍，这正是我所期望的。”达斯·维埃纳声音温和下来说，“我们约一约明天碰面的时间，由我负责向您介绍里斯本。美丽的外表，是的！您到时就可以看到那后面的东西!”

“我昨天已经在美惠女神山转了一圈。”亨利说。

“可您没有进屋去看看！我希望让您亲眼看看他们吃的是什么食物，过的是怎样的生活，不然，您不会相信我的。”达斯·维埃纳一耸肩膀，“对葡萄牙的忧伤及其奥秘竟耗费了那么多笔墨！可是事情很简单：这里的七百万葡萄牙人中，只有七万吃饱肚子。”

要溜已不可能：第二天上午，亨利整个儿用来参观一座座又脏又乱的住房。昔日的公使在傍晚时召集了一些朋友，特意安排亨利与他们见面：这又不能拒绝。他们个个身着深色套装，衬着硬领，戴着圆顶礼帽，说起话来礼节周到，可内心的仇恨不时使他们那副通情达理的面孔变得畸形。这些人从前都是公使、记者、教授，由于拒不归顺独裁统治，而落得个家破人亡；他们的亲朋好友中都有被流放的，他们自己生活贫困，走投无路；这些仍然坚持斗争的人深知地狱般的孤岛在等待着他们：一位大夫免费为贫苦人治病，想方设法开一家诊所或在医院里引入一点卫生设施，很快就成了嫌疑犯；谁要组织夜校授课或有什么慷慨甚或慈善的举动便是教会和国家的敌人。尽管如此，他们始终坚持斗争。他们坚信不疑，纳粹主义的灭亡一定会带来这一伪善的法西斯主义的末日。他们做梦也想推翻萨拉查，建立一个与法国业已成立的阵线类似的国民阵线。他们知道自己孤立无援：英国资本家在葡萄牙有利可图，美国人则正在与政府谈判购买亚速尔群岛空军基地。“法国是我们唯一的希望。”他们一再重复，并且恳求：“要把事实真相告诉法国人。他们并不清楚，倘若他们了解，定会帮助我们的。”他们硬是跟亨利定下了每天的约会；他们给他提供大量的事实、数据，向他口述各种统计数字，领他去看遭受饥饿的郊区；这与他梦想的假日并不完全一致，可他别无选择。他答应发起新闻运动，以触动公众舆论：政治独裁、经济剥削、警察恐怖，以及对群众有步骤的愚弄和神职人员的可耻勾结，他要把所有的这一切统统公布于众。“若卡尔莫纳获悉法国准备支持我们，他会与我们一起行动。”达斯·维埃纳口气肯定地说。他与比多是老相识，考虑向他建议缔结一种秘密协定：如得到法国支持，未来的葡萄牙政府在非洲殖民地的处理方面可以给法国提供方便。要不伤和气，那实在很难向他解释清楚这项计划是何等不切实际！

“我一定去见杜尔纳勒——比多的办公室主任，他是抵抗运动的一位战友。”亨利在赴阿尔加维的前夕承诺道。

“我马上制定一个详尽的计划，您回国时委托给您。”达斯·维埃纳说。

离开里斯本，亨利感到乐滋滋的。法国办事处借给他一部小车，以给他做巡回报告提供方便，而且请他不必客气，车子愿意用多长时间都行。看来他终于要度上名副其实的假日了。不幸的是，他新结识的那些朋友迫切希望他能利用最后一个星期，与他们共同商讨有关事情：他们将要搜集详尽的资料，并安排他与萨莫拉工地的一些共产党人见面。这实在无法推脱。

“这样一来，勉勉强强只剩下半个月时间游逛了。”纳迪娜赌气说。

他们在特茹河对岸的一家小餐馆用晚餐，女招待端上了几块炸鳕鱼干和一瓶脏乎乎的粉红色的葡萄酒。透过玻璃窗，里斯本城隐约可见，水天相接，灯火闪烁。

“开着小车，半个月准能看许多地方！”亨利说，“你要知道咱们多走运。”

“就是呀！不能好好利用多可惜。”

“那么多人都指望我，让他们失望太不该了，难道不是吗？”

纳迪娜一耸肩膀：“你帮不上他们任何忙。”

“我可以以他们的名义说话，这是我的职业，要不就不必当记者了。”

“也许就是没有必要。”

“别现在就考虑回国的事。”他以妥协的口气说，“咱们就要美美地周游一番。看看海滨那闪烁的灯火，多美的景色啊！”

“这有什么美的?”纳迪娜问道。她就喜欢提这类问题，惹人生气。亨利一耸肩膀。“说真的，这并不美，可你为什么觉得美?”纳迪娜追问道。

“美就是美，不为什么。”

她额头贴着窗玻璃：“要是不知道背后的一切这也许是美的，可一旦了解了……这又是一种假象。”她恼怒地说，“我憎恨这座肮脏的城市。”

毫无疑问，这是一种假象。但是，他禁不住感到这灯火是多么美；那贫穷的强烈气息，那充满欢乐的花花绿绿的小巷，亨利再也不会被诱惑。然而，在那昏暗的海滨忽明忽暗的点点灯火不可抵挡地触动了他的心：也许因为这灯火使他回想起了昔日的时光，那时他尚不了解美丽的外表后隐藏的一切；或许在这里他所爱的只是对蜃景的记忆。他又想起了纳迪娜：十八岁了，可她的记忆中尚未有过任何幻景！他至少已经有过一个美好的过去。“还有一个现在，一个未来。”他在心底大鸣不平。“幸运的是，还有许多东西值得去爱。”

还有许许多多，真幸运！他手中重新握着方向盘，行驶在一眼望不到尽头的公路上，多开心啊！多少年没有开车了，第一天亨利有些害怕；这车子仿佛有它自己的生命，更何况它笨重、不稳、吵闹，而且相当任性。不过，它现在已经像一只手似的主动听他使唤。

“开得多快啊！真棒极了!”纳迪娜惊叹道。

“你过去有没有坐车兜过风?”

“在巴黎坐过吉普车，可从来没有开得这么飞快。”

这也是一种假象，是对自由和力量的习惯错觉，可是，纳迪娜却无所顾忌地接受了这一错觉。她降下了所有的车窗玻璃，贪婪地饮着风尘。若亨利听她的话，那他俩永远别想下车；她喜爱的，是以尽可能快的速度，飞驰在公路和苍穹之间，而对周围的风景几乎无动于衷。然而这景色是多么美啊！金合欢铺撒着一层金粉；片片橘林无边无际，枝头挂满了浑圆的果实，疑是远古时代恬静的乐园；巴塔利亚怪石嶙岩，呼声阵阵；两条庄严的石阶肩并肩通向一座黑白分明的教堂；贝雅的街上久久回荡着一位修女昔日失恋时的泣诉声。在散发着非洲气息的南部，矮小的驴子永不停息地旋转，从干渴的大地里汲取微薄的一点水；遥远处，在红土地上深深扎根的龙舌兰丛中，一座光滑闪亮的乳白色的房子时隐时现，给人一片虚假的阴凉。他们沿着山路往北行驶，路旁的石块仿佛盗走了花朵鲜丽的色彩：有紫罗兰色，有红色，也有赭石色；紧接着，在米尼奥和缓的山坡上，流光溢彩的石色重又归还给了满目的花卉。真的，美丽的景色，它飞速地向后闪去，让人来不及细想掩藏在背后的一切。无论在花岗岩质的海岸，还是在阿尔加维滚烫的道路上，农夫们总是赤裸着双脚行走，不过很少与他们相遇。欢快的景象在红港消失了，这里，肮脏的海水色如殷红的鲜血；破旧的房子比里斯本的还更加阴暗潮湿，里面挤满了一丝不挂的儿童，墙上贴着告示：“不卫生，严禁居住。”几个四五岁的小姑娘，身披破麻袋在垃圾箱里寻找破烂。吃午饭时，亨利和纳迪娜只得躲进了一条昏暗的小巷深处。可他们还是隐隐约约地看到了那一张张小脸扒在小饭馆的窗玻璃上。“我恨透了城市！”纳迪娜怒气冲冲地说。她整整一天独自呆在房间里，次日上了路，才勉勉强强松开了牙关。亨利也没有设法逗她消消气。

原定返回的那一天，他们在离里斯本三小时路程的一个小港停车吃了午饭；他们把车扔在小客栈门前，登上了一座俯瞰大海的山丘；山顶高耸着一轮白色的风车，车顶盖着绿色的板瓦，车翼固定上了一个个窄颈小瓷瓮，风儿一吹，呜呜欢唱。下山时，亨利和纳迪娜在葱葱茏茏的橄榄树和花团锦簇的巴旦杏树中奔跑，林中大自然的乐声紧紧伴随着他们。最后，他们一屁股坐在小海湾的沙滩上，一艘艘小船张着锈迹斑斑的风帆，迟疑不决地缓行在昏暗的海面上。

“我们在这里多好。”亨利说。

“对。”纳迪娜神色阴郁地说，接着又说了一句，“我饿死了。”

“这是明摆着的，你一点东西也没有下肚。”

“我要的是煮鸡蛋，可他们却给端来一碗温水和几个生鸡蛋。”

“鳕鱼味道很美，蚕豆也很好吃。”

“只要有一滴油星，我就反胃。”她气呼呼地吐了一口唾沫，“我唾沫里还有油呢。”

她突然脱去衬衫。

“你这是干什么?”

“你不明白?”

她没有戴胸罩，仰天而卧，把两只富有弹性的乳房裸露给太阳。

“不行，纳迪娜，要是有人来。”

“谁也不会来。”

“你想当然。”

“我才不在乎呢，我想感觉一下阳光。”她任海风抚摸着乳房，任细沙逗弄着头发。她凝望着蓝天，怪嗔地说：“既然是最后一天，应该尽情享受。”

亨利没有答话，她唉声叹气地问道：

“你真的非要今晚回到里斯本?”

“你完全知道那里有人等着我们。”

“咱们还没有见到山呢，他们都说山色最美。一周的时间，咱们可以再饱览一番。”

“我已经跟你说过了，我有人要见。”

“那些衬着硬领的老头儿? 他们要是摆进人类博物馆的橱窗里去展览，那很好；可作为革命者，让我笑掉大牙。”

“我觉得他们令人感动。”亨利说，“你知道，他们冒着巨大的风险。”

“他们高谈阔论。”她抓起一把细沙，任其顺着指缝往下流淌，“全都是空话，就像修士，空话连篇。”

“自视甚高，瞧不起试图干点事情的人，这很容易。”亨利有点恼怒地说。

“我责备他们，正是他们从不真正去干些什么。”她气恼地说，“要是我，决不这么废话连篇，一枪毙了萨拉查算了。”

“这对事情发展没有多少好处。”

“他一死，事情就有发展了。就像樊尚说的，至少死是不饶人的。”她若有所思地望着大海，“要是真横下一条心跟他拼命，那就一定能结果他的性命。”

“千万别去拼命!”亨利笑眯眯地说，把手搭在那只沾满沙粒的胳膊上，“要知道，那样我该会多悲伤！”

“那至少死得有价值。”纳迪娜说。

“你就这么着急去死？”

她打了个呵欠：“你就这么乐意活着？”

“反正不让我厌烦。”他乐呵呵地说。

她支着臂肘，抬起身子，好奇地打量了他一番：“给我解释解释，像你这样从早到晚胡写个不停，这真充实了你的生活？”

“当我写作时，是的，我感到生活充实。”他回答道，“我甚至非常渴望能重新执笔写作。”

“你当初是怎么想起写作来的？”

“噢！那是很久以前的事了。”亨利说。

虽然是很久以前的事情，可他并不十分清楚自己对往昔的记忆赋予了何等的分量。

“我年轻时，一部书在我眼里显得多么神奇。”

“我也一样，爱书。”纳迪娜激动地说，“可书已经多如牛毛，再创作又有何用？”

“各人要说的东西跟他人并不相同：每人有自己的生活，有他自己与事物、与词语的独特关系。”

“要是想到有的家伙写过的东西比你以后制造出来的要强很多，你就不会感到不好意思？”纳迪娜的话中隐约透出几分恼怒。

“开始时，我并不这么想。”亨利笑盈盈地说，“要是什么也没碰过，人总是狂妄自大。可后来一旦陷了进去，也就对自己所写的一切发生了兴趣，再也不浪费时间和别人比个高低了。”

“噢！当然，人总是要凑合着过下去！”她赌气似的说，然后又仰倒在沙滩上。

他不知该怎么回答她：向一个并不热爱写作的人解释为何爱上写作，谈何容易。退一步说，他能向自己解释清楚吗？他并不以为人们会永远读他的作品，然而当他执笔写作的时候，他每每感到处于永恒之中；他成功地把许多东西注入了词语，似乎觉得是他彻底挽救了这一切；然而，其中到底又蕴藏着什么？从何种程度上讲，这也仅仅是一种幻景而已？这是他在这次度假期间本该澄清的问题之一，可是他什么问题也没有弄清。可以肯定的是，他对所有那些甚至不愿尝试着表现自己的生命产生了一种几乎充满焦虑的怜悯感：如波尔、安娜、纳迪娜。“嗬！”他心里想，“我的书竟在眼前的局势下出版了！”他已经很久没有迎接读者的挑战了，一想到他们正在阅读他的小说，议论他的小说，他不禁感到心悸。他朝纳迪娜俯去身子，朝她微微一笑：

“不错吧？”

“是的，呆在这儿很惬意！”她有点唉声叹气地说。

“很惬意。”

他和纳迪娜的手指交叉在一起，紧贴着热烘烘的沙粒；阳光下黯然失色、无精打采的大海和那成为蓝色的一统天下的苍穹之间，高悬着幸福；也许只要纳迪娜嫣然一笑，他就能抓住这份幸福：每当她露出笑容，便成了一位漂亮的姑娘，可惜这张布满雀斑的面孔仍然毫无生气。他叹息道：“可怜的纳迪娜。”

她猛地挺起身子：“为什么可怜？”

她无疑值得怜悯，可他并不十分清楚到底为了什么。“因为这次旅行让你失望了。”他说道。

“噢，你知道，我本来就没有多少指望。”

“可总有过美好的时刻。”

“美妙的时光还会再来。”她两只眸子里那冷飕飕的蓝光陡然一热，“别管那些老空想家了，咱们可不是为这而来的。咱们去游山逛水吧。只要我们的骨架子上还有血肉，就尽情欢乐吧。”

亨利一耸肩膀：“你完全清楚，尽情欢乐可不那么容易。”

“那就尽量试试吧。到山里去好好游览一番，这不好吗？你就爱游逛。可那些会议、那些调查，让你烦透了。”

“那当然。”

“那么，到底是什么东西逼迫着你非得干那些让人厌倦的事情？是种天职？”

“你要明白：难道我能向那些可怜的老人解释说他们的灾难对任何人都无关紧要，葡萄牙国家太小，世人对它不屑一顾?”亨利淡然一笑，朝纳迪娜倾去身子，“我能这样吗?”

“你可以给他们打电话说你病了，我们呢，往埃武拉方向去。”

“这样会伤了他们的心。”亨利说，“不，我不能这么做。”

“还是说你不愿意吧。”纳迪娜尖刻地说。

“得了，”他不耐烦地说，“我不愿意。”

“你比我母亲还坏。”她鼻子上粘着沙粒，嘀咕着。

亨利身子一伸，躺在她的身旁。“咱们欢乐欢乐吧。”从前，他善于作乐。若在过去，他一冲动起来，准会牺牲那帮老谋反者的梦想，一心沉湎于昔日曾经享受的那份欢乐之中。他合上眼睛。他躺在了另一个海滩上，身边是一位金褐色皮肤的女郎，她身穿碎花海浴裙裤，是世界上无与伦比的美女：波尔。棕榈枝在他们头顶摇曳，透过芦苇，他们窥望着肥肥胖胖的犹太女郎满脸喜气地从海上走来，她们一个个身着裙服、罩着面纱、戴着首饰，十分累赘；夜里，他们经常偷看身裹白布在海里冒险作乐的阿拉伯女人；要么便去墙基呈古罗马风格的小酒馆喝一杯浓浓的咖啡，或者静静地坐在集市上，亨利抽着水烟筒，一边跟阿穆尔·哈尔西纳天南海北地闲聊；然后再双双回到星光荧荧的房间，躺倒在床榻上。但是，此时此刻，亨利最为怀念的是他在旅馆平台上每天上午度过的时光：头上，是蔚蓝的天空，周围弥漫着沁人心脾的芬芳。他乘着新的一天到来时刻的凉爽，顶着正午时分的酷热，双脚踩着滚烫的水泥地面不停地挥笔写作，直到他终于被阳光暴晒、被词语缠绕得头脑发昏时，才走到内院的阴凉处喝一杯冰镇茴香酒。他前来寻觅的，正是杰尔巴[1]的蓝天、夹竹桃和汹涌的大海，是夜晚闲聊的欢乐，尤其是清晨的凉爽和中午的酷热。他为什么觅不到昔日生活中已经感受过的那份灼热而温柔的情趣？然而，他是多么渴望这次旅行！多少天来，他心里只挂念着它，梦想着迎着太阳躺在沙滩上；现在，他来到了这里，有太阳，有沙滩：原来是他的心田里缺少某种

1　Djerba，突尼斯岛屿，旅游胜地。

东西。他再也不明白“幸福”、“欢乐”这些古老的词语到底意味着什么。我们只有五个感官，它们却如此迅速地产生了厌倦。他的目光已经厌倦，厌倦这样没完没了地望着那除了蓝色还是蓝色的无穷无尽的蓝。他真恨不得抓破这层绸缎，撕破纳迪娜柔滑的皮肤。

“天开始凉了。”他说。

“对。”她突然紧贴着他，他透过衬衣，感觉到了胸前她那两只裸露的、充满了青春活力的乳房。“暖暖我的身子。”

他轻轻地推开了她。“穿上衣服。我们回村庄去。”

“你害怕有人发现我们？”纳迪娜的两只眸子闪闪发亮，双颊升起了两朵淡淡的红晕，可亨利知道她的嘴巴仍然是冷冰冰的。“你以为他们能拿我们怎么着？会用石头砸我们？”她一副诱惑的神态问道。

“起来吧，该回去了。”

她全身紧紧地压住他，他难以抵挡这股欲望，浑身软绵绵的。他爱她朝气蓬勃的躯体，爱她光洁透亮的肌肤；倘若她真的愿意从欢乐中得到抚慰，而不故意恬不知耻地在床榻厮混的话……她半闭着眼睛，细细地端详着他，手顺势向他的裤裆方向摸去。

“让我来……你放松，让我来。”

她的手和嘴都十分灵巧，可每当他让步时，总能看到她眼睛里那股胸有成竹的得意劲儿，他讨厌这股劲头。“不行。”他说，“不。这里不行。这样不行。”

他挣脱了身子，站了起来；纳迪娜的衬衫就扔在沙地上，他给她扔到了肩头。

“为什么？”她恼恨地说，又拖长声调添了一句，“也许在露天，还更有趣一点。”

他弹了弹沾在衣裤上的沙粒。

“我在琢磨你到底是否还有个女人的样子。”亨利故意拿出宽容的口吻说。

“噢！你知道，真正喜爱让男人摆弄的女人，我敢肯定一百人中挑不出一个：那是她们冒充高雅，故意摆出的一种姿态。”

“算了，我们别争了。”他挽起她的胳膊说，“来，我们去给你买点糕点和巧克力，你在车上好吃。”

“你尽把我当个小姑娘对待。”她说。

“不。我十分清楚你不是个小姑娘。我比你想象的要更理解你。”

她怀疑地瞅了他一眼，唇间露出了一丝微笑。“噢！我并不总是讨厌你。”她说道。

他更用劲地挽着她的胳膊，两人默默地向村庄走去。阳光渐暗，小船返回港湾，几头牛正拖着船往沙滩方向走去。村民们有的站着，有的围坐成一圈，全都在凝望着。男人的衬衣和女人肥大的裙子花花绿绿，饰着欢快的色彩，可是这片欢乐却凝固在死气沉沉的静止气氛之中。黑色的头巾包裹着石头一般的面孔，死死盯着天际的眼睛不抱有任何希望。见不到一个举动，听不到一句话语。仿佛一阵咒语使所有的舌头全都打了结。

“他们真急得我想大声呼喊。”纳迪娜说。

“我猜想他们也听不到你的呼喊声。”

“他们在等待什么?”

“不等待什么。他们知道他们什么都等待不到。”

广场上，生命在有气无力地叹息。一群孩子在乱喊乱叫，在海上丧生的渔夫丢下的孤寡的妻子坐在路旁行乞。开始，当亨利和纳迪娜听到身着厚实的裘皮服装的资本家太太煞有介事地对乞丐说“耐心等待”时，他们还愤愤不平地瞥她们一眼。可现在，当那一只只手向他俩伸来，他们便像窃贼似的拔腿就跑：乞丐太多了。

“给你买点东西吧。”亨利在糕点铺前拉住了纳迪娜，说道。

她走进铺子，两个脑袋剃得光溜溜的孩子鼻子紧贴着窗玻璃，当她双手捧着纸袋在门口出现时，他们喊叫了一阵。她停下脚步。

“他们在说什么?”

亨利犹豫了一下：“说你真有运气，肚子饿了能有吃的。”

“噢!”

她一气之下，猛地把鼓鼓的纸包扔到了孩子手中。

“不。我这就给他们一点钱。”亨利说。

她一把拉住了他："别管，他们倒了我的胃口，这些肮脏的野孩子。"

"你饿了。"

"我告诉你，我再也不饿了。"

他俩登上了小车，一时默默无语地行驶着。纳迪娜以哽咽的声音开口说道：

"我们本该去另一个国家。"

"哪一个？"

"我不知道。可是你，你应该知道。"

"不，我不知道。"他说。

"总该有个可以生活的国度吧。"她说。

突然，她泪水夺眶而出，亨利惊骇地望着她：波尔泪如雨下，那很自然；可看到纳迪娜哭泣，这几乎就像他无意中发现迪布勒伊在呜咽一样令人难过。他用胳膊搂着她的肩膀，把她拉到身边。

"别哭，别哭了。"他轻轻地抚摸着她那粗硬的头发。他为何就没有办法让她微笑？他为何心情沉重？纳迪娜拭了拭眼泪，猛地一擤鼻涕。

"可是你，你年轻时，幸福过吗？"她问道。

"幸福，我幸福过。"

"你瞧！"

亨利说道："你也一样，你总有一天会幸福的。"

本该更紧紧地搂着她，对她说："我，我一定能让你幸福。"此时此刻，他多么渴望：一时渴望献出自己的全部生命。然而他什么也没说。他猛然想到："过去并没有重现，过去绝不会重现。"

"樊尚！"纳迪娜向站口冲去。樊尚身着战地记者服，笑盈盈地在招手。纳迪娜脚穿皱胶底鞋，擦地疾行，伸手抓住了樊尚的胳膊，站稳了脚跟："你好！"

"旅行归来的人们好！"樊尚乐呵呵地说。他赞叹地嘘了一声："你穿戴多么漂亮！"

"一位真正的太太，嗯？"纳迪娜原地一旋身子说道。她身着裘皮大衣，穿着长袜和薄底浅口皮鞋，姿态高雅，而且相当富于女人魅力。

“把这给我!”樊尚夺过亨利身后拖着的一只巨大的水手旅行包，“是具尸体?”

“五十公斤吃的东西!”亨利说，“这是纳迪娜为她家提供的食物，如何把这包东西弄到伏尔泰沿河大街倒是个问题。”

“没问题。”樊尚一副得意的神态说道。

“你偷了一部吉普车?”纳迪娜问。

“我什么也没偷。”

他步履坚定有力地穿过站口的院子，停在一部黑色的小车前：“这车顶呱呱，不是吗?”

“这车是我们的?”亨利问。

“是的。吕克这下总算开心了。你说这车怎么样?”

“小了点。”纳迪娜说。

“这可以给我们提供极大的方便。”亨利打开车门说道。他们勉强把行李塞进了小车的后部。

“你以后一定会带我去兜风吗?”纳迪娜问道。

“你没有疯吧?”樊尚说，“这是部工作车。看来装了你们这么些东西，确实有点儿挤。”他坐到司机位置上，手执方向盘，车子艰难地发出轰鸣声，终于启动了。

“你有把握肯定会开车?”纳迪娜问道。

“要是你亲眼见到我那天晚上在布了雷的道路上，没有任何照明开着吉普车猛冲的情景，你就不会无端地侮辱我了。”樊尚看了看亨利，“我把纳迪娜放下，送你去报社?”

“行。《希望报》情况怎么样?在那个鬼地方，我连一期也没有看到。报纸版面还是原来那么小?”

“还是。他们又准许了两家报纸出刊，可不给我们解决纸张；吕克比我了解情况，会给你汇报的。我刚刚从部队回报社。”

“印数没有下降吗?”

“我想没有。”

亨利迫不及待地要去报社。只是波尔肯定事先给车站打过电话，她知道列车没有误点；她准两眼死死地盯着挂钟，捕捉着任何声音，焦急地等待着。等他和樊尚把纳迪娜同行李送进了电梯，亨利说：

“我想了想，还是先回家。”

“可伙伴们在等着你。”樊尚说。

“告诉他们，我一小时之后就到报社。”

“那我把劳斯莱斯给你留下。”樊尚说。他在狗诊所前停下车子，问道：

“我把行李箱取下来？”

“就拿最小的那一只，谢谢。”

亨利遗憾地伸手推门，不料撞倒了一只垃圾桶，发出了声响，女门房的狗开始狂吠起来。还不等亨利敲门，波尔便打开了：

“是你！真是你！”她扑进他的怀里，接着往后一退，“你气色很好，你晒得黑黑的！回来的路上没有太累吧？”她微笑着，可嘴角有一小块肌肉在痉挛似的抽搐。

“一点儿不累。”他把旅行箱放在长沙发上，说道，“这是给你的。”

“你真可爱！”

“打开吧。”

她打开箱子：有丝袜、麂皮鞋、一只女用手提包、一些布料，还有披巾、手套。他当时选择每件物品都十分细心，而且惶惶不安，恐有不妥。现在，他真的有些失望了，因为波尔只是显出一副激动而且隐含着宽容的神情看着，没有动手去摸一摸，也没有俯下身子。“你多可爱！”她重复道，说着猛地把目光转向亨利，“你的那只旅行箱在哪里？”

“在下面，放在车子里。你也许已经得知，《希望报》弄到了一部小车，樊尚开车去车站接我了。”他激动地说。

“我这就给门房打电话，让人把你的箱子送上来。”波尔说。

“不用了。”亨利说，紧接着又补充道：“你这个月过得怎么样？天气不是很糟吧？你出门走走了吗？”

“走了走。”她含糊其辞地说，面孔僵得没有一丝表情。

“你去看谁了？你做了些什么？跟我谈谈好吧？”

“噢！这没意思。”她说，“别谈我了。”她遂接着往下说，可声音显得漫不经心：“你知道，你的书获得了成功。”

“我一无所知。书真的成功了？”

“噢，当然，批评家们什么也没有看明白，可他们嗅出了这是一部杰作。”

“我很高兴。”亨利假扮笑脸说道。他多么想再提几个问题，可波尔的用词实在让他受不了。他改变了话题：“你看过迪布勒伊夫妇吗？他们情况如何？”

“我匆匆见过安娜一面，她工作繁忙。”

她有口无心地答着话。可亨利多么迫切希望能马上重新投入自己的生活！他问道：

“你没有把每期的《希望报》都保存下来？”

“我读也没读。”

“没有读？”

“你这段时间没有在报上写文章，我有别的事要考虑。”她搜索着亨利的目光，脸上又显出了活力，“这个月里，我考虑得很多，我明白了许多事理。我后悔，你行前我不该对你发火，我真后悔。”

“噢！别谈这些事！”他说，“首先，你从来没有对我发过什么火。”

“发过！”她说，“我再对你说一遍，我感到后悔。你也明白，我早就领悟到一个女人对像你这样的男人来说，不可能就是一切；哪怕世上所有的女人都不可能意味着一切；然而我没有真正地接受这一现实。现在，我已经准备用百分之百的宽厚之心去爱你，这是为了你，而不是为了我自己。你有你自己的事业，它应该摆在首位。”

“什么事业？”

她终于扮出了笑脸：“我已经意识到我也许经常给你添麻烦，我也理解你渴望重新过一过独身的生活。可你尽可放心：独身，自由，我全部答应你。”她紧紧地盯着亨利，“我亲爱的，你是自由的，你要牢记这一点；再说，你也刚刚证明了这一点，不是吗？”

“是的。”他说，他低声补充了一句：“可我已经向你解释过……”

“我记得，”她说，“但是我对你肯定地说，鉴于我内心发生的变化，你再也没有理由要独自搬到旅馆去住。听我说：你渴望独立，渴望冒险，可你也想要我，对吗？”

“当然。”

“那就留在这儿；你绝不会对此感到后悔的，我向你发誓；你将发现我内心发生了怎样的变化，从今之后，我对你来说将是多么轻松愉快。”她站起身，伸手拿起电话，“女门房的侄子马上就把你的箱子送上来。”

亨利站了起来，向室内的便梯走去。“以后再说吧。”他心里想。他不能刚一踏进家门就无情地折磨她。“我去洗一洗。”他说，“他们在报社等着我。我只是回家来亲亲你。”

“我完全理解。”她充满柔情地说。

“她将尽一切努力向我表明我是自由人。”亨利坐进黑色小车，心里没好意地想。“噢！可这不会持续多久，我在她身边呆不了多长时间。”他耿耿于怀地暗自盘算着，狠了狠心，“明天我就要着手解决这个问题。”眼下，他再也不愿多想她。重新置身于巴黎，他心里多么欢畅！街道上，灰蒙蒙的，去年冬天，人们饥寒交迫，如今，他们每人终于都有了鞋穿；再说，还可以跟他们交谈，为他们讲话；在葡萄牙之所以那么令人沮丧，是因为常常感觉到自己纯粹是一个证人，一个对异国灾难无所救助的证人。亨利下了车，亲切地看了看报社大楼的门面。《希望报》情况如何？他的小说真的获得了成功？他快步登上楼梯，随之响起一片欢呼声；一个条幅遮住了走廊的天花板：欢迎旅行归来的人。他们沿墙站立，夹道欢迎，每人高举着钢笔，仿佛持着利剑，齐声高唱着一支歌曲，歌词难以听清，什么“萨拉查，运气差”。只有朗贝尔不在场。为什么？

“大家都到酒吧去！”吕克喊叫道，有力地用手一拍亨利的肩膀，“很好吧？”

“你晒得黑极了！”

“瞧瞧这双鞋子。”

“你给我带回了什么报道？”

“瞧你穿的衬衫!”

他们触摸着套装、领带，一个个赞叹不已，他们提了一个又一个问题，酒吧招待则一杯又一杯地斟酒。亨利也询问着有关情况：印数确实有所下降，但报纸马上又要以大版面出版，这样情况就会好转；报社曾遇到了新闻检查方面的麻烦，不过并不严重。众人对他的书都倍加赞扬，他收到的读者来信多极了；他出差期间出版的《希望报》已备一份放在他的办公桌上；通过普莱斯顿，也许能偷偷地弄到一点纸张，那个美国佬还答应帮助出一份星期日增刊；此外，尚需讨论的事情还有许许多多。一连三个晚上，亨利没有睡上一个好觉，被这声音，这话声，这笑声，这许许多多问题搅得有点晕乎乎的：既晕乎乎，又乐滋滋。现实生活如此欢乐而又紧张，却跑到葡萄牙去寻觅早已埋葬了的、消逝了的过去，多蠢的念头。

“我一回来高兴极了。”他内心冲动地说。

“大伙儿见到你也没有不高兴。”吕克说，又补充道：“相反，大家都开始迫切需要你；我把话说在前头，你要做的事情可多了。”

“我正巴不得。”

打字机咔咔作响，他们打着滑步，在走廊里四散而去，爆发出阵阵笑声：国家刚刚诞生，人们都还是零岁，他们显得多么年轻！亨利推开自己办公室的门，坐到扶手椅上，内心升腾起一股老坐办公室的人特有的欢愉。他打开《希望报》的最近几期：常见的署名，漂亮的设计，没有浪费一点版面。他把整个一个月的报纸一期接一期浏览了个遍。他不在场，他们照样干得十分出色，这正表明了他的成功所在：《希望报》不仅仅是一场冒险的战斗，而且是一项十分牢固的事业。樊尚有关荷兰的报道极为出色，朗贝尔关于集中营的文章更加精彩。毫无疑问，他们都善于用恰当的笔调：没有一句蠢话，没有任何谎言，也没有一个不实之词。《希望报》以其正直触动了知识分子，以其生动赢得了广大的普通读者。唯有一点不足：塞泽纳克的文章极为平庸。

“我可以进来吗?”

朗贝尔不好意思地站在门洞处，满脸微笑。

“当然！你躲到哪儿去了？你完全可以去车站嘛！可恶的无情种。”

“我想车上坐不下四个人。”朗贝尔一副尴尬的神情说道。“还有他们那个小小的庆祝会……”他一撅嘴巴补充道，话说到半截，又吞了回去，最后又说道：“不过现在，我打扰你吗？”

“一点也不。你坐吧。”

“旅行愉快吗？”朗贝尔一耸肩膀，“也许别人问你已经不下二十遍了。”

“马马虎虎，美丽的景色，可有七百万人食不果腹。”

“他们的衣装挺漂亮。”朗贝尔一边打量着亨利，一边称赞道，继而微微一笑：“那儿，红色的皮鞋是流行式样？”

“橘黄色或柠檬色，可皮革都是优质的。富人应有尽有，这正是最可恶之处，我到时再跟你细说。还是先把这里的情况跟我谈谈。我刚刚读了你的文章，文章很出色，你知道。”

“简直就像篇法语作文。”朗贝尔自嘲地说，“谈谈您参观集中营的体会，写这个题目的，我想至少不下二十人。”他脸上陡然一亮：“你知道，真正棒的是你的书；我当时累得浑身散架，我一直开车奔波，一天一夜没合眼，可一拿起你的书，我一口气往下读，不读完怎么都安不下心来睡觉。”

“你是在讨我欢心吧！”亨利说。

溢美之词往往让人难受，可朗贝尔确实让他打心眼里高兴。亨利梦寐以求的正是有人这样读他的书：一个性急的小伙子，迫不及待地要连夜把全书读完。仅为了这点就值得写作，尤其是为了这一点才写作。

“我想你读读评论文章会挺有兴趣的。”朗贝尔说，往桌子上扔了一个黄色的大纸袋，“我也凑了点热闹。”

“当然，我挺有兴趣，谢谢。”亨利说。

朗贝尔有点焦虑不安地看了看亨利：“你在那边写东西了吗？”

“一篇报道。”

“你眼下能马上给我们写另一部小说吗？”

“我一有时间就立即动笔。”

“抽点时间吧。”朗贝尔说，“我以为你不在报社这段时间……”

他的脸霍地一红：“你得做好防备。”

“防谁？”亨利淡然一笑，问道。

朗贝尔又犹豫了一下：“听说迪布勒伊正焦急地等着你。千万别上他那一套的当……”

“我或多或少已经陷进去了。”亨利说。

“那么，赶紧摆脱出来。”

亨利微微一笑：“不。今天要继续不参与政治，已经不可能。”

朗贝尔的脸布上了阴云：“啊！那你是在责备我？”

“一点儿也不。我是说就我自己而言，已经不可能。我们俩的年纪可不一般大。”

“这与年纪又有什么关系？”朗贝尔问。

“你到时就明白了。人们总是在不断明白事理、不断变化。”他淡然一笑，“我向你保证，我一定抽时间写作。”

“必须这样。”朗贝尔说。

“噢，快说，你说得那么好听，你跟我谈的那些消息到底在什么地方？”

“那些消息一文不值。”朗贝尔说。

“请都给我拿来，然后咱们抽个晚上一起去吃顿晚餐，我一定好好跟你谈谈看法。”

“那好。”朗贝尔说。他站起身。“我猜想你不愿接待她吧，可那个小玛丽-昂热·比塞非要采访你不可，她已经等了两个小时，我怎么回她的话？”

“就说我从不接受采访，我忙得不可开交。”

朗贝尔把身后的门关好，亨利把黄色纸袋里的东西全倒在桌上。女秘书在鼓鼓的卷宗夹上标着：小说通讯。他犹豫了片刻。他在战争期间创作了这部小说，从未考虑等待它的将是何种命运，甚至也不敢肯定会有什么命运等待着它。如今，小说问世了，人们也阅读了；亨利也就受到了评判、议论，得到了评价，就如同他经常评判、议论他人一样。他把剪报一一摊开，开始浏览起来。波尔说什么“一举成功”，他以为她夸大其辞；

可事实如此，评论家们用的也是赞美之词。朗贝尔显然抱有偏心，拉舒姆也不例外，所有这些刚刚成长起来的年轻批评家对抵抗运动的作家都存有明显的善意；不过，友人和陌生读者热情洋溢的来信证实了新闻界的评价。确实，即使保持清醒头脑，也大有令人得意的地方：这些怀着激动心情写下的文章的确激荡人心。亨利欢快地伸了伸腰。刚刚发生的这一切具有几分神奇的色彩。两年前，厚实的窗帘紧遮着漆成蓝色的窗玻璃，他与黑暗的城市和整个地球隔断了联系，他的那支笔在纸上犹豫地摆动。如今，出自他喉舌的那些很不清晰的呐喊在世间变成了一个生机勃勃的声音，他内心秘密的运动化作了他人心田中的真理。“我本该向纳迪娜好好解释。”他心里想，“倘若别人无关紧要的话，那就失去了写作的意义。但是，如果说他人举足轻重的话，那要用词语赢得他们的友情、他们的信任，又需要付出巨大努力；要听到自己的思想在他们心中引起反响，这谈何容易。”他抬起眼睛，门开了。

“我等了整整两个小时。”一个抱怨的声音说，“你总可以给我一刻钟吧。”玛丽-昂热一动不动地站在他的办公桌前：“是用于《未来》杂志，要一大篇东西，登在头版，并配以照片。”

“请听着，我从不接受采访。”

“关键就在这里，这样一来，我的采访就价值千金了。”

亨利摇了摇头。玛丽-昂热愠怒地接着说：“你总不能为了一个个人的问题而毁了我的事业吧？”

亨利微微一笑。一刻钟的交谈对她如此举足轻重，可对他来说却那么微不足道！说实在的，他的心绪颇佳，真想谈谈自己。喜爱他作品的人中，肯定有不少希望能对作者有更深的了解；他愿意给他们提供一点情况，目的在于使他们能真正地对他产生好感。

“行。”他说，“你需要我给你讲点什么？”

“呃，首先，你的出身？”

“我父亲是蒂勒的一个药店老板。”

“然后呢？”她问道。

亨利迟疑了片刻。开门见山就谈自己，这不太妥当。

“谈吧。”玛丽-昂热说，“跟我谈谈儿童时代的一两件往事。”

往事，他跟所有人一样都有不少，可他觉得那些往事并不太重要，唯独在亨利二世餐厅用的那次晚餐，那天晚上，他终于摆脱了心头的恐惧感。

“好，这就算一件。”他说，“这几乎无足轻重，可对我来说则是许多事情的开端。”

玛丽-昂热把铅笔支在采访本上，用一副鼓励的神态望着他。亨利继续说道：

“我父母之间最重要的话题，是威胁着世界的灾难：野蛮、堕落、革命……我把这一切总看成是恐怖的魔鬼，它们就要吞噬整个人类。那天晚上，我父亲如同往昔那样预言：革命就要爆发，文明即将堕落，我母亲则一副惊骇的神情随声附和。我突然想到：‘可不管怎么说，最终获胜的也还是人。’这也许不是我当时想的原话，可意思差不多。”亨利微微一笑，“那效果神奇极了，魔鬼不复存在：天底下相处的都是人。”

“然后呢？”玛丽-昂热追问道。

“然后嘛，自这天以后，我驱逐了魔鬼。”他说。

玛丽-昂热神色困惑地看了亨利一眼：

“可你的故事，它是怎么结束的？”

“什么故事？”

“你刚刚开始讲的故事。”她不耐烦地说。

“没有别的结尾。它已经讲完了。”亨利说。

玛丽-昂热“啊”了一声，紧接着以抱怨的口吻补充道：“我想要点生动别致的东西！”

“噢！我的童年没有任何别致之处。”亨利说，“药店让我生厌，外省的生活令我烦恼。万幸的是，我在巴黎有个叔叔，他介绍我进了《星期五》报社。”

他打住话头。他初到巴黎的几年，有许许多多的事情可以说，可不知从何说起。

“《星期五》是份左派报纸。”玛丽-昂热说，“你那时就有了左派的思想?”

“我特别恐惧右派的思想。”

“为什么?”

亨利思虑了片刻：“我当时二十岁，雄心勃勃，正是因为这一原因我才成为民主党人。我想成为首屈一指的人物：不过是公平条件下首屈一指的人物。倘若竞赛一开始就有人耍了花招，那下的赌注也就失去其一切价值。”

玛丽-昂热在本子上刷刷直记，她看上去并不聪慧。亨利搜索一些简明易懂的词句：“一只黑猩猩和人类中最低能的人之间的差别要比后者与爱因斯坦之间的差别大得多！表现自我的意识，这是一种绝对的存在。”亨利正要张口往下说，可玛丽-昂热抢在了他的前面：

“跟我谈谈你的第一步。”

“什么第一步?”

“涉足文坛的第一步。”

“我或多或少一直都在写点什么。”

“《不幸的遭遇》问世时，你多大年纪?”

“二十五岁。”

“是迪布勒伊大力推荐了你吧?”

“他帮了我许多忙。”

“你是怎么与他结识的?”

“报社派我去采访他，却是他设法让我说话；他让我以后再去看他，我也就去了……”

“谈谈细节吧。”玛丽-昂热以抱怨的口吻说道，“你谈得糟透了。”她紧紧地盯着亨利的眼睛：

“你们在一起时都谈了些什么?”

他一耸肩膀：“什么都谈，跟普通人一样。”

“他鼓励你写作了吗?”

“是的。我一写完《不幸的遭遇》，他就让莫瓦纳读了，莫瓦纳很快就接受了……”

“你获得了巨大成功?”

“获得了行家的好评。你知道，那真可笑……”

“是的，就跟我谈一点可笑的事吧!”她一副诱惑的神情说道。

亨利有点犹豫。

“可笑嘛，是因为人们往往以巨大、辉煌的梦想开始，可后来获得一点小小的成功，也就十分满足了……”

玛丽-昂热叹息道：

“有关你其他作品的名字及其发表年月，我都有了。你是否应征当过兵?”

“在步兵部队，是个二等兵。我从来没有想过当军官。五月九日在武济耶附近的天神山我负了伤，被送到蒙特利马尔，九月份回到巴黎。”

“你在抵抗运动中具体做了些什么?”

“吕克和我于一九四一年创办了《希望报》。”

“可你还从事过其他活动?”

“那无关紧要，不谈了。”

“那好。你最近的一部作品，你写作的确切时间?”

“一九四一年至一九四三年期间。”

“你是否已经动笔写别的东西了?”

“还没有，不过我就要写。”

“什么? 一部小说?”

“一部小说。可目前还十分模糊。”

“我听说要办一份杂志?”

“是的，是一份月刊，将由我和迪布勒伊负责，由莫瓦纳出版，名叫《警觉》。”

“迪布勒伊正在创建的那个党到底是怎样一个党派?”

“说来话长。”

“怎么?”

“去找他打听吧。”

“谁也接近不了他。”玛丽-昂热叹了口气，“你们都是怪人。要我有了名气，我一天到晚让人来采访。”

“那你就腾不出任何时间做事了，你也就一点名气都没有了。现在，你该行个好，让我工作了。”

“我还有一大堆问题要问呢！你对葡萄牙有何感受?”

亨利一耸肩膀：“肮脏。”

“因为什么?”

“因为一切。”

“你再解释一下，我总不能就这样简简单单地对读者说：肮脏。”

“那么，你就告诉他们萨拉查的父道主义是可耻的独裁，美国人应该尽快把他赶下台。”亨利像连珠炮似的说道，“不幸的是，这不是一朝一夕能办到的：他就要把亚速尔群岛的空军基地卖给美国人。”

玛丽-昂热皱了皱眉头，亨利补充道：“如果这让你为难，你就别说，我马上就要在《希望报》上披露真情。”

“不，我一定要说!”玛丽-昂热说。她用一副深沉的神态看了看亨利：“到底是何种内因促使你做这次旅行?”

“听着，要在事业上出人头地，你并不非得提一些愚蠢的问题。我再跟你说一遍，行了，你还是乖乖地走吧。”

“我需要某些小插曲。”

“我没有什么插曲。”

玛丽-昂热小步离去，亨利感到有些失望：她没有提那些应该提的问题，他也丝毫没有谈他有必要谈的事情。可说到底，他该说些什么?“我希望我的读者了解我是一个怎样的人，可我自己却没有完全定型。”噢，再过几天，他就要动笔投入新的创作，他一定设法系统地给自我画个像。

他重又开始阅读有关小说的通讯。有多少电讯和剪报需要细读，有多少信函需要回复，又有多少人需要接待！吕克已经有话在先：他要做的事多着呢。此后的几天里，他独自呆在办公室工作，只到睡觉时才回波尔处。每次他刚有点时间坐下来写专题报道，负责编排印刷的人便来索稿，有一页就取走一页。过分漫长的假日之后，这样拼命工作一阵，使他感到欢悦。他在电话中听出了斯克利亚西纳的声音，但内心没有激起一丝热情。

“喂，无情无义的家伙，你回来都四天了，还一直没见你露面。快到巴尔扎克街的伊斯巴饭店来。”

“抱歉，我手头有事。”

“别抱什么歉，快来！大伙儿等着你喝杯香槟叙叙友情呢。”

“谁等着？”亨利欢快地问道。

“里面有我。”响起了迪布勒伊的声音。“还有安娜、朱利安。我有几十件事要跟您谈。您到底在忙乎什么？您就不能从您那个洞穴里出来一两个小时？”

“我本打算明天去您家。”亨利说。

“还是快点来伊斯巴吧。”

“行，我这就去。”

亨利挂上电话，微微一笑。他十分渴望再见到迪布勒伊。他拿起话筒，拨通了波尔：

“是我。迪布勒伊夫妇和斯克利亚西纳在伊斯巴等着我们。是的，是伊斯巴饭店。具体什么地方，我也不比你更清楚。我这就开车来接你。”

半小时后，他和波尔举步踏下一条石阶，石阶的两侧站着衣着古怪的哥萨克人。波尔穿了一条长裙，崭新崭新的，看来这绿色配她确实不太相称。

“多怪的地方。”她嘀咕道。

“跟斯克利亚西纳打交道，思想上对什么都得有所准备。”

外面，夜阑人静、阒无声息，以致伊斯巴饭馆的豪华显得让人惴惴不安：仿佛就像是进入刑房之前停留的一块邪恶之地。装饰的四壁血红一片，帷幔的波状皱褶红得像在滴血，茨冈乐手的丝绸衬衫也是殷红的颜色。

“啊！你们终于来了！你们摆脱了他们的纠缠？”安娜问道。

“他俩倒显得平安无事。”朱利安道。

“我们刚刚遭到了一帮记者的围攻。”迪布勒伊说。

“那些记者一个个都武装着照相机。”安娜补充说。

“迪布勒伊妙极了。”朱利安兴高采烈、结结巴巴地说，“他说……我记不起他说了些什么，反正是针锋相对、寸步不让。要再说几句，他差点就要对他们动起手来了……”

他们你一言我一语，全都开了腔，唯独斯克利亚西纳在一旁发笑，流露出几分高人一筹的神态。

“我刚才真的以为罗贝尔就要动手了呢。”安娜说。

“他回答说：我们可不是博学的猢狲。”朱利安喜形于色地说。

“我向来把自己的脸面看作私人财产。”迪布勒伊充满尊严地说。

“问题是对像您这样的人来说，”安娜插言道，“露脸就算裸体；一旦露出您的鼻子和眼睛，那就成了裸露癖。”

“可他们却不给真正的裸露狂拍照。”迪布勒伊说。

“这就是个过错。”朱利安说。

“喝吧。”亨利给波尔递去一杯伏特加，说道，“喝吧，我们要补喝的杯数多了。”他说罢一饮而尽，然后开口问道：“可人家是怎么知道你们在这儿的?”

“真的，是怎么知道的?”他们惊诧得面面相觑。

“我猜想是饭店侍应部领班打了电话。”斯克利亚西纳说。

“可他不认识我们。”安娜说。

“他认识我。”斯克利亚西纳说。他咬着下嘴唇，犹如一位做了错事当场被捉住的女人，惊慌失色。“我希望他能根据你们的身份好好为你们服务，所以我把你们是谁告诉了他。”

“哼，我看你倒好像是干了件漂亮事似的。”亨利说。斯克利亚西纳那幼稚的虚荣心一直让他感到惊愕。

迪布勒伊哈哈大笑起来：“是他告发了我们，就是他本人！这可不是瞎编的。”他猛地朝亨利转过身子：“旅行如何？说是度假，可传说您所有的时间都用来做报告、搞调查。”

“噢！我总还是逛了一圈。”亨利答道。

“可读了您写的报道，人们反倒更想去别的地方游逛，那可是个凄惨的国家!”

“是凄惨，可也美丽。”亨利乐呵呵地说，“凄惨尤其是对葡萄牙人而言。”

“我不知道您是否存心那么写的。”迪布勒伊说，“可您确实写道，大海蓝蓝一片，那蓝色成了一种阴森可怖的色彩。”

“有时确实这样，可并非总是阴森可怖。”亨利淡然一笑，“您知道写作该是怎么回事。”

“知道。”朱利安说，“要不说真话，就必须撒谎。”

“不管怎么说，我为归来感到高兴。”亨利说。

“可您并不着急见您的朋友?”

“着急，我迫不及待。”亨利说，“每天清晨，我都对自己说要马上去你们家走一趟，可一转眼又到了下半夜。”

“是的。”迪布勒伊以责备的口吻说道，“那么，明天您得想办法好好看住您的表，我无论如何要把一大堆事情告诉您。”他微微一笑：“我认为我们正有个良好的开端。”

“您已经开始招兵买马了? 萨玛泽尔打定主意了?”亨利问道。

“他并不完全同意，可总能达成某种妥协。”迪布勒伊回答说。

“今天晚上不要谈论正经事!”斯克利亚西纳说。他向一位戴着单片眼镜、神态傲慢的领班打了个手势：“两瓶烈性啤酒。”

“非要不可吗?”亨利问道。

“他呀，是指挥人的。”斯克利亚西纳双目不离领班，说道，“自一九三九年以来，他消瘦多了。他过去是个上校。”

“你是这地方的常客吧?”亨利问道。

“每当我想让自己心碎，我便来此细听音乐。”

“比这更经济的办法多着哩!”朱利安说，“再说，所有人的心早就已经碎了。”他神色茫然地下结论道。

“我的心要听到爵士音乐才能碎。”亨利开腔道，“而你的这些茨冈人，他们反倒砸了我的脚。”

“噢!”安娜说。

“爵士音乐！”斯克利亚西纳说，“我已经在《阿贝尔之子》一书里就爵士音乐发表了明确的看法。”

“您以为谁都可以发表什么明确的看法吗？”波尔声音傲慢地问道。

“我不想争辩，您到时自己读吧，法文版很快就要问世了。”他一耸肩膀。“印数五千册，这微不足道！对富有价值的书应该有特别措施。你的书印了多少册？”

“呃，五千册。”亨利回答道。

“真荒唐。你写的终归是一部有关德国占领时期的书呀，像这样的书应该印十万册。”

“你跟新闻部长说去好了。”亨利说。斯克利亚西纳气盛到了蛮横的地步，令亨利感到不快；朋友之间应避免谈论自己的作品，不然会让大家都尴尬，扫了大家的兴。

“我们下月就要有一本新的杂志问世。”迪布勒伊说，“呃，为了弄到一点纸张，我跟您说实话吧，那可得费力！”

“这是因为部长不知他的职责何在。”斯克利亚西纳说，“纸嘛，我可以帮他弄到。”

只要斯克利亚西纳一亮开那个说教的嗓门，谈论起技术方面的问题，那便滔滔不绝。在他得意洋洋、夸口要为法兰西弄到大量纸张的同时，安娜低声说道：“您知道，我觉得二十年来没有任何一部书像您的作品一样让我动心，这……这正是经历了这四年之后大家都渴望拜读的一部书。它激起了我内心的情感，我激动得几次不得不合上书，出门到街头漫步，以让自己平静下来。”她霍地脸上绯红。“说这些话时，总感到自己愚蠢，可要是不说，也同样愚蠢，说了反正不会让人难过的。”

“不，反而让人高兴。”亨利道。

“您触动了许多人的心。”安娜说，“所有那些不愿忘却过去的人。”她怀着某种激动的心情补充道。亨利富于好感地朝她微微一笑。今晚，她身着苏格兰裙服，显得格外年轻，而且妆化得十分得体；从某种意义上说，她看去远比纳迪娜年轻。纳迪娜可从来没有脸上绯红的时候。

斯克利亚西纳稳住了嗓门：

“这本杂志可以成为一种十分重要的文化和行动工具，可条件是，它不能只表达某一小宗派的意图。我认为像路易·伏朗热这样的人应该是你们编辑部的成员。”

“不行。”迪布勒伊说。

“知识分子一时失足，并不那么严重。”斯克利亚西纳说，“哪有从不出错的知识分子？”他声音阴郁地补充道：“难道他必须整整一辈子承担他过错的重负？”

“一九三〇年间，在苏联入党，这远不是什么过错。”迪布勒伊说。

“如果没有权利犯错，那这就是罪行了。”

“这跟权利无关，”迪布勒伊说。

“您岂敢以判官自居？”斯克利亚西纳不由分说地高声道，“您了解伏朗热的原因、知道他的理由吗？您肯定加入您队伍的人都比他强吗？”

“我们并不在审判。”亨利说道，“我们是在表明立场，这是完全不同的两码事。”

伏朗热相当奸猾，并没有真正牵扯进去，可亨利早就发誓决不与他握手言和。再说，当亨利读了路易在自由区撰写的文章，他并不感到惊诧，因为自从他俩中学毕业分手后，他们几乎由朋友变成了死敌。

斯克利亚西纳一耸肩膀，像是看破了一切，然后招呼领班：“再来一瓶！”他再次偷偷地打量着那位年迈的流亡者：“那个脑袋，你们看了不震惊吗？瞧那眼皮底下的眼囊、嘴角的皱纹，全是衰老的征兆。战前，那张脸上还带着傲慢；可他们那个圈子的人的怯懦、荒淫，以及他们的背叛，折磨得他不成人样了。”

他目光呆滞地盯着那人。亨利暗忖：“这就是他的悲剧所在。”他逃离了自己的祖国，故国的人们骂他为叛徒；他的虚荣心无疑可以从中得到解释：他没有祖国，孑然一身，没有任何人为他作证。为此，他无论如何必须保证自己的名字在世界的某个地方有所表现。

“安娜！”波尔惊叫起来，“多可怕呀！”

安娜正把杯中的伏特加往她的香槟里倒：

“这一来香槟就有劲儿了。”她解释道，“尝一尝，味道好极了。”

波尔摇了摇头。

“你为什么一点儿都不喝?”安娜问道，“一喝酒，人就更开心了。”

“喝酒等于要我头疼。”波尔答道。

朱利安哈哈大笑起来，“您让我想起了那位年轻姑娘，那是我在蒙巴纳斯街一家小旅馆门前遇到的一位迷人的少女。她对我说：‘噢！生活，等于要我的命……’”

“她才没有说呢。”安娜道。

“她有可能说过。”

“不过，她言之有理。”安娜像个醉鬼似的用教训人的口吻说道，“生活嘛，差不多等于死……”

“别说了，哎哟!”斯克利亚西纳说道，“倘若您不听，至少得让我听呀!”

乐队刚刚充满激情地奏起了《黑色的眸子》。

“咱们让他的心去碎吧。”安娜说。

“与一颗破碎的心去搏斗……”朱利安喃喃地说。

“你们别吵了!”

他们不再做声。斯克利亚西纳两眼死盯着小提琴手跳动的手指，一副发狂的神态，倾听着昔日的某个回忆。他自以为任性是男子汉的气概，可大家向他让步，是把他当作一个神经质的女人。大家如此顺从，他本该生疑：这也许是冲着他的……亨利微微一笑，望着轻轻敲击着桌面的迪布勒伊。若对方不过分纠缠不清，那迪布勒伊永远都显得彬彬有礼，可很快就会发现他的谦恭姿态也是有限度的。亨利多么渴望安安静静地与他倾心交谈，可是他并不着急；虽然他不喜欢这香槟酒、茨冈音乐和这种虚假的豪华，但这仍不失为清晨两点在公共场所的一次欢聚。“我们重又相聚在一起了。”亨利心里在想。安娜、波尔、朱利安、斯克利亚西纳、迪布勒伊，他们都是“我的朋友”，这“朋友”两字在他心头发出欢乐的声响，犹如圣诞树上噼啪作响的穗状装饰。

斯克利亚西纳狂热地鼓掌。这时，朱利安拉着波尔步入了舞池，迪布勒伊朝亨利转过身子：

“您在那边遇见的那些家伙，他们都希望来一场革命？”

“他们希望，不幸的是在佛朗哥没有被清除之前，萨拉查不会倒台，而美国人似乎并不着急。”

斯克利亚西纳一耸肩膀：

“我明白他们不想在地中海地区建立共产党的基地。”

“难道你因为恐惧共产主义而不惜容忍佛朗哥的统治？”亨利难以置信地问道。

“我担心你们不太了解形势。”斯克利亚西纳答道。

“放心吧。”迪布勒伊乐呵呵地说，“我们对形势十分了解。”

斯克利亚西纳张口欲言，可迪布勒伊笑哈哈地挡住了他的话，“知道，您高瞻远瞩。可您总不是诺查丹玛斯[1]吧，对于五十年以后发生的事情，您并不比我们更有眼光。可以肯定的是，就目前而言，所谓的斯大林危险纯属美国捏造。”

斯克利亚西纳满脸怀疑的神色瞧了瞧迪布勒伊：“您十足一副共产党人的腔调。”

“啊！对不起！一个共产党人绝不可能义正词严地大声说出我刚才的那番话。”迪布勒伊说，“要是攻击美国，他们就会谴责您搞第五纵队的勾当。”

“禁令很快就会改变。”斯克利亚西纳说，“您只不过比他们先行了几个星期，仅此而已。”他一皱眉头：“别人经常问我，你们到底在哪些方面与共产党人有所区别，我承认我难以回答。”

迪布勒伊哈哈大笑：“那就别回答。”

“哎呀！”亨利开腔道，“我以为真的严禁谈论正经的事情呢。”

斯克利亚西纳气恼地一耸肩膀，表示无关紧要的闲聊再也不合时宜。“这是一种逃避行为吧？”他以谴责的目光紧逼着迪布勒伊问道。

“噢，不，我可不是共产党人，您完全知道。”迪布勒伊说。

“我一无所知。”斯克利亚西纳脸色骤变，换了一副最为迷人的笑脸，

---

1 Nostradamus（1503—1566），法国医生、占星家、预言家。

“真的，我真希望了解您的观点。”

“我认为目前共产党人卷了进去。”迪布勒伊说，“我十分清楚他们为何支持雅尔塔协定，他们的目的是想给苏联留下慢慢恢复的时间。可结果呢，世界将分裂成两个阵营，它们有各种各样的理由相互争斗。”

“您责备他们的就这些？只是对形势的错误估计？”斯克利亚西纳声色俱厉地问道。

“我责怪他们鼠目寸光，只看鼻子底下的利益。”迪布勒伊一耸肩膀，“重新建设，这十分美好，可不能随随便便采用哪种方式。他们接受美国的援助，可总有一天他们会后悔莫及。法国必定慢慢被美国所控制。”

斯克利亚西纳一口气饮尽了杯中的香槟酒，砰的一声把杯子放在桌上：“这可是一种乐观主义的预言！”他紧接着声音严肃地说：“我不喜欢美国，我也不相信大西洋文明，可我希望美国占有霸主地位，这是因为今天要解决的问题，是物质丰富的问题，而唯独美国可以给我们以丰富的物质。”

“丰富的物质？为谁？以什么代价？”迪布勒伊追问道。他气愤地又添了一句：“等到我们沦为美国殖民地的那一天就太妙了！”

“您宁愿苏联把我们吞并掉？”斯克利亚西纳反问道。他一挥手，挡住了迪布勒伊：“我知道：您梦想一个统一、自主、社会主义的欧洲。可若它拒绝美国的保护，势必落到斯大林的手中。”

迪布勒伊耸了耸肩膀：“苏联不愿吞并任何地方。”

“不管怎么说，这样一个欧洲绝不可能建立。”斯克利亚西纳说。

“这是您说的！”迪布勒伊道。他紧接着激动地说：“无论怎样，在法国，我们有着一个十分明确的目标：这就是建立一个真正的人民阵线政府。为此，必须有一个非共产主义的左派经受住考验。”他朝亨利转过身子。“不应再浪费时间。眼下人们都感到前途已经在望，咱们可不要等着他们失望。”

斯克利亚西纳又灌了一杯伏特加，沉浸在对领班的审视之中，他不愿再和疯子们讲什么道理。

“您刚才说已有个良好的开端？”亨利问。

“已经有了开端，可现在必须继续走下去。我希望您尽早和萨玛泽尔见面。本周六召开委员会会议，我指望您了。”

“让我喘口气吧。”亨利说。他有点惴惴不安地看了看迪布勒伊。要想顶住这亲切而又严厉的微笑的进攻，谈何容易。

“为了您能参加，我已经推迟了讨论。”迪布勒伊带有几分责备的口吻说。

“您不该推迟。”亨利说，“我向您肯定，您过高估计了我的水平。”

“而您却过低估计了自己的水平！”迪布勒伊说。他严厉地瞅了亨利一眼：“这四天里，您对整个形势有了一个大概的了解，形势变化极大！您也许已经意识到保持中立再也不可能。”

“可我从来就不是保持中立的！”亨利说，“我向来同意与革命解放联合会一起行动！”

“咱们有话明说：您只不过答应我们用您的名字并参加了几次活动，仅此而已。”

“别忘了，我手头有一份报纸。”亨利不快地说。

“说得正对，我考虑最多的正是您的那份报纸：它再也不能持中立态度。”

“可它绝不中立！”亨利诧异地说。

“那还要怎么才算中立！”迪布勒伊一耸肩膀，“站在抵抗运动一边，这不再成其为什么纲领。”

“我没有纲领。”亨利说，“可一旦需要，《希望报》便会表明立场。”

“噢！不，它没有表明立场；再说它与别的报纸没有两样，你们为一些鸡毛蒜皮的小事争吵不休，可实际上串通一气，迟迟不表态。”迪布勒伊的话声中带着愤怒，“从《费加罗报》到《人道报》，你们全都是些故弄玄虚的骗人玩意儿；你们对什么都是唯唯诺诺，无论是对戴高乐，还是对雅尔塔协定，无不点头称是；你们假装相信还有什么抵抗运动，相信我们是在向社会主义前进。有一个人在他最近撰写的社论中简直在胡说八道，那就是您的好友吕克。说真的，我们是在原地踏步，甚至已经开始倒退：你们中没有一个人有胆量披露真相！”

“我还以为您与《希望报》观点一致呢。”亨利说道。他的心开始跳得更快了。他感到震惊，这四天里，他和这份报纸息息相关，就好比与自己的生命密不可分。可《希望报》突然遭到谴责，而且是遭到迪布勒伊的谴责！

“对什么问题观点一致？”迪布勒伊问道，“《希望报》根本没有路线。你们天天抱怨没有实行国有化。可还有呢？真正值得一写的是谁制止了国有化、原因何在。”

“我不愿让自己站在阶级的立场上。”亨利说，“当舆论坚决要求之时，改革自然会进行。我正设法鼓动舆论，为此，我决不能让我们一半的读者感到不快……”

“您并不认为阶级斗争已经过时了吧？”迪布勒伊一副怀疑的神色问道。

“不。”

“那就别来跟我谈什么舆论。”迪布勒伊说，“一方是要求改革的无产阶级，另一方是不要改革的资产阶级。小资产阶级左右摇摆，这是因为它不太清楚它的利益何在，可别指望影响它。起决定因素的是形势。”

亨利一时拿不定主意。阶级斗争并未过时，难道这就宣判了对人们的诚意与情理的任何召唤都无济于事？

“小资产阶级的利益错综复杂。”他说道，“我丝毫不敢肯定能对小资产阶级起到什么作用。”

迪布勒伊示意有话要说，可亨利挡住了他，“还有，”他激动地说，“工人们阅读《希望报》，这是因为他们从《希望报》中读到了与《人道报》不同的东西，是因为《希望报》给他们注入了新鲜空气；若我站在共产党报纸的同一立场，或者我一味重复他们说过的事情，或者我采取反对他们的态度，那工人们都会让我垮台。”他接着用妥协的口吻补充道：“我要打动的人比您要聚集的人多得多。为此，我不得不拥有一个广阔得多的活动范围。”

“对，您打动了许多人。”迪布勒伊说，“可您刚刚亲口道出了其原因之所在！如果说您的报纸让所有人都感兴趣的话，那是因为它不妨碍任何人。它什么都不抨击，什么都不维护，只不过把各种问题都摊开而已。大家读起来津津有味，可就像是在读一份地方小报。”

出现了一阵沉默。波尔又来到安娜身边坐下，她仿佛受到了奇耻大辱，而安娜则显得尴尬不堪；朱利安已经不见踪影；斯克利亚西纳终于从沉思中醒来，一会儿看看亨利，一会儿又瞧瞧迪布勒伊，一副仲裁的神态；可他们俩并没有争吵不休。亨利面对对方激烈的攻击哑口无言。

“可您到底想干什么？”亨利问道。

“要您表明立场，确定与共产党的关系。”迪布勒伊说。

亨利满腹狐疑地打量着迪布勒伊，迪布勒伊常常满腔热情地参与他人的事情，可人们也往往可以发现他实际上干的是自己的事。“说到底，您建议我执行的是革命解放联合会的纲领。”

“对。”迪布勒伊回答道。

“您总不至于试图让《希望报》成为您那个运动的报纸吧？”

“这很正常。”迪布勒伊说，“《希望报》的弱点就在于不代表任何运动，而另一方面，一个运动若无报纸，就几乎没有成功的可能。正因为我们的目标是一致的……”

“我们的目标一致，但方法并不一致。”亨利说。他后悔地想：“迪布勒伊那么迫不及待地要见我，原来就是为了这个！”他满怀的欢悦烟消云散。“朋友之间夜晚相聚，难道就不能不谈政治？”他在心底自问。并没有必要急着谈这些事情，迪布勒伊完全可以推迟一两天，他现在竟变得像斯克利亚西纳一样狂躁。

“问题正在这里，您改变一下方法大有好处。”迪布勒伊说。

亨利摇摇头：“我到时把我收到的一些信件给您看看，特别是知识分子的来信，那是些教师、大学生，《希望报》中最让他们喜欢的，就是它的真诚。如果我突出某个纲领的话，那我就会失去他们的信任。”

“当然，若有人怂恿他们随波逐流，知识分子总是兴高采烈。”迪布勒伊说，“他们的信任……就像别人所说的那样：有什么用场？”

“给我两三年的时间，我保证用手拉着他们加入您的革命解放联合会。”亨利说。

“您真相信这一点？那么，您是一个地地道道的理想主义者！”迪布勒伊说。

“有可能。”亨利微显愠怒地说，“在一九四一年，我也曾被人说成理想主义者。”他以坚定的声音补充道：“我对一份报纸应该如何办自有看法。”

迪布勒伊茫然地一摆手：“我们以后再谈吧。可请您相信我：从现在起六个月后，《希望报》一定会追随我们的政治路线，要不就会成为废纸一张。”

“得了，我们六个月后再谈。”亨利说。

他突然感到疲惫、慌乱。迪布勒伊的提议逼得他茫然不知所措，他横下一条心，决不答应。可他目前需要单独清静一会儿，以清醒清醒头脑。“我该回家了。”他说。

回家的途中，波尔一直保持缄默，可两人刚一踏进家门，她便开了腔：

“你不会把这份报纸给了他吧？”

“当然不会。”亨利说。

“你真的有把握？”她问道，“迪布勒伊非要得到它，他可是死不回头的。”

“我也一样。”

“可你最终总对他让步。”波尔突然扯开了嗓门，“你为何同意加入那个革命解放联合会？好像你手头的事还不够做似的！你回来都四天了，可我们俩还没有交谈过五分钟，你那部小说也没有写上一行字！”

“我明天早上就动笔。报社已经开始恢复正常了。”

“你可没有理由因此而揽些新的苦差事。”波尔的嗓门越来越高，“迪布勒伊十年前帮过你的忙，他总不能让你报答一辈子。”

“可是，波尔，我跟他共同工作，绝不是为了报答他，这是因为我对此有兴趣。”

她一耸肩膀：“算了吧！”

“我说的是实话。”

“你还相信他们那一套：会爆发新的战争？”她忐忑不安地问道。

“不相信。”亨利说，“在美国也许确实有一帮好战分子，可他们那里并不喜欢战争。真正的情形是世界就要发生天翻地覆的变化：有可能向好的方向变，也可能向坏的方向变。必须想方设法让世界向好的方向变化。”

“世界一直都在变。战前，你就没有插手，随它怎么变。”波尔说。

亨利步履坚定地登上楼梯，“现在再也不是战前。”他打着呵欠说。

“可为什么就不能像战前一样生活？”

“情况迥然不同了，我也一样。”他又打了一个呵欠，“我困了。”

他困了，可他一躺在波尔的身边，怎么也无法入睡：这是因为香槟、伏特加和迪布勒伊的缘故。不，他决不把《希望报》让给他：这是明摆着的事儿，根本用不着任何说明，可他还是想给自己寻找几个充足的理由。一个理想主义者：真的吗？首先，这个词到底是什么意思？显然从某种程度上说，他相信人的自由、善良和思想的力量。“您并不认为阶级斗争已经过时了吧？”不，他并不认为，可他该从中得出什么结论？他仰躺着，想抽支香烟，可又怕吵醒波尔，那样她准会兴味盎然地为他难以入睡而设法逗他开心。他一动不动。“天啊！人是多么无知！”他有些焦虑不安地自言自语。虽然他博览群书，但只不过在文学方面有比较丰富的知识，而且还远远不足！迄今为止，这并没有引起他的不安。参加抵抗运动，创办地下报纸，并不需要特殊的能力：他满以为一切都将如此进行下去。他恐怕是错了。何为舆论？何为思想？词语在什么情况下、对什么人会产生什么作用？若要办好一份报纸，必须有能力回答这一系列的问题。这些问题会渐渐地对一切都产生作用。“人往往不得不在无知中做出决定！”亨利心中在想。即使迪布勒伊，尽管他具有丰富的科学知识，他也经常盲目行动。亨利叹了口气：他不会安于这次失败；无知具有程度的差别：事实是他对政治生活毫无准备。“我只得去学着干。”他在心底对自己说。可是，倘若他要深入一步，还需几年的努力：经济、历史、哲学，永远没有止境！哪怕想对马克思主义有个粗略的了解，也得付出多么艰辛的劳动！这样一来，就再也谈不上写点什么了。然而，他执意写作。那怎么办？他总不能因为对历史唯物主义缺乏全面的了解而放弃《希望报》吧。他闭上眼睛。

这件事中有着某种不公平的东西！他感到自己和众人一样不得不从事政治，可这不该苛求进行特殊的学习；倘若这是具有一技之长的人员的专门领域，那就不必要求他涉足。

“我所需要的，是时间！”亨利醒来时想，“唯一的问题，是找到时间。”公寓的门刚刚打开又关上了。波尔已经出过门，又回到家里，正轻手轻脚在房子里走动。他掀掉被子。“若我独自生活，一天就可赢得几个小时的时间！”再不用毫无裨益地闲聊，无需正正规规地进餐：他可以在街角的比亚尔小咖啡馆一边喝着咖啡，一边阅读报纸，可以一直工作到去报社的时刻，中午饭一个三明治就可以解决问题；报社的事一干完，他可以草草地吃点晚饭，然后一直阅读到深夜。这样，他就可成功地三头并进，编《希望报》、写小说和读书三不误。“今天上午我就跟波尔谈谈。”他下定了决心。

“你睡得好吗？”波尔快活地问。

“很好。”

她哼着小曲在桌上摆好鲜花。自从亨利回来之后，她一直故意显得兴冲冲的。“我给你煮了名副其实的咖啡，还有新鲜黄油。”

他坐在餐桌旁，动手往一块烤面包上抹黄油：“你吃过了？”

“我不饿。”

“你永远都不饿。”

“噢！我吃过了，我向你保证，我吃得很香。”

他咬了一口烤面包片。怎么办？他总不能用导管给她导食吧。“你起得很早。”

“是的，我再也睡不着了。”她把一本切口涂金的厚厚的相册放在桌上，“我用它摆上了你在葡萄牙拍的照片。”她翻开相册，指着布拉加的石阶：纳迪娜笑眯眯地坐在一级台阶上。

“你瞧我并不试图回避事实真相。”她说。

“我完全清楚。”

她不回避事实真相，却总是绕着弯，这就愈发让人困惑不解了。她翻了几页，说：“甚至在你孩童时代的照片里，你就已经有了这种怀疑的微笑，你跟你小的时候是多么像啊！”他过去曾协助她搜集这些纪念物，可今天在他看来这一切纯属枉然；波尔仍然如此固执地挖掘已经埋葬了的他，把他供奉起来，为他的尸体涂抹防腐香料，亨利对此感到气恼。

“我与你结识的时候，你就是这副样子！”

“我可没有一副精明的模样。”他推开相册说。

“你当时年轻，要求很苛刻。”她说。

她站在亨利面前，陡然充满激情地说：

“你为什么接受了《未来》的采访？”

“啊！最近一期出版了？”

“是的。我带回来了。”她到内屋找到了杂志，扔在桌上，“我们以前谈妥的，你永远都不接受采访。”

“如果必须遵循以前做出的一切决定的话……”

“这可是件严肃的事。你常说一旦开始向记者微笑，那就成熟到可以进法兰西学院了。”

“我说过的东西多了！”

“当我看到你的照片登在报上，我就浑身难受。”她说。

“可当你看到报上登有我的名字，你就满心欢喜。”

“首先，我并不满心欢喜，而且完全是另一码事。”

波尔经常出尔反尔，可这一次尤其让亨利恼火：她巴不得亨利成为世上最荣耀的男人，可表面上却装着对荣耀不屑一顾；这是因为她一味幻想自己能实现亨利昔日对她的梦想，成为一个清高、崇高的女子；可同时，她又没有摆脱尘世，跟所有的普通人一样生活。“这当然不是一种十分得意的生活。”亨利突然怜悯地想，“她自然需要补偿。”

他以随和的口吻说道：

“我想帮那姑娘一把，她刚刚工作，有困难。”

波尔含情脉脉地对他嫣然一笑：“再说你也不会说个不字。”

她的微笑中没有掺杂任何不可告人的盘算。他也不由得笑了：

“我不知道说不字。”

他在面前打开了周刊。首页上，他的照片在微笑。亨利·佩隆访谈录。他对玛丽-昂热对他持何种看法毫不在乎，可面对这一行行印成铅字的文字，他重又获得了几分天真的诚意，犹如农夫读《圣经》一般虔诚：仿佛通过他本人所激发的这些词句，他终于可以得知自己是怎样一个人。“在蒂勒城一家药店的昏暗之中，红色和蓝色的短颈大口瓶显示出魔力……但是，乖孩子讨厌这种平庸的生活，讨厌那药品的气味和故城俗里俗气的街道……他长大了，大城市的召唤愈来愈迫切……他发誓要超越平庸无奇的境况，在他心田某个隐秘的角落，他甚至暗暗希望有一天能出人头地……天赐良机，他有幸与罗贝尔·迪布勒伊相逢……亨利·佩隆欣喜、不安，既充满崇敬的心情，又萌生了挑战的宏愿，他抛却了少年时代的种种幻想，立下了男子汉真正的雄心壮志；他发奋工作……一部小小的作品问世了，但这足以使荣耀突然降临到他的生活之中：他当时年仅二十五岁。他一头棕发，两只挑剔的眼睛，一张严肃的嘴巴，为人率直、胸怀开阔，却秘而不宣……”他推开了杂志。玛丽-昂热并不愚蠢，她看他看得比较透彻，把他描绘成了单纯而轻佻的城市少女眼中的一个拉斯蒂涅[1]二世。

“你言之有理。”亨利说，“应该拒绝对记者说什么东西。对他们来说，人的一生，仅仅是个过程而已，而工作只不过是获得成功的手段之一。他们所谓的成功，就是引起轰动，赚取大钱。要让他们醒悟，根本不可能。”

波尔宽容地一笑，“要看到那位姑娘为你的书说了不少好话，不过她和旁人说的没有两样。他们都表示欣赏，却毫不理解。”

“他们并不那么欣赏，你知道。”亨利说，“这是解放后问世的第一部小说：于是他们不得不说些好话。”

渐渐地，这支颂扬的大合奏反倒令人不安；它道出了他作品获得成功的机遇成分，但对作品的实际价值却只字不提。亨利最终甚至认为他的成功应该归于种种误会。朗贝尔觉得他试图通过集体的行动而激发个人主义。拉舒姆则持截然不同的看法，认为他是在宣扬个人对集体的献身精神。所有的人都强调指出了小说的感化特征。然而，如果说亨利把这个故

1 Rastignac，巴尔扎克笔下的人物，为复辟王朝时期青年野心家的典型。

事的时间放在抗德时期，那几乎是一种偶然的巧合。他想起了某个人，也想到了某种形势，考虑到了书中人物的过去与他经历的危机之间形成的某种关系以及种种其他因素，但批评家们却没有一个提及。这是他的过错还是读者的过错？读者喜爱的这部书与亨利自以为呈献给他们的那部书迥然不同。

“你今天准备做什么？”他以充满柔情的声音问道。

“没有什么特别的事。”

“还是这样吗？”

她考虑了片刻：“嗯，我要给我的裁缝打个电话，和她一起看看你给我带回来的那些漂亮的衣料。”

“然后呢？”

“噢！我总有事情要做的。”她快活地说。

“这就等于说你什么事情都不做。”亨利说。他严厉地看了波尔一眼：“这个月里，我想你想得很多。你总呆在家中，得过且过，消磨时光，我认为这是一种犯罪。”

“你把这叫做得过且过！”波尔说。她温柔地一笑，这微笑一如往昔，蕴含着世间的所有智慧：“当人有所爱时，就不叫得过且过。”

“但爱并不是什么事务。”

她打断了他的话。

“我请求你原谅，可对我来说，它就是一件让我操心的大事。”

“我重又考虑了圣诞夜我对你说过的话。”亨利接着说，“我肯定我说的还是有道理的，你必须重返歌坛。”

“多少年来我一直像现在这样生活。你为什么突然感到不安起来了？”波尔问道。

“战争期间，大家可以满足于消磨时光，可现在战争结束了。听我说，”他不由分说地讲道，“你马上就去找老格雷邦，告诉他你想重新开始工作；我一定帮助你选择歌曲，甚至设法为你写几首歌词，另外再向同事们索取几首：噢，这正是朱利安的拿手好戏，我肯定他会给你写出迷人的歌词。布吕热尔会帮我们谱成曲子，从现在起一个月后，看你将会得到一套多棒的歌曲！等你一切准备就绪的那一天，萨布里利奥定会来听你演唱，我保证他一定能帮助你成为四五俱乐部的歌星。到那时，你就扬名了。”

他意识到自己说起话来滔滔不绝，过分激动。波尔以一副诧异莫名的责怪神情打量着他：“那又怎么样？要是广告上都是我的名字，我在你眼里就会身价倍增吗？”

他一耸肩膀：“你多蠢啊！当然不会。可有所事事总比无所事事强吧。我想方设法搞创作，你也应该去歌唱，既然你有这方面的天赋。”

“我在生活，我爱着你，这并非微不足道。”

“你是在玩弄字眼。”他不耐烦地说，“你为何就不愿试一试？你变得这么懒惰？要么是你害怕？还是什么原因？”

“听着，”她声音骤然变得严厉起来，“即使成功、扬名，这些虚荣的东西对我还有着某种意义，我也决不在三十七岁的时候去开始一个二流的演唱生涯。当初我为了你而牺牲了去巴西的演出，彻底告别了歌坛。我毫不感到后悔，可咱们别再提它了。”

亨利张嘴欲辩。想当初，她没有征求他的意见，一时冲动自作主张，做出了那次牺牲，可如今她似乎又把这责任归咎于他！他控制住了自己，困惑地打量着波尔。他从来就弄不明白她到底是真的蔑视名誉，还是担心扬不了名。

“你的嗓子和过去一样优美。”他说，“你人也一样漂亮。”

“噢，不。”她不耐烦地说，又耸了耸肩膀，“我知道，有那么一小撮知识分子为了讨你的欢心会吹捧我富有天才，可要不了几个月就会道声再见了事。我也许是有可能成为达米娅或埃迪特·皮亚夫，可我已经放弃了机会，我活该，就别提了。”

她很可能成不了大歌星，可只要她获得几分成功，就足以让她心满意足。不管怎样，假若她主动对某事发生了兴趣，那她的生活就不会这么平平庸庸。“这也可给我提供极大的便利！”他暗中思忖。他完全清楚这不仅事关波尔的生活，而且还更关系到他自己的生活。

“即使你触动不了广大听众，也值得一试。”他说，“你有一副好嗓子，有着你得天独厚的天赋。试试看你到底能把自己的天赋发挥到什么程度也挺有意思的。我肯定这将给你带来真正的欢乐。”

“我生活中有许多欢乐。”她说，脸上流露出激情，“你好像不理解我对你的爱意味着什么。”

“理解！”他激动地说，紧接着恶声恶气地补充道，“可你就不会为了对我的爱去做我求你做的事情。”

“假若你让我做的事合情合理，我一定去做。”她沉重地说。

“只不过你偏爱你自己的理由，而不理睬我的理由罢了。”

“是的。”她平心静气地说，“因为我的更合情合理。你总是坚持那种限于事情表面的观点跟我谈话，那是一种附庸风雅的时髦观点，并不真正属于你自己。”

“我看不出你自己有什么观点！”他不快地说，然后站起身子。没有必要再争论下去，他还是设法让她面对既成的事实为好：给她带来歌曲，为她定好约会。“行了，咱们别再谈了。可你是错了。”

她笑笑，没有答腔，接着问道：“你去工作了？”

“是的。”

“写小说？”

“是的。”

“那好。”她说。

他登上楼梯。马上又要动笔写作，这让他心里直发痒，一想到这部小说毫无感化人的目的，他感到庆幸，但对即将写些什么，他迄今尚无确切的想法，他唯一的要求，是要表现真诚，无偿地从中获得乐趣。他把手稿摊在面前：近百页。让它们静静地躺上一个月确有好处，现在他就要用全新的目光审阅一番。他一开始便沉湎在欢乐之中，津津有味地从字斟句酌铸成的文字之中追寻种种往事与感慨，可渐渐地，他心底滋生了一种焦虑不安的情绪。对这一切他将如何处理？这些凌乱的草稿无头无尾，其间存在着某种共同的东西，存在着某种氛围：战前的氛围。而恰恰是这一氛围突然使亨利感到惊惶不安。他隐隐约约想到了“要尽量反映我生活的旨趣”。仿佛这是一种注了册的香水，年复一年，其味始终不变。譬如，他叙述的那些关于旅行的事情，总是与一九三五年的他——一个二十五岁的年轻小伙子息息相关，而与他在葡萄牙所感受到的一切毫无关联。他与波尔的故事同样已经过时。无论朗贝尔、樊尚，还是他熟悉的其他任何一个小伙子，今天都不可能有类似的反应；再说，经历了五年的被占领时期之后，当年那位二十七岁的年轻女人与如今的波尔也已迥然不同。唯有一个解决办法，那就是毫不掩饰地把小说发生的时间安排在一九三五年前后，可他无热情去编一部反映一个业已过时的世界的“老掉牙”的小说。当他下笔书写这些词句的时候，他所希望的恰恰相反，是要让自己活生生地整个儿跃然纸上。因此，必须用现在时来编写这个故事，对人物和事件加以调整。“调整：多么让人气恼的字眼！多么愚蠢的字眼！”他暗自思量，“如此随心所欲地处置小说中的人物，随随便便把他们从一个世纪拉到另一个世纪，从一个国度移到另一个国度，把这个人的现在与那个人的过去拼凑在一起，同时掺入个人的种种怪事，这样做实在荒谬。如果贴近仔细观察，那些人物无一不是魔鬼，整个的艺术手段就在于阻止读者过分贴近地去观看。行，就别调整了，可以东拼西凑地塑造出一些与波尔、路易和我本人风马牛不相及的人物来。我从前就曾试验过，可是这一次，我执意反映的是我自身存在的真实……”他把这叠初稿推到一边。盲目搜集素材，这是一种笨拙的做法。必须像平常一样着手，从总体的形式、明确的意图出发。什么意图？我希冀表现的是怎样的真实？我的真实，这确切地说又意味着什么？他傻乎乎地呆望着白纸，空着双手，一头扎进虚渺之中。这令人望而生畏！“也许我再也没有什么要倾吐的了。”他心里在想。可是问题在于他恰恰认为自己从来就没有倾吐过什么东西。他和普通人一样，任何时候都有话要说。然而什么都要诉说，这就过分了。他回想起了一只碟子的底部镂刻着的那个已被解开的古老字谜：“进来时呼喊是生活，呼喊着出去是死亡。”能补充些什么呢？我们大家都居住在同一个星球，我们都从母腹中降生于世，而最终又将去喂养蠕虫。大家经历的都是同样的命运，为何偏要决定这就是我的命运，非要由我去讲述？他打了个呵欠，他没有睡够，这张空白的稿纸让他头昏目眩，他跃入了漠然的深渊。谁也不可能在漠然之中写出任何东西，必须重新回到生活中来，只有在生活之中，一分一秒、一事一物才具有实在的意义。可是，倘若他在浑噩中惊醒，那他迎来的将又是忧虑。《希望报》，一份地方小报而已，果真如此？当我试图作用于舆论，难道我就是个理想主义者？他也许不该面对这张白纸想入非非，而应去严肃认真地研究马克思。对，这刻不容缓，他必须制定一个计划，开始刻苦钻研。他早就应该这样做了。他唯一可以原谅自己的，就是事情千头万绪弄得他不知所措，只得解决最迫切的问题。可他的所作所为之中也有那么一点无所用心：自解放以来，他一直沉醉在某种欣快的感觉之中，对此没有任何理由可以解释。他站了起来。今天早晨，他无法集中精力干任何事情，他与迪布勒伊的交谈给他的打击太大了。再说，他昨天的信写到一半丢下了，他必须跟塞泽纳克谈一谈；他也急于知道普莱斯顿是否给他搞到了纸张；另外，老达斯·维埃纳的信还没有交给凯道赛[1]。“好！我马上把信送去。”他拿定了主意。

“我是亨利·佩隆，我能见杜尔纳勒先生五分钟吗？我带了一封信要交给他。”

“请您登记一下姓名和来访事由。”女秘书边说边把一份印刷的登记表递给亨利。

他掏出钢笔，什么事由？是出于对某种幻想的敬重。他完全清楚此次造访纯属徒劳。他在登记表上写下了：机密。“好了。”

女秘书一副宽容的神态接过登记表，朝门口走去。她的笑容及其举止的庄重清楚地表明了办公室主任是位举足轻重的大人物，未经事先安排，不得随意打扰。亨利怜悯地看了看手中拿着的那只装得鼓鼓的白色信封，他丑已经丢尽，可到现在已不能逃避现实：可怜的达斯·维埃纳将遭遇冷酷的答复还是永久的沉默？

女秘书又出现了：“杜尔纳勒先生很乐意尽快跟您约定个时间，您可以把您带来的信留给我，我等会儿就呈给他。”

“多谢。”亨利说。他把信递给了女秘书。这女人年纪轻轻，权力不小，此信竟落入她的手中，他觉得再也没有比这更荒谬的了。算了，反正

1 Quai d’Orsay，法国外交部所在地。

已经完成别人委托他的事情，至于结果如何再也与他无关。他决定去红酒吧，此刻正是饭前饮酒的时间，拉舒姆准在那儿，亨利想对他写的文章表示感谢。他一推开酒吧门，发现纳迪娜坐在拉舒姆和樊尚中间，她气呼呼地说：

“难得见你一面。”

“我忙着工作。”

亨利坐到她的身旁，要了一杯都灵金酒。

“我们正在谈你呢。”拉舒姆开心地说，“在议论你在《未来》的答记者问。你披露真相，这做得对。我是想指有关针对西班牙的同盟国政治。”

“你们为什么就不亲自披露真相?”樊尚问道。

“我们不能这样做，目前不行，可有人这样做当然是好事。”

“滑稽!”樊尚说。

“你什么也不愿明白。”拉舒姆说。

“我明白得很。”

“不，你不明白。”

亨利一边漫不经心地听着，一边饮着都灵金酒。拉舒姆不失时机地解释共产党是如何重新审视和修正现在、过去和未来的。他这样做，谁也不会责备：他年仅二十就在游击队中发现了冒险、友情和共产主义，他的这种狂热劲确实情有可原。“我很喜欢他，因为我曾帮过他的忙。”亨利自嘲地想。亨利曾让他在波尔的公寓里躲藏了三个月，后来又帮他搞到了假证件，分别时，还把自己唯一的一件外套送给了他。

“噢，我感谢你写的文章。”他突然说道，“文章写得真客气。”

“我道出了自己内心的想法。”拉舒姆说，“再说，所有人的观点都同我一样：这是一部了不起的作品。”

“对，挺有意思的。”纳迪娜说，“就这一次，所有的评论家看法一致：似乎他们在共同埋葬某个人或在颁发一个道德奖。”

“是有这个意思!”亨利说道。“这张小毒嘴，”亨利既高兴又忌恨地想，“她恰好找到了我不愿对自己用的字眼。”他朝拉舒姆微微一笑：“你有一点判断错了：我书中的主人公绝不会成为共产党人。”

“那你要让他成为别的什么人？”

亨利哈哈大笑：“呃，成为我所成为的人！”

拉舒姆也笑了：“正是如此！”他两眼盯着亨利，“要不了六个月，革命解放联合会必定不复存在，你终将明白个人主义毫无出路。你一定会加入共产党。”

亨利摇摇头：“我现在这样对你们反倒更加有利。我替你们披露真相，你不是很高兴吗？要是《希望报》一味重复《人道报》的言论，这于事又有何益呢？我想方设法引导人们思索，提出你们没有提出的问题，道出你们没有明言的某些真相，这样的工作要有益得多。”

“应该作为一个共产党人去做这项工作。”拉舒姆说。

“他们不会让我这样做！”

“当然会让。确实，目前党内宗派主义盛行，可这是为环境所迫，这绝不会永远存在下去。”拉舒姆犹豫了片刻，“别重复了，同志们和我都希望不久能有一份属于我们自己的杂志，一份比较超脱的杂志，可以在上面十分自由地探讨问题。”

“一份杂志，可不是一份日报。”亨利说，“至于力求自由，我倒要瞧瞧。”他友好地望了望拉舒姆。“要是你真具有一份属于你们自己的杂志，那可是一件大好事。你觉得能行吗？”

“很有希望。”

樊尚朝前倾了倾身子，挑衅地瞪了拉舒姆一眼：“如果你真的直言不讳，那就对你的同志明说，张臂欢迎那些所谓改邪归正的混账，这样做实在卑鄙。”

“我们？张臂欢迎附敌分子？你去对《费加罗报》的读者说吧，他们听了准会喜笑颜开的。”

“你们暗中为许多混蛋开脱了罪责。”

“别混淆视听。”拉舒姆说，“当我们决定对某人既往不咎时，这是因为那人可以挽救。”

“照你这么说，那怎么知道被干掉的那些家伙就不能挽救？”

“那个时候，根本就谈不上挽救，必须干掉他们。”

“那个时候！我杀他们可不分什么时候！”樊尚狡黠地一笑，“可我要对你进一言：那帮人都是些混账王八蛋，没有一个例外；至于眼下要做的事情，那就是干掉所有被疏忽的家伙。”

“你想说的是什么意思？”纳迪娜问。

“我想说的是应该组织起来。”樊尚答道。他的双眼搜索着亨利的目光。

“组织什么？组织惩治行动？”亨利笑呵呵地问道。

“你知道，在马赛，他们把所有的游击队员都当作刑事犯，正在到处搜捕呢。”樊尚说，“难道应该撒手让他们胡作非为？”

“恐怖手段可不是一剂良药。”拉舒姆说。

“不。”亨利开了腔。他看了看樊尚：“有人告诉我有那么些家伙以扮演执法者为乐。若为了了结私仇，那我还理解。可有些家伙见到附敌分子就杀，这里杀一个，那里毙一个，自以为这样做是拯救法兰西，他们不是神经有毛病，就是些蠢蛋。”

“我知道：大脑健全的人要么加入共产党，要么参加革命解放联合会！”樊尚说。他摇摇头：“你们可骗不了我。”

“那我们就不要你。”亨利声音和蔼地说。

他站起身子，纳迪娜也站了起来：

“我陪你走走。”

她也开始讲究起女人家的化妆打扮来了。她也试着涂抹了一番，可眉毛画得像幼熊的爪子，双眼下方重重几道黑印。她刚出了门，遂开口问道：

“你跟我一起吃午饭吗？”

“不，我报社有事。”

“这时候还有事？”

“什么时候都有。”

“那，我们一起吃晚饭吧。”

“不，我在报社一直要呆到很晚。然后我还要去见你父亲。”

“噢！那份报纸！你嘴里就挂着那个词！那总不至于是世界的中

心吧！”

“我没有这么说。”

“没有说，可你是这么想的。”她一耸肩膀，“那，咱们什么时候见？”

他犹豫不决。“说真的，纳迪娜，眼下，我一分钟的空闲也没有。”

“你总要上桌吃饭吧，不是吗？我不明白我为什么就不能坐在你的对面。”她正视着亨利，“除非这惹你讨厌。”

“当然不会。”

“那？”

“行。明天晚上九、十点之间来找我。”

“一言为定。”

他对纳迪娜颇有好感，与她相会并不让他厌烦，可眼下问题不在这里，问题是他必须最为严格经济地组织自己的生活：确实没有纳迪娜的位置。

“你回答樊尚时为什么那么凶？”纳迪娜紧接着说，“你不该那样。”

“我害怕他干出什么蠢事来。”

“蠢事！只要有人想行动，你们就说什么做蠢事。你认为写书不更蠢吗？他们给你鼓掌，你沾沾自喜，可事后人们便把书往哪个角落一扔，谁也不再想它。”

“那是我的职业。”他说。

“滑稽的职业。”

他们默默无言地又走了一段，等到了报社的门前，纳迪娜硬邦邦地说：“好，我回家去了。明天见。”

“明天见。”

她一副犹豫不决的样子，呆立在亨利面前：“九、十点之间，这太迟了，干什么的时间都不够。难道就不能早一点一起过个夜晚吗？”

“在这之前我没有空。”

她一耸肩膀：“那九点半见。连生活的时间都没有，成名又有何用？”

“生活！”当纳迪娜猛地转身而去时，亨利心里在嘀咕，“在她们的嘴里，这总是意味着要照顾她们。可生活的方式不只是一种！”他喜爱那陈积的尘埃和新鲜的油墨味。办公室还空荡无人，地下室阒无声息。可大伙儿马上就要在岑寂中出现，他们全是他的创造。“谁也别想夺走《希望报》。”他在心里反复说道。他坐到办公桌前，伸了个懒腰。噢，没有必要心烦意乱。他决不让出《希望报》。再说，他们总能找别的报纸，等他好好地睡上一夜，工作自然就会顺利。

他迅速处理了信函，看了看表，半小时后，他与普莱斯顿有约会，时间还充足，可以先跟塞泽纳克谈谈。“请您把塞泽纳克给我叫来好吗?”他对女秘书说。他端坐在办公桌前。信任他人是件大好事，可有不少人十分乐意取代塞泽纳克的位置，而且确实比他更有资格。若坚持给这人一个机会，那就势必剥夺了那人的机会，这事有点儿不太好办。“可惜啊!”亨利自言自语。他想起了当初尚塞尔把他领来时，塞泽纳克多有气派，在他干联络员的那一年里，他是最有干劲的一个。也许塞泽纳克需要特殊的环境，如今他脸色苍白，浑身浮肿，两眼无神，总拖樊尚的后腿，再也没有能力写出两行连贯的文字来。

“啊！你来了！坐吧。”

塞泽纳克一声不吭地坐了下来。亨利突然觉察到自己与他共事已有一年，但对他毫无了解；对其他人，亨利或多或少知道一点儿他们的生活、旨趣和思想，可是这一位从来都是沉默寡言。“我想知道你以后是不是还想交那些蹩脚文章，是否决定给我们写点别的东西。”亨利说道，他的话声比他原来希望的更生硬了些。

塞泽纳克一副无可奈何的样子，耸了耸肩膀。

“出了什么事？你很不对劲？遇到了什么麻烦事?”

塞泽纳克手中搓着一块手绢，两眼直勾勾地盯着地板，跟他沟通实在困难。

“到底怎么回事?”亨利重复问道，“我可还想再给你一次机会。”

“不。”塞泽纳克说，“当记者，我不适合。”

“可开始时干得并不那么糟糕。”

塞泽纳克茫然一笑：“尚塞尔帮了我一点儿忙。”

“他总不至于替你写文章吧?”

“不。”塞泽纳克口气并不肯定地说。他摇了摇头：“别费心了，这行当并不中我的意。”

“你该早讲。”亨利有点气恼地说。又出现了一阵沉默，亨利开口问道：“那你想干什么？”

“别担心，我会想办法应付的。”

“到底想干什么？”

“我上点英语课，此外，他们答应让我翻译点东西。”他站起身子，“你挽留了我这么长时间，心真好。”

“万一你一时兴起，想给我们寄篇文章……”

“要是真有兴致的话。”

“我能为你做点儿什么？”

“你能不能借给我一千法郎？”塞泽纳克说。

“这是两千。”亨利说，“可这总不是办法。”

塞泽纳克把手帕塞进衣袋里，平生第一次露出了笑脸：“这是权宜之计，也是最牢靠的办法。”他推开门，“谢谢。”

“祝你走运。”亨利说道。他感到困惑不解：看塞泽纳克的样子，仿佛他早就巴不得逃之夭夭似的。“我可以通过樊尚了解他的踪迹。”他安慰自己。可是他自己无能为力，无法让塞泽纳克倾心交谈，为此他感到怏怏不快。他掏出钢笔，在面前摊开信笺。普莱斯顿一刻钟之后就要来。他在没有十分的把握之前，不愿多想那份杂志；可他满脑子尽是计划，目前出版的周刊统统都很蹩脚，能推出一本真正有水平的，那该多令人高兴。

女秘书推开了一条门缝：

“普莱斯顿先生来了。”

“让他进来。”

普莱斯顿身着便装，没有一点美国人的派头；只是他的一口法语虽然无懈可击，但仍然让人对他的国籍产生几分怀疑。他刚一坐定，便开门见山提出了问题。

“您的朋友吕克可能已经告诉您，在您离开报社这段时间，我们曾多次见面。”他说道，“我们俩都为法国新闻界的条件感到惋惜，条件之差，确实让人痛心。对我来说，能帮助您的报纸，为您提供部分纸张，是件十分愉快的事。”

“啊！这将大大方便我们的工作！”亨利说，“当然，我们无法考虑改变报纸的版面。”他补充说道，“我们与其他报纸要保持一致。不过，谁也不会禁止我们出一份星期日增刊，这样的话，就打开了通道，展现了许多可能性。”

普莱斯顿微微一笑，那神态让人心安。“实际上，没有任何问题。”他说，“纸张嘛，您明天就可以收到。”他用黑漆面的打火机慢慢地点燃了香烟：“我不得不直言不讳，给您提个问题：《希望报》的政治路线会不会改变？”

“不会。”亨利说道，“为什么要变？”

“在我看来，《希望报》恰恰代表了你们国家所需要的领路人。”普莱斯顿说，“正因为如此，我的朋友和我才愿意帮助它。我们钦佩您的独立精神、您的胆略、您的清醒头脑……”

他打住了话头，余音不绝于耳。

“那么？”亨利说。

“我饶有兴味地拜读了您就葡萄牙之行写的头几篇报道，可今天上午看到了您的答记者问，感到有点惊诧，您在谈到萨拉查政权时，有意批评了美国在地中海奉行的政策。”

“我确实认为这一政策令人遗憾。”亨利有些生硬地说，“佛朗哥和萨拉查早就应该被赶下台了。”

“事情并非如此简单，您完全清楚。”普莱斯顿说，“毋庸赘言，我们十分希望帮助西班牙人和葡萄牙人重新获得民主自由，可要在适当的时候。”

“适当的时候，就是眼下。”亨利说，“马德里的监狱里关着死囚。每一天都很重要。”

“我的看法正是如此。”普莱斯顿说，“美国国务院肯定很快就要接受这一观点。”他微微一笑：“正因为如此，我认为鼓动法国舆论反对我们不恰当。”

亨利也淡淡一笑："政客们从来就不紧不忙，我以为逼一逼他们有好处。"

"不要耽于过分的幻想。"普莱斯顿亲切地说，"您的报纸在美国政界备受赏识。可您别指望影响华盛顿。"

"啊！我无此奢望。"亨利说。他又激动地补充道："我说的只不过是我内心的想法，仅此而已。您称赞我保持独立……"

"正是，这种独立，您就要危害它。"普莱斯顿说道，他责怪地看了亨利一眼，"一发起这场论战，您就要扮演那些想把我们说成帝国主义分子的人的角色。"他补充道："您坚持的是一种人道主义的观点，对此我完全赞同，可这种观点在政治上行不通。再给我们一年时间：共和国定将在最好的形势下在西班牙重新建立。"

"我并不存心发起一场论战。"亨利说，"我只不过想点明某些事实真相。"

"可这些事实会被用来攻击我们。"普莱斯顿说。

亨利一耸肩膀："这不关我的事。我是记者，我说实话，这就是我的职业。"

普莱斯顿打量着亨利："如果您心中有数，知道某种实话将会引起不良后果，您还会说吗？"

亨利犹豫了一下："若我肯定实话有害的话，那我看只有一条出路：我辞职，我放弃搞记者工作。"

普莱斯顿姿态动人地一笑：

"这岂不是一种十分机械的道德观？"

"我有几个共产党朋友，他们也向我提出了同样的问题。"亨利说，"可我尊重的并不完全是事实真相，而是我的读者。我承认在某些情况下，说实话有可能装扮门面：也许在苏联情况就是如此。"他微笑着说，"可在法国，在今天，我不承认任何人有这种装扮门面的权利。或许对一个政客来说，并不那么简单；可我并不站在那些摆布别人的家伙一边，我属于那些被别人极力摆弄的人；他们指望我能尽量给他们提供情况，若我保持沉默或说谎话，就背叛了他们。"

他停了下来，为自己如此一番长篇大论感到几分惭愧，他这样说话并不仅仅针对普莱斯顿，他隐隐约约地感到自己被逼得走投无路，在茫无目标地防范着众人的攻击。

普莱斯顿摇摇头："我们又产生了同样的误会，您所谓的提供情况，我看是一种行动的方式。我担心您成了法国理智主义的牺牲品。我可是一个实用主义者。您不了解杜威[1]吧？"

"不了解。"

"可惜。在法国，人们对我们太不了解了。他是一位伟大的哲学家。"普莱斯顿停顿了一下，"要明白我们毫不拒绝别人对我们的批评。谁也不如美国人这么听得进建设性的批评意见。请您给我们解释解释怎样才能不失去法国人的欢心，我们怀着最大的兴趣洗耳恭听。可是法国所处的位置，没有资格评判我们的地中海政策。"

"我只是以个人的名义说话。"亨利气恼地说，"不管处于什么位置，人总有权利谈谈他的看法吧。"

出现了一阵沉默，普莱斯顿终于开口说道：

"您显然明白，如果《希望报》采取反美立场，我再也无法对它保持好感。"

"我明白。"亨利冷冷地说，"您也明白我不能考虑由你们来审查《希望报》。"

"可谁说审查了！"普莱斯顿一副被冒犯的神态说道，"我所希望的，只是您能始终忠实地坚持您奉以为原则的中立立场。"

"正是这样，我始终不渝地忠实坚持。"亨利突然怒气冲冲地说，"《希望报》可不是为了几公斤纸就可以出卖的。"

"噢！要是您用这种口气说话！"普莱斯顿说道，遂站起身子，"请相信我感到遗憾。"

"我可什么也不遗憾。"亨利回敬道。

整整一天，亨利总隐隐约约地感到气恼。不过，他这次发火自有道

1 John Dewey（1859—1952），美国哲学家、社会学家、教育学家，实用主义者。

理。他真愚蠢，把普莱斯顿设想成一个圣诞老人。此人原来是美国国务院的官员，亨利却把他当作知己倾心交谈，表现如此幼稚，实在难以宽恕。他站起身子，向编辑室走去。

“哎，我可怜的吕克，杂志吹了。”他在编辑桌的桌沿上随便一坐，说道。

“不会吧?”吕克说，“为什么?”他面孔浮肿、苍老，简直像一个侏儒。每当他遇到不顺心的事情，泪水马上就像挂在眼角似的。

“因为那个美国佬想禁止我们开口反对美国：他差不多逼着我做出抉择。”

“不可能！他看上去那么善良!”

“从某种意义上说，那是个阿谀奉承的家伙。”亨利说，“我们那么令人垂涎。你不知道昨天晚上迪布勒伊提出的建议吧？他要《希望报》成为革命解放联合会的机关报。”

吕克朝亨利扭过脸来，满脸惊骇的神色：“你拒绝了吧?”

“当然。”

“那些党啊、派啊、运动啊、组织啊，全都死灰复燃了，必须跟它们界限分明。”吕克声音恳切地说。

吕克的信念如此绝对，以致即使赞同他的观点也忍不住想故意惊扰他一下。“抵抗运动的统一确确实实只是徒有虚名了。”亨利说，“应该立即旗帜鲜明地表明我们的立场。”

“是他们破坏了统一!”吕克陡然激动地说，“革命解放联合会，他们把这也叫做什么组织，分明是在制造新的分裂。”

“不，分裂是资产阶级制造的，如果谁自以为可以超越阶级斗争，那他就有玩世不恭的危险。”

“听我一句，”吕克说，“报纸的政治路线，应由你来决定，你比我更有头脑；可依附于革命解放联合会，那完全是另一码事，对这一点，我绝对反对。”他显出了刚毅的神色，“在经费方面，有些具体的困难，我没有向你汇报，可我已经跟你说过，情况并不太严重。要是让一个算不了什么东西的组织牵着鼻子走，那于我们的事业就不利了。”

“你认为还会失去读者?”亨利问。

“显而易见！到那时就完了。”

“是的，看来很有可能。”亨利说。

要是买的是一份毫无价值的小报，那外省人宁愿看他们的地方小报，也不要巴黎的日报。印数已经大大降低了，报纸即使恢复原来的版面，也不一定就能吸引原来的读者。总而言之，它绝不可能在危机之中安然无恙。“显然，我只是个理想主义者!”亨利心想。他曾以信任感、影响以及所起的作用为由，对迪布勒伊提出了异议，可真正的答案就在数字之中：我们将彻底垮台。这是雄辩的论据，诡辩也罢，道德也罢，对它都无能为力，他急于运用这一论据。

亨利于十时来到伏尔泰沿河大街，可未能按原计划立即发起攻击。安娜如同往常一样，用台式小车推上了一些用作晚餐的食物：葡萄牙红肠、火腿和一冷盘米饭。另外，为了庆贺亨利的归来，还有一瓶默尔索酒。他们东拉西扯，随意交流旅行的观感以及巴黎最近的一些马路新闻。说实在的，亨利没有多少舌战的兴趣。他为置身于这一间书房而高兴：书房里，一本本书全都已用得发旧，大多是作者亲笔题赠的；一幅幅油画都有名家的题名，也都不是花钱买的；一件件小摆设富有异国情调，无一不是旅行的纪念品。这块并不引人瞩目、却得天独厚的生活天地，亨利敬而远之，但同时，这又是他真正的安乐场所。他在这里感到温暖，感到了自己生活的欢悦。

“在你们家里确实十分惬意。”他对安娜说。

“是吗？我一出家门，就有一种失落感。”她乐呵呵地说。

“应该说斯克利亚西纳那天选了一个恐怖的聚会场所。”迪布勒伊说。

“真的，那个低级庸俗的场所！可不管怎么说，那是个美妙的夜晚。”亨利说，他淡淡一笑，“除了快结束的那段时间。”

“快结束的时候？不，我觉得演奏《黑色的眸子》那段时间挺难受的。”迪布勒伊一副无辜的样子说道。

亨利犹豫不决，莫非迪布勒伊成竹在胸，不想操之过急立即发起攻击？此时他如此审慎，只得借机行事，若扫了此刻的兴致，太令人遗憾了。可是，亨利迫不及待想证实他内心所取得的胜利。

“您太瞧不起《希望报》了。”亨利乐呵呵地说。

“没有……”迪布勒伊微笑着说。

“安娜是见证人！您的责问并非完全没有根据，”亨利补充说道，“不过，我想告诉您，您提出的有关《希望报》与革命解放联合会合成一体的建议，我重新考虑过，甚至和吕克也谈过，根本就不可能。”

迪布勒伊的微笑骤然消失了：“我希望这不是您最后的答复。因为没有报纸，革命解放联合会就永远一事无成。别跟我说还有其他报纸了。任何别的报纸与我们这一运动都不完全一致，若您也拒绝了，谁还会同意？”

“我知道，”亨利说，“只是您要明白，目前，《希望报》处于危机之中，其境况与大部分报纸一模一样；我想危机最终可以摆脱，但是在很长一段时间内，我们将难以解决经费问题。何况我们一旦哪一天决定成为某个政党的机关报，印数立即就会下跌。我们实在没有能力承受这种冲击。”

“革命解放联合会不是一个政党，”迪布勒伊说，“它是一个相当广泛的运动，您的读者不会被吓跑的。”

“不管是政党还是运动，实际上是一回事。”亨利说，“所有那些共产党或亲共产党的工人，上次我跟您谈过，他们在订阅《人道报》的同时，很乐意再买一份新闻性的报刊，可绝不会再去买另一份政治性的报纸。即使革命解放联合会与共产党携手前进，也丝毫改变不了这一状况：《希望报》一旦贴上某个标签，就马上会让人怀疑。”亨利一耸肩膀，“等到我们的报纸只有革命解放联合会的成员阅读的那一天，那就只有关门大吉了。”

“一旦我们得到某家报纸的支持，革命解放联合会的会员将无比众多。”迪布勒伊说。

“此间，得经历一个很长的时期，这足以使我们彻底完蛋，这对谁都没有利。”

“对，这对谁都没有利。”迪布勒伊退让道。他一时保持缄默，用指头轻轻击打着夹有吸墨水纸的垫板，“显然，这确有危险。”

“我们不能答应去冒这个险。”亨利说。

迪布勒伊又静静思索了片刻，叹了口气说道：“得要有钱。”

“对呀，可我们没有。”

“我们没有。”迪布勒伊以困惑的声音承认道。

当然，他并不会如此轻易地承认失败，他的脑中又在萌生新的希望。可这一论据发挥了威力，在继后的一个星期里，他再也没有提起此事。不过，亨利经常与他见面，尽量向他表示自己的诚意。他与萨玛泽尔会晤了两次，参加了委员会会议，并承诺在《希望报》发表宣言。“只要保持独立，你愿意怎么做都行。”吕克常这样说。

保持独立，这已经争取到了，可还必须寻求答案，如何利用这一独立。九月份，一切似乎都那么简单：只要保持一点清醒头脑、表现出几分诚意，也就足够了，事情也可以勉强对付过去。如今，新的问题接二连三地出现，对过去的一切提出了异议。拉舒姆热情洋溢，对亨利撰写的有关葡萄牙的文章极力宣扬，仿佛《希望报》就要成为共产党的工具。有必要辟谣吗？亨利打心眼里不愿意失去那些因《希望报》持公正立场而喜爱它的知识分子读者，但他也不情愿激起共产党读者的反感。不过，他这样谁都不得罪，势必变得无足轻重，他这样做也确实在起着麻醉人的作用。那该怎么办？他一边脑子里翻来覆去地思考这个问题，一边向斯克里布饭店走去，朗贝尔正在那儿等着他共进晚餐。不管亨利采取怎样的决定，都是向某种情绪让步，而不是屈服于某一明摆的事实；尽管他下定种种决心，但他始终在原地踏步。他知之不多，什么也不了解。“先了解情况，然后再说，这总归符合逻辑吧。”他暗自思忖。可是，事情并非按此逻辑发展。首先必须表态，这刻不容缓，然后让事情的发展来判别你的是非。“这正是所谓的哄骗。”他不快地想到，“我也一样，在哄骗我的读者。”他曾暗暗发誓，对读者说的事情一定要对他们有所启迪，有助于他们思考问题，总之，要说事实真相。可现在，他却在干哄骗的勾当。怎么办？他总不能关闭编辑室，辞退全体人员，钻进哪个房间呆上一年，闭门不出，只与书本打交道！报纸必须生存下去，为此，亨利不得不日复一日地牺牲自己的一切。他在斯克里布饭店门前停下了脚步。和朗贝尔一起吃晚饭，他感到欢悦。可向他诉说自己的近况，亨利又有点儿心烦，不过，他希望朗贝尔不要过分在意。他进了旋转门，突然间仿佛置身于另一个世界：里面暖烘烘的，男男女女都身着美国军装，空气里弥漫着黄烟味，橱窗里摆着奢华的装饰品。朗贝尔笑盈盈地迎上前来，他也穿上了一套中尉军服。在用作战地记者饭堂的饭店餐厅里，桌上摆着黄油和棱柱形白面包。

“你知道，在这个饭店里可以喝到法国葡萄酒。”朗贝尔乐呵呵地说，“我们马上就要跟德国战俘吃得一样好了。”

“美国佬好生喂养他们的俘虏，你气愤吗？”

“并不完全为吃的事，尽管法国人填不饱肚子而他们却有吃有喝，让人无法容忍。丑恶的是整个的情况：他们对德国佬，包括纳粹分子都手下留情，可对集中营里的人却那样对待。”

“我很想知道他们禁止法国红十字会进入集中营，是否确有其事。”亨利说。

“这件事，我首先就要去弄个水落石出。”朗贝尔说。

“很明显，眼下，我们对美国并不热乎。”亨利一边往盘子里装罐头猪肉和面条，一边说道。

“没有必要热乎！”朗贝尔一皱眉头，“可惜这叫拉舒姆那么开心。”

“我来时还琢磨这个问题呢。”亨利说，“你只要说一句反共产党的话，你就是在干反动的勾当！可你一批评华盛顿，你又成了共产党。除非怀疑你属于第五纵队。”

“还好，事情越辩越明。”朗贝尔说。

亨利耸耸肩膀：“不应过分乐观，你还记得吧，圣诞节前夜，我们说过《希望报》决不容忍他人网罗。嗳，这可不那么简单。”

“那就继续凭我们自己的良心说话好了！”朗贝尔说。

“你要明白！”亨利说，“每天上午，我都在向成千成万的人解释他们应该开动脑筋，可我自己又凭什么指导自己呢？凭自己良心的声音！”他给自己斟了一杯酒，“这是欺骗！”

朗贝尔微微一笑：“你给我举几个比你更认真的记者的名字。”他深情地说，“你亲自处理每一封来函，对一切都躬亲过问。”

“我每天都尽量做到正直。”亨利说，“可问题正在这里，我因此而没有一分钟的闲暇去深入研究我所提出的问题。”

“行了吧！你的读者对这样就已经很满意了。”朗贝尔说，“我认识一伙大学生，他们说话总是以《希望报》起誓。”

“我因此而更感到有罪！”亨利说。

朗贝尔神色不安地看了看他：“你总不会去整天研究那些统计数字吧？”

“这正是我应该做的！”亨利回答说。出现了片刻沉寂，亨利突然打定了主意：还是赶紧了结了那件麻烦事吧。

“我把你写的小说稿带来了。”他说道，朝朗贝尔微微一笑，“真怪，你富有亲身经历，体验也极为真切，而且你也经常跟我谈起，是那么动人，你写的专题报道内容极为丰富。可在你的小说稿里却什么也没写进去。我在琢磨其中的原因。”

“你觉得不行吧？”朗贝尔说，他一耸肩膀，“我早跟你说过了。”

“问题在于你丝毫没有把你的真情实感写进去。”亨利说。

朗贝尔犹豫不决：“有的东西真正触动了我的心，可对别人来说却毫无意思。”

亨利微微一笑：“可人们反而强烈地感觉到你所说的那些事情根本就没有打动你自己的心。仿佛你写这些故事时，像是在受罚，像小学生在做额外的作业似的。”

“噢！我完全有自知之明，我没有这种天赋。”朗贝尔说。

他微笑着，可一副窘迫的神色。亨利感觉到他实际上对这些小说看得是很重的。

“谁有天赋？谁又没有天赋？实在不太清楚这到底是什么意思！”亨利说，“不。你错就错在选材，你选的都是些与你毫不相干的题材，问题就在这里。下一次，你要尽量把自己摆进去。”

“我不会。”朗贝尔说。他淡然一笑：“我是那种地地道道可怜的小知识分子，没有能力成为一个创作家。”

“别胡说八道！”亨利说，“这些短篇说明不了任何问题，初次失利是正常的事。”

朗贝尔摇摇头：“我了解自己，我永远办不成任何大事。一个知识分子一事无成，够可怜的。”

“只要你坚持下去，就能有所作为。再说当知识分子，这又不是什么毛病!”

“那也不是什么好事。”朗贝尔说。

“我就是一个知识分子，你就很乐意对我表示敬重。”

“你，情况不一样。”朗贝尔说。

“不对。我是一个知识分子。有人把这个字眼当作一种侮辱，我真气愤：他们好像以为脑子空空就了不起似的。”

他搜索着朗贝尔的目光，可朗贝尔一个劲地只看着碟子，他说道：“我在琢磨当战争真正结束后我该怎么办。”

“你不愿意继续干记者这一行吗?”

“战地记者，这是不可能的了；可和平记者，也当不成。”朗贝尔说。他声音激动地补充道：“像你这样干记者这一行，还值得：这是一种真正的冒险生涯。可当编辑，哪怕在《希望报》，没有任何意思，除非我不得不以此谋生。可是，这寄生的生活，我又良心不安。”他犹豫了片刻，“我母亲给我留下的钱太多了，我怎么都良心不安。”

“所有的人都这样。”亨利说。

“噢！你，你拥有的全是你劳动所得，没有这个问题。”

“谁也不可能永远问心无愧。”亨利说，“比如，我在这儿吃饭，同时又禁止自己上黑市饭馆：这就很幼稚。各有各的高招。迪布勒伊故意把金钱当作一种身外之物，他钱多极了，可他并不为赚钱而赚钱。谁需要钱，他也从不拒绝，任安娜去管理使用。安娜呢，她也不把这钱当作自己的财产，应付自如：她是为丈夫和女儿而花钱，她为他们安排了舒适的生活，同时自己也得到了享受。至于我嘛，帮了我大忙的倒是手头拮据、入不敷出：这样，我总感到自己拥有的一切没有一点是多余的，这实际上也是一种自欺欺人的方式。”

“可情况完全不一样。”

亨利摇摇头：“当处境不公平，你就不可能正派地处世。正是因为如此人们才不得不搞政治：目的在于改变处境。”

“我有时想该不该拒绝那笔钱。”朗贝尔说，“可拒绝又有何用?”他犹豫了一下，“再说，我承认贫穷让我害怕。”

“还是想办法尽量把钱用到有益的地方吧。”

“呃，问题正是这样：怎么用？我用这钱能做些什么?”

“总有你喜欢的事情吧?”

“我想……”朗贝尔支支吾吾地说。

“你有喜欢的事情吗？你什么也不喜欢?”亨利有点不耐烦地问道。

“我很喜欢同事们，可解放以来，大家争吵不休；女人吧，她们要么愚蠢透顶，要么无法容忍；书嘛，我讨厌；至于旅行，地球上到处都一样凄惨。再说，近段时间来，我连善恶都分不清了。”他下结论道。

“怎么回事?”

“一年前，一切就像是埃皮纳勒[1]的图片一样简单明了；可现在，发现美国人跟纳粹分子一样，是些野蛮的种族主义分子，他们对别人继续在集中营活活死去根本不在乎；传说苏联也有集中营，情况好不了多少；有的附敌分子给枪毙了，可有的家伙一样混账，却给他们大献鲜花。”

“你之所以义愤填膺，那是你还相信某些东西。”

“不，老实说，一旦开始提出疑问，那任何一切都抵挡不住。有许多道德原则，大家都以为是一致公认的：可到底以什么名义？说到底，为什么要自由，又为什么要平等？公正又有什么意义？又为什么要爱别人胜于爱自己呢？一个像我父亲那样一辈子只知道寻求享乐的人，他难道就那么错吗?”朗贝尔忐忑不安地看了看亨利，“我惹你生气了吧?”

“不，必须给自己提出这些问题。”

“尤其得有人回答这些问题。”朗贝尔说道，声音愈来愈激动。“他们大谈什么政治，把我们烦死了；可为什么非要这种政治，而不要那种政治？我们需要的首先是一种道德，一种生活的艺术。”朗贝尔带着几分挑衅瞅了瞅亨利，“这就是你应该赋予我们的，这比帮助迪布勒伊起草宣言更有意义。”

1　Epinal，法国城镇，以其图片制造艺术闻名。

“一种道德，它必须包含一种政治态度。”亨利说，“反言之，政治是活生生的。”

“我并不这么认为。”朗贝尔说，“在政治方面，人们关心的只是些并不存在的东西，什么前途啦，集体啦，可真正实实在在的，是现实的时刻，是一个个单个的人。”

“可单个的人参与群体的历史。”亨利说。

“不幸的是在政治领域，永远不谈个人的历史。”朗贝尔说，“人在共性之中消失，至于个性，谁也不在乎。”

朗贝尔的口气如此强烈，亨利不禁好奇地打量着他：“比如？”

“呃，比如，就以犯罪问题为例。从政治上抽象地看，一个跟德国佬共过事的人就是一个混蛋，人人咒骂，这不成问题；可要是更深入地去目的地看到某个特殊的情况，就不再是那么回事了。”

“你想到了你父亲？”亨利问道。

“是的，有时我想求你出出主意：我难道真的有必要继续与他势不两立吗？”

“去年，你谈起他时是那么一副腔调！”亨利诧异地说。

“因为那时我以为是他告发了罗莎，可在这一点上，他说服了我：他爱莫能助。所有的人都知道罗莎是个犹太人。不，我父亲在经济上与敌合作，这已经够卑鄙的了，而他肯定就要受法庭审判，十有八九要判刑，可他那么大年纪……”

“你见过他了？”

“见过一面，后来，他给我写了很多信。我承认，那些信引起了我内心的极大震动。”

“如果你想与他和解，你是完全自由的。”亨利说。“我还以为你们的关系很糟呢。”他又补充了一句。

“我认识你的那段时间是这样。”朗贝尔吞吞吐吐，最后鼓了鼓勇气说道：“是他把我哺育成人。我觉得他很爱我，当然是以他自己的方式，只是他容不得我违抗他。”

“在认识罗莎之前，你从来没有违抗过他？”亨利问道。

“没有。他之所以气得发疯，原因正在于我竟敢斗胆与他作对。那是我生平第一次与他作对。”朗贝尔说，继又一耸肩膀，“这一来，我便索性认为是他告发了罗莎。不用说，那时我真恨不得亲手宰了他。”

“可你怎么会怀疑是他告发的呢?”

“是一些朋友给我灌输了这个念头，其中有樊尚。可我后来又跟他谈起了这件事，他绝对没有证据，没有任何证据。我父亲以我母亲的坟墓发誓，绝没有这回事。如今，我冷静下来了，我肯定他绝不会干出这等事来。绝不会。”

“这看来挺可怕的。”亨利说。他犹豫不决。两年前，朗贝尔毫无证据便怀疑他父亲是个罪人，可现在又希望他无辜，手头同样也没有证据。看来没有任何办法了解事实真相。

“樊尚动不动就钻进惊险小说出不来。”亨利说，“听我讲，如果你不再怀疑你父亲，你本人也不再责怪他，你就不必扮演执法者的角色。去看看他吧，做你自己高兴的事情，别顾忌别人。”

“你真认为我可以这么做?”朗贝尔说。

“谁又阻止你?”

“你不认为这是幼稚病的一种表现?”

亨利惊诧莫名地打量着朗贝尔：“幼稚病?”

朗贝尔的脸霍地红了：“我是想说，是不是怯懦?”

“不。自己怎么感觉，就怎么生活，这并不怯懦。”

“是的，你说得在理。我马上给他写信。”朗贝尔说。“我跟你谈这事是对的。”他充满感激之情说道。

他朝碟中伸出勺子，那团红乎乎的浆糊似的东西在碟中晃动。“你可以帮我们的大忙。”他喃喃地说，“不仅仅是我，有许多年轻小伙子都处在我这种状况。”

“帮你们什么忙?”亨利问道。

“你富有实在感。你应该教我们一天一天实实在在地生活下去。”

亨利微微一笑：“建立一种道德观，一种生活的艺术，这可不在我的计划范围之内。”

朗贝尔朝他抬起两只闪闪发亮的眼睛："噢！我表达不当。我指的不是什么理论著作。可你热爱某些东西，信仰某些道德准则。你应该向我们指明这地球上哪些是可爱的东西。同时也应该再写一些优美的作品，使这个地球更加适于人类居住。我以为这就是文学的作用所在。"

朗贝尔一口气发表了这番高论。亨利感到他事先是有准备的，仿佛多少天来一直等待着这一机会似的。"文学可并不一定就快乐。"他说道。

"不，必定快乐！"朗贝尔说，"一旦成为艺术，即使悲伤的东西也会变成快乐。"他迟疑了一下，"快乐，也许这词用得不太妥当，可不管怎么说，这是有道理的。"他突然打住话头，脸色发红，"噢！我不愿意强迫你写书。只不过你不该忘记你首先是一个作家，一个艺术家。"

"我并没有忘记。"亨利说。

"我知道，可是……"朗贝尔变得局促不安，"比如，你关于葡萄牙的报道，写得确实很好，可我想起了你昔日写的有关西西里的文章。在你的报道里没有读到那样的笔墨，真有点遗憾。"

"若你有机会去葡萄牙，你也不会有兴致去描绘那花红似火的石榴树的。"亨利道。

"啊！我希望你能重新激起这份兴致。"朗贝尔声音咄咄逼人地说，"为什么就不行？人们完全有权利漫步海滨而不去关心沙丁鱼的卖价。"

"问题是我无法激起兴致。"亨利说。

"不管怎样，"朗贝尔言辞激烈地继续说道，"人们搞抵抗运动是为了维护个人及其保持个性、获得幸福的权利。收获劳动果实的时刻已经到了。"

"不幸的是，还有数十亿人，对他们来说，这种权利仍然是一句空话。"亨利说道。他耸了耸肩膀："我认为正是因为人们已经开始关心他们的命运，所以不能半途而废。"

"那么，每个人都应该等到他人幸福才能想办法让自己获得幸福？"朗贝尔问道，"艺术和文学，就被打回了黄金时代？可是，人们现在恰恰需要文学和艺术！"

"我并不是说没有必要再写作。"亨利说。他迟疑不决。朗贝尔的责备切中了他的要害。确实，关于葡萄牙，还有许许多多的东西可以写，将它们排斥在外，他心里并非完全没有一点遗憾。成为一个艺术家、一个作家：这正是他的夙愿，永远不能忘记。从前，他立下了宏图大志，现在是付诸行动的时刻了。少年得志，碰运气出了一部作品，被人乱加吹捧，他需要的是别的东西。"实际上，"他继续说道，"我现在正在写一部中你心意的小说，一部没有任何写作动机的小说，仅仅为了自己的乐趣而叙述一些事情。"

"真的？"朗贝尔问道。他脸上显出了喜悦的神色："你还没有写完吧？进展顺利吗？"

"开头嘛，总是有点儿难产，可还顺利！"亨利回答道。

"噢！我高兴极了！"朗贝尔说，"要是你让人给吃了，那该多遗憾啊！"

"我决不让人把我吃了。"亨利说道。

"你那部欢快的小说有进展吗？"波尔问道。

"有，有进展。"亨利答道。

她躺在他身后的床上，亨利隐隐约约感到她深沉的目光落在自己的颈背。一束目光并不发出声响，他实在不忍心把她赶走，可这目光却沉重地压迫着他。他竭力把注意力集中到小说上来。这个月，他打定了主意，还是把小说发生的时间安排在一九三五年，这也许是着错棋。这几天来，他笔触干涩、词语枯竭。

"对，是着错棋。"他在心底肯定地说。他执意谈谈自己，可是，他与一九三五年的他已经判若两人，毫无相同之处。他当时对政治的淡漠态度、他的好奇心、他的勃勃雄心，以及个人主义的偏见，是多么短浅、多么幼稚！他设想的是一个一帆风顺、毫无坎坷的前程，进步有着保障，人与人之间很快就会产生博爱，世世代代将和睦相处：可这种设想尤其意味着自私和麻木。噢！他也许能为自己找到借口。可是，他写这部书的目的在于尽量表现他生活的真实，而不是为了解释什么过错。"必须用现在时去写。"他打定了主意。他重又阅读了最后几页。初来巴黎；与迪布勒伊最早几次交谈；去杰尔巴旅行：一想到这段往事就要被彻底埋葬，实在遗憾。“噢！我已有过亲身经历，这就足够了！”他自言自语道。但是倘若照此逻辑，那么现实经历也就足够了，人活着也就满足了。事实是人仅仅活在世上并不够，因为人迫切需要写作以感觉到自己是一个活生生的人。哎，管它呢，不管怎样，谁也不可能拯救一切。问题的关键在于要弄清今天自己要说些什么。“我处于何种境况？我需要得到什么？”真是咄咄怪事：人之所以那么迫切要求表现自我，是因为他感到自己与众不同，却又无从说起。“我是怎样一个人？”过去，他从不向自己提出这种问题。他总认为其他人全都已经定型，他们的发展都有一定限度，可唯独他不同。他的作品和生命远远没有终结，这使他得以原谅别人对他的种种评价，并尊重他人，哪怕对迪布勒伊也是如此，只不过处在他日后的作品将获得的高度，带着几分俯就的姿态对迪布勒伊表示敬意罢了。可是现在，他不得不承认他是个定了型的成年人：年轻人把他尊为长者，成年人把他视作同辈，有的人甚至对他表示敬重。定了型，有了限度，到了终点，这就是他自己，而不是其他人。然而他又是谁呢？从某种意义上说，是他的作品决定了他的存在；可反过来说，要想写出作品，他又不得不了解自己的真实所在。乍一看，他刚刚度过的这几个月，意义相当明显，可要是进一步细看，一切便模糊不清。帮助人们更好地思索、更好地生活，这果真是他的心愿，或只不过是一种人道主义的幻想而已？他真的关心他人的命运，或只是寻找良心的平静？而文学，这对他来说又成了一种什么东西？当没有迫切的东西急需表达，而硬着头皮去写作，必定流于抽象。他举着笔，想到波尔肯定发现了他没有在写，心中好不气恼。他转过身子：“你明天上午就去找格雷邦吧？”他问道。

波尔莞尔而笑：“你呀，脑子里闪过一个念头，便抓住不放。”

“听我讲，那支歌你唱合适极了，你说你喜欢，布吕热尔的曲子优美动人，萨布里利奥随时就会来听你演唱，不管你愿意哪一天，你自己呢，也完全可以积极配合！不要总躺在床上昏昏沉沉了，还是去练练嗓子，这样没有坏处，我向你保证。”

“我并不昏昏沉沉。”

“不管怎么说，既然我已经为你约定了时间，你去不去？”

“我十分乐意去找格雷邦，好好地学唱你那支歌。”她说道。

“可你肯定通过不了试唱，你是想说这个意思吧？”

她嫣然一笑：“是有这么点儿意思。”

“你真让我泄气！”

“你得承认我可从来没有给过你什么鼓励！”她又微微一笑，“你别为我操心了。”她含情脉脉地说。

他多么希望为她操点心，了却这门心事，再也别像现在这样总感觉到她在身后窥望着他。也许她已经有所察觉。亨利跟萨布里利奥谈了此事，他又定了两首歌词，挑选了整整一套歌曲，然后又给格雷邦打了电话，凡是他能够为她做到的，他全都做了。她十分乐意为他歌唱，甚至还过分地以此来投他所好，但是，他安排的一切，她却死活不接受。亨利又开始毫无兴致地爬起格子，写下一行行死气沉沉的文字。

就这样，他心烦意乱地对着纸笔呆了两个小时。突然，有人使劲地敲门。他看了看表：零点十分。“有人敲门。”

波尔在床上昏昏欲睡，支起身子：“我去开门吗？”

敲门声又响了，他们听到一个欢快的声音：“我是迪布勒伊，打扰你们吗？”

他们一起下了楼梯，波尔打开了门：“没发生什么事吧？”

“指谁呀？”迪布勒伊笑眯眯地说道，“我看见了灯光，我想可以上来看看。刚刚过十二点，你们就要上床睡觉了？”他早已坐到了平时坐的那把扶手椅上。

“我正想喝一杯呢！”亨利说，“我又不敢独自空饮。是我那个邪恶的魔鬼把您召来的吧。”

“来点儿白兰地？”波尔打开壁橱问道。

“非常乐意。”迪布勒伊朝亨利转过脸去，脸上神采焕发，“我给您带来了一条最新消息，您肯定很感兴趣。”

“什么消息？”

“考虑到可能引起资金困难，我们或多或少放弃了那个把《希望报》

办成革命解放联合会机关报的想法……”

“是的。”亨利说道。他接过波尔递给他的酒，呷了一口，心里隐隐约约感到不安。

“呃，我刚刚从一个钱多得发烂的家伙那里出来，他准备在需要的时候接济我们。您没有听说过一个叫特拉利奥的吧？那是一个经营鞋的大老板，他搞过一点儿抵抗运动。”

“我好像有一点儿印象。”

“他拥有数百万家产，对萨玛泽尔崇拜得五体投地：真是幸运的巧合，这最终促使他下决心要帮革命解放联合会的大忙。今天晚上，萨玛泽尔领我到了那人家里。他准备赞助六月的集会，如果《希望报》成为联合会的报纸，他也一定提供必要的资金。”

“萨玛泽尔的关系可真不赖。”亨利说。他一口饮尽了杯中的酒。迪布勒伊过分喜形于色，他感到有点儿气恼。

“萨玛泽尔是那种城里晚宴少不了的家伙。”迪布勒伊笑哈哈地说，“可对您和我来说，这种事谁也别指望让我们去干，我还不如到广场上去募捐呢。不过，这事正合他的胃口，他高兴着呢。也好，反正这样他可以弄到钱：在财务方面，如果没有他，我真不知我们会落到什么地步。他是在被德占领期间与特拉利奥结识的，并对他产生了影响。”

“那个腰缠万贯的鞋老板也是革命解放联合会的？”

“您奇怪吗？”

波尔坐在迪布勒伊的正对面抽着香烟，两只眼睛一眨不眨地死盯着他，一副敌对的神态。她正欲张嘴，亨利便隐约感觉到了她那愤怒的声音，于是抢在她前头说道：

“我可不会对您说，您的建议让我激动万分。”

迪布勒伊耸耸肩膀：“您知道，所有报纸或迟或早都不得不接受私人赞助。新闻自由：这又是一种漂亮的无稽之谈！”

“《希望报》已经恢复了正常。”亨利说，“倘若我们保持现状，自己完全可以长期存在下去。”

“你们自己存在下去，还有什么？”迪布勒伊生气地说道，“我完全理解：您独自一人创办了《希望报》，您也希望单枪匹马办下去，我理解。”他重复说道，“可您还是想想您应该起到什么作用！这个月里，您已经意识到革命解放联合会多么迫切需要一份报纸，是不是?”

“是的。”亨利答道。

“您也承认我们行动的重要性。那么?”

“如果那位先生为《希望报》提供资金，他肯定也要插上一手。”亨利说。

“啊！这绝对不可能!”迪布勒伊说道，“他绝对不会干涉报社的领导。实际上，跟那么一个赞助人合作，您会比现在还独立得多，因为说到底，您现在由于害怕失去您的读者，而捆住了自己的手脚。”

“您的那个好人，我总觉得像是个古怪的慈善家。”

“要是您见了那人的面，您马上会明白的。”迪布勒伊说。

“他决不会向我提出任何条件，我总难以相信。”亨利说。

“决不会提任何条件，我向您打保票，这是确定无疑的。”

“这一切不会是空话吧，您完全有把握?”

“听我说，您自己跟他谈去!”迪布勒伊说道，“您只需给他打个电话，他已经准备明天签字。”

迪布勒伊口气如此轻松，亨利不禁淡淡一笑：“还是等一等吧！我首先得见见吕克。再说，即使我们决定宣告支持革命解放联合会，我们也要尽可能自己想办法摆脱困境：我更乐意这样做。”

“以我个人之见，我坚信《希望报》不会失去它的读者。”迪布勒伊说，“我完全赞同不要特拉利奥帮助，自己去解决困难。”他犹豫了一下：“不过，他还是希望您跟他谈谈为好。”

“他已经跟您谈过了，跟我也没有更多的话要讲。”亨利说，“只要我有办法，我决不会要求他向我提供资金。”

“随您的便。”迪布勒伊神色不安地看了看亨利，“我求您了，尽早做出决定。我们已经丧失了那么多时间!”

“您知道，您向我提出的这些要求事关重大。”亨利说，“涉及的不仅仅是我自己。还是您尽可能耐心等一等吧。”

“我是无可奈何，不得不耐着性子啊。”迪布勒伊叹了一口气说道。他站起身子，朝波尔咧嘴一笑：“您不跟我去转一圈?”

“上哪儿?”波尔问道。

“随便哪儿，这是一个美好的夜晚，一个真正的仲夏夜。”

“不，我困了。”波尔怏怏不乐地说。

“我也困了。”亨利说。

“那算了，我就独自一个人去漫步。”迪布勒伊边朝门口走去边说，“星期六见。”

“星期六见。”

亨利插上门，当他转过身，波尔迎面站着，满脸惊骇不安的神色：“真发疯了！他想抢走你的报纸!”

“听我讲，这谈不上什么抢。”亨利说道。他故意打了呵欠。波尔实际上跟他观点一致，可就在这种情况下，让他去和波尔讨论，他最受不了。他心里也恼火：简直是耍鬼花招！迪布勒伊只要想得到这份报纸，就会自以为有权利得到它。“我个人表示的反感，他才不顾忌呢；一旦他决定利用你，他的友情就没有什么分量了。”

“你应该让他滚蛋。”波尔说，“他绝不会认真待你的，你永远都是他帮助在文学界扬了名的年轻小伙子，一切全都亏了他。”

“可说到底，他并没有苛求什么了不起的东西。”亨利说，“我是革命解放联合会成员，我主编《希望报》：这两件事合二为一倒是自然的。”

“那你将再也不是你自己的主人，你将不得不服从他们的命令。”波尔气得声音发抖。“再说，你必定一头扎到政治中去，再也没有一分钟可自由支配。你已经抱怨缺少时间写你的小说了……”

“你就别恐慌不安了，一切都还没有定局。”亨利说道，“我绝对没有说我接受。”

他听着波尔的异议，心中的积恨渐渐烟消云散。她抗议如此激烈，反倒显示了其理由的无足轻重。实际上，这都是亨利在自己心底反复思考的那些理由。“我之所以反对，是因为我担心被政治吞没了，恐惧承担新的责任，希望有空暇时间，特别是希望当家做主。”总而言之，都是些微不足道的理由。第二天，当他来到报社，他打心眼里希望吕克能给他提供更为充足的理由。

但是，吕克已经无力应付局面。显然，拉舒姆给《希望报》帮了倒忙，人们私下议论亨利被共产党人所控制，这实在让人生气，更何况亨利近来在许多方面对共产党人进行批评：如共产党人把抵抗运动和他们的党混为一谈，搞竞选宣传蛊惑人心，不知廉耻地一味纵容他人，但对与敌人合作过的人却一律严加惩罚。可是，右派报刊幸灾乐祸，对这种误解大加利用。读者纷纷抱怨，朗贝尔要求采取措施，报社的大部分人心情不舒畅，吕克也不例外。“反正都是标签，”当亨利向他阐明了形势，吕克说道，“那与其说让人当作共产党，还不如代表革命解放联合会为好。”这几乎是大家的一致看法。“可我既不相信革命解放联合会，也不相信共产党，这两家都是一路货色。”樊尚说，“照你的想法做出决定吧。”

“说到底，他们都是同意的。”亨利独自回到办公室后，下了这样的结论。“他们看不到任何拒绝的理由。”他心头一揪：他马上要不得不接受。革命解放联合会迫切需要一份报纸，而他又具体代表了一种机会，人们没有权利拒绝。世界在战争与和平之间动荡不定，前途也许就取决于某个难以估料的因素：不为实现和平而做出一切努力无异于犯罪。亨利看了看写字台、扶手椅和四壁，听了听轮转印刷机的隆隆声，猛然感到自己从一个毫无意义的长梦中惊醒。迄今为止，他一直把《希望报》看作某种玩具：小印刷工的一套用具——一套形状与实物一模一样的精美的玩具。然而，它是一种工具，一件武器；人们有权利询问这件武器使用得如何。他向窗户走去。噢！他有点夸大其辞了。他并非那么毫无意义。九月的欢乐早已不复存在，现在事关这份报纸，可他总认为有必要向自己做出交代，他完全错了。“真怪，”他心里琢磨道，“一旦做了件有用的事情，人们赋予你的不是权利，反而是义务。”他创办了《希望报》，可这导致他整个儿扎进了政治的旋涡之中。他脑中已经想象到了萨玛泽尔擅自闯入家门，高谈阔论，迪布勒伊接二连三地打来电话，以及形形色色的会议、商谈、争论和交易。他曾经向自己发誓：“我决不让人把我吃了。”哎，命运已定：他就要被人吞噬。他走出办公室，下了楼梯。城市笼罩在茫茫雾霭之中，在这黑夜里宛如一个巨大的车站：他过去多么喜欢雾霭和车站。可如今，他再也没有任何爱，他已经让人给吃了。正因为如此，在他企图表达自己的一刻，他寻觅不到任何要倾诉的东西。“你爱着某些东西，请告诉我是哪些!”哪些？他既不爱波尔，也不爱纳迪娜；旅行，这对他已经没有吸引力；他再也没有兴致去读书、漫步、听音乐；他再也不为了自己的乐趣去做点什么；他再也不能驻足街头；再也不能欢乐地回忆往事。有许许多多人要接待，有一大堆事情要着手去做：他就像一个工程师生活在工具的天地里。他的心变得比鹅卵石还硬，这就不足为怪了。他加快了脚步。这副冷酷的心肠，让他自己也感到恐惧。在圣诞之夜，他曾暗暗下定决心，一定要恢复自我，然而，他什么也没有寻觅到。相反，他整天感到心情不舒畅，总是处于守势，始终紧紧张张，动辄生气，满肚子恼火。他心里十分清楚难以承担这些自找的麻烦事，它们只能给他带来烦恼。“我学识疏浅、目光短浅、处事轻率，我没有时间，将永远没有空暇。”这种老生常谈，令人厌烦。但是，他将永无休止地听下去，一切都将愈来愈糟，糟上加糟。被吃，被吞噬，被剥得只剩下一副骨头。他再也不可能写作。写作，这只是一种生活方式。他正在选择另一种方式生活，将再也没有任何东西与任何人交流。“我不愿意。”他内心发出了反抗的呼声。不，他不乐意接受并非毫无道理。恰恰相反，倘若他还有几分激情，他完全可以认为这对他来说是个生命攸关的大问题：事关他作家生命的存亡，他必须抗争。“不管怎么说，革命解放联合会手中并不掌握着人类的命运。”他心里想，“而革命解放联合会的命运也并非掌握在我的手中。”他常常这样告诫自己：“人们对自己实在太认真了。实际上，我们的行为举止无足轻重，这个世界也并没有多少分量：它多纤、多孔，并不坚固。”行人在雾中匆匆行走，仿佛他们提早几分钟抵达此处或彼处事关重大似的。可最终，他们都有一死，我也在所难免：这又减轻了多少生命的负担。人们对死亡无能为力，因此对任何也无能为力。因此谁也就不欠任何人的债，人活着没有必要自寻烦恼，就干点力所能及的事吧。抛弃《希望报》和革命解放联合会，离开巴黎，隐居到南部的某个偏僻角落，集中精力去写作。“自己播种，自己收获。”朗贝尔经常这样说。还是想方设法争取自己幸福地生活，不要去等待普天下的人都幸福的那一天了。为什么就不行？亨利想象着孤零零的农舍、松树，想象着丛林的气息。“可我将写些什么？”他大脑空空，继续向前走去。“陷阱早已设下。”他心里在想，“正当你以为脱险的时刻，它却落到了你的头上。”用词语寻觅过去、拯救现在，多美啊！可只有将话语向他人倾诉，这才能实现；只有当过去、现在和生命举足轻重，这才富有意义。如果这个世界无足轻重，他人微不足道，写作又有何用？那不只有无所事事、厌烦得尽打呵欠了？生活，是无法割裂的，必须整个儿占取它：要么拥有它，要么便失去它。可惜人们没有时间去拥有一切，这就是悲剧之所在。亨利的脑中骤然间又混乱不堪。他珍爱这份报纸，他对于战争、和平和公道的种种忧虑并非毫无意义，决不能把这一切统统抛到脑后。但是，他又是一个作家，他想要写作。到目前为止，他勉勉强强总算把这一切凑合过去了：应该说比较糟。倘若他向迪布勒伊让步，那他将永远无法摆脱困境。那又怎么办？让步？不让步？行动？写作？他回家上了床。

几天过去了，亨利仍然感到犹豫不决。“行，还是不行？”这问题始终缠绕着他，最终扰得他心情烦躁。突然，他发现门洞处露出了拉舒姆那副笑嘻嘻的面孔，他更加意识到了自己情绪的恶劣。“你能给我五分钟吗？”拉舒姆问道。

拉舒姆常来报社看望樊尚。每当他来到亨利的办公室，亨利总对他表示欢迎，可这一次，亨利声音极为生硬地说道：“我想还是明天再说了，我手头有篇文章要赶写。”

“可我想今天跟你谈谈。”拉舒姆说道，没有一点窘迫的样子，一屁股坐了下来。

“谈什么？”

拉舒姆带着某种严厉的目光注视着亨利：

“据樊尚说，《希望报》要依附于革命解放联合会？”

“樊尚那张饶舌嘴，”亨利说，“纯属无稽之谈。”

“啊！这我就放心了！”拉舒姆说。

“为什么？这跟你又有什么关系？”亨利带有几分挑衅的口吻问道。

“不然就会铸成大错。”拉舒姆说。

“会有什么了不起的大错?”亨利问道。

“我考虑到你不了解情况。”拉舒姆说,“正因为如此我想提醒你注意。”他的声音陡然变得严厉起来:“在党内,大家认为革命解放联合会正逐渐蜕变成一个反共组织。”

亨利张口哈哈大笑:“果真如此!我自己可永远不敢这么想!”

“没有什么可笑的!”拉舒姆说。

“你笑口难开!”亨利说道,戏弄地瞥了拉舒姆一眼,“你对《希望报》大唱赞歌,对我的胃口来说,甚至有点儿过分。迪布勒伊宣传的跟我说的完全一样,可你却说他反对你们!发生什么不测风云了?”他补充道,“上个星期,拉福利不是友好得很吗?”

“像革命解放联合会这样一个运动,态度极为暧昧。”拉舒姆口气稳重地说道,“一方面,它把人们引向左派,这确有其事;可另一方面,一旦它吞并了某家报纸,组织联合,其用心无非是为了打入我们的核心。开始时,共产党希望达成联合,可当对方公开反对我们,那我们就不得不与他们斗争。”

“你是想说倘若革命解放联合会是一个可有可无、默默无闻的小组织,紧紧追随你们,老老实实地活动,那你们就会容忍它的存在,甚至给予鼓励?可如果它开始为了自身的利益而存在,神圣的同盟就再也无从谈起?”

“我再给你重复一遍,它是企图打入我们的核心。”拉舒姆说,“因此,就根本谈不上什么神圣同盟。”

“对,你们就是这样推断的!”亨利说,“呃,我也向你进一言:别去攻击革命解放联合会。你们绝不可能让任何人相信你们那一套,说这是个反共组织。相反,你们倒会使那些认为民族阵线是个骗局的人显得理直气壮。怪不得除了你们之外,你们不容忍一个左派的存在!”

“目前还不可能公开反对革命解放联合会。”拉舒姆说,“只不过看它不顺眼,仅此而已。”他神情严肃地看了看亨利,“一旦它到了拥有报纸的那一天,它就会构成危险。别把《希望报》让给他们。”

“哼,是讹诈吧。”亨利说,“如果它放弃拥有一份报纸,它就可以平平安安跟着别人转，是不是?”

“讹诈!”拉舒姆责怪道，“若革命解放联合会安分守己，那就彼此仍以朋友相待；不然，决不客气。这是合乎逻辑的。”

亨利一耸肩膀：“当斯克利亚西纳向我断言无法与你们共事时，我还不愿相信呢。唉，他言之有理。大家只有服从你们的指挥，按你们的眼色行事的义务，别无权利。”

“你是不愿意明白!”拉舒姆说，紧接着以咄咄逼人的声音补充道：“为什么就不保持独立？这是你的力量所在。”

“即使我和革命解放联合会一起行动，我要说的也将与从前的一模一样。”亨利说道，“说的都是你们赞同的东西。”

“但是，你将以某个派别的名义说话，意义也就截然不同了。”

“而迄今为止，人们也许都以为我赞同共产党的整个路线？这给你们提供了方便?”

“你确实是赞同的。”拉舒姆热情洋溢地说，“若你讨厌再扮演自由射手的角色，那就跟我们一块儿干。不管怎么说，革命解放联合会毫无前途：他们绝对不可能争取到无产阶级。在共产党内，若你讲话，听你的人很多，你在里面可以担当一项名副其实的工作。”

“可那工作不中我的意。”亨利说道。他恼火地想：“他们不折不扣地把我给吞并了。”拉舒姆继续进行诱导，可他应该明白这类废话绝不可能激起人们向他们靠拢的欲望。他是作为朋友先来给亨利报个信，还是前来诱骗他？十有八九，这两种目的兼而有之，而这正是最卑鄙的行径。亨利突然开口说道：

“我们在浪费时间，我得把文章写完。”

拉舒姆站了起来：“你要牢记，若迪布勒伊掌握了报纸，这只对他有利，于你并无好处。”

“请相信我会维护我自己的利益的。”亨利说。

他们相当冷淡地握了握手。

迪布勒伊已经获悉共产党变卦的消息。拉福利彬彬有礼，劝他放弃集会的主意。“他们害怕我们力量过分壮大。”迪布勒伊说，“他们企图吓唬我们，可是如果我们坚决顶住，他们却不敢轻举妄动、攻击我们。”他做出了决定，决不妥协，亨利极为赞同。可总得把问题提交委员会讨论一下：这纯粹是走走形式，委员会最终总是赞成迪布勒伊的意见。“浪费了多少时间啊！”亨利听着那慷慨激昂的、乱哄哄的声音，心里这样在想。他透过窗户望了望美丽的蓝天：“我还不如去散步呢！”他自言自语道。这是初春的第一天，又是和平后的第一个春天，可他却抽不出一分钟的空暇去享受这美好的春光。上午，他向美国战地记者做了报告，继而又和北非人进行了秘密交谈；中午，他匆匆吃了一个三明治，边吃边浏览了报纸；现在，他又被关进了这间会议室。他看了看别人：没有一个想开一开窗户。勒诺瓦既激动又羞怯，声音颤抖，几乎在结结巴巴地说：“如果这次集会会被视为对共产党抱有敌意的话，那我认为是有害的。”

“若不揭露他们的专横，那才有害呢。”萨维埃尔说道，“正是因为这样怯懦，左派才渐渐走向灭亡。”

“我不认为我是个懦夫。”勒诺瓦说道，“可是，我想争取自己的权利，当我的同志们点燃节日篝火的那个夜晚到来时，能与他们同声高唱。”

“哎哟，我们大家意见实际上都是一致的，只是个策略问题。”萨玛泽尔说。

他一开口说话，众声便戛然而止，只要他亮开嗓门，就没有他人说话的位置。他嗓门大，而且充满欢乐，当他从嘴中发出洪亮的声音时，那架势仿佛在咕嘟咕嘟大口地喝红葡萄酒。他振振有辞地解释说集会本身构成了独立于共产党的一种宣言，因此集会讲话的内容就不偏不倚，甚至友好为妥。他讲得如此机智，以至萨维埃尔都以为这是一种策略的行动，其目的在于保证与共产党人决裂的同时又把错误推到他们头上，可是勒诺瓦却理解成这是在不惜一切代价保持同盟。

“可是，这种灵活的手段又有何用？”亨利心想，“只是掩盖了我们的分歧，而并未消除。”眼下，迪布勒伊能够轻而易举地让众人接受他的决定。“但是，倘若形势紧张起来，比如共产党人向我们发起攻击，那每个人的反应将会怎样？”勒诺瓦已被共产党人所迷惑，只是他的文学旨趣和对迪布勒伊的友情才使他暂时没有加入共产党。恰恰相反，萨维埃尔作为一个社会党积极分子，昔日的积恨难以平息。至于萨玛泽尔，亨利对他到底想些什么不甚了解，心里隐隐约约地对他有点儿不信任。他是一个地地道道的政客典型。由于他长得腰圆膀宽，加之声音热烈达到了嘶哑的地步，像是深深扎根于大地，让人觉得他对人、对物有着强烈的爱。可实际上，世间的人与物只不过用以补充他那狂热的活力：他恰恰因此而飘飘然。他是多么喜欢讲话！不管对谁都是滔滔不绝！到城中参加晚宴对他来说是多么合适！可是，当一个人不关心自己说话的含义而更注重自己说话的声音时，那他还有什么诚意可言？布吕诺和莫兰是真诚的，可总是犹豫不决，正是拉舒姆所说的那种存有幻想、感到自己有所用处却从不牺牲自身利益的知识分子。“跟我一样，”亨利暗自思量。“也和迪布勒伊相同。只要能够和共产党人一起行动而又不与他们为伍，那就行。可万一他们决定把我们排斥在外，那就会提出令人大伤脑筋的难题。”亨利举目遥望蓝天。妄想今天就解决这道难题，实在没有必要，众人心中甚至还无法具体地提出这道难题呢：只要共产党的态度一变，所有的前景就会跟着变化。可以肯定的是，必须坚决不畏恫吓。大家实际上对此观点一致，这些无休无止的争论纯属废话。“眼下，有人正在悠闲地垂钓呢。”亨利心里在想。他并不喜爱垂钓，可垂钓者却乐此不疲，他们真有福气。

当委员会终于一致同意举行集会后，萨玛泽尔走到了亨利身旁。

“这次集会无论如何必须成功！”他说道。他的话中隐含着某种责备。

“为此，发展成员的速度必须大大加快。”萨玛泽尔说道。

“但愿如此。”

“您明白，如果我们有份报纸，那我们保证能引起公众更为广泛的兴趣。”

“我知道。”亨利说。

他毫无兴致地打量着这张总是笑盈盈的、结结实实的面孔。“如果我继续走下去的话，那我便要跟他打交道，至少不比迪布勒伊少。”他暗自在想。萨玛泽尔一活动起来，往往不知疲倦。

“迫切需要了解您的回话。”萨玛泽尔说。

“我已经事先告诉迪布勒伊，必须给我几天考虑的时间。”

“是的，还有几天时间呢。”萨玛泽尔说。

“我显然不喜欢他。”亨利在心底再次这样想。可他紧接着责备自己：“这恰恰又是一种个人主义者的反应！”一个同盟者并不一定非是一位朋友。“再说，朋友是什么？”他一边和迪布勒伊握手，一边自问，“作为朋友：要掌握哪种分寸？要付出什么代价？如果我不让步，这一友情将会变得怎样？”

“您没忘记一些稿件还在《警觉》杂志社等着您处理吧？”迪布勒伊说。

“我马上就去。”亨利说。

他对这份杂志更有兴趣，他可以帮助迪布勒伊组稿、选稿，其乐无穷。可还是那个老问题：得有时间仔细阅读稿件，给作者复信，与他们交谈。绝对不可能。那些无名氏的书稿，他只能匆匆地浏览一下。“我什么都是在穷对付。”他一边坐到黑色小车的方向盘前，一边在想。这美妙的一天，他也是在马马虎虎地打发。若这样一天天混下去，最终必将稀里糊涂地了却一生。

“你是来取你的稿件的吧？”纳迪娜问道。她一副自命不凡的神态，递给他一只鼓鼓的牛皮纸袋。她对待自己的秘书工作态度极为认真：“这是征稿新闻，你愿意看一眼吗？”

“改天吧。”亨利说。他富于同情心地打量着堆在桌上的那一叠叠稿件，有黑色、红色、绿色的笔记本，有扎得乱七八糟的纸包，也有装订成册的稿件：稿件如此之多，然而对它们各自的作者来说，每一部稿子都是独一无二的……

“请你把要取走的稿件清单给我。”纳迪娜一边忙着整理卡片，一边说道。

“我把这包取走。”亨利说道，“还有这一件，像是挺好的。”他指了指一部小说，这部小说的第一页引起了他的兴趣。

“小珀勒维的作品？他样子挺可爱的，那个红棕头发的小伙子，可他年纪才这么大点儿，能写出什么来？他最多不超过二十二岁。”她不由分说地用手按住了本子，“先给我留下吧。我今晚给你送去。”

“我并不肯定这就是部好东西……”

“我想看看。”纳迪娜说。这种贪婪的好奇心是她表现的唯一的激情。“今晚咱们见面好吧?”她用怀疑的口吻接着问道。

“行。十点钟，街头的那个小酒吧见。”

“在这之前你不去马尔科尼饭店吗?柏林被攻克了，大家要在那儿庆贺一番，朋友们都会去的。”

“我没有时间。”

“听说马尔科尼饭店有不少最流行的唱片，我可不在乎，可你口口声声说喜欢爵士乐。”

“我是喜爱爵士乐，可我有事要忙。”

“在五点至十点之间，你就不能腾出一分钟时间?”

“不行。七点钟，我要去见杜尔纳勒，他终于给了我约会的时间。”

纳迪娜一耸肩膀:“他准会对你大加嘲笑!”

“我有所准备。可我想这就可以给可怜的达斯·维埃纳写回信了，告诉他我已经当面跟杜尔纳勒谈过了。”

纳迪娜一声不吭地签好清单:

“行，那今晚见。”她抬起头说道。

亨利对她微微一笑:“今晚见。”

他将于十点与她相会，十一点左右，两人一块儿上报社对面的小旅馆去:是她坚持一定要再跟他睡觉。想到再过几个小时这枯燥的一天就将迎来一个温馨的玫瑰色的夜晚，这是一种慰藉。亨利钻进了小车，向报社驶去。夜晚尚还遥远，下午将要在无欢无乐中消逝。听听新的爵士乐，跟同事们一块儿喝喝酒，对女人频频微笑，这一切，他是多么喜欢。可他的时间以分来计算:在报社，已经有人在计算他的每一分钟。他恨不得把小车停在沿河马路边，倚着栏杆，望着波光粼粼的水面，或者驾车驶向巴黎四周羞涩的乡野。他喜欢的东西多着哩。可是不行。今年，巴黎的古老城垣又将在他身旁悄悄地披上绿装。“一切都永不停息:存在的只有未来，然而它却无限制地往后推移。而这就是所谓的行动!”永无休止的讨论会、报告会:这一个又一个小时根本就没有存在的价值。现在，他又要动笔撰写社论，去见杜尔纳勒，十点钟之前勉强能腾出时间写完那篇文章，送去排印。他把车子停在报社的大楼前。得到了这辆小车算是运气，要是没有它，他永远也无法做完该做的事情。他打开车门，目光掠过了仪表盘。2327。他诧异地又看了一遍里程数。他清楚地记得昨晚计程表上指的是“2102”。掌握车库钥匙的只有四人：朗贝尔现在德国，吕克上午一直在报社，从夜里十二点到中午十二点这段时间，樊尚怎么开了二百二十五公里？他可不是那种带着妓女四处兜风的家伙，他对妓院的看法极为独特。再说，他从哪儿弄到了汽油？他也该先打个招呼，大家有事向来都是先说一声的。亨利登上楼梯，走到办公室门口时，一动不动地呆立住了。这里程数的事使他感到蹊跷。他举步朝编辑室走去，把手搭在樊尚的肩上：

“嗯……”

樊尚转过身来，微微一笑，亨利一时犹豫不决。这根本谈不上什么怀疑，可刚才在读《法兰西晚报》头版下部的短文时，脑中浮现出樊尚在红酒吧露出的那副笑脸，现在樊尚脸上挂着微笑，亨利不禁又想到了那则短文。他暂时没有发问，改口道：“你来喝一杯好吗？”

“向来不拒绝。”樊尚答道。

他们上楼到了酒吧间，在门边的一张独脚小圆桌前坐下来，门正对着平台。亨利要了两杯白葡萄酒，这才开口问道：“你说，今天上午是你用的车子吧？”

“车子？没有用。”

“真怪了，要么除了我们，还有别的人掌握钥匙。我昨晚十二点把车开进了车库，此后有人开了二百二十五公里。”

“你可能看错数字了吧。”樊尚说。

“不，我肯定没看错，我记得清清楚楚，刚刚超过2100。”亨利稍停了片刻，“今天上午吕克一直在这里。若不是你开了车，我在纳闷到底是谁。我必须把这件事查个水落石出。”

“这又关你什么事？”樊尚问道。他的话中带有某种恳求的口气，亨利一时默默地打量着他：

“我可不喜欢这个谜团。”他说。

“这可是一个小小的谜。”

“你以为?”

又出现了一阵沉默，亨利问道：

“是你开的车吧?”

樊尚微微一笑：“听我说，我正要求你帮忙呢。你就忘了这件事吧，彻底地忘了它。车子自昨晚以来没有开出去过，要说的就这些。”

亨利举杯一饮而尽。二百二十五公里，阿蒂希距巴黎约一百公里。《法兰西晚报》的那篇短文报道说，被怀疑与盖世太保同流合污的波马尔大夫刚刚获得不予起诉的特惠，可次日拂晓在阿蒂希他的家中发现被人杀害。亨利又细细地审视着樊尚。这件事简直就像是一部连载小说。可樊尚微微而笑，有骨有肉，实实在在。亨利站起身子。在阿蒂希，有一具实实在在的尸体，然而，有骨有肉的凶手不知去向。

“到平台上去谈也许更好。”亨利说。

“是的，今天天气很好。”樊尚边说边向栏杆走去，从栏杆上方望去，巴黎城的屋顶宛如一面镜子，闪闪发光。

“你昨天夜里在哪儿?”亨利问道。

“你执意要知道?”樊尚问道。

他得意地盘算着。亨利突然迸出一句：

“你在阿蒂希。”

樊尚脸色骤变，他看了看自己的双手，手并没有颤抖。他猛地朝亨利抬起眼睛：

“你凭什么这么说?”

“再清楚不过了。”亨利说。

实际上，亨利话说出口时，连自己也不相信，可这突然成了事实。樊尚是其中一个团伙的成员，昨天夜里，他是在阿蒂希。

“真有那么清楚?”樊尚声音不快地问。他为自己如此轻而易举就被识破感到懊恼，至于其他，他似乎根本无所谓。

亨利一把抓住他的肩膀：“你好像还没有醒悟：这类事情卑鄙啊，卑鄙极了。”

“那个波马尔大夫，”樊尚平心静气地说，“每当小伙子们被打得昏迷过去，都是把他从拉蓬普街喊来，由他把他们弄醒，然后，又让他们经受严刑拷打。这勾当，他整整干了两年。”

亨利更紧地抓住他那瘦骨嶙峋的肩膀：“是的，他是个大混蛋。这又怎么样？地球上少一个混蛋又有何益？若在一九四三年杀附敌分子，这我完全同意。可现在，这没有任何益处，干这事用不着冒什么风险，不是什么英雄壮举、伟大事业，甚至连体育运动也算不上：仅仅是一种有害的行径而已。总有更有益的事情要做吧。”

“你认为肃奸运动是一出卑鄙的闹剧吧。”樊尚说。

“可你的所作所为确实是一出闹剧，卑鄙。”亨利说道。“你想要我把话对你挑明吗？”他气恼地补充道，“冒险结束了，这让你伤心，你极力维持假象，让冒险继续下去。可见鬼去吧！重要的不是冒险，是要捍卫的东西。”

“人们捍卫的东西总是一成不变。”樊尚声音平静地说。他仿佛在争论一个完全抽象的问题，死钻牛角尖。“你知道，”他继续说道，“这些小小的社会新闻对清醒清醒别人的头脑大有好处。他们极为需要。噢，上星期，我碰到了朗贝尔，他正和他父亲一起散步：这有点过分不知趣了，不是吗？”

“是我劝他如果真想再见他父亲，就不妨去看看他。”亨利说，“这只是他个人的事。清醒清醒别人的头脑！”他一耸肩膀继续说道，“非得疯了才会相信这能改变什么。”

“谁要改变什么，改变什么东西？”樊尚用讥讽的口吻反问道。

“你知道为什么工作停滞不前吗？”亨利愤怒地说，“因为人手不够。都是因为你，因为你的伙伴，因为所有那些小伙子的过错，只知道以干蠢事为乐，不干正事。”

“你要我加入革命解放联合会吧？”樊尚以揶揄的口气问道。

“即便这样也要好得多！”亨利说，“你终要明白：去杀那些谁都不屑一顾的什么混蛋，这有什么意义？右派不会因此而有什么损失。”

樊尚打断了他的话：“拉舒姆说革命解放联合会是为反革命服务，而迪布勒伊则说共产党背叛了无产阶级。你去明辨是非吧！”他大模大样地朝落地窗走去，“忘了这件事吧：我向你保证再也不用车子了。”他冷冷一笑，补充说道。

“我才不在乎车子呢。”亨利说。

樊尚劈头说道：“至于别的，你就别管了。”他们穿过了酒吧间，樊尚问道：

“你等会儿去马尔科尼饭店吗？”

“不去。我事情太多了。”

“遗憾！大家能够欢聚一堂，庆祝同一件喜事，就这么一次机会了！我们多么希望你在大家中间啊！”

“我也同样。”

他们默默无言地走下楼梯。亨利多么想再讲点什么，拿出一个令人信服的论据，可他搜索枯肠，一无所获。他感到极为沮丧。樊尚身后已经留下十二具尸体，他企图继续杀人，以忘掉这一具具尸体。此间，他常常喝得酩酊大醉：他马上又要去马尔科尼饭店酗酒。决不能让他继续这样下去。可该怎么阻止他呢？“准是某个地方什么东西腐败不堪了。”亨利心里在想。要做的事情何其多！可又有多少人不知做点什么为好！这种矛盾本来是应该解决的，却总是悬而未决。“我马上派他到很远很远的地方去搞一次长时间的采访。”他拿定了主意。可这不过是一种权宜之计，必须给樊尚提供某种强有力的东西。倘若革命解放联合会进展比较顺利，真正代表了某种希望，那亨利也许可以对他说：“我们需要你。”可眼下，远远没有达到这一步。

两个小时后，亨利来到了凯道赛，心里闷闷不乐。杜尔纳勒的友好接待和谨慎的微笑，亨利早就预料到了。

“请转告你的朋友达斯·维埃纳，他的来信一定会受到重视，可劝他要耐心等待。”杜尔纳勒说道，“我负责通过信使递送你的回信。”他补充说道，“你只需把信交给我的秘书，可还是要小心才是。”

“当然，那个可怜的老家伙已经够受怀疑的了！”亨利带着几分责备看了看杜尔纳勒，“那些幻想家们，他们对事情不了解，可他们想把萨拉查赶下台总有道理吧。”

“他们当然有道理啰！”杜尔纳勒说道，话中隐含着某种积恨，亨利更加专注地打量着对方。

“那你不觉得应该采取这种或那种方式，设法帮助他们吗?”他问道。

“什么方式?”

“我可不知道，这是你的职权范围。”

杜尔纳勒耸耸肩膀：“你对局势跟我一样了解。法兰西无能为力，自身难保，你怎能要求它给葡萄牙或哪个国家做什么事情！”

亨利惴惴不安地看了看他那张恼怒的面孔。杜尔纳勒是最早组织抵抗运动的人之一，他对胜利从未有过任何怀疑，如今轻易自认失败，不像是他呀。

“我们总归有点威望吧。”亨利说。

“你相信这种东西？你是那种为法兰西应邀参加旧金山会议而引以为骄傲的人？你到底想象了些什么？事实是我们已经无足轻重。”

“我们并不十分重要，这我同意。”亨利说，“可我们总可以发表意见，坚持自己的观点，施加压力……”

“我记忆犹新。”杜尔纳勒声音苦涩地说道，“过去，大家想挽回面子，以便法兰西能高昂着脑袋与盟国对话，有不少人因此而丢了脑袋：这血完全是白流。”

“你总不会对我说当初不该抗敌吧。”亨利说。

“我不知道。我所知道的只是这一切对我们来说并没有多大好处！”杜尔纳勒把手搭在亨利的肩头，“不要去传我跟你说的这番话。”

“当然不会。”亨利说。

杜尔纳勒的唇间陡然浮现出上流人士的微笑：“我高兴能有这机会再见到你！”

“我也一样。”亨利说。

亨利快步走出走廊，穿过院子。他心情沉重。“可怜的达斯·维埃纳。可怜的老天真汉们！”他仿佛又看到了他们的硬领、圆顶礼帽和他们眼睛里情有可原的怨恨。他们常说：“法兰西是我们唯一的希望。”可任何地方都再也不存在希望，无论在法国还是其他地方，希望都已化为泡影。他穿过马路，倚着河畔的栏杆。从葡萄牙遥望，法兰西仍然闪烁着那毁灭的星星经久不息的光芒，亨利被迷惑了。突然，他发现他居住的是一个已经垂死渺小的国家的首都。塞纳河在河道里继续流淌，马德莱娜教堂、众议院大厦，还有方尖碑仍然高耸在原来的位置：人们满以为战争神奇地免除了巴黎的灾难。“我们大家都乐意这么想。”亨利暗暗思忖，一边把车子驶上圣日耳曼林荫大道。大道上，栗树像往昔一样，花朵盛开，人们都甘心情愿受这些房屋、树木和长椅的迷惑，它们如此一丝不差地仿造了过去。但实际上，这座骄傲地屹立在世界中心的城市已经毁灭。亨利从今之后只不过是一个五等小国的无足轻重的子民，而《希望报》仅仅是一份类似《小利穆赞人》的地方小报。他有气无力地踏上报社的楼梯。“法兰西无能为力。”给无能为力的芸芸众生提供消息，激起他们的愤慨和热情，这又有何用？想当初撰写那篇有关葡萄牙的报道，亨利一丝不苟，仿佛会掀起震动世界两极的舆论。可华盛顿对此不屑一顾，而凯道赛又无能为力。他坐到办公桌前，重又从头读起他的那篇文章：这顶什么用？众人读完后，点点头，然后往废纸篓一扔了事！《希望报》保持独立与否，读者是多是少，甚或彻底关门又有什么关系？“我如此固执实在不值得！”亨利突然闪出这个念头。迪布勒伊和萨玛泽尔认为这份报纸有点用场，他们也相信假如法国不继续孤立下去，还能起到某种作用。一切的希望全在他们一方，而敌对一方则虚无一片。“那么？为何不打电话说我同意？”亨利暗自思量。他久久地盯着办公桌上的电话机，可他的手就是不动。他又开始读起他那篇文章来。

“喂，亨利！我是纳迪娜。”她话声颤抖，流露出几分惊慌，“你没有忘了我吧？”

他大吃一惊，看了看表：“没有，我这就下楼。还没有到十点一刻，对吧？”

“十点十七分。”

“唉，我刚才忙着呢。”

他慌忙放下电话。她干这等事真是富有天赋：她总是想方设法扫他俩幽会的兴致。在这枯燥无味的一天，亨利常常想起将紧紧搂抱着她那光滑、温馨的躯体的时刻。他终于就要享受到他的这份春光。可刹那间，积恨又吞没了他的欲望。“又是一个自以为对我享有权利的女人？”他一边走下楼梯，一边在想，“波尔就已经够受的了……”他推开小咖啡店的门，纳迪娜正神态庄重地读报，还一边喝着矿泉水。

“怎么？你二十分钟都等不及了？”

她扬起脑袋：“原谅我，我本不想催你。可我怎么也控制不住自己，只要我一开始等某个人，就仿佛觉得再也见不到他的面似的。”

“绝不会就这样消失的。”

“你以为？”

他有些羞愧地扭过脑袋。他猛然回想起她虽然才十八岁，但已经负载着沉重的记忆。

“你是否已经点了点儿什么？”

“点了，今晚有牛排。”她随和地笑了笑，补充道，“你没有去马尔科尼饭店，做得对，那里没有什么意思。”

“樊尚又喝醉了吧？”

“你是怎么知道的？”

“他总是醉得不成人样，你应该设法劝劝他。”

“噢！樊尚！他有他自己的一切权利。”纳迪娜若有所思地说，“他跟别人是那么不同：他是位大天使……”

她两眼直勾勾地盯着亨利：“怎么样？你见过杜尔纳勒了？”

“见到他了。他说无能为力。”

“我早就料到了是瞎子点灯白费蜡。”纳迪娜说。

“我也知道。”他说。

“那就根本不必费这个力气！”纳迪娜说。她脸上又浮现出赌气的神色，把那本黑色封面的笔记本递给了亨利：“我把稿件给你带来了。”

“有什么价值吗？”

“他说的是一些有关印度支那的事，很有意思。”纳迪娜以公允的口吻说道。

“你觉得可以摘几章在杂志上发表吗?”

“噢!当然。我呀,什么都愿意发表。”

她带着某种积恨看了看书稿:“得寡廉鲜耻才会有胆量这样谈论自己,我永远也做不到。”

亨利朝她淡淡一笑:“你从来没有写作的欲望吗?”

“从来没有。”纳迪娜带着夸张的口吻说道,“首先,有人根本没有这份天赋,却硬着头皮要写,我实在费解。”

“有时,我感到写作也许对你有所帮助。”亨利说。

纳迪娜脸色一沉:

“对我有所帮助?有什么帮助?”

“帮助你设法好好过日子。”

“我过得挺好,谢谢。”她一边张嘴吃起牛排,一边说道。“你们真滑稽。”她接着补充道,“比吸毒的人还滑稽。”

“怎么跟吸毒的人比?”

“吸毒的人想让大家都吸毒,你们要让众人都写作。”

亨利打开书稿,那用打字机打得清清楚楚的词句重又在他脑中回响,发出清脆、硬朗、欢乐的声音,犹如雨点击打着小巧玲珑的鹅卵石。

“出自一个二十二岁小伙子的手笔,真出色。”他说道。

“是的,真出色。”她说道,接着一耸肩膀,“你怎么会因为一个你甚至素不相识的家伙而浑身激动?”

“我没有激动,我只是发现他富有才气。”

“那又怎么样?天底下有才气的作家不够多吗?你给我解释解释。”她一副执拗的神态继续说道,“爸爸和你还有什么必要发现一些尚未成熟的杰作?”

“如果有人写作,那是因为他相信文学。”亨利说道,“世上多一本好书,这让人高兴。”

“你是想说这会影响你们自己的活动,并证实你们活动的合理性?”

“从某种意义上说,是这样。”

“我也正是这么想的。”她用自鸣得意的声音说道,“你们对年轻人的关心，实际上是自私自利。”

“噢！多么廉价的恬不知耻啊！”

“人就从来不会出于私心而行动？”

“这么说吧，不管怎样，有的自私形式对他人来说或多或少还是比较愉快的。”

他尤其不愿意争论。此刻，她正用一截火柴棒剔着牙齿，他实在感到气恼。她把火柴棒往方砖地上一扔：“你也认为我做这秘书工作错了吗？”

“你怎么问我这个问题？你干得很出色。”

“我讲的不是秘书处的利益，而是出于我自己的利益考虑。我到底对了还是错了？”

说实在的，他基本没有考虑过这个问题。不管纳迪娜多么恬不知耻，若她知道他对她的事情无动于衷到这种程度，也会大吃一惊的。

“显然，你本来可以继续就学的。”他有口无心地说。

“我想要独立。”

在她父亲的杂志部工作，这真是一种滑稽的独立。实际上，她抱定宗旨要鄙视，甚至仇视她的父母，可要是他们的生活与她的生活断然分开，她又受不了，她需要当面嘲弄他们。亨利从容不迫地说：“你自己是最好的裁判。”

“那你觉得我做得对啰？”

“你做自己乐意做的事情，当然有理。”他违心地说，因为他知道纳迪娜喜爱的是谈论自己，而别人对她的任何评价，哪怕出于善意，也是对她的伤害。说真的，今天晚上，他没有兴致去谈论任何东西，他所希望的，只是和她上床睡觉。

“你知道要是你够好的话，会做什么事情吗？”

“什么事情？”

“你会跟我一起穿过街道。”

纳迪娜脸上霎时布满阴云：“你见我，总是为了这事。”她恼恨地说。

“我并不以为这会侮辱你。”

她哀怨地说：“我想谈谈。”

“那就谈吧！来杯白兰地?”

“你明明知道我不喝。”

“总是像圣母会的修女一样滴酒不沾。烟也不抽?”

“不。”

他要了杯白兰地，点了一支香烟。

“你想谈点什么?”

他的声音并不和蔼，可纳迪娜一点也不因此而张皇失措：

“我想加入共产党。”

“那就入呗。”

“可你对此有什么想法?”

“没有什么可说的。”他急促地说道，“你想干的事情，你自己最明白不过。”

“可我有点犹豫，这并不那么简单。正是因为这，我才想咱们谈谈。”

“谈归谈，可决说服不了任何人。”

“跟别人，你谈得起劲。”纳迪娜声音突然变得尖刻起来，说道，“可跟我，你从来就不乐意，我猜想是因为我是个女人的缘故吧。女人，只配亲嘴。”

“我每天都用到了扯淡上。”他说，“要是你知道这最终会腻烦透的。”

确实，若对樊尚或朗贝尔，他决不会推脱。纳迪娜跟他们一样需要帮助。可惜对她不利的是，亨利死死记住了这一点，那就是若帮女人一次忙，无异于赋予她一项权利。她们往往把一件微不足道的赠品当作一种诺言。为此，亨利始终戒备着。

“我想，即使你入了党，你也在党内呆不了多久。”他鼓了鼓勇气说道。

“噢！你知道，你们这些知识分子的重重顾虑，可不会把我吞吃掉。可以肯定的是，”她充满激情地说，“假使我入了党，当时在葡萄牙见了那些饿得要死的孩子，我心里不会那么内疚。”

他保持缄默。对，一劳永逸地彻底摆脱内心的一切悔恨，确实颇有吸引力，可是，假如仅仅为这一点而入党的话，那必定失望无疑。

“你在想什么?”纳迪娜问道。

“我在想如果你真渴望入党，那就请去入。”

“可是你，你宁愿呆在革命解放联合会，也不愿加入共产党?”

“我为什么非要改变主意?”亨利反问道。

“那么，你认为当一个共产党员，这对我是好事，而对你就不然?”

“在他们那里，有许多事情我可忍受不了；要是你能忍受，就去吧。”

“瞧你，不愿谈吧!”她说。

“我是在谈呀。”

“口头上这么说说而已。你跟我在一起好像不耐烦透了!”她嗔怪地补充道。

“噢，不，我才不烦呢。可是，今天晚上，我真的昏昏沉沉的。”

“你一见到我总是昏昏沉沉的。”

“那是因为我见你的时候总是晚上，你明明知道我没有别的空闲时间。”

出现了一阵短暂的沉默，纳迪娜开口说道：“听我说，我要向你提点要求，可你肯定会拒绝的……”

“什么?”

“你下一个周末跟我一起过。”

“可我不能。”他说道。仇恨再次涌上他的胸口。他渴望这个躯体，她拒绝了他，却一个劲地要求给她时间，给她关心……“你完全知道我不能。”

“因为波尔?”

“正是。”

“一个男子汉怎么就能一辈子当他再也不爱的女人的奴隶?”

“我从来就没有跟你说过我不爱波尔。”

“你怜悯她，可你满怀悔恨。这套感情的把戏，是多么卑鄙。要是再也没有兴致去见别人，那就拉倒，干脆点。”

“要是这样的话，那就任何时候都不要求任何人帮任何忙。”他傲慢地瞅了她一眼说道，“只不过当别人回答你‘不行’的时候，千万别生气。”

“如果你不唠唠叨叨地跟我大谈你的什么职责，而坦率地告诉我说‘我不想跟你一起过这周末’的话，我不会生气的。”

亨利淡淡一笑。“不，”他心里想，“她要求说实话，就乖乖地实话相告，这一次，我才不上这种坦率把戏的当呢。”亨利高声说道：“假设我坦率地跟你这么说呢？”

“那你根本用不着跟我说两遍。”

她一把拿起桌上的坤包，猛地一合。“我才不是蚂蟥一类的东西。”她说道，“我才不想缠着你不放呢。另外，你放心好了，我并不爱你。”她默不作声地打量了他片刻，“怎么会爱上一个知识分子呢？你们的心脏换成了天平，尾巴尖上长着个小脑。实际上，”她下结论道，“你们都是些法西斯分子。”

“我不明白你说的话。”

“你们对人从来不一视同仁，只凭着你们所谓的良知指使别人。你们的慷慨，就是专横，你们的公允，就是自负。”

她若有所思地说道，一点也不生气。她站起身来，干脆地冷冷一笑：

“噢！别这副受气包的样子。你对见我感到厌烦，实际上，这也并不怎么让我高兴，没有什么要紧的。大家相遇了，交谈交谈而已。没有什么积恨。”

她消失在夜色笼罩的街道。亨利要求结账。他对自己颇为不满：“我为什么对她这么凶？”她常惹他生气，可他还是挺爱她的。“我动不动就生气。”他独自思忖，“一切都惹我恼火：准有什么东西玩不转了。”他一口饮尽杯中的酒。这不足为怪：他整日价干的都是些自己不愿干的事情，从早到晚活得都不顺心。“我怎么落到这个地步？”乍一看，他在解放后所制定的那个恢复战前生活、用新的活动丰富这一生活的目标，并不显得怎么雄心勃勃。他满以为自己可以领导《希望报》，同时在革命解放联合会做事，而且并不因此而放弃写作和幸福的生活：可他未能做到。为什么？并非是时间问题，若他真的坚持，今天下午完全可以想办法到街头漫步或去马尔科尼饭店。就是眼下，他也还有时间工作，可以向侍者要点纸张，可这一念头让他感到恶心。“古怪的职业！”纳迪娜常这么说。她言之有理。

俄国人正在蹂躏柏林城，大战接近结束，或者说另一场战争正在开始。怎能以编造一些未曾发生过的故事为乐呢？他一耸肩膀：这也是写作不顺利时常给自己编造的一类遁词。当时，战争威胁着人们，继而战争爆发了，他都可以以讲故事消遣取乐。现在为何就不行？他走出咖啡馆。他回想起了另一个夜晚，那是一个大雾迷茫的黑夜，他预言政治就要把他吃掉：这下完了，他被吞噬了。可他为何就不能更好地自卫呢？内心枯竭，使他陷入瘫痪，这到底是为什么？他手头拿着那位小伙子的书稿，那位小伙子为何能寻觅到东西叙述，而偏偏他就不行？他也有过自己的二十二岁，也有过许许多多东西要倾吐，他经常在这些街头漫步，梦想着自己的书。书……他放缓了脚步，脚下行走的再也不是往昔的那些街道。从前，街头灯火耀眼，一条条街道纵横交错，布满这座世界的首都。如今，路灯闪着亮光，渐渐向远方延伸，刺透了黑夜，让人清晰地看到这条马路是多么狭窄，这些房屋又是多么破烂。光明之城熄灭了，即使它哪一天还能重放光芒，那巴黎也会像威尼斯、布拉格、死城布鲁日等城市一样一落千丈、黯然失色。这不是以前的那些街道、以前的那座城市、以前的那个世界。在圣诞节前夜，亨利曾暗自许下诺言，要用词句来歌颂和平的温馨，可这种和平已经没有温馨可言。街道死气沉沉，纳迪娜的躯体无精打采。这春天没有任何东西可以奉献给他，蓝色的天空和吐绿的树芽墨守着四季更迭的常规，看不到任何希望。“谈一谈我生活的乐趣。”可这生活再也没有乐趣，因为万物再也没有意义。正因为如此，写作的意义也不复存在。在这一点上，又是纳迪娜说得对。特茹河畔灯光闪烁，可一旦知道这灯光照耀的是一座在饥饿中死亡的城市，那内心就无法腾起乐趣去描绘。那些饿死的人绝不是一个让人去摇唇鼓舌的借口。往昔仅仅是虚幻的景象而已，幻景一旦破灭，还会剩下什么东西？只有灾祸、危难和不明确的任务，唯存一片混沌。亨利失去了一个世界，却没有得到任何补偿。他无处栖身，两手空空，无足轻重：他再也不能谈任何东西。“唉，我只有闭嘴了。”他想道，“若我真的打定主意，就不会再四处分身了。我兴许能相当自得其乐地干一些不得不干的苦差事。”他在红酒吧前停住了脚步，透过窗玻璃，他发现朱利安独自坐在一张高脚圆凳上。他推开门，听到有人在低声议论，说起他的名字。若在前一天，他也许还会因此而激动一番，可当他迈步穿过嘈杂的人群时，他暗暗责备自己又被一片可怜的幻景迷惑了：当一个危地马拉或洪都拉斯似的弹丸之国的大作家，多么不足挂齿的胜利！昔日，他自以为居住的是世界上一方得天独厚的天地，每一个词都从这里传遍整个地球，可现在，他深知他的一切话语都在自己的脚下渐渐失去了生命。

“太迟了！”朱利安说。

“什么太迟了？”

“那场厮打，你没有看见。噢！没什么了不起的。”他补充道，“他们甚至都再也不知道该怎么规规矩矩地打。”

“是因为什么缘故？”

“有一个家伙称呼贝当[1]‘元帅’。”他声音含混不清地说。他从口袋里掏出一个扁扁的瓶子：“你想要点儿真正的苏格兰威士忌吗？”

“我要。”

“小姐，请您再拿只杯子，另加一杯苏打水。”朱利安说道。他给亨利斟了半杯威士忌。

“好酒！”亨利赞叹道，举杯痛饮了一口，“我正需要来点刺激剂。我这一天安排得这么满，真不可思议！你没有发现紧张忙碌了一天之后会感到多么空虚？”

“每天都满满的，从来都没有一小时的空闲，可惜酒瓶不一样，总是空空的。”

朱利安碰了一下亨利放在柜台上的本子：“这是什么玩意儿？是秘密文件？”

“一个年轻小伙子写的小说。”

“告诉那位小伙子，让他把这玩意儿给他小妹妹包东西玩吧，劝他像我一样当个图书管理员，这是个诱人的职业，再说也比较安全。你肯定注

---

1 Henri Philippe Petain（1856—1951），法国元帅，第一次世界大战中凡尔登战役的英雄，第二次世界大战中维希傀儡政府的元首。

意到了：要是你把黄油或大炮卖给德国佬，人们可以原谅你，拥抱你，授予你勋章；可若你在这里或那里多写了一个字，那就瞄准！放！你该就这一方面写篇小文章。”

“我考虑过。”

“你什么都考虑，嗯？”朱利安把瓶中的苏格兰威士忌全倒进了杯中。“说来你可以整栏整栏地大写特写，要求国有化！就业与公道，你认为这有什么意思吗？狗屁的国有化，什么时候实行？”他举起杯子，“为柏林城的大屠杀干杯！”

“大屠杀？”

“你以为那些棒哥萨克人今天夜里在柏林会干出什么好事？屠杀和强奸！简直是乱七八糟。这就是胜利，嗨！我们的胜利。你不感到自豪吗？”

“啊！你总不至于也让我沾一身政治屎吧？”

“啊！不。去他的狗屎政治！”朱利安说道。

“要是你言下之意是这个世界不太有意思的话，”亨利说，“那我想的跟你一样。”

“是的。瞧这个烂地方，还叫什么酒吧。连醉鬼也口口声声说要振兴法国。还有女人！这个区没有一个快活的女人，尽是些扰得人心不安的女人。”

朱利安离开了高脚圆凳：“噢！跟我去蒙帕纳斯走走吧，那里至少找得到迷人的少女，也许不是真正的正儿八经的少女，可都很顺从，一点也不烦人。”

亨利摇摇头：“我要回家睡觉去。”

“你这人也不够意思。”朱利安厌恶地说，“没意思。这战后，实在是没劲！”

“没劲！”亨利说道。他目送着朱利安尊严十足地朝门口走去。这人也没有意思，差不多变得尖酸刻薄了。可说到底，这战后为什么就非得要特别有意思？对，在被德占领期间，古老的故事确实美妙。未来的赞歌唱得够多了，明天已变成了今日，再也不用歌唱了。实际上，巴黎已经被摧毁，所有人都在战争中死去了。“我也一样。”亨利自言自语道。以后呢？

假如放弃苟活在人世，那死也就不痛苦了。结束写作，结束生活。唯有一个要求：行动。集体行动，不再关心自己。播种，再播种，永远不要收获。行动、团结、效劳，服从迪布勒伊的号令，向萨玛泽尔微笑。他就要去打电话："报纸属于你们了。"效劳、团结、行动。他又要了份双杯白兰地。

第四章

苟安人世，停歇在生命的彼岸，说到底，如此活着极为惬意。从此，无所期待、无所畏惧，所有的时光都酷似往日的记忆。这就是纳迪娜不在身边时我的发现。多么安宁啊！寓所的门再也不叮咣作响，我可以与罗贝尔倾心交谈，而不使任何人失望，我可以独自消受夜晚，直到深夜，而没有任何人叩响我的房门。我充分利用这一切机会。我喜爱潜入每一时刻中去，突然捕捉住过去。哪怕一分钟的失眠也足够发生奇迹：一扇敞开的窗户，迎着三颗星星，这竟会使过去的一个个寒冬、圣诞节和冰封的原野重又显现在眼前。在垃圾桶的翻动声中，巴黎城的每个清晨从我孩提时代起一一苏醒了。罗贝尔的书房永远笼罩着那片熟悉的岑寂，他总在奋笔疾书，熬得双眼通红、双耳发聋，对一切都无动于衷。然而，那些激动的低语声对我来说是多么熟悉！他们一个个都新换了一副面孔，他们今天的名字叫勒诺瓦、萨玛泽尔。可是，那灰色烟草的气味，那激烈的话声，那和解的笑声，我一一全都认出来了。夜晚，我静听罗贝尔的故事，凝望着永恒的小纪念品、书籍、油画，我经常自言自语，死神也许比我猜想的要更宽容。

想当初，我不得不把自己牢牢地囚禁在自己的墓穴中。如今，潮湿的街道上，迎面常常遇见身着条纹睡衣裤的男人：这是首批返回家园的流放者。墙上、报上，许多照片向我们表明了在那过去的岁月里，我们甚至都没有预感到“恐怖”一词的含义。一批批新的死者又扩大了被我们的生命背叛了的死者的队伍。在我的诊室里，我经常看见一些苟延残喘的幸存者找上门来，他们一个个都被过去的岁月搅得没有片刻安宁。“我多么希望好好地睡上一夜而不回忆往事啊。”一位双颊气色尚好，但头发已经花白的大姑娘这样哀诉道。一般说来，我善于保护自己。所有神经症患者在战争期间都抑制住了内心的发作，今天，他们一个个都疯狂地进行报复，而我给予他们的只能是职业性的关怀。但是，面对这些重返家园的受难者，我感到羞愧：为自己康健的体魄，为自己居高临下地准备开导他们感到羞愧。啊！我给自己提出的那一个个问题在我看来显得毫无意义。不管世界前途如何，必须帮助这些男女忘却过去、自我拯救。唯一的问题是我虽然连晚上都搭了进去，但每日的时间仍然太短暂了。

更何况纳迪娜又回到了巴黎。她身后拖着一只大水手包，里面装满了诱人的红肠、火腿、食糖、咖啡、巧克力。她从手提包里掏出了粘着糖粒的鸡蛋糕点、长袜、鞋子、披巾、衣料、烧酒。“你们得承认我混得不错吧！”她自豪地说。她身着一条苏格兰花呢裙，一件裁剪得体的红色衬衫，外着一件轻柔的裘毛大衣，脚穿皱胶底鞋。“赶紧让人给你做一件裙服，我可怜的母亲，你确实也太寒酸了。”她向我怀里扔过一种呈绚丽秋色的、毛茸茸的衣料，对我说道。整整两天，她情绪激昂地向我们描述葡萄牙的情况。她叙述得差劲极了，每当遇到词语难以表达时，她便用手比画着凑合。她的话声中躁动着某种强烈的不安情绪，仿佛迫切需要迷惑我们，以便从往事回忆中觅得乐趣。她傲慢地对住房进行了一番视察。

“你要明白：要擦这么些门窗玻璃！这么些地板！现在病人都拥来了，这些事情，你独自一人再也无法应付了。”

罗贝尔也坚决主张请个帮手。可是，我实在有点厌恶让人侍候，纳迪娜却说这纯属小资产阶级的顾虑。她第二天就给我找来了一位年轻的女用人，此人衣着讲究，做事勤快，名叫玛丽。可是，我却差点在第一个礼拜就辞退了她。这些天，罗贝尔经常突然出门，那天，罗贝尔出门时，桌上乱七八糟扔着一些文稿。我听到他的书房里窸窣作响，打开门缝一看，见玛丽正弯着身子在看那些书稿。

“您是在干什么名堂?”

“我在整理。”玛丽平静地回答说，“我趁先生不在家整理整理。”

“我早已跟您说过，绝不要动这些书稿，您不是在整理，而是在看!”

“我看不懂先生写的字。”她遗憾地说，朝我微微一笑。她娇小的面孔，脸色阴郁，即使咧嘴也露不出笑容。“见先生整日价地在写，真有意思。他这些玩意儿都是从脑袋里取出来的？我想看一看这在纸上到底像什么东西。我什么也没有碰坏。”

我犹豫了一下，最后放弃了那个念头。她整天尽打扫卫生、整理东西，多厌烦啊！尽管她一副无精打采的样子，但看上去并不愚笨。我理解她是在设法消遣消遣。

“算了。”我说，“可以后别再动。”我又补充了一句：“读点东西，这让您开心吗？”

“我从来没有时间读。”玛丽回答道。

“您今天的活不是已经干完了吗？”

“我家里兄弟姐妹六个，我是老大。”

“她不能学一个真正的职业，真可惜。”我心里在想。我隐隐约约地总想跟她谈谈，可我几乎看不透她，她十分内向。

“朗贝尔没有打电话来。”纳迪娜回家几天后，有一天对我说道，“可他明明知道亨利回家了，我也一样。”

“你行前跟他说过不下二十遍，说回来后你给他打招呼。他是害怕惹你烦。”

“噢！要是他赌气，那是他的事。你瞧见了吧，他完全可以不要我过日子。”

我没有答腔。她以咄咄逼人的口吻说道：

“我想跟你说：你对亨利的事完全想错了。要爱那么一个家伙，让别人去爱吧！他对自己那么自信，再说，他感到厌倦。”她生气地下结论道。

确实，她对亨利没有丝毫的柔情。可是，每到该与他见面的日子，她都特别精心打扮一番，而回到家里，脾气总比平时更坏，这说明问题不可小视，一有什么借口，她便火冒三丈。一天上午，她一副复仇的模样，手中挥舞着一份刊物，气冲冲地闯进罗贝尔的书房：

“瞧瞧这！”

《未来》的头版上，斯克利亚西纳朝罗贝尔在笑，而罗贝尔一脸怒气，直视前方。

“啊！他们骗了我！”罗贝尔一把抓过周刊说道，“这是前几天在伊斯巴饭店的那个晚上。”他对纳迪娜解释说，“我让他们别缠着我，他们到底还是骗了我！”

“他们把你和这个坏家伙照在一起。”她气得声音发哽地说，“他们是故意这么拍的。”

“斯克利亚西纳不是一个坏家伙。”罗贝尔说。

“大家都说他已经被美国收买了。真可恶。你该怎么办？”

罗贝尔一耸肩膀：“你要我怎么办？”

“起诉。要是别人不答应，他们就没有权利拍照。”

纳迪娜双唇颤抖。她父亲是位名流，这向来让她讨厌。每当一位新的教授或一位主考官问她“您是不是罗贝尔·迪布勒伊的女儿”时，她便恼羞成怒，一声不吭。她为他而自豪，但是她希望他声名显赫而又鲜为人知。

“起诉，这会造成太大的反响。”罗贝尔说，“不行，我们没有武器。”他把刊物一扔，说道：“你那天说的事太对了，对我们来说，露脸就算裸体。”

他总是那么准确地向我提起我早已彻底忘却了的一些话，我对此感到惊讶，他对这些话赋予的意义往往比我赋予的更为深刻，他总是给所有人的话都赋予更深刻的意义。

“裸体从露脸开始，而诲淫始于多言。”他继续说道，“他们规定我们只能是雕像或亡灵，一旦发现我们有血有肉地活在人世，他们便谴责我们欺世盗名。正因为如此，任何一个微不足道的举动都会轻而易举地酿成丑闻：笑、说、吃，这都是现行犯罪。”

“那么，您就设法不要让人发现。”纳迪娜声音激怒地说。

“听我讲，”我说道，“用不着大惊小怪的。”

“噢！你呀，那当然！即使有人从你的脚上踩过去，你都会以为别人是偶然碰到你的脚。”

实际上，他们围绕着罗贝尔的这番大吹大擂并不让我高兴。尽管他自一九三九年以来什么也没有发表——除在《希望报》写点文章之外——可人们吹起他来比战前还起劲得多。人们强烈要求他设法进入法兰西学院、争取荣誉勋位，记者们围追着他，报上刊登了有关他的成堆成堆的谎言。“法国在吹嘘其地方特产：文化与时装。”他常对我这样说。他为围绕着他的这些胡言乱语也感到恼火，可又有什么办法？我尽管给纳迪娜百般解释，说我们对此无能为力，可她每次在报刊上读到有关罗贝尔的消息或见到他的照片，总大怒一场。

现在，家里的门又叮咣作响，家具又东倒西歪，书籍又嘣嘣地往地板上乱丢一气了。这骚乱劲儿打一清早便开始。纳迪娜睡眠很少，她认为睡觉就是浪费时间，尽管她并不太知道怎么利用时间。一旦要去从事哪项职业，她就要为此付出代价，牺牲许多东西，因此，在她眼里，做任何事情都是白搭。她实在拿不定主意做什么事情。当我见她闷闷不乐地坐在打字机前时，我常问她：“有进步吗？”

“我还是学化学好，可我又怕通不过。”

“那就好好学你的化学吧。”

“可总得有个秘书会打字啊。”她一耸肩膀，“脑子里要记那么多公式，太荒诞了。这跟真正的生活会有什么关系？”

“要是那么烦，你就丢了化学呗！”

“你总对我谆谆教导。不要像风标那样行事。”

她善于以其人之道还治其人之身。她小时候，我常教她该如何如何，她厌烦透了，如今，她反过来又用那些话来对我。

“有的情况下，固执己见就是愚蠢。”

“可你别慌张！我并不像你以为的那么无能。这次考试，我会成功的。”

一天下午，她叩响了我的房门：“朗贝尔来看我们了。”

“来看你的。”我说。

“他后天又要出发去德国，他一定要跟你道个别。”她声音激动，又嘀咕了一句：

“来呀，不来就不太客气了。”

我随她来到了起居室。可我清楚，朗贝尔实际上并不太喜欢我。纳迪娜争强好胜、缺少诚意、执拗任性，这刺伤了他的心，他无疑——不无道理——把这一切都归咎于我。我猜想他也一心想找一位年纪比较大的妇人作为他心目中的母亲，却坚决抑制住这一幼稚的欲望。他鼻子微翘，双颊有些虚肿，这张面孔暴露了一个归顺之梦经常萦绕的精神和肉体。

“你不知道朗贝尔跟我谈了些什么吧?”纳迪娜激动地说，“十个流放者，美国人没有把他们送回去一个，全都被活活地拖死在集中营了。”

“开始几天，就有一半丧了命，因为让他们猛填红肠和罐头。”朗贝尔说，“而现在，早上就给他们一个汤，晚上一点咖啡，外加一截面包，他们都得了斑疹伤寒，像苍蝇一样一群一群地死去。”

“必须把这一切公布于世。”我说，“必须起来抗议。”

“佩隆会去做的，可他需要确凿的事实，这很难，因为他们禁止法国红十字会去集中营。正是为此事我才又要出差。”

“带我一起去吧。”纳迪娜说。

朗贝尔微微一笑：“我求之不得。”

“我的要求有什么可笑的吗?”纳迪娜声音不快地说。

“你完全知道这是不可能的。”朗贝尔说，“他们只给战地记者放行。”

“也有女的战地记者。”

“可你不是。再说，现在为时已晚，再也不接受任何人了。不过，别懊悔。”他补充道，“我可不劝你去干这种职业。”

他说的是他自己，可纳迪娜却以为从他的话中感觉到了几分以恩主自居的意思。“为什么?你做过的事，我也能做吧，不行吗?”

“你想看看我带回来的照片吧?”

“拿出来瞧瞧。”她贪婪地说。

他把照片扔在桌上，我更希望不看，可别无选择。尸体堆的照片，还能忍受，这一堆堆尸体太多了，可怎么给这些尸骨投以同情呢?面对活人的形象我们自己又该怎么办呢?所有这些眼睛……

“我见过的还要更惨。”纳迪娜说。

朗贝尔没有答腔，收起照片，然后用勉励的口吻说道：“你知道，若你真的渴望搞通讯报道，那也不难，你只需跟佩隆说说。就是在法国本土，也可能有一大堆调查工作要搞。”

纳迪娜打断了他的话：“我所向往的，是见见世界到底是怎么一副样子。一行行地爬格子，这对我来说可没有意思。”

“我肯定你能成功。”朗贝尔热情地说，“你富有胆识，善于诱导别人开口说话，你对一切都应付自如，准会到处畅通无阻。至于涂篇文章，很快就可学会。”

“不。”她神态固执地说，“只要一动笔写，就绝不会讲真话；佩隆有关葡萄牙的报道：竖的全都成了横的。你的通讯，我肯定也是这么回事，我才不信呢。正因为如此，我才想亲眼见见是什么东西。可我不会想方法将它们制造成谎言，然后拿去兜售。”

朗贝尔的面孔布上了阴云。我遂说道：“可我认为朗贝尔的文章极有说服力。达豪集中营的卫生所，让人感到就像亲自参观过一样。”

“你的感觉，这又证明了什么？”纳迪娜声音不耐烦地说。出现了片刻沉默，她开口问道：

“玛丽到底送不送茶来？他妈的，”她专横地喊叫，“玛丽。”

玛丽出现在门口，身上穿着蓝色的工作罩衫，朗贝尔笑盈盈地站起身来：

“玛丽-昂热！你在这儿干什么？”

她脸色霍地变红，转过脚跟，我挡住了她：“您可以回答嘛！”

她目光直直地盯着朗贝尔说道：

“我是女用人。”

朗贝尔也闹了个大红脸。纳迪娜疑惑地打量着他们俩：“玛丽-昂热？你认识她？玛丽-昂热姓什么？”

一阵尴尬的沉寂降临了。她突然说道：

“玛丽-昂热·比塞。”

我感到怒火直蹿双颊：“记者？”

她耸耸肩膀：“是的。”她说，“我走，我马上就走。用不着您赶我。”

“您是到家里来探我们的？没有比这更卑鄙的勾当了！”

“我不知道你认识那么多记者。”她瞟了朗贝尔一眼说道。

“你还愣着不扇她干什么!”纳迪娜吼叫道，“她偷听了我们的全部谈话，到处搜查，读了我们的信件，马上就要把这一切公布于众……”

“噢！您，凭您这副大嗓门，可不会吓着我。”玛丽-昂热说。

我一把抓住纳迪娜的手腕，算是拦住了她，要不，她不费吹灰之力就可把玛丽-昂热打翻在地板上。不过跟我她还缺乏胆量，不敢猛地挣脱开身。玛丽-昂热朝门口走去，我随她走到前厅，她冷静地问我道：

“我还是把门窗玻璃擦完吧，您不乐意?”

“不用了。我倒想知道是哪家报社派您来的。”

“谁也没有派我来，是我自己来的。我想准可写篇精彩的东西，轻而易举就可脱手。您知道，这就叫他们所说的侧写。”她以职业的口吻说道。

“知道。呃，我这就去通知各家报社，若哪家买下您的瞎话，要付出很大代价的。”

“噢！去卖，我甚至都不想去试一试，现在已经完蛋了。”她脱下蓝罩衫，穿上外套，“我这八天用人就算白当了。我讨厌做用人!”她绝望地补充道。

我什么也没有回答，可她无疑感觉到了我的怒火在渐渐熄灭，因为她斗胆露出了一个小小的微笑：“您知道，我从来没有想过要写一篇披露隐私的文章。”她声音像个小丫头似的说道，“我只是想寻觅一种气氛。”

“是为了这您才翻寻我们的文书?”

“噢！我翻寻是为了找乐趣。”她用赌气的腔调补充道，“当然，您骂我是应该的，我有错……可您以为出人头地容易吗? 您，您是一位显赫人物的妻子，一切都是现成的。可是我，我得自己去闯荡。请听我一句，”她说道，“给我一次机会吧！我明天把文章给您送来，您不中意的地方尽管删掉好了，行吗?”

“然后您又一字不删地送出去?”

“不，我向您起誓。若您愿意，我可以给您提供反击的武器：一份卑躬屈膝的悔过书，签上名，这样您就把我掌握在了您的掌心。说呀，请接受吧！我是给您家当保姆的。不过我胆量还是有的吧，是不是?”

“这胆量您还会有的。”

我犹豫不决。若是别人跟我讲这般怪事，对这样一个侵犯了我们私生活的恬不知耻的女人，我在梦中也会抓住她的头发，把她从楼梯上推下去。可现在她近在眼前，这位黑发棕肤的小姑娘，瘦骨嶙峋，没有一分姿色，却那么渴望出人头地。我最终说道：

“我丈夫从不接受采访。他不会接受的。”

“请您问问他吧：既然事情已经做了……我明天上午打电话来。”她遂又补充道，“您不责怪我吧，对吗？我讨厌别人责怪我的时候。”她尴尬地淡然一笑，“我怎么都无法去责备别的人。”

“我也不怎么会！”

“啊，真绝了！”纳迪娜与朗贝尔突然从走廊冒了出来，喊叫道，“你竟让她发表她的文章！你对她投以微笑！跟这个女探子……”

玛丽-昂热打开了大门，砰的一声迅速关门离去。

“她答应把文章给我检查的。”

“这个女探子！”纳迪娜尖声骂道，“她偷看了我的日记，读了迪埃戈给我的信，她……”她连嗓子都喊破了。纳迪娜就像儿时发怒那样，怒火满腔，浑身颤抖：“还给她报答！该揍她一顿！”

“她勾起了我的怜悯心！”

“怜悯！你总怜悯别人！凭什么权利？”她带着一种仇恨瞪着我，“实际上，那是蔑视。别人与你之间从来就不存在真正的衡量的标准！”

“消消气，没有这么严重。”

“噢？我知道，我有错，这自然，你从不原谅我。你总是有理！我不需要你的怜悯！”

“那是位好姑娘，你知道。”朗贝尔有点见风使舵，但也挺客气地说。

“那么，你也去祝贺她好了，跑去呀。”

纳迪娜突然朝她卧室奔去，咣当一声关上了房门。

“我感到抱歉。”朗贝尔说。

“这不是您的错。”

“今天的记者，都有一股警察耳目的劲头。纳迪娜发火，我理解。处于她的位置，我也会气得面红耳赤的。”

他犯不着冲着我来护她，可这似乎出于善意。“噢！我也理解。”我说。

“那，我走了。”朗贝尔说。

“一路顺风，”我说道，紧接着补充道，“您该多来看看纳迪娜，她对您情谊很深，您是知道的。”

他神色尴尬地微笑道：“这再也没有多少意义了！”

“您没有早点儿跟她联系，她感到失望，正由于这一点她才不太客气了。”

“可是她对我说不要先打电话的。”

“要是您先给她打电话，她还是高兴的。她需要对友情确实有很大的把握时，才会全心全意去追求。”

“她没有任何理由怀疑我的情谊。”朗贝尔说。他突然又补充道：“我非常爱纳迪娜。”

“那您就设法让她意识到这一点。”

“我尽力而为。”他犹豫了一下，接着向我伸过手来，“不管怎样，我一回国就来。”他说道。

我回到自己卧室，没敢敲纳迪娜的房门。她多不讲理！确实，对别的人，我总想方设法为他们寻找借口，这样宽容反而使心肠变硬。如果说我对她总是严格要求的话，那是因为她不是我所关心的病人。在她与我之间，存在着真正的衡量标准，那就是在我胸口作响的内疚的声音、焦虑的声音。

当小比塞那篇微不足道的文章发表时，纳迪娜原则上嘀咕了几句。打从《警觉》杂志部的办公室开门办公以来，她的脾气变得好多了。她埋头于一件件明确的工作，显示出了当秘书的出色才华，为此而感到自豪。杂志的创刊号获得成功，罗贝尔和亨利十分满意，并劲头十足地准备下一期。自从罗贝尔说服了亨利，把《希望报》的命运与革命解放联合会的命运联结在一起以来，他对亨利充满友情，我对此感到高兴，因为说到底，亨利是他唯一的挚友。与朱利安、勒诺瓦、佩勒迪埃夫妇、康热夫妇等在一起，可以欢度美好的时光，但交情并不太深。过去的社会党朋友中，有的与敌合作，有的死于集中营，夏尔利埃正在瑞士养伤，而至今对社会党仍然忠贞不渝的旧友对罗贝尔大加谴责，罗贝尔也针锋相对，予以反击。拉福利为罗贝尔成立了革命解放联合会感到失望，因为非但没有与共产党人结成同盟，两家的关系反而降低了热度。罗贝尔与他同辈人差不多断绝了往来，是他主动这样做的。他把这场战争归咎于他的同辈人，是他们没有设法阻止这场战争。他认为对自己的过去过分眷恋了，因而，他希望与年轻人一起共事。政治与行动如今有了新的眉目，需要采取新的方法，他希望尽量适应。至于自己的一些想法，他也觉得应该有所改变，正因为如此他才再三声称自己的作品尚未完成。他眼下正在撰写一篇评论，他在该文中企图把自己旧的思想与新的世界观融为一体。他的目标一如既往，革命解放联合会除了最近目标之外，一定要坚持给人们带来希望，发起一场与其人道主义思想相符合的革命。但是，罗贝尔深知眼下若不做出痛苦的牺牲，这场革命将难以完成，未来的人将不再是饶勒斯以过分乐观的态度所描绘的人。那么，真理、自由、个人道德、文学、思想等这些旧的社会准则将保持何种意义，存在何种希望？若要拯救这些准则，就必须重新创造。而这正是罗贝尔的企图所在，他为此而激奋。我满意地暗自思忖，他终于获得了写作与行动之间和谐的平衡。显而易见，他忙得不可开交，可他喜欢这样生活。我也同样，我的生活很充实。我每天忙着与罗贝尔、纳迪娜、病人、书籍打交道，懊悔与热望已经没有存在的位置。如今，那位满头白发的年轻姑娘睡眠正常，再也没有噩梦缠绕，她加入了共产党，找到了情人，可惜她找的情人太多了，同时又无节制地饮酒，这谈不上是平衡产生的奇迹，但她总算能安心地睡眠了。那天下午，我真打心眼里感到幸福，因为小费尔南终于画出了一幢带着门窗的别墅，铁栅栏随之消失了。我刚给他母亲打了电话，门房又送来了信件。罗贝尔和纳迪娜都在杂志社，这天是他们的接待日。我独自一人等在家中。我拆开了罗米欧的信，我害怕极了，仿佛有人突然把我抛入空中。原来是一次精神分析讨论会将于一月份在纽约举行，他们邀请我参加，届时可以在新英格兰、芝加哥、加拿大组织报告会。我把来函摊在壁炉上，又激动万分地阅读了一遍。我过去是多么喜爱旅行！在世间，我除了爱屈指可数的几个人外，最喜爱的也就是旅行了。可是，这是我以为一去不复返的事情之一，现在竟又有人邀请我去比利时、意大利，甚至去纽约漫游一番！我的目光难以离开这荒唐的字眼！对我来说，纽约一直是一座传奇般的城市，而我早就不再相信奇迹发生了。没料到就这一小片纸头，竟轻而易举地搅乱了时间、空间与常理。我把来函放进手提包，大步离开家门来到街上。纽约有人在嘲弄我，正在跟我耍鬼花招，我需要罗贝尔帮助我戳穿这场骗局。我急匆匆地登上莫瓦纳房子的楼梯。

“噢，是你?”纳迪娜带有某种责怪的口吻说。

“你没看错。”

“爸爸正忙着呢。”她一副神气活现的样子。

她高高地坐在一张办公桌前，办公桌居中放在这间当作候见室的大办公室里。等待接见的人数甚多：有老有少，有男有女，一片嘈杂。这该让他感到高兴，因为来的人中年轻人居多。当然，不少人是带着好奇心，或者因为无所事事，或者怀着某种投机的心理来到这里，但也有许多人是真正喜爱罗贝尔的书，关心他的行动。噢，罗贝尔绝不是在茫茫荒漠里白讲一场，他的这些同时代人尚有眼睛读他的书籍，尚有耳朵听他讲话。

纳迪娜站起身子：“六点了！关门了！”她声音粗暴地高喊道。她把失望的来访者送向门外，然后转动了锁眼中的钥匙。

“乱哄哄的!”她笑哈哈地说道，“好像他们在等着白吃一顿饭菜似的。”她打开了接待室的门：“道路通了。”

罗贝尔在门口朝我微微一笑：“你给自己放假了?”

“是的，我想转一圈。”

纳迪娜朝她父亲转过身子：

“瞧你这副举行祭礼似的样子真滑稽：活像个教父呆在告解座上。”

“我更像是个算命者的形象。”

突然，纳迪娜咯咯大笑起来，仿佛猛地揿了某个笑的按钮似的。她愉快的情绪很少突发，但每次总伴着刺耳的大笑：“瞧这玩意儿!”

她用手向我们指了指一只四角已经磨损的手提箱，发旧的箱子表面贴着一张标签：《我的一生》，约瑟芬·米埃弗著。"看上去像是一份手稿！"她打着嗝说道，"那是她的真实姓名。你不知道她跟我说了些什么吧？"在她那两只激动得湿乎乎的眼睛里，闪现着一种胜利的光芒。笑是她的报复手段。"她对我说：'我呀，小姐，我是一部活的材料！'她已经六十岁了，家住奥利亚克。她一五一十，什么都说。"

她一脚踢开了皮箱的盖子。里面装满了一叠叠玫瑰色的文稿，纸上一式绿色墨水笔迹，没有任何涂抹之处。罗贝尔捡起其中一页，快速浏览了一遍，随手扔掉："没有什么趣味。"

"说不定有刺激的段落呢。"纳迪娜满怀希望地说道。她蹲在手提箱前。多少页文稿，多少分时光！在弥漫着外省气息的餐室里，在壁炉旁的灯光下，度过了多少温馨的时光。这时光是多么充实，又是多么空虚，过得多么欢快，又浪费得多么愚蠢。

"不，没什么意思！"纳迪娜不耐烦地站起身子，她的脸上，欢乐的表情荡然无存……"那就搁起来了？"

"等五分钟。"罗贝尔说。

"快点儿走，这儿散发着文学味。"

"什么味？文学味？"

"一辈子不修边幅的老头儿味。"

这不是一股什么味。但是，整整三个小时里，整个空气中充盈着希望、担忧与恼恨。空空热闹一场过后，透过这无声的沉默，感觉到了这无形的悲楚。纳迪娜从抽屉里拿出一件酱紫色的毛衣，煞有介事地编织起来，编针嘎吱直响。平常，她从不怜惜自己的时光，可一旦要她拿出几分耐心，她就赶紧装出一副样子，仿佛她的光阴一刻也不该浪费。我的目光落在她的办公桌上，只见一个黑色的封面，一行鲜红的大字煞是诱人：《诗选》，勒内·杜斯。我打开本子。

"秋日里，牧场可敬而美丽……"

我翻了一页。"您是否知道，我突然发现了神奇的佛罗里达……"

"纳迪娜！"

"什么事？"

“这家伙寄来的东西，署着他的名字，却是阿波里奈尔、兰波、波德莱尔等人的诗句……他总不至于以为别人看不出来吧。”

“啊！我知道他搞的是什么名堂。”纳迪娜冷淡地说，“那个可怜的混蛋给了塞泽纳克两万法郎，让塞泽纳克卖给他一些他写的诗。你知道，塞泽纳克才不会舍得把自己未发表的诗作送给他，开这么大的玩笑呢。”

“可等那人再来时，怎么也得把事实真相告诉他吧。”我说。

“没关系，塞泽纳克耍了花招，那人要敢抗议才怪呢。首先一点，他已经没有退路，他自己也实在太可耻了。”

“塞泽纳克，他也会耍这类把戏?”我诧异地问道。

“你以为他是怎么混的?”纳迪娜说。她把毛衣往抽屉里一扔。“有时，他的鬼花招可真好玩。”

“付两万法郎，在不是出自自己手笔的诗上署上自己的名字，这真叫我困惑不解。”

“为什么一心想看到自己的名字印成铅字呢?”纳迪娜说道。接着，她又从牙缝里挤出一句话：“用钱去买与不顾头痛屁股热地拼命去写，是一码事。”这话是专门说给我听的，若是当着她父亲的面，她就得清理清理自己的脏话。

等下了楼梯，纳迪娜以疑虑的神气问道：“我们像那个星期四一样，到对面小酒店去喝一杯好吗?”

“当然可以。”罗贝尔回答道。

纳迪娜脸上一亮，往大理石独脚小圆桌前一坐，开心地说：“得承认我护你护得怪好的吧!”

“是的。”

她忐忑不安地瞧了她父亲一眼：“怎么，你对我不高兴?”

“噢！我呀，我为你感到欣喜，我倒为自己感到不悦，因为这到头来对你没任何的益处。”

“任何职业都不会有什么结果。”纳迪娜突然硬邦邦地说。

“这要因事而论。你前几天跟我说朗贝尔建议你当通讯记者；在我看来，这就比较有意义。”

“噢！如果我是个男的，那就没有什么说的了。”纳迪娜说道，“可一个女人当通讯记者，千分之一成功的机会都没有。”她一挥手，挡住了我们的异议。“我说的成功，不是你们那个意思。”她傲然地说，“女人呀，总是不顺当。”

我贸然插了一句：“不尽然吧。”

“你觉得?”她冷冷一笑，“就瞧你吧，你干得不错，你有不少病人，这不假，可说到底，你永远成不了弗洛伊德。”

她早就养成了这副孩子气，每当她父亲在场，她总是习惯于恶声恶气地攻击我。我开腔道：

“成为弗洛伊德或无所事事，在这两者中间能做的事多着哩。”

“我可是有所事事的，我是秘书。”

“若你这样挺满足的，那也就没什么可说的了。”罗贝尔急匆匆地说道。

我常为罗贝尔嘴巴太快，白白败了纳迪娜的兴致而感到遗憾。我曾多次开导他，可他怎么就下不了狠心，扔不下对女儿的一片雄心。纳迪娜口气咄咄逼人地说道：

“不管怎么说，一个人的命运在今天是多么微不足道!”

“你的命运在我眼里可非常重要，”罗贝尔微笑着说道。

“可它不取决于你，也不取决于我。正因为如此，那些一心想出人头地的小人全都让我笑掉大牙。”她轻轻咳了一声，瞧也不瞧我们一眼，继续说道，“等到我有勇气做点艰难的事情的那一天，我就投身于政治。”

“那你还不赶紧到革命解放联合会去工作，还等什么?”罗贝尔问道。

她一口饮尽杯中的维泰勒矿泉水：

“不，我不同意。你们说到底是反共产党的人。”

罗贝尔耸了耸肩膀：“要是拉福利认为我是反对他们的，你以为他还会这样友好吗?”

纳迪娜微微一笑：“听说拉福利就要来要求你别举行那个集会。”

“谁跟你说的?”罗贝尔问道。

“拉舒姆昨天说的。他们很不满意，他们认为革命解放联合会走了邪路。”

罗贝尔一耸肩膀：“也许拉舒姆和他那帮子小左派分子确实大为不满，可他们要自以为是党中央，那就错了。我上个星期还见到拉福利呢。”

“拉舒姆前天见了他。”纳迪娜说，“我向你保证，这是正经话。他们开了一个火药味十足的会议，决定必须采取措施。拉福利会来跟你谈的。”

罗贝尔一时沉默不语，接着开口说道：“若真是如此，那该让人绝望透了！”

“是真的。”纳迪娜说，“他们说你领导的革命解放联合会非但不与他们一起共事，反而鼓吹与他们背道而驰的政治，还说这次集会就是敌对行动的宣言，说你分裂了左派，他们不得不向你宣战。”纳迪娜的话中含着几分得意。她大概还不知道她这番话的轻重。平时，每当我们遇到真正的麻烦，她往往惊慌失色，可若只是些不顺心的小事情，她总是从中取乐。

“不得不向我宣战！”罗贝尔说道，“这真叫绝！是我分裂左派！啊！他们没有变。”他愤怒地补充道，“他们永远变不了！他们所希望的，是革命解放联合会对他们服服帖帖，一看到独立的征兆，他们就斥责我们抱有敌意！”

“要是你不同意他们的观点，那他们必定认为你有错。”纳迪娜通情达理地说，“你也是这样的。”

“不同观点可以有，但也可以保持行动的统一。”罗贝尔说，“这就是国民阵线的意思。”

“他们视你为危险分子。”纳迪娜说，“他们说你鼓吹极恶政治，说你想破坏重建大业。”

“听着，”罗贝尔说道，“掺和不掺和政治，是你的自由，可你别扮演鹦鹉学舌的角色。若你用的是自己的脑子，那你就会明白真正可能引起灾难的，是他们的政治。”

“他们不能不这样行动。”纳迪娜说，“要是他们试图夺取政权，那美国马上就会干涉。”

“他们有必要争取时间，这我同意。可是，他们也可以采取别的方式。”罗贝尔耸耸肩说道，“我完全承认他们处的位置很难，他们或多或少是两头受夹。自从工人国际法国支部垮台以后，他们不得不扮演各种角色，一会儿当左派，一会儿又当左派的右派。可正是因为如此，他们才应该希望另一个左派党的存在呀！”

“怎么！他们就是不希望。”纳迪娜说道。

她猛地站了起来，为自己产生了一点小小的影响感到满意，可并不乐意卷入她显然占不了上风的争论中去。“我去逛逛。”她说。

我们也起了身，沿着河畔徒步回到家里。

“我马上给拉福利打电话。”罗贝尔对我说，“唉，手挽着手团结一致是多么有必要啊！他们明明知道这一点！可他们却怎么都不容忍在他们之外还存在另一个左派党。社会党已经算不了什么，这个国民阵线，他们倒是乐意要的。但是，出现一个新的运动，看上去很有起色，那就大逆不道了……”

他继续气愤地讲着，我一边听一边想：“我不愿离开他。”昔日，我离开他时并不感到痛苦，因为我们活在世间，彼此永远相爱。可是，我现在知道我们俩只有一个生命，且它已经受到严重的损伤，前途充满威胁。罗贝尔并非攻不破、击不倒。相反，突然间，他在我看来甚至是脆弱的。他一直指望共产党人怀着诚意，可他大错特错了。面临他们的敌意，提出了严重的问题。“得了，这条死胡同到了。”我心里在想。可他既不能放弃自己的纲领，也不能坚持反对共产党人：任何两全的办法都不存在。也许事情会顺利解决的，条件是共产党人拿定主意，容许举行集会。罗贝尔的命运并非掌握在自己手中，而是捏在他们的掌心。想到这些，我感到心悸。他们一个字就可摧毁罗贝尔苦心经营起来的美好的平衡。不，这不是我离他而去的时候。一走进工作室，我就以讽刺的声音说道：

“瞧瞧我收到了什么东西！”

我把罗米欧的信递给了他，他遂变了一副面孔，我从中辨出了欢乐，这本该是我的欢乐。“这可是美事！你为什么对我一声不吭?”

“我不愿一走就是三个月。”我说。

“为什么?”他惊诧地看了看我说，“这可是一次美妙的旅行啊！”

我喃喃地道：“我这里要做的事实在太多了。”

“你到底怎么了？从现在到一月份，你有足够的时间可以把一切都安排妥当。纳迪娜已经长得够大了，用不着你照管，我也一样。”他微笑着添了一句。

“美洲太遥远了。”我说。

“我简直认不出你来了！”他一副挑剔的神态细细打量了我一番，说道，“你走动走动，这对你大有好处。”

“我们今年夏天骑自行车去转转。”

“要想欣赏异国风光，骑自行车可走不了多远！”罗贝尔说，他淡然一笑，“我可问心无愧！若是别人通知你旅行计划泡汤了，你准会蹦起来。”

“有可能。”

他说得在理：我对这次旅行看得已经很重。正因为如此，这又成为一块心病扰得我心绪不宁。所有那些往事、所有那些欲望，一一苏醒过来，这多么令人不安！为什么有人要来扰乱我这行尸走肉般的规规矩矩的平安日子？这天晚上，罗贝尔和亨利对拉福利大为恼火，他俩相互鼓励，要坚决挺住：如果革命解放联合会成为一股真正的力量，那共产党人也得被迫买它的账，到那时，就可能重新获得统一。我静静地听着，对他们所讲的一切发生了浓厚的兴趣。可是，在我的脑瓜子里却充斥着一个个乱七八糟的愚人形象。第二天情况没有好转，我兀自坐在办公桌前，整整呆了一个时辰，向自己发问：“我接受？还是不接受？”最终，我站起身来，拿起电话，没有必要装着工作的样子。我曾答应波尔，这几天去看看她，现在去正好。不用说，她正独自一人等在家中。我向她家走去。我很爱波尔，可同时，她又使我有点害怕。每日清晨，我经常感觉到身上笼罩着令人窒息的阴影，一个灾难正在渐渐苏醒，而我首先想到的便是她。我一睁眼，她也紧接着睁开双眼，然而在她的心底，却漆黑一团。我暗自思忖：“若处在她的位置，我可容忍不了这种生活。”我完全明白，相比之下，她处这种位置比我处着要容易一些。波尔可以一连几个小时、甚至几天闭门不出，看不到任何人而不感到烦闷，她甚至成功地向自己否定了亨利已经不再爱她这一事实。可是总有一天将真相大白，到时会发生什么不测？能给她出什么主意？去唱歌？可这不足以给她慰藉。

我渐渐靠近了她的家门，心里也愈缩愈紧。居住在这群命运不济之人的小区里，对她来说倒挺合适。我不知他们在被德占领期间都躲到了什么地方。如今春天到了，他们的破衣烂裳，甚至甲状腺肿和枪伤刀痕又都一一出现了。有三个人背靠街心公园的栅栏而坐，旁边是一块大理石板，石板上装饰着一束已经凋谢的花，其中一男一女正在抢夺一只黑漆布袋，他们脸色通红，是因为喝酒和愤怒的缘故，他们俩猛烈地向对方吐着脏话，但四只紧抓着布袋不放的抽搐的手却几乎拧着不动，而另一个人在旁开心地观战。我钻进了一条小街，油漆斑驳的木门守着一座座废物库，每日清晨，捡破烂的都把废纸和废铜烂铁往这边送；几扇玻璃门微微露出一条小缝儿，候诊室里坐着一些妇女，膝盖上蹲着小狗。我曾从一些小册子上看到在这些动物诊所里，人们医治或者毫无痛苦地杀死“鸟和小动物”。我在一张广告纸前停下了脚步：房间备有家具出租。我按响了门铃。楼梯口总是放着一只巨大的垃圾桶，只要一抬步登楼，便有那么一只黑狗没命地狂吠起来。波尔富有导演的情趣，每当她向新来造访的客人打开这间简易寓所的房门时总会轻而易举地获得戏剧性的效果。我也不例外，每次总对她那出人意料的光彩感到惊讶，我也为她那非同一般的服饰感到惊异：她生来讨厌千篇一律，性喜美妙多变，因此任何时候都显得经过一番悉心打扮。她给我开了门，只见她身着一条宽松的塔夫绸内裙，淡紫的色泽闪烁变幻，脚穿一双大高跟锯齿状鞋，鞋带缠在腿上。她拥有各式各样的鞋子，说不定哪位视鞋如命的收藏家也相形见绌。

“快来暖和暖和。”她边说边把我往燃着柴火的炉子边拉。

“天并不冷。”

她朝缝隙堵得死死的窗子瞥了一眼。

“大家都这么说。”她坐了下来，既严肃又关切地朝我俯过身子，问道：“你身体怎么样?”

“挺好。可我忙得不可开交。人们再也用不着每天担惊受怕了，可是他们便重新开始自己折磨自己。”

“你的书呢?”

“正在写。”

出于礼貌，她怎么问，我便怎么答。我清楚地知道她对我的工作从来就不感兴趣。

“你真觉得有意思？”她问道。

“喜欢极了。”

“你真有福气！”波尔说。

“是因为我干的是我感兴趣的工作？”

“是因为你把自己的命运掌握在自己手中。”

我的自我感觉并非如此，可这里涉及的并不是我。我满怀热情地说：

“你不知道自从我在圣诞节听到你唱歌后心里想些什么吧？我想你该利用你的歌喉做点儿事。你对亨利忠贞不渝，这固然十分美好，可说到底，你自己也重要呀……”

“噢！我曾就这个问题与亨利进行过激烈的争论呢。”她漠然地说，摇了摇头，“不，我再也不登台歌唱了。”

“为什么？我肯定你会走红。”

“这对我又有何益？”她问道，继而微微一笑，“广告上写满我的名字，报刊上登的尽是我的照片，我对此真的不感兴趣。如果想要的话，这一切我早就可以得到，可我不想要。你误解了我。”她补充道，“我不希望任何个人的荣耀。在我看来，伟大的爱情远比成功的事业要重要得多。我所遗憾的，只是爱情的成功并不仅仅取决于我。”

“可你没有被强迫做出抉择呀。”我说，“你完全可以继续爱你的亨利，同时唱你的歌。”

她神情严肃地看了看我：“对一个女人来说，伟大的爱情不允许她享有任何自由。我知道罗贝尔和你之间有多么默契，”她补充道，“可那并不是我所说的伟大的爱。”

我并不愿意就她的字眼或我的生活争辩一场。“可你在这里独自一人一天天过日子，你该有的是时间工作呀。”

“这并非时间问题。”她以责怪的神态朝我微微一笑，“你想我十年前放弃歌唱是为了什么？是因为我明白了亨利需要我整个身心……”

“你说他自己也曾劝你重新工作。”

“可要是我真的按他的话去做，他准懊丧不堪。”她乐呵呵地说，“哪怕我有一个念头与他不符，他都受不了。”

“多么自私!”

“爱并不自私。”她深情地抚了抚柔软的衣裙，“噢！他对我没有任何要求，他从来没有要求过我什么。可是，我知道我的牺牲不仅对他的幸福，而且对他的写作事业及其成功都是不可缺少的，特别是现在比任何时候都需要。”

“为什么他的成功在你看来那么重要，而你自己成功与否却无关紧要呢?”

“噢！他名声大小，我才不在乎呢。”她情绪激烈地说，“这事关别的东西。”

“是什么?”

她猛地站了起来：“我给你备了点热酒，你要喝吗?”

“乐意。”

我听着她在厨房里走动，心里很不舒坦地想：“她到底是怎么想的?”她口口声声说对个人荣耀不屑一顾，可为什么偏偏在亨利开始名声大振、人们称颂他为抵抗运动的英雄和年轻文学的希望时，重又摆出一副对爱情忠贞不渝的面孔呢？我清楚地记得一年前，她是多么死气沉沉、心灰意懒，她又是怎么感觉到这种爱的呢？她为何拒绝通过工作摆脱这种爱的纠缠呢？她是怎样看待周围世界？我和她一起关在这红色的四壁之间，望着炉火，交换着言语，可我怎么都琢磨不透她脑中发生的一切。我站起身子，朝窗户走去，掀开了窗帘。夜幕降临了，一个衣衫褴褛的汉子手牵一条高贵的丹麦狗在游逛。在那块写着“专营撒克逊珍奇鸟类”几个字的神秘的牌子下，一只被系在窗栏上的猴子仿佛也在困惑不解地察看着苍茫暮色。我又放下窗帘。我曾有过什么希望？希望能用波尔的双眼看一看这熟悉的环境？希望在这环境中捕捉住她每日生活的色彩？不，小卷尾猴绝不可能用人的眼睛去观察，我也绝不可能潜入另一个人的心底。

波尔从厨房回来，庄重地端着一只银托盘，盘上两只碗在冒着腾腾热气。“你喜欢甜一点的，是吗?”

我嗅了嗅这浓浓的红酒溢出的那股又热又香的气味："看来很可口。"

她沉思着喝了几口，仿佛在品味这是不是真正的春药，"可怜的亨利!"她喃喃地说。

"可怜？为什么?"

"他正在经历一次艰难的危机，我担心他在摆脱危机之前遭受过多的痛苦。"

"什么危机？他看去体魄康健，最近的几篇文章也是他从未写过的好文章。"

"文章!"她带着一种愤懑瞧了我一眼，"从前，他对搞报纸嗤之以鼻，认为只不过混碗饭吃吃而已，他离政治也远远的，希望独处。"

"可现在环境变了，波尔。"

"环境又有何妨!"她有些激动地说道，"他不应该变。战争期间，他冒着生命危险，是伟大的举动，可今日，逃避尘世才是伟大之所在。"

"这又为何故?"我问道。

她一耸肩膀，没有答腔。我有些气恼地添了一句："他肯定已经给你解释过他为何搞政治。我呀，我可是绝对赞同。你不认为应该给他以信任吗?"

"他正在闯入并不属于他的道路。"她以不容置疑的腔调说，"我很清楚，我甚至可以给你证据。"

"这倒叫我吃惊。"我说。

"证据，"她夸张地说，"就是他已经变得没有能耐写作。"

"也许目前他是没有动笔，"我说，"可这并不意味着他从今之后再也不写。"

"我并不吹嘘自己永远不会错。"波尔说，"可你要知道，亨利，是我造就了他，我创造了他，一如他塑造了他书中的人物，我对他就像他对他书中的人物一样了若指掌。他正在背叛自己的使命，该由我指引他重返正道。正因为如此，我才不能考虑照顾我自己。"

"你知道，人们除了自己赋予的使命之外，别无其他使命。"

"亨利可不是一位混同于他人的作家。"

“他们大家各不相同。”

她摇了摇头：“若他仅仅是一个作家，那就不会让我感兴趣了。作家何其多呀！当二十五岁，我与他在一起时，他一心只想文学，可我马上就发现我完全可以让他攀登更高的境界。我让他明白了一点，就是他的生活和他的作品应该浑然一体，获得成功。是多么纯洁而又绝对的成功，可成为世人的楷模。”

我心里不安地在想，若她用这副腔调跟亨利说话，那他真该受不了。

“你是想说一个男人应该像珍惜自己的作品一样珍惜自己的生活？可并不能因此而禁止他发生变化呀。”

“除非他顺应自身而变化。我发生了许多变化，可我顺应的是自己的生命。”

“谁也没有预先划定的道路。”我说，“世界已经不再是从前的那个世界，对此，任何人都无能为力，必须设法适应。”我朝她微微一笑，“我也同样，在多少个星期里，一直幻想可以重新获得战前的时光。可这是愚蠢的念头。”

波尔神态执拗地细观着炉火：“时间并没有用。”她说。突然，她猛地朝我转过身子：“噢！想一想兰波，你看见了什么？”

“我看见了什么？”

“对，你看见了他的什么形象？”

“他年轻时的形象。”

“瞧！只有一个兰波、一个波德莱尔、一个司汤达，他们在世的时间有的比较长、有的比较短，可他们每个人的一生只构成了一个形象。亨利只有一个，我也永远是我自己，时间对此无能为力，背叛并非源于时间，而是因为我们自身。”

“啊！你把一切都混为一谈了。”我说，“等你年届七旬，你还永远是你，可你与人与物却会形成不同的关系。”我又添了一句：“与你的镜子也同样。”

“我从不在镜中多照自己。”她带着几分疑惑审视了我一番，“你想证明什么？”

我一时保持缄默。否定时间，大概谁都有这种企图，我也常常这样做。对波尔这般固执的信念，我隐隐约约产生了几分羡慕。

“我所说的，是我们都生活在地球上，必须安于天命。你应该放手让亨利去做他乐意做的事。你嘛，也应该照顾一下自己。”

“你说这话，仿佛亨利和我是两个彼此完全独立的人似的。”她若有所思地说，“也许这之间有一种无法彼此交流的体验。”

我满怀希望，试图说服她，如今这一希望完全落空了。还能怎么办呢？我一无所知。不过，我还是对她说道：

“你们是彼此独立的，其证据就是你在批评他。”

“确实，表面上我们是有不同之处，我也在为消除这种不同而斗争。”她说，“可实质上，我们只是一个整体。我过去经常感觉到这一点，我甚至还清楚地记得第一次认识到这种情况时的情景：我几乎感到害怕。彻底地融入在另一个人之中，你知道，这很怪。但是，当一个人在自身中发现了另一个人时，他要付出多大的代价呀！”她那激动的目光凝视着天花板，接着说道：“有一件事是可以肯定的：我的时光必将重现。亨利必将完完全全地化为我，我也一定将原原本本地归还给他。”

她的话语中有着某种近乎绝望的声嘶力竭的劲头，我只不过是放弃，不想再深谈下去，我轻快地说：“可不管怎样，走动走动、见见人对你有好处。下个星期四，你不愿陪我到克洛蒂家走一趟？”

波尔的目光落到地板上，看她的样子，仿佛她又控制住了体内的某个组织，重新获得了解脱，变得轻松起来。她朝我嫣然一笑：

“噢！不，我不愿意。”她说，“上个星期，她来看过我，我这几个月对克洛蒂够烦了。她已经把斯克利亚西纳安置到了她家，你知道吗？我在纳闷他怎么会同意的……”

“我猜想他手头没有一个子儿了。”

“你说那里像是个后宫！”波尔说。

她哈哈大笑，这笑声足足使她年轻了十岁。以前，她跟我呆在一起时就是这副样子。可一旦亨利在场，她就摆出架子。如今，人们觉得她似乎总感觉到亨利的目光在跟着她。如果她有勇气为自己而活着，她也许能够重新恢复昔日的欢快。“我不善于与她交谈，我太笨了。”我离开她时，心里这样责备自己。她过这种生活很不正常，有时，甚至干脆就不合情理。可是，我今天未能好好开导开导她。正常的生活，还有比这更不正常的吗？为了能循规蹈矩，打发日子，有多少事情不得不放弃，有多少往事不得不忘记，又有多少事实真相不得不回避。“我害怕离去的原因正是在此。”我心里在想。在巴黎，在罗贝尔身旁，我不费多少气力就可避免陷阱，因为我能识别陷阱，警钟时刻向我提醒面临的危险。但是，当我孤独一人置身于陌生的苍天之下，将有怎样的灾难降临到我的头上？将有怎样的明摆的事情突然使我眼花缭乱？又会有怎样的鸿沟突然出现在面前？不过，鸿沟终将平合，明摆的事情也会消失，这是确凿无疑的。我见过的何其多。我们就好比蚯蚓，任凭他人斩为两截，或好似龙虾，折断了爪子会再生长。但是，当我想起那徒劳的垂死挣扎的时刻，想起那不愿苟延残喘、恨不得立即死去的时刻，我不禁心悸。我试图让自己服从于理智：我为什么会出什么事情呢？为什么就不会出任何事情呢？偏离前人踏平的道路，从来就没有好的结果。在这个世界上，我感到有些窒息，这是事实；可人们渐渐也会习惯于窒息的，不管怎么说，形成习惯并不是坏事。

“你怎么了？”几天以后，纳迪娜满腹狐疑地问我。她身着我的浴衣，躺在我卧室的长沙发上。平时我回家时，总发现她这副样子。在她眼里，唯有他人的服饰、摆设，他人的生活才有价值。

“你希望我怎么样？”我反问道。

我没有跟她谈起罗米欧的来信。可是尽管她对我很不了解，但对我的任何情绪变化她都看得一清二楚。

“你好像困倦得连站着也能入睡似的。”她冲着我说。

确实，在平日里，我总是兴致盎然地询问她每日做些什么，可这天晚上，我却默默地脱去外套，戴上睡帽，没有说一句话。

“我在圣安娜度过了整个下午，我想我是有点疲倦了。”我回答道。“你呢？你都干了些什么？”

“你对此感兴趣吗？”她忌恨地反问道。

“当然。”

纳迪娜脸上一亮，她心里有高兴的事情，不愿再多赌气。“我刚才遇到了我终身的伴侣!”她以挑逗的声音说道。

“当真?”我笑眯眯地问道。

“对，当真。”她严肃地回答道，“他是拉舒姆的一个伙伴，棒极了。他可不是一个平平庸庸的写书匠，而是一个活动分子，名副其实的活动分子。他叫若利。”

在这之前不久，她与亨利闹了一场：她的反应如此明显，要是她自己竟意识不到我才感到奇怪呢。“那这一次，你肯定登记入党了?”我问道。

“他对我还未入党气愤极了。啊，你知道，他这个人，办事可不拖泥带水。他说干就干。一个男子汉嘛。”

“我早就认为你最终也该经历一番了。”

“道理很明白，这是因为对你来说只不过是一种经历而已。”她声音尖刻地说，“现在入党，以后再退出来。年轻时代得经历经历。是这个意思吧?”

“噢，不。我没说过这种话。”

“我知道你心里是这么想的。你要明白，若利的力量在于他相信真理。他从不以经历为儿戏：他是在行动。”

一连几天，她咄咄逼人地对若利大加颂扬，我只管听着，没有任何表示。她把《资本论》摊在书桌上的化学教科书旁，目光阴郁地在两部书之间来回移动。她开始以历史唯物主义为指导，观察我的一举一动。在这料峭的初春，街上的乞丐比比皆是，若我施舍给他们一点儿钱，她便冷冷一笑：“你以为给这种可怜的废物施舍一点儿钱，就可以改变世界的面貌了?”

“我并没有如此奢望，只是让他高兴高兴，这就够了。”

“如果你良心得到安宁，那对大家都有好处。”

她总以为我内心有多少阴险的谋划。

“你以为拒绝涉足上流社会、待人粗野，就可以摆脱你那个阶层了?这样一来，你只不过成了一个没有教养的资产者而已。”

实际上是我很不乐意去克洛蒂家。大战期间，她曾从勃艮第的那座城堡给我寄过许多包裹，现在她不由我推却，非要我参加她每个星期四的聚会，我无论如何得去一次。可是，当我在五月一个春雪霏霏的夜晚跨上自行车的时候，心里是多么不情愿啊。时值仲春，然而任性的寒雪又突然出现，天空白茫茫一片，阒无声息，鹅毛大雪纷纷扬扬飘落在地上，看似温暖如春，但落到身上却冰冷刺骨。我恨不得顺着这种棉絮裹着似的道路径直向前飞驰，骑到很远很远的地方。上流社会的沉重应酬对我来说比任何时候都更可怖。尽管罗贝尔四处躲藏，对记者、勋章、科学院、沙龙和将军夫人一律退避三舍，但也无济于事，人们正在把他奉为一座公共的丰碑，我也因此而成为公共人物。我慢步登上豪华的石阶。我讨厌众人把目光霍地投向我的那一时刻，只需迅疾的一瞥，他们就可识别我，把我撕成碎片。于是，我意识到了自己的存在，内心也因此而永远不得安宁。

“真想不到有幸与您相见！”洛尔·玛尔娃说着，“您那么忙！都不敢再请您大驾光临了。”

我们至少谢绝了她三次邀请。来客乱哄哄的，在我相识的人中，我很少对谁有过什么负罪感。他们有的认为我们高傲，有的认为我们孤僻，也有的认为我们拿架子。我猜度在这些贪婪地来此寻找无聊的人中，谁的脑子里也没有掠过这样的念头：上流社会实在激不起我们的兴致。对我来说，无聊简直就是灾祸，打从我孩提时代起，就吓得我丢魂落魄。我小时候希望赶紧长成大人，以对无聊的回避为中心构筑起自己的整个生活，这样做首先正是为了摆脱这种灾难。可是，那些我与之握手交往的人也许对无聊已经习以为常，觉察不出这一点。他们也许根本就不知道空气也可能会产生另一种气味。

“罗贝尔·迪布勒伊未能陪您同行?”克洛蒂问道，“请代我告诉他，他在《警觉》上写的那篇文章实在令人赞叹！我全都记到了心上，无论在餐桌、浴室还是在床榻，我都默默地背诵，夜晚我与之同眠，而白昼，它是我心中的情人。”

“我一定转达。”

她目光灼热地盯着我看，我感到好不自在。自然，我不喜欢有人说罗贝尔的坏话；可是当有人对他大唱赞歌时，我也感到别扭。我感觉到自己的唇间露出一个笨拙的微笑，不知如何是好，沉默不语吧，可能被视为矫揉造作；而一旦开口说话，似乎就可能有失稳重。

“这本杂志的问世是一件重大的事。”画家佩尔莱纳说道。他才是克洛蒂心中的情人呢。

吉埃特·旺达杜尔凑了过来，她写过一些巧妙的小说，自感是沙龙中引人注目的人物。她的衣着装饰，她的一举一动，无不表明她已经意识到了自己已经并不年轻，同时也表明她对自己昔日的花容月貌过分眷恋了。她以略带灵气的声音说道：“迪布勒伊的非凡之处，在于他对艺术有极为深刻的执著追求，同时又善于对今日的世界投入无比的热情。既爱文又爱人，诚为难得。”

“您对他的生活是否记日记?”克洛蒂问道，“您可给世人提供多么珍贵的资料啊!”

“我没有空暇。”我说，“再者，我并不认为他喜欢我这样做。”

“令我惊诧的是，”于盖特·伏朗热插话道，“您生活在一个气度盖世的人身边，却始终保持着自己的一份职业。我根本做不到。我可爱的夫君吞噬了我的所有时间，不过我觉得这很正常。”

我欲张嘴一一给予反驳，可我还是按捺住自己，尽可能平淡地回答道：

“这是个安排问题。”

“可我安排得很好。”她神色愠怒地说，“不，这不如说是个道德环境问题。”

他们以各自的目光对我任意宰割、清算旧账。情形历来如此：他们把我团团围住，一个个露出狡黠的神色，向我问这问那，仿佛我早已成为寡妇。但是罗贝尔明明活在世上，我决不帮助他们把他当尸体用防腐香料保存供奉起来。他们四处搜集他的真迹，拼命争夺他的手稿，把他留有题献的全集整整齐齐地排列在自己的木书架上；可是我呢，我手中只有他的两三部书。我大概是存心不去索回别人向我借走的那些书。我也是故意没有将他的信分门别类，反而或多或少四处乱丢：这些信是专门写给我的，并不是暂时由我保管、有朝一日将由我转交的东西。我并非罗贝尔的继承人，也不是他的见证人：我是他的妻子。

也许吉埃特猜出了我内心的不适，她俨然一位君主，以为到处都是她的王国，她镇定自若地将她那只温柔的小手往我手腕上一搭：“哎呀，他们什么吃的也没给您送！让我领您去酒菜台。”她一边拉着我，一边以同谋似的神情朝我微笑。“我真希望有一天我们俩能好好谈一谈。与才女相会多难得啊！”瞧她这口气，仿佛刚刚在这济济一堂的来客中发现了这唯一的一个能够理解她的人。她紧接着说：“您知道什么事情让我高兴吗？那就是哪一天您和罗贝尔光临寒舍吃顿晚餐。”

最为艰难的时刻莫过于他们或以漫不经心、或以高人一等的神态要求约会了。当我照例报以“罗贝尔眼下那么忙”这几个字的时候，我往往感觉到他们那严厉的目光在谴责我，最终不得不承认自己有罪。我是他的妻子，这不错，可我又有什么权利？再说，也没有理由去独占这种权利：一座公共的丰碑，这可是属于大家的。

“噢！我知道被作品缠得脱不开身是怎么回事。”吉埃特说，“我也一样，从不出门。您在这里见到我，纯属偶然！”她哈哈大笑，这意味着我被好好地捉弄了一番！她的真实意图并不在此。“可是，共进一次小范围的晚餐，那就大不一样了，晚餐上，我只邀几位男友。”她添了一句，向我透露道，“我不喜欢女人作伴，我在她们中间总有一种失落感。您不是吗？”

“不，我和女人很合得来。”

她以惊讶而责怪的神色瞧了我一眼：

“真奇怪，真太奇怪了。也许是我不正常了……”

她在自己的作品中公然宣扬她所属的女性如何低下，她自以为可通过她那阳刚之气十足的才华摆脱女性，她也因此而超越了男性，因为她具备了与男性同样的品质，此外，她还具有作为一个女人而特有的魅力之价值。这种狡黠的心计令我不快。我以行家的口吻说道：

“您并非不正常。几乎所有的女人都偏爱男人。”

她的目光突然变得冰冷，毫无掩饰地故意向于盖特·伏朗热转过身去。可怜的吉埃特！她意欲摆脱恋己癖的罪名，同时又渴望别人承认她的价值，为此而备受折磨，于是，她想方设法，试图让别人说出她所希望的对她的评价。可是，倘若别人不说怎么办？要不要甘于寂寞？这是个痛苦的抉择。克洛蒂发现我独自呆着，便以其堂堂女主人的身份，硬把一个人往我怀里推。

“安娜，您从未见过吕茜·贝洛姆吧？她过去与您的女友波尔很熟。”她边说边飞快地朝一个新的来客迎去。

“啊！您熟悉波尔？”我向这位身材颀长的妇人问道。她满头棕发，身着一件黑色粗横棱纹衣服，全身珠光宝气，朝我勉强笑了笑。

“对，我跟她很熟。”她高兴地说，“我曾无偿帮她选择做广告用的服饰，当时，我已经为阿玛丽莉时装店扬了名，可她刚刚在瓦勒古尔公司起步。她长得漂亮，可不善穿戴。”吕茜·贝洛姆朝我投来一个冰冷的微笑。“应该说她在审美方面还不太成熟，可她却听不进任何劝告。那个可怜的瓦勒古尔和我为此吃尽了苦头。”

“波尔有她自己的风格。”我说。

“她当时可没有寻觅到自己的风格。她自我欣赏有余，没有自知之明，这对她的职业是有害的：她有一副漂亮的嗓子，可根本不知怎么使用。她绝对不善于发挥自己的长处，因此从未超越应有的水准。”

“我从未听过她唱歌，可听说她当时很走红，她曾签过去里约[1]演出的合同。”

吕茜·贝洛姆哈哈大笑起来：“她获得了意外的成功，因为她长得漂亮，可她很快便一落千丈。唱歌，这和别的一样，需要付出努力，这可不是她的长处。去巴西演出，我还记得这回事，我还不得不为她制作衣裙呢。让小伙子感兴趣的并非她的演唱技巧，她自己心里也很明白。她并不像她试图显示的那样疯狂。她装出一副马利布朗[2]似的轻狂样子，可实际上，她内心所渴望的，是寻找一个能体贴她的正经的小伙子，目的达到之后，其他的一切很快也就抛弃了。她做得对，不然，她在事业方面也永远

1 Rio，即巴西的里约热内卢。

2 Maria Malibran（1808—1836），西班牙裔法国女低音歌唱家。

成不了大气候。她现在情况如何？”吕茜突然以充满善意的声音问道，“听说她的那位伟人正在甩她，确有其事？”

“绝对没有，他们倾心相爱。”我以权威的口吻说。

“啊！这就好。”她说道，但话语中流露出百分之百的怀疑。“她期待的时间够长了，可怜的丫头。”

我一时不知如何是好。吕茜·贝洛姆厌恶波尔，我可不接受她向我描绘的波尔形象：一个盛气凌人、生性懒惰的小娼妓，以歌唱为手段，寻觅保护人。可是我意识到了波尔几乎从未跟我谈过她初来巴黎那几年的情况，也从未跟我提起她的少年时代和童年时代。其中有什么原因吗？

“我能向您道声日安吗？您不再恨我了吧？”

玛丽-昂热故作尴尬地朝我微微一笑。

“您是自作自受！”我同样对她微笑着说，“您可逼得我好苦啊！”

“我也是不得已而为之。”她说道。

“请告诉我实话，您可没有六个兄弟姐妹吧？”

“我确实是个姐姐，”她声音诚恳地说，“可我只有一个弟弟，他在摩洛哥。”她的目光贪婪地向我发问：“告诉我，旺达杜尔到底跟您谈了些什么？”

“什么也没谈。”

“您可以告诉我。”玛丽-昂热说，“什么都可以跟我说。它从这里进，又从这里出。”她分别指了指耳朵和嘴巴。

“我担心的正是这点。还是您跟我谈谈有关这位泼妇的事情吧。”我指了指吕茜说道。

“噢！这可是个了不得的女人！”玛丽-昂热道。

“怎么了不得？”

“她虽然已经这副年纪，可想要什么男人就有什么男人：有利可图的、相处愉快的，她设法两者兼得。眼下，有三个男的都想要娶她。”

“那他们都以为只有自己要娶她？”

“不。他们都以为只有自己知道还有两个男的想娶她。”

“她又不是个维纳斯。”

“听说她二十来岁时还要更恶劣呢，可她想方设法不让别人识别她的真面目。靠两条大腿走运的恶女人，比比皆是。”玛丽-昂热一副见多识广的神态说道，“不过，她们总得吃点苦头，差不多到了四十岁，她才靠布洛托老爹的资本帮阿玛丽莉时装店扬了名。到大战爆发时，她正开始发大财。现在，又时来运转，蒸蒸日上了，可她已经腻了。”玛丽-昂热以同情的口吻说道。她又加了一句：“正因为如此，她才那么坏。”

“我明白了。”我打量着玛丽-昂热，问道：“那您到这儿来有何企图？搞点耸人听闻的新闻？”

“我来此是为了自得其乐。我很乐意赶鸡尾酒会。您不是吗？”

“我可看不出这有什么乐趣，倒要请您给我解释解释……”

“呃，可以见到许许多多不愿见到的人。”

“这显而易见。”

“再就是不得不自我表现。”

“为什么不得不呢？”

“如果想要惹人注目的话。”

“那您想惹人注目吗？”

“噢！当然。我特别喜欢的，是让人给我拍照。”她轻轻咬了咬手指头，“这不正常吗？您认为我该不该让人给我做做精神分析？”

“我明白了！是这里头乱了套。”

“什么？有情结？”

“有这么一点。”

“可是，若消除了我的这些情结，我心头还能留下什么？”她抱怨道。

“请到这边来。”克洛蒂喊道，“现在那些讨厌鬼走了，咱们可以好好欢乐一番了。”

每次在克洛蒂家，总少不了宣布讨厌鬼离去的时刻，尽管每一次先后离别的次序有所不同。我开口说道：

“抱歉，我得跟他们一块儿走。”

“怎么？您得留下吃晚饭。”克洛蒂说道，“咱们等会儿分成几张小桌用餐，气氛会挺亲切的。还有一些人要来，我想把您介绍给他们。”她把我往边上一拉，客气地说道："我打定主意要好好照顾您。孤僻一人，独自生活，这真荒谬。谁也不认识您：我是指那些有钱可赚的圈子里。请让我帮您扬扬名吧。我领您去时装店，让您好好露露脸，一年以后，您就会有一批巴黎最富有的顾客。"

"我的顾客已经太多了。"

"其中有一半不付钱，剩下的一半付得很少。"

"问题不在这里。"

"这就是问题的关键所在。遇到可以付十倍的钱的顾客，您就可以少干十倍的活，您便有了空暇，可以出门走走，讲究讲究穿戴。"

"我们以后再谈吧。"

她对我如此不理解，我不胜惊讶；可说实在的，我也并不更理解她。她认为工作对我们来说仅仅是成功与发财的一种手段。我内心曾隐隐约约有个感觉，以为所有这些冒充高雅的人会不惜以自己的社会地位换取几分才智和几分成就。在我孩提时代，一位小学教师在我眼里远比公爵夫人和亿万富翁伟大，这种等级区分标准至今也未有过多少变化。然而在克洛蒂的脑子里，她想象对爱因斯坦来说，最高的奖赏莫过于在她的沙龙里受到款待。因此，我们俩就难以有什么心灵的契合了。

"请坐这儿，我们马上做'说实话'游戏。"克洛蒂说道。

我讨厌这种游戏。在这些人中间，我向来只说假话。看到这些搭档一个个竞相显露内心的秘密、互不中伤、认真而又狡黠地互相提问，我感到很不自在。

"您偏爱的是什么花儿？"于盖特问吉埃特。

"黑蝴蝶花。"她在一片虔诚的肃穆中答道。

她们各自都有偏爱的花卉、季节、书籍和专门的时装师。

于盖特瞧了瞧克洛蒂：

"您有过多少情夫？"

"我记不清楚，二十五六个吧。等一等，我到浴室去看一看名单。"她返回时得意洋洋地高喊道："二十七个。"

"就现在这一刻，您有何想法？"于盖特向我发问。

没想到我也突然憋不住说了实话：

“我想到别的地方去。”我站了起来。“说真的，我有件急事要处理。”我对克洛蒂说，“您千万别麻烦。”

我走出沙龙，一直有气无力地躺在一张沙发上的玛丽-昂热紧跟着我出了门。

“您真有急事？不是吧？”

“我手头总有事。”

“我邀您吃晚饭。”她朝我投来哀求而又鼓动的一瞥，这目光旋即熄灭了。

“不，我真的没有时间。”

“那就改日吧。我们不能经常见见面？”

“我忙得不可开交！”

她神情不满地向我递过她的指尖。我跨上自行车，径直朝前骑去。跟她一起吃晚饭，这倒挺让我高兴，可我实在不太明白这究竟是怎么回事。她恐惧男人，扮演着小姑娘的角色，说不定很快就会把她的那颗心和她那副柔弱的身子交给我。我谢绝了她，并非客观情况让我害怕，而是因为我预见到了她的命运，无心从中取乐。有一天，纳迪娜曾责怪我：“你呀，永远都不合群。”这话切中要害：我总是以医生的目光看人，我因此很难与他们建立人际关系。我很少发火，也难得记仇。可别人对我的美好情感也几乎触动不了我的心：这都是我的职业造成的。我不得不漠然地经受我所做的精神分析移情的后果，并在适当的时刻予以消除，甚至在我的个人生活中，我也保持这种无动于衷的态度。病人犯了病，我很快诊断出该病人患的是幼稚精神混乱症，我清楚地看到了我自己在病人幻觉中的形象：母亲、祖母、姐姐、孩子、宠儿。我实在不太喜欢他们对我的形象如此大施魔法，可我却不得不忍受着。我不由得设想假若哪一天真有一个正常人感情冲动，依恋于我，我准会马上向自己发问：他在我身上看到了谁的形象？他企图满足何种受压抑的欲望？这样一来，我十有八九冲动不起来。

我可能已经骑出了巴黎城区。此刻，我沿着塞纳河行进在一条狭窄的马路上，右边是栏杆，左边是低矮的房子，房子歪歪斜斜，远处亮着一盏破旧的路灯。路面泥泞，可人行道上积着白雪。我朝着灰暗的天空微笑。这时光是我逃避克洛蒂的沙龙获得的，不属于任何人。大概是这一缘故，这寒冷的空气中竟洋溢着如此的欢乐。我还依稀记得，昔日，我常被自己的呼吸所陶醉，欢乐往往突然涌至心间。此时，我不禁自问，若这样的时刻不复存在，活在世间又有什么必要？这样的时刻还会重现吗？有人邀我穿越大西洋，去发现一个崭新的大陆，可我只知道回答："我害怕。"到底害怕什么？我以前可不是胆小如鼠的人。在巴伊约利弗树林或格莱齐涅森林，我经常头枕背袋，身裹一床毯子，独自一人睡在满天星斗之下，睡得是那么安然，就像在自己的床榻上酣睡。在我看来，不要向导、独自冒险、攀登覆盖着滑动粒雪的高山，再自然不过了。对所有谨慎的劝告，我一概嗤之以鼻。我常常孤身坐进勒阿弗尔或马赛嘈杂的咖啡馆，或穿过卡比利亚的村寨，悠闲漫步……我突然掉转车头。没有必要自己欺骗自己，硬要骑向天涯海角，若我真的想重获昔日的自由，那最好还是赶紧回家，连夜给罗米欧回话：同意。

可是，我没有回话，过了几天，我仍然心神不定地请人出主意，仿佛是一次去地球中心的历险。

"若处在我的位置，您会同意吗？"

"当然。"亨利诧异地说。

正是在这天夜里，巴黎的上空灯光闪烁，划出一个个巨大的V字。他们带来了香槟酒和唱片，我准备了吃的，家里也到处插上了鲜花。纳迪娜借口有急事，独自呆在房间：她是因为这节日而赌气，在她眼里，这节日只不过是死亡的周年纪念日。"古怪的节日。"斯克利亚西纳说道，"这不是结尾，而是开端，是一出真正的悲剧的开端。"

在他看来，第三次世界大战不久前已经爆发了。我乐呵呵地冲着他说："别扮演您的卡桑德拉[1]角色了。圣诞节前夜，您就向我们预言灾难在即，我想您打赌打输了吧。"

"我们根本就没有打赌。"他说，"再说，一年还没有过呢。"

---

1 Cassandre，特洛伊公主，预言家。

“不管怎么说，法国人现在并没有对文学失去兴趣。”我让亨利作证，“《警觉》收到的稿件，多得不得了，是吧？”

“这证明法国选择了亚历山大城的命运。我宁愿《警觉》不怎么走运，而像《希望报》这样一份大报不要有被清查的危险。”

“你在瞎说些什么呀？”亨利生气地说，“《希望报》一切顺利。”

“有人告诉我您将不得不去找私人赞助。”

“谁跟你说的？”

“啊！我记不得了。都在这么传。”

“这是谣传。”亨利冷冷地说。他心情显得不怎么舒畅，这真有点怪，除了他，大家都这么开心，包括波尔在内，连斯克利亚西纳也没有一点忧郁，尽管他总是周期性地产生绝望。罗贝尔讲述着属于另一个世界的一些故事，那是二十年代的一些往事，勒诺瓦和朱利安跟他一起回忆着那些富有异国情调的时光。两个谁也不熟悉的美国军官在低哼着一支美国西部叙事曲，一个美国陆军妇女队队员躺在长沙发上酣睡。尽管有着那一个个业已消失的悲剧和一个个即将降临的灾难，这个夜晚仍然不失为一个节日的夜晚。我可以肯定，这并非因为歌声和焰火的缘故，而是因为我心中憋不住想笑，也想哭。

“咱们去看看外面的热闹！”我说，“然后再回来吃晚饭。”

大家兴高采烈，全都表示赞同。我们没费多大劲便到了协和广场那一站的地铁口，可想要进入广场，就是另一码事了。台阶上人山人海，为了避免走散，我们彼此紧挽着胳膊。可正当我们踏上最后一级台阶时，突然发生一阵骚动，来势如此凶猛，竟把我从罗贝尔的胳膊中冲了出来：只留下了我和亨利，背朝着我们本来打算去的香榭丽舍大街方向。人流裹挟着我们朝杜伊勒利宫涌去。

“不要硬想抵挡了。”亨利说，“我们等会儿反正都要到您家聚合。只有随着人流去了。”

在一片歌声、笑声中，我们拥到了歌剧院广场。广场披着红色的盛装，映着红色的灯火，整个儿一个红色的世界。这真让人有点心悸，若不小心，跌倒在地，那十有八九要被踩死，可这也令人心潮激荡。一切都还没有定局，过去不会再现，将来也捉摸不定，可是现在却一片辉煌，让我们空荡的脑袋、干渴的嘴巴和激烈跳动的心脏全都随着这辉煌的现在时刻而去吧。

“您不喝一杯吗？”亨利问道。

“如果可能的话。”

我们费尽周折，终于慢慢地在一条通向蒙马特尔的大街上摆脱了人群，来到了一家小酒店。小店里挤满了身着军装的美国人，他们哼着歌曲。亨利要了香槟，我又渴又累加之心头激动，因此而嗓子发干，一口气连喝了两杯。

“这是节日，是不是？”我说。

“当然是。”

我们友好地相互凝望。我与亨利呆在一起，感到心情舒畅，这是很难得的。我们俩之间隔着的人太多了，有罗贝尔、纳迪娜、波尔。可在这个夜晚，他在我眼里显得十分亲近，香槟酒也给了我几分勇气：

“您今天晚上好像并不开心。”

“开心。”他递给我一支烟。他确实显得闷闷不乐。“可我在纳闷，到底是谁到处放风，说《希望报》陷入困境。很可能是萨玛泽尔。”

“您不喜欢他吗？”我说，“我也一样。那些不戴假面具便不登场的虚伪家伙真叫人讨厌。”

“可是迪布勒伊倒很看重他。”亨利说。

“罗贝尔？他是认为他有所用处，但对他并无友情可言。”

“这又有什么区别？”亨利问道。

他的语调在我听来就如他的提问一样奇怪。“您想说什么意思？”

“眼下，迪布勒伊已经整个儿投入到他的事业中去了，以致他对别人表示的友情多少，要视其用处而定。”

“这可绝对不是实际情况。”我气愤地说。

他一副揶揄的神态看了我一眼。“我在揣摩，若我不把《希望报》向革命解放联合会敞开大门，他还会对我有何友情。”

“他会失望的。”我说，“出于种种原因，最终迫使您接受了，他显然会因为种种原因感到失望。”

“噢！这我同意，这类假设是愚蠢的假设。”他过于激动地说道。

我思忖罗贝尔是否给亨利造成了一种感觉，仿佛是逼他成交。确实，当罗贝尔想要不惜一切代价达到自己的目的时，他可能会十分粗暴的。若他伤害了亨利，我只能感到遗憾。眼下，他已经相当孤立了，他千万不该失去这份友情。

“罗贝尔对人爱得愈深，要求就会愈高。”我说道，“比如对纳迪娜吧，我就发现了这一点：每当他对她的期望不那么过分时，他对她就比较宽容。”

“啊！可为他人的利益和为自身的利益而要求严厉，完全不是一回事；若是为了前者，那才是爱的表示……”

“可对罗贝尔来说，两者是合在一起的！”我说。

平常，我讨厌谈论罗贝尔，可是我无论如何也要清除我从亨利心中感觉到的这种积恨。“《希望报》与革命解放联合会的结合在他看来是必不可少的，您应当承认这一点。”我用目光询问着亨利。“您以为他用您用得过分随便了？不，那是出于敬重。”

“我知道。”亨利微笑着说，“他自己明白的事情总是动不动就强加于人，得承认这是一种带有几分帝国主义色彩的敬重方式。”

“不管怎么说，既然是您自己同意的，他也就没有多少过错了。”我说，“我不太明白您到底责怪他什么。”

“难道我说过我责怪他什么了吗？”

“没有，可这感觉得出来。”

亨利迟疑了片刻：“噢！这是件微妙的事情。”他一耸肩膀说道，“若迪布勒伊能处在我的位置上看待问题，哪怕只有一分钟，我都会感激的。”他十分和蔼地朝我微微一笑：“您就能做到。”

“我可不是一个干事的女人。”我说。“不错，”我紧接着补充道，“罗贝尔时不时故意蒙上自己的眼睛，可这并不妨碍他真正关心别人，并具备无私的情操。您实在是错怪他了。”

“也许。”亨利开心地说，“您知道，当人违心地接受了一件事情，心里对逼他接受的人总是有点怨气的。我承认这并不十分恰当。”

我带着一种负疚的心情打量了亨利一番：

“《希望报》与革命解放联合会建立的那些新关系，对您来说是很重的负担？”

“噢！现在就谈不上什么负担了，”他说，“我已经参与了。”

“可您当时并不渴望参与。”

他淡淡一笑：“不那么狂热。”

他不知说过多少遍政治搅得他头痛，可他如今却整个儿陷了进去。我叹息道：“斯克利亚西纳的话总有一点道理吧，政治从来也没有像今天一样吞噬人。”

“迪布勒伊那个魔王可不容吞噬。”亨利带着某种羡慕的口吻说道，“他写得还跟从前一样多。”

“一样多。”我说道。我犹豫了一下，不过，对亨利我真的有一股子信赖感。“他写得一样多，可并不如以前自由。那些回忆文章，您曾读过其中的片段，哎，他已经放弃发表了，他说别人可以从中找到很多的武器来对付他。一想到成了社会活动家，就再也不能像作家那样保持百分之百的诚实，真令人心寒，不是吗？”

亨利沉默了片刻：“写作的某种非理性，显然是消失了。如今迪布勒伊发表的一切东西都得从他不得不考虑到的环境中去解读，可我并不认为这会减少他的诚意。”

“事实是那些回忆录永远不可能问世了，这真让我懊恼！”

“您错了。”他友好地说，“一个毫无保留、但也不负责任地忏悔的人，较之一个对自己所说的一切完全负责任的人，其作品并不会更真实、更全面。”

“您这么看？”我问道，接着我又添了一句：“您对自己也会提出这类问题吗？”

“不，根本不会提出这种问题。”他答道。

“那总会提出一些问题吧？”

“问题总会不断出现的，是不是？”他支吾搪塞道。

我追问道："您那部欢快的小说进展如何？"

"噢，我已经不写了。"

"小说写得凄凄惨惨了吧？我早就有话在先。"

"我再也不写了。"亨利抱歉地微微一笑道，"一点也不写了。"

"算了吧！"

"文章嘛，那当然，因为文章看完也就完了；可名副其实的书，我再也没有能耐写了。"

他再也不能写了：波尔的胡言乱语中也含有真情。他过去是多么喜爱写作，这到底是怎么回事？"到底是为了什么？"我问道。

"您知道，不写作是很自然的事。反过来倒不正常了。"

"对您来说不一样。"我说，"您不写作意味着失去生命。"

我苦恼地凝视着他。我曾对波尔说，"人都在变"，然而尽管知道他们都在变化，在许多方面却仍然固执地把他们看作是永恒不变的。又有一颗恒星在我的天际旋转起来了。"您是否认为在今天这个时代，写作纯属枉然？"

"噢！不，"亨利说，"倘若有人还保持其写作的灵感的话，那是他们的造化。就个人而言，我已经毫无创作的欲望，事情就是这样。"他淡然一笑，"我向您和盘托出吧：我再没有什么可写的了，或者这么说吧，我想要写的在我看来毫无意义。"

"这种心境很快就会消失的。"我说。

"我不相信。"

我心里揪得紧紧的，放弃写作，这对他来说该是多么痛苦。我既遗憾又带着几分责怪的口气说道："我们经常见面，可您从来没有跟我们谈过这事！"

"没有机会。"

"确实，跟罗贝尔在一起，你们除了政治就无话可说！"我突然闪出了一个念头："您不知道做点什么有趣的事情吗？罗贝尔和我要在这个夏天骑自行车外出旅行，你们跟我们一起去玩上一两个礼拜吧。"

"这可能很有意思。"他犹豫不决地说。

“肯定很有趣！”我这回却迟疑起来了，“只是波尔不会骑自行车。”

“噢，不管怎么说，我度假并不非要跟她在一起。”他有力地说，“她到时去图尔，到她妹妹家去。”

出现了片刻沉默，我劈头问道：

“波尔为什么不愿再想办法重返歌坛？”

“要是您能跟我说清楚就好了！我不知道她这段时间脑子里都装了些什么。”他失望地说，继而一耸肩膀，“她也许害怕，若她能建立自己的生活，那我肯定要抓住机会以调整我们之间的关系。”

“这真是您内心的愿望？”我问道。

“是的。”他冲动地说。“又有什么法子呢？”他补充说道，“我早就已经不爱她了，尽管她拼命说什么也未曾改变，这她自己心里完全清楚。”

“我感觉到她同时生活在两个平面上。”我说，“她头脑完全清醒，可同时却又欺骗自己，认为您疯一般地爱着她，而且认为她自己本可望成为本世纪最伟大的歌唱家。我想清醒的头脑最终会占上风的，可到时她又该怎么办呢？”

“啊！我不知道！”亨利答道，“我不愿像个混蛋那样行事，可我也没有当牺牲品的天职。有时，我觉得事情很简单：一旦不再相爱，那也就不爱了。可有的时候，我又感到不再爱波尔是我的过错，波尔还是以前的波尔呀。”

“我想爱同样也是过错。”

“那怎么办？我还能有什么法子呢？”他问道。

他真的一副备受折磨的神态。我再次暗自庆幸自己是个女人，因为与男人打交道遇到的问题要少得多。

“无论如何波尔也得做出自己的努力。”我说，“不然，您就没有出路了。任何人都无法在良心不安中过日子，但也不可能总是违心地生活。”

“也许得学会违心地生活。”他故作放肆地说道。

“不！我认为不行！”我说，“若对自己的生活不满，我简直不明白该如何证实这种生活的意义。”

“您对自己的生活满意吗？”

这一问倒把我卡住了。我刚才只不过以自己长期以来形成的一种信念来说话，可我到底在何种程度上还守着这一信念呢？连我自己也不甚清楚。我尴尬地说："我反正没有不满。"

他审视了我一番，问道："只要没有不满，您也就满足了？"

"这就已经不错了。"

"您变了。"他客气地说，"您过去对自己的命运是那么心满意足，简直到了不可一世的地步。"

"为什么非要我一个人保持不变呢？"我说。

可是，他没有因此而放弃追问。"我有时觉得您的职业不像以前那样让您感兴趣了。"

"我当然感兴趣。"我说，"可您不认为目前医治灵魂没有什么意义了？"

"对您医治的人来说，事关重大。"他说，"无论在过去还是在今天，都一样重要，不然区别何在？"

我犹豫了片刻说："区别在于以前我相信幸福，我是想说，我以为幸福的人才是真正的人。医治一个病人，是使他成为一个真正的人，能够赋予其生活以意义。"我耸了耸肩膀，"只有对前途充满信心才会相信生活会具有意义。"

亨利微微一笑，两只眼睛在询问着我。"前途并非那么黑暗。"他说。

"我不知道，"我说，"也许我过去把它看得太美好了，于是暗淡的前景令我害怕。"我哑然一笑，"正是在这方面我变化最大，我对什么都害怕。"

"这，您就让我惊奇了！"他说。

"我跟您说的是实话。噢，几个星期前有人建议我一月份去美国参加一个精神分析讨论会，我至今还拿不定主意。"

"为什么？"他诧异地问。

"我不清楚，我想去，但同时我又害怕。您不会害怕吗？若处在我的位置，您会同意吗？"

"当然！"他回答道，"您以为会出什么事情？"

“不会出任何特别的事。”我迟疑了一下，说道，“相互见见面，特别是见到生活在世界另一端的朋友，该很有意思吧……”

“肯定很有意义。”他对我微微一笑，以鼓励的口吻说道，“您准能有不少小小的发现，要是这会扰乱了您的生活，那我才觉得怪呢。无论是什么事情落到了我们头上，还是我们做了什么事情，从来就不那么重要……”

我垂下了脑袋。“是的。”我心里想，“事情总不如我想象的那么重要。我一定要去，我也一定会回来的，一切都会顺利，绝不会出任何问题。”面对面的倾心交谈结束了，该回家去吃晚饭了。这亲密无间、充满信任的时光，我们完全可以把它一直延续到拂晓，也许可以超过拂晓。但是出于种种原因，不该这么做。真不该？反正我们没有试图这样去做。

“该去和别人相聚了。”我说。

“对，”亨利说，“是时候了。”

我们默默地一直走到地铁，去和别的朋友相聚。

罗贝尔和拉福利争论激烈但不失礼貌，他们俩谁也没有提高嗓门，可谁都谴责对方是战争罪人。拉福利声音悲切地做出了决定：“我们将不得不发起攻击。”这并没有阻挡住罗贝尔，他仍然充满激情地筹备定于六月份举行的集会。可与萨玛泽尔及亨利一席长谈后的一天晚上，他突然劈头问我：

“我组织这次集会到底有没有道理？”

我惊愕地打量了他一番：“您为什么问我这个问题？”他微微一笑：“请你回答我呀！”

“您自己比我更清楚。”

“永远也弄不清楚。”

我仍然以困惑不解的目光审视着他：“放弃集会，这是否就意味着放弃革命解放联合会？”

“当然。”

“您与拉福利争辩之后，曾反复向我解释您为什么无论如何都不能让步。现在到底又发生了什么新的问题?”

“什么也没有发生。”罗贝尔回答道。

“那么,您为什么改变了主意?您再也不相信有可能迫使共产党人同意?”

“当然相信,若取得成功,他们有可能不拆桥。”罗贝尔一时打住了话头,犹豫了片刻,继续说道:“我是就全局考虑这个问题。”

“就运动这个全局?”

“对。这个社会主义的欧洲,我有时不禁自问,是不是一种空想。不过,任何没有实现的思想都很像空想的。要是总认为什么都没有可能,那就永远办不成什么大事,除非世上已经存在。”

他仿佛在跟一个无形的对手争辩,为自己辩护。我纳闷他到底从什么地方突然冒出这么些疑虑。他叹息了一声:“要明辨真正的可能性与梦想,谈何容易。”

“列宁不是说过‘应该梦想’吗?”

“说过,可条件是必须当真相信自己的梦想。问题在于我是不是当真。”

我惊奇地看了看他:“您想说什么意思?”

“我如此固执不是出于挑衅、出于高傲、出于对自己的纵容吧?”

“您居然有这种顾虑,真奇怪。”我说,“平常您从来不怀疑自己。”

“我对自己的习惯也是有过怀疑的!”罗贝尔说。

“那您就对这种怀疑表示怀疑吧。也许是担心失败或害怕事情复杂化您才试图让步的。”

“也许。”罗贝尔说。

“我猜想您挂记着共产党人要向您发起攻击,心头不舒畅吧?”

“是的,是不舒心。”罗贝尔答道,“为了达到相互理解,做了多大的努力啊!而他们非要造成最可恶的误解不成。是的,”他补充道,“也许是我心头的那个作家在怯懦地劝告那位政治家就此罢休算了。”

“瞧您。”我说道,“若您开始严格地检查起您的思想动机,那就永远没个完。还是像斯克利亚西纳所说,脚踏实地吧。”

“可惜！这是一个变化不定的实地！”罗贝尔说，“特别当我们只掌握片面的情况的时候。对，我相信欧洲左派有可能成功，可是这难道不是因为我坚信它必要的缘故吗?”

罗贝尔提出这样的问题，真让我困惑不解。他愤然责备自己过分幼稚地相信了共产党人的诚意，可是这也不该气得他对自己怀疑到这个程度。自从我们共同生活以来，我第一次看到他试图采取一种偷懒的解决办法。

“您是什么时候想到要放弃革命解放联合会的?”我问道。

“噢！我并没有实实在在地想过。”罗贝尔回答道，“我只是这么问问自己而已。”

“那您是从什么时候开始这样问自己的?”

“两三天了。”罗贝尔说。

“没有特殊的原因?”

他淡然一笑：“没有特殊的原因。”

我打量了他一下：“是不是只是因为您累了的缘故? 您看上去是累了。”

“我是有些累，真的。”他说。

突然，这在我眼里显得一清二楚：他一副倦容。他两眼发红，脸上虚肿，皮肤没有一点光泽。“因为他已经不再年轻了!”我焦灼不安地想。噢！他还没有老，可他再也不能像以前那样无节制地工作了。可是，他硬是这么干，甚至还加倍地拼命工作。也许是为了向自己证明他还年轻吧。除了忙革命解放联合会、《警觉》杂志和他的书外，他还要接待来访、回复信函、处理电话，谁都有紧急的事情非要向他汇报，其中有鼓励、有批评、有建议，也有提出的问题。若不接待他们，若不发表他们的意见，那就无异于使他们经受饥饿与干渴，无异于逼他们去遭受贫困，去发疯，去死，去自杀。凡来客，罗贝尔一概接待，这占去了他夜晚的时间，他几乎从不睡觉。

“您干得太多了!”我说，“要是您再这样干下去，那您就要没命了。总有一天您的心脏会突然停止跳动，而我却好好的!”

“还是要挤出一个月来，不能再多挤了。”他说。

“您以为休假一个月就足以恢复健康?”我思索片刻，说道，“应该想法子找幢郊区的住房。您每个星期去巴黎城两三次，其余时间不得接待来访、处理电话，要安心休息。”

“凭你就能找到房子了?”罗贝尔含讥带讽地问道。

跑住房介绍所、看房子，我实在没有多少兴趣，也没有空暇。但是看到罗贝尔那样劳累，我心都碎了。他已经拿定主意，集会如期举行，然而他心里却很不安：只有取得惊人的成功，共产党人才可能买账；万一他们过河拆桥，革命解放联合会该怎么办?我也一样，心里总挂念着能否成功。与罗贝尔相比，我对个人、对生活的各种财富，诸如情感、文化、幸福等更为珍视。我不由得想到即使到了没有阶级的社会，人类也一定会完善自己，而不会否认自己的这些财富。

感谢老天爷，纳迪娜不再向她父亲吹风，说她的那些共产党员同志对他如何谴责了；她也不再冲着我们大加讽刺，严厉抨击美帝国主义了，她的那部《资本论》也永远地合上了。有一次，她没头没脑地对我说：

“实际上共产党人和资产者是一码事。”

我并不感到惊奇：

“怎么回事?”

我当时正在卸妆准备睡觉，她坐在我卧室沙发的边沿上。她往往选择这种时刻跟我谈盘桓在她心中的事情。

“他们都不是革命者。他们都赞成秩序、工作、家庭和理智。他们的公道是将来的事情，眼下，他们和别人一样，都勉强忍受着不公。再说，他们将来的社会，也只不过是社会而已。”

“显然如此。”

“也许等上个五百年，世界还没有变化，我对这不感兴趣。”

“你总不至于想象一个季节就可以重新创造一个世界吧。”

“你说话的口气就像若利，真好笑。看你说话的样子，仿佛我对他们那套玩意儿了如指掌似的。可实际上，我并不明白为什么要加入共产党。那个党跟别的党没什么两样。”

“又坏事了。”我卸了妆，遗憾地在想，“她多么需要成功一次啊!”

“最好是像樊尚那样独来独往。”她说，“他呀，是个纯洁的人，是个天使。”

一个天使，她过去谈起迪埃戈时常用这个词。她也许从樊尚身上发现了曾拨动她心弦的那种宽宏大量，那种别具一格。不同的是，迪埃戈只将疯狂的爱倾注于作品之中，而樊尚恐怕就会在生活中发泄自己的爱了。他常跟纳迪娜睡觉吗？我并没有这样猜度，可这些时日他俩频繁幽会。我为此而庆幸，因为纳迪娜在我看来虽然显得狂躁，但也很开心。所以，当清晨五点听到这阵门铃声，我心里并没有半点担忧。纳迪娜夜里没有归家，我猜想是她忘带钥匙了。可一开门，我见是樊尚。他对我说：

“您别担心。”

他这么一说，倒使我马上局促不安起来。我急忙问道：“纳迪娜是否出了什么事？”

“没有，没有，”他说道，“她一切都很好。一切都会顺利解决的。”他果断地朝起居室走去。“连纳迪娜也是个弱女子！”他以厌恶的神态说道。他从夹克衫的口袋里掏出一份地图，摊在桌上。“简单说吧，她在这个十字路口等着您。”他指了指尚蒂伊西北角两条小道的交会处说道，“您必须弄辆车子，马上到那儿去接她。佩隆肯定会把报社的车子借给您的。可不要跟他解释什么，只向他借车，别的不要说，更不要提到我。”

他一口气交代了情况，声音沉着而又严厉，我怎么也放不下心来。我断定他心里充满恐惧。“她在那儿干什么？是否出了事故？”

“我告诉您没有。她脚坏了，没什么关系，只是走不动了。可您必须及时赶去。那地方您看明白了吧？我画个十字。您到了那里只要按喇叭或喊一声，她就在公路右侧的小树林里。”

“这到底是怎么回事？出什么事了？我要弄清楚。”我说。

“职业秘密。”樊尚说，“您最好还是马上给佩隆打电话吧。”他补充道。

我讨厌他这张苍白的面孔、两只血红的眼睛和这副漂亮的侧影，可这仅仅是一种毫无力量的愤懑而已。我拨了亨利的电话号码，听到了他那惊诧的声音：

“喂！是谁呀？”

“是安娜·迪布勒伊。对，是我。我有件急事请您帮忙。请您别多问了。我马上需要用一辆车，需要行驶二百公里的汽油。”

极为短暂的一瞬沉默。“正巧，昨天车子加满了油。”他声音极为自然地说，“我这就去开车，半小时后车子就到您家门口。”

“请把车子开到圣安德烈艺术广场吧。”我说道，“谢谢。”

“啊！好极了！”樊尚咧嘴大笑道，“我看佩隆看得很准。真的放心吧。”他补充道，“纳迪娜没有任何危险，要是您快一点就更好了。嗳，不要跟任何人说什么！她向我起誓可以完全信任您。”

“可以。”我跟着他向门口走去，说道，“可告诉我到底是怎么回事。”

“我向您发誓，没有什么了不起的事。”

我真恨不得在他走后马上猛地把门关上，可我还是轻轻地关上门，免得吵醒了罗贝尔，幸亏他此时正在酣睡，我听见他上床睡觉还不到两个小时。我急匆匆穿上衣服，脑中浮现出过去的那两个黑夜：我焦急地等待着纳迪娜，罗贝尔则在巴黎城四处寻找，多么可怖的等待啊。今天，情况更是糟糕。我肯定他们做了什么严重的事情，因为樊尚充满恐惧。也许是干了偷盗或抢劫那等事，上帝知道。可是，纳迪娜无法徒步去车站，必须让我在事情败露、纳迪娜被人发现之前赶到那里。纳迪娜孤独一人，已经在黑夜、寒冷和恐惧中等待了我几个小时。这是一个初夏的清晨，散发着柏油和草木的气息，再过几个小时，天气就要炎热起来。此时，河畔寥无人迹，鸟儿在清晨的凉爽与岑寂中歌唱。这是一个晴朗爽快的清晨，然而却笼罩着焦灼不安的气氛，犹如逃离巴黎的那个早晨。

我刚到了几分钟，亨利便抵达了广场。

“车子到了。”他乐呵呵地说。他手握方向盘没有挪位：“您不愿意我陪您走一趟？”

“不，谢谢。”

“真的？”

“真的。”

“您很久没有开车了。”

“我知道我自己会开的。”

他下了车，我坐到驾驶位上。他问道：

“是因为纳迪娜的事吧？”

“是的。”

“啊！他们利用她向我们下手！”他声音愤怒地说。

“您知道是怎么回事？”

“多少知道一点儿。”

“那快告诉我……”

他犹豫了一下说道：“只是猜测。听我说，我整个上午都在家，如果用得着我，不管什么事，就打电话来。”

“千万不要出车祸。”我叮嘱自己，驱车向拉沙佩勒城门驰去。我极力强迫自己谨慎驾车，尽量安下心来。“亨利似乎猜测樊尚撒了谎：也许他们好几个人在等着我，也许纳迪娜压根儿就没跟他们在一起。”但愿如此！我宁愿疑心自己上当受骗，也不愿去想象纳迪娜在漫长的黑夜中被冻僵，被吓呆，经受恼恨的煎熬。

大公路上寥无人迹。我向右转弯，驶上了一条小公路，继又行驶在另一条小公路上。十字路口也空荡无人，我按了按喇叭，仔细看了看地图：我没有走错。是不是樊尚搞错了？没有，他指点得很精确，根本不可能有错。我又按了按喇叭，接着熄了马达，走下车子，进了右侧的小树林，呼喊着：“纳迪娜。”开始轻轻地呼唤，继而越喊越响。沉寂。死一般的沉寂：我终于明白了这些词的真正含意。“纳迪娜！”没有回音，仿佛我呼唤的是迪埃戈。她也一样，已经化作了一团气息，无影无踪。她应该就在这儿，完全应该在这里，可她却不在了。我急得团团转，折断了枯枝，踩着新鲜的苔藓，不再呼喊了。“他们肯定把她抓起来了！”我恐惧地想。我回到了车边。也许她等得太累，等得不耐烦，鼓足勇气独自一人找附近的车站去了。必须追上她，无论如何必须追上她，此时呆在空荡的月台上，别人会认出她来的。去尚蒂伊，她可能不被发觉，可那儿太远了，我路上也会碰到她的呀。她也许选择了克莱蒙站。我紧紧地盯着地图，仿佛可以从中挖出答案。去克莱蒙有两条路可走，她很可能抄了近路。我拨了点火开关钥匙，启动汽车，心脏开始绝望地怦怦跳动起来：马达竟没有发动起来。车子终于启动了，在公路上颠簸着向前奔驰。我湿乎乎的双手在湿漉漉的方向盘上滑动。我的周围仍然笼罩着沉寂，可阳光已经不可阻挡，村庄里各家各户很快就要开门。“他们就要逮捕她了。”沉寂、空荡，这份宁静显得多么恐怖。公路上，克莱蒙的街道上，车站里，都不见纳迪娜的踪影。她可能身边也没有地图，对这一地区也不熟悉，正在村野里漫无目标地乱闯呢，他们就要抢在我的前面把她抓住了。我掉转车头，准备抄另一条路回到十字路口去，然后再设法在周围的大路小路上寻找，直到油箱用干为止。然后该怎么办？不要再问自己了，大路小路都得找个遍。车下的这条公路伸向一座高丘，两旁是绿油油的庄稼。突然，我瞥见纳迪娜向我迎来，唇间挂着微笑，仿佛我们早就安排了这次约会似的。我猛地停下车子，她不慌不忙地慢慢走了过来，声音十分自然地问道：

“你是来找我的吧？”

“不，我是自己在兜风玩儿呢。”

我打开了车门：“上车。”

她坐在我的身旁，头发梳得整整齐齐，脸上还搽了粉，好似已经休息过了。我脚踩油门，双手过分有力地紧握着方向盘。纳迪娜露出一半讥讽、一半宽容的微笑，问道：“你生气了吧？”

涌上眼角的那两滴酸楚的泪水，确实是气愤的眼泪。车子突然偏了一下，我怀疑是自己的手在颤抖。我放慢了车速，尽量放松手指，克制住自己的声音问道：

“你为什么没有在小树林里呆着？”

“我呆烦了。”她脱掉鞋子，往座位下一塞，“我没有想到你会来。”她补充道。

“你就这么傻？我不是来了吗？”

“我当时不知道你会来。我想去克莱蒙乘火车，我怎么也会设法走到那里的。”她向前倾着身子，揉着双脚，“我可怜的脚啊！”

“你们到底干了什么事？”

她没有答腔。

“行，那就保守你的秘密吧。”我说，“今晚就会见报的。”

“就会见报的!”纳迪娜遂挺起身子，大惊失色，“你觉得门房已经发现我昨天夜里没有回家?”

“她没法证实的，必要时，我还会发誓证明你在家里。可我想知道你们到底干了什么事。”

“你反正怎么都会知道的！阿赞库尔有个臭女人，”她声音忧郁地说，“她告发了藏在一家农场的两个犹太孩子：这两个孩子都丢了命。谁都知道是她的罪过，可她死活不认账，想逃脱追究：这又是一个卑鄙的行径。樊尚和他的那些伙伴决定惩治惩治她。这事我早就知道了，他们也清楚我想帮他们。这次他们需要一个女的，我便陪他们来了。那个臭女人是一家小酒店的老板娘。我们一直等到最后几个顾客离开，正当她关门时，我央求她让我进去喝杯酒，稍微休息一下就走，她给我上酒时，其他几位走进了酒店，一起向她扑去，把她拉到了地窖。”

纳迪娜打住了话头。我连忙问道：“他们没有把她……”

“没有。”她赶紧说，“他们把她的头发剪光了……我还不怎么孬，那场面还经受得住。”她突然以自愿承担责任的口气说道，“我关上了门，灭了灯，只是我觉得时间太长了，我边等边又喝了一杯白兰地。显然，我没有牵扯进去，我是清白的。由于从克莱蒙出发就走了许多公里路，他们还要再去尚蒂伊，我实在是走不动了。他们把我扶到小树林，让我等着你。我有了充足的时间慢慢恢复……”

我打断了她的话：“你要么跟我发誓与这帮家伙一刀两断，要么今天晚上就离开巴黎。”

“不管怎样，他们再也不会要我了。”她带着某种积恨说道。

“这还不行，我要你发誓，要么我告诉你，你明天就得走得远远的。”

我已经多少年没有用这种口气跟她说话了，她用一副乖顺而又哀切的神态看了看我。

“那你也答应我一件事：什么也别对爸爸说。”

纳迪娜干的那些蠢事，我很少瞒着罗贝尔。可这一次，我想他实在没有必要增添新的忧愁。“你答应我就答应。”我说。

“你要我答应什么都行。”她神态悲伤地说。

“那我就什么也不说。”紧接着，我局促不安地问了一句：“你肯定没有留下任何蛛丝马迹?”

“樊尚说他什么都防备了。”她恐慌地问道：“要是抓到我，会有什么事?”

“不会抓你的。你说到底只不过是同谋犯，而且你年纪也很小。不过，樊尚危险就大了。要是他在牢房了却一生，那活该。”我气愤地说，“这事，真恶劣，又蠢又恶劣。”

纳迪娜没有答话。一阵沉默过后，她问道：“亨利借车的时候什么也没问?”

“我想他心里清清楚楚。”

“樊尚嘴巴也太不严了。”纳迪娜说，“像亨利或你，知道了没关系。可塞泽纳克那样的家伙就危险了。”

“塞泽纳克没有参与? 真不可思议!”

“他没有参与，樊尚毕竟也知道对一个吸毒的家伙得提防着点儿。不过他俩挺要好的，总是在一起。”

“必须跟樊尚谈谈，无论如何要说服他洗手不干……”

“你说服不了他，”纳迪娜说，“我也罢，你也罢，任何人都说服不了他。”

纳迪娜上床睡觉去了，我告诉罗贝尔我出门玩儿了一圈。这些天来，他心事重重，因此对此事没有发现什么疑点。我给亨利打了电话，三言两语含糊其辞地请他放心。把心思用到我的那些病人身上去，这谈何容易。白天里，我一直等着晚报出来，报上还好，只字未提。可夜里，我还是基本上没有合眼。“再也不可能去美国了。”我心里在想，因为纳迪娜处于危险之中。她已经答应我洗手不干了，可上帝知道她还会做出什么蠢事来!我痛苦地想到，自己呆在她的身边也纯属枉然，无论如何也没有办法保护她。只要她感到幸福，感到有人爱她，也许她就会停止自己毁灭自己。可是我既不能给予她爱，也不能给予她幸福。我对她来说毫无用处！对别的人，对那些外人，我可以诱导他们开口讲话，理清他们记忆的乱麻，打开他们的情结，最后把一些一清二楚的小难题交给他们，由他们各自去解决，去清理。有时，这于他们确有好处。可纳迪娜，我虽然不费气力就可看透她的内心，却不知能为她做些什么。过去，我常常对自己说：“一想到心爱的人正在把自己不朽的生命当作儿戏，怎么还能安心呼吸呢?”信教者可以祈祷，也可以跟上帝做交易。对我来说，世上绝不存在什么圣人，我暗自在想：“此生乃是她唯一的机遇，世上除了她最终认识的真理之外，别无真理；除了她最终信仰的世界之外，也不存在别的世界。”第二天早上，纳迪娜两只大眼睛带着浓浓的黑圈，我心底仍然经受着煎熬。整个白天，她呆呆地坐着，空对一篇化学论文。到了夜里，我卸妆时，她垂头丧气地对我说。

“这化学简直是个噩梦，我肯定这次过不了关。”

“可你每次都过了考试关……”

“这次不行。再说，过还是不过，都是一码事。我决不会以化学为职业。”她思索了片刻，“我干什么都一事无成。我不是一个有头脑的人，而且做起事来又总泄气。我是毫无用处了。”

“在《警觉》杂志社，你干得很好，而且一干就会。”

“没有什么值得自豪的，爸爸说得在理。”

“一旦找到你真正感兴趣的事，我坚信你一定干得很出色，你定会找到的。”

她摇摇头：“我怀疑自己说到底是个生来嫁人生孩子的命，跟所有的女人没有两样。我一定把锅勺擦得亮亮的，每年生个崽子出来。”

“要是你为结婚而结婚，那也不会幸福的。”

“噢！放心吧！没有哪个男人那么蠢会娶我。他们爱跟我睡觉，可睡完觉就了事。我可不讨人喜欢。”

我对她的这一套十分了解，再不愉快的事情轮到她自己身上，她说起来总是一副再自然不过的口气，仿佛她通过这般洒脱便消除了不愉快，便超脱了那辛酸的事实似的。不幸的是，事实终归是事实。

“那是你自己不愿讨人喜欢。”我说，“即使有人一个心眼爱着你，你也不肯相信的。”

“你又要跟我唠叨朗贝尔爱着我了。”

“整整一年来，除了你，他没跟一个姑娘出过门。是你自己告诉我的。”

“他显然是同性恋。”

“你疯了。”

“既然他只跟小伙子出门。再说，他爱着亨利，这再清楚不过了。”

“你忘了罗莎。”

“噢！罗莎那么漂亮。”纳迪娜带着怀念之情说道，“哪怕搞同性恋的也会爱上罗莎的。你不明白，”她不耐烦地补充道，“朗贝尔对我怀有友情，这不错，可这就像他对男人一样。再说，这样也很好。我可不愿当替代品。”她叹息了一声，“小伙子们机遇多极了，他就要跑遍法国，搞一次大的报道，涉及遭受战争破坏的地区的振兴及其他问题。他买了一辆摩托车。瞧他那副得意的样子，当他骑着那堆烂铁到处乱窜，他还自以为是劳伦斯上校呢。”她气冲冲地添了一句。

她的话语中含着多少嫉妒，我顿时生出一个念头。第二天下午，我到了《希望报》报社，要求见朗贝尔。

“您有事要跟我谈吗？”他彬彬有礼地问道。

“如果您有一分钟空暇的话。”

“您愿意到楼上酒吧间去吗？”

“上楼吧。”

酒吧招待刚把一杯柚子汁放到我的面前，我便开门见山问道：“听说您要跑遍法国搞一次大的报道？”

“是的，我下周就出发，骑摩托车去。”

“没有可能带纳迪娜一块儿去吗？”

他带着某种责怪的神态瞥了我一眼：

“纳迪娜想陪我一块儿去吗？”

“她想得要命，可她决不会先开口问您的。”

“我没有提出来，是因为她要是同意才怪呢。”他声音不自然地说，“我跟她提什么事情，她都难得同意。再说这些日子我很少见到她……”

“我知道，”我说，“她常跟樊尚和塞泽纳克一起混。那些人对她来说不是应该结交的好朋友。”我犹豫了一下，很快接着说道：“甚至是危险的朋友。正因为这个原因我才来找您。既然您对她怀有友情，那您就带着她离那帮家伙远远的吧。”

朗贝尔遂变了一副面孔，他突然间显得十分年轻又十分温和：“您言下之意，不是说纳迪娜吸毒了吧？”

他的这种怀疑恰巧帮了我的忙。我以迟疑不决的口气说道：“我不知道，我想不会吧，可纳迪娜什么事情都做得出来。眼下她正经受危机。我有话对您直说吧：我真害怕。”

朗贝尔一时缄默，然后他显得很激动地说：“若纳迪娜跟我一起走，我是多么幸福。”

“那就试试吧。不要灰心，我猜想她一开始会拒绝，她向来就是这个德性。要再三坚持，也就是您会救她一命。”

三天后，纳迪娜漫不经心地对我说：

“你想想，那个可怜的朗贝尔想带我跟他一起去旅行！”

“搞全法国范围的大报道，是吧？这倒挺累人的。”我说。

“噢！累我不在乎。可我不能整整半个月把杂志丢下不管呀。”

“你有权利休假，这不成问题。可要是你不乐意，那就算了。”

“要知道那是很有意思的。”纳迪娜说，“不过，跟朗贝尔一起呆三个星期，代价可大了。”

我千万不能显出催促她去旅行的样子。“他真的那么讨厌？”我以幼稚的口吻问道。

“他一点儿也不讨厌。”她不快地说，“只是他那么胆小，那么拘谨，对什么都大惊小怪的。要是我穿带窟窿的袜子进小酒店，那他非大骂我一顿不可！一个不折不扣的大少爷。”她接着说，“你知道他跟他父亲又妥协了吗？多没骨气啊！”

“我的上帝！你这么快就下定论！”我说，“你对那件事到底了解多少？你对朗贝尔的父亲，对他们父子的关系又知道些什么？”

我说话的情绪如此激烈，以致纳迪娜一时目瞪口呆。当我自己对某事真正确信无疑时，我往往有办法说服她，我正是这样影响了她的整个童年。平常，每次向我让步后，她总对我存着莫大的积恨，我不得不避免施加我的影响。可今天，看她这般固执任性，跟她自己作对，我实在恼火。

她以捉摸不定的口吻说道："朗贝尔离不开他那个可爱的爸爸：这简直是幼稚病。如果你想知道，告诉你吧，他身上惹我生气的就是这点：他永远都成不了男子汉。"

"他二十五岁了，青少年时代过得很坎坷。你也完全清楚，一开始就靠自己的翅膀起飞很不容易。"

"啊！我呀，可不一样，我是个女的。"

"那又怎么样？做男的，并不容易。如今要求男的可高了：你就是一个。他们往往乳臭未干，就不得不扮演英雄的角色。这真让人泄气。不，你没有权利对朗贝尔那么苛刻。说你跟他不合，对这次旅行不感兴趣，这是另一回事。"

"噢！从某种意义上讲，任何旅行对我来说都有意思。"

两天后纳迪娜一副一半怒不可遏、一半受宠若惊的神态对我说："那家伙，真出奇！他竟然吓唬我。他说当和平年代的记者，这职业让他讨厌透了，要是我不跟他去，他就不干了。"

"那？"

"那你怎么想？"她一副无辜的样子问道。

我一耸肩膀："他可真会开摩托？那玩意儿危险。"

"一点儿也不危险，太棒了。"纳迪娜说。接着她补充道："如果我同意去的话，那完全是因为摩托车的缘故。"

出乎众人意料，纳迪娜的化学考试通过了。笔试勉勉强强，可口试，她凭自己的那份口才和那般从容，轻而易举地把考官们唬住了。我们一家三口在一家露天餐厅要了香槟酒，摆了丰盛的晚餐，对这次胜利通过庆贺了一番。然后，她便和朗贝尔走了。这是个好机会。第二周，革命解放联合会的大会如期举行，家里人来人往，来客不断。罗贝尔少有几分空暇，可我为能不同他人分享、独自享受这几分珍贵的空暇感到十分幸福。亨利热情地协助他的工作，使我深受感动，何况我知道亨利本来对这类事情缺少热情。他俩都说大会兆头很好。“如果他俩都这么说，那可能确实不错。”我在瓦格拉姆大街上边走边想。不过，我心里还是忐忑不安。罗贝尔多年未公开讲过话，他能否像过去那样触动听众的心？我越过沿人行道一字摆开的警车，继续向双三点广场走去，提前到了会场。十年前，普莱耶尔集会的那个晚上，我也是独自一个人提前赶到会场，围着广场转了很长时间后，到洛林酒家喝了杯葡萄酒。这次，我没有进酒家的门。过去的永远过去了。蓦然间，我感到揪心的遗憾，真不知道到底是什么缘故。噢！十有八九是因为过去的缘故吧。我返身沿着凄凉的人行道信步走去。我想起了当年罗贝尔登上主席台时，自己内心陡然而生的那份痛楚，仿佛别人把他从我手中夺走了似的。今天这个晚上，一想到他就要登台，离着我远远的，我不禁感到恐惧。会场里人还不多。“大队人马往往都在最后一分钟赶到会场。”康热夫妇告诉我说。我尽量装出冷静的样子跟他们聊天，可两只眼睛却焦灼不安地盯着入口。人们到底是不是跟着罗贝尔走，就要见分晓了。当然，即使他们跟着他走，也谈不上什么胜利；可话又说回来，倘若会场空空荡荡，那就彻底失败了。会场上人越来越多。当演讲的人们在一片掌声中上讲坛时，整个会场已经座无虚席。主席台上，那一张张亲切的脸庞突然变成了一副副严肃的面孔，让人看了真不习惯。勒诺瓦那副强装的姿态，生硬得像块木头，简直跟桌子椅凳难以分辨；与此相反，萨玛泽尔独占了整个主席台的光彩，这里是他最自然的场所。亨利开始讲话，那亲切的话语旋即使巨大的会场缩小，仿佛成了一间私人的卧室：他眼前看到的不是五千听众，而是五千个单个的人，他拿出几乎像在倾心交谈的声调，亲切地对大家讲话。透过他的字字句句，他渐渐向我们奉献出了友情，这是不容置疑的友情：人生来并不是命中注定要仇恨，要打仗。我们听着听着，对此愈加坚信不疑。听众报之以经久不息的掌声。接着，梅里科讲了有气无力的几句话，继而轮到罗贝尔。场上欢声雷动！他刚站起身子，人们便鼓掌跺脚，齐声欢呼。他神态冷静地等待着。我心中自问此时他是否激动：反正我已经心潮激荡。这些天来，我见他日以继夜地伏案工作，红红的双眼，弓着腰，显得孤独，对自身缺乏把握。此时，五千人欢呼的正是这同一个人。他对他们来说意味着什么呢？是一位伟大的作家，同时又是《警觉》委员会和反法西斯集会的领袖，是一个献身革命而又不否认自己是知识分子的知识分子。对老一辈来说，他代表着战前；对年轻一代，他又代表着现在，代表着他们的希望。他实现了过去和未来的统一……他无疑还是其他种种的化身，每一个人都以自己的方式爱戴着他。人们继续在鼓掌，掌声在我心间扩大，响亮无比。名声、荣誉，平常我对这些东西不屑一顾，可今天晚上，它们在我眼里是多么值得羡慕。我心中在想："能够正视其生活的真实并从中汲取乐趣的人是多么幸福，能够从朋友的脸庞上看到自己的生活之真实的人是多么幸福。"他们终于平静下来了。罗贝尔刚一张开嘴，我的双手早已湿乎乎的，额头挂满了汗珠。尽管我知道他善于言辞，可我还是提心吊胆。幸好，我很快就被他吸引住了。罗贝尔讲话毫无夸张之处，其逻辑步步逼紧，犹如暴风雨一般不可抵挡。他没提出什么纲领，而是向我们下达任务。这些任务是如此紧迫，不能不去立即完成。完成这些任务的必要性本身就是胜利的保障。我的周围，人们脸上洋溢着微笑，眼睛闪闪发亮，每个人都可以从他人的脸上看到自己的信念。不，这场战争并非枉然，人们终于从中悟到了安于自私自利要付出多么惨重的代价，他们将要把自己的命运紧紧掌握在手中，获得和平的胜利，在整个地球上取得自由和幸福。这是清楚、明确、再也简单不过的常理：人类只能需要和平、自由和幸福，又有什么阻挡人类实现自己的希望呢？在地球上统御的只有人类。透过罗贝尔的一字一句，这个明显的道理清楚地摆在我们眼前。他一讲完话，掌声大起，经久不息，我们是在为真理鼓掌。我用手绢揩了揩双手。和平有了保障，前途有了保证，最近的和遥远的结成了一体。我没有听萨莱夫的讲话。他和梅里科一样讨厌，可这无关紧要。胜利已经在握，不仅仅是这次集会，而且包括这次集会所意味的一切。

最后一个讲话的是萨玛泽尔。他很快开始叫喊，开始吆喝，俨然集市上的一个叫卖者。我重又坐在座椅上，周围的人跟我一样难以自已，傻乎乎地被这些话语所陶醉。这不是什么希望，也不是什么先兆：仅仅是话语而已。在普莱耶尔会场，我曾在那一张张全神贯注的脸上看见过同样的光芒，但这并没有阻挡华沙、布痕瓦尔德、斯大林格勒、奥拉杜尔悲剧的发生。是的，大家都知道安于天命与自私自利的代价。可是，大家虽然早已明白，但也毫无用处。人们从来就没有成功地阻止过灾祸的降临，也不可能在朝夕之间可望获得成功，至少在我们活着的这一代已经不可能了。至于这一漫长的史前时代之后将发生什么，不得不承认根本无法想象。前途并没有把握，近的与远的一切都毫无保障。我瞥了罗贝尔一眼。所有这一双双眼睛反映出的难道真的就是他说的道理？人们也在别处审视着他：从美国、从苏联、从遥远的过去审视着他。他们看到的是一个怎样的人？也许只是一个老梦幻家。做梦向来缺乏严肃性。也许他将来就会这样来看待自己。他将意识到自己的行动毫无益处，或者更糟，只是起到了蒙骗人们的作用。若能以我的意志为转移，宣布世间没有真理可言就好了！可是，真理确实存在。我们的生活分明存在着，犹如石块一般沉重，有着我们所不了解的一面，这是多么可怕啊。我肯定自己这一次说的不是胡话，我一滴酒也没喝，黑夜也尚未降临，然而恐惧感却使我窒息。

“你们满意吗？”我一副超脱的样子问他们。亨利是满意的。“这是一次成功。”他快活地告诉我。萨玛泽尔说：“这是一次胜利。”可是罗贝尔却咕噜道：“一次集会，这证明不了什么东西。”十年前，他从普莱耶尔会场出来时，没有说过类似的话。当时，他满面红光，神采奕奕。然而，我们都考虑到战争也许最终将要爆发：这种清醒的认识来自何处？啊！我们面前时间还长。透过战争的威胁，罗贝尔隐约看到了法西斯主义最终要被消灭，这将付出何种牺牲，他已经彻底超越。如今，他感觉到暮年已至：他需要短时期内的明确信念。后来几天，他一直抑郁不欢。本来，当夏尔利埃告诉他自己已经加入了革命解放联合会时，他应该喜笑颜开的，可是我发现他从来没有像这次会谈后那样沉默寡言。不过，我心里是理解他的。这主要不是因为夏尔利埃那副外貌的缘故：夏尔利埃出了集中营后，头发虽然还没有长起来，皮肤发红、粗糙不平，可他总归又长了十公斤，还配了假牙；也不是他讲的那些事情的缘故，对集中营的那种种恐怖我们已经再也清楚不过了。令人难以忍受的应该说是夏尔利埃说话时的那种腔调。他原本是最温和、最执著的理想主义者，如今，当他回忆起遭拳打、挨耳光、受酷刑、经受饥饿、肠绞痛等忍辱负重的日子时，却付之一笑。

这谈不上什么厚颜无耻的笑，可这是幼稚的笑，还是看破红尘的笑，是超脱的笑，还是愚蠢的笑，谁也不甚清楚。他耻笑社会党人想入非非，期待他重新加入他们的队伍，对共产党人他则始终存着内心那份由来已久的厌恶。革命解放联合会吸引了他，他许下诺言，答应要把聚集在他身后的一大班人马一起带来。等他离开后，罗贝尔对我说：

“你那一天对我犹豫不决还感到奇怪，可现在你明白了吧，今天，参与行动时，最可怕的一点是大家对错误付出的代价都一清二楚。”

我知道他认为他的同辈人及他本身对这场大战负有不可推卸的责任。然而，他是头脑最清醒、行动最积极地反对这场战争的人之一。可是，他失败了，于是便把自己视为罪人。使我感到惊奇的是，他与夏尔利埃的会面竟唤起了他内心的痛楚。一般来说，他往往对集体而很少对个人做出反应。

“不管怎样，即使革命解放联合会本身就是个错误，也不会造成大难。”我说。

“小灾小难也是难。”罗贝尔说。他迟疑了一下，“只有比我现在年轻的人才会轻信前途可以拯救一切。我深感自己的责任比过去更加有限，但同时也更加明确、更加重大了。”

“怎么回事?”

“呃，我的想法与你颇为相似，一个人的死亡或灾难是永远无法超越的。噢！我是在逆流而行。”他补充道，“现在年轻人的心肠比我们过去要硬得多，甚至连廉耻心也荡然无存了，而我倒变得多愁善感起来。”

“反过来不正可以说明您变得比以前更加实在了吗?”

“我没有把握：什么地方实在?”罗贝尔问道。

毫无疑问，他比以前更加脆弱易击了。幸亏集会见了成效，每天都有人来登记入会。共产党人最后也没有向革命解放联合会宣战，他们言谈之中虽然带着恶意，但掌握一定分寸，并不过火。整个运动可望真正得到发展。唯有一点不利，就是《希望报》因此而失去了许多读者，不久将被迫使用特拉利奥的资金。

“您肯定他准会出钱?”我问道，一边在镜中很不满意地端详着自己。

“当然肯定。”罗贝尔回答道。

“那您为什么要去赴这次晚宴？为什么还要拖着我去？”

“不管怎么说，还是让他保持兴头的好。”罗贝尔说道，一边遗憾地在系着领带。“对一个准备从他身上挖出八百万的家伙，怎么也得吹吹他的癖好。”

“八百万！”

“对！”罗贝尔说，“他们到了这个地步！完全是因为吕克的过错。多固执！可他们将不得不拿特拉利奥的钱。萨玛泽尔亲自去调查了一番，认为他们无论如何再也坚持不下去了。”

“那我从命。”我说，“为了《希望报》，去城里吃顿晚饭，值得！”

我们笑盈盈地步入的书房兼沙龙，萨玛泽尔夫妇已经先到了。萨玛泽尔身着淡灰色法兰绒套装，更显得肥胖。特拉利奥也满脸堆笑，他的妻子不在场，只见一位姑娘身材颀长，头发黯无光泽，令我想起了中学时代那些虔诚的女同学。在黑白方格地面的餐厅，为我们摆了一席丰盛美味的佳肴。饭后用咖啡时，特拉利奥只招待饮料，没有敬雪茄烟。萨玛泽尔肯定更喜欢来支雪茄，他一边品味着陈酿白兰地，一边谈笑风生，倒也没有在一旁私下盘算什么。我已经很久没有踏进真正的资本家的门槛了，这样做，我觉得是种慰藉。有时，我在心里想，我认识的知识分子全都有点靠不住的地方，可一与资本家打交道，马上发现他们更没有值得我们羡慕的东西。纳迪娜确实古怪，我任她随心所欲地生活也非同寻常。可面前这位已经憔悴的少女，给客人上咖啡时那副备受压迫的神态在我看来要更为可怕得多。我敢肯定，若我将她安顿在我的长沙发上，她准有许多伤心事儿要向我诉说。好一个特拉利奥！尽管他装出一副平易近人的样子，可我觉得他心术不正。他那难以遮掩的自负与他表面上对萨玛泽尔热情过头的赞美极不协调。他们俩共同回忆起抵抗运动的往事，大谈特谈了一阵之后，转而对集会成功表示祝贺。萨玛泽尔说道：“好兆头，我们正在向外省发展。一年之内我们就可拥有二十万会员，要不我们就会失败。”

“我们失败不了！”特拉里奥说道。他转身朝向罗贝尔，罗贝尔至此一直保持沉默，他平常可不是这副样子。“我们这个运动的大好机遇在于它创建得正是时机。无产阶级已经开始明白共产党人背叛了他们真正的利益。许多头脑清醒的资产者也和我们一样看清了消灭资产阶级是大势所趋，如今已经非接受不可了。”

“可这也难免我们一年后还是拥有不了二十万会员，也不会因为这样就保证不失败。”罗贝尔怏怏不乐地说，“我们自己骗自己没有任何好处。”

“我的经验告诉我，如果只满足于一点点成绩，那就难以取得巨大的胜利。”特拉利奥说，“但是我们处处限制自己的雄心壮志，也绝对没有任何好处。”

“重要的是我们并不限制自己的努力。”罗贝尔说。

“啊！请允许我向您进一言，我们远远没有发挥自己的全部能力。”特拉利奥不容置疑地说，“革命解放联合会领导机构目标定得如此之低，《希望报》的印数如此微不足道，真让人遗憾。”

“印数低是因为《希望报》加入了革命解放联合会的缘故。”我说。

特拉利奥一副不满的神态瞪了我一眼，我心想他要是有妻子，若不让她开口，那她决没有权利多说话。“不，”他近乎粗鲁地说，“是因为缺少干劲。”

“事实是在这之前，《希望报》拥有很多的读者。”罗贝尔生硬地说。

萨玛泽尔平心静气地说：“刚解放，大家都有一股子热情，《希望报》当时就借了这个光。”

“必须正视事实。”特拉利奥说，“我们大家都相当钦佩佩隆，所以都有权利直言不讳地谈谈对他的看法。他是一个优秀的作家，可没有政治头脑，也不善经营，吕克在他身边也无济于事。”

我心里清楚罗贝尔对这种看法并没有多大分歧，可他摇摇头说：“佩隆与革命解放联合会携手共进，因此而失去了右派和共产党读者。他目前财力很有限，难以扭转情况。”

“我绝对肯定，如果由萨玛泽尔这样的人来领导《希望报》，那要不了几星期，印数就会成倍增加。”特拉利奥一板一眼地说。

罗贝尔扫了萨玛泽尔一眼，只说了一句：“不行！”

特拉利奥沉默了片刻，继续说道：

“如果我建议佩隆让我为萨玛泽尔买下报纸，多加点钱，怎么样？”

罗贝尔一耸肩膀：“那就试试看。”

“您认为他不会同意？”

“您设身处地为他想一想。”

“好。如果我只要求买下吕克的那一股呢？或者只买下他们俩的三分之一？”

“那是他们的报纸，您要明白。”罗贝尔说，“这报纸是他们一手创办起来的，他们无论如何都会当家做主的。”

“遗憾。”特拉利奥说。

“也许。可谁也无能为力。”

特拉利奥在沙龙里踱了几步：“我可不是一个安于天命的人。”他以打趣的声音说道，“若有人告诉我这事办不成，我马上憋不住要证明能办成。我补充一句，在我看来：革命解放联合会的利益比个人的情感要重要得多，哪怕那是最令人崇敬的情感。”他严肃地说道。

萨玛泽尔神色不安地说：“您想一想前天订的计划，我对您已经有言在先，鄙人难以苟同。”

“可我也曾对您明言相告，我欣赏您的认真。”特拉利奥微微一笑说道。他带有几分挑衅的神态看了看罗贝尔：“我偿还《希望报》的所有债务，迫使佩隆做出抉择：要么与萨玛泽尔合作，要么就逼他关门。”

“佩隆宁肯关门也不会向讹诈让步。”罗贝尔以蔑视的口吻说道。

“那么，他就关门吧。我再办一家报纸，由萨玛泽尔领导。”

“不行！”萨玛泽尔咕噜了一声。

“您完全明白革命解放联合会与您要办的那种报纸毫不相干，采取这一种手段只能导致您立即被开除出去。”

特拉利奥打量了罗贝尔一番，仿佛想看看对方抵抗的堡垒是否坚固。看来他很快被镇住了，因为他急忙往后退缩：

“我可从未想过要将这一方案付诸实施。”他笑呵呵地说，“我只想以此来吓唬吓唬佩隆。不管怎么说，这份报纸的成败可是您的一块心病。”他责怪地补充道，“增加一倍印数，就等于您增加了一倍人马。”

“我知道。”罗贝尔说，“可我再跟您重复一遍，依我之见，佩隆和吕克的唯一过错是财力那么有限，却仍然固执地勉强维持。一旦哪一天您慷慨解囊，他们得到您的资金，那您就会看到情况将大不一样。”

“当然。”特拉利奥微笑着说，“因为在得到资金的同时，他们将被迫接受萨玛泽尔。”

罗贝尔面孔一沉：“对不起！您四月份曾亲口对我说过，您准备无条件支持《希望报》。”

我用眼角观察着萨玛泽尔，他毫不显得尴尬，他的妻子一副备受折磨的神态，可她从来就是这种可怜相。

“我没有说过这话。”特拉利奥说，“我只是说在政治上报纸的领导显然属于革命解放联合会的负责人，我决不会插手。根本就没有涉及别的事情。”

“那是因为别的事情当时似乎与此无关。”罗贝尔声音不快地说，“我已答应佩隆保持完全独立，正是鉴于这一许诺的可信性，他才冒了巨大的风险将《希望报》交给革命解放联合会。”

“就当作我没有要受您的许诺的约束吧。”特拉利奥和和气气地说。“另外，我也不明白佩隆为何会拒绝这种结合，萨玛泽尔是他的朋友呀！”

“问题不在这里。倘若他想我们在他背后密谋，强迫他接受，那他一定很固执，决不会答应的。我十分理解他。”罗贝尔口气激烈地说。

他显得十分恼怒，我也满脸不悦，尤其是因为我深知亨利对萨玛泽尔的真实情感。

“我也一样固执。”特拉利奥说。

“若违背佩隆的意愿，让萨玛泽尔进入《希望报》，那萨玛泽尔的处境就会十分不妙。”罗贝尔说。

“我也这么认为！”萨玛泽尔说道，“当然，我认为，若在其他情况下，我完全有可能一显身手，使正陷于困境的《希望报》重新得到发展。可我决不答应把我强加给佩隆，违背他的意愿。”

“请您原谅我把这视作与自己休戚相关的大事。”特拉利奥以揶揄的口吻说道，“我并不试图发什么大财，可我也绝对拒绝白白扔掉几百万，我要求能有所成果。如佩隆拒绝与您合作，”他对萨玛泽尔说，“或您拒绝与佩隆合作，我就算了。若我认为事情必败无疑，我决不贸然投入。在我看来，这种观点是正确的。不管在什么情况下，一切都难以让我改变这种观点。”他冷冷地说。

“既然您还没有跟佩隆谈过，我觉得这样争论毫无益处。”萨玛泽尔说，“我坚信他会合作的。说到底，我们大家的利益都是一致的：这就是运动的成功。”

“对，佩隆一定会明白做出某些让步是妥当的，特别是如果您坚持让他明白这一点的话。”特拉利奥对罗贝尔说。

罗贝尔耸耸肩膀：“别指望我。”

双方的讨论又拖延了一段时间。半个小时后，当我们下了楼梯口后，我说道：

“这事情感觉太糟糕了！四月份时，特拉利奥到底跟您说了些什么？”

“当时只谈了报纸政治方面的问题。”罗贝尔说。

“您对亨利是否承诺太多了？您是否有点过分了？”

“也许是。”罗贝尔答道，“当时哪怕我有半点犹豫，就无法让亨利做出决定。有时候不得不过分一点，不然就什么都干不成。”

“那您刚才为什么不迫使特拉利奥做出决定？”我问道，“他要么无条件遵守诺言，要么他翻脸，您就把他开除出革命解放联合会。”

“那又怎么样？”罗贝尔说，“如果他决定翻脸呢？等到亨利急需用钱的那一天，他该怎么办？”我们继续默默地行走。罗贝尔突然开口说道：“若亨利因为我而失去了这份报纸，那我决不会饶恕自己。”

解放胜利之夜亨利的笑容重又浮现在我的眼前，我问他：“您就不想投入行动吗？”他回答说：“不那么狂热。”他为投入行动而付出了代价，把《希望报》交给了革命解放联合会领导。他热爱这份报纸，热爱自由，不喜欢萨玛泽尔。落到他头上的这一切真够丑恶的。可是，罗贝尔显得忧心忡忡，我只能把这些想法藏在自己心底，嘴上只是说：“我不明白您为何信任特拉利奥，我对他可没有丝毫信任感。”

“我错了！”罗贝尔只说道。他思索了片刻，“我去向莫瓦纳要钱。”

“莫瓦纳不会给的。”我说。

“那我就再向人要。有钱的人多着呢，终能找到愿意给的吧。”

“我觉得谁如果要给钱，那必须既是亿万富翁又是革命解放联合会的会员。”我说，“这两者差不多相互关联，缺一不可。”

“我设法去找。”罗贝尔说，“与此同时，我通过萨玛泽尔向特拉利奥施加影响。萨玛泽尔决不会同意把自己强加于人的。”

“好像他对此并不那么不好意思。”我说，继又一耸肩膀，“总要去试试吧。”

第二天罗贝尔见了莫瓦纳。莫瓦纳抱有兴趣，但显然没有承诺。罗贝尔又找了另一些人，可他们根本就没有一丝兴趣。我十分不安，心里总挂念着此事，可我没有跟罗贝尔谈起。就我来说，我总避免像别的女人那样，说是给丈夫分忧解愁，实际上反倒使他忧上加忧。“罗贝尔不该做出这种事。”我心里老这么想。于是便下了这样的结论：“若在过去，他决不会这样干的。”这想法真古怪，它到底意味着什么？他常说他担负的责任对他来说比过去更加有限，但也更加沉重了，因为他再也无法将前途用作托词。这样一来，他便更加急于求成，因此致使他变得不如以前那样一丝不苟。这念头我实在不喜欢。像我这样就生活在罗贝尔身边，而且如此贴近，若去评判他，那无异于背叛他。

几天后，纳迪娜和朗贝尔回来了。对我来说，他们这次归来倒是件好事，可让我暂时安下心。他们俩皮肤晒得黑黑的，显得既开心又拘谨，好似一对新婚燕尔的夫妇。

“纳迪娜完全可以当一名一流的记者。”朗贝尔说，“她畅通无阻，并善于引导别人说话，在这些方面，她真棒极了！”

“这职业有时确实有趣。”纳迪娜神气活现地退让说。

可是，她最引以为自豪的是她在旅行期间在距巴黎城三十公里的地方发现了一座乡村别墅。几星期以来，我一直梦想找到这样一座别墅，可惜没有着落。我很快喜欢上了那开着蓝色百叶窗的黄色门面，杂草丛生的草坪，小巧玲珑的屋子和四处盛开的野玫瑰。罗贝尔也被迷住了，我们签了约。屋内破败不堪，户外的小径荨麻蔓延，纳迪娜声明修复工作全由她承担。她突然对自己秘书的岗位失去了兴趣，让替代她秘书工作的人再继续干一段时间，自己和朗贝尔住进了这座乡村小屋：两人一起写书，同时拾掇院子，粉刷墙壁。朗贝尔黑黑的皮肤，双手终日不离摩托车把，已经疲乏无力，加之那头经常被纳迪娜搞得乱蓬蓬的头发，再也不像过去那样一副十足的花花公子派头了，但也没有一点干体力活儿的模样。不过，我也不得不对他们表示信任。

纳迪娜时不时回巴黎看看，可直到我们出发去奥弗涅的前夕才答应让我们去圣马丁。她在电话里故作庄重地邀请我们一起吃晚饭。

“告诉爸爸有蛋黄酱吃，这是朗贝尔的拿手菜。”

可是，罗贝尔却谢绝了邀请。“朗贝尔一见我的面，不攻击我心里就不安宁。我也只得反击，叫人烦透了，首先我就受不了。”他遗憾地说。

事实的确如此，只要罗贝尔在场，朗贝尔就显得咄咄逼人。面对罗贝尔而认为没有必要装出另一番姿态的人确实也寥寥无几。“实际上，他是多么孤单啊！”我心里想。人们与之对话的绝不是真实的他，而是一位死板、冷漠的大人物，这位人物除了显赫的名声之外，与真正的他别无共同之处。想当年，他是多么喜欢默默无闻地与众人并肩行进，然而，这显赫的名声不可避免地在他和众人之间筑起了一道屏障。人们无情地使他感觉到了这里障碍的存在。至于对罗贝尔这个实实在在、有血有肉的人，对他的喜怒哀乐，对他的彻夜难眠，谁也不注意。离家去乘车时，我还是坚持让他陪我一道去。

“我告诉你，我要去的话，晚上肯定不欢而散。”他说，“不过，得明白我对朗贝尔并不反感。”

“对纳迪娜，他可是有功劳的。”我说，“她平生第一次同意与他人合作。”

罗贝尔微微一笑：“她过去是那么蔑视文学，如今看到书上印了自己的大名又多么自豪！”

“这就好！”我说，“这鼓励她继续努力。这种工作对她正合适。”

罗贝尔把手搭在我的肩头：“现在对你女儿的命运有点放心了？”

“是的。”

“那你还等什么，还不给罗米欧写信？”罗贝尔热烈地说，“你再也没有任何理由犹豫了。”

“从现在起到一月份，还可能发生不测。”我连忙说。

罗米欧接二连三来信让我回话，可我总是担心，害怕做出彻底的答复。

“听我说，你自己看得清清楚楚，没有你，纳迪娜混得也很好。”罗贝尔说，“再说，你也经常这么对我讲，教会她脱离我们生活，再也没有比这于她更有益的了。”

“确实。”我毫不冲动地说。

罗贝尔困惑地打量了我一番：“你到底想不想去做这次旅行？”

“当然想！”我说。可我又惊恐不安地说：“我不想离开巴黎。我不想离开您。”

“你多傻，我可爱的小傻瓜。”他含情脉脉地说，“你离开时我是这个样，回来时我还是这个样，不会变的。你不是还跟我说过你并不想我嘛。”他笑哈哈地补充道。

“那是过去。”我说，“可现在，您揽了那么多麻烦事，我不放心。”

罗贝尔神色严肃地看了我一眼：“你不放心的事太多了，昨天对纳迪娜，今天又对我。是否成了怪癖了？”

“也许是。”我答道。

“肯定是。你也一样，无事自扰，神经不正常。你过去可不是这副样子。”

罗贝尔脸上挂着温柔的微笑，我以为自己不在家可能给他造成痛苦，可他却觉得这种想法是神经不正常的表现。他完全可以一连几个月用不着我在他身边，最起码三个月。他的名声、年岁和别人的态度不可避免地使他陷入孤寂的境地，我无法跟他分担这份孤寂，更没有能耐消除这份孤寂：它并不会因为我分担或不分担而有所减轻或加重。

“你那些顾虑全都给我抛掉吧！”罗贝尔说，“赶快写信回答，不然这次旅行的机会就要在你鼻子底下白白溜掉了。”

“要是一切都很好的话，我从圣马丁回来就写。”我说。

“即使不好也写。”罗贝尔以不容争辩的口气说道。

“到时看吧，”我又犹豫起来，“您跟莫瓦纳谈得怎么样了?”

“我已经跟你说过：他外出度假了，他十月份给我最后答复。可钱嘛，他差不多已经答应我了。”罗贝尔微微一笑，“他也一样，很想留在左派队伍中。”

“他真的答应了?”

“对。莫瓦纳只要答应，会算数的。”

“这就减了我的一件心事!”我说。

莫瓦纳不是个说话不算数的人，我心里真的感到踏实了。我问道：“您就不打算跟亨利谈谈?”

“谈了又有何用？他会有什么法子？是我让他走入了困境，该由我来帮他摆脱。”罗贝尔耸耸肩膀，“再说，有可能惹他发火，他会什么都不顾的。不，等我有了钱再跟他谈。”

“好。”我说道，站起了身子。

罗贝尔也跟着起身，对我微微一笑：“别不放心，去过一个美妙的夜晚吧。”

“我尽量努力。”

罗贝尔肯定有理，这种无依无傍的忧虑感打一解放便产生了。我与许许多多的人一样，难以适应新的生活。圣马丁的夜晚不会给我带来任何新的东西。我犹豫不决，迟迟没有答复罗米欧，并不是因为纳迪娜和罗贝尔的缘故。我内心的这份焦虑只与我自身有关。在乘公共汽车去圣马丁的路上，我自问最终能否消除这种不安的心情。我推开了院子的栅栏门。餐桌早已摆在椴树下，屋内传出来阵阵话声。我径直走进厨房。纳迪娜站在朗贝尔身旁，朗贝尔脖间围着一块餐巾，正疯一般地搅拌一种稀稀的调味汁。

“你来得不巧!”她幸灾乐祸地对我说，“蛋黄酱没有做成功!”

“您好。”朗贝尔神态阴郁地说，“对，这次蛋黄酱没做成功，可我从来没有失败过!”

“我跟你说这次也许会成功的，继续做吧。”纳迪娜说。

“不，这次又完蛋了!”

“你搅得太狠了。”

“我告诉你已经完蛋了。”朗贝尔怒气冲冲地重复道。

“啊！我来教您到底该怎样重做蛋黄酱。”我说。

我说着把做坏了的蛋黄酱扔进垃圾桶，又递给他两个鸡蛋：“您自己做去吧。”

纳迪娜嫣然一笑：“你有时主意就是不错。”她以不偏不倚的口吻说道，接着一挽我的胳膊，问道：“爸爸怎么样?”

“噢！他多么需要休假!”

“等你们在国内转一大圈回来，这房子就修好了。到时你来看看，我们干得有多棒!”纳迪娜说。

将来准备用作起居室的房间里拥挤不堪，放着踏梯和油漆桶，仍然一副工地似的凄惨样。可我卧室的四壁已经涂上了一层暗红色，罗贝尔的房间也刷上了淡淡的赭石色，布置得十分得体。

“真妙。是谁布置的？他还是你?”

“我们俩。我是下令的，他管执行。他憋着一股子劲，可他十分听使唤。”她神采飞扬地说。

我笑了，“你这就省劲多了。”

纳迪娜需要指挥别人以获得自信：一旦用心思去让别人听她使唤，她便不再给自己打问号了。我已经很久没有看见她这般兴高采烈了。扮演女当家的角色，这给她带来了莫大乐趣。在色拉和冷盘中间，朗贝尔放了一大碗油腻发硬的蛋黄酱。我们俩当着纳迪娜的面一口气把一瓶白葡萄酒喝了个精光。他俩兴致勃勃地跟我谈起了他们的计划：先去比利时、荷兰、丹麦等所有被占领过的国家，然后再去欧洲其他国家。

“别提我还曾决定放弃通讯报道工作了。”朗贝尔说道，“没有纳迪娜，我确实早就放弃了。她比我要富有才华，要不了多久，她就只需要我当她的陪同了。”

“正因为这个原因你才不让我驾驶你那辆破摩托车吧。”她抱怨道，“开车又不难!”

“折了脖子也不难，疯丫头。”

他从心底对她深情地一笑。在他看来，她具有我绝对没有发现的另一番魅力。我从来只是从一个方面去认识她：她是我的女儿。对我来说，她平平常常，并无特别的魅力。朗贝尔又打开了一瓶白葡萄酒。他根本就不会饮酒，两只眼睛已经闪闪的，颧颊通红，额头上渗出些许汗珠。

“别喝过量。”纳迪娜说。

“啊！别扮演女当家的角色了。你知道一旦你玩女当家的把戏就会出什么事吗?”

纳迪娜脸色一沉：“别说蠢话。”

朗贝尔脱掉了外衣：“我太热了。”

“你会生病的。”

“我从不会生病。”他朝我转过身子，“纳迪娜就不愿相信：我长得并不壮实，可我很有抵抗力。在有的方面，我肯定比儒安维尔的教练还更有毅力。”

“等骑摩托车穿越撒哈拉沙漠时再瞧吧!”纳迪娜乐呵呵地说。

“准能穿过去!”朗贝尔说，“摩托车到处都能过!”他看了看我，“您认为这不行吗?”

“我说不准。”我说。

“不管怎样，试试吧。”他坚决地说，“必须尝试着去干事情！不能因为是知识分子就有理由养尊处优。”

“答应你了。”纳迪娜笑着说，“咱们一定能穿过撒哈拉，越过西藏高原，然后再去亚马孙河畔的丛林探险。”她一把挡住了朗贝尔伸向酒瓶的手，“不行，你喝得已经太多了。”

“一点儿不多。”他站了起来，走了两步，“我趺趺撞撞了吗？稳得很呢。”

“那就等着瞧你要把戏吧。”纳迪娜说。

“要把戏是我的特长之一。”朗贝尔说。他抓起三只橘子，向空中抛去，有一只没接着，自己却整个儿跌趴在草坪上。纳迪娜咯咯大笑起来：

“多蠢的家伙!”她含情脉脉地说，她撩起围裙的一角，擦着朗贝尔汗水淋漓的额头，朗贝尔乖乖地任她擦拭，一副幸福的神情。“他真的富有社交的才华。”她说，“他唱的一些歌真滑稽！你想让他给你唱一支吗？”

“我给您唱首《猪猡的心》吧。”朗贝尔干干脆脆地说。

他唱着歌，纳迪娜连泪水都笑了出来。可是，我却发现在朗贝尔的欢快之中隐含着一种近乎悲怆的痛楚，仿佛也想借助这笨拙的跳跃摆脱这份痛苦，可它却紧紧地依附着他。他装扮着鬼脸，发出小丑似的声音，双颊流淌着汗水，双眼射出焦灼不定的光，叫我看了心里好不难过。当他最后跪倒在纳迪娜脚下，纳迪娜一副占有者的神态，幸福地抚摸他的脑袋的时候，我心里才好受了一些。

“你是个好小伙子。”她说，“现在安静安静，休息一下！”

她喜欢扮演护士的角色，他也乐于让她爱抚。他们俩有着许多共同之处：他们有着共同的过去，共同的年轻时代，他们都憎恨空想与废话，幻想冒险，雄心勃勃，虽然这勃勃雄心还变化不定。他们也许能够相互给予信任，共同创造事业，取得成就，获得幸福。一个年方十九，一个才二十五岁：前程才刚刚展现！他们不是苟延残喘的幸存者。“可我呢？”我思虑着，“难道我真的已经被活活地埋葬在过去了吗？没有！”我激动地回答，“没有！”纳迪娜、罗贝尔完全可以没有我而生活，他们只不过是我的一些托词而已，而我只是我本身怯懦的牺牲品，突然，我为之感到羞辱。眼前映出一架将我带走的飞机，一座巨大的城市，整整三个月间，我唯一的任务将只是学习、玩乐：多么自由，多么新鲜啊！这正是我希冀得到的一切！我已经在爱神木下构筑了自己的安乐窝，却到活人的世界中四处游荡，这无疑是疯狂的不慎：管它去呢！我不再去抵挡这份从心头升腾而起的欢乐。对，今天晚上我就答应去。不管怎么说，幸存，就意味着不断地重新开始生活。我希望自己还能获得再生。

第五章

亨利又在床上翻了个身。风呼呼地吹，透过碎石砌成的墙壁。他身上尽管穿着羊毛套衫，还盖着毯子，可还是冷得难以入睡。唯有他的脑袋发热，嗡嗡作响，仿佛发了高烧。他也许是发热了。这是因为疲惫，由于阳光和红葡萄酒的作用而产生的一种舒坦的热。他到底在什么地方？不管怎么说，他正置身于一个任何人都不该处的地方：这地方是多么闲适。他并不感到遗憾，也不追究自己。这份无眠如同没有噩梦缠扰的酣睡一般宁静。他放弃了许多事情，不再写作，而且也不每日游玩，但以此为代价获得的，是自我存在的意识，而这已是巨大的收获。他远离尘寰，避开风寒，摆脱了缠身的难题，脱离了疲乏的躯体，在一种纯洁的氛围中逍遥。纯洁，这可以像快感一样令人心醉。他抬了一下眼帘，瞥见了昏暗的桌子，烛光，还有那个正埋头笔耕的人，他心满意足地想："原来我处在中世纪！"然而，黑夜重又锁住了这一欢乐的光芒。

"我没有做梦吧？我明明看见您昨天夜里在写作？"

"我是工作了一会儿。"迪布勒伊回答道。

"我把您当作了浮士德博士。"

他们裹着毯子，坐在这间高山小屋的门槛上，风吹打着他们身上的毯子。在他们睡觉的时候，太阳悄悄地升起来了，天空蔚蓝，在他们的脚下展开了一条云彩铺就的大道。有时，风将云道撕裂，隐约可见一小片平原。

"他每天都工作。"安娜说，"至于工作环境，他不计较，可以在牲畜棚，在雨下，也可以在广场；可写作时间，每天无论如何需要四个小时。

其余时间，他做他想做的事情。”

“咱们现在想做点什么？”迪布勒伊问。

“我觉得往山下走走不错，可以看到更妙的全景。”

他们在欧石南丛中穿行，往山下走去，一直来到了黑人村寨。寨子里，一些老妪已经早早地坐在门前，双手挥动着纺锤，膝上架着垫子，垫子上插满了针。他们在一家食品百货铺兼小酒店喝了一种黑乎乎的饮料，接着骑上了寄存在这家店铺里的自行车。这些老爷车饱经战争的风雨，样子着实难看：油漆呈鳞片状剥落，护车板伤痕累累，轮胎鼓着奇形怪状的大包。亨利的那一辆更是难骑，他惴惴不安，怀疑能否坚持骑到晚上。迪布勒伊夫妇终于在一条小溪边停车歇脚，亨利见了总算松一口气。这条小溪可能就是卢瓦尔河。河水冰冷，不可能下河沐浴，他从头到脚洒了些河水，然后继续上车赶路。上车时，他发现不管怎样，这车轮还是转动的，实际上，最不灵活的是他的身体。要恢复身体的状态，着实要花一番气力，不过，尽管折腾得腰酸背痛，但亨利为重新获得了一件如此方便的工具感到十分幸福。他早已忘记了人身体的用途竟会如此之大。车链和车轮固然使车子力量倍增，可驱使车子前进的唯一动力，是人的力量、勇气与生命。车子令人满意地跑着它该跑的路程，眼下正勇敢地向山口攀登。

“好像被拽住似的。”安娜说道。她裸露着双臂，皮肤晒得黑黑的，秀发迎风飘动，显得比在巴黎时年轻多了。迪布勒伊人变黑了。也瘦了。他穿着一条运动短裤，双腿肌肉结结实实，晒得黝黑的脸膛刻着条条皱纹，看去俨然一个甘地的门徒。

“比昨天要好多了！”亨利说。

迪布勒伊放慢车速，在亨利身边骑着。

“应该说昨天并没有怎么用劲。”他开心地说，“您还什么都没有跟我谈呢。自我们走后巴黎发生了什么事情？”

“没有什么特别的事情。就是天气炎热。”亨利说，“上帝！天太热了！”

“那报纸呢？您一直没有见特拉利奥？”

迪布勒伊的话声中充满了某种好奇，这种好奇心显得如此迫不及待，像是一种焦虑。

“没有。吕克认为只要再坚持两三个月，就可以自己摆脱困境。”

“值得试试。只是不要负更多的债。”

“我知道，我们没有再借钱。吕克打算多搞点广告。”

“我承认当初并没有考虑到《希望报》的订数会下降得这么厉害。”迪布勒伊说。

“噢！您完全清楚，”亨利微笑着说，“即使最终不得不接受特拉利奥的资金，我也不会难过的。为了革命解放联合会的胜利，这一代价并不太大。”

“事实上，若它取得了胜利，那是全亏了您。”迪布勒伊说。

他的话声比他的话本身还更有保留。他对革命解放联合会并不满意，这是因为他抱负太大了。谁也不可能轻而易举建立起一个像前社会党那样强大的运动。与他相反，亨利大喜过望，对集会的成功感到格外的高兴。一次集会并不说明什么大的问题，可那朝他抬起的五千张面孔他决不会很快忘怀。他朝安娜微微一笑：

“自行车自有它的魅力。从某种意义上讲，它甚至比小汽车还更妙。”

车子骑得不像开始那样快了。野草、欧石南、冷杉馨香四溢，山风温柔清凉，沁人心脾。周围的风光远远不只是一般意义上的背景。他们以自己强大的力量，征服了一片又一片风光。无论在上坡的疲惫中，还是在下坡的欢乐中，他们无不与起伏不平、气象万千的山色融为一体，与其共同存在，息息相通，而不只是将它作为风景加以欣赏。在第一天，亨利便满意地发现了一点，这就是这种生活足以使你感到充实。脑子里是多么静谧啊！高山、牧场和森林取代了他的大脑而存在。他不禁暗暗赞叹：“与睡眠不同的宁静是多么珍奇啊！”

“你们这地方选得很好。”晚上，他对安娜说，“真是个美妙的地方。”

“明天也肯定一样，准不错。您愿意从地图上看看明天的行程吗？”

在下榻的小客栈里，他们一起用晚餐，喝着一种气味呛人的白酒。迪布勒伊在一张铺着油漆布的桌子一角摊开了地图。

“指给我瞧瞧。”亨利说道。他目不转睛地乖乖顺着铅笔头，看着那红的、黄的和白的线条。

“这许许多多小路，您怎么能选准呢?”

“这才叫有趣嘛。”

第二天亨利心里想，真正有趣的是亲眼看到后来发生的一切与原来的计划是多么吻合，丝毫不差。每一个转弯，每一道山坡，每一道下坡，以及每一座山冈无不处在预定的位置上。多么让人放心啊！仿佛感到在自己创造自己的历史。然而，那一个个标记变成了一条条真正的路，一座座真正的房屋，这种变化会给你带来任何创造都无法达到的效果。如这帘瀑布，虽然在地图上已经打上了一个蓝色的标记，但当你在弯弯曲曲的峡谷深处猛然发现那水花飞溅的大瀑布时，仍会不胜惊讶。

“观赏是多么令人满足啊。”亨利说。

“对，只是永远都看不够。”迪布勒伊遗憾地说，“这匆匆一瞥，既给予你一切，又不给予你任何东西。”

他并不是什么都看，可一旦他对某件东西着了迷，那可真叫没完没了。亨利和安娜无奈，只得跟在他的身后，爬过一处又一处悬崖，来到飞泻的瀑布边。他赤脚走进翻腾的小潭中，直到运动裤的下部被水淹没。等他回到深潭边的平地上坐定，他以权威的口吻说：

“这是我们见到的最美丽的瀑布。”

“您总是偏爱眼前的东西。”安娜笑着说。

“整条瀑布呈黑白色，”迪布勒伊说，“这才叫美。我寻找别的颜色，结果没有见到一丝色彩的痕迹。我平生第一次亲眼看到黑与白原来是一回事。您应该走到水中去，一直走到那块巨石边。”他对亨利说，“这样，白中的黑与黑中的白，就能看得一清二楚。”

“我相信您的话。”亨利说。

一到了迪布勒伊的嘴里，河畔的一次漫步可以说成北极的一次探险，亨利和安娜常常报之以大笑，因为他对看见与发现这两者根本不加以区别，仿佛在他之前，谁也没有亲眼欣赏过瀑布，谁也不知道什么是水，什么是黑，什么是白。假如亨利一个人，那他肯定观察不到这水雾与飞沫嬉戏的万千景象，这变幻无穷、时隐时现的千姿百态，这数不胜数的细小旋涡。迪布勒伊细细地察看着这一切，仿佛想了解每一滴水的命运。“谁对他都可能生气，”亨利深切地看着他想，“却不能没有他。”在他的身边，世间的一切都变得举足轻重，仿佛存在着巨大的生活乐趣，于是大家都加倍地生活。经他一变，这次漫游法国乡村竟成了一次探险游历。

“您会叫读者们吃惊的。”亨利微笑着对迪布勒伊说，迪布勒伊正一副入迷的神态，静观落日的最后几抹色彩。

“为什么？”迪布勒伊以愤愤不平的声音问道。每当谈论起他，他往往拿出这副口气。

“读了您的书，谁都以为您感兴趣的只是人，而大自然则微不足道。”

“人不是在大自然中生活吗？”

对迪布勒伊来说，一片风光，一块石子，一抹色彩，都是人的某种真实存在。任何事物都无法通过回忆、梦幻，通过投其所好或通过这些事物在他心中唤醒的激情打动他的心，唯一能使他动情的，是他在其中捕捉到的真实意义。不用说，较之于光秃秃的牧场，他更乐意在刈割牧草的农夫面前驻足。当他穿过一个村庄，他的好奇心变得更难以满足。他什么都想了解个一清二楚，诸如村民们吃什么，怎样参加投票，乃至他们劳作的具体细节和内心想法的具体色彩等等。为了能到农庄走一走，他不惜编造各种借口：买鸡蛋，要杯水喝，而且一旦有可能，他便进行长谈。

第五天的傍晚，安娜在一次下坡时车胎爆了。徒步行走了一个小时之后，他们看见了一座孤零零的房子，里面住着三位年纪轻轻却掉牙缺齿的妇人。她们每人怀里抱着一个婴儿，婴儿有的胖一点儿，有的瘦一点儿，但都很脏。院子里到处是粪便。迪布勒伊坐在院子中间修车内胎，他一边用橡胶补胎，一边贪婪地环顾四周：

“就三个女人，没有一个男的，真怪，是不是？”

“男人都在地里。”安娜说。

“这时还在地里？”他把锈色的内胎浸入水盆，水面上立即泛起一个个水泡。“还有一个洞！你说，你觉得他们会不会同意让我们在谷仓里睡一夜？”

“我去问问他们。”

安娜消失在房子里，不过几乎立刻就出来了："咱们要在牧草堆睡觉，她们很惊奇，可她们并不反对。只是她们坚持非要我们先喝点儿热的东西不可。"

"我很乐意在这儿借宿！"亨利说，"本想离一切都远远的，果真如愿以偿。"

借着一盏冒着黑烟的油灯的光亮，他们喝着大麦茶，一起试着闲谈起来。这三个妇女是妯娌，那三兄弟共同租种了这块贫瘠的土地。十天前，他们一起到下阿尔代什打短工，采薰衣草去了，撇下她们度日如年，终日一声不哼地喂牲畜、看孩子。她们还勉强知道微笑，可怎么说话几乎全忘了。对这个世界，她们就知道：这边的农庄里，长着栗树，夜间清冷；下阿尔代什那边长着薰衣草，要挣几个法郎，就得流血流汗。对，他们远离了一切。离得是那么遥远，以至当亨利一钻入牧草堆，顷刻间便被储存在干草中的阳光和各种气味所包围，头脑发昏，梦见道路与城市全都不复存在，从此不可能返回巴黎。

一条小道在栗树林间蜿蜒，弯弯曲曲地向平原方向延伸。他们兴高采烈地进了一座小城，城内的梧桐树已经预示着南方炎热的天气就要到来，滚球游戏又要兴起。安娜和亨利坐在一家最大的咖啡店的露天座上，露天座空空荡荡。迪布勒伊一个人去买报纸，他们俩要了点儿面包片。他们看见迪布勒伊和报贩交谈了几句，然后慢悠悠地穿过广场，边走边读着报纸。回到露天座，他顺手把报纸往独脚小圆桌上一放，亨利一眼看清了头版醒目的大标题：美国人在广岛投放了一颗原子弹。他们默默无言地读完了文章，安娜声音惊恐不安地说：

"这十万个死难者，到底是为了什么？"

日本显然就要投降，大战就要结束，《小塞文山人报》和《阿尔代什回声报》欢欣鼓舞，可他们三人唯有一种感觉，那就是恐惧。

"他们难道就不能先威胁、恫吓一番？"安娜说，"比如在偏僻的荒漠投放一次，我说不清楚……那颗炸弹，他们真的非投不可吗？"

"他们当然可以先设法给政府施加压力。"迪布勒伊说，继又一耸肩膀，"对德国城市、对白人，我怀疑他们还敢不敢放！只对着黄种人！他们憎恨黄种人!”

“整个一座城市化为乌有，他们心里总该有点不安吧!”亨利说。

“我认为还有另一个原因。”迪布勒伊说，“他们很高兴能让全世界看一看他们有多大能耐，这样一来，他们就可以施行他们的政策，任何人都不敢哼一哼。”

“可他们为此而杀了十万条性命!”安娜说。

他们呆呆地对着奶油咖啡，双眼直勾勾地盯着那恐怖的文字，一个个重复着这些毫无作用的话。

“我的上帝！要是德国人成功制造出原子弹！多危险啊!”安娜说。

“美国人掌握了原子弹，我也并不高兴。”迪布勒伊说。

“报上说他们可以炸毁整个地球。”安娜说。

“据拉尔盖给我解释，”亨利说，“要是发生了不幸的意外，引发了原子弹，地球倒不会爆炸，只是造成大气膨胀：整个地球变成月球一般。”

“这并不让人开心多少。”安娜说。

不，这并不开心。只是当他们重新蹬车行进在一条阳光灿烂的道路上时，这一纠缠不清的恐怖难题便失却其一切意义。一座四十万人口的城市连同周围自然界的一切就这样化为乌有、销声匿迹了：这一切再也引不起任何回响。这一天依然如故、井然有序——天是蓝色的天，叶是绿色的叶，干渴的土地仍然焦黄一片——时光一分一秒地悄然流逝，凉爽清新的黎明迎来了噼啪声四起的正午，地球围着注定由它陪伴的太阳旋转，对它负载着的漫无目的的匆匆过客无动于衷：怎能相信这静如亘古的苍穹下，这些匆匆过客今日已经拥有能力，可将地球改变成古老的月亮？若在大自然中接连漫游数日，不难发现这大自然中带有几分疯狂。无论是云彩变幻无穷的壮观景象、高山静止不动的愤怒与抗争，还是昆虫不绝于耳的喧闹鸣唱，或是植物如疯似狂的迅猛繁殖，其中无不包含着过分的怪诞，但这是一种一成不变的温和的狂热。万万想不到它一旦进入人的大脑，便会变成残杀人类的疯狂。

“您还有勇气写作!”他们一起坐在一条河畔，亨利见迪布勒伊从背袋中掏出了纸笔，惊叹道。

“这是个魔鬼。”安娜说，“即使在广岛的废墟中也照写不误。”

“他不就在广岛的废墟中写吗？”

“那怎么就不行？”迪布勒伊说，“反正总有什么地方会成废墟的。”

他握起钢笔，双目茫然地久久呆了一阵。在这新添的废墟之中写作也许并不那么轻松。他没有弯腰去写，突然说道：

“啊！要是他们不把我们逼上绝路，逼得我们当不成共产党！”

“他们是谁？”安娜问道。

“共产党人。你们知道，这原子弹，是种多么恐怖的威胁手段！我并不认为美国佬明天就会朝莫斯科扔一颗，可说到底，他们有这样做的可能性，这是他们无论如何也不愿让人忘记的。他们之间再也难以相互了解！当务之急，必须携起手来，不然，我们就无异于重蹈覆辙，重犯大战前的错误！”

“您说我们？”亨利说，“可首先制造不和的不是我们。”

“对，我们问心无愧。可以后呢？”迪布勒伊说，“这对我们毫无好处！若发生分裂，我们和共产党人都要自食苦果，我们甚至会更深受其害，因为共产党人势力更强！”

“我不明白您的意思。”亨利说。

“他们卑鄙，这我同意，可对我们来说，这无碍大局。然而，一旦他们把我们视为敌人，那我们就成为仇敌了。不用说，这是他们的过错。可不管错还是不错，我们成了法国无产阶级第一大政党的仇敌。这绝不是我们所希望的。”

“那么，就不得不向他们的讹诈让步？”

“我从不认为凡宁死不屈的人都是精明的人。”迪布勒伊说，“不管是不是讹诈，我们必须维护团结。”

“他们挖空心思想实现的所谓的团结，是解散革命解放联合会，让其全体成员加入共产党。”

“有可能落到这一步。”

“那您有可能加入共产党？”亨利惊奇地问道，“可您和共产党人之间隔着多少障碍啊！”

“噢！会设法消除的。”迪布勒伊说，“如有必要，我可以保持沉默。”

他拿起笔，开始写起字来。亨利从包里掏出书，凌乱地放在草地上。他放弃写作以来，读了许多书，这些书把他带往世界各地，尽情地神游。这些天，他发现了印度和中国：这并不是快活的事。每当他想到那千百万饥饿的人，许多事情便变得无聊和无意义。也许他对共产党的保留态度也毫无价值。他最责怪的一点，是把人当作物来看待。倘若对人们的自由、对人们的见解、对人们的善良意愿都不相信的话，那就没有必要去关心他们的命运，结果也确实很糟。这种忧虑只有在法国、在欧洲才有意义，在这里，人们终归已经达到了一定的生活水准，至少有了一点儿自主，有了一点儿觉悟。对那些贫穷、迷信、愚昧的大众来说，把他们当作人来看待，又有什么意义？必须给他们吃的，别无要求。美国人称霸，其结果就是东方各国食不果腹，永远遭受压迫。东方各国的唯一希望是苏联：摆脱饥饿、奴役和愚昧的人类的唯一希望是苏联。因此，必须竭尽全力帮助苏联。当千百万人不如牛马，挣扎在死亡线上，那人道主义便是一种讽刺，个人主义就是一种卑鄙的行径。人们还怎敢要求获得诸如思想自由、选择自由、言论自由这些高等权利？亨利拔了一截草，慢慢地咀嚼着。既然无论怎样努力也无法如意生活，何不干脆放弃？消失在一个大党之中，将自己的意志与巨大的集体意志融为一体，这该是多么安宁，具有多么巨大的力量啊！一旦开口，就以整个地球说话，前途便成了你个人的事业，为此而忍受许多事情，值得。亨利又拔了一截野草。“可尽管如此，我渐渐地又会难以忍受。”他心里想，“真不敢设想从此没有自己的思想，去做不愿意做的事情。要想做一个优秀的活动分子，必须要有烧炭党人的那份忠诚，可我没有。再说，眼下遇到的也不是这个问题。”他不快地自言自语道。诚然，他是一个理想主义者。“即使我加入又有何用？这是唯一的具体问题。显然，不会因此而给一个印度人带来一粒白米。”

迪布勒伊不再给自己打问号，他在专心地写作。他一如既往，每日笔耕。在这个领域，任何东西都无法使他动摇。一天下午，他们正在艾瓜勒山脚的一个村寨吃午饭，突然，暴风雨骤起，来势如此凶猛，以致自行车被掀翻，两只包被刮走，迪布勒伊的手稿吹落在湍急的泥水之中。当他好不容易抢回手稿，稿子上已涂了一层黄泥浆，上面的字全都沥成了一条条长长的黑道。他冷静地让人帮助晾干稿子，损坏得最惨的段落自己又重抄了一遍，那架势仿佛如有必要，他会泰然自若地不惜从头写起。毫无疑问，他如此执著自然有其道理。道理总是能找到的。有时，看着他的笔在纸上滑动，亨利不禁想起自己那只执笔的手，一股怀旧之情在心头油然而生。

“能不能拜读几页您的手稿？您到底写到哪儿了？”亨利问道。这天下午，他们在瓦朗斯一家咖啡店的阴凉处，坐着等肆虐的酷热慢慢败下阵去。

“我正在写有关文化观念的一章。”迪布勒伊说，“人总是喋喋不休地表白自己，这一现象意味着什么？为什么有的人决定以别人的名义说话？换言之，一个知识分子到底是什么？他们这种抉择是否使他们成为一个特殊的种类？人类在什么条件下才能从自身赋予的形象中认识自己？”

“您做出的结论是什么？”亨利问道，“是不是文学具有一定意义？”

“当然是。”

“为了向人们表明自己有理而写作！”亨利笑着说，“这真奇妙。”

迪布勒伊好奇地看了看他：“哎，那您最近哪一天是否又将重新开始写作？”

“噢！反正今天不。”亨利答道。

“今天或明天，又有什么区别？”

“呃，无疑明天也不会。”

“为什么？”迪布勒伊问道。

“您写散论，那还可以；可眼下作小说，得承认这让人泄气吧。”

“我并不承认！我从来就不明白您为何放弃写那部小说。”

“这是您的过错。”亨利微笑着说。

“怎么是我的错！”迪布勒伊气愤地朝安娜转过身子，“你听清楚了吧？”

“您鼓动我参加行动，行动使我丧失了对文学的兴趣。”亨利朝招待打了个手势，那招待正倚着柜台昏昏欲睡。“我想再来一杯啤酒，你们要不要？”

“不要，我太热了。”安娜回答说。

迪布勒伊点了点头。“请您再解释一下。”他继续问道。

“对我内心的想法或感觉，别人会在乎吗？”亨利说，“我个人的一些琐事不会让任何人感兴趣，而伟大的历史却又不是小说的主题。”

“可是，我们每天都有别人不感兴趣的小事。”迪布勒伊说道，“正因为如此，可从邻人的经历中重新发现自己。如果他善于讲述，他最终能使大家都感兴趣。”

“我开始动笔写时正是这么想的。”亨利说。他呷了一口啤酒。他没有心思多加解释。红色长椅那头，两个老头儿正在玩掷骰子跳棋游戏，亨利看了看他们。这咖啡厅里是多么宁静：又是一个假象！他打起精神继续往下说：“麻烦的是经历中有着个人的成分，那都是些失误，是些幻景。一旦明白了这一点，就再也没有诉说的欲望了。”

“我不明白您想说什么。”迪布勒伊说道。

亨利迟疑了一下，继续说道：“假设您夜里在水边看见了灯火，那真美，可一旦您知道在那灯火照耀的城镇里人们被饿死，那灯光立刻就会失却其诗情画意，仅仅是一种虚幻的景象而已。您会对我说，可以讲述别的东西，比如说说那些饿死的人。可是，我更喜欢在文章里或集会上说这些。”

“我可不会跟您说这些。”迪布勒伊有力地说，“那些灯光，它们为众人而闪烁。显然，首先该让人有饭吃。可是，若剥夺了你构成生活乐趣的各种微不足道的小事，有饭吃又有何用？我们为何要旅游？因为我们认为这风光并非虚假的景象。”

“就算总有一天这一切都将重新获得意义吧。”亨利说，“可眼下，更为重要的事情有多少啊！”

“这一切今天就有意义。”迪布勒伊说，“它们在我们的生活中举足轻重，那在我们的书中也应该举足轻重。”他突然气恼地补充道：“仿佛左派就命中注定只能搞宣传文学似的，每一个字都得感化读者。”

“噢！我对这类文学并无兴趣。”亨利说。

“我知道，可您又不愿试试别的事情。要干的事情何其多!”迪布勒伊神态逼人地看了看亨利，“当然，要是对那些灯光赞叹不绝，忘记它们意味着什么，那就是个混账。可问题正在这里：要去寻找一种有别于右派美学家的方法，谈谈这些灯火，让人们既感觉到其中有美的一面，也有城镇灯光中贫穷的一面。左派文学正是应该以此为己任。”他声音激动地继续说道，“让我们以新的视角看待事物，让它们置于各自应有的位置，但是我们切不要使世界贫困化。被您称之为幻景的个人经验，这是存在的。”

“是存在的。”亨利并不自信地说。

迪布勒伊也许有理。莫非真的有办法重新获得一切，也许文学仍然具有意义。然而眼下在亨利看来，理解这个世界比用词语重新创造一个世界更为迫切。他更乐意从包中掏出现成的书籍，而不是空白的纸张。

“您知道会产生什么后果?”迪布勒伊激烈地说，“右派分子的书最终比我们的要更有价值，年轻一代最终将到伏朗热之流那儿得到满足。”

“噢！伏朗热绝不可能拥有年轻一代。”亨利说，“年轻人不喜欢战败者。”

“可很快给人以失败者形象的，有可能是我们。”迪布勒伊说。他紧盯着亨利：“您不再写作，我感到遗憾。”

“我也许会重新写作。”亨利说。

天气实在太热，难以再深谈下去。可是，他心里清楚自己不会很快重新执笔。放弃写作的好处在于他终于有了学习的空暇。四个月里，他填补了不少空白。三天后，一返回巴黎，他就要制定一个详尽的学习计划，说不定这一两年时间里能构成一个政治文化的大致框架。

“但愿波尔还没有回家。”次日上午，他一边默默地在想，一边在林中蹬着车子。树荫稀疏，阳光的酷热勉强有所缓解。他让迪布勒伊和安娜在前面骑着，自己只身进入了林间的一块空地。一圈圈阳光在绿草间颤动，他不知为什么突然感到心头缩紧。究其原因，不会是这座烧毁的木屋，它与许许多多别的废墟一样，在淡漠与岁月的侵蚀下渐渐消失。也许是因为这片沉寂，没有鸟唱，也没有虫鸣，唯能听见车轮在沙砾上滚动的沙沙声，这是一种多余的声响。安娜和迪布勒伊已经下了自行车，正在看着什么。亨利来到他们身旁，发现是一些十字架。白色的十字架，不见人名，没有鲜花。韦科尔。这个含着茅草、灰烬、焦土色彩的名字，这个听似咖里哥宇群落[1]般冷酷、干燥，但也透溢出一股深山清凉气息的名字，再也不属于传说。韦科尔。就是在这个山之国，湿润却枯黄的植被，稀疏透明的森林，无情的太阳竖起了一个个沉重的十字架。

他们默默地离去，道路很陡，不得不推车行走。酷热侵入淡淡的树荫中，亨利感到汗流满面，安娜的额头和迪布勒伊古铜色的面颊早已大汗淋漓。每一个人心间呼唤的无疑都是同一的声音：在这绿茵茵的草场上搭起一个帐篷。昔日，令人神往的正是这种纯净、神秘的所在。至少在这里，战争与仇恨永远都无法渗入。可是现在已经知道任何地方都不存在所谓的避难处。这里竖着七个十字架。

“山口到了！”安娜喊了起来。

亨利就喜欢这样的时刻，瞎子似的攀登一阵之后，眼前豁然开朗，出现一大片耕作的土地，田园、篱笆、道路、村寨一一映入眼帘；阳光仿佛给板岩瓦洒下晶莹的露珠，给玫瑰色的平板瓦陡添了一抹闪光的色彩。然而，亨利首先瞥见的是一道山的屏障，它紧倚着天际，继而是辽阔的高原，在太阳下赤裸裸地经受着炙烤。如同法国的其他高原，这儿有农庄、村落、小寨，可没有平板瓦，没有板岩瓦，根本不见屋顶的影子，唯有高低不一的断壁残垣，东一个窟窿，西一个缺口，遮蔽不了任何东西。

“知道了又有何用?”安娜叹息道，“尽管认为都知道了，这有何用。”

他们一时呆立着一动不动，接着开始顺着阳光猛烈抽打着的沙砾小路，小心翼翼地下山。八天来，他们谈论广岛，列举数字，交换意义可怖的话语，可心底却激不起一丝涟漪，但突然间，只需匆匆的一瞥，恐惧便悠然而至，他们的心便开始抽搐。

迪布勒伊猛地刹住了车子：“出了什么事?”

一只军号在紧吹，穿透了村寨上空飘忽的薄雾。亨利停下车子，发现脚底的大公路旁一溜军用卡车、运输用履带装甲车、汽车和推车。

1　garrigue，地中海地区毁林后的常绿矮灌木丛。

“是纪念会！”他说，“我没有留心，可我听旅店的人说什么地方有个纪念会。”

“是个军队纪念会！我们可怎么办？”迪布勒伊问道。

“头顶着太阳，不能返身上山，也不能停下不走，进退两难是不是？”安娜急得直问。

“是进也不得，退也不得。”迪布勒伊口气沮丧地答道。

他们继续往山下走。被烧毁的村庄左侧，有一个土坛，竖着一个个白色的十字架，上面摆满了红色的花束。一些塞内加尔士兵迈着正步向前行进，头上的小圆帽闪闪发亮。军乐声又起，遮住了公墓的寂静。

“看样子要结束了，我们运气还算好。”亨利说。

“向右骑。”迪布勒伊说。

士兵们冲锋似的上了军用卡车，人群四下散开。男女老少全都穿着黑衣，被那漂亮的丧服闷得几乎要窒息。他们乘汽车，坐推车，骑自行车、摩托车或徒步，来自周围的所有村落、小寨，足有五千甚或万人。此时，他们正挤撞着向枯树和烧焦的断壁拥去，争夺那仅有的一点点阴凉。他们有的蹲在路旁的排水沟里，有的半倚着汽车，纷纷拿出圆形大面包和红葡萄酒。死者已经安排妥当，被填饱了悼词、鲜花和军乐，活人们便大吃起来。

“我琢磨着什么地方可以歇个脚。”安娜说。

上午这段艰苦的行程之后，他们渴望在阴凉处躺一躺，喝点冰凉饮料。他们顺着公路，伤心地推着车子走去，路上挤满了寡妇和孤儿。下山向谷地开去的大卡车卷起漫天的白色尘土。“到哪儿找阴凉去？哪儿？”安娜直问。

“那边有些桌子摆在阴凉处。”迪布勒伊说，边指着紧靠一座木屋摆开的几张长桌，可桌旁的位子好像全被占了，几个妇女轮流端上一盆盆土豆泥，用勺子分给各位。

“是在聚餐还是个饭店？”安娜问道。

“咱们去瞧瞧。老是煮鸡蛋，我宁愿吃点别的东西。”迪布勒伊说。

原来是个饭店，人们差不多挤坐在一起，以腾出更多的位子。亨利坐在迪布勒伊正对面，身旁是一位妇女，她戴着沉甸甸的黑面纱，两只患麦粒肿的眼睛红红的。一勺白花花的东西倒进他的盘子，紧接着一个男人用叉子叉上一块血乎乎的肉。面包篮和酒瓶在人们手中传递着。大家一声不吭地只管吃着，那副尴尬的贪婪相令亨利想起了自己儿时参加的葬礼上村民们的样子，只是眼下服丧的是数以百计的孤儿寡妇和亲朋好友。阳光下，他们内心的痛苦和身上汗水的气味混杂在一起。坐在亨利另一侧的老人递给他一瓶红葡萄酒。"给她倒一点儿喝喝。"老人指了指那个眼睛红红的女人说道，"她是那个在圣但尼被活活吊死的男人撇下的媳妇。"

一位女的隔着桌子问道："那位被他们倒悬着活活吊死的是她丈夫？"

"不，不是那位，她的那位两只眼睛被掏了。"

亨利给寡妇倒了一杯酒，他不敢看她。突然，他感到薄薄的衬衫下汗在流淌。他向老人转过身子，问道："是那些空降下来的大兵烧了瓦西厄？"

"对，他们来了四百号人，您可以想象，他们不费吹灰之力。死人最多的是瓦西厄，所以他们才有进大公墓的权利。"

"那是整个韦科尔地区的公墓。"他对面的女人自豪地说，"您是大热纳的叔叔吧？"她问道，"就是跟他儿子费弗里耶一起在山洞里给找到的那位？"

"对，我是他叔叔。"老人回答道。

餐桌边，话匣子全打开了，人们一边呷着葡萄酒，一边回忆起那恐怖的往事：在圣罗克，德国人把男女村民关进教堂，烧起一把大火，后来才允许女人出来，其中有两个就没有逃出来。

"我老毛病又犯了。"安娜突然站起身子说，"我……"

她刚走了几步，整个身子便往木屋的墙壁倒了过去，迪布勒伊慌忙跑去，亨利紧跟着他。她双眼紧闭，脸色苍白，额头上涔着汗珠。"心里不舒服，"她用手绢捂着嘴打了个嗝，含糊不清地说。过了一会儿，她睁开了眼睛："过去了，是红葡萄酒的缘故。"

"是因为喝了酒，加上太阳晒，身子疲乏。"迪布勒伊说。他是在帮她寻找借口，可心里肯定清楚她的身子壮实得像匹佩尔什马。

“您得到阴凉处躺下来歇一歇。”亨利说，“咱们去找个安静的角落。您可以骑个三五分钟吗？”

“可以，可以，现在好了，对不起。”

昏厥、哭泣、呕吐，女人们生就有这份能耐。可是，这也无济于事，面对死去的人们，任何人都无能为力。他们又跨上了自行车。整个空气在燃烧，仿佛村庄再次燃起熊熊大火。每个草垛、每丛灌木边都躺满了人，男的把礼服扔在一边，女的挽起了袖子，敞开了紧身上衣。耳边传来了歌声、笑声和逗弄的欢叫声。不喝酒，不笑闹，不逗乐，他们又能干些什么呢？既然他们还活着，他们必须生活。

他们骑了约摸五公里，发现了一截半枯的树干，有那么一丁点儿树荫。安娜在茅草和石子上铺上了雨衣，侧弓着身子躺在上面。迪布勒伊从背包里掏出纸张，那纸张一股子淤泥味儿，看似被泪水打湿过一般。亨利坐在他们身旁，头倚着树身，他睡也睡不着，事情也干不起来。突然，他感到一心想着学习是多么愚蠢。法国的政党，顿河流域的经济，伊朗的石油，苏联当前的问题，所有这一切已经成为过去：这个正在展开的新的纪元在书中并没有被预见到。面对原子能，这扎实的政治文化学又有什么分量？革命解放联合会、《希望报》、行动，多么苍白的玩笑！所谓善良的人们尽可放心发动罢工，学者和技术人员却在制造炸弹、反炸弹、超炸弹，手中掌握着前途命运的是他们。一个欢乐的前程！亨利合上双眼。瓦西厄。广岛。一年来情况有了发展。这将导致下场战争。那下一个战后又是怎么样呢？无疑比眼下还要严峻。除非根本就不再有战后。除非战败者以炸毁整个地球为乐。这很可能发生。假设地球没有被炸成碎片，还继续绕着自己旋转，但已冰冷一片，阒无人迹：设想这种结局并不更令人好受。死亡这个意念从未让亨利痛苦过。可突然，这片月球似的死寂使他心惊肉跳：人类从此灭绝！面对这无声无息的永恒世界，爬格子、开大会又有什么意义？还是默默地等待世界的灭顶之灾或个人的末日到来吧。一切都是虚无。

他睁开眼睛。地上酷热难当，天上阳光闪耀。安娜在睡觉，迪布勒伊在写着写作有理的字样。两个戴孝的乡下女人匆匆地向村子赶去，手里抱着红红的玫瑰，鞋子上沾满白色的尘土。亨利定睛目送着她们。莫非是圣罗克的女人为她们亡夫的尸骨献花？有可能。她们应该成为受人尊敬的寡妇。也可能有人在戳她们的脊梁骨骂？她们在心底又是如何对待这一切的？她们是否已经忘却了过去的许多东西，或者只是忘却了一小部分，甚或一点儿也没有忘记？一年的时间，既短暂又很漫长。死去的战友已经被忘却了，那八月的时光所预示的前程已经被忘却了：幸好如此。固执地陷入过去，这有害无益，可一旦发现自己或多或少否认了过去，心里也并不那么自豪。正因为如此，他们才创造了这种两全之计：纪念。流血的过去与掺和着辛酸的泪水的红葡萄酒的今天。这个两全之计使多少人心头获得安宁。可在另一些人看来，这也许显得丑恶。假设这些妇女中的一位深深地爱着她的夫君，那么，这军乐、悼词对她来说会有什么意义呢？亨利双眼定定地看着橙红色的山峦。眼前映现出那位妇女，她站在衣橱的镜前整理着黑面纱，军乐不停地吹奏，她突然喊叫着："我不能去，我不愿去！"旁人把红色的玫瑰塞到她的手中，恳求她以全村寨的名义，以法兰西的名义，以所有死难者的名义去参加纪念会。外面，纪念会正在召开。她掀去面纱。后来呢？视线一片模糊。"哎哟，"亨利在心底对自己说，"我已经决定不再写作。"可是，他全身纹丝不动，目光仍然像僵住了一般。他无论如何需要确定这位妇女后来所经历的一切。

亨利在波尔之前回到巴黎，他在报社对面租了个房间。由于时值酷夏，整个《希望报》低速运转，所以，他有暇伏案一写就是几小时。"写剧本真有趣！"他自言自语道。美酒、鲜花、酷热、鲜血，那个充斥着这一切的沉重的下午写成了一部剧本，他的第一部剧本。对，废墟向来就存在，放弃写作的理由也总是存在，可是，一旦写作的欲望在你心头重又升腾而起，这些理由便显得无足轻重。

波尔没有吵闹，默默接受了亨利关于从此在红色公寓和旅馆分居的念头。可当他在外面单独过了一夜之后，第二天发现波尔的眼睛一圈黑晕，颜色那么深，以至他不禁暗暗发誓，从今以后不再分居。尽管如此，他时不时还是到他那个房间住上一宿，这使他感到多少有了点自由。"不应该过分要求，”他常对自己这样说。知足者常乐，生活中不乏小小的乐趣。

不过，《希望报》的处境岌岌可危。一个星期四的下午，他发现金柜空了，这时，他心里可真的焦灼不安了。吕克对他大加讽刺。他责备亨利在钱的问题上完全是一副小店主的思想。这也许是实情。不管怎么说，早已有言在先，财务问题由吕克全权负责，这一权力亨利当初也是主动给他的。果然，到了星期六，吕克就弄到了钱，给报社人员发了工资。“从广告合同中提前支取了部分费用。”吕克解释说。后来再也没有重新发生恐慌。《希望报》的订数没有上升，却神奇地维持了下来。另外，革命解放联合会虽然没有成为一个大的群众组织，可在外省赢得了地盘。更令人感到慰藉的是，共产党方面不再对它进行攻击：持久团结的希望重又闪现。领导委员会在十一月份一致决定支持多列士，反对戴高乐。“一旦感到与朋友、盟友和自身团结一致，生活就轻松多了。”亨利一边思忖，一边与萨玛泽尔随便交谈。萨玛泽尔是来给他送一篇有关危机的文章的。轮转印刷机轰轰作响，外面，是一个美丽的秋夜，樊尚不知在什么地方唱歌，声音失真却欢快。说到底，连萨玛泽尔也有他好的一面。大家估计他那部关于游击队的书会大获成功，《警觉》正在发表其中的一些章节，他对即将取得的巨大成功高兴得到了幼稚的地步，那副热忱的姿态也因此而显得诚实可信了。

“我冒昧给您提一个问题。”萨玛泽尔说道，继而咧嘴一笑，“有人说从来就没有冒昧的提问，只有冒失的答复。您不一定非要回答我。有一件事我感到纳闷，”他继续说，“《希望报》订数这么有限，它是如何得以维持下去的?”

“我们并没有秘密资金。”亨利开心地说，“原因嘛，就是我们的广告比过去做得更多了，其中的小广告，就是一个巨大的来源。”

“我想我对你们广告收入的了解还是比较准确的。”萨玛泽尔说，“呃，据我计算，你们很明显处于亏损状态。”

“我们是负了相当一大笔债。”

“这我知道，可我也知道从七月份以来这笔债没有增加。正是这一点使我感到惊奇。”

“您的估算可能有误。”亨利以轻松的口吻说道。

“只得这么想了。”萨玛泽尔说。

萨玛泽尔好像并不十分信服。等客人离去，亨利又独自一人呆着时，对自己感到恼火。他完全可以列举准确的数字。“惊奇”，当吕克从空空的金柜中又拿出了支付工资的钱时，涌到他嘴边的正是这个词。“从广告合同中提前支取了部分费用。”亨利竟满足了这种解释，太轻率了。什么合同？提前多少时间支取？吕克说的是不是实情？亨利重又感到不安。萨玛泽尔手中确实并不掌握所有数据，可他善于计算。吕克到底是怎么应付的？谁知道他就不会以个人名义偷着借款？他从未搞过不清不白的交易，可总得了解清楚这钱到底从何而来。当办公室的人全都离开之后，清晨两时许，亨利走进编辑室。吕克正在算账。他往往很迟才走，一直等到亨利离开报社，他要清理账目。

“喂，如果你有空，咱们一起看看账目。”亨利说，“我还是想弄清有关我们财务的某些事。”

“我正在算账呢。”吕克说。

“我可以等一等。我这就等着。”亨利边说边往桌沿上坐。

吕克上身只穿件衬衫，系着背带，亨利定睛地看了久久一阵：黄颜色的背带。吕克抬起脑袋：“你为什么要自找麻烦，掺和这些钱的事情？”他说道，“请信任我吧。”

“让我看看账本，这不费吹灰之力，为什么却要求我信任你呢？”亨利反问道。

“你什么都看不明白的。会计学，那是个新天地。”

“过去有几次你给我解释，我不是明白了吗？这总不是什么妖术吧。”

“要白白浪费许多时间。”

“这并不叫浪费时间。我不清楚你是怎么应付困境的，心里不踏实。喂，就给我看看这些账本吧。你为什么不肯呢？”

吕克挪了挪桌子下的双腿。一只大皮垫子支撑着他那痛苦的双脚。他恼怒地说：

“账目上并不是什么都记。”

“我所感兴趣的，”亨利激动地说，“正是账上没有记上的东西。”他微微一笑，“你瞒了我什么？你借钱了吧？”

“你不是禁止我借款吗？”吕克以抱怨的口吻说。

“那是怎么回事？你是不是敲诈了什么人？”亨利半开玩笑地说。

“我！我会把《希望报》弄成一份敲诈勒索的报纸！”吕克摇了摇头，“你没有睡够吧。”

“听着，”亨利说，“老是猜谜，我可没有这份兴趣。我不愿《希望报》东拼西凑过日子。你就保守你的秘密好了，我明天一早就给特拉利奥打电话。”

“这才叫讹诈呢。”吕克说。

“不叫讹诈，叫慎重。特拉利奥，我知道他的钱是什么货色。可上个星期六落到金柜的那笔钱，我不知是从哪儿冒出来的。”

吕克犹豫道：“是……自愿赞助的。”

亨利满腹狐疑地打量了吕克一番：他有一个丑陋的妻子和三个儿女，微微发福的腹部，背带，痛风病，一张硕大的无精打采的面孔，这一切显得令人十分放心，可谁料到一九四一年一股狂风偶然穿透了这具肉体，甚至连《希望报》也借此应运而生。莫非这股怪诞的狂风重又吹起？

“你是否从什么人那儿勒索了钱？”

“我可没那个能耐。”吕克叹息着说，“不是的，是捐献，纯粹的捐献。”

“谁也不会白白给这么多钱。是谁捐的？”

“我答应保密的。”吕克说。

“答应谁？”亨利微笑着问，“哎哟，你是哄我，慷慨的捐献者，这可不存在。”

“我向你发誓是存在的。”吕克说。

“恐怕不是朗贝尔吧？”

“朗贝尔！他根本不顾报社死活。除了来找你，平时从不踏报社的门。朗贝尔！”

“那是谁？快说呀。”亨利不耐烦地追问道，“要不我就打电话了。”

“你不会张扬是我告诉你的吧?”吕克声音嘶哑地说,“你答应我?”

“我以我自己的脑袋向你发誓。”

“呃,是樊尚。”

亨利惊愕地看着吕克,吕克低头盯着自己的脚。

“你没有疯吧?你就不怀疑樊尚的钱是怎么弄来的?你多大岁数了?”

“四十岁。”吕克不快地说,“我知道樊尚是从那些曾和德国人合作过的牙科大夫那儿抓来的钱,我看不出有什么不好。要是你害怕被指控同谋罪,请你放心,我已经有所预防。”

“那樊尚呢?我猜想他也小心至极吧!他说不准就会在这些混蛋伎俩中掉了脑袋!你就不明白?你满脑子是水还是什么东西?等到那个疯子被逮住的那一天,你就会感到了不起了。”

“我可没有求他什么。”吕克说,“要是我拒收他的钱,他就送给一家狗诊所。”

“难道你就不明白收了他的钱,等于怂恿他再干?他接济我们多少次了?”

“三次。”

“你还指望继续这么下去?你跟他一般疯!”

亨利站起身子,向窗口走去。五月里,当他得知樊尚把纳迪娜也拉进了他们一伙,他曾狠狠地对他敲了警钟,还派他到非洲工作了一个月。樊尚回来后曾夸口已经改邪归正了,可他又故态复萌!

“我得找个法子吓唬他。”亨利说。

“你答应我保守秘密的。”吕克说,“他曾让我发誓决不告诉你,千万不能让你知道。”

“那当然!”亨利回到桌旁,“不管怎样,我能不能跟他说点什么,反正都是一回事。”

“再过十天,有一笔款要付。”吕克说,“可我们付不出。”

“我明天就跟特拉利奥谈去。”亨利说。

“要是能再赢得一两个月就好了,困境差不多就摆脱了。”

“差不多,这可不够。”亨利说,“再固执又有何用?订数没有回升,日子一长特拉利奥就有可能改变主意。”亨利把手搭在吕克的肩头，“只要能像以前一样自由，这又有何妨？”

“到时就再也不一样了。”吕克说。

“肯定完全一样，只是再也用不着为钱的事烦心了。”

“这是最好不过了。”吕克叹息道。

一想到钱的问题就要彻底解决，亨利轻松了许多。两天后，他心底坦然地走进了特拉利奥的办公室：里面摆满了书籍，表明主人是个知识分子，而不是个商人。可特拉利奥本人身材颀长，风度翩翩，加上一个半秃的脑袋，十足一副大企业家加富豪的派头。

“在整个被德占领期间，我们工作紧密配合，可竟没有见过一面！”他有力地握着亨利的手说，“您与维尔朗德很熟，对吧？”

“当然，您当时在他的联络网？”

“对，那是个非凡的人物。”特拉利奥稍带忧伤的口气说道。继而一个自豪的微笑天真地显现在他的脸上，脸也因此变得圆了：“正是通过他我才结识了萨玛泽尔。”他示意亨利就座，自己也坐了下来，“那个时候，重要的是人的价值，而不是金钱。”

“那已经很遥远了。”亨利搪塞着说。

“幸亏能使用金钱来维护人的某些价值，这倒也是个安慰。”特拉利奥以一副动人的神态说。

“迪布勒伊把情况跟您说了吧？”亨利问。

“大概说了说。”

特拉利奥的目光里含有一种迫不及待想了解情况的意思。实际上，他对情况了若指掌，可为了从容地对亨利考察一番，他必须要一下手腕。亨利并不自信地开始谈了起来。他也仔细观察着特拉利奥。特拉利奥和蔼可亲地聆听着，但可亲之中又带有几分俯允的神态。他确信自己享有特权，但口头上却声明放弃，为此而洋洋得意，自认为比那些一无所有但内心又不甘心被剥夺的人高出一头。根据迪布勒伊的介绍，亨利想象中的特拉利奥并不完全是这副姿态。在他的脸庞上，没有一丝软弱、忧虑的表示，也没有慷慨、大度的印记。如果说他属于左派的话，那只能是一种机会主义的行径。

“这里，我打断您一句!”他突然说，“您说订数下降是必然的。”他定睛看了看亨利，仿佛就要揭示一个危险的真理，“我并不相信什么必然性，甚至可以说这是阻止我信仰马克思主义辩证法的原因之一。我个人的经历与您不同。我是个生意人，是个实干家，这一经历告诉我事物发展的进程可能会因为一个偶然因素的偶然介入而改变。”

“您的意思说有可能避免订数下降?”亨利口气有些生硬地说道。

特拉利奥停顿了片刻：“反正我确信今日有可能使订数回升。”他说，“我绝不把这看成是个钱的问题。”他打了个有力的手势说道，“可鉴于《希望报》所代表的使命，我认为它重新争取广泛的读者事关重大。”

亨利饶有兴趣地从中听出了萨玛泽尔的腔调。他开口说道：“我和您一样希望能这么做，是资金短缺造成了我们的困难。如有资金，我可负责搞通讯报道和调查报告，这可以给我们赢得大量的读者。”

“通讯报道、调查报告，这当然。”特拉利奥声音冷漠地说，“可这不是主要的。”

“那什么是主要的?”亨利问道。

“我这就直言相告。”特拉利奥说，“您是很有名气，甚至深孚众望的人。可请允许我向您进一言，您的朋友吕克微不足道，没有一点儿名气。另外，我也读过出自他的一些文章，明显笨拙。”

亨利冷冷地打断了他的话：“吕克是位优秀的记者，报纸属于他和我，如果您想过排斥他的话，那就请您再也不要考虑了。”

“难道就不能促使他自行退出?比如以对他有利的价格买下他的那一股，再给他提供一个好的职位?”

“不行!”亨利说，“他决不会答应的，再说我也不会要他这样做。《希望报》就是吕克与我。您要么给我们提供资金，要么不提供，没有两全的办法。”

“显然，对一个共同投入一项事业的人，有时要分道扬镳，这比对外人要更困难。”特拉利奥以打趣的口吻说道。

“我不明白您的意思。”

“没有任何法律限定一家报纸的领导委员会只有两个成员。”特拉利奥说道，接着微微一笑，“鉴于你们之间的友谊，我确信让萨玛泽尔当您的助手不会有任何难处。”

亨利缄默不语。怪不得萨玛泽尔那么关心《希望报》的命运！他终于冷冷地开口说道：“我看没有必要。萨玛泽尔如有兴趣，可在我们报上写点什么，这对他来说也许足够了……”

“希望如此合作的不是他，而是我。”特拉利奥傲慢地说，声音紧接着生硬起来，“我认为在您的大名旁边，还需要另一个同样深孚众望的名字。眼下，萨玛泽尔的影响正在飞快地扩大，保准明天谁都会谈论他。亨利·佩隆与让·皮埃尔·萨玛泽尔，这是社会利害关系的结合。再说，必须给你们的报纸注入新的活力。萨玛泽尔，这是一股自然的力量。我向您建议的就这些。我负责偿还全部债务，买下《希望报》百分之五十的股份，具体条件容我们再商量，吕克与萨玛泽尔各占百分之二十五，您占另一半。采取何种决定，以得票多数为准。”

“我十分敬重萨玛泽尔。”亨利说，“可我也对您直言不讳：萨玛泽尔个性太强，在他当家的地方，我感到难以做主，而我却坚持要感到我是报社的主人。”

“这纯粹是个人之见。”特拉利奥说。

“也许。可不管怎么说，这关系到的是一份属于我个人的报纸。”

“那是革命解放联合会的报纸。”

“这两者并不相互排斥。”

“问题正在这里。”特拉利奥说，“我给革命解放联合会的报纸提供资金，我希望保证它具有最大的成功的可能性。”他固执专横地继续说：“《希望报》是一个非凡的创造，请相信我对它的价值有正确的评价。可我们面临新的困难，问题是要取得更大范围的成功，因此，单枪匹马就再也不够了。”

“我向您重复一遍，我并非单枪匹马。”亨利说，“我觉得与吕克完全有能力面对这一新的处境。”

特拉利奥摇摇头：“说句自吹的话，我对一个人的能力向来有比较正确的评价。眼下要逆流而上，十分艰巨，您需要萨玛泽尔这样的人来帮您一把。”

“这并非我的看法。”

“可这是我的看法。”特拉利奥突然出言不逊，“任何人都无法使我改变。”

“您是想说如果我拒绝您的办法，您就不给《希望报》提供资金?”亨利说。

“您没有任何理由拒绝。”特拉利奥又显出温和的气色。

“您许诺过无条件支持我。”亨利说，“正是据此诺言我才让《希望报》成为革命解放联合会的机关报。”

“瞧，我没有强加给您任何条件。毋庸赘言，报纸的政治路线保持不变，我只是请您采取必要的措施，扭转困境，我想这是你我都同样希望的。”

亨利站起身子：“我这就去找萨玛泽尔谈个清楚!”

“萨玛泽尔肯定不会答应在违背您意愿的情况下进入《希望报》。”特拉利奥说，“为此，这次谈话最好只限于我们俩。他拒绝，还是您拒绝，这无关紧要：只有让他参与报纸的管理，我才会提供资金。”

“我总要让他知道此事吧。”亨利说，他尽量控制住自己的声音，“因为我听信了您的诺言，危及了《希望报》的安全，把它引到了倒闭的边缘。可是您却乘人之危，肆意讹诈。像这样一个能够干出如此不仁不义勾当的人，无论如何，我还是不用他帮忙为好!”

“您没有权利谴责我讹诈!”特拉利奥也站了起来，说道，“我干任何事情都光明磊落，这件事和别的事一样。我从来就不隐瞒，在我看来，进行某些调整，对《希望报》的良好管理是必不可少的。”

“迪布勒伊对我说的可不是这样。”亨利说。

“他对您说的话不用我来负责。”特拉利奥提高了嗓门道，“我知道我对他说了些什么，若产生误会，那太遗憾了，我表达的可是一清二楚。”

“您跟他谈过您的对策吗?”

“当然。我们谈得还相当详细呢!”

他的话中包含着如此令人信服的诚意，亨利一时沉默不语。“他总不至于理解成这是一个必不可少的条件吧。”他终于开口说道。

“我猜测他想要理解的都理解了。”特拉利奥带着几分敌意说道。“哎，”他紧接着以妥协的口吻说，“我的建议在您看来为什么就那么不可接受？您之所以恼火，是因为您自以为是一次卑鄙的勾当的受害者。您只要跟迪布勒伊谈一次，就可对我的诚意深信不疑，您到时肯定就会明白我的建议对您来说是个多么重要的机遇。请您相信，任何人都不会以偿还六百万债务为代价，冒险买下《希望报》。只有像我这样对革命解放联合会忠心耿耿的人才会冒这个风险。要不，别人肯定会强加给您与我截然不同的条件：政治条件。”

“我决不泄气，一定要找到无私的支持。”亨利说。

“可您已经找到了！”特拉利奥说。他淡然一笑，“我把这次交谈只当作初次接触。就我这方面而言，谈判的大门总是敞开的。您好好考虑考虑吧。”

“谢谢您的忠告！”亨利说。

他气呼呼地答了一句，可他责怪的并不是特拉利奥，而是迪布勒伊的乐观主义！他那不可救药的乐观主义！不，这里谈不上什么乐观主义，迪布勒伊不会幼稚到这个程度。突然，事实真相在亨利面前暴露无遗。“他耍了我！”他瘫坐在马尔索大街的一张座椅上，他脑子里、躯体内充斥着如此强烈的嘈杂声，感到就要昏厥过去。“他存心欺骗了我，因为他想得到《希望报》，我中了圈套。”子夜时分，他前来敲门，满脸堆笑，说什么可得到无条件的资金，说什么夜色如此美妙，要一起去转转，原来在这微笑之中，他张开了圈套。亨利重又站起来，大步走去，若他走得再慢一些，说不定就会踉踉跄跄跌倒在地。

“他能回答什么话呢？他准无言以答。”亨利几乎在不知不觉中穿越了巴黎城，来到迪布勒伊的房前。他在平台上停了片刻，以便使心脏的激烈跳动平静下来。此时，他还没有十分的把握能肯定嘴里可以发出清晰的声音来。

“我可以跟迪布勒伊先生谈谈吗？”亨利问道。他为自己的声音感到诧异，这声音竟十分正常。

“他不在家。”伊维特说，“家里没有人。”

“他什么时候回家?”

“我不清楚。”

“我等着他。”亨利说。

伊维特让他进了那间书房。也许不到天黑迪布勒伊回不了家，亨利有许多事情要做。可对亨利来说，除了迪布勒伊之外，诸如《希望报》、革命解放联合会、特拉利奥、吕克等等全都已不复存在。打从他爱上了波尔的那个古老春天以来，他从未像现在这样强烈地需要某个人的出现。他在平时常坐的那把扶手椅上坐了下来，可今天，这里的家具、书籍无不在嘲弄着他：全是同谋！安娜推着小推车，送来火腿、色拉，朋友间开心地一起聚餐：纯粹是一出闹剧！迪布勒伊有的是盟友、门徒和工具，可没有一个朋友。他对别人是多么洗耳恭听！他讲起话来，又是多么洒脱！可他早有准备，一有机会便朝你身上踏来。他热忱诚挚，笑容可掬，目光迷人，可这一切只是反映了他对整个世界不可抑制的私心。(“他完全清楚我对这份报纸是多么爱惜！可他却从我手中夺了过去!”）也许就是他出谋划策，让萨玛泽尔取代吕克的。他一再劝告：去见见特拉利奥。这样一来，他就隐蔽了自己，在暗中给特拉利奥下指令。“一个阴谋，一个陷阱。一旦落入圈套，我如何摆脱?在萨玛泽尔和倒闭这两者之间，我应该选择前者，对此他准会大吃一惊。”亨利在寻找激烈的措辞，准备冲着迪布勒伊宣布自己的决定。然而，这滔滔怒火激不起任何精神。相反，他感到精疲力竭，甚至隐隐约约地感到害怕，感到羞辱，仿佛经过数小时搏斗之后，有人刚刚把他从流沙中救起。门咣当一声，亨利的指甲深深地嵌入座椅的扶手：他绝望地希冀能让迪布勒伊分担这后者给他造成的恐惧。

“您等我很久了吧?”迪布勒伊边问边朝他伸过手去。亨利机械地握了握手：还是昨天那同一只手、同一张脸。即使心里有谱，也难以看透这副面具。他嗫嚅着说：

“不太久。我必须跟您谈谈，一刻也不能拖。”

“出了什么事?”迪布勒伊问道，那假作关切的声音，惟妙惟肖。

“我刚从特拉利奥那儿来。”

迪布勒伊脸色骤变。“啊！成了？您再也坚持不下去了？特拉利奥有否作难？”他声音急切不安地问道。

“我明白了！您口口声声向我保证，他准备无条件支持《希望报》，可他非要我找萨玛泽尔合作。”亨利死死盯着迪布勒伊，“听说您知道这事。”

“我七月份就知道了。”迪布勒伊说，“于是，我马上到别处去弄钱。我以为莫瓦纳就要给我资助，他差不多已经答应我了。可我方才去看他，他刚旅行归来，看来再也不像当初那样坚决了。”迪布勒伊不安地看了看亨利，“您还能支撑个把月吗？”

亨利摇摇头，“不行。您为什么不事先告诉我一声？”他愤怒地问道。

“我一直指望莫瓦纳。”迪布勒伊说。

他耸了耸肩膀，“我事先也许是该跟您通个气。可您知道我向来不愿承认失败。您陷入这般困境，完全是我的过错，我发誓要让您摆脱出来。”

“您说是七月份，可特拉利奥断言他从来没有承诺给我们以无条件的支持。”亨利说。

迪布勒伊愤愤地说：“四月份，谈的只是报纸的政治路线问题，他是完全同意的。”

“您给我的保证实在过头了。”亨利说，“特拉利奥在任何领域都不会白白介入的。”

“啊！听着，就四月份的情况来说，我没有任何值得责备的地方！”迪布勒伊说，“我当时曾劝您马上亲自去和特拉利奥谈一谈。”

“可您当时跟我说话时那么自信，让人觉得去谈也是白搭。”

“我只是谈了我的想法，谈了我是怎么想的。”迪布勒伊说，“我可能错了。谁也不可能永远不出错。可我也没有强迫您相信我的话。”

“您通常可不会错到这般明显的地步。”亨利说。

迪布勒伊忽然微微一笑：“您是什么意思？是说我存心对您撒谎？”

这话从他自己的嘴里说了出来，只需以一“是”字相答，这不费吹灰之力。可是，实在难以启齿，在这副笑盈盈的面孔前，在这间书房里，实在说不出口。“我怀疑您把自己的欲望当成了现实，而毫不顾忌我的利益。”亨利克制住自己的声音说道，“特拉利奥拿钱，至于什么条件，这于您来说根本无所谓。”

“我也许是把自己的欲望当成了现实。”迪布勒伊说，“可是，我向您发誓，要是我当时对特拉利奥的盘算有丝毫怀疑，我就会让他连同那几百万法郎见鬼去。”

他的话声充满令人心动的热忱，可亨利还是不能信服。

“我今晚找特拉利奥谈谈去，”迪布勒伊说，“也找萨玛泽尔谈谈。”

“这无济于事。”亨利说。

啊！话不投机。要把心里想的高声说出来，这谈何容易。“一个阴谋!”这话突然显得那么过分，几乎到了疯狂的地步。当然，迪布勒伊绝没有搓着双手自言自语说过“我策划了一个阴谋”。倘若亨利胆敢冲着他骂出这个字眼，那迪布勒伊说不定会笑得更凶。

“特拉利奥很难对付，但萨玛泽尔可以争取。”迪布勒伊说。

亨利摇摇头：“您争取不到他的。不，只有一个办法：我洗手不干了。”

迪布勒伊一耸肩膀：“您完全清楚您不能这样。”

“对此，您是会大吃一惊的。”亨利说，“可我一定要这样做。”

“您要毁了革命解放联合会？您要知道，对面的人会怎样幸灾乐祸！《希望报》倒闭了，革命解放联合会被清除！这够瞧的！”

“我可以把《希望报》卖给萨玛泽尔，到阿尔代什买家农庄。革命解放联合会绝不会因此而有任何损害。”亨利忧楚地说。

迪布勒伊神情痛苦地看着他：“您恼火，这我理解。我有罪。我不该如此轻信特拉利奥，我在七月份就应该告诉您。可是，我将尽一切努力弥补这一切。”他的话声愈来愈恳切，“我求求您，别固执了，咱们一起去寻找办法，摆脱困难。”

亨利默默无语地打量着他。承认过错，这是巧妙之策，是减轻罪过的最好办法。可其中最严重的过错，迪布勒伊却避而不谈。实际上，他的过错在于无度滥用了他人的信任。他往往在要求你为友情做出牺牲的同时，假装给你以友谊，可事实上却一点也不给。必须对他明言：“您是在要我，要所有的人。为了追求真与美，您会不惜牺牲任何人。可所谓的真，是您内心所想，所谓的美，是您内心所求。您把整个宇宙视作您的创造，在人这个创造物与您之间无法相比。当您要弄慷慨之举，也只是为了给您自己增添荣耀。”对他，还可以指责一千条，一万条。可是，这样一来，就不得不愤然关门离去，永远再别打开这扇门扉。“我必须这么做。”亨利思忖。关于报纸，不管他做出何种决定，他都该立即与迪布勒伊决裂。他站起身子，他看了看小推车、书籍、安娜的照片，不禁感到心软。整整十五个春秋，这间书房对他来说始终是世界的中心，是他温暖的所在。在这里，真理仿佛是可信的，幸福显得至关重要，保持自我又似乎是一种伟大的特权。他无法想象自己踯躅街头，身后的这扇大门从今以后向他永远关闭的情景。

“没有用了，已经进退维谷。”他以平淡的声音说道，“我并不固执。只是在目前的处境下，我再搞《希望报》已经毫无意义。肯定能找到妥善的解决办法，使我离开不至于给报纸和革命解放联合会造成损失。”

“听我说，再给我两天时间。”迪布勒伊说，“如果两天后我一无所获，您再考虑您的决定。”

“那好。可我什么都已经考虑过了。”亨利说。

亨利刚一跨出门外，脑袋里便旋转起来。他朝报社方向迈了几步，这是他想去的最后一个地方。当面找吕克说清，也许吕克会感到痛心，抑或会建议到哪位牙科大夫处再敲一笔，亨利实在感到没有这个勇气。至于波尔那里，一想到她那没完没了的预言，那絮絮叨叨的陈词滥调，根本就不能去。然而，他需要道出事实真相。他感到自己受到了愚弄，仿佛刚刚观看了一场魔术表演，狡猾的魔术师给你亮了他的绝招，却又是虚晃的一招。迪布勒伊在作弊，眼看着就要抓住他的把柄：可是说变就变，那张偷摸的牌已不在他手中，也不在他的兜里。他撒谎撒到了何种程度？他是否也对自己撒谎？在厚颜无耻与存心欺人这两者之间，他的背信弃义到底偏向哪一端？毫无疑问，背叛之举确实存在着，却又无法抓住他的把柄。“我又被耍弄了。”明摆的事实再次使他头脑发昏：这是一起精心策划的阴谋，迪布勒伊冷笑着在幕后牵线。亨利在桥中心停下脚步，双手紧握着栏杆。他是否在胡思乱想？还是因为怀疑迪布勒伊要阴谋诡计致使自己陷入愚蠢的深潭？不管怎样，倘若他还继续一意孤行，在一个又一个明摆的事实中颠簸晃荡，那他的大脑马上就会爆炸。他无论如何必须要跟别人谈一谈。他想到了朗贝尔。“要是我当初接受了他的忠告，就不会落到今天这个地步。”他思忖道。朗贝尔不喜欢迪布勒伊，可他向来以保持公正而自鸣得意。他是亨利可以进行一次慎重交谈的唯一人选。他穿过了桥，走进了比亚尔咖啡店的电话间。

“喂！我是佩隆。我能上楼跟你随便谈谈吗？”

“当然。这念头倒怪好的！”

朗贝尔热烈的话声中交织着几分惊奇：“你怎么样？”

“不错。马上见。”亨利说。

对方话声中的惊奇与热烈使他心头平静了下来。朗贝尔的热情显得有些笨拙，可至少对他来说，亨利绝不是他棋盘上的一个卒子。亨利快步登上楼梯。怪诞的一天，白白用来上楼下楼，仿佛他是法兰西学院的候选人似的。

“你好。请走这边。”朗贝尔兴高采烈地说，“请原谅这地方乱七八糟的，我实在没有空暇整理。”

“哎哟，你住得还怪舒适的！”亨利说。

宽敞明亮的房间杂而不乱，摆着一架电唱机、一个唱片柜，精装的图书按作者归类，摆得整整齐齐。朗贝尔身着一件黑色毛线衫，系一条黄色真丝围巾。面对眼前的一切，亨利感到有点不太自在。

“白兰地、威士忌、矿泉水还是果汁？”朗贝尔打开唱片柜下方的一格，问道。

“来一杯浓威士忌。”

朗贝尔走进了一间淡绿色的浴室去取水，亨利瞥见里面有一件大毛巾浴衣，刷子和肥皂等用品也一应俱全。

“这个时候，你怎么会不在报社？”朗贝尔问。

“报社有了麻烦。”

“什么麻烦？”

说朗贝尔对报社不关心，这并不确切，应该说他和吕克之间有着深深的对立情绪，只要他们俩站在一起，看上一眼，这种相互之间的反感情绪就不难理解。他全神贯注地听亨利一五一十地对他讲，越听越气。

“这当然是个阴谋！”他说，继而思虑片刻，“你不认为迪布勒伊会想尽办法和萨玛泽尔一起进报社？或代替萨玛泽尔进报社？”

“不，我不这么认为。”亨利说，“他对记者这一行不感兴趣。不管怎么说，他是以革命解放联合会的名义控制着《希望报》。但即使这样也没有任何改变，他照样还给我设了一个卑鄙的圈套。”他打量着朗贝尔，“若你处在我的位置上，你会怎么办？”

“要是你愿意，让他们也没有好果子吃。”朗贝尔说，“可无论如何也不能把报纸乖乖地卖给他们，他们正求之不得。”

“我不愿意发生丑闻。”亨利说，“我可以好聚好散，把报纸放弃算了。”

“这无异于你承认失败，他们会得意忘形。”朗贝尔说。

“你总是劝我不要搞政治，这就是一个摆脱政治的良机嘛。”

“《希望报》与政治交易有别。”朗贝尔说，“你亲手创办了这份报纸，它是你的命运……不，你不能这样。”他冲动地说，“要是我有钱的话！可我手头所剩无几，不知如何派上用场。”

“我什么地方都弄不到钱，他们完全清楚。”

“接受萨玛泽尔吧。你跟吕克好好合作，争取抵消萨玛泽尔的作用。”

“若他与特拉利奥结成一伙，那就与我们势均力敌了。”

“萨玛泽尔怎么会有钱买股份？”朗贝尔问道。

“提前支取他那部书的稿酬，要么特拉利奥帮他忙。”

“他为何那么看重萨玛泽尔？”

“我怎么知道？我甚至都弄不明白那家伙怎么会是革命解放联合会的人。”

“必须找到反击的手段。”朗贝尔说。他一副沉思的神态，在房间来回踱着步。突然响起两声急骤的门铃声，朗贝尔脸霍地红了，一直红到头发根：“是我父亲！我没想到他来得这么早！”

“我避一避吧。”亨利说。

朗贝尔神情尴尬，恳切地看着他：

“你就不愿意跟他打个招呼？”

“噢，当然愿意。”亨利急忙说。

打个招呼并不碍事，可眼下这个人，也许就是他断送了罗莎的性命，至于德国人，他肯定竭诚为他们效过力。亨利见他向自己走来，好不容易强装出一个笑脸，嘴巴直哆嗦。只见他一头灰发，浮肿发黄的脸上闪烁着一双蓝得像瓷器般发亮的眼睛。如此柔和、鲜艳的色泽竟闪现在这张衰竭的面孔上，令人不胜惊讶。朗贝尔先生等着亨利向他伸过手来，可最终还是他先开了口。

“我很想和您见上一面，”他说，“热拉尔老跟我提起您！”他露出一个微笑，旋即收了起来，“您多么年轻！”

对他来说，朗贝尔叫做热拉尔，仍不过是个孩子。这很自然，同时也很奇怪。父子俩长得并不相像，可出于这种或那种原因，人们对他们俩会是一对父子并不感到惊奇。

“朗贝尔才年轻呢，我不年轻了。”亨利活跃地说。

“对于像您这样一位十分知名的人士来说，您确实很年轻。”朗贝尔先生坐了下来，“你们刚才在交谈……我本不想打扰你，”他朝儿子转过身子说道，“可我提前处理完了事情，不知去哪儿好，于是我便上了楼……”

“您来得对！想喝点什么吗？果汁？矿泉水？”朗贝尔的热情中透出慌乱，使亨利愈发感到不自在。

“谢谢，不喝了。这五层楼对我这把老骨头来说真有点够呛，可这里是多么安静。”他环顾四周，一副赞许的神态说道。

“对，朗贝尔住得很好。”亨利说。

“这是家里的传统了。我承认对他古怪的穿着就不怎么欣赏。”朗贝尔先生添了一句。他声音畏畏缩缩，可双眼朝那身黑色的毛线衫投去了严厉的一瞥。

“各有所好嘛。”朗贝尔并不自信地嗫嚅道。

出现了片刻的沉默，亨利乘机站起身子：“对不起，您敲门时我正要告辞。我有急事要做。”

“对不起的是我。”朗贝尔先生说，“您写的全部东西，我都十分认真地读了，有些事情我多么想跟您讨论讨论。可我猜想这种讨论也许只对我有益。”他重新收起了笑容，补充了一句。在他平和的声音、矜持的微笑和举止之中仍然保持着一股已经倦怠的魅力，可他仿佛拒绝使用这股魅力，这种持重的姿态给他陡添了一副既高傲又不可捉摸的神态。

“我们后会有期，肯定可以更从容地谈谈。”亨利说道。

“并不那么肯定。”老人说。

说不定几个月后他就会被捕入狱，他也许不能活着出来。这个曾与敌合作的大老板，在他作威作福的年代，准是个大混账，他超越了限度，不仅仅有罪，而且是一个要被审判的罪人。这一次，亨利自然地朝他一笑，一边同他握手告别。

“我明天可以来见你吗？”朗贝尔陪亨利来到前屋，问道，“我倒有个主意。”

“是不是好主意？”

“那由你看了。可千万先等我跟你说了，你再做决定。我明晚十点左右去，行吗？”

“行。可不能再迟了，因为我要和斯克利亚西纳出门。”

“好。”朗贝尔说，“我下午的时间答应给纳迪娜了，可十点前我一定到。”

无论怎样，亨利也不打算今天就做出抉择，他甚至再也不想花费心思考虑该怎么办，更不用谈去找人商量了。他无奈又回到报社，冷静地告诉吕克他与特拉利奥的交谈已经延期，然后又埋头起草起通讯来。对波尔，他再不能以实情相告。当他把钥匙插入寓所的锁中转动时，他打心眼里希望波尔已经入睡。可是不管他几时回家，她总是等着不睡。波尔坐在长沙发上，身着变色丝裙，脸上还涂着脂粉，朝他伸去嘴巴，亨利匆匆地碰了一下。

“白天过得好吗？”她问道。

“很好，你呢？”

她莞尔一笑，没有直答："特拉利奥跟你说了些什么？"

"他同意。"

"这事你真的就不烦恼吗？"她深沉地瞥了他一眼，问道。

"什么事？"

"接受他的资金？"

"不，这事早就解决了。"他生硬地说。

她犹豫不定，最后什么也没有说。两天来她一直迟疑不决。亨利知道她的心思，可不愿意帮助她道出心里话。波尔这般谨小慎微，实在让他气恼。"她对我小心翼翼，下了决心不再触犯我，等着自己的最后命运。"亨利没好气地想。"六个月前，"他尽量公允地想，"她开心快活，争强好胜，我又对她不满。"他思忖："实际上她让我恼火的，是她的一些举动。"她自知身置险境，企图自卫，这合情合理。但是她要的那些可怜的诡计，反倒害了她自己，弄得自己成了仇敌。亨利再也不跟她提唱歌的事。她看透了他的把戏，因此为她定下的约会，她一概拒绝。可是，她在这点上又错算了一着，亨利怨恨她如此执拗。如今他下了狠心，从此不要她的协助，非要把她休了不可。

"蓬斯莱的信。"她递给他一只信封，说道。

"我猜想他拒绝了。"亨利说。他把信浏览了一遍，递给波尔："对，不用说，他拒绝了。"

他的手稿已经退回两次，并附上诚惶诚恐的溢美之词：一部十分伟大的作品，但争议大，不适时宜，难以冒如此风险，等以后公众之激情平静之后再议。显而易见，对那些想忘却过去，以及企图随心所欲地改变过去的人来说，这个剧本并不惹人喜爱。但是，亨利多么希望该剧能够公演，他对这个剧本的爱远甚于对他的任何一部作品。一部小说不能一读再读，那词会蒙住眼睛；但是剧中的对话，一旦哪天化为活的声音，他就能远距离欣赏，犹如画家朝自己的作品投去默契的一瞥，一股欢悦的超脱感会油然而生。

"你的剧本无论如何得演。"波尔声音激动地说。

"我也求之不得。"

“是否轰动，我并不比你更在乎。”她继续说，“但是我感觉到你一天不摆脱这部剧作，就一天不能再动笔写小说。”

“什么念头！”亨利惊诧地说。

“你不是还没有开始写小说吗？”

“没有，可这剧本与此毫不相干。”

“那又是因为什么？”她细细察看着亨利问道，一股打破沙锅问到底的劲头。

他淡淡一笑：“就算是因为懒惰吧。”

“可你从来就不知道什么叫懒惰。”她严肃地说，又摇了摇头，“这显然是内心的抵触。”

“这部小说头没有开好。”亨利说，“我想从头重写，可我知道这是个大工程，因此不怎么着急。情况就是这样。”

她摇了摇头：“我从来就没有看见你在困难面前退缩过。”

“呃，那这一次我就退缩了。”

“你为什么一直不把草稿给我看一看？”波尔问道，“我也许能给你出个主意。”

“我跟你说过多少遍，我的草稿还不成形。”

“你是对我说过。”她一副沉思的神态说道。

“我的剧本就给你看了。”

“不错，底稿也不成形，你却给我看了。”

他没有答话。在这部小说初稿中，他对自己、对她写得过分随便了，他日后将尽力重写的小说也许不会这般冒昧。波尔只需耐心等待一段时间。他打了个呵欠：

“我困了。明天我不回这儿了，我要在旅馆那边睡，因为斯克利亚西纳不到天亮不会放我走的。”

“不管天亮还是天黑，我就不明白旅馆有什么好处。反正你爱干什么就干什么好了。”

他站了起来，波尔也跟着起身。这是个危险的时刻：每到这个时刻，他往往在她额头上匆匆亲一下，旋即转身靠着墙壁，假装马上就要昏睡过去似的。可是有的时候，她紧紧勾住他，浑身战栗或喘息不止，唯一能使她恢复平静的办法就是与她睡觉。他往往难以满足她，而且也总是感到勉强。对此波尔不可能觉察不出。正是为了抵消这种冷漠，她使出浑身招数，其一举一动无不令人怀疑她是否真的为了乐趣。亨利恨她丧心病狂、鲜廉寡耻，但更为痛恨的，是她虚情假意、低三下四。幸好，这天夜里她没有发作：她也许预感到有什么事情不对头。亨利面颊紧贴着清凉的枕头，两眼睁得大大的，反复思索着白天的事情，心里并不怎么恼火，只是感到几分痛楚。错的不是他，而是迪布勒伊。迪布勒伊悔恨也罢，发誓也罢，怎么都无法洗刷这一过错。它重重地压在亨利的心头，仿佛比他自己铸成的大错还更为沉重。

全扔下不管，这是亨利醒来时闪出的第一个念头。他没有给迪布勒伊去电话。整个白天里，他翻来覆去地想着这几个字，犹如一支令人心静、百唱不厌的小曲。这份报纸是他无可争辩的领地，却要去谈判，去退让，去缔约。不，这种后果让他感到厌恶。他更想隐居乡间，重操写作旧业，开始创作那部小说，至于《希望报》，他将静静地呆在火炉旁，以消遣的目光去读。这一打算是如此诱人，以至当他在晚上十时看办公室的门打开时，反倒暗暗地希望朗贝尔给他出的不是好主意。

“昨天你留下呆了一会儿，真太好了！”朗贝尔说道，那声音与其说在道谢，毋宁说是表示歉意。“我父亲是多么高兴！”

“与他结识，我也同样有幸。”亨利说，“他看上去已经衰老，但可以感觉到他过去富有魅力，如今仍不失某种风度。”

“魅力？”朗贝尔惊诧地问，“他特别专横。专横，而且瞧不起人，实际上至今未改。”

“噢！他不会是个随和的人，这不难想象！”

“一点儿也不随和。”朗贝尔说，接着一挥手，仿佛想驱除不快的回忆，“关于报纸是否有什么新的变化？”

“没有。”

“那就听我给你出出主意。”朗贝尔说道。突然他又感到窘迫，“你也许不愿意听吧。”

“只管说吧。”

“若你和吕克对付萨玛泽尔和特拉利奥，你们有被吃掉的危险，可假设我在里面?”

“你?”

“我有足够的钱，萨玛泽尔能买几股，我也能买几股。这样一来，如果决定的通过以得票多数为准，那我们三比二，就赢了。”

“你不是犹犹豫豫、考虑再干不干记者这行当吗?”

“这行当跟别的一样，再说《希望报》也是我的一段光荣历史。”朗贝尔假装自嘲地说。

亨利微微一笑：“我们在政治上并不总是一致。”

“我才不管什么政治。”朗贝尔说，“我只想要你保住报纸。无论怎样，你保准能得到我这一票。此外，我也能看到你会变化，对此并不丧失信心。”他乐呵呵地说，“唯一的问题是特拉利奥是否同意。”

“他该为留住这么一位优秀的记者而高兴。”亨利说，“幸好你还没有厌倦通讯报道这一行。”他补充道，“你关于荷兰那些文章棒极了。”

“多亏了纳迪娜。”朗贝尔说，“她对此的兴趣之大，竟让我也产生了乐趣。”他神色不安地看了看亨利，“你觉得特拉利奥会答应吗?”

“据我猜测，如我走，他们会感到事情不好办；若我接受萨玛泽尔，他们也许会向我做出一次让步。”

“你好像并不特别高兴?”朗贝尔神情有些失望地说。

“啊！这件事整个儿让我厌烦!”亨利说，“我不知道想做些什么……你摩托车在吗?”他故意岔开话头问道。

“在。你想让我带你去什么地方吗?”

“去里尔街。斯克利亚西纳住在贝尔琼斯老太家。”

“他跟她睡觉吗?”

“我不知道。克洛蒂家总住着一大堆作家和艺术家，我弄不清她跟哪些人亲过。”

“你常见他，斯克利亚西纳?”他们下楼时，朗贝尔问他。

“不。”亨利答道，“他时不时召我去一次，实在逃不掉。我一推再推，最后没有办法还得去。”

他们跨上了摩托车，顺着塞纳河畔行驶，留下一路噪音。亨利望着朗贝尔的颈背，心间陡然生出几分内疚。他的建议十分恳切。他并不是非要往报社挤，他这样做只是为了帮亨利一把。“可我却没有好好谢谢他。”亨利心里在想。可实际上，亨利一点儿也不感激他。“最好还是什么都别管。我宁愿甩手不管，绝对愿意。”他反复思忖。保住报纸，留在革命解放联合会，这意味着继续与迪布勒伊携手工作。可心中要是对谁有了这么多积怨，还能与之携手工作吗？他没有勇气公开决裂，可他也不喜欢玩弄表面和好的把戏。“不，全完了。”当摩托车在贝尔琼斯的府邸前停住时，亨利对自己这么说道。

“呃，我先走了。”朗贝尔失望地说。

亨利犹豫了一下。刚才对他的诚心帮助反应那么冷淡，现在又这么匆忙地让他走，亨利感到过意不去。

“你乐意跟我一块儿去吗？”亨利问道。朗贝尔顿时面显喜色，他特别喜欢见名人：“我很乐意。可这是不是冒昧？”

“噢，一点儿也不。我们一起上那家茨冈夜总会喝点伏特加，要是斯克利亚西纳来了兴头，他会把在夜总会演奏的乐手请个遍。跟他在一起，用不着拘束。”

“我感觉到他并不十分喜欢我。”

“可他很爱跟他不喜欢的人在一起。来吧。”亨利诚心诚意地说。

他们绕过那座巨大的楼房，房子的窗户全亮着灯，耳边传来了爵士音乐声。亨利敲响了一扇侧门，斯克利亚西纳开了门，热情地迎出门外，朗贝尔的到来看来没有引起他丝毫的惊异。

“克洛蒂举行了一个鸡尾酒会，真可怕，屋子里挤满了小白脸，简直就像是在自己住处了。从这边走，等会儿咱们还要悄悄地溜。”他大敞着衬领，目光呆滞，像是蒙着一层雾。他们登上几级楼梯。走廊的尽头，一扇门正朝着一间灯光明亮的屋子，可听见里面嘀嘀咕咕的讲话声。

“你有客人？”亨利问道。

“让你吃一惊。”斯克利亚西纳得意洋洋地说。

亨利跟着他，心里忐忑不安。当他看见屋里的客人时，不禁往后一退：伏朗热和于盖特。路易热情地向他伸过手来。他几乎没有什么变化，只是额头的皱纹比以前稍深了些，下巴的棱角也更加分明：好一尊留给后代的精心雕凿的漂亮雕像。忽然，亨利想起过去读路易在自由区写的那些奉承之作时，曾暗暗发誓，哪日见了面非揍烂他的下巴颏儿不可。他也给对方伸过手去。

"见到你真高兴，老兄。"路易说，"我从不敢打扰你，知道你忙得不可开交，可我还是经常渴望能与你聊聊。"

"您可一点儿也没有变。"于盖特说。

她也没有变样，金色的秀发，白皙的脸庞，风韵不减当年，连那微笑也如过去那般温馨。她永远不会变老：可当哪一天手指轻轻对她一弹，她也许即刻就会化为粉末。

"因为我谁也不见。"亨利说，"我像个傻瓜似的只顾干活。"

"对，你的生活该很艰苦。"路易怜悯地说，"可是你已经占据了第一流的文学地位。实际上，这不足为怪，我向来坚信你定会成功。你的那本书在黑市差不多要价三千，你知道吗?"

"目前，什么书都和香肠一样畅销。"亨利说。

"对。可是，对你的书评价非同一般。"路易以鼓励的口吻说道，接着淡淡一笑，"应该承认，你选择了一个黄金主题，你为此而增添了光彩。一旦掌握了这样一个主题，书自然就可成功。"

路易还是一副似笑非笑的样子！可他话中有股献殷勤的味道，与他过去那种不容置辩的口气形成鲜明的对照。

"如今你情况如何?"亨利问道。

亨利隐隐约约地感到羞辱，可不太明白到底是因为路易还是因为自己。

"我希望在不久就要问世的一本周刊里见到对我的文学批评文章。"路易一边看着自己的指甲一边答道。

"咱们离开这儿。"斯克利亚西纳不耐烦地说，"这音乐让人难以忍受。走，上伊斯巴去喝点儿香槟。"

“我以为他们把你的钱又刮光后，你再也不登那个破地方的门了。”亨利说。

斯克利亚西纳狡黠地一笑：“刮钱是他们的行当，防止被刮是顾客的事情。”

亨利犹豫不决，若不去就会失礼，可他们为什么想出这种点子来逼他呢？他绝对不愿意与路易一起消受夜晚。“我实在不能陪你去了。”他说，“我刚才跑着来，是因为我答应过你一定来，可我现在必须回报社去。”

“我讨厌夜总会。”路易说，“咱们还是在这里安安静静呆一会儿吧。”

“随你们！”斯克利亚西纳说。他一副遗憾的神态看了看亨利：“你总有点儿时间喝一杯吧？”

“当然。”亨利答道。

斯克利亚西纳打开了壁橱，拿出一瓶威士忌：“剩下不多了。”

“我不饮酒，于盖特也不喝。”路易说。

克洛蒂突然出现在门口：“干得真够劲的！”她手指着斯克利亚西纳说，“他喝得半醉跑到我的鸡尾酒会上，侮辱我的客人，还暗地里煽动一些引人注目的人与我作对！我家里再也不收俄国佬了……”

“别这么大喊大叫的。”斯克利亚西纳说，“克利就要来了，那可是只到处做广播的喇叭。”他叹息着补充了一句。

克洛蒂关上门，果断地说：“我留下跟你们在一起。让我女儿去当女主人。”

出现了一阵尴尬的沉默。路易给各位一一递上美国烟。

“你目前在干什么？”他关切地问亨利。

“我在考虑写另一部小说。”亨利答道。

“安娜告诉我您写了一部很好的剧本。”克洛蒂说。

“我是写了一个剧本，可已经有三位经理给我退了稿。”亨利乐呵呵地说。

“我得安排您见见吕西·贝洛姆。”克洛蒂说。

“吕西·贝洛姆？那是谁？”

“您真非同一般，谁都认识您，可您谁也不熟悉。人人皆知的阿玛丽莉大时装店就是她经营的。”

“我不明白。”

“吕茜是利舍代尔的情妇，利舍代尔的妻子与丈夫离了婚，嫁给了维尔依，是第四十六演出厅的经理。”

“我还是不明白。”

克洛蒂噗嗤一笑：“维尔依对他妻子服服帖帖，为的是让他妻子饶恕他跟一些男人结交，因为他是个搞同性恋的；儒莉埃特跟她前夫仍旧亲亲热热，她前夫对吕茜确实言听计从。您这下明白了？”

“清楚了。可是您的那个吕茜对这事有什么兴趣？”

“她有个女儿，风姿迷人，她想让她当演员。您剧中有否女角色？”

“有。可是……”

“总是可是可是，那就一事无成。我告诉您那位姑娘长得楚楚动人。您哪天到我家来，我把她介绍给您。我每周四举行聚会，您总是不参加，现在我有事求您，您可千万别拒绝。”克洛蒂侃侃而谈，“我搞了个儿童膳宿公寓，全是进了集中营的人的子女。经济上我一个人负担实在太重了，我组织了一系列报告会，属义讲性质。有些附庸风雅的人会不惜掏出两千法郎来见见您有骨有肉的模样，来的人肯定很踊跃，我很放心。我把您列入了首批报告名单。”

“我讨厌那种乱哄哄的场面。”亨利说。

“为了那些孩子，您不能拒绝，就是迪布勒伊也会同意的。”

“您的那些慈善家们就不会白白掏出两千法郎而不找别人的麻烦？”

“他们掏一次是可能的，掏十次当然不行。慈善，这事很美，可必须赚点。这是慈善募捐会的原则。”克洛蒂哈哈大笑起来，“瞧斯克利亚西纳这副怒气冲冲的样子，他觉得我把您独占了！”

“对不起。”斯克利亚西纳说，“可我真的想跟佩隆谈点事。”

“那就谈吧！”克洛蒂说。她走到大沙发旁，坐在了于盖特的身旁，两人开始低声聊了起来。

斯克利亚西纳站在亨利面前：“前几天你曾坚持认为《希望报》虽然隶属于革命解放联合会，但并不放弃讲真话的原则。”

“是的。”亨利说，“怎么了?”

“我急着想见你就是为了这件事。要是我给你提供一些有关苏联制度的确凿事实，而你又不表示怀疑的话，你能否公布于众呢?”

“噢!《费加罗报》肯定会抢在我们前头发表。”亨利笑着说。

“我有个朋友刚从柏林来。”斯克利亚西纳说，“他向我透露了一些有关俄国人为扼杀德国革命所采取的手段的确切情况。发这些消息，必须是一家左派报纸。你准备发吗?”

“你的那个朋友谈了些什么?”亨利问道。

斯克利亚西纳扫了大家一眼：“大概的情况是这样的。在柏林的一些郊镇，共产党势力一直十分强大，即使在希特勒统治时期也是如此。”他说道，“在柏林之战期间，克珀尼克和红色威丁区的工人们占领了工厂，升起了红旗，组织了一些领导委员会。这本来可以成为一场群众大革命的发端，劳动者自己解放自己，进展顺利。领导委员会已经准备为新政权输送干部。”斯克利亚西纳停了一下，“可是情况并没有这样发展，后来发生了什么事?从莫斯科来了大批官僚，解散了领导委员会，清除了基层组织，安置了一部国家机器：那是一部占领机器。”斯克利亚西纳的目光落在亨利身上，“这不说明问题?这是典型的鄙视民众、官僚专制!”

“你没有给我提供任何新的东西。”亨利说，“只是你忘了说那些官僚就是逃亡苏联的一些德国共产党人，他们早就在莫斯科创建了自由德国委员会：与在柏林被攻占期间揭竿而起的人相比，他们的资格总要强一点。是的，工人中确有忠心耿耿的共产党员。可当六千万纳粹德国人都为自己辩护，断言向来就是反对纳粹政权时，看你如何去辨别真伪!俄国人持怀疑态度，我表示理解。这并不证明他们就整个蔑视基层组织。”

“我早就料到了!”斯克利亚西纳哈哈大笑说，“攻击美国，你们向来有准备；但要你们开口抨击苏联，就没人干了。”

“显而易见，他们那样做是有道理的!”亨利说。

“我不明白!”斯克利亚西纳说，“难道你真的瞎了眼睛?还是你害怕了?迪布勒伊已经被收买了，这人人皆知。可是你!”

“迪布勒伊被收买了!你自己都不会相信吧!”亨利说。

“噢！共产党可不会用钱来买你们。”斯克利亚西纳说，“迪布勒伊老了，他名声显赫，他已经拥有资产阶级读者，他需要大众。”

“那你就去向革命解放联合会的会员宣布，迪布勒伊是共产党员！”亨利说。

“革命解放联合会！好一个漂亮的骗人协会！”斯克利亚西纳说道，把头紧倚着扶手椅的靠背，一副疲乏不堪的样子。

“朋友之间哪次聚会都少不了为政治吵吵闹闹，再也不能安安静静地度过一个晚上，你觉得这不令人伤心吗？”路易朝亨利笑吟吟地说，“搞政治，可以，可为什么动不动就非谈政治不可呢？”

路易的目光越过斯克利亚西纳的头部，试图重新获得在年轻时代时与亨利那种心领神会的默契。亨利也有这种愿望，正因为如此，他心里感到更加恼火。

“我完全也是这样想。”他不快地说。

“搞来搞去，搞得最终都忘掉了地球上还存在着其他的东西。”路易说道，显得很不好意思地望着自己的指甲，“那其他东西就叫美，叫诗，叫真。现在谁也不关心这些东西了。”

“对此还是有人感兴趣的。”亨利说。他暗忖：“我应该对他说我们之间毫无共同之处。”但是要侮辱他最老的旧友而又不刺激他，谈何容易。亨利放下酒杯，站起来正要走，可朗贝尔开了腔：

“谁也不关心？”他激动地说，“反正《警觉》不会不关心。要您接受一部稿子，必须掺杂一点政治；若仅仅是美、是诗，您也会发表的。”

“我责备《警觉》的正是这一点。”路易说，“当然，以政治为主题的书也可以写得很美，你的小说就是一例。”他彬彬有礼地添了一句，“但我以为恢复纯文学的权利更合乎人们的愿望。”

“对我来说，纯文学这个词毫无意义。”亨利说。他声音刺人地又补充了一句：“这是个危险的词。鼓吹将文学与其他一切割裂开来，最终将导致什么后果，这人人皆知。”

“这要视年代而论。”路易说，“一九四〇年时，我认为可以摆脱政治，当然是我的过错。请相信我完全清楚我错误的严重性。”他以坚信不疑的口吻补充道，“可在今天，我觉得又有了仅仅为了自己的旨趣进行纯创作的权利。”

他以谦恭、征询的神态望着亨利，仿佛真的恳请恩准。这股虚伪的恭敬劲头让亨利十分恼火，可发火无济于事。

“各人有各人的自由。”他冷冷地说。

“没有那么自由！”朗贝尔说，“你不知道，逆流而上多么艰难。”

路易深有感触地点了点头：“尤其在当今，世上的一切都企图让人相信个人是微不足道的，这样一来，要逆流而上就更艰难了。倘若个人恢复了价值，就可重新获得许多东西，但是问题的症结正在这里：由于不给个人任何施展的余地，便形成了恶性循环。”

“是的，是不给。”朗贝尔有力地说。他神情激动地望着亨利：“你还记得有一次在斯克里布我们讨论过这个问题，我跟你说每个人都应该关心自己，我始终这么认为。如果认为个人微不足道，无能为力，那你要人沦为何种样子呢？瞧瞧吧，尚塞尔故意找死，塞泽纳克吸毒，樊尚酗酒，拉舒姆向共产党出卖了灵魂……”

“你把什么都混为一谈！”亨利说，“我看不出纯文学会给樊尚或塞泽纳克带来什么东西。至于你关于个人失落与复得的高见，”他向路易转过身子说道，“纯属无稽之谈。有的人举足轻重，有的人微不足道：这取决于他们对自己生命的安排。人年轻时，尚不清楚到底如何安排自己一生，因此而无所适从，可一旦对某事发生了兴趣——自身之外的事——就不再存在任何问题了。”

他气呼呼地说了一通。朗贝尔竟对路易的胡言乱语认真对待，使他大为不快。他站起身：“我得走了。”

斯克利亚西纳也站了起来：“你真的已经决定不考虑我提供的情况？”

“你没有给我提供任何情况。”亨利说。

斯克利亚西纳给自己满斟了一杯威士忌，一饮而尽，他又抓起酒瓶。克洛蒂赶紧走到他跟前，用手挡住了他的胳膊：

“我认为维克多这个小老头儿喝得已经够多了！”

“您以为我喝酒是为了自己取乐？”斯克利亚西纳猛烈地高声嚷道。

亨利微微一笑："这倒是个好借口。"

"我只有这样才能忘掉！"斯克利亚西纳又斟了一杯说道。

"忘掉什么？"于盖特神色惊恐地问道。

"两年后，俄国人必定占领法兰西，你们就下跪迎接他们好了。"斯克利亚西纳说。

"两年！"于盖特惊叫道。

"不会。"亨利道。

"你们正在把欧洲拱手交给他们，你们都是同谋！"斯克利亚西纳说，"你们害怕了，事实就是这样：你们之所以背叛，是因为你们害怕了。"

"事实是你恨苏联恨得头脑发昏。"亨利说，"你颠倒事实，到处传播无稽之谈。这是肮脏的勾当。透过苏联，你攻击的是整个社会主义。"

"你完全知道苏联已经与社会主义毫无共同之处。"斯克利亚西纳笨嘴拙舌地说。

"别对我说美国跟社会主义更加贴近吧！"亨利道。

斯克利亚西纳气得两眼发红，瞪着亨利："你口口声声说是我的朋友！可你却为判处我死刑的制度辩护！等哪一天他们枪杀了我，你就在《希望报》上好好解释他们杀得在理吧！"

"我的上帝！"亨利说，"老战士们已经够让人烦了！现在又要让我们为将来要遭受枪杀的人们烦心！"

斯克利亚西纳仇恨地瞅了瞅亨利，他端起半满的酒杯，向空中摔了过去。亨利一闪，杯子击碎在墙上。

"你该睡觉去了。"亨利说道，边向门口走去。他微微招了招手："再见。"

"不要责怪他。"克洛蒂说，"他醉了。"

"看得出。"

斯克利亚西纳跌坐在扶手椅上，双手捂着脑袋。

"什么场面呀！"亨利与朗贝尔走到寓所的院子，说道。

"是呀。我与伏朗热观点一致：政治辩论应该禁止。"

"斯克利亚西纳不是在辩论，他是在预卜未来。"

“噢！不管怎么说，事情总是这样。”朗贝尔说，“闹得把杯子往头上砸，可连谈什么都弄不清楚。你们俩都不了解东德发生的情况。他对苏联有偏见，可你又偏袒苏联。”

“我不偏袒。我十分清楚苏联国内的一切并不十全十美，要是十全十美那才怪呢！但是，走上正道的到底是他们。”

朗贝尔扮了个鬼脸，什么也没有回答。

“我在琢磨斯克利亚西纳对这次见面到底抱着什么目的。”亨利说，“可能是路易给他出了主意：他希望我帮助他挽回面子。”

“也许他渴望与你言归于好。”朗贝尔说。

“路易？瞧你说的。”

朗贝尔困惑不解地打量着亨利：“他是你过去最好的朋友吧？”

“那是一种奇怪的友情。”亨利说，“他是从巴黎城来上的蒂勒中学，一来就把我迷住了。他也觉得我不像别人那么土气。可两人从未有过什么真正的情谊。”

“我倒觉得他挺讨人喜爱的。”朗贝尔说。

“你觉得他讨人喜爱，那是因为你讨厌政治，维护纯文学。但是你知道他为什么要这样做吗？”

朗贝尔犹豫了一下：“不管出于这种或那种原因，他说的是实情。个人的问题确实存在，当谁都对你啰唆、说你不该提出这些问题时，那要解决这些问题就不容易了。”

“我可从来就没有说过不该提。”亨利说，“这些问题必须提出，我同意。我说的是不应该把它们与别的问题割裂开来。要想了解你自己和你想做的事情，就必须确立你在世界中的立脚点。”

朗贝尔跨上摩托车，亨利坐在他身后。“一年就足够说明问题了。”他心里想，“可他们现在又摆出一副稳坐钓鱼台的傲慢劲儿，仿佛已有百分之九十九的把握。由于他们说的与我们不同，所以朗贝尔和他这个年纪的人都会认为是他们带来了新的东西。年轻人必定被诱惑。不行，”亨利暗暗叮嘱自己，“应该想尽一切办法与他们斗争。”等摩托车一停，亨利便语气热烈地说道：

“你知道，我接受了你的主动帮助，感激不尽。你出的主意很出色：我们要继续当家做主!”

“你同意了!”朗贝尔喜形于色。

“当然。这件事整个儿搅得我心情很不好，不然我准会高兴得跳起来。但是你想象得出我为能保住报纸，多么幸福啊!”

“你认为特拉利奥会同意吗?”朗贝尔问。

“他将不得不同意。”亨利说。他热情地紧握着朗贝尔的手：“谢谢。明天见。”

“不，眼下不是回避的时候。”亨利走进自己的房间时想。他对迪布勒伊的怨恨不可能很快平息，但是，这并不阻碍他们一起工作，这些感情问题都是第二位的，重要的是要阻止伏朗热卷土重来。一定要取得胜利。他点燃了一支烟。成为《希望报》领导委员会成员，这对朗贝尔来说是件好事，亨利将尽一切努力使他更紧密地参与报社的活动，朗贝尔可以在政治上得到锻炼，社会生活的失落感将大大减轻，一旦投身于社会就再也不会无所适从了。

“眼下，作为一个年轻人，可真不易啊。”亨利心里想。他决定近日与朗贝尔推心置腹地谈一次。“我到底跟他谈什么?”他开始脱下衣服。“若我是共产党员或基督教徒，事情就不会这么难办了。一种普通的道德，可以尽量强迫人们接受，可要赋予生命以意义，就不同了。三言两语难以说清，应该引导朗贝尔用我的眼睛去观察世界。”亨利叹息了一声。文学的作用正在于此：向别人展示他所看待的世界。可问题在于他尝试过，但失败了。“我真的尝试过了吗?”他扪心自问。他又点燃了一支香烟，坐在床沿上。他曾想创作一部毫无创作动机的书，不带任何动机，不强迫自己，无缘无故地去写，可他对此很快就丧失了兴趣，这不足为怪。他曾暗暗发誓，一定要做到心诚，但只是做到了随意。他企图不站在过去也不站在现在的角度谈论自己，但是，他生命的真实存在于自身之外，存在于事件、他人和他物之中。要谈自己，必须谈其他的一切。他站起身，喝了一杯水。当时，设想文学再也毫无意义曾使他心安理得，可这并没有阻止他创作了一部自己颇为得意的剧作，一部有明确时间、明确地点的剧作，而且也具有某种意义，正是为此他才感到满意。那么，为什么不动笔创作一部时间与地点明确，而且具有一定意义的小说呢？叙述一个当今的故事，读者们可以从中看到自己的忧虑，发现自己的问题；既不去揭示什么，也不去鼓动什么，仅仅作为一个见证。他辗转反侧，好不容易睡着了。

迪布勒伊没有成功，既未能说服特拉利奥，也没有说服萨玛泽尔。但是，他们也许不明白朗贝尔进入报社领导委员会对亨利来说是一种何样的保证，抑或他们根本就没有任何阴谋企图；他们没有作难，很容易地接受了亨利向他们提出的合作方式。这次人员变动看似纯属行政性质，对此谁也没有多在乎，唯独樊尚不同。他闯入总编室，当时只有亨利和吕克在场。他怒气冲冲地责问道："我实在不明白眼下发生的事情。"

"可事情很简单。"亨利说。

"我不认识那个特拉利奥，可一个有那么多钱的人肯定危险。不要他也一样能行。"

"可不成。"亨利说。

"你为何让朗贝尔进入委员会？"樊尚问道，"意想不到的不愉快的事情，你以后多着呢！他明明知道底细，却和他父亲重归于好！我一想到这事就生气！"

"没有任何证据证明是那位老人出卖了罗莎。"亨利说，"你不要对别人乱加评价，我了解朗贝尔，对他完全信任。"

樊尚一耸肩膀："这事整个儿让我痛心！"

"应该承认我们把事情搞砸了。"吕克叹息道。

"什么事情？"亨利问。

"整个事情。"吕克答道，"本来希望事情有所改变，没想到一切如故。只有钱顶用。"

"不可能改变那么快。"亨利说。

"永远也改变不了什么！"樊尚说。他猛地转过脚跟，向门口走去。

"他不知道我把事情告诉了你吧？"吕克忐忑不安地问。

"不知道。"亨利说，"我什么也没跟他说，以后也不会告诉他。告诉他干什么呢？"

原定签约的那一天，尽管十一月的天还很暖和，但波尔在壁炉里生起了旺旺的劈柴火。她一边漫不经心地拨着火，一边问道：

“你已经完全决定签约了？”

“完全。”

“为什么？”

“我别无出路。”

“出路总是有的。”她说。

“可这件事没有。”

“有。”她站起身子，面对亨利，“你可以一走了之！”

多少天来，她笨拙地闷在心里的这些话终于倒出来了。她一动不动，双手抽搐地拧着披肩的两端，俨然一位把自己的躯体奉献给猛兽的殉难者。她声音忽然变得坚定起来：“我认为你一走了之更有风度。”

“要是你知道我对风度何等不在乎……”

“若在五年前，你决不会有半点犹豫，你早就走了。”她说。

他耸耸肩膀：“这五年里我学会了许多东西。你不也是吗？”

“你学会了什么？”她声音夸张地问，“学会了妥协，学会了让步。”

“我已经把我为什么接受的理由给你解释过了。”

“噢！理由总是有的，谁也不会无缘无故地牵扯进去。可问题正在这里，必须善于推翻理由。”波尔脸色骤变，双眼露出惊恐、哀切的神色，“你知道，你选择了最艰难的道路，选择了自甘寂寞与洁身自好的道路：皮萨内洛[1]笔下的那个身披金光闪耀的洁白圣装的小圣乔治，我们过去常说就是你……”

“是你过去常说……”

“啊！别否认我们的过去。”她叫嚷道。

他不快地说道：“我什么也不否认。”

“你否认你自己，你正在背叛自己的形象。我也知道是谁的责任。”她气愤地补充道，“我总有一天要跟他算账。”

1　Antonio Pisanello（1395—1455），意大利画家、奖牌雕刻家。

“迪布勒伊吧？但这说到底，纯属荒谬。你对我比较了解，还不知道谁也别想指使我干我不愿意的事吗？”

“有时，我感觉到已经一点也不了解你了。”她绝望地看着亨利说道，接着神色茫然地问道：“这真的就是你吗？”

“我觉得是。”他一耸肩膀说道。

“可是连你自己都没有把握。我又看到了你过去……”

他粗暴地打断了她的话：“不要总是从过去当中寻找我。我今天与昨天一样真实。”

“不。我知道我们的真实何在。”她声音激动地说道，“我要不惜一切保持我们的真实。”

“我们总是吵个没完没了！我变了，你脑子里要牢记这一点。波尔，人都在变，人的思想和感情也同样在变。你最终必须承认这一事实。”

“绝不。”她说。泪水涌上波尔的双眼：“请相信对这些没完没了的争吵，我比你更加痛苦；若不是被逼到这一步，我决不会跟你吵。”

“谁也没逼你。”

“我也有我的天职。”她愤怒地说，“我一定履行。我决不允许别人把你引入歧途。”

对这些夸大的字眼，他不知如何是好，声音阴郁地嗫嚅道：“你知道这会导致何种后果？我们最终会弄得彼此仇恨的。”

“你会仇恨我？”她把脸埋进手里，接着抬起脑袋，“如果非到这一步不可，那我也可以承受你的仇恨。”她说道，“为了爱你。”

他一耸肩膀，没有作答，向房间走去。“必须摆脱。我要摆脱。”他气呼呼地对自己说。

十一月份，革命解放联合会支持了多列士的要求，共产党人也对革命解放联合会表示了几分善意，工厂里人们又开始阅读《希望报》了。可是好景不长，共产党人愤怒地反击亨利和萨玛泽尔的文章，亨利在文章中指责共产党投票赞成一千四百亿军事贷款，萨玛泽尔那篇文章则着重指出了共产党人与社会党人就三强的政策问题产生的纠纷。对此，共产党人做出了强烈反应，派人打入革命解放联合会，不惜一切手段与革命解放联合会进行斗争。萨玛泽尔提出与共产党人公开决裂，依他看，革命解放联合会应该组成政党，在六月的大选中提出自己的候选人。他的提议被否决，可领导委员会决定利用大选的机会，对共产党采取不怎么被动的政策：到时发起一次运动。

“我们并不想削弱共产党，可我们希望它改变路线。”迪布勒伊做结论道，“那么，眼下就是一个迫使它改变路线的良机。仅仅以我们自己的名义进行宣传触动不了它。可对群众基础，它不得不予以重视。我们鼓励人们投左派政党的票，但同时要提出他们的条件。目前，无产阶级对共产党怨声载道，倘若我们引导这种不满情绪，能够将之转变成明确的要求，那我们就有希望迫使领导人物改变态度。”

每当迪布勒伊做出一项决定，往往让人感觉到他先前一切的生活似乎都是以此为基点的。当他们开完会议，像以前每个星期六一样来到河畔一家小餐馆用晚餐时，亨利再次发现了迪布勒伊的这一脾性。迪布勒伊向亨利简述了当天夜里准备动笔撰写的文章，仿佛他事先早有考虑，安排文章在预定的确切时间见报。他首先指责共产党人支持了向盎格鲁-撒克逊国家借款一事：确实，这能促使繁荣早日恢复，但工人们从中得不到任何益处。

“您认为这次运动真的可以造成影响吗？”亨利问。

迪布勒伊耸耸肩：“到时看吧。您在抵抗运动期间一直主张只要一投入行动，就要有胜券在握的气概。这是个很好的主张，我坚持采用。”

亨利打量了迪布勒伊一番，他心里想：“要是在去年，他决不会给予这种答复。”眼下这段时间，迪布勒伊明显忧心忡忡。

“换句话说，您并不抱有多大希望？”他说。

“噢！听我说，希望还是不希望，这纯粹是主观的事。”迪布勒伊说，“如果一切以个人情绪为准，那就永无休止，最终将成为另一个斯克利亚西纳。当你要做出决定时，应该考虑的不是自己。”

他的话声和微笑之中隐含着一种随和的味道，若在过去，这早就让亨利动心了。但是，自从十一月份的危机爆发以来，他对迪布勒伊失去了任何热烈的情感。“他之所以对我如此信任，这样跟我说话，是因为安娜不在场，他需要在别人身上检验自己的思想。”亨利思忖。同时，他也暗暗责备自己心存恶意。

迪布勒伊在《希望报》发表了一系列措辞极为激烈的文章，共产党的报刊愤然反击。他们把革命解放联合会的态度与托洛茨基分子的态度做了比较，说托洛茨基分子曾以抵抗运动是为英帝国主义效劳为借口拒绝开展抵抗运动。尽管如此，革命解放联合会和共产党之间这场相互攻击，指责对方不了解工人阶级真正利益的论战还保持着比较有礼有节的态度。但是在一个周四，亨利惊愕地在《铁钻》上读到了一篇文章，迪布勒伊在文中受到了极其猛烈的抨击。文章批判了他在《警觉》连载的论著。几个月前，迪布勒伊曾跟亨利谈到过此书，其中的这一章也只是以十分委婉的方式涉及了政治问题。但是，他们却以此为突破口，无缘无故地对迪布勒伊大加攻击：控诉他是帝国主义的走狗、工人阶级的死敌。

“他们到底怎么了？拉舒姆怎么会允许发表这篇文章？他真卑鄙。”亨利说。

“他让你吃惊了？”朗贝尔问。

“是的。文章的口气也叫我震惊。眼下，倒是有一种宽容的气氛。”

“我并不那么大惊小怪。”萨玛泽尔说，“离大选还有三个月了，他们决不会诽谤像《希望报》这样一份成千上万的工人、甚至连共产党人都阅读的报纸。就严格意义上的革命解放联合会而言，情况也完全一样，他们不对它进行攻击是有利的。至于迪布勒伊，毁掉他在左派年轻知识分子中间的威信，这样做他们有利可图。”

萨玛泽尔和朗贝尔十分明显的幸灾乐祸的情绪让亨利心中大为不快。两天以后，朗贝尔一副乐呵呵的、近乎逗弄的神态对他说：“我针对《铁钻》的文章玩儿着写了一篇东西。只是我不知道你是否会同意发？”听了这话，亨利感到心里一阵抽搐。

“为什么？”

“因为我对拉舒姆和迪布勒伊各打了五十大板。拉舒姆是活该，他以后就会学乖把文章写得模棱两可了。要是个知识分子，那他就不能为政治而牺牲知识分子的美德；如果他把知识分子的美德当作徒有虚名、装潢门面的东西，那就让他先说清楚。至于自由思想什么的，就只好另找地方去谈了。”

“我确实怀疑能在《希望报》发这玩意儿。”亨利说，“再说，你也不公平。还是拿出来看看吧。”

文章尽管充满恶意，但巧妙、辛辣，有时还相当中肯。它猛烈攻击共产党人，但对迪布勒伊也极为不敬。

“你还真有论战的天赋。”亨利说，“你这篇玩意儿很出色。”他微微一笑，“显然，不能发。”

“我说的不是实话？”朗贝尔问道。

“迪布勒伊被肢解，这确是实情；但你责怪他，我感到惊讶。你知道，我情况跟他一样。”

“你？但是，这是由于你对他忠心耿耿的缘故。”朗贝尔说。他把文章又放回口袋，“请注意，并不是我非要坚持发我这篇破文章，可事情确实有趣。即便我想发表，也没有法子。对《希望报》或《警觉》来说，我过分反共；可对右派分子来讲，我又过分亲左。”

“我是第一次不用你的文章。”亨利说。

“噢！通讯报道、评注，这些东西到处可发。但是，一旦我想对某件有一定重要意义的事情谈谈我的想法，你就只能向我表示歉意了。”

“那你就试试吧。”亨利友好地说。

朗贝尔微微一笑：“幸好我没有任何重要的事情要说。”

“你没有尝试再写短篇小说？”亨利问。

“没有。”

“你打退堂鼓打得太快了。”

“你不知道什么事情叫我打退堂鼓吧？”朗贝尔突然咄咄逼人地说，“是因为我读了《警觉》上那个小珀勒维写的故事。要是你也欣赏那类文学，我就再也不理解了。”

“你不觉得那很有意思？”亨利诧异地问。“从中可以感觉到印度支那的氛围，感觉得出一个移民的命运，同时也感觉得出一个童年时代的生活。”

“干脆说《警觉》既不发表长篇小说，也不发表短篇小说，只发通讯报道而已。”朗贝尔说，“只要哪个家伙在殖民地度过了童年，并反对殖民地，您就宣称他富有才华。”

“珀勒维是有才华。”亨利说，“事实上，说一点儿总比什么都不说强。”他又接着说道，“你写的短篇小说的缺陷，就在于你实际上什么也没有讲述。若你像那位小伙子一样谈谈你的亲身经历，你那篇东西也许可以写得十分出色。”

朗贝尔耸耸肩膀：“我也曾想过写写我的童年，可后来放弃了。我个人的经历不会给世界提出什么问题，它纯粹是主观性的，依您的观点看，是毫无意义的。”

“任何东西都不是毫无意义的。”亨利说，“你的童年也有其意义：需要你自己来寻觅，并让我们有所感受。”

“我知道，”朗贝尔以揶揄的口吻说道，“不管用什么玩意儿，都可以编造出一篇富有人情味的东西来。”他摇摇头，“我对此并不感兴趣。若我写作，那就要谈谈那些陷于无意义之中的事物。我要以我的手法尽力拯救这些事物。”他一耸肩膀，“请你放心，我不会干的：我问心有愧。只是我不喜爱您所爱的文学，因此我便什么也不写：这更简单。”

“听我说，下次出门，咱们再认真谈谈这些事情。”亨利说，“如果是因为我让你对写作丧失了兴趣，我深表歉意。”

“别抱歉，这用不着。”朗贝尔说。他板着脸走出办公室，就差点儿砰的一声关上门了。他真的受到了伤害。

“他会消气的。”亨利心里想。他决定不再庸人自扰，事情的发展总不如想象的那么糟糕。萨玛泽尔也不像亨利担心的那样碍手碍脚。除了吕克，他可凭自己的热情抓住手下的全部人员。特拉利奥从不登报社的大门。报纸的订数大幅度增加，说到底，亨利还跟以前同样自由。但尤其使他感到乐观的是他那部新动笔的小说。他曾担心会遇到巨大困难，没料到小说几乎自行形成了结构。这一次，亨利差不多可以肯定开了个好头，写得轻松愉快。唯一的麻烦是波尔非要他在她身边写作，还执意要看他的初稿，亨利拒绝，她便生气。这天早晨，他俩刚刚用完早餐，波尔又开了腔：

“你写作顺利吗?”

“勉勉强强。”

“你什么时候给我一点儿瞧瞧?”

“我已经不下二十遍告诉你现在还看不出什么名堂，还没有成形。”

“是呀，从你第一次告诉我到现在，可能已经成形了。”

“我全都从头重写了。”

波尔的双肘支在桌子上，双手托着下颌：“你对我再也不会很信任了，是吗?”

“当然信任!”

“不，你再也不相信我了，打从那次骑自行车旅游之后。”她若有所思地说。

亨利惊诧地打量着她：“那次旅游对我们俩又会有什么影响?”

“事实说明问题。”她说。

“什么事实?”

“呃，你再也不相信我对你说的话。”亨利一耸肩，波尔马上补充道：“你不相信我，这类情况我可以给你列举出二十次来。”

“比如?”

“比如，我在九月份就告诉你，你如果愿意，自个儿可以到那旅馆里去睡，可是你每次还是一副犯罪似的模样问我同意不同意。你并不相信，与我自己的幸福相比较，我更愿意你自由。”

“听着，波尔，我第一次上旅馆睡了之后，第二天早晨发现你的眼睛又红又肿。”

“我有哭的权利，不是吗?”她用挑衅的声音问道。

“我可没有心思让你哭。”

“当你拒绝信任我，当我发现你把手稿锁起来，你确实锁了，难道你认为我不会伤心流泪……”

“确实没有什么可哭的。”他气呼呼地说。

“这是欺侮人。”她说。她神态惊恐，几乎像个孩子似的瞧了瞧亨利，“我有时不禁自问，你是不是故意虐待人。”

他又给自己倒了一杯咖啡，没有答理她。波尔气得嚷了起来：“你害怕我乱翻你的草稿吗?”

“如果我是你，我是会翻的。”亨利强作轻快地说。

她站起身，推开椅子：“你承认了！你是因为怕我才把抽屉锁得死死的。我们没什么好说的了！”

“那是为了避免你一时生出什么念头。”他说。这一次，他声音中那股轻松的劲儿完全是装出来的。

“我们没有什么好说的了！”她重复道，两眼直瞪着亨利，“要是我向你发誓不碰那些稿子，你会相信我吗? 你就会放心地开着抽屉?”

“你那么死盯着那些倒霉的手稿，你自己恐怕不会守誓的。我当然相信你的诚意，可我还是要关好抽屉。”

出现了一阵沉默。波尔慢慢地说：“你从没有像刚才那样伤我的心。”

“如果你受不了，就别逼着我说实话。”亨利猛地推开椅子说道。

他登上楼梯，坐在桌前。也许应该把手稿给她看一看，这样一来，就可以摆脱她的纠缠了。显然，发表时他必定要对这些段落做些修改；除非不等发表，她便离开了这个世界。可在这之前，每当他重读这些段落时，他都有一种报仇雪耻的感觉！“从某种意义上说，文学比生活更真实。”他思索着，“生活中，迪布勒伊耍弄了我，路易是个混账，波尔又毒害了我的生命，而我却要对他们强装笑脸。可在纸上，只要有什么感受，就可尽情倾吐。”他又快速浏览了分离前那一场景：在纸上，说离便离，多容易啊！仇恨、喊叫、相互残杀，一切都可尽情表达。正因为如此，这才是虚假的。“假虽假，”他暗自思忖，“却挺让人满意的。在生活之中，人不断自我否定，别人也经常与你背道而驰。波尔惹我发火，但是等一会儿我又会怜悯她，她以为我心里对她还有爱情。在纸上，我可让时间停止流逝，把我的信念强加给世界：让这些信念成为唯一的现实。”他拧开了钢笔帽。波尔绝不会读到这些段落。然而他得意洋洋，仿佛终于迫使波尔认清了他给她描绘的形象：一位只爱装模作样、想入非非的虚假恋人，一个扮演伟大、宽宏、忘我的角色，但实际上没有自尊、没有勇气、虚情假意、自私自利的倔女人。在他眼里，她就是这个形象，在纸上，她与这个形象完全吻合。

以后的日子里，亨利尽最大努力避免再引起吵闹。没料到波尔又找到了一个斗气的借口：他同意去克洛蒂那儿做报告。他开始还试图辩白一番：连迪布勒伊都在克洛蒂那儿做了报告，那是为了给一个儿童之家弄点钱，难以拒绝。可是由于波尔缠着不放，他决定保持沉默。显然，这种策略只能给波尔火上浇油；她表面上也缄默不语，但脑瓜子里似乎在反复斟酌重大的决策。报告会那一天，当他在卧室的镜子前系领带的时候，她是那么严厉地看着他，以至他暗存侥幸地思忖："这下她要主动提出跟我分道扬镳了。"他和蔼地问道：

"你坚决不陪我一起去吗？"

她突然大笑起来，要是亨利不了解她，真会以为她是疯子："笑话！陪你去那个可笑的场面！"

"随你的便。"

"我还有更正经的事情要做呢。"她的话音分明在逗引别人追问。亨利乖乖地问道：

"你有什么事情要做？"

"那是我自个儿的事！"她傲慢地答道。

这一次，他没有再问下去。可当他刚梳理好头发，她忽然以挑衅的口吻说道：

"我要到《警觉》杂志社去见迪布勒伊。"

亨利猛地转过身，她不可能没有察觉到他的反应。"你为什么要去见迪布勒伊？"

"我早就告诉过你，我这几天要找他说个明白。"

"说什么事？"

"我要跟他说的事多了，有我的，也有你的。"

"我求求你不要掺和我与迪布勒伊的关系。"亨利说，"你没有什么好跟他说的，你不要去见他。"

“我请你原谅，”她说，“我找他已经太晚了。那人是你的恶神，只有我能帮你摆脱他。”

亨利感到血往脸上涌。她要去跟迪布勒伊说些什么？亨利在怒不可遏或忧虑不安的时刻曾毫不顾忌地在波尔面前谈了自己的想法，要是这些话有的被搬过去，简直不能容忍。但是如何劝她不去呢？克洛蒂那儿在等着他，他无法在短短五分钟的时间里找到法子说服她，除非把她捆起来或关起来。他结结巴巴地说：“你瞎说。”

“瞧你，像我这样生活十分孤寂的人，思考问题的时间是很充裕的。”波尔说，“我考虑了你，考虑了有关你的一切，有的时候，我有所领悟。迪布勒伊那个人，我几天前就看透了他，而且看得十分准，非同一般。我终于看透了他准会不惜任何手段把你彻底毁掉。”

“啊！要是你开始产生什么幻觉的话！”他说。他试图找到办法恫吓一下波尔，可最终只找到一个：以分手相威胁。

“我相信的不仅仅是我的幻觉！”波尔故弄玄虚地说。

“那还相信什么？”

“我做了调查。”她说道，一束诙谐的目光紧逼着亨利。亨利困惑不解地打量着她：

“安娜肯定没有跟你说过迪布勒伊要毁掉我。”

“谁跟你说安娜了？”她说，“安娜！她眼睛比你还要瞎。”

“那么，你请教的那位超人一等的高明者是谁？”他问道，心里隐隐约约地感到不安。

波尔的目光变得严肃起来：“我跟朗贝尔谈过了。”

“朗贝尔？你在哪儿见到了他？”亨利问道，气得喉咙发干。

“在这里，犯了罪了？”波尔神态冷静地说，“我打电话让他来的。”

“什么时候？”

“昨天。他也不喜欢迪布勒伊。”她得意地说。

“那是滥用别人的信任！”亨利说。一想到她用那古怪的语言、可笑的激动劲头与朗贝尔瞎说八道，他真恨不得扇她几耳光。

“你口口声声说什么纯真、风雅，”他气呼呼地说，“可一个女人与一个男人共同生活，参与他的思想、他的秘密，却在他背后自作主张，事先不打声招呼，干那卑鄙的勾当，你听见了吧，”他一把抓住波尔的手腕说道，“卑鄙。”

她摇了摇头：“你的生活就是我的生活，因为我为你的生活牺牲了我的生活，我对它享有权利。”

“我从没有让你做任何牺牲。”他说，“我去年曾想方设法帮助你创造你自己的生活，你死活不愿意。这是你自己的事，你对我没有任何权利。”

“我不愿意是因为你。”她说，“因为你需要我。”

“你以为我需要这样永无休止的争吵？你完全错了！有时，你真搅得我想永远也不再踏进这个家门。我这就跟你明说：要是你去见迪布勒伊，我决不饶恕你。你永远别再见我。”

“但是，我是想救你！”她激动地说，“你不明白你正在毁自己！你一味妥协，还要到沙龙去做报告……我知道你为什么再也没有胆量把你写的东西给我看：你的惨败反映到了你的作品中，你感觉到了这一点。你感到耻辱。那耻辱感是那么强烈，以至你把手稿都锁了起来。非得是见不得人的事情才会耻辱到这个地步。”

亨利狠狠地看着她：“如果我把手稿给你看，你向我发誓不去见迪布勒伊。”

波尔的神态突然软了下来：“你一定给我看？”

“你向我发誓？”

她思虑片刻：“我向你发誓今天不去找他。”

“行。”亨利说。他打开抽屉，拿出一本厚厚的灰绿色封面笔记本，扔到床上。

“我可以读吗？真的？”波尔声音极不和谐地说。平日那份悲剧演员的自信在她身上不见了，相反，她突然显出一副可怜的模样。

“你可以读。”

“啊！我是多么高兴。”她说，继而羞涩地一笑，“今天晚上我们再像过去那样，好好讨论讨论。”

他没有回答，两只眼睛望着波尔用手掌轻轻地抚摸着笔记本。那上面只有纸、墨，看上去就像是锁在他父亲药房里的药粉一样安全、无害。实际上，他比一个下毒者还更卑鄙。

“再见。”当亨利逃跑似的快步穿过公寓时，波尔俯在栏杆上喊道。

“再见。”

下楼梯时，他还继续跑，试图忘却脑中的一切。待他晚上再与波尔见面时，她肯定已经全读过了。她准会细细阅读每一句话，重阅每一个字：这是一起暗杀。亨利止住了步子。接着，他手扶栏杆，返身慢慢地登了几级楼梯。那条黑狗狂吠着向他扑来。他恨这条狗、这座楼梯，恨波尔疯狂的爱，恨她一时缄默无语、一时又吵吵闹闹，恨她那些没完没了的烦恼事。他转过身子，三步并作两步跑下楼梯，来到了街头。

这是一个美丽的冬日，天空蒙着薄薄的雾霭，背景呈玫瑰色。透过玻璃窗洞，亨利瞥见了一隅温柔的天际。他把收回的目光，向听众投去，可一见到面前的听众，到底该讲些什么，就更加让人犯难了。满目小巧玲珑的帽子、珠宝首饰和裘皮衣装：大多是女流之辈，尤其是那些风韵犹存、自以为善于修饰的女人。法国新闻史，这对她们来说会有什么兴趣？屋里太热，空气里弥漫着香水气味；亨利的目光与玛丽-昂热淡淡的笑靥相遇；樊尚乐呵呵地朝他扮了个鬼脸；不远处朗贝尔坐在一位拥有亿万家财的阿根廷女郎和一位热心赞助文艺事业、弯腰曲背的女人之间。亨利没有勇气与朗贝尔正面相对：他感到羞辱，他再次垂下眼睛，一任话语从嘴中吐出。

“好，好极了！”

克洛蒂发出了鼓掌的信号，掌声四起，欢呼声雷动，他们纷纷向讲坛跑去。于盖特·伏朗热打开了亨利身后一扇小门：“往这边走。克洛蒂马上就要把那些太太们驱出门外，她只留下了您的好友和几位知己。您肯定渴得要命吧。”她补充说道，一边拉亨利往酒茶台子走去，那儿，朱利安独自一人面对着两个招待，正在斟一杯香槟酒。

“请你原谅，我什么也没有听。”他粗声粗气地说，“我来这儿，完全是为了白喝个够。”

“原谅你了。报告会嘛，听报告和做报告一样让人感到讨厌。”亨利说。

“对不起！我可一点都不感到讨厌。”樊尚说道，“甚至还觉得富有教益。”随后他又笑着说，“不过，我也要喝一杯。”

“喝吧！”亨利说，他脸上显出亲切的微笑。只见一位白发苍苍的夫人，胸前挂着荣誉勋位勋章，快步向他走来：

“谢谢您的支持！妙极了！您知道您报告的收入比杜阿梅尔更高！”

“我很高兴。”亨利说道，两眼寻找着朗贝尔。波尔跟他说了些什么？亨利从来没有跟他谈过自己的私生活，他肯定通过纳迪娜了解了他的一些私事，可对此亨利根本不在乎，他与纳迪娜的那段风流韵事像一杯清水一般一目了然。波尔就不同了。他朝朗贝尔微微一笑：

“聚会结束后，用摩托送我回去，麻烦你吗？”

“我很乐意！”朗贝尔声音十分自然地说道。

“谢谢！咱们还可以聊聊。”

他打住了话头，因为克洛蒂像股狂风似的进了沙龙，向他快速奔来：“这下您可成了宠儿，您得为几本书题词：这些太太都是您狂热的崇拜者。”

“很高兴。”亨利说，他又低声补充了一句：“但是我不能久留，报社等着我。”

“您无论如何要见贝洛姆母女一面，她们是专程为您而来的，她们即刻就到。”

“半小时后我就走。”亨利说。他接过一位身材高大的金发女郎递过的书：“什么名字？”

“您不知道我叫什么，”金发女郎傲慢地淡然一笑说，“以后您就会知道的：科莱特·马松。”

她又神秘地一笑，表示谢意。亨利又在另一部书上题了另一位的名字。好一出闹剧！他签名、微笑，又微笑、签名。小沙龙里挤得满满的，他们成群结队，都是克洛蒂的知己。他们微笑着，紧握着亨利的手，双眼闪烁着好奇又好似放肆的光芒，重复着上一次对杜阿梅尔说过的话语，下一次也肯定会不加任何改变地对莫里亚克或阿拉贡老调重弹。不时有一位热忱的读者自以为非得倾吐出内心的崇敬而后快：这一位被一段对彻夜难眠的描写打动了心，那一位又为有关墓地的一句话动了情，可是提到的都是信笔涂抹、不足挂齿的段落。吉埃特·旺达杜尔嗔怪地向亨利发问，为何选择一些那么可悲的先生为主人公，紧接着向周围一大群更加可悲的人一一微笑。“人们对小说的人物是多么苛刻啊！”亨利暗忖，“容不得他们有任何缺陷。这些人的读法都那么古怪！我猜想他们大多没有沿着给他们指引的道路前进，而是像瞎子似的在书中盲目穿行。偶尔，某个词在他们心间发出共鸣，唤醒了天知道什么往事或什么思念之情；或者，他们自以为从某个形象中发现了自己的映像。于是他们一时止步，对着映像仔细地观照，然后又摸索着迈进。最好还是永远不和自己的读者见面。”他心想。他走到玛丽-昂热身旁，玛丽-昂热一副嘲笑的神态打量着他。

“你为什么要嘲笑人？”

“我没有嘲笑，我在观察。”她用讥讽的口吻说，“你是应该隐居，你并不闪光。”

“要闪光得怎么办？”

“瞧瞧你的朋友伏朗热，好好学几课。”

“我没有这个天赋。”亨利说。

博取他们的赞叹，亨利没有这份雅兴；可非说要惹他们生气，也不实在。朱利安高谈阔论，一边故意显示，一边一杯接着一杯饮酒，周围的人们一个个露着纵容的微笑。“我呀，要是我有这样的名气，”他高声说道，“我非得赶快把他们一扫而光。贝尔桑斯[1]、波利尼亚克[2]、拉罗什富科[3]，这些名字充斥着法国史书，全是历史灰尘。”他可以尽情侮辱这些历史名人，甚至说些不堪入耳的奇谈怪论，周围的人也少不了会着迷。一个写诗的人如果未能封以尊称、获得桂冠或授以勋位，那当个小丑倒也不错。朱利安自欺欺人，自以为高人一筹，可心底那种矮人一截的心理反倒

1 Henri François-Xavier de Belsunce de Castelmoron（1671—1755），法国宗教人士，曾任马赛主教。

2 Melchior de Polignac（1661—1742），法国红衣主教、外交家。

3 François de La Rochefoucauld（1613—1680），法国作家。

证实了他的地位。不，唯一的办法是不与这些人打交道。围着克洛蒂大献殷勤的时髦作家和冒牌文人也许还更为让人沮丧。他们没有写作的兴趣，没有思维的心思，他们自寻的一切烦恼全都显现在脸上。他们唯一关心的，是为自己创造形象，是获得成功；他们频繁交往，只是为了能更进一步相互嫉妒。多么可怕的乌合之众。亨利一眼瞥见了斯克利亚西纳，向他充满好感地微微一笑：此人虽然狂热、糊涂、难以容忍，却是活生生的。他用词说话是出于表达激情的需要，而不是用以换取金钱或沽名钓誉，在他身上，虚荣心是次要的，仅仅是一种表面的缺点。

“希望你别埋怨我。”斯克利亚西纳说。

“当然不会，你是喝了酒。怎么样？你一直住在这里？”

“是的。我专门下楼来向你问个好，我原以为上流人士全走了呢。你就是对这些人做报告？克洛蒂还让我也说说呢。”

“这些听众并不差。”伏朗热迈着懒洋洋的步子凑过来说道，他挨个朝各位送去一个傲慢的微笑，在朗贝尔身上止住了目光：“腰缠万贯的人总是装得微不足道，可实际上他们对真正的价值往往具有鉴赏力。比如克洛蒂的奢侈就很精明。”

“奢侈，这让我讨厌。”斯克利亚西纳说。

玛丽-昂热噗嗤一声笑了出来，路易狠狠瞪了她一眼。

“您意思是想说假装奢侈吧。”于盖特宽容地说。

“不管是真奢侈还是假奢侈，反正我不喜欢。”

“人怎么能不喜欢奢侈呢？”于盖特问。

“我不喜欢那些爱奢侈的人。”斯克利亚西纳说。“在维也纳，”他突然补充道，“我们三个人挤在一间破屋子里，总共只有一件外套，还经常食不果腹。可那是我一生中最美好的时光。”

“这又表现了一种奇怪的犯罪心理。”伏朗热打趣地说。

“我有什么心理，我清楚，跟这毫不相干。”斯克利亚西纳生硬地说。

“当然相干！你们俩都是清教徒，和所有的左派分子一个样。”伏朗热转身朝亨利说道，“你们反感奢侈，因为你们难以承受良心的责备。这种清教徒的思想太可怕了。要是拒绝奢侈，渐渐发展下去，就是拒绝诗和艺术。”

亨利没有反驳。他对伏朗热的话不屑一顾。他所感兴趣的，是发现自他俩最后一次见面以后，伏朗热发生了多么大的变化：无论在他的声音还是在他的微笑中，再也不见一丝谦逊的痕迹。他那种根深蒂固的傲慢本性又复活了。

“奢侈与艺术不是一码事。”朗贝尔怯生生地说。

“对。”路易说，“但是，倘若任何人都没有内疚的心理，倘若恶从地球上消失，那艺术也就消失了。艺术是一种容忍恶存在的企图。有组织的进步分子想要除恶：他们无异于判处艺术死刑。”他叹息道，“他们向我们展示的世界将是多么阴暗。”

亨利耸耸肩：“你们这些有组织的反进步分子，真是滑稽。忽而预言永远都无法消除不公平，忽而又宣称生活将变得像羊圈一般索然无味。完全可以用你们的论调反击你们自己的论调！”

“认为恶对艺术来说是必不可少的，我觉得这个观点倒挺有意思。”朗贝尔审视着路易说道。

克洛蒂把手搭在亨利的胳膊上：

“吕茜·贝洛姆来了。”她说，“就是那位风度极为优雅、身材颀长的棕发女郎。来，我给您介绍一下。”

她手指着一位身着黑色服装、干巴巴的高个子女人，此人真的风度极为优雅？亨利从未真正明白这个词的意义，对他来说，女人只有让人喜欢和不让人喜欢之分，这一位就属于不让人喜欢之列。

“这位就是若赛特·贝洛姆小姐。”克洛蒂介绍道。

不可否认，姑娘相貌漂亮，但是若要扮演让娜，这种时髦的身段根本就不合适：裘毛服饰、香水、高跟鞋、红指甲、螺旋形的琥珀色云发，俨然一个普通而又华丽的玩具娃娃。

“我读了您的剧本，美极了。”吕茜·贝洛姆以肯定的口吻说道，“我肯定这部剧可以赚大钱：对这类事情我有嗅觉。我已经与第四十六演出厅经理维尔依谈及此事，他是我一个很要好的朋友。他很感兴趣。”

“他不认为剧本争议太大吗？”亨利问道。

“争议大可以把剧本打入冷宫，也可以帮助推出剧本，这取决于许多因素。我以为可以说服维尔依冒一次险。”她停顿了片刻，接着没有任何过渡性的词语、近乎蛮横地说：“维尔依准会同意给若赛特一次机会。若赛特只扮演过一些小角色，今年才二十一岁，可她富有演技，对人物的感觉方式尤为惊人，我希望您亲耳听一听她对第二幕那段重头戏的处理。”

“我将很乐意。”亨利说。

吕茜朝克洛蒂转去身子：“您有没有个安静的地方，让姑娘表演一下？”

“噢！现在不行。”若赛特说。

她一副惊恐的神态看了看她母亲，又看了看亨利。她没有那些华贵的模特儿常有的自信，相反，她似乎为自己的美貌感到惶恐不安。两只浅色的大眼睛，一张稍稍有点厚的嘴巴，浅黄褐色的云发下，乳白色的肌肤晶莹透亮，她确实相貌不凡。

“只是十来分钟的事情。”吕茜说。

“但是我不能就这样仓促上场。”若赛特说。

“不要着急。”亨利说，“假如维尔依真正接受剧本，我们再约。”

吕茜嫣然一笑：“如果说定若赛特扮演主角，我可以向您保证，他一定会接受。”

金发女郎从脖子一直红到头发根，细嫩的肌肤烧得像团红红的火。亨利朝若赛特亲热地笑了笑：

“您愿意定个日期吗？星期二，四点左右，您行吧？”

她点了点头。

“您就上我家来好了。”吕茜说，“您工作起来保准很方便。”

“您对角色感兴趣吗？”亨利习惯性地问道。

“当然。”

“我承认我设想中的让娜没这么漂亮。”

悲切的唇间掠过一丝文雅的微笑，可惜未能留在嘴边，对于成功必不可少的各种面部表情变化技巧都已经教过若赛特，可她表演笨拙。这张迟钝的面孔，配上两只缺乏机智的眼睛，扮演了各式各样的假面具。

“对一个女演员来说，再美也不过分。”吕茜说，“当您那位好妻子半裸着身子登台表演，观众们想看到的，正是这种东西。”她突然撩起若赛特的裙子，两条柔嫩光滑、修长的大腿连同半个臀部暴露无遗。

“妈妈!”

若赛特惊恐的声音使亨利心头为之一颤，她真的只是一个跟别的东西没有两样的华丽的玩具娃娃吗?她肯定不大聪明，亨利暗忖，可无法相信这张悲怆动人的面孔会没有任何表露。

“别假作天真了，这不是你的行当。”吕茜·贝洛姆声音生硬地说，接着添了一句：“你没有把约会时间记下来?”

若赛特乖乖地打开小提包，取出一个记事本。亨利瞥见了一块花边手绢和一只玲珑精致的金粉盒。昔日，那女人小包的里边对他似乎充满神奇的奥秘。他接过修饰得像麦芽糖似的细长的手指，在手中握了片刻：

“星期二见。”

“星期二见。”

“她中您的意吗?”等母女俩一走，克洛蒂猥亵地一笑，“要是您真的动了心，您就去。那个可怜的丫头，长得可并不太诱人。”

“为什么可怜?”

“吕茜活得并不容易。您知道，成功之前吃尽了苦头的女人，一般都不是贤妻良母。”

若在别的时候，亨利说不定会兴致盎然地听克洛蒂说长道短，可伏朗热和朗贝尔在场，而且看来谈得还十分火热。伏朗热侃侃而谈，姿态优雅；朗贝尔则不停地点头，满脸微笑。亨利真恨不得加以干涉。忽见樊尚离开了酒柜，他这才松了一口气。樊尚粗声粗气地嚷道：

“我想给您提个问题，只问一句：像您这种家伙在这儿干什么?”

“您瞧，我不是在与朗贝尔交谈吗?”路易平心静气地回答道，“您嘛，是来灌酒的，这也同样是明摆的事。”

“也许事先没有人告诉您，”樊尚说，“这是一场为关进集中营的人的子女募捐的报告会。这里没有您的位置。”

“谁清楚自己在这个世界中的确切位置?”路易说，“倘若您认为清楚自己的位置，那准是上帝对酒鬼们的特殊恩赐。”

“噢！那是因为樊尚是个人物！”朗贝尔尖刻地说，“他无所不知，对谁都评头论足，而且从不出错，而且您也用不着出钱让他给您上课。”

樊尚脸色苍白，从来没有这么难看过，仿佛眼中就要喷出血来。他结结巴巴地说：

“我总算认出了一个混账家伙……”

“我认为这个年轻小伙子需要治一治。”路易说，“这般年纪的小伙子，浑身冒着酒气，让人看了泄气。”

亨利急忙凑上前去：“你那么勇敢，口口声声要容忍罪恶，可你突然又变得这么严厉！樊尚是在以他自己的方式生活，为什么人就不能多喝酒？”

“一个混蛋，一个混蛋小子。”樊尚一声狠狠的冷笑，低声骂道，“两人肯定气味相投。”

“你说什么？再重复一遍！”朗贝尔说。

樊尚加重了声音：“我说你居然跟一个出卖了罗莎的家伙重归于好，必定是个混蛋。你还记得罗莎吧？”

“跟我下楼到院子里去，咱们讲个清楚。”朗贝尔说。

“用不着下去。”

亨利拉住樊尚，路易把手搭在朗贝尔的肩头说道：“算了。”

“我恨不得砸了他的脑袋。”

“另找一天。”亨利插话道，“你答应用摩托送我回去的，我现在有急事。你嘛，就让我们安宁一会儿吧。”他和蔼可亲地对樊尚说道，樊尚满嘴含糊不清地叫骂着。

朗贝尔给拉走了，可穿过院子时，他脸色阴沉沉地说：“你不该拦我，要不，我准好好教训他一顿。你知道，我可会打了。”

“我没说你不会，可动拳头，是蠢事。”

“我本该不动嘴巴，马上就动手打的。”朗贝尔说，“我反应不快，该动手的时候，却动嘴。”

“樊尚喝了酒，你完全清楚他有点疯疯癫癫。”亨利说，“别计较他说了些什么。”

“那太便宜了他！若他果真疯到这个地步，你不会与他要好的。”朗贝尔气呼呼地说。他跨上摩托车问道：“你上哪儿?”

“回我家。等一下再去报社。”亨利说。

他脑中突然出现了关于波尔的幻觉。她坐在公寓中间，目光呆滞，身子一动不动：她读了手稿。有关分手的那一场景，她一句句、一字字细细地读过了。她知道了亨利对她的全部看法。他渴望再见到她，立即见到她。朗贝尔沿着河畔马路，驾车疯一般地向前飞驰。当他在最后一道红灯前停下车子时，亨利问道：

“咱们喝一杯吧?”

他必须立刻见到波尔，可一想到就要与她正面相对，他缺乏这份勇气。

“随你。”朗贝尔闷闷不乐地说。

他们走进了河畔马路一角的那家咖啡馆，在酒柜前要了几杯白葡萄酒。

“你总不能因为我阻拦了你和樊尚打架，就朝我出气吧?”亨利和蔼地说。

“我不明白你怎么能受得了那个家伙。”朗贝尔愤怒地说，“他酗酒，逛妓院，衬衫脏得全是污垢，还摆出一副自命不凡的勇士架势，这一切让我看了恶心。他在游击队杀过人，可像他这样的多了，根本就不成其为故作悲惨、游戏人生的理由。纳迪娜称他为大天使，笑他差不多是半个废人！不，我实在不明白。”朗贝尔重复说，“若他真疯，那就给他过几次电，让他别再碍我们的事。”

“你太不公道了！”亨利说。

“我倒认为是你偏袒。”

“我是很喜欢他。”亨利有些生硬地说，紧接着补充道：“我想跟你说的不是樊尚。波尔跟我谈了一件怪事，她昨天打电话找你去，向你提了一些有关迪布勒伊的问题。我觉得她这样做极为不妥，当时的情况也许让你很为难。”

“不。”朗贝尔连忙说，“我没有听明白她到底想说些什么，可她很客气。”

亨利审视着朗贝尔，他真的显得十分真诚，也许波尔在他面前规规矩矩的。“眼下，她正恨迪布勒伊，这女人太过分了，你可能没有感觉到。”

“对，可我也不太喜欢迪布勒伊。她并没有为难我。”朗贝尔说。

“那就好！我担心你们这次见面不愉快。”

“一点儿也不。”

“那就好！”亨利重复道。“等会儿见。谢谢你送我。”

亨利缓步踏进小巷。再也不可能拖延，两分钟后，他就要面对波尔，脸上就要感觉到她的目光，他将不得不寻找遁词。“我矢口否认。我就告诉她伊维特与她毫不相干，只不过借用了她的一些言谈举止，但一切都做了变动。”亨利开始登楼梯。“她决不会相信我的！”他心里想。也许她都不会容许他开口辩解，或许……他加快了步子，他喉咙紧缩，跑上最后几级楼梯。没有一点响动，没有一声狗吠，没有闹钟的摆动声，也没有收音机播放的音乐声。“死一般的沉寂。”他自言自语道。忽然他恐惧地想到：“她自杀了！”他在门前止住步子，这时耳边传来低语声。

“进来。”

波尔笑盈盈的，她还活着。坐在长沙发边沿的女门房站了起来：“我这些破事情浪费了您的时间。”

“哪里话。”波尔说，“您的事我很感兴趣。”

“放心吧，明天我就跟房主说去。”女门房说道。

“天花板开始塌了。”等女门房关上门，波尔乐呵呵地说。“这女人很有趣。”她补充道，“她跟我谈了许多有关街头流浪汉的趣闻，都可以写本书了。”

“我想象得出。”亨利说。他带着交织着失望和轻松的复杂心情望着波尔，她跟女门房整整闲聊了一个下午，没有来得及读手稿，刚才的一切又要重新经历。他完全清楚自己实在没有这个勇气。

“她没有让你读成我的小说吧？”他平心静气地问道，继而强作笑脸，“那可很值得一读！”

波尔神情激动地瞥了他一眼："可我已经读过了！"

"啊！你有什么看法？"

"很出色。"她说得直截了当。

他拿起笔记本，故作淡漠地翻了翻。

"你觉得夏瓦尔这个人物怎样？你认为他可爱吗？"

"并不十分可爱，可他具有真正的伟大之处。"波尔说，"我猜想你想达到的正是这一点。"

亨利点了点头："你喜欢七月十四日那个场面吗？"

波尔思索片刻：

"并不是我偏爱的段落。"

亨利打开了决定命运的那一页："与伊维特分离那一段，你有何看法？"

"很动人。"

"你真觉得？"

波尔有些疑惑地看了他一眼："你为何感到惊奇？"接着淡然一笑，"你落笔的时候，心里想的是我们吧？"

他把笔记本扔到桌上："你真蠢！"

"这将是你最出色的一本书。"波尔以权威的口吻说道。她含情脉脉地把手伸进亨利的头发："我真不明白你为何这般故弄玄虚。"

"我自己也闹不清楚。"他说。

亨利被深深的沉寂憋得几乎惶恐不安。地毯、窗帘和帷幔把豪华、宽敞的客厅裹得严严实实，透过紧闭的门扉，听不到一声富有生气的动静。亨利不禁自问是否非得掀翻家具，才能把某个人叫醒。

"我让您久等了吧？"

"没怎么等。"他彬彬有礼地说。

若赛特一动不动地站在他的面前，唇间挂着惊恐的微笑。她身着一条琥珀色的衣裙，显得单薄，很不得体。"她长得并不诱人。"克洛蒂曾这样说过。这笑靥，这静寂，还有铺着裘皮的沙发，显然在引诱着各种放肆的举动。这再也明白不过了。若乘机下手，亨利准会感到自己像当着一个暗自冷笑的鸨母的面，干了诱骗少女的勾当。他有些生硬地说："如果您愿意，我们马上开始。我比较忙。您有本子吧？"

"那段独白我背会了。"若赛特说。

"开始。"

他把剧本放在独脚小圆桌上，舒适地往安乐椅一坐。那段独白最难把握。若赛特本就没有理解，紧张得如同惊弓之鸟。亨利见她胡演一气，却又强烈地希望能中他的意，心里很不好受。他显然感到自己就像是个腰缠万贯的裸露癖，正在一家高级妓院观看一场别开生面的裸体表演。

"我们试试第二幕第三场。"亨利说，"我给您配台词。"

"边念边演，难呀。"若赛特说。

"试试吧。"

这是一场爱情戏，若赛特表演得稍自如一些。她吐词清晰，面部表情和声音甚为动人。谁知道一个机智的导演最终会在她身上猎取什么东西？亨利乐呵呵地说：

"您完全没有进入角色，但有希望。"

"真的？"

"我敢肯定。请您在这儿坐下，我给您解释解释角色。"

她坐在他身旁。他已经很久没有在这样漂亮的姑娘身边坐过了。他一边说戏，一边嗅着她的秀发。她用的香水与别人的没有两样，然而从她身上散发出的这股芳香似乎是一种自然的馨香。它激起了亨利强烈的欲望，他恨不得闻一闻他隐隐约约从她衣裙下嗅出的那另一种湿润、温馨的气息，禁不住想在她的云发间狂吻，把自己的舌头伸入她那胭红的嘴里：这一切轻易可以得到，甚至再容易不过。他感觉到若赛特正顺从地等待着他爆发出强烈的欲望，可那股顺从劲儿真叫人泄气。

"您明白了吗？"他问道。

"明白了。"

"那快去，我们重新开始。"

他们重练了一遍，她试图把真情实感灌注到每一句台词中去，可反比第一次糟糕多了。

“您太过分了。”他说，“演得再纯朴一些。”

“啊！我怎么都演不好！”她深表遗憾地说。

“多练练，您就会演好的。”

若赛特长叹了一口气。可怜的丫头！等一会儿，她母亲又要斥责她不争气了。亨利站了起来。他对自己的顾忌有些遗憾：这张小嘴是多么惹人喜爱！跟一个真正诱人的女人睡觉，他回味着这曾给他带来多大的欢乐。

“我们再另约一次吧。”他说。

“我白白浪费了您的时间！”

“对我来说，这时间没有白白浪费。”亨利说。他微微一笑，“倘若您不害怕浪费您的时间，也许下次试戏后我们可以一起出门走走？”

“可以。”

“您爱跳舞吗？”

“当然。”

“那我一定带您去跳。”

第二个星期六，亨利又来到加布里埃尔街若赛特的家，沙龙里摆着玫瑰色和白色的家具，光滑如缎。他一见到她，心中不禁微微一震。这是真正的美的化身，眼睛一旦离开了她，就无法确切地描绘：若赛特的肌肤比他记忆中的更白皙，云发的色彩也更淡雅，她那两只眸子仿佛嵌着闪光片，犹如比利牛斯山激流一般深邃。亨利一边漫不经心地给她配台词，一边用目光打量着这具被黑丝绒衬托得线条分明的躯体，他暗暗思忖，只要有这容貌，这声音，她的多少笨拙都可以原谅。再说，只要好好引导，看不出若赛特就为什么非要比别的女人笨。相反，有的时候，她甚至把握住了动人的音调。亨利决定一试。

“准行。”他热情地说，“当然，还必须付出艰苦的劳动，但准行。”

“我是多么希望能行啊！”她说。

“现在我们去跳舞。”亨利说，“我想可以去圣日耳曼-德普雷区，您觉得如何？”

“随您。”

他俩来到了圣伯努瓦街的一家地下舞厅，坐在一幅肖像画下面，画中的女人长着胡须。若赛特身着一条舞裙，她脱去开襟短背心，露出浑圆、丰腴的臂膀，与她那张娃娃脸形成鲜明对照。“要让我提起玩乐的兴致，缺的正是这东西。”他快活地思忖，“身边伴着一位放荡的美女。”

“我们跳舞吧？”

“跳。”

手中搂着这个轻柔、温顺的躯体，他不禁感到有点昏眩。他过去是多么喜爱这种昏眩！如今他仍然兴头不减！他重又爱上了爵士乐，爱上了这烟雾、这年轻的声音和别人那欢快的劲儿。他已经做好充分准备，去爱这乳房、这腹部。只是在冒险一试之前，他还是希望能先感觉到若赛特对他已有所好感。

“这地方您喜欢吗？”

“喜欢。”她犹豫了一下，“很特别，对吗？”

“我想是的。您更喜欢什么样的场所？”

“噢，这里很好。”她急忙说。

只要他想让她开口说话，她就露出一副惶恐不安的神色。她母亲也许对她谆谆教导，叮嘱她学会保持沉默。他们就这样边喝酒边跳舞，一直沉默到清晨两时许。若赛特显得既不悲伤，也不快活。两点时，她要求回家去，他实在闹不清她要回家到底是因为厌烦、困倦，还是出于稳重。他送她回家。在车上，她认真而有礼貌地说：“我很想读一本您的书。”

“那容易。”他朝她微微一笑，“您爱读书？”

“当我空闲时。”

“您常常得不到空暇？”

她叹息道：“不一定。”

她到底是真蠢或只是有点儿不开窍？抑或因为羞怯而变得迟钝？一时难以断定。她如此漂亮，按常理，她该是个傻姑娘；但同时，她的这副美貌又使她显得神秘莫测。

吕西·贝洛姆决定在她府上签约，在这之前，还要举行一次亲切的晚宴。亨利打电话给若赛特，请她共同庆贺这个好消息。她一副上流女士的腔调，对他友好的亲笔题词并差人把书送到了她家深表谢意，然后约他晚上在蒙马特尔一家小酒吧相见。

“您高兴吗?”亨利紧握着若赛特的手不放，问道。

“因为什么事?”若赛特反问道。她显得不像平常那样年轻，而且没有一点儿高兴的模样。

“签约的事。已经决定签约了。您不高兴?”

她把一杯维希矿泉水送到唇边。

“这让我害怕。”她低声地说。

“维尔侬又不疯，我也不疯。别害怕，您一定会很出色。”

“可您预想的角色根本就不是这样的吧?”

“我再也不会设想别的样子。”

“真的?”

“真的。”

确是真的。她演的角色可能好一点或者差一点，但是他不愿设想让娜可能会有别的眼睛、别样的声音。

“您太可亲了!”若赛特说。

她带着真挚的感激之情凝望着他。可不管她出于谢意还是出于盘算，这毫无差别，亨利意欲得到的不是这个。他没有乱动。在那甜蜜的靡靡静寂之中，他俩谈起了可能的导演人选、角色分配以及亨利所希望的布景配置。若赛特仍然惶惶不安。亨利一直把她送到家门口，她久久地握着他的手：

“星期一见。”她声音哽咽地说。

“您不再害怕了吧?”他问道，“您可以乖乖地入睡了?”

“不，”她说，“我害怕。”

他微微一笑：“您就不请我最后再喝一杯威士忌?”

她神情快乐地看了看他：“我不敢!”

她急匆匆登上楼梯，把裘皮披肩一扔，露出了裹着黑丝裙的上身。她递给亨利一大杯酒，里面的冰块发出欢快的叮当声。

“祝您成功!”他说。

她猛地触摸了一下木桌面[1]："别这样说！我的上帝！要是我演得很糟糕，那该多么可怕！"

他又重说了一遍："您一定出色！"

她一耸肩膀："我一事无成！"

他淡然一笑："这倒让我惊奇。"

"事实就是这样，"她犹豫了一下，"我不该跟您说的：到时您一定会丧失信心。今天下午我去见一位用纸牌算命的女人，她告诉我正面临着一次深深的失望。"

"用纸牌算命的人总爱夸大其辞。"亨利坚定地说，"噢，您是不是碰巧定做了一件新的裙服？"

"是的，是为了星期一穿的。"

"呃，这件裙服赶不上穿了，这就是您面临的失望。"

"噢！这可真让人扫兴！"若赛特说，"晚宴上我穿什么？"

"失望，确实让人失望。"他笑呵呵地说，"别担心，您准还是最漂亮的。"他补充道，"不管是星期一，还是别的时候，这总不比胡演一通严重吧，是吗？"

"您安排事情的方式是那么可爱！"若赛特说，"遗憾的是您不能把上帝的位置夺过来。"

她紧紧地挨着他。难道仅仅是感激之情使她圆圆地鼓起她的嘴巴、双眼变得蒙蒙眬眬？

"可我也不会把我的位置让给上帝！"他双臂拥抱着她说道。

当亨利睁开眼睛时，他在若明若暗之中隐约看见了一面淡绿色贴面的墙壁，这第二天的轻松劲儿在他心头升腾而起。他要求得到强烈、刺激的乐趣：冲个冷水澡，擦擦马鬃手套。他悄悄地溜下床，没有惊醒若赛特。当他洗完澡，穿上衣服，又饥又渴地走出浴室时，若赛特仍在酣睡。他踮着脚尖穿过房间，朝她俯去身子。她盘曲着身子，浑身湿漉漉的，散发着温馨的气息，晶莹的秀发自然披散在眼前，亨利为拥有这个属于他的女

1 这是一种迷信的做法，据说摸一下木头可以避邪。

人，为自己是个男人而感到无比幸福。她微微睁开一只眼睛，仿佛还试图用另一只眼睛挽留住睡意。

“你已经起床了？”

“对。我要到街角的酒吧去喝杯咖啡。马上就回来。”

“不，”她说，“不！我给你沏茶。”

她揉着惺忪的睡眼，爬出被窝，身上穿着毛茸茸的内衣，浑身热乎乎的。亨利把她搂在怀里：

“你就像一个农牧神童。”

“一个农牧女神。”

“一个农牧神童。”

她一副心醉神迷的样子，朝他伸去嘴巴。无论像波斯公主、印度小姑娘，还是像狐狸、像牵牛花，或像一串美丽的紫藤花，只要说她们像这种或那种东西，女人们总是喜欢的。“我的农牧神童。”他轻轻地拥吻着她，反复说道。她穿上晨衣，趿上拖鞋，亨利跟着她来到厨房。天上阳光灿烂，洁白的方砖地面闪闪发光，若赛特动作迟疑地忙乱着。

“牛奶还是柠檬？”

“来点儿牛奶。”

她把茶盘端进肉色的小客厅，亨利好奇地打量着里面的独脚小圆桌和镶边墩状软垫。若赛特衣着服饰如此得体，言谈举止如此和谐，她怎能生活在这种糟糕的像电影布景似的环境之中？

“是你布置了这间屋子？”

“是妈妈和我。”

她神色不安地看了看他，亨利连忙说：

“屋子很漂亮。”

她是什么时候开始不再住在母亲家的？为什么不住？他突然想对她提出一连串问题。她已经走过了整整一段人生旅程，度过了每一个白昼、每一个黑夜的每一个小时，然而他对这一切一无所知。眼下不是让她经受审问的时刻，但是身置所有这些挑选得十分糟糕的小摆设和这些无形的纪念品中间，他感到很不自在。

“你不知道咱们该做点什么吧？咱们俩去散步：这是一个多么美妙的早晨。”

“散步？去哪儿？”

“到街上。”

“你是想说漫步？”

“对，漫步街头。”

她显出为难的神色：“那我得换衣服吧？”

他哈哈一笑：“那敢情好，可你没有必要打扮得像个贵夫人。”

“我穿什么衣服？”

早晨九时漫步街头，该怎样穿戴？她打开壁橱，翻开抽屉，披肩和衣服抖搂了一件又一件。她穿上了长统丝袜，亨利透过手心，重又感觉到了这紧裹着丰腴的肉体、燃烧着一团火似的丝织物。

“这样行吗？”

“你美极了。”

她身着一件浅色的套衫，肩披一条绿色披巾，头发高高挽起：她可真姿色迷人。

“你不觉得我穿上这件套衫显得胖了？”

“不。”

她神色忧虑地照着镜子。她发现了什么？做女人，做漂亮女人，此中滋味怎能从镜中体察得到？腿上的丝袜和热乎乎的腹部光灿灿的衣缎的这般轻抚，怎能从镜中感觉得出？他自问道：“她对我们的良宵将留下怎样的记忆？她在这夜里是否呼唤过别的名字？皮埃尔，维克多，雅克？亨利这一名字对她来说意味着什么？”他指了指以显著的位置放在独脚小圆桌上的他的那本小说。

“你读过了？”

“我看过了。”她犹豫片刻，“真蠢，我读不懂。”

“读书让你厌烦？”

“不，可我很快就会梦想到别的事情。一个词就会引起我走神。”

“走神走到哪里去？我是想说，你梦想什么？”

“噢！说不清。做梦，总是糊里糊涂的。”

“你梦想某些地方、某些人？”

“什么也不，只是梦想而已。”

他把她搂到怀里，笑眯眯地问道：

“你经常动情吧？”

“我？”她耸耸肩膀，“对谁？”

“爱过你的人一定很多，你这么漂亮。”

“长得漂亮，这让人活受欺侮。”她扭过脑袋说道。

他松开双臂，他实在不太明白为什么她会引起他如此怜悯。她生活奢侈，不劳而食，长着贵小姐的嫩肢嫩手，可一见到她，怜悯之心往往油然而生。

“这么早在街上走真有趣。”若赛特朝天空扬起涂抹了脂粉的脸说道。

“跟你一起在这儿真有趣。”他紧挽着她的手臂说道。他欢快地呼吸着外面的空气。这个早晨，一切都似乎焕然一新。春意清新，虽然刚刚复苏，但从空气中已经闻出它那么默契、温馨的气息。阿佩斯广场散发着青菜和鲜鱼的味道，一些身着晨衣的妇人正在以怀疑的神态仔细察看着时鲜生菜，她们那睡得黏乎乎的头发呈现出从未见过的色彩，不像自然的色泽，也没有艺术的光彩。

“瞧那个老妖婆。”他手指着一位涂脂抹粉、珠光宝气、头戴一顶脏乎乎的高顶礼帽的老太婆。

“噢！我认识她。”若赛特说，“她不招人喜欢，也许哪一天我也会落到这个地步。”

“我不信。”他俩默默地下了几级台阶。若赛特的鞋跟太高，连连绊脚。亨利问道：“你多大年纪？”

“二十一岁。”

“我是想问：你真的多大？”

她迟疑了一下：“我二十六岁了。你可别告诉妈妈我对你说了。”她恐惧地补充道。

“我都已经老了。”他说，“你显得那么年轻！”

她叹息道："因为我时刻都留心自己，这可真费神。"

"你就别费这个神了!"他深情地说，他把她的手臂搂得更紧了，"你早就想搞戏剧了吧?"

"我从来就不愿意当模特儿，我不喜欢老家伙们。"她嘀咕道。

显然是她母亲为她挑选了情夫，也许她真的从未爱过。二十六岁了，看她那双眼睛，那张嘴巴，竟然从未有过爱情，她可真值得怜悯!"那我，我对她来说是何许人?"他自问道，"我以后会是怎样一个人?"不管怎么说，她昨夜表现出来的乐趣是真情实意的，她两只眸子里射出的信赖的目光是真挚的。他们来到了克利希林荫大道，赶集商人落脚的临时木棚还在沉睡；两个孩子骑着一只小小的旋转木马在打转；高低起伏的滑车道被罩在篷布里睡大觉。

"你会玩日本弹子球吗?"

"不会。"

她乖乖地跟他来到一张布着洞眼的球台前，站在他的身旁。亨利问道："你不喜欢集市?"

"我从来没有赶过集。"

"你也从来没有登过游艺滑车或坐过鬼怪游艺火车?"

"没有。我小的时候，我们家很穷，后来妈妈把我送进寄宿学校，等我出来时，我已经成了大人。"

"你当时多大?"

"十六岁。"

她认认真真地把木球弹向圆洞："真难。"

"不难，瞧，你差不多赢了。"他又挽起她的胳膊，"最近哪个晚上，我们一起去坐木马玩。"

"你，你坐木马?"她一副怀疑的神态问道。

"当然我一个人不会去坐。"

她在陡坡道上又绊了一下。

"你累了吧?"

"我的鞋子挤得我好疼。"

“进里面去。”亨利顺手推开了一家咖啡店的门，说道。这是一家堂面很小的店，桌上铺着漆布。“你喝点儿什么？”

“一杯维希矿泉水。”

“怎么总是喝维希矿泉水？”

“因为肝。”她神色阴郁地解释道。

“一杯维希矿泉水，一杯红葡萄酒。”亨利招呼道。他指了指挂在墙上的一张布告牌：“看！”

若赛特声音缓慢而又深沉地念道：“只饮葡萄酒，反对酗酒。”她毫不掩饰地咯咯大笑起来。

“真有意思！你熟悉的地方可真有趣。”

“我从未来过这里。可你知道，随便走走可以发现许多新奇的东西。你从来不出门走走？”

“我没有时间。”

“你到底忙些什么？”

“总是有忙不完的事情。上朗诵课，买东西，去美发厅：你想象不出上美发厅要花费多少时间，还有茶会、鸡尾酒会。”

“这些玩意儿，你都有乐趣吗？”

“你可见过多少有乐趣的人？”

“对自己生活满意的人，我认识的真不少，比如我就是一个。”

她没有说什么，他温柔地搂着她。

“怎样才能让你高兴？”

“不再需要妈妈，能肯定永不再受穷。”她一口气说道。

“这都会实现的。你到时做些什么？”

“我到时会高兴。”

“我是问你到时做些什么，你去旅游？出门远行？”

她耸耸肩：“我没有想过。”

她从小包里掏出一只金质粉盒，抹了抹嘴唇：“我得走了，我要到妈妈的时装店去试装。”她忐忑不安地瞧了瞧亨利，“你真认为我的裙子赶不上穿了？”

“不。”他哈哈大笑道，“我认为那个算命女人完全错了。你知道，她们有时会算错的。那件裙子漂亮吗？”

“你星期一就可以看到了。”若赛特叹息道，“为了给我自己做广告，我不得不多抛头露面，这样我也就得精心打扮。”

“精心打扮让你厌烦吧？”

“你知道那试装有多烦人！弄得我整天头昏脑涨。”

他站了起来，两人往出租汽车站走去。

“我送你。”

“别麻烦了。”

“我高兴送。”他深情地说。

“你真好。”

每当她闪动那两只眸子，用她那特有的嗓音说一声“你真好”，这声音总是一直飘进他的心窝。在出租汽车上，亨利让若赛特的脑袋依偎在他的肩头，心里自问：“我能为她做些什么？”扶助她成为演员，对，可是她并不特别喜爱戏剧，这绝不能填补他在她身上感觉到的空虚。万一她不成功或她对自己生活的严峻与无聊不满？可让她对什么产生兴趣呢？想方设法与她交谈，开阔她的思路……他总不能到处带着她去参观博物馆，参加音乐会，给她借书，把她介绍给所有人吧。他轻轻地吻着她的头发。应该把爱献给她：跟女人打交道，最终总是这个结局。对所有的女人，都应该给予特有的爱。

“今晚见。”她说。

“好，我到我们的那个小酒吧等你。”

她轻柔地按了一下他的手，他意会到两人不约而同地想到了将共枕同眠的良宵。当她消失在庄严的大楼里时，亨利举步向塞纳河走去。十一点半。“我可提前到达波尔身边，定会让她高兴。”他心里想。这天早上，他渴望让所有的人高兴。“不过，”他有些忧虑不安地想，“我无论如何得跟她谈谈。”怀中搂抱过若赛特之后，他一想到要和波尔过夜，就再也无法忍受。“也许这对她来说无所谓，她十分清楚我对她再也没有任何欲望。”他满怀希望地思量。波尔极力逃避，不承认是他小说中那位可悲的女主人公，然而自从读过手稿之后，她发生了变化。她不再吵闹，看见亨利把手稿、衣服一点点转移到旅馆的房间去，也不再反对。亨利经常在旅馆过夜。谁知道她是否会平心静气地同意在和睦、安宁的气氛中相处？这初春的蓝天洋溢着多么欢快的气息，人们仿佛可以实实在在地生活，而不造成他人的痛苦。在街道拐角，亨利犹豫不决地在一家花店前止住了脚步，他真想像昔日那样给波尔带回去一大束淡色的紫罗兰，但是他害怕这反而会引起她惊奇。“捎一瓶好葡萄酒，也许不会引起过多麻烦。”他打定主意，往隔壁的食品杂货店里走去。上楼梯时，他满怀喜悦。他又饥又渴，嘴中已经感觉到了陈波尔多酒醇厚的滋味，他把酒紧紧贴在心间，仿佛它凝聚了他意欲献给波尔的全部情谊。

他像往日一样没有叩门，轻轻地把钥匙伸进门锁，推开了房门。波尔没有听见一点儿声响，正跪在地毯上，上面撒满了旧纸片：他认出了那些正是他写给她的信。她双手捧着一幅他的照片，正在仔细地端详，那神情他从未见过。她没有哭泣，可是一旦看到那两只干涸的眼睛，不难明白泪水虽然已经流尽，但还残存着一线希望。她正视着自己的命运，对它已经不抱任何幻想，但仍然接受它的安排。她面对那幅毫无生气的照片，显得那么孤单，不禁使亨利感到手足无措。他又关上门，一股怒气不可阻挡地陡然而起，原先的怜悯之情顿时凝固了。他叩了叩门，只听得一阵丝绸的窸窣声和纸张的沙沙声，接着她用极不镇定的声音说道：“进来。”

“你在干些什么玩意儿？”

“我正在读以前的信，我没想到你会这么早回来。”

她把信全扔在了安乐椅上，照片早已藏了起来。她面部表情平静，但抑郁不欢。他应该清楚她早已不见欢乐。他气恼地把酒放在了桌上。

“你最好不要沉湎于过去，还是多在现实中生活吧。”他说。

“噢！你知道，现实！”她茫然地朝桌上瞥了一眼。“我没有摆餐具呢。”

“我带你去饭馆好吗？”

“不！不！我一会儿就好。”

她向厨房走去，他把手伸向那些信。“别动！”她猛地吼道。

她一把抓起信，全部扔进了一个壁橱。他耸耸肩。从某种意义上讲，她是有道理的，所有这些凝固了的陈旧的话语已经全都变成了谎言。他默默地看着波尔在桌边忙碌。要跟她谈情谊并不容易啊。

他们相对而坐，面前放着一个个盛着冷盘的椭圆形小盘子。亨利启开了瓶盖。

“你喜欢波尔多红酒，对吧？”他殷勤地问。

“是的。”她漠然地回答。

当然，对她来说，这不是一个值得庆贺的日子。企图与波尔共庆他新的艳遇，这是极端的盲目与自私。但是，亨利在责备自己的同时，却渐渐感到了一种极度的忌恨悄然而生。

“你总该出门走走吧。”他说。

“出门走走？”她如坠雾里似的问道。

“是的，到外面走走，看看人。”

“干什么？”

“整天闷在这个窝里，这于你有何好处？”

“我的窝，我喜欢。”她悲切地一笑说，“我并不感到厌倦。”

“我不能让你像这样继续生活下去。你再也不愿唱歌，就不唱，这事就算了。可你得设法找点别的事做做呀。”

“什么事？”

“得去找呀。”

她摇摇头：“我都三十七岁了，又什么行当都不会。我可以去捡破烂，还能干什么？”

“行当是可以学会的，什么东西也不会阻挡你去学呀。”

她忧虑不安地看了看亨利：“你是想让我挣钱过日子吗？”

“这不是钱的问题。”他有力地说，“我是想让你对事情感兴趣，让你有所事事。”

“我感兴趣的是我们俩。”她说。

“这不够。”

“十年来就是这么过的。”

他集中了身上的全部勇气说道：

“听着，波尔，你完全清楚我们俩之间的事情已经变了，自欺欺人无济于事。我们曾有过美好、高尚的爱情。必须承认这种爱情正在逐渐成为友情。这并不意味着我们以后见面的机会少了，绝对不是。”他紧接着补上一句，“但是，你必须重新独立生活。”

她目不转睛地盯着他：“我决不可能对你产生什么友情。”她唇间掠过一丝微笑，“你对我也是一样。”

“会产生的，波尔……”

她打断了他的话：“瞧，今天上午，你迫不及待，未到固定的时间，提前二十分钟回到了家。你过去敲门敲得这么急过吗？你就称此为友情。”

“你错了。”

见她如此固执，他重又怒火中烧。突然，他想起了刚才在她脸上无意中发现了多么悲切的神情，涌上喉间的恶言恶语即刻消失了。他们默默无语地吃完了饭。看波尔的脸色，容不得任何寒暄。离开饭桌时，她声音平淡地问道：

“你今晚回这里来吗？”

“不。”

“你不常回来了。”她说，她苦苦一笑，“这是你新的友情计划的一部分吧。”

他迟疑地说：“就这么认为吧。”

她目光强烈地打量了他良久，然后慢吞吞地说：“我跟你说过，我现在对你是一种宽宏大度的爱，绝对尊重你的自由。这就意味着我决不责问你一句。你可以跟别的女人睡觉，可以不告诉我，也用不着对我产生什么负罪感。对于你生活中那些习以为常的平凡琐事，我已经越来越不在乎了。”

“可是我没有对你隐瞒过什么。”他尴尬地说。

“我想对你说的，”她严肃地说道，“是你用不着顾忌什么，不管你遇到什么事情，你都可以回这儿来睡觉，用不着考虑自己是否有愧于我们俩。我今天夜里等着你。”

“活该!”亨利思忖，“是她自己愿意这么做的!”他高声说道：“听着，波尔，我现在就开诚布公地跟你讲：我认为我们从此不应该再一起过夜了。你对我们的过去是那么眷恋，你完全知道我们过去曾共同度过多么美好的夜晚，不要糟蹋了过去的记忆。现在，我们相互之间再也没有多少欲望了。”

“你对我已经再也没有欲望了?”波尔不信地问道。

“没有多少了。”他说。“你恐怕也是如此。”他又说了一句，“别跟我说不是，我也有记忆力。”

“但是你错了!”波尔说，“你错得太严重了！这是个可怕的误会！我没有变!”

他知道她在撒谎，但是这不仅仅是对他，肯定也是对她自己。

“不管怎样，我变了。”他平心静气地说，“一个女人，也许不同，可是一个男人，不可能对同一个躯体有无限的欲望。你和过去一样漂亮，可你对我来说已经太习以为常了。”

他焦虑不安地打量着波尔的面部，想尽量对她笑一笑。她没有哭泣：像是被惊瘫了。她费力地嗫嚅道：

“你再也不到这儿睡觉了？你现在跟我说的确实是这话吗?”

“对。可这不会产生多少差别……”

她一个手势打断了他的话，她唯独接受自己对自己编造的谎言。无论是和风细雨，还是采取强制手段，要她正视事实确难做到。

“走吧，”她并不生气地说。“走吧。”她重复道，“我需要一个人呆着。”

“让我给你解释清楚……”

“求求你!”她说，“走吧。”

他站起身：“随你吧。我明天再回来，我们一起谈谈。”他说。

她没有答腔。他关上门，在楼台上呆了一刻，听听有否哭泣、跌落或动手的声响，但是一片寂静。亨利下楼时，想到了被送去进行活体解剖前被割断声带的狗：它们的痛苦在世上没有留下任何痕迹，这总要比听着它们狂吠好受一些。

第二天和以后的日子里，他们一直没有交谈：波尔假装忘了他俩的那场谈话，亨利也不愿旧事重提。“我无论如何要把若赛特的事跟她谈谈，但用不着马上讲。”他思量着。他每天都在那间淡绿色的房间过夜。这是一个个十分醉人的夜晚，但是他每天起床时，若赛特从不试图挽留他。签约的这一天，他俩原来说定要一起呆到下午晚些时候，没料到她两点钟就离开他，去了美发厅。是慎重？还是淡漠？一个没有任何东西可以赋予，只慷慨奉献自己躯体的女人，要衡量其真情实感谈何容易。“我呢？我是否已经开始迷恋上她了？”他自问道，一边茫然地看着圣奥诺雷区的玻璃橱窗。他感到有些心慌意乱。去报社还太早。他拿定主意，先去红酒吧坐坐。过去，每当他要打发时间，总是去那里。已经好几个月没有踏进那家酒吧的门了，但里面毫无变化。樊尚、拉舒姆、塞泽纳克都坐在他们平常坐的那张桌子边。塞泽纳克也仍旧一副无精打采的模样。

“见到你真高兴！”拉舒姆咧嘴一笑，说道，“你是开小差儿了吧？”

“多少有点儿。”亨利落了座，要了一杯咖啡，“我也想见到你，可不仅仅是为了高兴。”他似笑非笑地说，“倒是想跟你谈谈我的想法：上个月发的那篇有关迪布勒伊的文章，真卑鄙。”

拉舒姆面孔一沉：“对，樊尚跟我说过你反对。可反对什么？费科说的许多事情是真的吧，不是吗？”

“不对！那幅画像的总体错到那个程度，以致没有一个细节是真实的。迪布勒伊是工人阶级的敌人！哎哟，算了吧！你不记得了？一年前，也在这同一张桌子上，你给我解释你、你的伙伴、迪布勒伊和我应该携手合作。可你发表那种卑鄙玩意儿！”

拉舒姆以责备的神态看着他：“《铁钻》可从来没有发表过任何反对你的文章。”

“快了！”亨利说。

“你明明知道不会的。”

“为什么在那个时刻，以那种方式攻击迪布勒伊？”亨利问道，“你们的其他一些报纸对他还是比较有礼貌的。可突然，你们无缘无故针对一篇根本就没有任何政治色彩的文章，开始对他进行粗鲁的侮辱！”

拉舒姆犹豫了一下："对。"他说，"时机选得不对，我也承认费科太过火了些。可是应该理解！那个老家伙，处处抬出他那毫无价值的人道主义，让我们厌恶透了。在政治方面，革命解放联合会并不怎么碍事；可作为理论家，迪布勒伊能说会道，有可能影响年轻人，他给他们出些什么主意？要他们把马克思主义和资产阶级的古老道德标准融成一体！得承认我们今天所需要的不是这种东西！资产阶级道德标准必须彻底清除。"

"迪布勒伊所捍卫的东西有别于资产阶级的道德标准。"亨利说。

"他口头上是这么宣称，可正是因为这样才有蛊惑力。"

亨利耸耸肩："我不同意。可不管怎样，为什么不谈你方才对我说的这些话，而非要把迪布勒伊当作资产阶级的走狗呢？"

"如果想让人们明白，就不得不说得简单一点。"拉舒姆说。

"算了吧！《铁钻》面向知识分子，他们完全可以明白。"亨利不快地说。

"啊！那文章又不是我写的。"拉舒姆说。

"可你接受了。"

拉舒姆声音骤变：

"你以为我干的全是我乐意干的事情？我刚刚跟你说过时机选择得不合适，依我看，费科也太过火了。我认为跟迪布勒伊这样的人应该论战，而不该侮辱。如果报纸完全掌握在我们手中，我的伙伴肯定会这样做的……"

"那再也不是一份你能畅所欲言的报纸了？"亨利微微一笑，问道。

"谈不上了。"

出现了片刻沉默。亨利打量着拉舒姆：

"我知道什么叫纪律。但是，既然你不同意，却还留在《铁钻》，你不感到痛苦？"

"我想我留在那儿比别人在那里还是要强一些。"拉舒姆说，"他们让我留多久，我就呆多久。"

"你认为他们不会让你呆下去吗？"

"你知道，共产党不是革命解放联合会。"拉舒姆说，"如果两股力量对峙，失势的一方很容易受到怀疑。”

他的话中多少隐含着苦涩。亨利不禁问道：“告诉我，你那么怂恿我加入共产党，看来你也许就要退党了。”

“我知道有些人正等着我这样做！那帮知识分子，是一大篓螃蟹，互相乱咬。”拉舒姆摇摇头，“尽管如此，我决不退党。有时我真恨不得一走了之。”他补充道，“谁都不是圣人。可是得学会忍耐。”

“我感到永远都学不会。”亨利说。

“你说这话。”拉舒姆说，“但是倘若你坚信党在总体上做的是对的话，那么你就会认为与那些有关的事情相比，你个人的琐事实在无足轻重。你理解，”他激动说，“有一件事情我是坚信不疑的，那就是唯有共产党人做的是有益的工作。如果你愿意，就蔑视我吧。我什么都可以忍耐，就不愿意一走了之。”

“噢！我理解你！”亨利说。他心里想：“真正正直的到底是谁？我参加革命解放联合会，是因为我赞同它的路线，但是我忽视了一个事实，那就是它的行动很可能流于失败。拉舒姆以实际效果为目的，接受他不能苟同的方式方法。任何人都不可能百分之百地左右他自己的任何行为，这是行动本身所决定的。”

他站起身：“我上报社去了。”

“我也去。”樊尚说。

塞泽纳克从座椅上站了起来：“我陪你们一块儿走。”

“不用，我有事要和佩隆谈。”樊尚毫不客气地说。

当他俩推开酒吧的门时，亨利问道：“塞泽纳克的情况怎么样？”

“没什么大事。他说在搞翻译，可谁也不知道翻译些什么。他吃住都在朋友家，眼下，他正睡在我家。”

“当心点儿。”亨利说。

“当心什么？”

“吸毒的家伙危险。”亨利说，“他们会六亲不认。”

“我又不疯。”樊尚说，“他什么底细都不了解。他挺惹我喜欢。”他又补充了一句，“跟他，没有什么好谈的。他让人绝望透了。”

他们默默无语地往街道下方走去。亨利问道：

“你真有事要跟我说吗？”

“对。”樊尚搜索着亨利的目光，“听说你的那个剧本十月份要在第四十六演出厅演出，小贝洛姆要一举成为明星，确有其事？”

“我今晚就跟维尔依签约。你问这事干什么？”

“你肯定不知道贝洛姆母亲被剃过一次光头，那是她罪有应得。她在诺曼底有个城堡，在那里接待过许多德国军官，跟他们睡觉，那个小的十有八九也睡过。”

“你为什么来跟我谈这些闲话？”亨利问道，“你打从什么时候起当起警察来了？你以为我爱她母女俩吗？”

“不是什么闲话。有确凿的材料，是我的几个伙伴亲眼所见：有信，有照片，一个小伙子闹着玩，全都收了起来，心想说不定哪一天就会有用场。”

“你也看到了？”

“没有。”

“肯定的。不管怎样，我不在乎。”亨利气愤地说，“这跟我无关。”

“要阻止混账们重新掌握国家大权，拒绝与他们同流合污，这跟我们人人有关。”

“到别的地方教训人去吧。”

“听着，你别生气。”樊尚说，“我只想先通知你一声，贝洛姆母亲已经是个目标，大家都在监视着她，要是你为了她那种贱货惹一身骚，那就太愚蠢了。”

“别为我担忧。”亨利说。

“得了。”樊尚说，“我是想让你心中有数，没有别的意思。”

他们默默地走完了余下的路程。但是亨利的胸口总是堵着那个声音，它在不停地回响：“那个小的也睡过。”整整一个下午，这声音强烈地反复回荡。若赛特几乎招认过她母亲曾不止一次出卖了她，再说，亨利期待从她那儿得到的，只是再共度几个夜晚，也许仅仅几夜而已。然而，在那永无休止的晚宴上，见她一副娇滴滴的讨好劲头，对维尔依频频微笑，亨利简直坐立不安，真恨不得单独对她好好审问一番。

“这下您高兴了吧？已经签约了！”吕茜说。

那衣裙和首饰就像头发似的，对她是那样贴身，仿佛她生来就穿着这种印有阿玛丽莉字样的裙服，穿着它睡觉，也将穿着它了却一生。一绺金发像波浪似的夹在她那乌黑的云发间，亨利着迷地凝望着她：要是她顶个光头，该会是怎么一个丑模样！

“我很高兴。”

“杜杜尔会告诉您的，一旦我操办一件事，别人尽可放心。”

“噢！这是位非凡的女子。”杜杜尔静静地说。

克洛蒂向亨利保证，杜杜尔这个正式情夫为人极为正直。果然，此人一头银发，五官端正，表情平静，此副尊容只有在非同一般的无赖当中方可见到。这类家伙相当富有，可以赎买自己的良心，也许他的正直是按自己的标准定的。

“您转告波尔，她没有来，太不应该了！”吕茜说。

“她真的太疲乏了。”亨利说。

他对若赛特欠了欠身子，告辞要走。所有的女人都身着黑色服装，首饰熠熠发亮。若赛特也一身黑色，整个身子仿佛被偌大的一团头发压塌了似的。她彬彬有礼地微笑着向他伸过手来。整个晚上，她一举眉，一眨眼，无不表明她表面的那股漠然神情纯粹是虚假的。虚伪对她来说就那么轻而易举？夜里，当她赤裸着躯体，她是多么纯朴，多么直爽，多么诚实。亨利心中交织着温情、怜悯和厌恶的复杂情感，思忖着那些材料里是否也有她的照片。

近几天来，出租汽车又可以自由行驶了，哑女广场就停了三辆，亨利租了一辆前去蒙马特尔。他刚要了一杯威士忌，若赛特便一屁股坐到了他身边一把座位很深的扶手椅里：“维尔依真热心。”她说，“他还是个同性恋。我真有运气，这样他就不会缠着我了。”

“别人缠着你的时候你怎么办？”

“看情况，有时就难办了。”

“大战期间，德国人没有过分缠你吗？”亨利尽量保持自然的口气问道。

“德国人?”就如他已经见过的那次一样，她脸色霍地发红，从胸口一直红到头发根，“你问我这些干什么？别人跟你乱扯了些什么?”

“说你母亲在她诺曼底的城堡里接待过德国人。”

“城堡被强占了，可那又不是我们的过错。我知道村里的一些流言蜚语，因为他们恨妈妈；她也是活该，她对人很不客气。但是，她没有干过任何肮脏的事情，跟德国人一直保持距离。”

亨利微微一笑：“即使情况不是这样，你也不会对我直说的。”

“噢！你为什么说这种话?”她说。她神情悲切地看着他，双眼蒙上了一层泪水。他颇为震惊，想不到自己对这张美丽的脸庞竟拥有如此神奇的力量。

“你母亲要经营她的时装店，再说她又无所顾忌，她也许会想办法利用你吧。”

“你到底想到哪里去了?”她神色惊恐地问道。

“我猜想你处事不慎，比如跟军官们出过门。”

“我待人以礼，仅此而已。我常跟他们讲话，时不时他们用车从村庄把我送回家。”若赛特耸耸肩膀，“我对他们没什么可抱怨的，你知道，他们很正派。我当时年纪小，对那场战争一点儿也不明白，一心希望早日结束，就这些。”她赶忙又补充道：“现在，我才知道他们和那些集中营是多么可怖，还有种种……”

“你知之不多，但这没关系。”亨利深情地说。在一九四三年，她年纪并不算太小，纳迪娜当时才十七岁呢。但是，她们俩无法相比。若赛特从小没有好的教养，得不到慈爱，谁也没有对她晓之以理。当她在村镇的小街上与德国军官相遇时，对他们过分亲热地报以微笑，然后又登上他们的汽车。事后，这足以引起村民们的愤慨。还发生过更严重的事情吗？她是否撒谎？她那么直爽，又那么虚伪：如何了解清楚？又有什么权利去了解？亨利突然反感地想。他为自己扮演警察的角色感到耻辱。

“你相信我吗?”她羞怯地问。

“我相信你。”他把她拉到自己身上。“再也别谈这事了。”他说，“永远也不谈了。我们回你那儿去。快回去。”

五月底，朗贝尔先生一案在里尔开庭审理。他儿子的出面无疑帮了他的大忙，此外，他可能也让人施加了巨大的影响：他被宣布无罪。“对朗贝尔来说真太好了。”亨利得知判决后，心里想。四天后，朗贝尔正在报社忙着，有人从里尔给他打来电话：他父亲本该乘晚间的快车抵达巴黎，但他从车门口摔倒下来，伤势极为严重。事实上，一个小时后，众人得知他当场摔死了。朗贝尔几乎没吭一声，跨上摩托车走了。等他埋葬了父亲回到巴黎，便闭门不出，没有一点音讯。

“我得去看看他，下午就去。”憋了几天之后，亨利思量着。他曾试着给朗贝尔打电话，但白费气力，电话给朗贝尔切断了。“一种卑鄙的行径。”亨利反复思忖，一边并不信服地看着摊在桌上的材料。那人年纪已大，并不十分惹人喜欢，朗贝尔对他的怜悯也远多于爱。然而，亨利无论如何也无法对此事不闻不问。那一判决，还有这次事故，真是命运多舛。他尽量集中注意力，去读那些打成铅字的材料。

“中午了，若赛特就要来，这材料看来读不完了。”他在心底责备自己。卡拉干达、查兹库伊、乌兹别克，这些野蛮的地名，还有那些数字，无论如何也激不起他的兴趣。然而，他倒希望在下午会议之前掌握这些材料。实际上，他之所以对这些材料不感兴趣，是因为他对它们不甚相信。对斯克利亚西纳转交的材料应该相信几分呢？那个神秘的苏联官员确有其人吗？他真的专门逃出那座特大的红色监狱，以到处传播这些情况吗？萨玛泽尔肯定了这些材料，甚至声称已经查证过，但是亨利仍然表示怀疑。他翻了一页。

“咚咚。”

是若赛特来了，她身着一件白色的大衣，美丽的头发披散在肩头，还不等她关上门，亨利便站了起来，把她搂到怀里。一般情况下，几个热吻之后，他旋即会沉浸在一个大大缩小的世界之中，周围一切全成了娇小的玩具，变得无足轻重；然而今天，这种变化比往常困难了一些，内心的忧虑感紧紧地缠绕着他。

“你就是住在这个地方?”她快活地问，“你从来没有邀请我来，这下明白了，这里太不像样了！你的书放在哪里?”

“我没有书。我读完一部书，便借给朋友们，他们也不还给我。”

“我以为一个作家总是生活在摆满书本的四壁之中。”她以怀疑的神色打量着他，“你肯定自己是个真正的作家?”

他哈哈大笑起来：“反正我在写。”

“你刚才在工作？我来得太早了吧?”她一边坐下，一边问道。

“给我五分钟，然后就属于你了。”他说，“你想看看报纸吗?”

她扮了一个小小的鬼脸：“有社会新闻吗?”

“我以为你已经开始爱读政治性文章了呢。”他责怪地说，“没有？兴头已经过了?”

“这不是我的过错。我试着读过。”若赛特说，“可是那些句子在我眼底飞似的溜过去。我感到那玩意儿与我毫不相干。”她满脸委屈地补充道。

“那就好好读一读蓬图瓦兹那个被活活吊死的人的故事吧。”他说。

诺里尔斯克、伊加尔卡、阿布萨卡契夫。这些地名还有那些数字毫无生气。他也一样，句子在他眼底飞似的溜过，他感到这一切与他毫不相干。这一切发生在那么遥远的地方，那个世界是多么不同、多么难以评价。

“你有香烟吗?”若赛特低声问。

“有。”

“火柴呢?”

“这儿。你说话声音为什么这么低?”

“以免打扰你。”

他笑着站了起来：“我干完了。我带你上哪儿吃午饭呢?”

“去‘博罗梅安群岛’。”她果断地说。

“就是前天开张的那个极时髦的馆子？不，对不起，找个别的地方。”

“可是……我已经给我们预订了桌子。”她说。

“退掉很容易。”他把手伸向电话，她挡住了他：

“有人等着我们。”

“什么人?”

她垂下脑袋，他追问道：“谁等着我们?”

“这是我妈的主意，我得马上开始为自己做广告。有人提到了那家餐馆。她请了一些记者，给我搞一次小小的摄影采访，类似于‘作者正在与其表演者交谈……’”

“不，亲爱的。”亨利说，“你愿意让人拍多少照片都可以，可是不要带上我。”

“亨利!”若赛特两眼泪水汪汪，像个孩子似的想哭就哭了起来。亨利一时不知所措。“我专门让人做了这件裙子，我原来是那么高兴……”

“既可以好好玩，又可以安安静静在里面呆着的餐馆多着哩。”

“可是那儿有人等着我!”她绝望地说。她两只泪涟涟的大眼睛直盯着亨利。“哎，你真愿意为我做点事情吗?”

“可是，我亲爱的，你为我做点什么呢?”

“我？可是我……”

“对，你……”他乐呵呵地说，“可是我，我也……”

她没有笑。“这不一样。”她一本正经地说，“我是个女的。”

他还是笑呵呵的，心里想：“她言之有理，她总是有理：这不一样。”

“你对那顿午饭看得就那么重?”他问。

“你不明白！这对我的事业是必不可少的。要想成功，必须抛头露面，让人议论自己。”

“首先必须干好自己该干的事情。好好演，别人自然会称赞你的。”

“我想为自己赢得一切机会。”若赛特说。她脸色突然阴沉起来，“你以为要向我妈妈请求施舍是件有趣的事情？当我走进她的沙龙，她当着众人的面责问我‘你为什么穿木鞋’时，你以为我快活吗?”

“木鞋子又怎么了？很漂亮嘛。”

“在乡村穿着吃午宴很好，可在城市就太随便了。”

“我总觉得你是那么优雅……”

“因为你对此一无所知，我亲爱的。”她悲切地说。她耸耸肩膀，“一个没有成功的女人的生活，你不了解是怎么一回事。”

他把手放在她那柔嫩的手上："你一定会成功的。"他说，"走，去博罗梅安群岛餐厅，让他们给我们拍照吧。"他俩走下楼梯。她问道：

"你有车吗？"

"没有。我们要辆出租车。"

"你为什么没有自己的车？"

"你还没有发现我没有钱？你以为你拥有的鞋子还不是巴黎城最漂亮的吗？"

"可你为什么没有钱呢？"当他俩坐进出租车时，她问道，"你可要比妈妈和杜杜尔聪明。你是不爱钱吧？"

"谁都爱钱，可要真的弄到钱，那就非得爱钱胜于一切。"

若赛特思虑了片刻："并不是我爱钱胜于一切，但我喜欢用钱买的东西。"

他用胳膊搂住她的肩膀："也许我的剧本会让我们发大财，到时我们给你买你喜欢的东西。"

"你还带我上漂亮的餐馆？"

"偶尔。"他快活地说。

花园里鲜花盛开，女人们一个个打扮得花枝招展，男人们则满面春风、神采奕奕。当他在这些男男女女的目光打量下向前迈步时，心里感到很不自在。玫瑰花丛，古老的椴树，阳光照耀的欢乐的水面，这美丽的景色令人心醉，然而他却仍然无动于衷，自问道："我到这里来干什么呢？"

"美吧，对吗？"若赛特兴意盎然地说，"我爱乡村。"她又补充了一句。她开口大笑，顺从的面容顿时变了模样。亨利也微微一笑："很美。你想吃点儿什么？"

"我想只能要个柚汁，再要份烧肉。"她遗憾地说，"因为要保持身段。"

她身着一条绿色的布裙，裸露出嫩而健美的双臂，显得十分年轻。她虽然一身时髦女郎的装束打扮，但实际上是多么自然！她渴望成功，渴望出人头地，一心想要穿好、玩好，这是很自然的。她有着巨大的优点，那就是直率地袒露她的渴求，而并不想弄清这种种欲望是高雅还是肮脏。即使有时撒谎，她也比从不说假话的波尔更加真实。波尔为自己编制的那份高尚的密码中有着许多虚伪的成分。亨利想象着波尔对他这般轻浮、奢侈表示抵触时的傲慢面孔，想象着迪布勒伊诧异的微笑和安娜惊骇的目光。当这场答记者问和这些照片见报时，他们一个个准会神色惊恐地直摇头。

“确实，我们大家都有点儿像苦行僧。”他心里想，“我自己也包括在内。这是因为我们讨厌别人公开显示我们的特权。”他本想躲避这次午宴，以免承认自己有能力享受。“然而在红酒吧，跟朋友们在一起时，晚上挥霍多少钱，我都从不计算。”

他朝若赛特俯过身子：“你高兴吗？”

“噢！你真好！”她说，“只有你。”

只有愚蠢的人才会对这类幼稚而不该提起的话题报以如此微笑。可怜的若赛特！她笑的机会并不很多。“女人总是不快活。”他望着她，心里想。他与波尔的历史正接近可怜的尾声，至于纳迪娜，他一直不知该给她些什么。若赛特呢……也许这不一样。她希望成功，他也许能助她成功。她向正朝前走来的两位记者和蔼地一笑。

两个小时后，当出租汽车把他送到朗贝尔的大楼前时，纳迪娜正从大门往外走。她朝他亲热地笑了笑，她一直认为自己在两人的艳史中掌握着主动权，所以对他始终十分友好。

“嗬！你也来了！可爱的孤儿，关心他的人多了！”

亨利带着几分愤懑瞪了她一眼：“这事没什么特别好笑的。”

“那个老混蛋死了，跟他有什么关系？”纳迪娜说。她耸耸肩膀，“我完全知道我的角色应该是扮演慈悲的嬷嬷，给人安慰，可是我不会。今天我打定了从善的主意，可伏朗热又来了。我便走了。”

“伏朗热在上面？”

“对。朗贝尔常见他。”她回答道，那漫不经心的口吻，亨利简直无法辨别其中是否隐藏着险恶用心。

“我还是上去。”亨利说。

“我祝你愉快。”

他慢慢地登上楼梯。朗贝尔常与伏朗热见面：他为什么没有对他讲呢？“他害怕我对此事生气。”他思忖，事实确实如此，他对此极为气恼。他揿了门铃。朗贝尔朝他淡然一笑，不见一丝欢乐劲儿。

“啊！是你？真客气……”

“多么愉快的巧合。”路易说，“已经几个月没见面了！”

“几个月了！”亨利朝朗贝尔转过身子。朗贝尔身着法兰绒套装，翻领上缀着一道黑纱，一副失去父亲的孤儿模样。这套衣服，朗贝尔先生欣赏的也许是古典美。“这些天，你也许没有多大心思出去走动走动。”他说，“但是，今天下午在迪布勒伊家有个重要会议。《希望报》要做出有关决定，我很希望你同我前往。”

实际上，他根本用不着朗贝尔，可是他希望能让他从痛苦的冥想中摆脱出来。

“我的心思在别的地方。”朗贝尔说。他一屁股坐在扶手椅上，声音阴郁地说：“伏朗热肯定我父亲不是死于事故。他是被推下去的。”

亨利一惊：“推下去的？”

“车门不会自己打开。”朗贝尔说，“他刚刚被宣布无罪，也不会自杀的。”

“你不记得发生在里昂和瓦朗斯之间的莫利纳里事件？”路易问道，“还有佩拉尔事件？他们都是刚刚被宣布无罪不久，从火车上掉下去摔死的。”

“你父亲年迈体弱，”亨利说，“审判时又激动，也许伤了脑子。”

朗贝尔摇摇头：“我一定要弄清是谁下的手！”他说，“我会弄清的。”

亨利的双手在抽搐，八天来一直缠绕着他的，正是这份怀疑。“不！”他暗自在心中祈求，“不是樊尚干的！不是他，也不是别人！”莫利纳里、佩拉尔，他根本无所谓。也许朗贝尔老先生跟他们一样混账。但是，铁路道砟上那张鲜血淋淋的脸，那张闪烁着两只惊人的蓝眼睛的蜡黄的脸，异常清晰地显现在他的眼前。无论如何应该是场事故。

“法国有不少杀人团伙，这是事实。”路易说，接着站起身子，“这不愿平息的仇恨是多么可怖！”出现了一阵沉默，他以令人心动的声音说道：

“最近哪个晚上，到我家来吃顿饭。我们相互间从不照面，这太愚蠢了。我有一大堆事情要跟你谈。”

“我一有空暇就去。”亨利搪塞道。

当路易关门离去后，亨利问道：“里尔那些日子很难熬吧？”

朗贝尔耸耸肩：“人家杀了你的父亲，要是你心绪不宁，便说你没有男子汉气概！”他声音中充满积恨，“管它呢！我承认这给了我极大的打击！”

“我理解，”亨利说，继而微微一笑，“那些男子汉气概的说法，全是女人家的念头。”

朗贝尔对他父亲抱以何种感情？他只承认怜悯之情，也流露出忌恨，但其中无疑也交织着崇敬、厌恶、尊重和失望的爱。不管怎么说，那人对朗贝尔来说曾经是举足轻重的。亨利以最亲切的声音说道：

“别老是这样闷着自我折磨。打起精神来，跟我走，那会引起你的兴趣，对你有所帮助的。”

“噢！不管怎样你都有我一票。”朗贝尔说。

“我喜欢的是你的看法。”亨利说，“斯克利亚西纳声称一个从苏联来的高级官员给他带来了耸人听闻的情报，当然对苏联制度是很不利的。他向萨玛泽尔建议，请《希望报》、《警觉》和革命解放联合会宣传这些情况。但是，这些情况到底有何价值？我手头倒有几份零碎材料，但没有办法做出评价。”

朗贝尔脸上显出兴奋的神色：“啊！这，我感兴趣！”他说，他猛地站了起来，“我对此很感兴趣！”

当他俩跨进迪布勒伊的书房时，他正单独与萨玛泽尔谈话。

“您要知道，抢在别人之前发表这些材料，这可会引起轰动！”萨玛泽尔说，“最近一个五年计划产生于三月份，大家对此几乎还一无所知。特别是劳改营的问题，定将引起舆论哗然。要知道这个问题早在大战前就有人提出过，我本人所属的那一派对此尤为关注。但是在那个时候，我们未能引起多少反响。如今，任何人都不得不对苏联问题表明态度，这样我们就有可能重新澄清这一问题。”

与此粗壮、低沉的声音相比，迪布勒伊显得细声细气：“凭经验而论，这类材料双倍地可疑。首先因为控诉者在他所谴责的制度下苟活的时日甚久，其次因为一旦他摆脱了这个制度，就无法指望他对自己的攻击掌握分寸。”

“对此人到底了解多少情况?”亨利问。

“他名叫乔治·佩尔托夫，原是塔布里乌卡农业学院院长……”萨玛泽尔说，“一个月前，他从德国的苏联管辖区逃到西方控制区。他的身份已经完全查清。”

“可他的秉性没有查清。”迪布勒伊说。

萨玛泽尔不耐烦地一摆手：“不管怎样，您已经研究了斯克利亚西纳交给我们的材料。俄国人自己也承认确实存在劳改营和行政拘禁所。”

“这不错。”迪布勒伊说，“可是这些劳改营里有多少人？这是问题所在。”

“我去年在德国时，”朗贝尔说，“有人传说在布痕瓦尔德集中营被关的人绝没有苏联解放以后那么多。”

“在我看来，一千五百万是个十分保守的推测数字。”萨玛泽尔说。

“一千五百万!”朗贝尔重复了一遍。

亨利感到一阵恐慌升腾而起，涌上喉间。他已经听人说过这些集中营，但没有放在心上，传说的东西多着哩！至于这份材料，他浏览了一番，心里并不信服。他怀疑斯克利亚西纳。纸头上，那些数目似乎跟那些听起来怪里怪气的名字一样，纯属虚构。但是，这位俄国官员确实存在，迪布勒伊严肃对待此事。不闻不问，这样做确实简单，但这无助于对现实做出判断。他刚才跟若赛特在博罗梅安群岛餐厅时，天青日晏，他曾感到过几分内疚，但轻而易举便化为乌有。此时此刻，人们正在地球的各个角落遭受压迫、饥饿和残害。

斯克利亚西纳快步走入房间，大家的目光刷地全都投向跟在他身后的那位陌生人。此人银灰色的头发，双目炯炯有神，宛若两个乌黑闪亮的煤球，脸上没有一丝表情，俨然一个先天的瞎子，两道炭画似的浓眉拧在一起，正下方是一只尖尖的鼻子，他身材高大，穿着无可挑剔。

“我的朋友乔治。”斯克利亚西纳说，“我们暂时就叫他这个名字。”

他向四周扫了一眼，“这地方绝对安全？我们的谈话没有被偷听的可能吧？谁住在楼上？”

“一个十分善良的钢琴教授。”迪布勒伊说，“楼下的人度假去了。”

对斯克利亚西纳这副神气活现的样子，亨利第一次没有心思去笑。他身边这个高大阴沉的身影给整个场面陡添了一种令人不安的庄严气氛。大家全坐了下来。斯克利亚西纳说道：“乔治可以讲俄语或德语。他身上带着一些材料，马上给诸位做一个扼要的介绍和说明。在他所揭露的令人惊悸的问题中，劳改营问题具有最为直接的现实意义。他先谈这个问题。”

“让他用德语讲，我来翻译。”朗贝尔连忙说。

“随你们。”斯克利亚西纳用俄语讲了几个词，乔治点点头，但那副面容没有任何变化，他仿佛被一股痛苦而难以磨灭的积恨推入了麻木的境地。突然，他开口讲了起来，目光仍然直勾勾地射向出现在他心底的那些在世间并不真正存在的幻影。然而，在他那死一般的嘴中却传出了富有色彩和激情的声音，显得冷漠而又悲怆。朗贝尔两眼直盯他的双唇，仿佛在解读聋哑人的语言。

“他说我们首先应该明白劳改营的存在并非一个偶然的现象，因此不要幻想哪一天能彻底清除。”朗贝尔翻译道，“苏联的国家投资规划要求物资有盈余，这只能由超量的劳动来提供。如果自由工人的消费低于一定水平，生产力就可能相应地降低。因此，便有组织地着手创建一个次无产阶级阶层，付出最大限度的劳动，获取最低限度的生活必需品：这样一种调节措施只能在劳改营中付诸实施。”

一阵死一般的沉寂降临在书房里，谁也没有动弹一下。乔治继续往下说，朗贝尔又将那悲怆的声音转化成话语：“惩罚性劳动早在制度建立之初就已存在，但直到一九三四年，内务人民委员部才被赋予了权力，可通过简单的行政命令，决定为时不超过五年的劳改监禁；若超过这一年限，就有必要先进行审判。一九四〇年至一九四五年间，劳改营有一部分全走空了，许多囚犯被编入军队，其他一些人活活饿死了。但近一年来，劳改营重又人满为患。”

此时，乔治在摊在面前的纸上指着一些地名和数字，朗贝尔逐一翻译。卡拉干达、查兹库伊、乌兹别克。这不是一些词，而是一块块冰天雪地的草原、沼泽，一处处破烂不堪的木棚。在这里，男男女女每日劳动长达十四个小时，换取六百克的面包。他们有的冻死，有的累死，还有的身染坏血病、痢疾而丧命。一旦谁过分虚弱而无法干活，便被关进一些医院，有组织地让他们在那儿活活地饿死。“可这是真的吗？”亨利反感地在思量。乔治很可疑，苏联那么遥远，传说的东西何其多！他看了看迪布勒伊，只见他铁板似的面孔没有任何表情。迪布勒伊选择了怀疑这一招。怀疑，这是本能的防御，但对此也不应该过分信赖。传说的所有事件中，总有一些是真实的。在一九三八年，亨利曾怀疑大战迫在眉睫；在一九四〇年，他又怀疑瓦斯房的存在。乔治肯定夸大事实，但是也可以肯定他所说的并非全是他凭空捏造。亨利打开厚厚的材料，放在膝上。几个小时前他漫不经心浏览的一切突然间产生了可怕的意义。里面有译成英文的官方文件，这些文件承认了劳改营的存在。若不是出于恶意，谁也不可能全盘否认或来自美国观察家，或源自落入纳粹分子魔爪、后又身陷苦役犯监狱的流亡者的证词。确实无法矢口否认：在苏联，也有人在极度地压迫另一些人！

当乔治说完话，出现了一阵久久的沉寂。

“您心甘情愿、自然而然地从知识分子那儿接受了精神专政的思想，”斯克利亚西纳说，“但是，有组织地对人、对所有人犯下的种种罪行，您能容忍吗？”

“依我之见，答案是不容置疑的。”萨玛泽尔说。

“我请您原谅，对我来说还存在着疑问。”迪布勒伊冷冷地说，“我既不明白您的朋友为什么要逃到国外，也不明白他又为什么与他在我们面前大加谴责的那个制度合作了那么长时间。我猜想他的理由是十分充足的，但是我不愿冒险去支持一次反苏阴谋。再说，我们也没有权力以革命解放联合会的名义对您做出回答：领导委员会只出席了一半。”

“如果我们同意，一定能在领导委员会通过。”萨玛泽尔说。

“您怎么还能犹豫！”朗贝尔气得满脸透亮，“哪怕他说的只有四分之一是真实的，那也应该动用一千只高音喇叭立即呐喊。您不知道什么叫集中营！不管是俄国的，还是纳粹的，完全是一回事儿。我们与一些人斗争并不是为了怂恿另一些人……”

迪布勒伊耸耸肩：“不管怎样，我们要做的不是改变苏联的制度，而仅仅要在今日之法国影响人们对苏联的看法。”

“正因为如此，这一事件与我们有着直接的关系。”朗贝尔说。

“不错，但是若没有掌握充分的资料就贸然卷入，我们会铸成大错的。”迪布勒伊说。

“换句话说，您怀疑乔治的话？”斯克利亚西纳问。

“我并不把它当作《福音书》而确信无疑。”

斯克利亚西纳拍了拍桌上的材料：“所有这一切，您怎样处理？”

迪布勒伊摇摇头：“我认为任何事实都没有得到认真查证。”

斯克利亚西纳连珠炮似的讲了一通俄语，乔治不动声色地对他做了回答。

“乔治说由他负责给你们提供确凿的证据。请派一个人去西德，那儿有些朋友可给你们提供有关苏联管辖区内劳改营的确切情况。此外，在德意志帝国档案中找到了德苏条约签订后由苏联提供的某些文件，这些文件列举出了一些数字，你们可以设法一阅。”

“我去德国。”朗贝尔说，“立即动身。”

斯克利亚西纳以赞许的目光看了看他。

“行前先来见我一次。”他说，“这是一项微妙的使命，必须认真准备。”斯克利亚西纳朝迪布勒伊转过身子：“如果我们给您送上您所要求得到的证据，您能下决心揭露吗？”

“把你们的证据送来，委员会当会做出决定。”迪布勒伊不耐烦地说，“眼下，这一切纯属闲谈。”

斯克利亚西纳站了起来，乔治也跟着起身。“我请诸位对我们刚才的谈话绝对保密。乔治一直要求跟你们见见面。但是，你们想象得出巴黎这样一座城市威胁着他的是何种危险。”斯克利亚西纳说。

他们全都点头，那神态令人放心。乔治僵硬地弯了个腰，没有再多说一个字，跟着斯克利亚西纳走了。

“我对推迟表示遗憾。”萨玛泽尔说，“就问题的实质而言，无可置疑。我们可以立即摘录发表这一材料，这已足以造成舆论。”

“造成反对苏联的舆论!”迪布勒伊说，“我们现在特别应该避免的，正是这一点!”

“但是可以利用这一行动的不是右派，而是革命解放联合会，它十分需要!”萨玛泽尔说，“自大选以来，形势发生了变化，如果我们还继续想持骑墙态度，革命解放联合会就要完蛋。”他激烈地补充道，“共产党人的成功将会使许多犹豫不决的人打定主意加入共产党。也有许多人将由于恐惧心理而投入反动派的怀抱。对于前者，我们无可奈何。可对于后者，如果我们公开攻击斯大林主义，答应重新组建一个独立于莫斯科的左派，我们就有可能把他们争取过来。”

“滑稽的左派，在反共的纲领下搜罗反共分子!”迪布勒伊说。

“您是否知道将导致何种后果?”萨玛泽尔气恼地说，“倘若继续这样下去，两个月后，革命解放联合会就会成为一个受共产党人束缚的知识分子小团体，它将受到共产党人的蔑视和摆布。”

“谁也不能摆布我们!”迪布勒伊说。

亨利迷迷糊糊地听着这些激动的声音。对于革命解放联合会的命运，眼下他不屑一顾。乔治所说的到底有几分实情，这才是问题之所在。除非他讲的全是谎话，不然，从今以后就难以像过去那样看待苏联，一切就必须重新审视。迪布勒伊对什么也不愿重新审视，他陷入了怀疑主义。萨玛泽尔一心等待的就是这个机会，巴不得吹响反共的号角。亨利绝对不想与共产党人决裂，但是他也不愿对自己撒谎。他站了起来：“问题的关键在于要弄清乔治说的是真是假。目前，全是空谈。”

“这正是我的意见。”迪布勒伊说。

朗贝尔和萨玛泽尔跟着亨利出了门。身后的门刚一关上，朗贝尔便发起牢骚：“迪布勒伊真的被收买了！他想封住这件事。可这一次，他没有这个权力。”

“可惜委员会对他唯命是从。”萨玛泽尔说，“实际上，革命解放联合会就是他。”

“但是《希望报》并非一定要服从革命解放联合会!”朗贝尔说。

萨玛泽尔淡然一笑:“啊!您提出的可是个重要的问题!”他若有所思地又添了一句,“显然,如果我们决定立即透露真相,谁也挡不住我们!”

亨利惊诧地看了看他:“您考虑《希望报》与革命解放联合会决裂吗?您到底怎么了?”

“根据目前情况的发展,两个月后革命解放联合会将不复存在。”萨玛泽尔说,“我希望《希望报》能存在下去!”

他直率地大笑着离去了,亨利凭倚着河畔的栏杆。

“我真闹不清他葫芦里卖的到底是什么药!”他说。

“如果他真希望《希望报》重新成为一份自由的报纸,那他是有道理的!”朗贝尔说,“那边,他们恢复了农奴制;这里,他们又在杀人。可有人却想叫我们不吭声!”

亨利看了看朗贝尔:“在萨玛泽尔建议决裂的情况下,请别忘了你对我的承诺:在任何情况下你都支持我。”

“好。”朗贝尔说,“只是我先对你说清楚:若迪布勒伊一意孤行,要封住此事,我便离开报社,收回我的股份。”

“听着,在事实没有查证之前,谁也不能做出任何决定。”亨利说。

“那由谁来决定事实是否得到了查证呢?”朗贝尔问。

“委员会。”

“那就是说迪布勒伊。若他抱有偏见,谁也别想说服他!”

“要是没有证据就让人说服,那也是抱有偏见!”亨利带着几分责备的口气说。

“别跟我说这一切全是乔治凭空捏造的!别说这些材料全都是假的!”朗贝尔气呼呼地说。他怀疑地打量了亨利一番,“你是否同意若是事实,就必须予以揭露?”

“对。”亨利回答道。

“那就行。我尽快出发去德国,我向你保证在那儿决不浪费时间。”他微微一笑,“我把你丢在哪儿?”

“不用了,谢谢,我走一走。”亨利说。

他要去波尔那儿吃晚饭，但并不急于与她相聚。他小步走去。要揭露事实真相。迄今为止，这并没有引起多少严重的问题。他毫不犹豫地答应了朗贝尔：这几乎是一种生理反射。但是，他实际上既不知道该信些什么，也不清楚该做些什么，他一概不知：脑子至今稀里糊涂，仿佛头上受到了狠狠的一击。显然，乔治并没有完全凭空捏造，也许确有其事。有不少劳改营，一千五百万劳工在那儿被迫处于非人的境地。但正是多亏了这些，纳粹主义才被战胜，一个伟大的国家才渐渐建立起来。它是中国和印度在饥饿中挣扎、过着非人生活的亿万人们的唯一希望，是被非人的境地所奴役的数百万工人的唯一希望，是我们的唯一希望。“我们的这一希望难道也将破灭？”他恐惧地自问。他意识到自己从来没有认真地对此提出过疑问。苏联的缺陷和弊端，他全都了解，尽管如此，一个公正与自由和谐共存的真正的社会主义制度总有一天要在苏联并通过苏联的努力取得胜利。倘若今晚他丧失了这一信念，那么整个前程就将陷入一片黑暗：在任何地方都无法看到希望，哪怕是希望的幻影。“莫非我是因此而陷入怀疑？”他自问，“难道是出于怯懦，因为天底下再也没有一块可以对之抱有几分信心的土地，因为空气再也不堪呼吸，我才拒绝承认明摆的事实？或相反，”他心里想，“也许是因为我热衷于接受经过我精心篡改的恐惧形象吧。若我归附共产主义不成，便坚决地反对它，倒是一种慰藉。要是能泾渭分明，不是完全赞成就是彻底反对，该多好！但是若要反对，就必须要拥有其他的希望，把它们献给人们。再也清楚不过的是，革命要么由苏联来进行，要么就没有革命可言。可是，倘若苏联仅仅是以一种压迫制度来取代另一种压迫制度，倘若它又恢复了农奴制，那怎能对它保持友谊？……也许罪恶到处存在。”亨利思忖。他回想起了在塞文山区那间高山小屋度过的那个夜晚，他曾幸福地沉浸在纯洁无瑕的莫大快慰之中。若罪恶到处存在，就不会有什么纯洁无瑕。不管他做什么，他必定都错：若传播篡改的事实，是错；若掩盖哪怕是篡改的事实，那也是错。他走下了陡峭的河岸。倘若罪恶处处都有，那无论对人类还是对他自己，都没有任何出路。难道最终不得不想到这一步？他坐了下来，呆呆地望着河水流淌。

第六章

抵达拉瓜迪亚的那天晚上，我既高兴又好奇，简直到了忘形的地步，继后的一个星期里，更是按捺不住自己的心情。对于美国精神分析学的最新发展，我确实各方面都得学习；无论是开大会，还是与同行的交谈，都富有教益。可我也渴望见见纽约城，然而他们却拼命阻挠，让人心头好不难过。他们整天闷在暖气过热的宾馆、配有空调的餐厅、庄严的办公室和豪华的套间里，要摆脱他们，谈何容易。每天晚饭后，每当他们把我送回宾馆，我便匆匆穿过大厅，从另一扇门溜出去；我每天天一亮就起床，在上午开会之前外出漫步一番。可在这偷偷外出的自由时光里，我没有多大收获。我意识到在美国，孤独感也无法排遣。为此，离开纽约时，我感到惴惴不安。芝加哥、圣路易斯、新奥尔良、费城，然后又回到纽约，再去波士顿、蒙特利尔：一次美妙的旅行。可是他们还得为我想方设法，使我不虚此行，有所收益。同行们确也给我提供了一些当地人的地址，这些人都会很高兴向我展示他们的城市。可尽是些医生、教授、作家，我表示怀疑。

无论怎么说，芝加哥这一站一开始就砸了。我在那儿只呆了两天，两位年迈的太太早早地在机场等候着我，然后她们领我去和另一些老太婆们吃午餐，整个白天里紧紧缠着我不放。做完报告后，我又由两位呆板的先生一左一右陪着吃螯虾。这种烦恼是如此折腾人，以致我一回到旅馆，便径直上楼睡觉了。

翌日清晨，我被气醒了。“不能这样下去了。”我暗自拿定了主意。我拿起电话：“我心里过意不去，请原谅，可我患了感冒，不得不卧床。”紧接着，我欢天喜地地跳下床。可到了街上，我马上失望了。天气酷冷，脚边是有轨电车的铁轨，头上是架空铁道，我感到彻底迷失了方向，即使再走几个小时也是白搭。我漫无目标，没有任何去处。我打开了记事本：刘易斯·布洛甘，作家。也许总比一无所依强。我又拨通了电话。我对这个布洛甘说我是本森夫妇的朋友，他们肯定已经写信告诉他我来访的消息。好，他说要在下午二时到达我所在的旅馆的大厅。“还是我去接您吧。”我说，然后放下电话。我讨厌我住的这家旅馆，讨厌它的去污粉味和美元味，能乘出租汽车去一个明确的地方，去看看某个人，我感到高兴。

出租汽车越过了一座座桥梁、一道道铁轨，穿过了一个个货栈，驶过了一条条尽是意大利商店的街道，最后停在一条小径的一角。小径散发着焚烧的纸味，弥漫着湿润的泥土芬芳，也透溢着一股贫穷的气味。司机指了指一堵架着个木阳台的砖墙：“就在这儿。”我沿着一排栅栏走去。左侧有一家小酒馆，挂着灯火熄灭的红字招牌：斯希尔茨；右侧贴着一张硕大的广告画，画上画着一个理想的美国家庭，合家笑盈盈地嗅着一盘麦片粥。一座木楼梯下，放着一个垃圾桶，正冒着热气。我登上楼梯。在阳台上，我发现了一扇玻璃门，遮着一块黄颜色的帘子：肯定就在里边。可突然间，我感到惶恐不安。富有总是包含公开的成分，然而一种贫困的生活，却是隐秘的。我感到去敲这扇玻璃门似乎有失礼貌。我一时拿不定主意，望着这一堵堵砖墙，靠墙搭着千篇一律的楼梯和灰不溜秋的阳台；越过屋顶，我瞥见了一个巨大的圆柱形的东西，呈红、白颜色：原来是只大储气罐；脚下有一块四方形的土地，光秃秃的，中间长着一棵黑黝黝的树，还有一架蓝色风翼的小风车。一列火车在远处驶过，阳台直晃。我叩响了门，看见走出一位相当年轻、高大的男子，他上身穿着一件皮夹克，绷得直挺挺的，他惊奇地打量了我一番。

“您真找到我的住处了？”

“我看是的。”

黄颜色的厨房里，正中摆着一只黑炉子，正呼呼地在烧；铺着地漆布的地面上堆满了旧报纸。我发现里边没有冰箱。布洛甘茫然地招了招手，指着那堆纸张说：“我正在整理。”

“我希望没有打扰您。”

“噢，不。”他一副尴尬的神态，笔直地站立在我的面前，“您为什么不愿让我去旅馆接您呢?”

“那是个可怖的地方。”

布洛甘的嘴上终于显出了微笑：“那可是芝加哥最美的旅馆。”

“问题就在这里。太多的地毯、太多的鲜花、太多的旅客、太多的音乐，一切都太过分了。”

布洛甘唇边的微笑悄悄爬上了他的双眸：

“请往这边走。”

首先映入我眼帘的是墨西哥毯子和一幅凡·高的《椅子》，然后是书、电唱机和打字机。这间房子不像是冒牌艺术家的寓所，也不像是美国人理想的典型住家。生活在此，该很惬意吧。我激动地说：

“在您这里感到挺舒服的。”

“您觉得?”布洛甘用目光扫视着四壁。“这儿不大。”又是一阵沉默，接着他急促地说：“您不愿意把大衣脱了吗？来杯咖啡怎么样？我有些法国唱片，您喜欢听吗？听夏尔·特雷内的?”

无疑是因为那只呼呼在烧的大炉子或因为被二月冰冷的太阳染成金色的布帘上那棵瑟瑟战栗的黑树的影子，我遂起了一个念头：“要是坐在墨西哥毯子上度过这个白天倒是挺美妙的。”可是我给布洛甘打电话是为了参观芝加哥。我狠了狠心说：

“我想看看芝加哥城，我明天早上就要走了。”

“芝加哥大着呢。”

“领我看看其中一角吧。”

他摸了摸皮夹克，声音不安地说：“我有必要换一下装吗?”

“想到哪里去了！我就讨厌穿得笔挺笔挺的!”

他激烈地辩解道：

“我这一辈子从未穿过硬领的衣服……”

我们的微笑第一次相遇了，可他似乎还没有放下心来：

“您不想看看屠宰场吧?”

“不。咱们到街上去随便走走。”

街巷很多，一条条都很相似，两旁尽是破旧的木屋和一块块极力想模仿郊区小园子的空地。我们也游览了几条大街，街道笔直，死气沉沉，到处都是冷飕飕的。布洛甘不安地触摸着双耳：“这耳朵已经硬邦邦的，就要冻成两截了。”

我对他顿起怜悯之心。“我们到哪家酒吧去暖暖身子吧。”

我们俩走进了一家酒吧。布洛甘要了姜汁酒，我点了美国威士忌。当我们走出门外时，天还是那么冷；我们又进了一家酒吧，开始闲聊起来。他曾在登陆战后在阿登省的一个军营里呆过几个月，于是就法国、战争、占领时期和巴黎向我问了一大堆问题。我也向他提问。他对有人听他说话似乎感到十分幸福，可要讲述自己的情况却又感到不好意思。开始时，他迟疑不决地一句句往外掏，可很快滔滔不绝地向我道来，话中倾注着几分热情，我每听到一句话就仿佛感到领受了一份礼物。他出生在芝加哥城南一个小食品杂货店主的家庭，父亲是个芬兰人，母亲是个匈牙利的犹太人。在大危机时期，他正好二十岁，经常躲进货车的车厢在美国到处闯荡。他当过小贩，洗过餐具，做过跑堂，还干过按摩，当过挖土工、泥瓦匠、售货员，迫不得已时也干过偷鸡摸狗的事。在亚利桑那州那家他洗过餐具的偏僻的驿站里，他写了一个短篇小说，由一家左派杂志发表了。于是他又写了另一些小说。自他第一部长篇小说成功之后，他一直靠一家出版商给他发的一笔年金维持生活。

“我很想读一读这部书。”我说。

“下一部将更好。”

“可这一部已经写成了。”

布洛甘一副困惑的神色审视着我：“您真的想读?”

“对，真的。”

他站起身，向厅堂深处的电话机走去。三分钟后他回到桌旁说道：“那部书将在今天晚饭前送到您的旅馆。”

“噢！谢谢!”我热烈地说。

他一举一动都富有活力，因此而触动了我。正是他这种自然的姿态马上赢得了我对他的好感。他不知道那些客套话，那些礼节、礼貌。他这些亲切的举动完全是自然的流露，仿佛是柔情的创新。首先，我为与这位有血有肉的传统的美国典型——自立的左派作家相遇感到欣喜。现在，我感兴趣的是布洛甘，通过他的叙述，可以感觉到他并不认为对生活拥有任何权利，然而他向来具有强烈的生活欲望。这种交织着谦逊和热望的脾性真惹我喜欢。

“您是怎么冒出写作念头的?”我问道。

“我生就喜欢那种印成铅字的纸头，我还是个孩子时，就用剪报贴在日记本上，搞了一种报纸。”

“可能还有别的原因吧?”

他思索片刻：“我熟悉许许多多不同的人：我渴望给每个人展示其他人的真实面目。人们撒谎何其多。”他沉默了一会儿。“二十岁时，我终于明白了大家都对我撒谎，这使我极为愤怒，我想正是因为这一原因我才开始写作并继续写下去……”

“您还一直气愤吗?”

“或多或少有点儿。”他有所保留地微微一笑。

“您不搞政治吗?”我问。

“我做些细微的小事。”

简言之，他与罗贝尔和亨利的处境相差无几，然而他异常镇静，泰然处之。写作，在电台发表讲话，偶尔在群众集会上谴责某些流弊，这着实使他满足。有人已经跟我说过：这儿的知识分子可以安心地生活，因为他们深知自己绝对无能为力。

“您有作家朋友吗?”

“噢！没有!”他激动地说。接着他微微一笑，“我有些朋友，他们见我只在打字机前坐坐就可以赚到钱，便都动手搞起写作来，可没有成为作家。”

“他们赚到钱了吗?”

他朗声大笑起来：“有一位一个月内就打了整整五百页，他肯定花了一大笔钱才将它印成书，他妻子禁止他再干这等营生，于是他又操起了扒手的行当。”

“那是个好行当吗?”我问道。

“要看人。在芝加哥，这一行竞争很激烈。”

“您认识许多扒手?”

他一副稍带揶揄的神态看了看我说:“半打吧。”

“那盗贼呢?”

布洛甘的神情变得严肃起来:“所有的盗贼都是混账。”

他开始滔滔不绝地跟我讲起最近这些年来盗贼们干的那些破坏罢工的勾当，接着又对我讲述了许多关于盗贼与警察、政界和商界的关系的趣事。他讲得很快，我听他说话有些困难，可这仍像爱德华·鲁宾逊的电影一般引人入胜。他突然打住话头:

“您不饿吗?”

“饿。现在经您一提醒，我饿极了。”我说，继又快乐地补充道，“您知道的趣事真多。”

“噢!要是我不了解，我就瞎编。”他说，“因为有兴趣看您听人说话。”

已经八点多了，时间流逝得真快。布洛甘领我到一家意大利餐馆吃晚餐。我一边吃着意大利馅饼，一边琢磨在他身边我为何感觉如此舒服。我对他毫不了解，然而他对我来说一点儿也不陌生。这也许是因为他生活贫困，却无忧无虑的缘故吧。矫揉造作、附庸风雅、扭扭捏捏，这只会造成距离。每当布洛甘拉开或拉上穿在那件破旧的羊毛套衫外面的皮夹克，我便感觉到身边这一具躯体的冷与热，这是一具活生生的躯体，他的存在给人以信任感。他从来都是亲手擦拭自己的皮鞋:只要看看他的这双鞋子，就可对他的个人生活有所了解。当我们走出意大利馅饼餐馆时，他挽起我的胳膊，怕我在结了薄冰的地面上滑倒。顷刻间，我感到他的热情是多么亲切。

“哎!我总得领您看看芝加哥的几个地方吧。”他对我说。

我们坐进了一家杂耍歌舞表演厅，看着一些女人伴着音乐脱去衣服，继又在一个黑人小舞厅里听了爵士乐，然后来到一家像是夜晚收容所似的酒吧喝了酒。布洛甘什么人都认识：表演厅那位手腕上刺了花纹的钢琴手，舞厅那位黑人小号手，酒吧里的流浪汉、黑人和老妓女。他邀请他们跟我们同坐一桌，逗他们说话，满脸幸福的神情凝望着我，因为他看得出我玩得很开心。当我俩又来到街上时，我激动地说：

“感谢您让我度过了美利坚之行最好的一个夜晚。”

“我还有许多别的东西想让你开开眼界！”布洛甘说。

黑夜结束了，黎明就要来临，芝加哥城就要永远离去，然而架空铁道的铁轨遮住了我们眼前那个已经开始侵蚀蓝天的圆点。布洛甘挽着我的手臂。黑黑的桥拱在我们身前身后无限地延伸，仿佛感到它们已经将整个地球团团围住，我们将永久地这样走下去。我说：

“一天，太短暂了。我得再来。”

“再来吧。”布洛甘说，接着声音急促地补充道，“我不愿去想从今往后再也见不到您的面。”

我们继续默默地走，一直来到出租汽车站。当他把脸凑近我的脸庞时，我禁不住把头往边上一扭，可我嘴上感觉到了他的呼吸。

几个小时后，在列车上，我一边尽量集中精力去读布洛甘的小说，一边暗暗责备自己：“都这么大年纪了，真荒唐！”可是，我的嘴仍然那么狂热，犹如一位未婚的处女。我从来只是和跟我睡过觉的男人接吻。当我回味着这一仅仅是个影子的吻时，我似乎感到就要激起大脑深处那炽热的爱的回忆。“我一定要再来。”我打定了主意，暗暗对自己说。可我紧接着想到：“这又有何用？我们还得再次分离，到了那一次，我就再也没有勇气说‘我一定要再来’了。不，还是立即停止亲近为好。”

我并没有惋惜芝加哥之行。我很快明白了毫无结果的友情和分离时微不足道的痛苦正是旅行乐趣的组成部分。我干干脆脆，把讨厌的人一概排斥在外，只接触让我高兴的朋友。大家整个下午在一起漫步，整个晚上在一起喝酒、交谈，然后便各奔东西，一生再也不能相见，对此谁也不感到惋惜。生活是多么轻松！没有憾事，没有义务，我的一举一动都无关紧要，谁也不求我帮助出主意，我也无拘无束，任自己为所欲为。在新奥尔良，我在一家院子里畅怀痛饮代基里酒，过后，一出门便乘上了飞机飞往佛罗里达。在林奇堡，我租了一辆小车，整整八天里，我驾车在弗吉尼亚州的红土地上到处兜风。回到纽约后，在整个逗留期间，我几乎没有阖眼睡觉，我四处游逛，见了形形色色的人物。戴维斯夫妇建议我陪他们去哈特福德，两个小时后我便跟他们坐上了小车：能在一幢美丽的乡村别墅度过几天，这是多么意想不到的美事啊！这是一座十分漂亮的木屋，洁白的颜色油光闪亮，到处开着小巧玲珑的窗户。默利娅姆是搞雕塑的，女儿在学跳舞，儿子在写一些谁也读不懂的诗篇。诗人三十多岁，长着一张娃娃脸、两只忧伤的大眼睛和一只迷人的鼻子。第一天晚上，南希一边向我倾诉她内心的忧伤，一边玩着帮我穿上了一件宽松的墨西哥礼服，把我的头发松开，披散在肩头。“您为什么不总是这样梳妆?”菲利普对我说，“好像您故意要变老似的。”他拉着我跳舞，一直跳到深夜。为了让他高兴，继后的几天里，我继续打扮得像个年轻女子。我完全理解他为何向我献殷勤。我来自巴黎，而且我的年纪和他少年时期心目中的默利娅姆一般大。不管怎么说，我还是感动了。他为我组织舞会，邀请我参加鸡尾酒会，用吉他给我弹奏十分美妙的牧童曲，领着我漫游古老的清教徒村寨。在我启程的前夕，我们等别人走后，继续留在起居室里，一边饮着威士忌，一边听着唱片。他以遗憾的声调对我说：

“我在纽约没有更好地了解您，多么遗憾啊！我该多么高兴在纽约城里和您一起出门漫步!”

“还会见面的。”我说，“再过十天我又要回到纽约，您到时也许会在那儿吧。”

“我不管怎样都可以去那儿。给我打电话。”他神情严肃地望着我说。

我们又一起听了几张唱片，接着他陪我穿过客厅，把我一直送到我房间门口。我把手伸给他，没料到他低声问道：“您不愿意拥抱我吗?”

他把我搂到怀里，我们脸贴着脸，一时冲动得全身整个儿一动不动。忽然，我们听到了轻轻的脚步声，连忙松开了身子。默利娅姆诡秘地一笑，看了看我们。

“安娜一大早就要走，不要让她熬得太迟了。”她声音微妙地说。

“我这就去睡觉。”我说。

我并没有上床。我站立在敞开的窗前，呼吸着夜间的气息，然而这黑夜闻不到任何芳香，仿佛月亮已经冻结了鲜花的芬芳。默利娅姆就在隔壁的房间睡觉或者尚没有入睡。我知道菲利普不会再来了。偶尔，我好像听到了一声脚步声，可那只是风刮树枝的声响。

加拿大没有什么意思。当我重新回到纽约时，心里感到十分幸福，马上就想到了："我要给菲利普打电话。"当天我就受到了邀请，请我去参加一个鸡尾酒会，可以与我结识的大部分朋友再次相聚。从窗前望去，我瞥见了一大片摩天大楼，可是所有这一切再也满足不了我。我下楼来到旅馆的酒吧，在蓝黑色的灯光中，一位钢琴手正在低声弹奏着靡靡之音，一对对男女在窃窃私语，酒吧招待踮着脚尖来回走动。我要了一杯马提尼，点起了一支烟，心脏在怦怦地小声跳动。我就要做的那一切并不是十分理智的。与菲利普一起度过八天时光之后，要与他分离，内心肯定会陡添一丝淡淡的哀愁，不管怎么说总是难免的，况且我已经感到忧伤。再过八天，皇后桥、中央公园、华盛顿广场、东河，我就再也看不到了。不过总的说来，我宁愿深深地怀念某人，而不乐意为那些石块伤心，这在我看来似乎要好受些。我呷了一口马提尼酒。一个星期的时间，要有新的发现，要享受毫无结果的乐趣，这点时间实在太短暂了。我再也不想当个游客在纽约城到处游逛，我必须在这座城市里实实在在地生活，只有这样，它才有可能成为我的城市，我也才有可能在这座城市留下我的某些东西。我必须有个暂时属于我的男人挽着我的胳膊漫步街头。我举杯一饮而尽。在这次旅行期间，只有一个男人挽过我的胳膊。时值寒冬，我踩着薄冰踉跄而行，可在他的身旁，我感到温暖。他说："再来吧。我不愿去想从今往后再也见不到您的面。"可是我不会再去，我的胳膊将又紧紧地搂着另一个人的手臂。一时我感到有罪，感到是对他的背叛。可是，这谈不上什么背叛。我彻夜难眠，渴望得到的是菲利普，我对他还充满欲望，而他也正在等待我的电话。我站起身，走进了电话间，要通了哈特福德。

"我要菲利普·戴维斯先生。"

"我去找他。"

我的心蓦然猛烈地跳动起来。片刻前，我还是那么随心所欲地占有着菲利普，唤他来到纽约，让他睡在我的床上。但是，他是为自己而独立地生活着，此刻，从属于他的是我。在这个狭窄的牢笼里，我孤立无援。

“喂?”

“菲利普吗？我是安娜。”

“安娜！听到您的声音是多么愉快!”

他慢腾腾地讲着一口纯正的法语，那声调突然显得那么冷酷。

“我是在纽约打电话。”

“我知道，亲爱的安娜，自从您离开我们之后，哈特福德是多么使人厌倦！您旅行愉快吗?”

他的声音是多么贴近！这声音掠过了我的脸庞，可是他突然那么遥远。我的手紧捏着黑色的硬质胶话筒，湿乎乎的。我语无伦次地说道：“我多么想跟您谈谈我的旅行。您说过让我与您联系。您能在我离开纽约前来一趟吗?”

“您什么时候走?”

“周六。”

“噢!”他说道，“噢，这么急就走!”出现了短暂的沉默。“这个星期六，我要到科德角的朋友家去，我答应过的。”

“多遗憾啊!”

“是的，是遗憾！您不能推迟行期?”

“不能。您不能推迟去看朋友?”

“不行，不可能!”他声音沮丧地说。

“那么，我们就今年夏天在巴黎见。”我客气而又乐呵呵地说，“夏天已经不那么遥远了。”

“我多么遗憾!”

“我也一样。再见了，菲利普。今年夏天见。”

“再见，亲爱的安娜。不要把我忘了。”

我放下了汗涔涔的电话听筒。我又恢复了平静，肋骨下留下了一片空虚。我来到了威尔逊家。客人很多，有人把一杯酒塞到我的手中，人们向我微笑，叫喊着我的名字，扯着我的胳膊、肩膀，右边有人请我，左边又有人请，我在记事本上记下了一个个约会，然而那片空虚仍然留在我的胸间。肉体的失望，我能承担，可这片空虚，我实在难以承受。他们向我微笑，跟我说话，我也跟着微笑，说话，整整一个星期里，我们还得再微笑，再说话，然而他们中间没有一个人会念着我，我也决不会怀念他们。这是个真实存在的国度，我也是个活生生的人，可是我却将空空地离去，留不下我的一丝痕迹，带不走这儿的任何东西。在扮笑脸的当儿，我猛然生起一个念头："我去芝加哥怎么样？"当天晚上我就可以给布洛甘去电话，告诉他："我来了。"若他不再渴望见到我，那他会明言相告的。但这又有何妨？遭受两次拒绝，并不会比被人拒绝一次更糟糕。在再次假扮笑脸的间歇，我愤然自问，得不到菲利普，就要投入布洛甘怀抱，这种发情母畜似的作风算什么东西？实际上，跟布洛甘睡觉这一念头对我并无多大吸引力，我猜想他在床上准是个笨样。再说，连我自己也不肯定与他再次见面会带来什么乐趣。我仅仅与他度过了一个下午的时光，有可能经受更为痛苦的失望。毫无疑问，这是个愚蠢的念头。我渴望走动，寻找刺激，这仅仅是为了掩饰自己的窘迫。人们往往就这样干起了真正的蠢事。我决定留在纽约，继续记下了一个个约会。要参加那么多展览会、音乐会、晚宴、聚会，一个星期时间将会很快度过。当我置身于街头时，格拉梅西广场的大钟敲响了午夜的钟声。不管怎么说，打电话已经太迟了。不，还不算迟，在芝加哥还是九点钟，布洛甘准在他的房间读书或写作。我止步站在一家杂货店灯火闪烁的橱窗前。"我不愿去想从此再也见不到您的面。"我走进了小店，在柜台换了零钱，要通了芝加哥。

"刘易斯·布洛甘吗？我是安娜·迪布勒伊。"

没有任何回音。"我是安娜·迪布勒伊。您听清了吗？"

"我听得很清楚。"他声音欢快，但结结巴巴，用不成句子的法语一个音节一个音节地说道，"您好，安娜，您好吗？"

这声音不如菲利普的那么贴近，然而布洛甘显得似乎不那么遥远。

"我这个星期可以来芝加哥过三四天。"我说，"您觉得怎么样？"

"眼下芝加哥天气很好。"

"可我来是为了见您。您有时间吗？"

“我有的是时间。”他打趣地说道，“我的时间全都属于我自己。”

我犹豫了片刻。这太容易了：一个说不行，一个说行，可两人都那么漫不经心。要想退却，为时已晚。我说：“那我明天早晨乘头班飞机到。给我预订个房间，不要在芝加哥那家最好的旅馆。我们在什么地方碰面?”

“我去机场接您。”

“一言为定。明天见。”

一阵沉默。我终于又听到了三个月前对我说“再来吧”的那个声音。这声音又在说：

“安娜！我与您再次见面多么幸福!”

“我也一样幸福。明天见。”

“明天见。”

这是他的声音，这确确实实是我记忆中的他，他没有把我忘却，在他的身旁，我将像冬日里一样感到温暖。突然，我为菲利普回答“不行”而感到高兴。一切都将十分简单。在灯光柔和的酒吧交谈片刻之后，他就会对我说：“到我家去休息吧。”我们将紧挨着坐在墨西哥毯子上，我将乖乖地听着夏尔·特雷内的唱片，布洛甘会把我搂到他的怀里。这肯定谈不上多么了不起的一夜，但他会因此感到幸福，我对此深信不疑，这也就使我满足了。我上床睡觉，想到有一位男子正等着我，要把我紧紧地贴在他的心间，我心里是多么激动。

他没有等着我，大厅里空无一人。“一开始就不顺利，”我边想边在一把椅子上坐了下来。我明显感到慌乱，忧虑不安地责备自己处事不慎。“我到底要不要给布洛甘打电话?”我独自玩开了这个游戏。贸然投入一桩鲁莽的事中，能否有结果，不再取决于我。我所能做的，就是乖乖地跟随着钟盘上那指针的运动，可是那指针却不往前移动。这种被动的境况令我感到害怕，我极力安慰着自己。不管怎样，如果这事没有好的结果，那我可以找个借口明天就回纽约去。无论如何，一个星期后事情就会彻底了结：我将又平平安安地过我的日子，宽大为怀地向我那些或迷人或荒唐的往事微笑。我不安的心情平静了下来。我细细察看所有安全门，保证不会遇到任何不测，然后打开了提包，寻找记事本上布洛甘的电话号码。我抬起头，发现他就站在我的面前，正冲着我淡淡地微笑。我惊骇不安，以为是在世界的彼端遇见了他的幽灵。“怎么样？好吗？”他用那糟得可怕的法语问道。我站起身子。他比他的照片上显得更瘦削些，可两只眼睛更加炯炯有神。“还好。”

他一直挂着微笑，把嘴巴凑到我的唇间。当着众人的面亲吻，我感到很不自在，这一吻在布洛甘的下巴上留下了一个红红的唇印。“看您脸上被弄得红红的。”我说道，随手用我的手绢给他擦拭红印，并补充道：“我九点钟就到了。”

“噢！”他以责备的口吻说道，仿佛是冲着我来的，“他们在电话上告诉我头班飞机十点着陆。”

“他们搞错了。”

“他们从来就不会错。”

“反正已经在这儿了。”

“您是在这儿了。”他退让着。他坐了下来，我也跟着坐下。九点二十分。他迟到了二十分钟，也提前了四十分钟。他身着一套漂亮的法兰绒套装，一件洁白的衬衫。我隐隐约约看到他站立在镜子前，惴惴不安地一心想为我打扮得体面些，笨拙地照着镜子，用既得意又困惑的目光询问着镜中的身影。他焦虑不安地直盯着挂钟，而我心里已经暗暗地等待着他！我朝他莞尔一笑：

“我们可不要一个上午都呆在这里。”

“不会。”他说道。他思索了片刻说：“我们去动物园，您愿意吗？”

“去动物园？”

“离这儿很近。”

“我们去那儿干什么？”

“我们去看动物，它们也可以看我们。”

“我来这儿可不是让你们那些动物看的。”我站起身。“我们还是去一个安静的地方，我们可以喝杯咖啡，吃点三明治，就我们俩，您望着我，我看着您吧。”

他也站了起来："这是个主意。"

我们俩坐进了一辆老式小汽车，车子载着我们向市中心驶去。布洛甘把我的旅行包放在膝上，一直没有吭声，我重又感到不安起来："要与这位陌生人一起度过四天，这太漫长了；可要相互了解，这四天时间又太短暂了。"我说："得先去我的旅馆，把行李放下。"

他神态尴尬地笑了笑。

"您是给我预订了一个房间吧？"

他仍然挂着那自感有罪的苦笑，可声音中却隐含着某种挑衅的成分："没有！"

"怎么！我不是在电话里请您订的吗？"

"您说的那些话，我连一半也没有听懂。"他滔滔不绝地说，"您的英语比去年冬天还要糟糕，讲得又快，像打机关枪似的。可这没有什么关系。我们把这只包放在行李寄存处。您在这儿等着我。"当我们在民航局前下车时，他这样对我说道。他推开了一扇转门，我满腹狐疑地用目光尾随着他。忘了订房间，这到底是疏忽还是狡猾？他说不定跟我一样明白，今晚我将在他的床上度过。可一想到晚上我们有可能激不起真正的欲望，我不禁感到惊慌。我早就发过誓，若没有欲望，今生今世决不犯傻上一个男人的床。等布洛甘一回来，我便焦躁不安地说：

"无论如何要给哪家旅馆打个电话。我夜里没有睡觉，我想先眯一会儿，洗个澡。"

"在芝加哥，要找到一间客房很难。"他说。

"那就更应该马上去找。"

他本该开口说："就来我家好了。"可是他什么也没有说。他领我去的一家咖啡店一点也不像是我想象中的亲切又温暖的酒吧，而像是车站的餐厅。我们紧接着走进一家酒吧，可这地方也俨然一间候车室。我们就这样眼巴巴地等待着度过白天？我们在等待着什么呢？

"来杯威士忌？"

"好。"

"要烟吗？"

“谢谢。”

“我去放张唱片。”

要是我们能够像上次那样安安静静地交谈，该多好啊！可是布洛甘一刻也呆不住。他到柜台要了一瓶可口可乐，往唱片盒里塞进了一块硬币，接着又塞进一块，继而又去讨价还价买香烟。当我终于说服他去打电话后，他离开的时间那么久，以至于我误以为他已经永远离去了。我的打算显然错了！仿佛他是故意要打破我的如意算盘似的。他几乎不像是留在我记忆中的那个男子。春光融化了他那被寒冬凝固了的一团僵硬。诚然，他并没有变得风度翩翩、灵活敏捷，可他差不多有了一个优美的身段，添上了一头金发，连眼睛也显示出了十分明朗的灰绿色。在这张我曾以为毫无表情的脸庞上，我发现了一张敏感的嘴巴，两只略嫌粗野的鼻孔和某种令我困惑不解的精妙。

“我没有找到房间。”布洛甘重又坐到我的身旁，对我说，“我只好给旅馆协会挂了电话。稍过一会儿我还得再打。”

“谢谢。”

“您现在想做点儿什么？”

“咱们安安静静地呆在这儿怎么样？”

“那再来一杯威士忌？”

“好。”

“要烟吗？”

“谢谢。”

“您愿意我再放一张唱片吗？”

“请您不要放了。”

出现了一阵沉默。我开口说道：“我在纽约见到了您的那些朋友。”

“我在纽约没有朋友。”

“有的，是本森夫妇让我们联系上的。”

“噢！那些不是朋友。”

“对了，两个月前您为什么会同意接待我？”

“因为您是法国女人，您的名字‘安娜’惹我喜欢。”他一时又向我露出了微笑，可很快收起了笑容。我重又鼓起勇气说道：

“您后来情况怎么样？”

“我过一天老一天。”

“我看您倒更年轻了。”

“是因为我穿着夏季衣服的缘故。”

重又降临了一片沉默，这一次我没有再开口。

“好。咱们找个地方去。可到哪儿去呢？”

“去年冬天，您曾想去看一场棒球。”他连忙说，“今天就有一场。”

“那好，就去看吧。”

能记起我上次表达的愿望，这真好，可是该明白眼下棒球根本激不起我的兴趣。算了。我们还是等待着消磨时光……可等待什么呢？我目光呆滞，傻乎乎地看着那些戴着头盔的男人在绿得刺眼的草坪上奔跑，心里焦灼不安地重复道：消磨时光！可是，我们连一个小时也不该浪费。四天时间，这是多么短暂，我们必须加快行动：我们到底何时才能真正相会啊？

“您是不是看厌了？”刘易斯问道。

“我有点儿冷。”

“咱们到别的地方去。”

他领我进了一家保龄球场，我们一边看着小木柱被击翻在地，一边喝着啤酒；接着又进了一家小酒店，里面五架机械钢琴轮流弹奏着一种干巴巴的乐曲；后又去了一家水族馆，一些鱼儿恶意地扮着怪相。我们乘了有轨电车，又坐地铁，接着又坐上了有轨电车和地铁。在地铁里，我倒挺高兴。我们额头顶着第一节车厢的窗玻璃，投入了令人晕眩的地铁隧道中。隧道里，挂满了淡绿色的灯泡，布洛甘用胳膊撑扶着我的腰身，我们默默无言，就像是保持着将相互信任的情人联结在一起的那份沉默。可是一到了街头，我们就又拉开了距离行走。我绝望地感觉到我们之所以沉默无语，是因为我们已经找不到任何可以相互倾吐的东西。到了下午三四点钟，我已经不得不承认自己盘算确实有误，到了下个星期，明天，这一天就会成为过去，即使我赢得这一天也无济于事。可是现在得一个小时一个小时地度过这一天，在这些时光中，一位陌生人肆无忌惮地控制着我的命运。我已经如此疲惫，如此失望，恨不得马上一个人呆着。

“请您再打个电话。”我央求道，“我需要睡一会儿。”

“我这就去给旅馆协会打电话。”布洛甘边说边推开了一家杂货店的门。我站着漫不经心地看店中出售的那些铜版纸封面的书籍，他几乎很快就走出了电话间，脸上挂着得意的微笑。

“再过两排楼房，就有一个房间在等着您。”

“啊！谢谢。”

我们默默地一直走到旅馆。他为何没有撒谎？他现在就该说：“就上我家去住吧。”他莫非也对自己有否欲望没有把握？我本来希望他的那份热情和那股勇气来打破紧紧附在我身上的孤寂，可是他任我囚禁在这份孤寂之中，我已经无能为力，不可能再为我们俩做点什么。刘易斯走近服务台：

“我刚刚订了一个房间。”

服务台朝登记簿瞥了一眼：

“两个人?”

“一个人。”我说。我在住房登记卡上登上自己的名字。“我的行李在寄存处。”

“我去拿。”刘易斯说，“您什么时候要?”

“两个小时后给我打电话。”

我是否做了一个梦？要不他真的和服务员交换了一个奇怪的眼色？他是否预订了一个双人房间：要是这样的话，他完全可以找个借口与我一起上楼呀？这种借口我完全可以教给他几十个。他那可怜的计谋令我感到气恼，更何况我本来倒是希望任他捉弄的。我给浴缸放了水，置身于温乎乎的水中，一边暗暗在想我们俩一开始就把事情搞糟了。难道是我的过错？说不定有的女人一见面就会说：“我们上您家去。”纳迪娜可能就会这样说。我躺在缎面棉被上，阖上了双眼。我已经恐惧这种可怕的时刻，被迫独自一人呆在这间客房中间，连牙刷也不会给我一分亲切的感觉。一间间不同而难以辨认的客房，一次次打开又关上的行李箱，一次次抵达、一次次出发、一次次惊醒、一次次等待、一次次奔跑、一次次逃窜，我已经感到厌倦，为在这三个月中熬过了一个又一个毫无出路的日子而厌倦，为在每个清晨、每个夜晚、每个时辰都不得不重新创造自己的生活而厌倦。我热切地希望一股外来的力量将我永远击倒在这张床上。但愿他上楼来，来敲我的房门，进入我的房间。我焦躁不安地窥听着走廊里响起他的脚步声，这种焦躁是多么的强烈，以致都抑制了欲望的爆发。没有一点声响。我进入了睡梦之中。

当我在大厅又与布洛甘相见时，心里已经平静下来。这场历险的命运不久就有定局，不管怎么说，再过几个小时，我就可以安睡了。我们在一家古老的德国餐馆吃了晚餐，我觉得这家餐馆殷勤好客。我们在此无忧无虑地闲聊了一番，接着又坐进了一家酒吧。酒吧沉浸在紫罗兰的朦胧气息之中：我感觉颇佳。布洛甘也开始用他过去的声音跟我说话。

“出租汽车把您带走了，”他说道，“我没有您的一点音讯。回到家门口，我看到了门下的《纽约客》，在一篇报道精神分析学术大会的文章中，我一眼就看到了您的名字。仿佛您在深夜又回到了我的身旁，对我说明您到底是何人。”

“本森夫妇没有告诉您？”

“噢！我从来不读他们的来信。”他以打趣的声音说道，“在那篇文章中，他们说您是位杰出的大夫。”

“这肯定使您大吃一惊吧？”

他看了看我，笑而不答。当他这样冲着我微笑时，我嘴上似乎又感觉到了他的气息。

“我想法国有的是怪大夫。”

“我一回到旅馆就发现了您的书。我想好好读读，可我太困了。第二天，我在火车上读了您的书。”我审视着刘易斯，“贝尔迪，大概就是您吧，对吗？”

“噢，我可从来没有放火烧过一家农场。”布洛甘以含讥带讽的口吻说道，“我太怕火了，也很怕宪兵。”他突然站起身来，“来玩一盘二十六点吧？”

端坐在牌桌后的那位目光忧郁的金发女郎给我们递过了圆锥形的骰子

盒。布洛甘选了一个六点，押了半个美元，我无精打采地看着那些小骰子在绿台毯上滚动。他为何在我们刚刚开始相聚时就回避？难道我也使他害怕？他的面孔在我眼里显得十分坚硬又极为脆弱，我难以看透。“赢了！”他声调欢快地喊叫着。他把骰子盒递给我，我猛烈地摇晃着。“我押的是我们的良宵。”我在瞬息间拿定了主意。我选了五点，我的嘴巴像是贴上了一层羊皮纸，两个掌心汗涔涔的。五点在前十三次中出了七次，接着又出了三次：输了！

“这是种愚蠢的游戏。”我边说边又坐了下来。

“您喜欢玩吗？”

“我讨厌输。”

“我就爱玩扑克，可我尽输。”布洛甘阴郁地说，“据说我的面相很容易被看透。”

“我看不见得。”我用挑衅的目光盯着他说道。他显出尴尬的神色，可我还是没有移开目光。我押上了我们的良宵，可我输了，布洛甘拒绝给我以帮助，骰子决定了我的命运。我猛烈地与这次失败抗争，突然间，这股猛烈的反抗力量化作了勇气。

“今天上午以来，我一直在想您对我来是否高兴，可我怎么也弄不清楚。”

“我当然高兴。”他说道，那声音是如此严肃，我不禁为自己那逼人的口吻感到羞愧。

“我希望您高兴。”我说，“因为与您相会我是多么幸福。今天上午，我真害怕我的记忆让我出了差错：可是没有，我记在心头的确实是您。”

“我很自信自己的记忆。”他说，那声音重又变得热乎乎的，就像是呼出的一股热气，我握住他的手，道出了所有想表达柔情的女人常说的那句话：

“我多么喜欢您的手。”

“我也多么喜欢您的手。您就是用这手来折磨那些毫无防御能力的可怜病人的脑袋？”

“把您的脑袋给我吧，我相信它需要我的折磨……”

“噢！我这个脑袋只有一边不太牢靠。”

我们的手紧紧地贴在一起，我激动地凝望着这座在我们的生命之间架设起来的易垮的桥梁。我嘴巴发干，暗自在问：“这手，我到底要不要把它们分开呢？”沉默持续了许久，布洛甘建议道：

“您愿意我们再转回去听比格·比利唱歌吗？”

“我很乐意。”

在街上，他挽起我的胳膊，我知道他时刻都会把我拉到他的怀里，这沉闷的一天的重负悄悄地从我的肩头消失了。我终于走向安宁，走向欢乐。突然，他放下了我的胳膊，他的脸上出现了从未见过的明朗的微笑：“泰迪！”

那位男子和两个女人停下脚步，也都咧嘴朗笑。不一会儿，我们坐进了一家寒碜的咖啡店，在桌上，他们一个个讲话都讲得很快，我根本听不明白他们在说些什么。布洛甘经常大笑，他的目光变得活跃起来，看他的样子，似乎为摆脱了我们俩漫长的单独谈话松了一口气。这是很自然的：这些人都是他的朋友，他们有许多趣闻可以相互述说。而在他和我之间，到底有何共同之处？坐在他身旁的女人年轻漂亮：她们惹他喜欢吗？我突然意识到在他的生活中肯定有不少年轻漂亮的女人。我们俩尚未交换过一个真正的热吻，可我为什么会感到如此痛苦呢？我感到痛苦。在一条隧道深处很远很远的地方，我瞥见了逃命的出口，就在今天上午，那些安全门在我看来是那么可靠，可是我已经精疲力竭，难以走到那个出口了，哪怕爬也恐怕不行了。我真想抱怨：“搞了那么多麻烦，为的就是不让我们俩亲吻！”然而，这种不知羞耻的抱怨也无济于事。荒唐还是不荒唐，得到我的赞同还是遭到我的指责，这再也无足轻重。事情的发展已经完全由不得我：我已经被束缚了手脚，彻底被另一个人所摆布。多么愚蠢啊！我甚至都不再明白我到底来这儿寻找什么，只有头脑发昏才可能想象一个与我毫无关系的男人于我会有什么价值。“我马上就去睡觉。”我打定了主意。恰在这时，布洛甘又挽起了我的胳膊。

“我很高兴把泰迪介绍给您。”他说，“这就是我上次跟您说过的那位扒手作家，您还记得吗？”

“我记得。那两个女人，她们是谁？”

“我不认识她们。”布洛甘在一条街道的拐角停下脚步。“要是有轨电车不来，我们就乘出租汽车。”

“乘一辆出租汽车，”我暗自思忖，“这是我们最后的机会了，要是来了有轨电车，我就不去，马上回旅馆。”我一时张望着似乎就会响起可怕的叮当声的铁轨，这一时刻显得漫无尽头。布洛甘挥手叫了一辆出租汽车：“上去吧。”

我心里还没有来得及细想：“要么现在，要么永远都不，”他就已经把我紧紧地搂住，一副肉体组成的枷锁牢牢地卡住我的双唇，一条舌头在我的嘴中猛舔，我的躯体在死者中间慢慢升起。我跌跌撞撞地走进一家酒吧，那踉跄的步履就像是刚刚复活的拉撒路[1]。乐手们正在休息，比格·比利上前坐到了我们一桌，布洛甘与他开着玩笑，双眼闪烁着光芒。我多么想分享他的欢乐，可我被我新生的躯体缠住了，这具躯体太庞大了，太灼热了。乐队重又开始演奏。我目光茫然地看着一头烫发的独脚艺人表演响板节目。当我把盛满威士忌的酒杯往嘴边送时，我的手直颤抖：布洛甘要干什么？他会说些什么？我自己已经难以有任何表示、任何言语。过了在我看来显得十分漫长的一刻之后，布洛甘声音激动地问道：“您愿意离开吗？”

“愿意。”

“您想回旅馆去？”

在一阵撕裂了我喉咙的嗫嚅声中，我终于结结巴巴地说出来了：“我不愿离开您。”

“我也不愿离开您。”他笑眯眯地说。

在出租汽车里，他又亲了我的嘴，接着问道：

“您愿意在我家睡吗？”

“当然。”

他认为我会把他刚刚献给我的这具躯体扔进垃圾堆去？我把脑袋依偎

1　Lazarus，《圣经》中的人物，死后四天耶稣使他复活。

在他的肩头，他用胳膊搂着我的身子。

在黄颜色的厨房里，那只火炉已经不再呼呼地燃烧，他猛地把我紧紧地贴在他的身上："安娜！安娜！这是个梦！我整个白天是多么痛苦！"

"痛苦！是您折磨了我，您从来就没有想过要亲亲我。"

"我亲过您了，可您用您的手绢擦了我的下巴：我以为我做错了呢。"

"在大厅里可不能亲！得把我领到这儿来。"

"可您非要一间客房！我原来什么都安排好好的，我还买了一大块牛排准备晚上吃，等到晚上十点钟我就说：现在太晚了，已经找不到旅馆。"

"我全都明白了，可我处事谨慎，就当我们没有见到面吧。"

"我们怎么没有见到面？我可从来没有把您丢了。"

我们嘴挨着嘴交谈，我的嘴唇感觉到了他的呼吸。我低声说道："我当时多么害怕真来了一辆有轨电车。"

他骄傲地一笑："我早就打定主意，一定要乘出租汽车。"他亲了我的额头、眼皮和脸颊，我感到大地在旋转。"您累死了，该上床睡觉了。"他说道。接着他神色惊愕地说了一句："您的行李！"

"我用不着。"

我脱衣服时，他一直站在厨房，我裹上了被单，盖上了墨西哥毯子。我清楚地听见他忙碌，收拾，打开一个个壁橱，接着又关上，仿佛我俩早已是一对夫妻。在旅馆的客房或朋友的房间度过了那一个个夜晚之后，躺在这张陌生的床榻上，却重感觉回到了自己的家，这是多么令人快慰啊！我选择了他，他也选择了我，这位男子就要躺在我的身旁。

"啊！您已经躺下了！"布洛甘说。他双手抱着洁白的床单，不知所措地望着我。"我想换换床单。"

"用不着。"他仍然站在门口，十分尴尬地抱着那堆豪华而又累赘的东西。"我这样很好。"我说着把他前一夜用过的热乎乎的被单一直拉到我的下巴。他返身离去，接着又回来。

"安娜！"

他扑到我的身上，他的声调令我心潮激荡。我第一次呼唤他的名字："刘易斯！"

“安娜！我是多么幸福！”

他光着身子，我也赤条条的，可我一点也不感到难为情。他的目光不会刺伤我，他不对我进行评判，对我毫不挑剔。他的双手从我的头发一直抚摸到我的脚趾，把我深深地印在他的心间。我再次说道：“我喜欢您的手。”

“您喜欢我的手？”

“整个晚上我都在问自己我的身体到底是否有幸感受到您双手的抚摸。”

“您整整一夜都可以感受到。”他说。

突然，他不再那么笨拙，也不再那么正经。他的欲望把我全然改变成了另一个人。我早就失去了欲望，失去了肉体，如今我又拥有了乳房、肚子、性器官，重又拥有了肉体。我犹如面包一样富有营养，宛如土地一样芬芳四溢。这一切是多么神奇，我竟没想到去计算我的时光，去衡量我的欢乐。我仅知道当我们昏昏入睡时，耳边已经响起了黎明时微微的啁啾声。

一股咖啡的香味把我唤醒。我睁开双眼，看见近处的一把椅子上我那件蓝色羊毛裙被一件灰色上衣的袖子包裹着，我不禁微微一笑。那棵黑树的影子已经添上了新叶，那叶子印在黄闪闪的帘子上，犹如一只只飞动的蝴蝶。刘易斯给我递过一只杯子，我一口气饮尽了杯中的橘汁。今日清晨，这橘汁竟给人以久病康复的滋味，仿佛淫欲本身就是一种疾病；或好似我整个人生就是一场大病，我正在慢慢康复。

这是个礼拜天，今年以来太阳第一次在芝加哥上空闪耀。我们来到湖边，坐在一块草坪上。一些孩子在树丛间玩苏人[1]游戏，许多恋人手拉着手，一艘艘游艇在富丽的水面上滑行，一架架像玩具似的小型飞机在我们头顶盘旋，有红色的，有黄色的，油光闪闪。刘易斯从口袋里拿出一张纸。“两个月前我为您写了首诗……”

“给我看看。”

---

1 Sioux，北美印第安民族。

我感到心头微微一揪。他临窗坐在凡·高的那幅复制画下，为一位拒绝与他亲吻的贞洁的陌生女子写下了这些诗句。整整两个月里，他一直满怀柔情地怀念着她。可是，我已经不再是那位陌生女郎，他无疑发现了我脸上显现出的阴影，只见他惴惴不安地说："我本不该给您看的。"

"应该，我很喜欢。"我强装笑脸。"可现在这双唇属于您了。"

"现在终于有了。"他说。

他声音中饱含的热情使我感到心安。去年冬天，我的持重感动了他，可他现在显然更为高兴。我用不着自我折磨。他抚摸着我的头发，对我说着简单但温柔的话语，把一枚古老的铜戒指戴在了我的手指上。我凝望着戒指，倾听着大胆的言语；我透过自己的面颊，捕捉着一个陌生的心脏熟悉的跳动。对我没有任何要求：只需要保持自我，男人的一个欲望就足以把我创造成一个完美无瑕的奇迹。这里是多么舒适，要是太阳永远停驻空中，我也准会在不觉之中任时间流逝。

但是，太阳已经靠近大地，绿草开始变凉，树丛停止喧闹，游艇昏昏入睡。"您要着凉了。"刘易斯说，"我们走走。"

我重又迈起自己的双脚，用自身的热量温暖自己，我的躯体竟然知道运动，竟然占有它应有的位置，这一切都显得那么神奇。整个白昼里，这具躯体徒有其形，消极存在：它等待着黑夜，期待着刘易斯的抚爱。

"您想在哪里吃晚饭？"他问道，"我们可以回家或到别的地方去。"

"去别的地方吧。"

在这一个白天里，天是那么蓝，那么温柔，我感到无比甜蜜。我们的过去还不足三十六个小时，我们的前景紧缩到了小小的一点，我们的未来，就是同床共枕：在那种闭塞的空气里，我感到有些窒息。

"我们去看看比格·比利昨天讲的那个黑人俱乐部，好吗？"

"那很远。"刘易斯说。

"我们这样可以散散步。"

我渴望消遣。那些过分热烈的分分秒秒使我感到疲惫。在有轨电车里，我依偎在刘易斯的肩头昏昏欲睡。我没有费神去辨认自己在这座城市所处的位置，我不相信它会和其他城市一样拥有固定的交通干线和明确的交通工具。必须遵行唯有刘易斯懂得的某些礼仪，这样一个个场所才会从虚无中突然出现。德丽莎俱乐部在虚无中出现了，周围闪耀着一轮淡紫色的光晕。大门的一侧有一面硕大的镜子，我们俩不约而同地朝着我们的身影微微一笑。我的头勉勉强强及他肩膀高度，我们显得幸福而又年轻，我快乐地说："多美的一对儿！"说罢，我的心猛地一缩：不，我们不是一对夫妻，我们永远都不会成为夫妻。我们本来是可以相爱的，对此我确信不疑。可是在世界的何处，在何时相爱？毫无疑问，地球没有一块爱的土地，未来也没有这样的一分时光。

"我们想吃晚餐。"刘易斯说。

一位面色深暗、一副兰开夏式摔跤[1]冠军派头的侍应部领班把我们安排到与舞台靠得很近并单独隔开的座位上，并差人给我们端上了装满烤鸡的小篓子。乐手们尚未到场，可演出厅已经挤满了人：只有几个白人，大多是黑人，其中有些戴着土耳其帽。

"这些戴着平顶小圆帽的人是干什么的？"

"是一个教会团体的人，这种团体多着呢。"刘易斯说，"我们正好碰到他们开代表大会。"

"可这准会很烦人的。"

"我正担心呢。"

他声音阴郁不欢。他无疑也因为我们长时间放纵取乐而感到疲惫不堪。自昨日以来，我们始终不渝地相互寻觅，相互贴近，相互搂抱，睡眠太少，狂热过分，且又过于缠绵。正当我们默默地吃饭时，一个头戴土耳其帽的大个子黑人登上了台子，表情夸张地说了起来。

"他在说些什么？"

"他在说他们团体的事情。"

"后面总会有表演吧？"

"有的。"

"什么时候开始？"

---

1 一种自由式摔跤。

“我不知道。”

他有口无心地回答着。我们俩都感到倦怠，双方因此而难以贴近。我蓦然感到自己的血管里流淌的仅仅是一种灰色的液体。也许我们想逃避我们那个闭塞的天地是个错误：那里，空气过分沉闷，过分浑浊；可这外面，天地空空荡荡，寒气逼人。那位演说者声音快活地喊了一个名字，一个头戴红帽子的女人应声而起，大家鼓起一片掌声。接着，一张又一张面孔出现在大家面前。他们难道要一一介绍团体的每一位成员？我朝刘易斯转过身子。他目光呆滞，毫无目的地死盯着一个地方，耷拉着下颌，俨然水族馆那些充满恶意的鱼。

“如果这需要很长时间，那我们还是走为好。”我说。

“我们从那么老远赶来，可不是为了这么风风火火地赶紧离开。”

他声音生硬。我似乎从中感觉到一种敌意，而这分敌意，困倦是不足以说明的。也许当我们离开湖边时，他希望回到我们那个家去，或许因为我并不渴望立即回到我们的床榻而伤了他的心。这念头使我感到懊丧。我设法用言语与他慢慢亲近。

“您累了？”

“不。”

“您烦了？”

“我在等。”

“我们可不会就这样等上两个小时吧？”

“为什么不？”

他把头倚在座位的木隔板上，脸庞发黑，遥远，好似月球的表面。他仿佛已经做好准备，两个小时内一声不吭地昏昏欲睡。我要了双杯威士忌，可喝了还是打不起精神来。舞台上，几个头戴红色土耳其帽的年迈的黑女人相互致意，并在一片片掌声中向观众致敬。

“刘易斯，咱们回去。”

“不，这太荒唐了。”

“那就跟我说说话吧。”

“我没有什么可说的了。”

“在这儿，我再也受不了了。”

“是您自己要来的。”

“这可不成其为不走的理由。”

他说着又陷入了昏睡之中。我集中精力思忖：“若睡觉，准是个噩梦，我一定要保持清醒。”可是不，那个蓝得过分的下午才是梦，而现在我们都是清醒的。在湖畔，刘易斯对我喁喁私语，仿佛我永远都不该离开他，他还给我的手指戴上了一枚结婚戒指。再过三天，我就要走了，永远地走了，他清楚地知道这一点。“他责怪我，这是对的。”我心里暗暗在想，“既然我不能留下，那我为何要来呢？他责怪我，他的怨恨将使我们永远分离。”只要发生一点点小事，就足以使我们永远分离：在这短短的一瞬前，我们就已经永远分道扬镳了！泪水涌上我的眼眶。

“您生气了？”

“没有。”

“那怎么了？”

“没怎么。”

我搜索着他的目光，可无济于事，纵然我砸断手指，撞墙而死，也无法使他心动。几位身着颁奖仪式专用裙服的姑娘排列在舞台上，一位身材矮瘦、灰褐色皮肤的姑娘走到麦克风前，开始哼唱了起来，还一边大作媚态。我绝望地咕噜道：“我可要回去了。”

刘易斯一动不动，我不信地问自己：“难道就这样彻底完了，这可能吗？我就这样匆匆地失去了他？”我尽力使自己保持理智的头脑：我没有失去他，我也从来没有占有过他。既然我只是暂时委身于他，那我就没有权利抱怨。行，我不抱怨，可我心里感到痛苦。我摸了摸那枚铜戒指。唯有一个办法可以停止痛苦：否认过去的一切，把戒指还给他，明天早晨就乘飞机回纽约去，那么今天这一天就将成为记忆，时间会慢慢地把它抹去。戒指慢慢地从我的指间往下滑，我突然重又看见了蓝天，看见了刘易斯的微笑。他抚摸着我的头发，呼唤着我：“安娜！”我心一软，扑倒在他的肩头：“刘易斯！”

他用胳膊搂着我的身子，我泪如泉涌，夺眶而出。

“我刚才真那么坏吗?”

“您让我害怕了。”我说,“我是多么害怕!”

“害怕?您在巴黎怕过德国人吗?”

“不。”

“我倒让您害怕了?我是多么自豪……”

“您应该感到惭愧。”他轻轻地吻了吻我的头发,用手抚摸着我的臂膀。我低声地说:“我刚才都想把戒指还给您了。”

“我看见了。”他声音沉重地说,“我想是我把什么都糟蹋了,可我怎么也说不出一个字来。”

“为什么?发生了什么事?”

“什么事也没有发生。”

我没有追问下去,可开口问道:“您愿意我们现在回去吗?”

“当然愿意。”

在出租汽车上,他突然问道:“您有时是不是想把所有的人都杀掉,包括您自己?”

“没有过。当我跟您在一起时,就更不会了。”

他微微一笑,让我依偎在他的肩头,我重又感觉到了他的温暖,他的气息。可他保持缄默,我暗自思忖:“我没有想错,这次危机并不是无缘无故爆发的:他准想过我们的这段艳史纯属荒唐,而且肯定还这么想!”当我们一上床,他马上灭了灯;他在黑暗中默默地占有了我,没有呼唤我的名字,也没有向我露出微笑。紧接着,他便一声不吭地离开了我。“对,”我恐惧地对自己说,“他是在责怪我,我就要失去他。”我央求道:

“刘易斯,您至少得告诉我您对我还是有友情的!”

“友情?可我爱您。”他猛烈地说。他转身靠着墙,我久久地哭泣着,弄不清楚到底是因为他爱我,还是因为我不能爱他,或还是因为他总有一天会不再爱我。

“我怎么也得跟他谈谈。”第二天清晨,我一睁开眼,心里打定了主意。如今爱的话语已经倾吐,我必须跟刘易斯解释清楚我为何不能付诸行动。可他把我拉到他身上:“您是多么红润!您是多么温暖!”我心头顿时发软。除了在他那温暖、美妙的怀抱里所感受到的幸福之外，其他一切都无足轻重。我们出门向城中走去，互相搂着漫步街头，街的两旁是破败不堪的房屋，屋前停着豪华的轿车。在有的地段，建筑在低洼处的房屋与马路隔着一条水沟，沟上平架着木梯，给人以行走在河堤上的感觉。在密歇根大街的人行道下，我发现了一个不见太阳的都市，那儿，终日闪烁着霓虹灯招牌。我们乘游艇在河上游览，继又登上了一座塔顶，在那儿饮了数杯马提尼酒，从塔顶放眼望去，可见一个无边无际的大湖和像湖一般广阔的郊区。刘易斯热爱他的城市。他向我讲述着这座城市的一切：牧场、印第安人、原始的木房、猪在嗷叫的街道、大火和最初拔地而起的摩天大厦，仿佛他亲身经历了这一切。

"您想在哪儿吃晚饭？"他问道。

"您想在哪儿？"

"我原来想我们可以在家里吃。"

"对，在家里吃。"我说。

我心头一缩，听他说"家里"这几个字的口气，仿佛我们早已是一对恩爱夫妻，可是我们只剩下两天共同生活的时光。我在心里反复说道："必须讲清楚。"我必须对他倾吐的，就是我本来是可以爱上他的，可我不能这样做。他会理解我吗？会恨我吗？

我们买了火腿、萨拉米香肠、一瓶基昂蒂葡萄酒和一盒朗姆酒心饼干。我们走过了闪耀着"斯希尔茨"霓虹灯招牌那条街的拐角。走到楼梯底下时，他突然紧紧把我搂到怀里。周围是一个个垃圾桶。"安娜！您知道我为什么这么爱您吗？是因为我的爱会使您感到幸福。"我凑过双唇，想更加尽情地呼吸他的气息，可偏偏在这时，他松开了我，"阳台上有人，"他说道。

他在我前面快步登上楼梯，我听见他快乐地惊叹道：

"玛丽亚，这多么出人意料！进来。"

他朝我微微一笑："安娜，玛丽亚是一位老朋友。"

"我不愿意打扰你们俩。"玛丽亚说。

她进了屋。她年轻，可略嫌粗壮了一些，要是梳妆打扮得精心一点，也许会很漂亮。她身着蓝色的罩衫，露出两条白皙的臂膀，其中一条留着几块大大的瘀斑，她也许是作为近邻来走动走动，用不着注意衣着打扮。“一位老朋友”，这到底意味着什么？她坐了下来，声音有些嘶哑地说：

“我需要跟您谈谈，刘易斯。”

我喉咙眼里涌起一股苦涩的水。刘易斯。听她呼唤这个名字，仿佛他对她来说亲密无比。她满怀柔情地看着刘易斯打开了一瓶基昂蒂葡萄酒。

“您久等了吧？”他问道。

“等了两三个小时。”她轻声地说，“楼下的人很客气，他们请我喝了咖啡。他们都觉得您好极了。”她一口饮尽了一杯基昂蒂酒。“我有一些重要的事情要跟您说。”她用目光打量着我，“是一些个人的事情。”

“您可以当着安娜的面讲。”刘易斯说，接着补充道，“安娜是法国人，她从巴黎来。”

“巴黎！”玛丽亚重复了一声，继又一耸肩膀，“再给我倒点儿酒。”刘易斯给她满斟了一杯，她又粗野地一饮而尽。“您必须帮帮我。”她说，“只有您……”

“我尽力而为。”

她犹豫不决，接着打定了主意：

“好，我马上就把事情告诉您，好吗？”

这次，我给自己倒了一点儿酒，焦急不安地思忖：“她会不会在这儿呆上一夜？”她站起身，倚靠着炉子，滔滔不绝地诉说起一桩麻烦事，说什么结婚呀，离婚呀，什么违心从命呀。“您呀，您是成功了。”她声音恳切地说，“可一个女人，就不那么容易了。我必须完成手头那本书，可眼下的处境，我无法写作。”我似听非听，心里气愤地在想，刘易斯完全应该找个借口让我们摆脱她的纠缠。他口口声声说爱我，而且心里也十分清楚我们的时间屈指可数。到底是为什么？只听到他以礼貌的口吻说道：

“您的家庭呢？”

“您为什么问我这个？我的家庭！”她神经质地一挥手，抓起乱摊在桌上的纸片，揉成纸团，猛地朝垃圾箱扔去。“我恨这个乱劲！不，”她死死地盯着刘易斯继续说道，“我只能依靠您了。”

他神色尴尬地站起身:“您不饿吧?我们正要吃晚饭呢。”

“谢谢。”她说,“我已经吃过奶酪三明治了,是美国奶酪。”她以略带挑衅的口吻强调道。

“您今天夜里到哪里去睡觉?”他问道。

她哈哈大笑起来:“我不睡觉了。我喝了十杯咖啡。”

“可您在哪儿过夜呢?”

“您不是邀请我了吗?”她审视着我,“自然,要让我同意留在这儿,就不能有别的女人在屋里呆着。”

“麻烦的是屋里另有一个女人。”刘易斯说。

“让她出去。”玛丽亚说。

“难呀。”刘易斯快活地说。

开始时,我真想笑:玛丽亚是从疯人院逃出来的,她一张嘴,我就应该看得一清二楚。可后来,我理智之丧失使我自己也感到惊骇。我竟然把这样一个疯女人看作情敌,可见我是多么脆弱啊!再过两天我就要离去,把刘易斯丢给那群女人,由她们随心所欲地爱他。一想到这里,我实在无法忍受。

“我已经十年没有见到他了。”玛丽亚声音蛮横地对我说,“今天夜里您就把他让给我吧,您在您的余生还可以拥有他。这公道吧,不是吗?”

我没有答腔,她朝刘易斯转过身子:

“要是我现在就离开这儿,我就永不再来;要是我明天离开,我就另嫁一个丈夫。”

“可是安娜就是这儿的主人。”刘易斯说,“我们结婚了。”

“啊!”玛丽亚的神情顿时凝固了。“请原谅,我不知道。”她抓起那瓶基昂蒂酒,对着瓶口拼命地喝。“给我一把刀片。”

我们交换了一个不安的眼色,刘易斯开口道:

“我没有。”

“那就算了!”她站起身子,朝洗碗槽走去。“这把刀片就能解决问题,您允许吗?”她大叉开双腿坐了下来,以讽刺的神情问我。接着,她疯狂而认真地刮起大腿来。“这样好一些了,好多了。”她重又起身,走到镜子前，先后刮净了两腋。“这就完全变成另一副样子了。”她露出淫荡的微笑，在镜前伸了伸懒腰说道，“嗳，好了，我明天就嫁给那位大夫。既然我像黑人那样干死干活的，为什么就不能嫁给一个黑人?”

“玛丽亚，时间不早了。”刘易斯说，“我马上给您安排到一家旅馆里去，您可以安安静静地休息。”

“我不愿休息。”她愤怒地盯着他。“您刚才为什么坚持让我进屋？我不喜欢别人要我。”她举起拳头，在离刘易斯的面孔只有一指远的地方停了下来。“这是我一生中别人对我要的最卑鄙的伎俩。当我想起我因为您而遭受的一切。”她指着身上那红一块紫一块的瘀斑说道。

“快走，时间太晚了。”刘易斯心平气和地重复道。

玛丽亚的目光落在洗碗槽上。“行。我这就走。可先给我烧点水，我洗洗这些餐具，我受不了这个脏劲。”

“有热水。”刘易斯无可奈何地说。

她拿起烧水壶，默默无言地洗起餐具来。洗完后，她用罩衫擦了擦手。

“行了，我让您跟您老婆呆着。”

“我陪您去吧。”刘易斯说。他向我微微做了个手势，可她看也不看我一眼径直朝门口走去。我摆好餐具，点燃了一支香烟。现在再也不能拖延了。刘易斯片刻后就要归来，我必须说出心里话。可是，自早上以来我在心头一直琢磨的话，在我看来再也没有任何意义。罗贝尔、纳迪娜、我的工作、巴黎，所有这一切全都是真实存在，仅仅这短暂的一天并不足以使这一切全都成为虚假的现实。

刘易斯回到厨房，细心地插上了门：“我把她送上了一辆出租汽车。”他说，“她对我说：‘不管怎样，最好还是回到疯人中间去睡。’她是傍晚时逃出来的，然后便径直来到这儿。”

“我一开始时没有明白过来。”

“我看出来了。她关进去已经四年了。她去年给我写信，请求送她一本我写的书，我把书寄给了她，并附了几个字。我与她几乎不相识。”他微笑着环顾四周，“自我住到此地之后，发生了不少稀奇古怪的事。就是这个地方，吸引着猫呀、疯子呀、吸毒鬼啊。”他把我搂到怀里。“还吸引了一些头脑简单的人。”

他走到电唱机前摆上了唱片，然后又坐回桌边。瓶里只剩下了一点基昂蒂酒，我全倒进了我们的杯子里。电唱机播放着一支爱尔兰叙事曲，我们紧挨着身子默默地吃着。铺着墨西哥毯子的床榻在等待我们，仿佛这个普普通通的夜晚之后，随即而至的是千百个完全相似的夜晚。刘易斯高声地道出了我的想法：“谁都会相信我并没有对玛丽亚撒谎。”突然，他的目光在审视着我：“谁知道呢？”可是我知道。我扭开了脑袋，我再也不能退却。我低声说道：

“刘易斯，我还没有把我自己的事跟您多讲，我必须对您解释清楚……”

“好呀？”他的目光流露出几分恐惧，我不禁想：“这下全完了！”我最后一次看了看火炉、四壁、窗户。再过片刻，我就要变成一个私自闯进这里的冒失女人。接着，我开始语无伦次地讲述起来。一天，在高山上，我从一堆乱石上滚了下来，我想我就要死去，可心里却无动于衷，我承认这是天命。我仅仅设法闭上自己的眼睛。

“我不明白这婚姻对您还那么重要。”刘易斯说。

“重要。”

他久久地保持缄默。我轻声问道：

“您理解我吗？”

他用胳膊搂着我的肩膀。“我觉得您比对我诉说这些之前还更可爱了。您对我来说，每天都变得更可爱。”我的面颊紧贴着他的脸庞，我一直憋在心里的话语鼓动着我的心。

“您该去睡了。”他最后说，“我去整理一下，再到您身边来。”

我听见了摆弄餐具的声音，很长一段时间过后，我什么也听不见了，陷入了睡眠之中。当我睁开双眼，他已在我身旁睡着。他为什么没有把我唤醒？他都想了些什么？他明天会怎么想？我走后他会怎么想？我轻轻地下了床，打开了厨房门，凭倚在阳台的栏杆上。那棵树在我脚下方瑟瑟发抖，天地之间闪烁着一顶红色灯泡组成的巨冠：那是储气罐。天气寒冷，我也浑身颤抖。

不，我不愿离去。后天不能走，不能这么快就走。我给巴黎去电报，可以再呆十天，十五天……我尽可以留下：然后怎么办呢？最终还得离去。我必须立即离去的理由，就是这一切对我来说已经那么珍贵。目前，仅仅还只是旅行中的一次艳遇，若我留下来，必将变成名副其实的爱，变成不容左右的爱，到那时我就痛苦了。我不愿痛苦。波尔经受着痛苦，我看得已经太清楚了。在我的沙发上，我曾经安顿过多少心灵经受折磨而其创伤难以愈合的女人。“若我离去，我就会忘记这一切。”我思量着，“我将不得不忘记，忘记过去，这是必然的，什么都会忘记，什么都会很快忘记。这四天时间，很容易就会忘记。”我尽量把刘易斯想象成一个已被忘却的人：他穿过屋子走去，把我也彻底忘却了。对，他也会忘掉一切的。今天，这一颗满载着我的心，就是我的房间，我的阳台，我的床榻，可我自己将永远不复存在。我重又关上了门，心里激动地想：“这不是我的过错。若我失去他，并非我的过错。”

“您不睡了？”刘易斯问道。

“不睡了。”我坐在床沿，紧挨着他身上的热气。“刘易斯，要是我再留下一两个星期，能行吗？”

“我想他们在巴黎等着您。”他说。

“我可以给巴黎发电报。难道您就不能再留我一段时间？”

“留您？我恨不得留您一辈子！”他说。

他朝我脱口说出了这些话语，其力量是如此强大，我激动地躺倒在他的怀里。我吻着他的眼睛、双唇，我的嘴巴沿着他的胸脯往下亲吻，吻他稚气的肚脐，吻他茂盛的毛，吻他那轻轻跳动着一颗心脏的东西。他的气息、他的温暖使我迷醉，我感觉到我的生命离开了我，感觉到我那过去的生命离我而去，连同其烦恼、困苦，以及那早已磨损的记忆。刘易斯紧紧地搂着一个新生的女人。我呻吟着，这不仅仅是因为快感，也因为幸福。过去，对于快感的价值，我是有着正确估价的，可我却不知道做爱竟会如此震撼人心。过去、未来以及所有将我们分离的一切都在我们的床榻下消亡：再也没有任何东西把我俩分开。多么巨大的胜利！刘易斯整个儿在我怀里，我也整个儿在他怀里，我们别无其他欲望，我们已经永久地拥有了一切。我们不约而同地说："多么幸福啊!"紧接着我们又同声说道："我爱您。"

我在芝加哥呆了半个月。在这十五天里，我们过着毫无前程的生活，也从不向自己提出任何问题。我们用共同的过去编织着一个个向自己讲述的故事。开口说话的往往是刘易斯，他讲得飞快，带着几分狂热，仿佛想追回他过去那沉默的一生。我爱那词语在他嘴中挤撞的样子，爱他倾吐的话语，爱他说话的模样。我不断地发现一个个爱他的原因：也许是因为我在他身上所发现的一切充当了我这场爱情的新的借口。天气晴朗，我们经常漫步，待我们感到疲惫，便回到房间。归来时正是黄色门帘上那棵树影渐渐消失的时刻。刘易斯给电唱机放上一叠唱片，然后穿上洁白的浴衣，我身穿内衣扑到他的膝头。我们俩一起等待着欲望的产生。我常常对我心间的那份情感表示怀疑，却从不寻思刘易斯爱我身上的什么，因为我肯定他爱的是我本人。他不了解我的国家、我的语言、我的朋友和我的忧虑，他仅仅熟悉我的声音、我的眼睛和我的身躯。除了这个身躯、这个声音和这双眼睛，我便失去了真正的存在。

我离开的前两天，我们在那家古老的德国餐馆吃了晚餐，然后双双来到了湖畔。灰白色的天空下，湖水黑黑一片。天气温暖。一些半裸着身子、浑身上下湿漉漉的男女青年围着一堆野营的篝火在烤火。稍远处，几位垂钓者松开鱼线，在坡岸石板上安上了睡袋，放下了热水瓶。渐渐地，湖畔变得空空荡荡。我们俩默默无言，大湖在我们的脚下轻轻地喘息，就像印第安人尚未来到此地或当初来这遍地沼泽的湖畔安营扎寨时那般荒凉。左侧，在我们的头顶上方，可听到城市巨大的喧嚣声；车灯掠过了大街，街上高耸的大楼灯火闪烁。大地显得无比古老，又绝对年轻。

"多么美妙的夜晚!"我说。

"对，美妙的一夜。"刘易斯说。他向我指了指一把长椅，"您愿意坐在这儿吗?"

"随您。"

"一个总是回答'随您'的女人是多么令人愉快。"刘易斯快活地说。

他坐在我身旁，用胳膊搂着我，“我们相互如此默契，这真怪。”他满怀柔情地说，“我向来跟谁都合不到一块儿。”

“那肯定是别人的过错。”我说。

“不，是我的错，我这人难相处。”

“我看不难。”

“可怜的高卢小丫头，您要求可不很高！”

我把头依偎在他的怀里，谛听着他心脏的跳动。我还能再要求什么呢？我的面颊下跳动着这颗健壮而坚韧的心脏，我的周围闪烁着这珍珠般闪亮的灰蒙蒙的夜：这是个专为我准备的夜晚。这样的夜晚我会不去享受，绝对难以想象。“然而，”我心里想，“若菲利普当初来纽约，我今天就不会在这里。”我不会爱上菲利普，对此我敢肯定，要不然我就不会与刘易斯重逢了，我们俩的爱情也就不会存在。如此一番想象，的确令人心头慌乱，就好比极力去想象当初也许不会降生于世或者有可能投胎于另一个人。我低声说：

“当我想起我有可能不给您打电话，想起您也有可能不给我回话，那将是多么遗憾！”

“噢！”刘易斯说，“我不可能不与您重逢！”

他声音中充满如此的信念，我激动得喘不过气来。我把双唇放在他心脏跳动的地方，心中暗暗在想：“他绝不会为这次重逢感到遗憾！”两天后我就要离去，未来重又存在了，但是，我们定能把未来创造成幸福。我抬起了头：

“刘易斯，如果您确实愿意，我春天再来这儿呆上两三个月。”

“无论您何时再来，这儿永远是春天。”刘易斯说。

我们紧紧地搂抱着，久久地凝望着星星。只见一颗流星在空中飞快地掠过，我连忙说：

“许个愿吧！”

刘易斯微微一笑：“我已经许过了。”

我喉咙眼紧紧一缩。我知道他许了个什么愿，我也知道这一个愿望将无法实现。那儿，在巴黎，我的生活在等待着我，那是我苦心经营了二十年的生活，对它绝没有任何质疑。我春天时再来，可来了还是要走。

第二天，我采购了整整一天的东西。想起巴黎，想起巴黎城那可怜的货架和打扮寒酸的妇女，我给大家什么都买了一点，整整有一大摞东西。我们在外面的餐馆吃了晚餐。当我搭着刘易斯的胳膊登上木梯时，我心里想：“这是最后一次了！”储气罐的灯泡也最后一次在天地间闪亮。我走进了房间。房间里仿佛闯进了杀人凶手，刚刚杀害了一名妇女，把她的衣橱翻得乱七八糟。我的两只行李箱大开着，床上、椅子上和地板上丢满了尼龙内衣、长统袜、脂粉、衣料、鞋子和披肩等，弥漫着爱情、死亡和大灾大难的气息。实际上，这就是一个殡仪厅：所有这些物品都是一个已故女人的圣物，是她就要带往彼世的临终圣体。我双脚就像被钉子钉住了似的呆立在原地。刘易斯走近衣橱，打开了一个抽屉，从中拿出一个淡紫色的纸盒，显得不好意思地递给了我：

“这是我为您买的！”

薄薄的纱纸下，放着一朵芬芳馥郁的洁白的鲜花。我拿起花朵，紧贴着自己的嘴巴，呜咽着扑倒在床上。

“不要把它吃了。”刘易斯说，“法国人吃花吗？”

对，有人死去了，那是一位每日清晨醒来时红润、温暖、笑盈盈的女子。我咬着花朵，真恨不得在它浓郁的芬芳中昏死过去，彻底地昏死过去。但是，我是活着进入了睡眠之中。第二天清晨，刘易斯陪我到了那条大街的拐角，我们事先已经商定在这儿分手。他向一辆出租汽车打了个手势，我上了车，门咣当一响，车子转过街角，刘易斯消失了。

“是您丈夫吗？”司机问我。

“不是。”我答道。

“他显得那么悲伤！”

“他不是我丈夫。”

他悲伤，我自然也悲伤！但是，这已经不是同样的悲伤，两人都是孤灯只影。他孤单单走进空荡荡的房间，我孤零零登上飞机。

从一个世界越向另一个世界，从一个肉体过渡到另一个肉体，仅仅十八个小时，这太短暂了。罗贝尔突然朝我一笑，此时此刻，我还在芝加哥，火辣辣的面颊还紧贴着花朵。我也微微一笑，挽起他的胳膊，开始诉说起来。我在信中已经向他诉说了不少见闻。然而，当我一张开嘴巴，我便感觉到我释放出的是一个巨大的灾难：我刚刚度过的那一个个生机勃勃的日子突然间全都成了化石，我身后只留下了石板一般凝固了的过去，刘易斯的微笑重又像铜像的冷面般僵硬。我在这儿，漫步在从未离开的街道上，紧挨着从未分离的罗贝尔，诉说着一个与任何人都毫无关系的故事。这五月末的天是多么蓝，大街小巷都在卖铃兰花，流动摊贩小车的绿色篷布上摆着一扎扎用红纸包了半截的芦笋：在这片土地上，铃兰花、芦笋，全都是珍贵的宝物。女人们穿着色彩欢快的布裙，可她们的皮肤和头发在我看来是那么暗无光泽！狭窄的马路上那散乱的车子是多么旧，多么小，多么破，橱窗里早已褪色的绒布上陈列的商品又是多么寒酸！我不可能看错：这严峻的景象向我表明我重又踏入了现实之中。片刻后，更令人无法否认的是，我重又感觉到了我嘴中的那股味道：忧患的味道。罗贝尔只对我讲有关我的事情，澄清了我的一个个提问，显然，事情没有按照他的愿望发展。贫困、不安，毫无疑问，我是在自己家中。

第二天，我们便去了圣马丁。天气温暖，我们坐在园子里。罗贝尔一开口说话，我便发现自己并没有猜错：他心情十分沉重。共产党人向他发起了攻击，早在一年前，他就担心这迟早会来临，特别是，他们还在《铁钻》上发表了一篇文章，深深地伤害了他。这篇文章也伤害了我。文中把罗贝尔描写成一位老理想主义者，无法适应目前严酷的现实；可我反倒觉得他对共产党人做出的让步太大了，对他昔日的东西放弃得太多了。

“这是恶意中伤。”我说，“谁也不会这么看您，连那篇文章的作者也不会这么看。”

“啊！我不清楚。”罗贝尔说，继又一耸肩膀，“有时我自己也想我确实太老了。”

“您并不老！”我说，“我离开时，您并不老，您答应我您不变老的。”

他微微一笑：“就说我的年轻时代已过吧。”

“您一点也没有反击？”

“没有。要反击的东西太多了。再说眼下不是时候。”

自五月五日以来，一大批所谓的同情者乘共产党人失败之机，纷纷与他们分道扬镳。人民共和运动获胜，戴高乐坐立不安，美国党窥伺时机，左派比任何时候都更需要携手合作。在等待十月的公民投票和继后的选举到来之时，革命解放联合会最好还是偃旗息鼓，暂停活动。但是，罗贝尔做出这个决定并不是心甘情愿的。如果说要继续进行左派联合，就不能不损害共产党人利益的话，那也是共产党人自己一手造成的：罗贝尔怨恨共产党人搞宗派主义。在公开场合，他时时戒备，不愿责骂共产党，可私下他并不约束自己，这两天来，他多次猛烈地咒骂他们。显然，能跟我说说话，这对他是一种安慰。我思忖他需要的也许并不完全是我，但可以肯定的是，我这个占据了位置的女人对他是有所帮助的。我占据的这个位置是我的位置，毫无疑问，这是我在这个世界上真正的位置。

但是，处在这个位置上，我为何感到不安宁？为何暗暗落泪？我在林间漫步，这是一个十分美丽的春天，我体魄康健，而且谁也没有剥夺我的任何东西。然而，我不时停下脚步，禁不住想哭，仿佛我已经失去了一切。我轻轻地呼唤着：“刘易斯！”沉沉的死寂！在一个个日子里，我曾从黄昏到黎明，又从黎明到黑夜，一直拥有他的呼吸，他的声音，他的微笑，如今却毫无音讯。他还活着吗？我谛听着：没有一点声音；我张望着：没有一点痕迹。我再也不明白自己。“我哭泣，”我暗暗自问，“可我却呆在这里：难道是因为我爱罗贝尔还爱得不深？”我羡慕那些把生活囚禁在刻板的教条之中的人。“肉体的爱微不足道，”他们常这样说，要么就是宣称“不是肉体的爱便微不足道”。但是，尽管我已与刘易斯相逢，却不失对罗贝尔的爱；而罗贝尔的存在，不管如何伟大，却填补不了刘易斯留下的空白。

星期六下午，纳迪娜领着朗贝尔一起来了。她一进门便满脸怀疑的神色问我：“你是从来不改变计划的，这次一推再推，迟迟不回家，该玩儿得很开心吧。”

“你知道我需要时也会改变计划的。”

“你在芝加哥呆了那么长时间，真怪。据说那是个可怕的地方。”

“人们说错了。”

这三个月里，她与朗贝尔合作，搞了不少通讯报道，如今她就住在他家，与他讲话时总是含讥带讽，但其中却蕴涵着深深的柔情。她对自己的生活感到满足，于是以一种难以辨别的恶意仔细观察着我的生活。我尽可能讲述旅行中的一些见闻，让她放下心来。我觉得朗贝尔比我出门时显得轻松、欢快了。他们俩在那座独立的小屋过了周末。在这之前，我在那里收拾了一间厨房，并安装了电话，以便纳迪娜能独立生活，而又不至于与家中彻底断了联系。她对在那儿度过周末感到十分满意，以至在星期天晚上，她向我宣布他们将在圣马丁度过他俩今后所有的假日。

“你肯定这样做朗贝尔会高兴吗？”我问她，“他不太喜欢你父亲，也不太喜欢我。”

“他是相当爱你的。”她以不由分辩的口吻说道，“如果你害怕我们俩成为你的负担，那请你放心，我们就呆在我们自己家里。”

“你完全清楚你在这儿我会多么高兴。我只是担心这儿对你们来说缺少亲密的气氛。我先告诉你一声，从我的房间，花园里说的一切都能听得清清楚楚。”

“那又怎么了？你觉得这与我又有什么关系？我可不是那种神秘的女人，把自己搞得玄玄乎乎的。”

确实，尽管纳迪娜那么关切自己的独立，而且那么倔强，听不进任何批评、劝告，却乐意充分展现自己的生活。这无疑是显示自己高人一筹的一种方式。

“妈妈说你会讨厌在这儿度假，真的吗？”她跨上摩托车的坐垫，问道。

“不，一点儿也不。”朗贝尔答道。

“你瞧。”她以得意的声调对我说，“你总是把一切搞得复杂化。首先，不管我让他干什么事情，朗贝尔都很高兴，这是个好小伙子。”她边说边把他的头发搞得乱蓬蓬的，接着用胳膊搂着他的腰，温存地把下巴搭在他的肩头。摩托车飞也似的离去了。

四天以后，我们从《希望报》一篇短文中得知朗贝尔的父亲从火车车门口掉下去摔死了。纳迪娜声音阴郁地在电话里说朗贝尔已去里尔，她周末来不了了。我没有问她什么，可是我们都感到奇怪。老人是自杀吗？他是否受到了审判的刺激？要么有人存心害他？一连几天，我们愈猜测愈是理不出个头绪来，再说，我们还有其他事情要忙。斯克利亚西纳为罗贝尔和一位刚刚逃越铁幕、向西方谴责斯大林的苏联官员安排了一次会面。会面前夕，斯克利亚西纳来了，带来了一些材料，希望罗贝尔在第二天会谈之前读完，读后亲手交还给他。近来我们与他很少见面，每次见面总是争吵不休，可这天早上，他极力避免不易谈拢的话题，见面后很快就告辞走了：分手时和和气气。罗贝尔马上阅读起那一大堆材料，其中有法语材料，可大多是英语，也有少数几份德语材料。

“来跟我一起看材料。”他对我说。我紧挨着他坐在椴树下，两人默默地阅读着。里边什么都有：报告、报道、统计材料、苏联法规摘录、评论等。如此杂乱的材料，我难以理出个头绪来。可有的材料却是十分清楚的：有被苏联人囚禁在劳改营的男女的证词，可悲的是，这些劳改营酷似纳粹的集中营，有作为盟友穿越了苏联大片国土的美国人对这些劳改营的描述。据斯克利亚西纳下的结论，约有一千五百万至两千万人在劳改营中忍受煎熬，其状况惨不忍睹，这就是我们所说的“苏联社会主义”制度的主要基础之一。我望了望罗贝尔：

“里面说的这一切有真的吗？”我问。

“肯定有许多情况。”他简短地回答道。

迄此为止，他对第二天的会面并不怎么放在心上，他之所以去，只是避免别人谴责他逃避责任。可以肯定的是，那个苏联人揭露的情况不会使他大惊小怪，因为他向来认为不要对苏联抱有幻想。然而，他突然哑口无言，这应该看作是他内心忧虑不安吧。三十年代，当他的那些共产党朋友向他宣扬苏联的惩戒制度时，他并没有轻信。那些人说，在苏联，罪犯并不关在牢里，而是对他们进行再教育，让他们进行有益的劳动，工会保护他们，起监督作用，保证他们按照工会规定的标准得到劳动报酬。罗贝尔曾向我解释说这确实是既能征服反抗的农民，又能得到几乎免费的劳动力的一种手段。无论在哪里，强制劳动，实际上就是监狱。可是，如今农民已经归顺于新政府，战争也已胜利，本以为情况已有好转，没料到情况愈来愈糟。我们花了很长时间，讨论了每一个事实、每一个数字、每一份证词、每一种推测；即使尽可能地估计夸大和捏造事实的成分，也确确实实存在着绝对确凿的真实因素。劳改营已经成为一种制度，最终有步骤地导致了一个无产阶级中受剥削最重的阶层的产生。他们不是用劳动惩治罪恶，而是把劳动人民当作罪犯，赋予自己剥削他们的权利。

“那么，您怎么办呢?”我们离开园子去厨房吃东西时我问道。

“我不知道。”罗贝尔答道。

斯克利亚西纳的意思，显然是让罗贝尔帮助他将这些事实公布于众。我觉得谁也没有权利掩盖这些事实。我带着几分责备的口气问道：“您不知道?”

“不知道。”

“每当事关您自己，甚或事关革命解放联合会，您总是毫不犹豫地承担许多事情，这我理解。”我说，“可现在，情况不一样了，要是不尽最大可能反对这些劳改营，那就是同谋!”

“我不能就这样随随便便地采取什么决定。”罗贝尔说，“首先，我需要补充材料。”

“要是补充材料也证实了我们刚才得知的一切，那您怎么办?”我问道。

他没有回答，我不安地打量着他。保持沉默，这意味着他准备容忍共产党人的所作所为。这也就意味着否定他解放以来所从事的一切事业：革命解放联合会、他写的文章以及他正在修订的论著。

“您向来希望自己是一个知识分子，又是一个革命者。”我说，“作为知识分子，您承担了某些职责，其中一条就是要讲真话。”

“容我考虑考虑。”他有些不耐烦地说。

我们默默无言地吃罢了饭。平常，他特别喜欢在我面前向自己提出种种问题。现在这般苦思冥想，闷声不吭，心绪该是多么不宁啊。我也一样。劳改营或死亡营，两者显然有几分差别。但是监狱就是监狱，关押在其中的那些人，我看见他们一个个都像囚禁在纳粹集中营里的人一样抬着畸形的额头，张着疯狂的眼睛。而这一切竟发生在苏联！

“我不想工作。咱们去散散步吧。”罗贝尔建议道。

我们穿过了村庄，登上高地。高地上遍地是即将成熟的麦子和花满枝头的苹果树。天有点儿热，但还不算太热；几朵小小的云彩像彩球似的在天上滚动；村庄隐约可见，那面包色的屋顶、褐色的墙壁和小小的钟楼远远在望；大地仿佛是专门为人类创造，幸福似乎人人可及。罗贝尔好像听见了我内心的低语，突然说：

“忘记这个世界多么严酷是很容易的。”

我惋惜地说：“是呀，是容易。”

我是多么希望轻易忘掉这一切啊。斯克利亚西纳为何来扰乱我们的生活？但是，罗贝尔想到的并不是劳改营。

“你跟我说若我保持沉默，就是当劳改营的同谋。”他说道，“可是，一旦我仗义执言，我又成了苏联之敌的同谋，也就是说成了所有那些想维持世界现状之人的同谋。那些劳改营确实是可怖的东西，但决不能忘记恐怖处处存在。”

他突然开始滔滔不绝地说了起来。描绘历史的画卷和社会的全景并非他之所好，然而在这天下午，当他口若悬河，侃侃而谈之时，世界的全部灾难降临到阳光灿烂的乡村：法国无产阶级的困苦、贫穷和绝望，西班牙、意大利的苦难，从中国到印度这些殖民地国家人民的被奴役、饥荒和瘟疫等等。千百万的人就在我们身边慢慢地死去，他们从未有过真正的生活，连苍天都为他们的死亡变得一片昏暗。我不禁自问，我们还岂敢轻松呼吸。

“这下，你明白了。”罗贝尔说，“我的所谓知识分子职责，对真理的尊重，都是毫无意义的。唯一的问题是要弄清如果谴责劳改营，这于人类到底是有利还是有害。”

“对。”我说，“但是，您凭什么认为苏联的事业如今还和人类的事业相提并论呢？我觉得劳改营的存在不可避免地要使人们重新审视苏联。”

“有多少事情需要澄清啊！”罗贝尔说，“这对苏联政权来说真的是不可缺少的一种制度吗？或只是与某种可以改变的政策相联系？一旦苏联开始重新建设，能指望这一制度会立即取消吗？我在做出决定之前首先要弄清楚这些问题。”

我没有多说。我能以谁的名义进行抗议呢？我太不自量力了。我们回到家里，各自装作埋头工作，度过了这个夜晚。我从美利坚带回了有关精神分析学的许多材料、笔记和书籍，可没有去碰一下。

罗贝尔乘上午十时的汽车走了。我在园子里窥望着邮递员，可没有刘易斯的来信。他事先曾告诉我他一周内不会给我写信，再说从芝加哥来信不会这么快就抵达。他肯定没有忘记我，但是，他无比遥远。寻找他这方面的救助，纯属枉然。救助我什么？我走进工作间，在唱机上放了一张唱片。我遇到某件难以容忍的事：我对罗贝尔产生了疑虑。“若在过去，他会仗义执言的。”我暗自思忖。过去，他总是直言不讳，无论对苏联，还是对共产党都绝不顺从。他参加革命解放联合会的原因之一，就是能让他进行建设性的批评。可突然，他选择了沉默，为什么呢？别人视他为理想主义者，他为此受到了伤害。他莫非在尽力做一个现实主义者，去适应目前严酷的事实？但是，要适应现实，这太容易了。我也在适应，对此我并未感到自豪。一味地反对，或一味地顺从，到头来总是落得个不忠。若我接受离开这个世界，便背叛了我的爱情，若我容忍自己苟安人世，便忘却了死去的人们，便是对他们的背叛。说到底，倘若只事关死者与我自己，并不会有真正的受害者。可是背叛了生者，问题就严重了。

“如果我揭露事实，我便背叛了其他那些人。”罗贝尔说不定会这么回答我。他们也准会说什么不打破鸡蛋炒不成蛋。但是关键是，到时谁去吃这些炒鸡蛋？打破的鸡蛋会发烂变臭，侵害地球。“地球已经被侵害了。”这确实是事实，确有其事的东西太多了。这些事实纠缠在一起，我为此会感到惊恐，自问到底如何辨别真伪。四亿中国人和一千五百万苦役犯相加起来是多少，我不知道。说不定两者应该相减。不管怎么说，是加是减都是错。一个人加一个人，并不就等于两个人，他们永远都是单个的人。对，我不该采用算术。要澄清这片混乱，必须求助于辩证法。这里涉及的是超越苦役犯拯救中国人。行。就超越吧。一切都会过去，一切都会毁灭，一切都会厌倦，一切都会超越。劳改营将被超越，我自己的一生也将被超越。这一因为劳改营的存在就惶惶不安的短暂而微弱的生命是微不足道的，那些劳改营，未来已经把它们取缔。再说，历史会自我关照，也会关照我们每个人。让我们各自一方，安心度日吧。

可是，他们为何不安宁呢？早在我在大学读书时就向罗贝尔提出过这个问题，如今已经二十余载了。他当时还嘲笑我，可我今日仍不认为他已经完全说服了我。他们假设人是一个不朽之人，总有一天会因为他做出的种种牺牲而得到报答，我也必将得到自己的那份报答。可是我无法获得，死神吞噬了一切。那一代代被牺牲了的人绝不会走出坟墓去参加最后的盛宴。唯一能给他们慰藉的，是上帝的选民们不久就要在冥府与他们相会。在幸福与灾难之间，也许并不像人们所想象的那样有着如此巨大的差别。

我关了电唱机，卧在长沙发上，如释重负，闭上了眼睛。死亡之光是多么公正、多么宽厚啊！刘易斯、罗贝尔、纳迪娜全都变得像幽灵一般轻盈，再也不重压着我的心：我也许能够承担那一千五百万或四亿幽灵的分量。过了片刻，我还是去找了本侦探小说。不得不消磨时间，但是时间也将消磨我的生命，这就是真正的先定和谐。罗贝尔晚上回家时，我仿佛觉得是用望远镜从十分遥远的地方看见了他：那是一个脱离肉体的形象，周围一片虚无，就像早已不在人世，却仿佛出现在德朗西铁窗口的迪埃戈。罗贝尔讲着，我听着，可一切都已经与我毫不相干。

“我要求等等再说，你不责备我吗？”罗贝尔问。

“我？一点儿也不。”

“到底怎么了？要是你认为那些劳改营与我无关，那你就错了。”

“恰恰相反。”我说，“我今天才意识到一遇到什么事情就忧虑不安，这真不该。事情也没有那么重要，它们都在变化，都会有个头，说到底谁都会死的：一了百了。”

“啊，这只不过是逃避问题的一种方法。”罗贝尔说。

我打断了他的话：“除非问题本身就是逃避事实的一种方法。显而易见，”我补充道，“当人们认定生命才是真实的，那死亡的念头便似乎是一种逃避。但是，反言之……”

罗贝尔摇摇头：“两者有差别。人们是用活着来证明他们所选择的是相信生命，如果人们真心相信唯有死亡是真实的，那他们就应该自杀。实际上，自杀也绝不拥有这种意义。”

“人们继续活下去也有可能是因为糊涂和怯懦。”我说，“这样活着最容易不过了。但是这绝对证明不了任何东西。”

“首先，自杀很难做到，这一点很重要。”罗贝尔说，“再者，继续活着，绝不仅仅是继续呼吸。谁也不可能永远无动于衷。你有你之爱，你也有你所恨，你愤慨，你赞美，这就要求你承认生命的价值。”他轻轻一笑，“我是安宁的。我们就劳改营，就其他的一切都还没有结束争论。面对令你痛苦的某些事实，你和我，和所有人一样都感到无能为力，于是你逃避到一种普遍的怀疑主义之中去，但这不是心甘情愿的。”

我没有作答。显然，我明天又会讨论许多东西，但是，这就证明它们在我眼里已经不再显得无关紧要了吗？倘若如此，我也许会又重新开始自己欺骗自己。

第二个周六，纳迪娜和朗贝尔来到了圣马丁。他们俩似乎不再那么和睦，吃晚饭时，纳迪娜没有开口说话。朗贝尔两天后就要去德国调查苏联管辖区内劳改营的事情。罗贝尔和他一致避免谈及问题的实质，却热烈地商谈着调查的具体方法。

喝咖啡时，纳迪娜发作开了：

“这件事情纯属荒诞！那些劳改营当然存在。这可耻，但也必不可少：社会就是如此嘛，谁也无能为力！”

“你总是轻易表态！”朗贝尔责备地瞪了她一眼，“摆脱那些让你痛苦的事情，你可真有本事！”

“可是你，你总不表态！”纳迪娜挑衅地说，“算了吧！你是巴不得对苏联有坏的看法！这样你就可以去游、去逛、去显示你自己多了不起：这多好。”

他一耸肩膀，当时没有答腔，可夜里他们俩准在小屋里吵过了。第二天，纳迪娜带着一本书在起居室里呆了一天，可书却一页也没有读。找她说话也是白搭：她对我爱答不理。晚上，朗贝尔在花园里叫她，她动也没有动一下，朗贝尔便进了屋：

“纳迪娜，该走了。”

“我不走了。”她说，“我只要明天上午十时到《警觉》杂志社就行了。”

“可我告诉过你我今晚得回巴黎去，我要去见一些人。”

“那就去见呗。这你又用不着我。”

“纳迪娜，别发蠢了！”他不耐烦地说，“我只跟他们在一起呆一个小时。我们说定一起去中国餐馆的。”

“我改变主意了，你也有过吧。”纳迪娜说，“我呆在这儿。”

“这是我行前我们最后一个晚上了。”朗贝尔说。

“这是你自找的！”她说。

“那好，明天见。”他粗声粗气地说。

“明天我忙着呢。等你回来见。”

“噢！要是你愿意，就永远别见。”他气呼呼地嚷叫道。

他关门而去。纳迪娜看了我一眼，也开始嚷叫起来：“千万别骂我错了，什么也别对我说，我知道你会对我说些什么，那跟我无关。”

“我还没有张嘴呢。”

“让他去游逛吧，我才不在乎！”她说道，“但是在决定之前，他也该听听我的意见呀，我恨别人撒谎。这次调查没那么急，他还不如当面对我说：我想一个人呆着。因为问题的实质就在于，他想一个人安安静静地为他那亲爱的爸爸哭泣。”

“这很正常。”我说。

“正常？他父亲是个老混账。首先，他本来就不该与他重归于好，如今又像个小孩似的为他哭泣。他哭时真流着泪，我看见了！”她以得意的口吻说道。

“那又怎么了？这并不羞耻。”

“我认识的男人中没有一个会这样落泪。最糟糕的是他悲中加悲，硬说他家老头儿是被别人故意害死的。”

“这也不是不可能。”我说。

她脸霍地发红：

“不可能害朗贝尔父亲！真荒唐！”她说。

吃罢晚饭，她到野外游逛去了，直到第二天早饭时才又照面。她一副责备而又贪婪的神态，把刘易斯的第一封信递给了我。

“有一封美利坚的来信。”她又添了一句，“从芝加哥来的。”她边说边用两只眼睛紧紧地打量着我。

“谢谢。”

“你不拆开？”

“没什么急事。”

我把信放在身边，喝茶时尽量不让自己的手颤抖。我就像刘易斯第一次把我紧紧地搂在他怀里时，难以支撑这具散架的躯体。罗贝尔前来救助，他给纳迪娜提出许多有关《警觉》的问题，直到我找到了借口，回到了自己的房间。我的手指是多么笨拙，拆信时，把里边那页黄颜色的信纸也撕破了。刘易斯就要神奇地从这页信纸中出现，令人销魂。信是用打字机打的，写得欢快、客气但空洞，我一时惊愕地凝望着信末的签名，它就像一块墓石般残酷无情。即使读上百遍，把信读烂了，我也无法从中挤出一句新的话语，挤出一个微笑、一个亲吻；我尽可以重新等待，但是，等到最后，得到的仍然会是一页空纸。刘易斯呆在芝加哥，他在继续生活，没有我他也仍然在生活。我走到窗台旁，凝望着夏日的天空、幸福的树木，终于明白了我的痛苦只不过刚刚开始。仍旧那般沉寂，但是，已经没有任何希望，这种沉寂将永远持续下去。一旦我们的躯体不再接触，我们的目光不再汇合，我们俩还有什么共同的东西？我们的过去已经忘却，我们的未来已经消失，周围的人们讲的已经不是共同的语言，连钟声也在讥笑我们：这儿是阳光闪耀的清晨，那芝加哥的房间里是沉寂的黑夜，我们再也不能相约，哪怕相见在苍天。不，他和我之间不存在任何通道：除了我喉间的这阵阵呜咽。可连这呜咽声我也在尽力抑制。

幸亏波尔来电话，让我这天去看她。也许在分担她的忧伤的同时，我最终能忘却自己的悲伤。我坐在公共汽车里，身边挨着纳迪娜，她正在用心不良地算计着什么。我暗暗地问自己：“最终会习惯吗？我会适应吧？”我在巴黎的街头可以遇到成千上万的男人，他们都和刘易斯一样长着两只胳膊、两条大腿，可绝没有他那样的脸庞。天底下的男人那么多，却没有一个与他相似；天底下的道路一条条，却没有一条通向他的怀抱；爱情的话语何其丰富，却没有一句向我倾吐，这真不可思议。温馨与幸福的希望随处都从我身边轻轻掠过，但那春日的温柔却从未潜入我的躯体。我慢慢地沿着河畔走去。我回家不久，波尔曾做了巨大努力来到我家，快乐地收下了我从美利坚带回来的礼物，可是她在听我的所见所闻，回答我的提问时仍旧是一副心不在焉的神情。我回来后尚未去过她家，可我惊诧地发现这大街小巷就像波尔一样，仍旧是那么熟悉。我不在家的这段时间里，一切都没有变化，什么事情都未曾发生过。仍旧是以前的那些招牌："专营撒克逊珍奇鸟类"，拴在窗台栏杆上的那只小猴子也仍旧在剥花生吃。一个流浪汉坐在石阶上，一边抽着烟，一边看着身边的一捆破衣烂裳。当我推开大门时，门仍旧撞在一只垃圾桶上，连地毯上的每一个窟窿也原封不动。耳边响起一阵久久不断的电话铃声，波尔裹着一件有些褶皱的丝质晨衣。

"你真好！让你麻烦，抱歉了。可要我一个人到那个狮子笼里去，我绝没有这份胆量。"

"你肯定我受到邀请了吗？"

"正是因为你，贝洛姆太太已经给我打了三次电话，她求我带你去，她已经请到了亨利，她还想迪布勒伊……"

她登上通向她房间的楼梯，我跟着她上楼。

"你想象不出圣马丁的那座房子有多漂亮，"我说道，"该去看看。"

她叹息道："太远了！"她打开了衣橱的插销，"我该穿什么衣服？我已经那么久没有出过门了。"

"穿你那件黑裙。"

"太旧了。"

"绿裙。"

"我拿不准穿绿色到底合不合适，"她取下了挂着那件黑裙的衣架。"我不愿一副像被蛀虫蛀空了的模样。吕茜准会开心透了。"

"你从不出门，可为何要去她家？"

“她恨我。”波尔说，“从前，我比她年轻、漂亮，夺了她好几个情人，要是我拒绝她的每次邀请，她会以为我已经不成样子，会高兴得不得了。”

她走到镜子前，手指顺着那浓眉的曲线摸去：“我该拔掉，该赶赶时髦，她们准会笑我这副怪样子！”

“别怕她们！”我说，“你永远都是最美丽的。”

“噢！今非昔比了。”她说，“不，今非昔比了！”

她一副敌视的神态照着镜子。突然，我多少年来第一次也用局外人的眼光细细打量她。她一副倦态，颧颊呈现淡淡的紫色斑点，下巴变厚了，嘴边两只深深凹下去的酒窝反倒使她显出一副男子相。昔日，波尔乳白色的肌肤、含情脉脉的目光和乌黑闪亮的秀发给她的美貌平添了一分温柔；如今，一旦失去了这一平凡的魅力，她的容貌便显得非常奇特。这完全是一种人为的产物，那曲线的模糊和肤色的游离实在难以原谅。时光并不是悄悄地在上面刻上自己的印记，而是在这张尊贵又古怪的面孔上打下了粗暴的烙印。这副容貌虽还值得赞美，但它的位置应该在博物馆，而不是在沙龙。

波尔穿上她那件黑裙，把睫毛刷得长长的。

“我把眼睛画长了吧，是不是？”

“我不知道。”

我对她的缺陷看得清清楚楚，却无法提供救助的方法。我怀疑世界上是不是存在这种补救方法。

“但愿还有一双合适的长统袜！”她动作狂躁地在抽屉里乱翻。“你觉得这两只袜子颜色一样吗？”

“不，这只比那只要淡一些。”

“那这只呢？”

“这只从上到下脱了一条线。”

整整用了十分钟，我们才好不容易找到了两只配对的袜子。

“你肯定两只是一样的？”波尔不安地问。我用手张着轻盈的袜子网眼，站在窗边对着阳光仔细比较：

“我看不出任何差别。”

“你明白，她们可什么都会挑剔的。”

她把高跟鞋的鞋带绷到了腿上，接着又问我：“我戴上项链吗？”

这是一条用铜、骨和琥珀制成的项链，沉甸甸的，虽然富有异国情调，但很不值钱，准会叫那些珠光宝气的女人们发出鄙夷的窃笑。

“不，不要戴。”

我犹豫不决。说到底，波尔戴着耳环，穿着不同年龄的女人都可以穿的裙子，蹬着高跟鞋，加上她那副面容，与她那些情敌是如此不同，如果再突出她的奇特之处，也许更好。“等等，对，还是戴上为好。啊！我不知道。”我不耐烦地说，“反正她们又不会吃了你。”

“噢！她们会把我吃了的。”她说道，脸上没有一丝笑容。

我们向公共汽车站走去。在街上，波尔失去了她的全部尊严，一副逃犯似的样子，总是贴着墙根走。“我讨厌化妆后在这个居民区走。”她抱歉地说，“要是在早上我出门闲逛，那不一样；可现在这个时候，加上这身打扮，岂不让人见怪。”

我尽量让她分心：

“亨利怎么样？”

她迟疑了一下：“他是那么复杂。”

我呆呆地重复道：“复杂？”

“对，真荒唐。过了整整十年，我这才开始认识他。”出现了一阵沉默。她继续说道：“你不在的这段时间，他做了件怪事：一次突然把他的一段小说摔给我看，里面的男主人公责备一位女子，说她毒害了他的生命，他竟还问我：‘你有何想法？’”

“他想让你回答什么呢？”我尽可能拿出打趣的口吻问道。

“我问他写这段小说时是否想到了我，他尴尬得满脸发红。可我完全感觉得出他当时是多么希望我这么认为。”

“噢！我不相信！”我说。

“亨利是个典型的病例。”她若有所思地说，接着又补充了一句：“他经常见贝洛姆的女儿，正是为此我非要去吕茜家，让她们别以为我会在乎这种一时的心血来潮……”

“对，我见过她的一幅照片……”

“是她和亨利在博罗梅安群岛餐厅的那张！”她一耸肩膀，“真惨。他并不感到自豪，你知道，甚至很怪：他要求我们俩再也别在一起睡觉，仿佛他感到自己再也不配我。”她慢慢地做出结论道。

我真想对她说一句：“就别欺骗你自己了！”可我有什么权利？从某种角度讲，我赞赏她这种固执的劲儿。

上吕茜·贝洛姆家的楼梯时，她一把抓过我的手腕说：“跟我说实话，我是不是一副吃败仗的模样？”

“你？你像是个公主。”

当仆人为我们打开了门，我感觉到波尔的恐慌也侵袭了我。耳边听到一阵叽叽喳喳的说话声，空气中弥漫着香水味和恶意，她们也将兴高采烈地把我撕成碎片。一想到这里，可真让人不快。波尔已经恢复了镇定，她带着公主似的尊严步入沙龙，可突然间我再也不那么肯定那两只袜子是同一颜色。

古老的家具，看似波斯的地毯，呈铜绿色的油画，羊皮纸封面的书籍，晶质玻璃器皿，鹅绒绸缎：从中可以感觉到吕茜在她那资产阶级的向往、知识分子的抱负和个人的情趣之间摇摆不定，尽管她的情趣公认风雅，但实为庸俗。

“你们来这里我是多么高兴！”她穿着打扮尽善尽美，连温莎公爵夫人也会自愧不如。可是第二眼便只能看到那只嘴巴的平庸和那目光中躁动不安的恶意：世上还没有善于修饰目光的美容师。她一边微笑，一边严格地对我进行鉴定，接着朝波尔转过身子：“我的小波尔！我们已经十二年没见面了！相互都不敢认了。”她拉着波尔的手，放肆地仔细察看，然后又拉着我：“来，我给你们介绍一下。”

这里的女人们比克洛蒂沙龙里的要年轻、漂亮得多，但不管发生怎样的精神悲剧，她们那修饰有方的面孔也不会有任何表情，其中大都是渴望成为新星的时装模特儿，已经崭露头角的则一心梦想跃为明星。她们全都身着黑色裙服，满头金黄色的头发，高高的鞋跟，长长的睫毛，虽然性格各不相同，但纯属同一作坊制造而成。倘若我是个男人，很难喜欢上其中的哪一位，准会另找门路。确实，那些吻我手的俊男们似乎相互间更感兴趣。其中也有少数几位不乏男性风度的成年男子，可他们好像都是用钱雇来装扮门面的配角。吕茜的正式情夫就在他们中间，人们都管他叫“杜杜尔”，他正和一位颀长身材、褐色皮肤、淡金色头发的女郎谈得火热。

“听说您刚从纽约回来?”他对我说，“一个多么神奇的国度，对吧?那就像是一个宠儿的巨大的梦。那往他们嘴里填的大蛋卷冰激凌，我看就是整个美利坚的象征。”

“我在那儿一点也不感到高兴。”那位发色一点也不自然的女子说道，“一切都太干净，太完美了，最终真恨不得遇上一个衬衣邋遢、胡子两天不刮的男人。”

我没有答腔，任他们呼口号似的向我介绍我刚刚从那儿归来的那个国度：什么“幸运儿”、“女人的天堂”，什么“可恨的情人”，还有什么“翻腾、狂热的生活”。杜杜尔谈到摩天大楼时甚至厚颜无耻地用了 phallus[1] 这个词。我边听边暗自思忖，确实谁也没有权利指责知识分子过分敏感，正是这类家伙——上流人士及被其同化之流——用两只被恶劣的老生常谈蒙住了的眼睛和一颗充斥着陈词滥调的心去审视人生。罗贝尔、亨利无所用心地任自己爱自己所爱、厌自己所厌，如果哪位国王赤着身子走过，他们也无心去欣赏他那件新衣的刺绣，他们完全知道他们这样做本身就是在创造新的模式，那些赶时髦的人准会假装做出高贵的反应，竞相效仿。他们之傲世使他们显得极其天真朴实。但杜杜尔、吕茜及簇拥在她周围的那些苗条、漂亮的年轻女人绝不会显出一分真诚。我为她们感到惊愕与怜悯。她们一无所有，除了空洞的野心、灼热的嫉妒、抽象的胜利与失败。然而天底下有多少东西可以实实在在地去爱、去恨！我蓦然想到：“罗贝尔言之有理：绝不存在什么无所谓。”哪怕在这个根本用不着动情的地方，我竟也马上感到愤怒或厌恶。我坚信世界上有许许多多东西值得去爱、值得去恨，我也清楚地知道任何东西都无法根绝我心中的这一信念。对，正是由于倦怠、懒惰和为自己的无知感到羞愧，我才愚蠢地自以为无

1 拉丁文，阴茎。

所谓。

“你从来没见过我女儿吧？”吕茜朝波尔微微一笑，问道。

“没有。”

“你马上就可以见到她，她十分美丽，与你从前的美属于同一个类型。”吕茜又露出一个笑脸，继而很快抹去，“你们俩有许多共同之处。”

我暗暗打定主意，干脆以粗俗还粗俗：“对，人家都说您女儿和您一点儿不像。”

吕茜怀着明显的敌意审视着我，在这审视的目光中似乎还带着某种不安的好奇心，仿佛她在心底自问：“除了我这种做女人并从中获益的方式之外，难道还有别的方式吗？我是否疏忽了什么东西？”她的目光移向波尔：“你最近应该抽一天时间来阿玛丽莉时装店看看，我帮你修饰修饰。女人若打扮好了，会变个模样的。”

“要是让波尔变个模样，那太可惜了。”我说，“时髦女郎比比皆是，可波尔却只有一个。”

吕茜显得有些尴尬：“不管怎样，等到你哪天不再鄙视时髦，你在我的沙龙里就会受到热情接待。我认识一个美学家，他创造了不少奇迹。”她鞋跟一转，补充了一句。

“你应该问问她为什么就不让自己手下的人给她修饰修饰。”我对波尔说。

“我从来就不善回击她们。”波尔说，“她颧颊显出紫斑，鼻孔绷得紧紧的，这是她红颜渐淡的表现。”

“你想走吗？”

“不，这样我就自认失败了。”

克洛蒂快速地朝我们奔来，她两只眼睛闪闪发亮，就像发情的娼妇：“刚刚进门的那个红棕发小姑娘就是贝洛姆的女儿。”她说道。

波尔扭过头，我也把头扭了过去。若赛特并不小，她属于最为罕见的那种红棕发女郎：浅棕色的头发下，却配着金发女郎那凝脂般光滑白皙的肌肤；一只嘴巴富有肉感而又多愁善感，两只巨大的眼睛给她平添了一种仿佛惊叹于自身美貌的惊愕神态。不难理解男人会动情去挑逗这样一副娇容。我朝波尔投去不安的一瞥，她手里端着一杯香槟酒，全身一动不动，目光直勾勾的，仿佛已经听到了某些议论，某些恶意的议论。

我心里陡然升腾起一股怒气：她到底在赎什么罪？周围的所有这些女人一个个都喜笑颜开，可为什么偏偏要把她活活烧死？我几乎承认是她自己铸成了自己的不幸，她没有尽力去理解亨利，总是耽于幻想，选择了怠惰的方法，甘于受人支配。可是说到底，她从来没有害过别人，她不该受到这般野蛮的惩罚。我们总是要为自己的过错赎罪，只是执法者从不去敲某些人的大门，而对另一些人却强行破门而入，这太不公道了。波尔属于不幸之人，我不能忍心看着泪水在她不觉之中从她眼中流出。我猛地把她唤醒："我们走。"我边说边挽起她的胳膊。

"好。"

匆匆告辞后，我们来到街头，波尔神情阴郁地看了我一眼。

"你事先为什么不告诉我？"她说。

"事先告诉你？告诉你什么？"

"告诉我已经走上了一条危险的道路。"

"我并不这么想。"

"你没有这么想，那才怪呢。"

"你是想说你生活太闭塞了？"

她耸耸肩膀。"我还没有做出决定。我知道有点儿蠢，可一旦我明白了，我也就明白了。"

下公共汽车时，她勉强笑了笑："谢谢你陪我走了一趟。谢谢你真正帮了我的忙。我永远不会忘记。"

纳迪娜在巴黎整整呆了一周。当她重又在圣马丁露面时，我询问她有关朗贝尔的消息：他已经给她写了信，下周返回。"到时要起火星子了。"她兴高采烈地说道，"我又见到了若利，我们又睡到了一起。当我把这事讲给朗贝尔听时，你能想象得出他会是怎样一副模样！"

"纳迪娜，别跟他说！"

她神色困惑地看了看我：

"你千百次地向我唠叨，说正经人从不撒谎。那就有话直说！"

“不。我跟你说过应该尽量建立起连说谎言都不敢想象的真诚关系。可你和朗贝尔的关系还没有到这一步，根本就没有。再说，”我补充道，“你这样绝不是出于真诚才把你自己生活中的真实事情告诉他，你是故意编造了这个故事，通过讲给他听而达到伤害他的目的。”

纳迪娜犹豫不决地冷笑道：

“噢！你呀！一旦你开始当起老巫婆来就不好办了！”

“我说错了？”

“我明摆着想治治他，他罪有应得。”

“你也承认你让他干什么他就干什么，他就这一次没有让步，你就不能显得宽容一点？”

“我让他干什么他就干什么，那是因为他觉得当小孩子很有意思，那是在演喜剧。可实际上，亨利、报纸、他父亲、调查等等，什么都比我重要……”

“你是瞎了眼睛。朗贝尔最珍惜的是你。”

“瞧你说的。他可从来没有跟我说过这种话。”

“你可从来没有尝试鼓励他这样说。”

“我显然不会乞求他作爱情宣言。”

我有些好奇地看了看她：

“你们也总有倾吐内心感情的时候吧？”

“反正我们谈的不是什么事情。”她反唇相讥，“你认为我们谈了些什么？”

“谈谈，这有助于相互理解。”

“可我什么都很理解。”

“那你就该理解朗贝尔绝对受不了你欺骗他，你准会让他十分痛苦，把你们俩的事搅得不可收拾。”

“你劝我撒谎，这倒挺有趣的。”她冷笑道。可看她的样子，像是得到了安慰。“行，我什么也不告诉他。”

两天后，朗贝尔回来了，他很少谈起他这次德国之行，并打算九月份再度出发，去搜集更为准确的情况。纳迪娜似乎与他已重归于好。他们紧挨着久久地呆在花园里，晒着日光浴，或一起漫步、一起阅读、一起讨论问题、一起制定计划。朗贝尔耽于纳迪娜的抚爱，心甘情愿地听任她为所欲为；但他时而也感到有必要表明自己的独立，于是便跨上摩托车，以明显令他自己也感到恐惧的速度在公路上飞驰。纳迪娜向来痛恨别人独处清静，可这一次，除了忌恨之外还交织着几分羡慕。不过由于朗贝尔死不让步，我也明确反对，她最终还是打消了开摩托车的念头。然而，她还是设法把摩托车拥为己有：她把挡泥板漆得鲜红鲜红的，还在车把上系上了不少吉祥物。尽管经过如此悉心的打扮，摩托车在她眼里仍然是男人各种乐趣的象征，而她既不是这种种乐趣的源泉，又不能分享这种种乐趣。为此，她往往以摩托车为借口，与朗贝尔吵闹一番，不过，这都是些不伤感情的小吵小闹。

一天夜晚，我正在自己房间准备睡觉，他们俩到花园里坐了下来。

“总之，”朗贝尔说，“你认为我没有能力独立领导一份报纸?”

“我没有这么说。我只是说如果伏朗热把你当作稻草人，你就实际上什么也领导不了。”

“他对我相当信任，毫无私心地向我推荐了这一职位，可你认为这不可信!”

“你真幼稚！伏朗热还没有胆量亮出他的名字，他指望幕后指挥你。”

“噢！你呀，总自以为十分能干，因为你总在扮演厚颜无耻者的角色。不过恶意也会让人瞎了眼睛的。伏朗热，那可是个人物。”

“那是个混蛋。”她平心静气地说。

“确实，他是做了错事。可较之于会犯错误的人，我更喜欢已经犯过错误的人。”朗贝尔气恼地说。

“你是想指亨利？我从来不把他当作英雄，可那是个清清白白的人。”

“他过去是的，但如今正被政治和他自己的公众形象所吞噬。”

“我倒认为他是胜利者。”纳迪娜以不偏不倚的口吻说道，“他不久前写的那部剧本，是他写得最成功的一部。”

“啊，不!”朗贝尔说，“我觉得那部剧本很可恨。那是一种有害的行径。人死了就死了，让他们安息吧，没有必要激起法国人之间的仇恨……”

“恰恰相反!”纳迪娜说,“人们特别需要让他们的脑袋再清醒清醒。”

“一味纠缠于过去,这无济于事。”朗贝尔说。

“我不容许忘记过去。”纳迪娜说,接着声音生硬地又补充了一句:“宽恕、宽恕,我对此可真不理解。”

“你是什么人?你怎么变得这么残酷?”朗贝尔问道。

“要是我是个男人的话,我会跟你一样。”纳迪娜说。

“我就是不愿干罢了,要无端地谴责别人,那岂不容易。”他说。

“算了!”她说,“这方面永远都谈不拢。我们去睡觉吧。”

出现了一阵沉默,朗贝尔以不容置辩的口吻说道:

“我相信伏朗热定会办成大事。”

“我看靠不住。”纳迪娜说,“反正我看不出这与你有何相干。领导一份几乎不属于你的不值一提的小报,这没有什么了不起的。”

他以稍显诙谐的口吻问道:“那你是否认为我永远都办不成什么大事?”

“噢,我不知道。”她说,“我才不在乎呢。为什么就非要去显得了不起的样子?”

“让我当一个任你为所欲为的乖小伙子,这就是你对我的期望?”

“我不期望什么,只要你现在这个样子。”

她话声充满深情,可是这显然意味着她拒绝说出朗贝尔希望听到的话语。他追问,声音中带着几分狂躁:“我到底是何种人?你承认我有何能耐?”

“你就知道做蛋黄酱,”她笑呵呵地说,“还会开摩托车。”

“也会做其他事,这我不说。”他冷笑道。

“我讨厌你庸俗的时候。”她说。

她响响地打了一个呵欠。“我去睡觉了。”沙砾在他们脚下沙沙作响,接着耳边只听到花园里那经久不息的蝈蝈协奏曲。

我久久地听着蝈蝈的鸣奏:多么美妙的夜晚!天上的星星一颗也不少,地上的万物一点也不缺。可是,在我的心底却出现了无边的空虚。刘易斯又给我写了两封信,比在第一封中对我说的要中听多了;但是我愈感到他是一个活生生的、真实存在的人，他内心的悲伤便愈加沉重。我也同样感到悲伤，可这却不能使我俩贴近。我低声地呼唤："您为何这么遥远？"只听到他的回声："您为何这么遥远？"而他的声音充满责备。因为我们已经天各一方，所以一切都使我们疏远，哪怕我们为重新相聚所做出的种种努力。

可是纳迪娜和朗贝尔完全可以把他们的爱情升华为幸福。我为他们的笨拙感到气恼。这一天，他们原说定白天和夜里都要去巴黎过。午后不久，朗贝尔走出小屋，一身雅致的法兰绒套装，系着讲究的领带。纳迪娜躺在草坪上，穿着一件脏乎乎的碎花裙子，一件棉衬衣和一双肥大的拖鞋。他有些生气地对她嚷叫道："快点儿去准备准备！我们要赶不上汽车了。"

"我跟你说过我想坐摩托车，"纳迪娜说，"那要有意思多了。"

"可我们到时会脏得像把烂梳子，再说经过一番打扮还去骑摩托，太可笑了。"

"我不打算打扮了。"她不容置辩地说。

"你总不会穿着这身衣服去巴黎吧？"她没有答腔，他遗憾地求我作证："瞧，多遗憾呀！要是她不是这副不修边幅的模样，她完全可以做到风度翩翩！"他以挑剔的目光仔细审视着她，"更何况这种落拓不羁的样子对你一点都不合适。"

纳迪娜总觉得自己丑，往往出于恼恨而不屑梳妆打扮。她对穿衣打扮如此愤恨，以至谁也想象不到实际上她对有关她外表的任何评论有多么敏感。她脸色一沉："要是你需要一个从早到晚就会打扮的女人，那你就另找对象。"

"穿一件洁净的裙子又用不了多少时间。"朗贝尔说，"要是你总是搞成这副野人的样子，我可无法带你到任何地方去。"

"我用不着别人带我。你以为我想勾着你的胳膊到那些有侍应部领班和贱女人侍候的地方去炫耀？去你的吧！要是你非要扮演唐璜的角色，那就去租一个时装模特儿陪你去。"

"到一家规矩的夜总会听听优美的爵士乐，去跳跳舞，我看这没有什么让人厌恶的。您觉得呢?”他问我道。

“我想是纳迪娜一点也不喜欢跳舞。”我小心翼翼地说。

“要是她愿意，完全可以跳得很好!”

“问题正是我不愿意。”她说，“到舞池里去当猴子，我才不乐意呢。”

“你会像别的女人一样，感到乐意的。”朗贝尔说道，脸上显出了几分怒气。“只要你诚心，穿衣打扮、出门游玩，你都会乐意的。人们都说‘我不乐意’，可实际上都在撒谎。我们都是些禁欲者和伪君子。我在纳闷这到底是为什么。喜欢漂亮的家具、美丽的衣服，喜欢奢侈和玩乐，为什么这就有罪?实际上大家心里都喜欢。”

“我向你发誓，我对这些毫不在乎。”纳迪娜说。

“瞧你说的!真有意思，”他带着某种令我感到局促不安的情绪说道，“人总是要摆架子，又总是要自我否定，想哭时不能哭，想笑时又不该笑，想干什么都不能干，想考虑点儿什么也不行。”

“谁禁止您了?”我问道。

“我不知道，反正这是最糟糕的了。我们大家都在相互欺骗，可谁也说不清到底是为了什么。所谓为纯真做出牺牲，可纯真到底在哪里?给我看看什么叫纯真!人们正以纯真的名义拒绝一切，无所事事，一事无成。”

“你想有什么作为?”纳迪娜含讥带讽地问。

“你在讥笑，可这也是虚伪的表现。你对成功比你嘴里说的要敏感多了。你不是跟佩隆一起外出旅游的吗，若我也是个人物，你准会换一副口气跟我说话。谁都羡慕成功，谁都爱金钱。”

“你是在说你自己。”纳迪娜道。

“人为什么就不喜欢钱呢?”朗贝尔说，“要是大家都这样的话，岂不谁都成了有钱人?算了吧!你去年得到一件裘皮大衣不是很得意吗，你巴不得去周游四海，都快想死了;要是你一觉醒来成了一个百万富翁，你准会高兴得不得了，只是你决不会承认罢了:你害怕显出你本来的面目!”

“我知道我的本来面目是什么样子，我觉得这样挺好。”她刻薄地说，“是你害怕你自己的这副样子:一个可怜的资产阶级知识分子。你完全明白你生来不是冒险办大事的料子，于是你现在便把赌注押到社会名利、金钱及其他事情上去。你最终会成为一个赶时髦的家伙，成为一个投机分子，事情就是如此。”

“有的时候，你真该吃一耳光。”朗贝尔转身而去。

“那就试试看！我向你发誓有你瞧的！”

我目送着朗贝尔，心里在揣摩他为何发这么大火：他是否心里不痛快？到底有什么东西闷在肚子里？是生性贪图安逸？还是有什么不可明言的雄心？比如，他是否希望接受伏朗热的推荐，可又不愿受到朋友们的指责？也许他认定是自我束缚着他，妨碍他有朝一日成为一个大人物？抑或他希望别人能够安安心心地任他当一名无名之辈？

“我在揣摩他脑子里到底在想些什么。”我说。

“噢！他是在做他可爱的梦。”纳迪娜鄙夷地说，“可是当他梦想让我也陷进去的时候，就得注意点儿！”

“我应该说你并不十分鼓励他。”

“不，鼓励就可笑了。当我感觉到他希望我对他说什么事时，我故意捡他不喜欢的说。你对此不明白吧？”

“我有点明白。”

我十分明白，正是通过纳迪娜，我才认识了这种逆反心理。

“他总是想别人允许他干什么，他自己去干就行了呗。”

“尽管这样，你还是应该随和一点。”我说，“你从不让步，他偶尔求你什么时，你也应该让他几分。”

“噢！他的要求比你想象的要多。”她说，接着神态厌倦地一耸肩膀，“首先他每天晚上都要求与我做爱，我实在烦死了。”

“你可以拒绝嘛。”

“你不了解，要是我拒绝，准会大闹一场。”她气呼呼地补充道，“再说，要是我不提防点儿，他定给我搞出个孩子来。”她朝我瞟了一眼。她十分清楚我向来讨厌这类知心话。

“那就教他注意点儿。”

“谢谢！要是这种事能成为实践操作课的话，那就开心了！我还不如自己提防着点儿。但是每次做爱都要往里边放个塞子，真没多大意思。更何况我把牙刷子给搞断了。”

“牙刷子?”

“你在美利坚时，难道他们就什么也没有让你见识见识?是美国陆军妇女队的一个成员送给了我这玩意儿。噢!挺小巧的，像只小西瓜帽，只是要放到适当的位置，需要一种玻璃制的工具：我管它叫牙刷子，可我给搞断了。”她狡黠地看了我一眼，“我让你听了不舒服吧，嗯?”

我耸了耸肩膀。“我在思忖既然是件麻烦事，可你为什么还要一味做爱。”

“要是我不搞，怎能和男人们玩儿到一块儿去呀?女人让我讨厌，跟小伙子们玩儿才有意思。可要是我和他们一块儿出门去玩儿，我就得跟他们睡觉，别无选择。只是搞得频繁不频繁，时间长短有别罢了。朗贝尔呀，他是什么时候都要搞，真是没完没了。”她哈哈大笑了起来。“我猜想他一旦不搞，就拿不准自己是否真的拥有那玩意儿了!”

纳迪娜的咄咄怪事之一，就是她在许多床上厮混过，说起下流话来眉头皱也不皱一下，可一旦涉及她的性生活，她便变得极为敏感。每当朗贝尔憋不住影射一下他们俩的私生活，她总是气呼呼的，况且朗贝尔还特别爱提这种事。

“有件事你似乎不大了解，”我说，“那就是朗贝尔爱你。”

她一耸肩膀：“你总是不愿意明白。”她以通情达理的声音说道，“朗贝尔在他的生活中已经爱过一个女人：罗莎。后来，他想得到安慰，遇到一个姑娘就抓住不放：那就是我。实质上，他开始时甚至都不乐意跟我睡觉。后来等他知道亨利跟我发生过关系，他才动了念头。可我一直都不是他的心上人。拥有一个女人，这在他看来似乎比去搞妓女更有男子气派，也更方便。可我在里面根本算不了什么东西。”

她多么善于混淆是非，其手段之巧妙，使我不禁感到气馁。真没有足够的勇气去驳斥她。我软弱无力地说：“你总是颠倒是非。”

“不。我知道我说了些什么。”她说。

她终于穿了一件洁净的裙子，两人一起去了巴黎，可回来时更是闷闷不乐。很快又吵了一场。我当时正在花园做事。这天早晨，昏暗的天空沉重地压迫着我的肩头，把我紧逼在地上。在我身边，朗贝尔在读书，纳迪娜打着毛衣。“实际上，”她前一天对我说，“度假是很累人的，每天都得琢磨如何消磨时间。”显而易见，她已经感到厌倦。一时，她的两只眼睛定定地盯着朗贝尔的颈背，仿佛要用其目光的力量，硬把他的脑袋扭过来。她开了腔：

“施本格勒那本书，你还没有读完?”

“没有。”

“等你读完，给我看看。”

“行。”

看到有人手里拿着书，纳迪娜不开口去要就不甘心。她往往把书带到自己房间，可书拿回去也是白拿，只不过是增加她房间里那摞书的一点高度而已，那些书呀，都是她准备将来读的。确实，她读书速度很慢，仿佛总是带着某种敌意，往往是读不了几页就厌烦。她冷笑着继续说：

“据说那纯粹是个混蛋!”

这一次，朗贝尔抬起了头：

“谁跟你说的?你的那些共产党伙伴?”

“谁都说施本格勒是个混蛋。”她从容不迫地说，接着在地上伸了个懒腰，咕噜道：“你还不如开摩托车带我去兜一圈儿。”

“噢！我可没有一点兴趣。”朗贝尔冷冷地说。

“咱们先去梅尼尔餐馆吃午餐，然后再到树林里去逛逛。”

“那准会被暴雨淋个透，瞧瞧这天空。”

“绝不会下暴雨的。还是说你讨厌跟我一起去散步吧。”

“我讨厌去散步，对，我说了。”他不耐烦地说。

她站起身：“那我呀，我讨厌在这一小方块蔬菜地里呆上一天。我这就去开摩托，没有你照样去兜一圈儿。把防盗锁的钥匙给我。”

“你疯了，你不会开。”

“我已经开过了，这又不复杂，证据就是你都会开。”

“转第一道弯你就会摔破脑袋。不行。我不能把钥匙给你。”

“我摔破脑袋管你什么事！你怕我把你的宝贝玩意儿摔坏了就是了。

卑鄙的自私鬼。我就要那把钥匙!"

朗贝尔答也没有答一声。纳迪娜目光茫然，一动不动地呆了片刻，接着起了身，拿起用作提包的那只大草包，冲着我说："我在这里烦死了，我白天到巴黎去过。"

"那你就好好乐一乐吧。"

她很善于选择报复手段。知道纳迪娜又要和他讨厌的那些朋友混在一起，朗贝尔无疑十分痛苦。他目不转睛地看着她走出花园，接着朝我扭过头。

"我真弄不明白我们为什么一吵就崩。"他遗憾地说，"您弄得清楚吗?"

他第一次跟我私下谈话。我犹豫不决，可是既然他已有心听我的话，那最好还是跟他谈谈。

"大部分是纳迪娜的过错。"我说，"一点小事就生气，于是变得蛮不讲理又好斗。可是，您要知道正是因为她很脆弱所以才好伤人。"

"她应该明白别人也一样脆弱。"他忌恨地说，"有的时候，她冷漠得可怕。"

他样子十分温和，看他那饱满的气色、微翘的鼻子和贪婪的嘴巴，显得十分年轻：这是一副多情而又困惑的面孔，既做着过分温馨的梦，又立有严厉有余的规矩。我终于打定了主意："噢，要了解清楚纳迪娜，必须从她的童年说起。"

我尽可能清楚地把我心里反复思虑了千百遍的事情全对朗贝尔讲了，他一副激动的神态，默默地听着我讲。当我说到迪埃戈的名字时，他憋不住打断了我的话：

"他真的聪明过人?"

"真的。"

"他写的诗好吗?他是有天赋吗?"

"我想是的。"

"他当时年仅十七岁!纳迪娜就钦佩他?"

"她从不钦佩别人。不，把她与迪埃戈联结在一起的，主要是他毫无保留地属于她。”

“我也一样爱她。”他悲切地说。

“她对此并没有把握。”我说，“她总是害怕您会拿她与另一个女人相比。”

“我爱纳迪娜要比我爱罗莎爱得深多了。”他喃喃地说。

他的这番表白使我感到吃惊。不管怎么说，我对纳迪娜的那些意见是肯定的。

“您对她这样说过吗?”

“这可不是可以启齿的事情。”

“这可是她需要听到的事情。”

他耸耸肩膀：“她看得清清楚楚，一年多来我只是为她而活着。”

“她认定这只不过是一种友情而已，那您怎么解释？她是作为一个女人而对她自己表示怀疑，她需要被别人当作女人去爱。”

朗贝尔吞吞吐吐：“可在这一方面，她也是很难办的。我也许不该跟您说这些，可我实在不明白，实在摸不着头脑。要是哪个晚上我们不干那种事情，她就会觉得受到了侮辱。但是几乎任何爱的表示都会引起她的反感。不用说，她总是冷冰冰的，而且责怪我……”

我想起了纳迪娜那些气呼呼的知心话。

“您肯定每天晚上都是她非要……”

“绝对肯定。”他神情忧郁地说。

对他俩矛盾的说法我并不感到过分惊讶。类似的情况着实遇到不少，这说明两位情人彼此都不满意。

“无论是接受还是拒绝她的女人地位，纳迪娜总是感到受到了伤害。”我说，“正因为如此，你们的关系才变得这么难处。若您再耐心一些，事情会有所好转。”

“噢！耐心！我有的是耐心。只要我确信她并不讨厌我！”

“什么念头！她疯一般地爱着您。”

“我之所以常以为她鄙视我，是因为正如她所说的那样，我只不过是一个可怜的知识分子，一个甚至都没有创造才能的知识分子。”他苦涩地添了一句，“一个下不了决心，不敢自己振翼腾飞的知识分子。”

“纳迪娜这辈子只会对知识分子感兴趣。”我说，“她特别喜爱辩论，喜爱表明看法：她非得把自己的生命转化为词语才罢。不，相信我吧，她真的只是责怪您爱她还爱得不够。”

“我一定要让她明白。”他神色一亮，“只要我感觉到她对我还有一点爱，其他一切我都无所谓。”

“她十分爱您，要是我没有把握，决不会对您说的。”

他又拿起了书，我也继续干我的活。天空愈来愈暗，当我在下午上楼到我房间准备给刘易斯写信时，已经天昏地暗。刘易斯学着和我交谈，这对他来说比我要更容易些。他向我描绘的那些人、那些事对我来说确实存在过。透过那黄色的信笺，我又看到了那台打字机，那条墨西哥毯，那扇朝树丛敞开的窗户和在到处都是裂缝的马路上行驶的豪华轿车。但是，这个村落、我的活计、纳迪娜和朗贝尔，这对他来说都微不足道。那罗贝尔，是对他讲好还是不讲好呢？刘易斯在他字里行间对我诉说的都是些很容易启齿的词语：“我等着您，来吧，我属于您。”我十分遥远，一时不能去，我属于另一个生命，这些话怎能启齿呢？即使我想让他明白“我爱您”，又怎么对他表白呢？他呼唤着我，可我无法呼唤他；一旦我拒绝和他在一起，我就没有任何东西可以赋予他。我又重读了自己写的信，心里感到惭愧：这信是多么空洞，而我的心又是那般沉重！多么微不足道的许诺：我一定去。可好不容易去了之后，到时又是别离。我的手一动不动，贴着几天后他的双手就要触摸到的信封：那是两只真正的手，两只我在自己身上真正感受到的手。他是实实在在的人！有时我仿佛觉得他是我心中的一个创造。我轻而易举就可以拥有他：我让他凭窗而坐，照亮他的脸庞，唤起他的微笑，而他一点也不反对。这个令我惊讶、令我狂喜的男人，我还能有血有肉地得到他吗？我把信丢在桌上，凭倚着窗台。黄昏渐近，暴风雨已经来临，只见几路骑兵手执长枪在天昏地暗中飞奔，狂风在树间呼号。我下楼来到起居室，点起了熊熊的柴火，打电话给朗贝尔，请他来和我们共进晚餐。只要纳迪娜不在场煽动争执，罗贝尔和他都心照不宣，一致避免涉及棘手的话题。吃罢晚饭，罗贝尔又回到他的工作间，朗贝尔帮着我收拾餐具。正在这时，纳迪娜闯了进来，头发被雨浇得水淋淋的。朗贝尔朝她微微一笑：

“你就像个水精。你想吃点什么?”

“不，我已经与樊尚和塞泽纳克一块儿吃过了。”她说，随手抓起餐桌上的一块餐巾，擦了擦头发。“大家谈了苏联劳改营的事。樊尚与我观点一致。他说那确实卑鄙，可要发起一场反对运动，那资产阶级准高兴得不得了。”

“这种说法太过分了!”朗贝尔说，他神色恼怒地耸耸肩，“他准要想法子说服佩隆不要揭露!”

“显而易见。”纳迪娜说。

“我十分希望他真的白费时间。”朗贝尔说，“我已经把话向佩隆挑明，如果他要把这件事捂起来，我就离开《希望报》。”

“这可是一个有分量的手段!”纳迪娜揶揄道。

“噢!别拿出你那副高人一筹的样子!”朗贝尔声音快活地说，“实际上，你把我想得不像你想让我觉得的那样坏。”

“可也不像你认为的那样好。”她并无敌意地说。

“你可不客气哟!”朗贝尔说。

“那你，让我孤单一人去巴黎就客气了?”

“你好像并不想让我去!”朗贝尔说。

“我没有说我想，我是说你完全可以向我提出来。”

我朝门口走去，离开了屋子。只听得朗贝尔在说：

“算了，我们别吵了!”

“我没有吵!”纳迪娜说。

我猜想他们这一整晚都吵个不停。

第二天清晨，我早早地就下楼来到了花园。一场夜雨之后，天显得格外蓝，可大地却伤痕累累。公路坑坑洼洼，草坪布满败枝。我刚把纸张放在潮湿的桌子上，耳边便传来了摩托车的轰隆声。纳迪娜在坑坑洼洼的公路上飞驰，头发迎着风，裙子被吹起来露出了大腿。朗贝尔走出小屋，边喊边朝栅栏跑去：“纳迪娜!”接着一副失常的神态朝我走来。

“她不会开！”他声音惊恐地说，“再说下了这场暴风雨，公路上横七竖八都是折断的树枝和吹倒的树木。她准要出车祸！”

“纳迪娜自己会小心的。”我说道，以便让他放下心来。可是，我自己也焦灼不安。她会爱惜自己的生命，可并不灵活。

“她趁我睡着时拿了防盗锁的钥匙。她那么固执！”朗贝尔责备地看了我一眼，“您对我说她爱我，可她爱的方式也真怪！昨天晚上，我一心只想和好，您瞧见了吧。这无济于事！”

“啊！要和好哪有这么容易。”我说，“耐心一点吧。”

“跟她可要有很大的耐心！”

他走开了，我伤心地想：“多糟糕啊！”

纳迪娜双手紧紧地抓着车把，在公路上奔驰，独自向风儿哀诉：“朗贝尔不爱我。除了已经死去的迪埃戈，谁也没有真正爱过我。”而此时，朗贝尔内心充满疑虑，正在房间里来回踱步。做一个男人真难，尤其在眼下这个时代，“男人”这个词负载着过分沉重的含义：有多少兄弟被杀害、遭折磨，又有多少兄弟得荣耀、显盛名，他们一个个竞相给这位二十五岁的小伙子树立榜样，然而他还幻想得到母亲的抚爱和父亲的保护。我想起了那些部落，在那里，小男孩刚满五岁，人们便教他们用毒箭去扎活的动物；在我们这里也是如此，要获得男子汉的尊严，一个男人必须会杀人，会让别人痛苦，会自己受苦。对姑娘们是禁令重重，而对小伙子们则百般苛求，这两种苛刻的手段同样都有害无益。若他们真的想相互帮助，纳迪娜和朗贝尔也许最终可以接受他们各自的年龄、性别和在地球上的真正位置。他们是否决心相互帮助呢？

朗贝尔和我们一起吃了午饭，他是又担心又气愤。

“这已经超过了开玩笑的界限！”他气呼呼地说，“谁也不该这样去吓人。这是耍坏，是吓唬人。真该狠狠地让她吃两个耳光！”

“她想不到您会这么担心！”我说，“您知道这用不着担心。她说不定正在哪块草地上睡觉或晒太阳呢。”

“除非她没有脑袋开花摔倒在沟里。”他说，“她疯了！她是个疯子。”

他真的显得十分惊恐不安。我理解他。实际上我也不像自己嘴上说的那么放心。“要真出了什么事，早给我们来电话了。”罗贝尔这样对我说。可是也许就在这一分钟突然偏了车，纳迪娜撞到了一棵树上呢？罗贝尔尽量想法子分散我的注意力。可夜幕降临时，他也掩盖不住自己内心的不安，说要给附近的宪兵队打电话。恰在这时，我们终于又听到了一阵轰轰的摩托车声。朗贝尔抢在我前头跑到了公路上。车子全是污泥，纳迪娜也浑身是泥。她笑嘻嘻地下了车，我看见朗贝尔狠狠地扇了她两个耳光。

“妈妈！”纳迪娜向他扑去，也打了他耳光，还一边尖叫着：“妈妈！”他紧紧抓住她的两只手腕。当我跑到他俩面前时，只见他脸色那么苍白，我以为他就要昏倒过去。纳迪娜鼻子在流血，可我知道她是故意让鼻子出血的，这是她在孩提时代和一些野孩子围着卢森堡宫的喷泉打架时学来的一招。

“你们都不害臊！”我边说边站在他们俩中间，像是把两个孩子拉开了似的。

“他打了我！”纳迪娜歇斯底里地叫嚷。

我用胳膊搂着她的肩膀，轻轻揩拭她的鼻子：“安静点！”

“我骑了他的破摩托车，他就打我。我非把它砸碎不可！”

“安静点！”我重复道。

“我非把它砸碎。”

“听着，”我说，“朗贝尔打你耳光，这很不该。可他发这么大火是很自然的。我们大家都担心得要命，都以为你出了车祸。”

“他才不在乎呢！他想的是他的车子，他怕我把它搞坏了。”

“对不起，纳迪娜，”朗贝尔痛苦地说，“我不该。可我吓坏了。你会撞死的。”

“伪君子！你才不在乎呢！我知道。我撞死了，你也无所谓，你不是已经埋葬了一个女人吗！”

“纳迪娜！”他脸气得由白转红，再也不见一丝稚气。

“埋葬，忘却，这不很快吗！”她嚷叫道。

“你好大的胆！你！是你和那帮美国大兵背叛了迪埃戈。”

“住口。”

“你背叛了他。”

愤怒的泪水流淌在纳迪娜的脸颊上：“我也许是背叛了死去的他，可你竟让你父亲告发了活着的罗莎。”

他一时默默无语，接着说道：“我再也不愿见到你，永远。永远不见。”

他跨上摩托车，我找不到一句话去劝阻他。纳迪娜呜咽道：

“你去休息吧。去呀。”

她推开了我，自己扑倒在草地上，叫嚷道：

“一个父亲告发了犹太人的家伙。我跟他睡了觉！他还打我耳光！我活该！活该！”

她叫喊着。没有别的办法，只有任她去叫喊了。

第七章

第七章

波尔到克洛蒂·德·贝尔琼斯家消夏去了，若赛特也在她母亲的陪同下去戛纳晒太阳了。亨利驾着一辆旧的小轿车前往意大利。他多么喜爱这个国度，竟把《希望报》、革命解放联合会和种种问题全抛到了脑后。回到巴黎，他在信件中发现了朗贝尔从德国给他寄来的一份报告和斯克利亚西纳搜集的一捆材料。他认真地研究了一夜，到了第二天清晨，意大利便变得十分遥远了。对从帝国档案中获取的材料尽可以怀疑，据这些材料透露，共有九百八十万犯人。有关一九四一年解放的波兰在押犯人的情况报告，也可以认为靠不住。但是要想一概否认那些在集中营中幸免于难的男男女女的证词，那非得横下一条心堵上耳朵遮住眼睛。再说，除了亨利所了解的法规条文之外，还有这份于一九三五年在莫斯科印发的报告，该报告列举了由奥库埃佩乌劳改营负责完成的巨大工程，此外还有一九四一年的五年计划，该计划将基建工程任务的百分之十四交给了劳动改造营。科雷马金矿、诺里尔斯克煤矿、沃尔库塔煤矿、旧别利斯克铁矿、科米渔场：在这些地方，人们的生活境况到底怎样？到底有多少数量的苦役犯？这一点上下误差很大。但可以肯定的，就是劳改营确实以制度化的形式大规模存在。“必须公布于众，”亨利做出了结论，“不然，我就是同谋犯；不仅是同谋犯，而且还会对我的读者犯下背信罪。”他和衣扑倒在床上，心里在想：“这就热闹了！”他就要和共产党人闹翻，这样一来，《希望报》的位置就不好处了。他叹了口气。每日清晨，当他看见工人们在街角的报亭买《希望报》时，心里是多么高兴，可他们就要不买了。但是，怎么保持沉默呢？他可以辩解自己对情况不甚了解、不便多言：那些劳改营真实性质如何，取决于整个制度，而对此大家都了解甚微！但是，他情况了解不多，也难以保持沉默呀。不能以不了解情况为托词，对这一点他早就已经明白。即使自己有什么疑问，但既然已经承诺将真实情况告诉读者，他也应该将自己所了解的公布于众。要下决心向读者掩盖事实真相，那非得有积极的理由才行，至于他不愿和共产党人闹翻，这不成其为理由，因为这只与他个人有关。

幸好客观情况给他留下了一点喘息的机会。迪布勒伊、朗贝尔和斯克利亚西纳都不在巴黎，萨玛泽尔只是含含糊糊地提及此事。亨利尽量不去想它，再说他还有许多事情需要考虑，这些事情虽然微不足道，却都迫在眉睫。他那部戏排练情况十分糟糕，萨莱夫可真是个没有分寸的斯拉夫人，他虽然反复无常惯了，但一闹起来还是那么可怕，若赛特不得不含泪忍受着这一切；维尔依已经开始担心引起大的争议，建议进行删改，但实在不能接受；他把服装制作交给了阿玛丽莉服装店，而吕西·贝洛姆对戏中若赛特不是从一家时装沙龙，而是从一座着火的教堂里跑出来硬是不理解。亨利不得不在剧院里花费很多时间。

"我怎么也得给波尔去个电话。"一天早晨亨利突然这样想。她只给他寄来过很少几张看不懂是什么玩意儿的明信片。她回到巴黎已经几天了，可没有给他任何消息，不过，她显然在焦灼不安地等待他的电话，她如此谨小慎微仅仅是一种手段而已，若过分滥用，那就太狠心了。亨利还是给她打了电话，她与他约定了见面时间，说话的口气是那么平静，以至亨利上楼时心中萌发出一线希望：也许她真的已经与他疏远了。波尔微笑着给他开了门，他不禁惊恐不安地思忖："她到底是怎么了?"她高挽着头发，露出丰腴的颈背，眉毛也拔了，身上紧紧裹着一件套头衫，几乎显得俗里俗气。她继续微笑着问道：

"你为什么这样看着我?"

他也勉强一笑："看你打扮的这副古怪样子……"

"我让你吃惊了?"她从提包拿出一只长长的烟嘴，叼在嘴里，"我希望让你大吃一惊。"她说道，两只眼睛闪烁着快活的光芒，直盯着他，"首先我给你宣布一个重要的消息：我在写作。"

“你在写作?”他说,“你在写什么?”

“你总有一天会知道的。”她说。

她一副神秘的样子叼着烟嘴,他向窗口走去。过去,波尔常对他要弄悲剧的场面,可眼下这类闹剧对她实在不合适。若不是担心事情会搞复杂的话,他准会夺过她的这只烟嘴,毁了她这身打扮,痛骂她一顿。他朝她转过身子:

“假期愉快吗?”

“十分愉快。你呢?情况如何?”她带着某种宽容的口吻问道。

“噢,我呀,每天都在剧院,眼下还没有起色。萨莱夫是个优秀导演,可他动不动就发火。”

“那位姑娘演得合适吗?”波尔问。

“我坚信她一定十分出色。”

波尔抽了一口烟,呛了一下,轻轻咳了起来:“你和她之间的事还在继续?”

“是的。”

她带着几分关切的模样打量着他:

“真奇怪。”

“为什么?”他问道,犹豫了一下,最后坚定地说道:“这不是什么心血来潮,我爱着她。”

波尔莞尔一笑:“你真这么觉得?”

“我肯定。我爱若赛特。”他语气坚定地说。

“你为什么用这副口气跟我说?”她神态惊诧地问。

“什么口气?”

“古怪的口气。”

他不耐烦地一挥手:“还是谈谈你度假的情况吧,你很少给我写信。”

“我太忙了。”

“那是个漂亮的地方吧?”

“我热爱它。”波尔答道。

不断地向她提问,而她却只简短地回答几个字,话中充满神秘的弦外之音，这可真折腾人。亨利感到精疲力竭，只呆了十分钟便走了。她根本没有挽留的表示，也没有要求下次再见面。

在彩排前的一个星期，朗贝尔从德国回来了。自他父亲去世后，他与以前判若两人，总是闷闷不乐，沉默寡言。没想到他一见面便滔滔不绝地讲起他这次调查的情况及搜集的证词，末了一副猜疑的神态看着亨利：

“你是不是被说服了？”

“在主要方面，是的。”

“这就行了！”朗贝尔说，“迪布勒伊呢？他持何看法？”

“我没有见到他。他总呆在圣马丁不出门，我没有空儿去。”

“可付诸行动已经刻不容缓。”朗贝尔说，接着一皱眉头，“但愿他有足够的诚意，承认这一次事实已经得到查证。”

“肯定。”亨利说。

朗贝尔又怀疑地打量着亨利：

“就个人而言，你始终决定公开事实真相吗？”

“就个人而言，是的。”

“要是那个老家伙反对呢？”

“那就看委员会的意见。”

朗贝尔脸上遂布满阴云。亨利补充道：

“听我说，再给我一星期时间。眼下，我忙得晕头转向，等彩排后马上就找他去说，这个问题一定要彻底了结。”他声音和蔼地继续说，“我这就去剧院，你乐意陪我去一趟吗？”

“你那部剧我读过了，我不喜欢。”朗贝尔说。

“这是你的权利。”亨利乐呵呵地说，“可观看一次排练也许能让你开开心。”

“我有工作，我得把记录整理出来。”朗贝尔说。出现了一阵尴尬的沉默。朗贝尔似乎打定了主意：“我八月间见了伏朗热。”他以平淡的口吻说道，“他正在筹办一份大型文学周刊，建议我出任主编。”

“我听人说过这个计划。”亨利说，“《美妙的时光》，是这刊名吧？我猜想他没有胆量公开登场。”

“你是想说他有心利用我？确实，他希望我们俩共同负责，但并不会因为这一点，他给的这个位置就没有意思。”

“不管怎么说，你不能同时在《希望报》和一家右派刊物做事。”亨利冷冷地说。

“那是一份纯文学周刊。”

“说是这么说。可那些自我标榜不过问政治的家伙，都是些反动家伙，必定无疑。”亨利耸了耸肩膀，“说到底，你怎能指望调和我们的思想和伏朗热的思想呀？”

“我并不觉得距离他那么远，我常对你说我赞同他鄙视政治的态度。”

“你不明白在伏朗热那里，这种鄙视实际上就是一种政治态度：这是他目前唯一可以采取的态度。”

亨利打住话头，朗贝尔显出一副固执的神态。伏朗热无疑很善于吹捧他，再说，也是他给朗贝尔提供了混淆善恶的可能性，使他得以坚信他父亲无罪，自己道路坎坷也许是命中注定。“我必须设法经常跟他见面，跟他好好谈谈。”亨利暗自在想。可是他眼下无暇顾及。“这些事以后再谈吧。”他紧握着朗贝尔的手说道。

提到他那部剧时，朗贝尔是多么冷淡，这使亨利有点儿伤心。无疑是因为他父亲的缘故，朗贝尔才对别人勾起往事感到不快，可为何表现出这般敌意？“遗憾！”亨利暗暗在想。他多么希望圈外人能看一次最后阶段的排练，跟他谈谈有何想法。确实，亨利再也判断不清情况到底如何。萨莱夫和若赛特总是闹得哭哭啼啼，吕茜·贝洛姆拼命拒绝撕破若赛特的裙子，维尔依顽固坚持彩排后要举行一次夜宵招待会。无论亨利怎么反对，怎么坐立不安，谁也不听他一句话，他仿佛感到自己正在经历一次灾难。“不管怎么说，一部戏成功还是失败，并不那么严重。”他尽量这么安慰自己。问题是他自己失败了不要紧，可若赛特需要成功。他决定给刚刚回到巴黎城的迪布勒伊夫妇打电话。他们明天能来剧院吧？他们自始至终一直关心着这部戏。他迫不及待地要知道他们的看法。

“一言为定。”安娜说，“我们一定会很感兴趣。再说，这也可以迫使罗贝尔休息休息：他像个疯子似的在做事。”

亨利不免有几分担心，害怕迪布勒伊马上把劳改营的事情再提到桌面上来，可他也许并不急于做出决定：此事他一直闭口不谈。排练开始了，亨利感到十分恐惧。当他无意中发觉某个读者在阅读他的小说，心里就已经局促不安；如今却坐在迪布勒伊的身边，看着他们听他的剧本，这可真有几分害臊。安娜似乎心情激动，迪布勒伊也显得兴趣十足。可是他对什么不感兴趣呢？亨利不敢去问。最后一句台词在冰一般的沉寂中结束了，迪布勒伊这才朝亨利转过身子。

“您可以满意了！”他热烈地说，“这出戏在台上的效果比阅读时还要好得多。我当时看完就跟您说过：这是您最成功的作品。”

“噢！那当然！”安娜冲动地说。

他们继续对他倍加赞扬，他们的溢美之词都是亨利渴望听到的，他听了心里确实舒畅，可也使他感到有点儿害怕。整整三个星期里，他尽了自己最大的努力以使这部剧获得成功，至于它的价值如何，他没有心思去考虑。他力戒自己存有希望，产生恐惧。如今，他感到自己的这片戒心融化了。这是他最成功的作品：写得是好吗？观众会觉得好吗？最后彩排的那天晚上，他紧张得心脏跳动过速，躲在舞台布景的撑架后，偷偷地窥望着无形的剧院大厅里响起巨大的、嘈杂不清的喝彩声。虚荣、幻想：多少年来他一直戒备这种畸形心理，可是他没有忘却年轻时的梦想：荣耀。他坚信自己定能得到它，曾暗暗发誓有朝一日一定要紧紧地拥抱它，就像拥抱自己的恋人。然而，它难以捕捉，它没有面容。“可它至少是一种声音，”他暗自在想。这种声音，他这一生中已经听到过一次：他登上主席台，下台时怀里抱着一大摞书，只听得他的名字在如雷的掌声中回响。也许他又要获得这儿时的殊荣。谁都不可能谦逊整整一辈子，谁也不可能总是盛气凌人，对什么都表现出不屑一顾。人之所以把最美好的时光用来设法与别人交流，那是希望自己真正能够在别人眼里有点分量，而且有时也很渴望了解能否真的如愿以偿。人都需要欢乐的时刻，在这样的时刻，现在可捕捉住整个过去，并可战胜未来……亨利的静思突然中断，响起“笃笃笃”三声。幕布启开了，出现了一个黑暗的深潭，人们默默无声地坐着，目光一动不动。启幕前半小时那如在动物园的喧闹声和眼下悄然无声的场面似乎没有多少联系，不禁要想这些人到底是从何处冒出来的，他们仿佛不完全是真正的人。唯一实实在在的，是这座在大火中化为废墟的村庄，是太阳，是呼喊声，是德国人的吼叫声以及恐惧。有人在大厅里咳嗽了一声，亨利这才意识到迪布勒伊夫妇、波尔、吕茜·贝洛姆、朗贝尔、伏朗热夫妇以及许许多多他认识和不认识的人都是真实存在的。他们在这儿到底在干什么？他回想起那个被太阳、葡萄和流血的往事红透了的下午，他曾想把它从八月的时光、从流逝的时间中争夺过来，让它在梦幻中延续，从中生发出一个故事以及种种思想，最终又铸成话语。他希望这话语、思想获得生命：难道这悄然无声的观众在此是为了赋予它们以生命？响起了机枪扫射声，若赛特身着那件印有阿玛丽莉字样的漂亮得过分的裙子，穿过空荡荡的广场，瘫倒在前台，与此同时，后台发出嘶哑的叫喊和口令声。大厅里也响起了喊叫声，最高层的黄色楼座上，一位戴着头饰的妇女咣当一声离开座椅："这恐惧的场面，受够了！"在一片嘘声和掌声中，若赛特朝亨利投去惊恐的一瞥，亨利神态安然地朝她微微一笑，她马上又开口说了起来。亨利脸上挂着微笑，可心里恨不得奔上前台，给她提示新的台词，提示令人信服、震撼人心的台词；他只需一伸手，就可以触及她的胳膊，可舞台那成排的脚灯的灯光不容他闯入这个天地，只得任凭那悲剧的时刻无情地继续发展。这时，亨利才明白他们为何被召集在此：是为了做判决。这绝不是什么殊荣，而是一场审判。他这才体会到当初在自己房间那宽容的沉寂中满怀希望斟酌的句子，今夜里，它们无不带着罪恶的意味。有罪，有罪，有罪。他感觉到自己就像站在被告席上的被告那般孤单，正在默默地倾听律师的辩护。他承认有罪，但同时又在为他的要求辩护，他仅仅要求陪审团宽大处置。又有人在怒吼："可耻。"他再也说不出一个字来为自己辩护。当幕布在夹杂着偶尔几声嘘声的掌声中落下时，他发现自己两只手湿乎乎的。他离开舞台，躲进了维尔侬的办公室。数分钟后，门开了。

"有人告诉我，你什么人物也不愿见。"波尔说，"可我想我不是什么人物。"她话中带着几分故意装出来的放肆。只见她身着一条黑色的裙子，这朴素而又优雅的装束使她再一次显得与众不同。"你应该感到庆幸！"她补充道，“这是一次成功的轰动。”

“对，我也有同感。”他说。

“你知道，那个高声抗议的女人是个瑞士人，整个战争期间，她都是在日内瓦过的。正门前座的观众席上还发生了一阵精彩的骚乱：于盖特·伏朗热假装昏了过去。”

亨利微微一笑：“于盖特昏过去了？”

“昏得极为雅致。可还得看看他那副模样，可怜的路易！他嗅出了成功的气味，脸色苍白无血。”

“有趣的成功。”亨利说，“你到时候看吧，到了第二幕，所有那些刚刚鼓掌的人马上就会嘘嘘地喝倒彩。”

“那才精彩呢！”波尔傲慢地说，接着补充了一句：“迪布勒伊夫妇非常高兴。”

当然，所有朋友都会为这欢快的轰动场面感到高兴。对知识分子来说，只要轰动是别人挑起来的，那再轰动也无关紧要。唯有亨利自己感到被他刚刚激起的愤怒和仇恨所触动。一些男子在教堂里活活被烧死了，若赛特又背叛了她心爱的丈夫：观众的激愤与仇恨使这些虚构的罪恶真的存在了，而他就是罪魁祸首。他再次在昏暗中凭倚着舞台布景的撑架，细细打量着判官们，心中不禁恐惧地暗忖：“瞧瞧我干了些什么！这就是我干的！”一年过去了，八月的骄阳仍然沉重地压迫着那座早成废墟的村庄，但坟茔上面已竖起了一个个十字架，后人纷纷发表演讲，以示纪念，空中响彻军乐团演奏的法国国歌，身披黑纱的寡妇们抱着鲜花在游行。黑夜中重又爆发出阵阵充满敌意的嘈杂声。

“我讽刺的是尸体贩子，可人们却要谴责我嘲弄死难者。”他暗自思忖。此时，他双手干干的，可喉咙里感到一股硫磺味。“我会这样脆弱吗？”他厌恶地自问道。其他人，当人们在后台跟他们握手致意时，那些人总是一副漫不经心的洒脱模样：他们莫非深谙这些无谓的折磨？人与人怎么能比较呢？不管怎么说，他们总是乐于自我表白，毫不犹豫地向众人公开自己形形色色的恶癖，甚至各自阴茎的确切尺寸。但是，不管作家们多么傲慢或多么卑微，没有一个会把自己的勃勃雄心和种种失意展露无遗。“我们的真诚也许和孩童们的一样令人愤慨。”亨利心里想，“我们像孩子们那样撒谎，可我们每一个人心里也像孩子们那样害怕成为魔鬼。”幕布又一次落下，亨利显出漫不经心的洒脱模样，向好奇的观众们伸过手去。好一个仪式行列：可这是一次婚礼还是一次葬礼？

“这是一次巨大的成功！”当他步入满堂香气扑鼻的宾客中和充斥着叽叽喳喳的大餐厅时，吕茜·贝洛姆赞叹着向他扑来，把那只戴着手套的手搭在亨利的胳膊上，她摇晃着脑袋上那只忧伤的黑色巨鸟，“得承认若赛特穿着那件红裙登台时气度确实不凡。”

“明天晚上，我要把那件红裙子在灰尘中拖一拖，然后再好好剪几刀。”

“您没有权利，那件红裙子印有阿玛丽莉字样。”吕茜冷冷地说，“再说，大家都觉得这件裙子很漂亮。”

“他们是觉得若赛特漂亮！”亨利说道。他朝若赛特微微一笑，若赛特满脸忧伤地也对他一笑，一束镁光照得他俩眼睛发花。他一抬手，可吕茜用手紧紧地抓着他的胳膊：

“您客气点儿，若赛特需要做广告。”

又亮起一束镁光，紧接着又是一闪。波尔细细观望着这个场面，那神色俨然一位遭受凌辱的贞女。“好一个制造麻烦的女人！”他气恼地想。他不知道自己这场诉讼是赢还是输。颁奖时那份庄重又笃定的荣耀，只有童心才能领受，可他突然渴望快乐。他刚刚实现了某种东西，这是他十五年前在细细辨读巴黎海报柱上那些闪闪发光的广告启事时，隐隐约约所梦想的东西之一。他的第一部剧本终于演出了，而且不少人觉得很好。他远远地朝迪布勒伊夫妇一笑，向他们走去，可没走几步，路易中途拦住了他，只见路易手里拿着一杯马提尼酒，目光带有几分混乱。

“嗬！这就是人们所说的巴黎式的巨大成功！”

“于盖特怎么样？”亨利问，“据说她身体不适，是真的吗？”

“啊，是因为你把观众的神经置于严峻的考验之中！”路易说，“要知道，我不是那种动辄气愤的人，为何就要先验地拒绝使用大吉尼奥尔的情节剧手法，哪怕对那些诽谤你的人？可于盖特神经过敏，她受不了，看了

第一幕她就走了。”

“我感到遗憾！”亨利说，“你不该觉得非留下不可。”

“我是要来对你表示祝贺。”路易朗声笑道，“不管怎么说，我是你最老的朋友。”他环视了一下四周，“这儿肯定只有我认识蒂勒的那位刻苦学习的小中学生。如果说有人应该获得成功的话，那一定就是你。”

亨利欲言又止。不，他对路易不能以虚伪还其虚伪，只要想一想这只眼红的脑袋里此刻正在算计着什么，就足以让人不快了，必须避免挑起新的不安。他突然说道：

“谢谢你来，请转达我对于盖特的歉意。”他微微一笑，边说边离他而去。

真的，这天晚上，少年和儿童时代的记忆不断掠过他的脑海，唯有路易可与他共同回忆这些往事：亨利蓦然对此感到厌恶。他对自己的过去已经不抱任何希望。他常常觉得那一个个已经消逝的日子永远供他支配，犹如一部刚刚合上的书本一样完好无损，随时都可以重新打开。他暗自发誓，在对自己的一生做出回顾之前决不让自己的生命结束，但是出于这种或那种原因，这种种尝试总是流于失败。不管怎么说，要想方设法让自己集中注意力，眼下可不是一个好时机，他要握的手太多，在那些模棱两可的溢美之词的冲击下，他双脚难以站稳。

“嘀，成功了！”迪布勒伊说，“一半人气愤，一半人高兴，可他们都说保证可连演三百场。”

“若赛特表演出色，对吧？”亨利问。

“十分出色，她是多么漂亮。”安娜有点急促地说，接着忌恨地补充道：“可她母亲，是个多么卑鄙的泼妇！我刚才亲耳听见她在和维尔依说风凉话……她还不知廉耻。”

“她说些什么？”

“以后再告诉您。”安娜说，接着朝四周瞥了一眼，“她的朋友可真可怕！”

“这些不是她的朋友，也不是任何人的朋友。”迪布勒伊说，“这是整个巴黎的头面人物：再也没有比这些人更可憎的了。”他抱歉地一笑，“我走了。”

“我再呆一会儿，看看波尔。”安娜说。

迪布勒伊握了握亨利的手，“您明后天到我家走走吧?”

“好，我们必须做出决定。”亨利说，“这已经刻不容缓。”

“来时打电话吧。”迪布勒伊说。

他匆匆向门口走去，为离开这儿感到高兴，而且还毫不掩饰。显而易见，安娜留下来只是出于礼貌，她心里肯定也不舒服：吕茜到底说了些什么?“原来是由于这个原因拉舒姆和樊尚才没有来吃夜宵。”亨利思忖。“他们全部谴责我与这些人同流合污。”他偷偷瞟了波尔一眼，她神情凝固，犹如一尊非难的雕像。他一边向维尔侬介绍的那些男女宾客致意，一边暗暗自问：“真是我错了吗?还是事情发生了变化?”过去曾有过一段时光，敌友泾渭分明，对朋友不惜牺牲自己的生命，对敌人有不共戴天之仇。可如今，友情之中渗入了种种保留和忌恨，仇恨也慢慢地淡化，谁也不再时刻准备献出自己的生命或去杀人。

“这是一部很有意义的剧。”勒诺瓦声音夸张地说，“一部很复杂的剧。”他犹豫了一下，“我只是对您没有再等等便演出了这部剧表示遗憾。”

“等什么?等公民投票?”朱利安问。

“正是。眼下可不是暴露左派政党可能带有的缺陷的时候……”

“管它呢！幸好佩隆终于拿定了主意去冲击一下陈规陋习。因循守旧，哪怕这给染成红色，他也受不了。”朱利安冷冷一笑，“你准会被那帮共党分子折腾得大伤元气，再也没有欲望跟他们一唱一和。”

“我不认为佩隆会把别人的怨恨放在心上。”勒诺瓦不安而冲动地说，“天知道我个人是否也受到了共产党的非礼对待，可我决不会因此而气馁。他们尽可以侮辱我，诽谤我，可他们无论如何也不可能让我陷入反共的泥潭。”

“换言之，他们踢我这半屁股一脚，我就把另一半撅过去。”朱利安哈哈大笑道。

勒诺瓦面红耳赤：“无政府主义也是一种因循守旧。”他说，“你迟早会去给《费加罗报》写文章。”

他不失尊严地离开了。朱利安用手搭着亨利的肩膀："你知道，你的剧不错，可你要是写成一部滑稽喜剧，那就更有意思了。"他茫然地一挥手，打量着周围的人们，"年底要是出一期介绍这些上流人物的杂志，那肯定很畅销。"

"那就好好写写吧！"亨利气恼地说。他朝若赛特微微一笑，若赛特正在一圈崇拜者当中炫耀着她那两只金色的臂膀。他向她走去，恰在这时，他与玛丽-昂热那惊恐的目光相遇了，只见她被路易逼得靠在酒菜台子边。路易一边呷着马提尼酒，一边冲着她的两只眼睛说话。男人们一般都承认路易富有精神魅力，可他从来就不善取悦女人。他奉献给玛丽-昂热的微笑带着某种吝啬和焦躁，仿佛刚一露出笑容，就迫不及待要收敛起来。他那副样子好像在说："我想要您，您赶快让步吧，因为我没有空暇时间。"离他俩几步远的地方，朗贝尔满脸忧郁地在独自苦思冥想。亨利在他身边停住了脚步：

"好一个闹市！"亨利对他微笑着说道。他企图从朗贝尔的目光中寻找默契，可是未能如愿以偿。

"对，多么滑稽的闹市！"朗贝尔说，"来这儿的人之中有一半恨不得杀掉另一半，这是不可避免的，既然你做出了两面不得罪的选择。"

"你把这就叫做两面都不得罪？我可把所有的人都得罪了。"

"所有的人，得了吧。"朗贝尔说，"这会相互抵消的。这类轰动，只不过是做做广告而已。"

"我知道这部剧你不喜欢，可也没有理由让你心里不高兴呀。"亨利以和解的口吻说道。

"啊！因为事情严重！"朗贝尔说。

"什么事情？即使认为这部剧失败了，也没有那么严重。"

"严重的是你竟然掉价到去追求这种成功！"朗贝尔克制住自己的声音说道，"你选择的主题，你使用的手法，无不是为刺激观众最低下的本能。人们有权利期待从你这儿得到别的东西。"

"你们这就让我觉得可笑了！"亨利说，"你们大家都期望从我身上得到什么东西：期望我加入共产党，期望我反对共产党，期望我放弃政治，也期望我一心一意去搞政治。可你们大家全都失望了，全都带着谴责使劲摇头。”

“你是不是希望大家都力戒对你做出评价？”

“我只是希望大家根据我的行动对我做出评价，而不是凭空做出评价。”亨利说，“奇怪的是：开始时，人总是受到善意的欢迎，读者们会感谢你给他们带来积极的东西；可后来，你负下的只是债，没有一分信誉。”

“别担心，这次评论肯定很棒。”朗贝尔以不甚友好的口吻说道。

亨利一耸肩膀。他来到路易身边，路易正在声音激昂地对着玛丽-昂热和安娜大发议论。他像是完全醉了，他这人受不了烈性酒，这是对他节制饮酒的惩罚。

“瞧瞧这东西。”他指着玛丽-昂热嚷叫道，“跟谁都睡觉，抹着脸蛋，露着大腿，把乳房填得高高的，硬是去接触男人、去刺激他们，可突然间，又开始装起圣母来了……”

“我总有权利跟我喜欢的男人睡觉吧。”玛丽-昂热哀怨地说。

“权利？什么权利？谁给了她这种权利？”路易吼叫道，“毫无思想，毫无感觉，连心脏都几乎不跳一下，还要求什么权利！这就是民主！真稀奇……”

“惹大家讨厌的权利，您可是从哪儿得到的？”安娜问道，“瞧瞧这个家伙，他在谩骂一个女人，就自以为成了尼采！”

“一个女人，就该拜倒在她面前了？”路易嚷叫道，“您是在说一个女神吧！她们都自以为是神仙，可她们免不了跟大家一样要拉屎撒尿。”

“你喝得太多了，出言粗俗，还是去睡觉为好。”亨利说。

“那当然，你总为她们辩护！女人嘛，是你人道主义的一部分。”路易声音笨拙地说，“你跟那另一个人一样，跟她们睡觉，让她们趴下腰来，骑到她们身上去，还说尊重她们。真可笑。这些太太们很乐意叉开她们的大腿，可她们还想要受到尊重，是这么回事吧，嗯？请尊重尊重我，我就叉开大腿。”

“当一个粗俗的小人，这就是你神秘主义的一部分？”亨利道，“要是你不马上闭嘴，我就撵你走……”

“你是欺负我喝了酒。”路易神色阴郁地说着走开了。

“他经常这副样子?”玛丽-昂热问道。

“始终如此，只是他很少剥去面具。”安娜说，“今天晚上，他是嫉妒疯了。”

“您想喝一杯静静心吗?”亨利问道。

“我很想。可我不敢喝。”

亨利给玛丽-昂热递去一杯酒，一眼瞥见了若赛特，她正站在波尔面前，听她滔滔不绝地说着话：她那两只眸子分明在求救。他上前站在了两个女人中间。

“你们看上去神情十分严肃，到底在说些什么呀?”

“这是女人之间的谈话。”波尔神色有些紧张地说。

“她对我说她并不恨我，我可从来就没有想过您会恨我。”若赛特悲叹道。

“算了吧，波尔！别那么悲怆动人了。”亨利说。

“我可不是悲怆动人，我只是要说说清楚。”波尔傲慢地说，“我讨厌模棱两可、含含糊糊。”

“没有什么模棱两可的。”

“那就好。”说罢，她迈着懒洋洋的步子朝门口走去。

“她让我害怕。”若赛特说，“我直朝你看，想让你来救救我，可你却忙着向那位黑发棕皮肤的矮个子女郎献殷勤……”

“我向玛丽-昂热献殷勤？我？可我亲爱的，你瞧瞧她，再瞧瞧我吧。”

“男人的口味可怪了。”若赛特的声音在颤抖，“那个老胖女人跟我说你永远属于她，可你又在和那个大腿畸形的姑娘调情!”

“若赛特，我的小农牧神！你完全知道我只爱你。”

“我知道什么?”她说，“谁知道呀？有了我之后，还会有别的女人，她也许就在这里。”她环视了一下四周说道。

“我似乎觉得该抱怨的也许是我。”他快活地说，“今天晚上，人们向你可是大献殷勤。”

她身子一抖：“你以为我喜欢这些东西?”

“别伤心，你演得很出色，我向你发誓。”

“作为一位漂亮姑娘来说，我确实不算太差。可有的时候我真想当丑姑娘。”她忧伤地说。

他莞尔一笑：“但愿上天没有听到。”

“噢！别害怕，上天什么也听不到。”

“我向你发誓，你让他们全都大吃一惊。”他指了指在场的宾客说道。

“才不会呢！他们对什么都不会吃惊，他们太坏了。”

“走，回去，你得休息休息。”他说道。

“你已经想回去了？”

“你不想？”

“噢！我呀，想，我疲惫极了。请等我五分钟。”

亨利目不转睛地看着她向四座告辞，心里在想：“确实如此，他们对什么都不会吃惊，谁也无法让他们激动或气愤，在他们脑中发生的一切并不比他们嘴里说的更有分量。”只要他们置身于遥远的远景或者剧院大厅的昏暗之中，他们便显得不可捉摸；可只要面对面一看到他们，马上就明白对他们不该有什么指望，也用不着害怕他们什么。对，最令人失望的莫过于此：并非因为判决本身让人难以捉摸，而是因为判决是由这些人做出的。最终，这天夜里所发生的一切再也无足轻重，他年轻时的梦想再也毫无意义。亨利尽量对自己说：“这并不是真正的观众。”话虽这么说，可大厅里总有几个值得跟他们谈谈的男女吧，但是这些男女将永远被孤立。心中掌握着你的真情的、亲如手足的观众，他将永远无法遇到，因为这样的观众并不存在，至少在这个上流社会并不存在。

“别伤心。”亨利边说边上车坐在若赛特身边。

她没有答腔，头倚在座椅的靠背上，闭着眼睛，一副精疲力竭的样子。观众对她的欢迎难道真的有所保留？不管怎么说，她是这么认为的。而他是多么希望她感到获得了巨大成功，哪怕只有短暂的一个夜晚！他们默默地在小街上行驶，超过了一个大步行走的女人。亨利认出是安娜，放慢了车速：

“您上车吗？我送您。”

“谢谢。我想走走。”她说。

她向他做了一个友好的表示，他一踩加速器：他看见了她眼中的泪水。“因为什么呢？无疑不因为任何东西，也因为所有一切。”他暗暗思忖。他也因为这个夜晚、因为别人、因为自己而疲惫不堪。“这并不是我所希冀的！”他突然忧伤地想，不知道自己到底是想到了安娜的泪水、朗贝尔阴郁的神情、若赛特的失望，还是想到了朋友、敌人、未到场的人们，或是想到了这个晚上、这两个年头，抑或想到了他整个的一生。

“一场混乱的争夺！”亨利思忖道。如果把一部小说扔给评论家们，他们会一个接一个去啃去咬；可一部剧，你脸上一下子就会挨一把沾满鲜花和唾沫的污泥。维尔侬十分欣喜：哪怕是贬责的文章，也可为此剧的成功服务。但是，亨利看着摊在办公桌上的剪报，心里感到厌恶，而这种厌恶很像是一种耻辱的感觉。他回想起了若赛特经常挂在嘴边的那句话，心中不由得暗忖：“扬名也是一种侮辱。”表现自己，总是意味着出卖自己，贬低自己。谁都有权利踢你一脚或奖给你一个微笑。他学会了自卫，具有自己的对策。那些对他进行诽谤的小人，他一一清晰地勾勒出他们的面容：野心家、乖戾的家伙、碌碌无为者、大笨蛋。那些对他大加颂扬的人也并不比这些家伙更有价值，只是他们的好感可被误认为明鉴是非，由此而获得相当的身价，使别人对他们的吹捧予以重视。“做到诚心诚意是多么难呀！”亨利心里这样想。事实上，无论是辱骂还是颂扬都不证明任何东西，它们的伤人之处就在于把亨利无情地囚禁在他自己的天地里。倘若他的这部剧确实已经一败涂地，那他可以把它视为一次纯粹的意外事变，会产生新的希望，给自己以安慰；可如今他却从这部剧中认识了自己，看到了自己的限度。“这是您最成功的作品，”迪布勒伊的这句话如今仍在折磨着他。当他听到别人评论他的第一部作品将永远为最优秀之作时，他心里并不高兴；可一想到这部质量优劣难以判断的剧作超越了他的一切作品，他心里也不好受。有一天，他曾对纳迪娜表白过自己总是避免进行自我比较，可有的时候自己却不得不这样去做，有的时候别人也强迫着你这样去做。于是他又开始给自己提出那些无益的问题：“我到底是什么人？我到底有何价值?”这样自问往往惶恐不安，也无济于事：尽管从不向自己提出这些问题也许意味着怯懦。亨利忽然听到了走廊地板的咯吱声，心里感到了一阵轻松。

“可以进来吗?”萨玛泽尔问道，身后跟着吕克、朗贝尔和斯克利亚西纳。

“我正等着你们呢。”

除了吕克一副无精打采的样子拖着两只犯痛风的大脚外，他们全像是来找他算账似的，围着办公桌坐了一圈。

“我承认我实在不明白这次会议的意义何在。”亨利接着说，“我等会儿就要去迪布勒伊家……”

“问题正在这里。在您与他会面之前，必须做出一项决定。”萨玛泽尔说，“当我跟他谈及此事时，他好像是最为保守的一个。我坚信他肯定又会要求再缓一缓。然而佩尔托夫和斯克利亚西纳都要求从速行动，我也完全赞同。我希望做出决定，一旦迪布勒伊反对，我们报纸就与革命解放联合会分道扬镳，自行保障这些资料的宣传工作。”

“不管迪布勒伊是同意还是反对，我们都要把问题提交委员会全体委员讨论，我们将服从整个委员会的决定。”亨利冷冷地说。

“委员会准会跟着迪布勒伊跑。”

“我也会跟着他跑的。再说，在没有得到明确答复之前，我不知为什么要浪费时间来讨论。”

“因为他的答复再清楚不过了。”萨玛泽尔说，“他总是以公民投票和选举为借口进行回避。”

“我尽力去说服他，可我决不会与革命解放联合会闹独立。”亨利说。

“革命解放联合会还存在吗？它已经沉睡了三个月。”萨玛泽尔说。

“三个月来，革命解放联合会对共产党的进攻没有采取任何措施进行限制。”斯克利亚西纳说，“三个月来，迪布勒伊再也没有受到共党报刊的任何攻击。个中原因定能有助于澄清眼下的状况。”他做作地停顿了一下，“迪布勒伊于六月底加入了共产党。”

“算了吧!”亨利说。

“我有证据。”斯克利亚西纳说。

“什么证据?”

“有人看到了他的党证和登记表。”斯克利亚西纳得意地一笑。“自一九四四年以来，党内有不少小伙子，他们实际上并不比我们更拥护斯大林，只不过是寻找一个挽回名誉的办法而已。这种人我认识不止一个，他们私下都巴不得能谈谈。我早就怀疑迪布勒伊，我提出了一些问题，他们一一都给我做了解答。”

“你的那些探子搞错了，要不就是撒了谎。”亨利说道，“要是迪布勒伊想加入共产党，他首先就会离开革命解放联合会，并做出解释。”

“他从来就试图不让革命解放联合会成为一个政党。”萨玛泽尔说，“从原则上讲，一个共产党员仍可以是某个运动的成员。反言之，一个运动的成员也可以认为自己有权利加入共产党。”

“可不管怎么说，他都会通告一声。”亨利道，“共产党又不是地下组织。”

“你对他们不了解!”斯克利亚西纳说，“共产党需要它的某些成员被视作独立人士，这对它有利，证据是如果我不擦亮你的眼睛，你便会陷入其圈套。”

“我不相信你。”亨利说。

“我可以让你见见给我提供情况的一个人。”斯克利亚西纳说道，接着把手伸向电话机。

“我会问迪布勒伊的，只问他自己。”亨利说。

“你以为他会老老实实地回答?你这样做太幼稚了。要么你确有必要自己去澄清事实。”斯克利亚西纳说。

“我以为这一新的事实破坏了我们与革命解放联合会的关系。”萨玛泽尔说。

“这不是一个事实。”亨利说。

“迪布勒伊为何会耍这样的手段呢?”吕克问。

“因为共产党让他这样做，也因为他野心勃勃。”斯克利亚西纳说。

“他也许人老了，稀里糊涂地认为人类的幸福掌握在斯大林手中。”萨玛泽尔说。

“这是一只老狐狸，他以为共产党人已经获胜，最好还是站到他们一边去。”斯克利亚西纳说，“从某种意义上说，他有其道理。你非得甘心受虐待，才会保持一种批评的态度却不采取任何行动阻止他们上台。等他们一旦上了台，你就瞧瞧你那种轻率的态度会落个何等下场。”

“这些个人成见与我无关。”亨利说道。

“那劳改营与你相干不相干?”朗贝尔问道。

“我拒绝公开事实真相了吗？我只是说要和迪布勒伊取得一致意见再公开。这是我最后的意见。这场争论毫无意义，两三天后就会提交委员会讨论，我们将把委员会的答复通知给你。”亨利朝斯克利亚西纳转过身子说道。

“《希望报》的领导也许会做出不同的决定。”萨玛泽尔起身道。

“我们到时再看吧。”

他们向门口走去，可朗贝尔仍然站在亨利的办公桌前。

“你该同意见见给斯克利亚西纳提供情况的那个人。”他说道，“迪布勒伊是你的朋友，可他也是你那个党派的主要负责人。你名为对他表示信任，实际上辜负了别人对你的信任。”

“可那件事是天方夜谭!”亨利说。

实际上，他也没有这分把握。即使迪布勒伊最终决定加入共产党，也不会征求亨利的意见。他从来就是走自己的路，从不询问他人意见，也从不在乎别人怎么想。对此，亨利并不存在任何幻想。若被逼到墙根，要他去撒谎，他也许还会犹豫；可眼下别人还没有向他提出任何问题，他的良心无疑会安于意中保留[1]。

“你准会上他诡辩术的当。”朗贝尔伤心地说，“至于我嘛，我认为在目前情况下，如果不立即而且彻底地揭露事实真相，那就是犯罪。我早在六月份就告诫过你：如果你不公开这些材料，我就把我的那一股再卖掉，你们爱怎么干就怎么干。我参加报社工作时，是带着希望进来的，希望你

1　精神分析用语，指说话人在思想上保留的意见和嘴里说出来的意思不同。

很快就中断与共产党的任何形式的合作。如果你还继续这样下去，那我只得走了。”

“我从来没有和共产党合作。”

“我把这种态度就叫做合作。如果事关西班牙、希腊、巴勒斯坦、印度支那，你早就拒绝保持沉默了。说到底，你自己心里明白！不经过任何审判，就把一个人从家里抓走，剥夺他的生活，把他扔到牢里，让他没命地干活，可只勉强让他填饱肚子，要是得了病，就让他活活饿死。你容忍这一切吗？无论是工人还是负责干部，他们全都知道这种命运时刻有可能落到自己头上，生活中总是带着这种恐怖感，惶惶不可终日！你容忍吗？”朗贝尔再次问道。

“不能!”亨利说。

“那你就赶快反对吧。在被占领时期，对那些不起来斗争的人你可不客气!”

“我一定反对，一言为定。”亨利焦急不安地说。

“你说你一定会跟着迪布勒伊走。”朗贝尔说，“可迪布勒伊准会反对这场运动。”

“你错了。”亨利说，“他决不会反对的。”

“假如我没错呢?”

“啊！首先得让我跟他谈谈，然后再看。”亨利说。

“好，到时再看!”朗贝尔边说边朝门口走去。

亨利听着他的脚步声在走廊里渐渐消失，他仿佛觉得是他自己的年轻时代刚刚前来召唤他。如果他二十岁时亲眼看到了囚禁在铁丝网后的千百万被奴役的人，那他一秒钟也不会去考虑保持沉默。朗贝尔对他的内心看得一清二楚：他犹豫不决。为什么呢？他担心成为共产党人眼中的敌人形象。在他心灵更深处，他是多么希望不承认在苏联也存在腐朽的东西这一现实。可是这一切都是怯懦的表现。他起身下了楼梯。“一个共产党员有权利保持沉默，”他暗暗思量，“其观点是众所周知的，即使撒了谎，从某种意义上说也欺骗不了任何人。可是我声称保持独立，若我滥用自己的信誉掩盖事实真相，那我就是个骗子。我之所以不是共产党人，正是因为我希望能自由地公开共产党人不愿说和不能说的东西：这往往是一个绝情绝义的角色，可他们实际上也承认其价值。若我公开事实真相，比如拉舒姆就会对我表示感激，他们所有那些希望取缔劳改营而又无法起来公开反对的人都会感激我。可谁知道呢？也许他们会非正式地采取某种行动，也许来自各国共产党本身的压力最终会迫使苏联改变其惩戒制度：暗暗地或当众压迫人，这两者可不是一回事。我保持沉默，这就是失败主义的表现，这也就是拒绝正视事实，否认可以改变现实。这样做，是借口不对苏联进行评判，而实质上对它进行了无情的判决。如果它确实没有希望成为它本该成为的样子，那世界上再也没有任何希望。不管人们说些什么，做些什么，也都再也没有任何意义。对！”亨利边想边登上了迪布勒伊家的楼梯。“要么公开事实真相具有某种意义，要么任何东西都毫无意义。必须直言，除非迪布勒伊确实加入了共产党，不然，他必定也会得出这一结论。”亨利按了按门铃。“如果迪布勒伊真的参加了共产党，他会告诉我吗？”

“怎么样？”迪布勒伊问道，“那部剧情况如何？整个来说评论还是很好的吧，嗯？”

亨利感到这一和蔼的声音显得虚假：也许因为他心虚。

“评论是好的。”亨利答道，继而一耸肩膀，“我得告诉您这部剧我已经烦透了。我所要求的，是能够想一想别的事情。”

“我了解这种心情！”迪布勒伊说，“成功之中总有着某种令人厌恶的成分。”他微微一笑，“谁也不会永远满足，失败，当然也不让人舒服。”

他们在书房坐了下来，迪布勒伊接着说道：

“呃，我们有必要谈谈别的事情。”

“对。我近来迫不及待想了解您的想法。”亨利说，“我目前已经坚信佩尔托夫说的绝大部分是真话。”

“总的说来，是的。”迪布勒伊说，“那些劳改营确实存在。虽然不是纳粹的那种置人于死地的集中营，可总还是些服劳役的地方。警察有权力不进行任何审判就把人关进劳役犯监狱，一关就是五年。除此之外，我很想弄清到底有多少劳役犯、多少政治犯，被判终身劳役的有多少，佩尔托夫提供的数字完全是随意估算的。”

亨利点了点头："依我之见，我们不应该发表他的报告。"他说，"我们应该共同确认哪些事实是有把握的，然后再得出我们自己的结论。我们将以我们自己的名义讲话，明确我们的观点。"

迪布勒伊看了看亨利："我的意见，是什么也不要公开。我马上向您解释为什么……"

亨利感到心里微微一惊。"看来是别人看准了。"他暗中思忖。他打断了迪布勒伊的话："您想遮住这件事？"

"您完全知道这事是遮不住的，右派报刊定会从中大做文章，就把这份乐趣让给它吧。首先向苏联提出控诉的不该是我们。"他一挥手挡住了亨利的话，"我们即使采取种种可以设想到的谨慎措施，也无济于事，人们必定可从我们的文章中看到对苏联制度的谴责。我无论如何也不愿这样做。"

亨利保持缄默。迪布勒伊说得斩钉截铁。他的位置一旦确定，就再也不会松口，争论也纯属枉然。他一个人做出了决定，定将把它强加给委员会，亨利只有乖乖地服从。

"我得给您提一个问题。"他说。

"提吧。"

"有人说您最近参加了共产党。"

"有人说？"迪布勒伊问道，"谁说？"

"是传说。"

迪布勒伊耸耸肩膀："那您就当真了？"

"我们已经两个月没有在一起交谈了。"亨利说，"我不以为您会连个招呼都不打。"

"当然，我一定会打招呼的！"迪布勒伊口气激烈地说，"真荒唐，我怎么会没有事先报告革命解放联合会，也不公开陈述自己的理由就加入共产党呢？"

"您可以缓几个星期再做这种解释嘛。"亨利说道，紧接着补充道："我应该说我对这种传说感到惊诧，可我还是想问问您本人。"

"所有那些传闻！"迪布勒伊说，"什么都乱说。"

他显得真诚，可是，若他真的撒谎，他就该摆出这种真诚的神态。说真的，亨利看不出他为何要这样做。然而斯克利亚西纳对自己说出的东西显得绝对有把握。“我应该见见那个提供情况的人。”亨利心里对自己说。信赖，这是无限制的；要么信赖，要么就是不信赖。既然他对迪布勒伊已经不再信任，那他拒绝见那人完全是一种故作高尚的举动。他以不偏不倚的声音说道：

“报社里，大家都同意公开揭露事实真相。朗贝尔已经做出决定，若不揭露，他就离开《希望报》。”

“这并不是什么严重的损失。”迪布勒伊说。

“这将使处境变得十分微妙，因为萨玛泽尔和特拉利奥时刻准备与革命解放联合会分道扬镳。”

迪布勒伊思虑片刻：“那么，如果朗贝尔走，我就买下他那一股。”

“您？”

“搞报纸我并无兴趣，可这是捍卫我们自己的最佳手段。您定能说服朗贝尔把他那一股卖给我。至于钱嘛，我会想办法解决的。”

亨利一时不知所措。这种念头他可一点也不喜欢。突然，他脑中一闪：“这是个策划已久的阴谋！”迪布勒伊和朗贝尔一起度过了整个夏天，他知道朗贝尔时刻准备辞职。看来一切都很有联系。共产党人让迪布勒伊负责阻止发起对他们有碍的行动，并打入报社的领导层，把《希望报》据为他们所有。只有精心掩盖他已加入共产党这一事实，他才有可能达到目的。

“唯独这件事行不通。”亨利冷冷地说，“因为我也想要公开事实真相。”

“您错了！”迪布勒伊说，“您要明白，如果左派在全民投票和选举中不能获胜，我们就面临着戴高乐派独裁的危险。眼下可不是为反共宣传效劳的时候。”

亨利打量着迪布勒伊，问题的关键不是要弄清他的理由是否站得住脚，而是要看他是否真的抱有诚意。

“那等选举之后，您是否同意公开事实？”他问道。

“等到那个时候，不管怎么说，事情早就传开了。”迪布勒伊说。

“是的，佩尔托夫会把他的材料送到《费加罗报》去。”亨利说，“这也就是说这并不关系选举的胜负，而只是关系到我们自己的态度。依此观点看，我不明白让右派抢先发表到底有何益处。我们无论如何也得表明我们的立场，我们这样会给人什么印象？我们势必想方设法缓和反共宣传，而又不能公开认定苏联有理，这样一来，我们肯定就是一副伪君子的面目……”

迪布勒伊打断了亨利说：“我十分清楚我们将讲些什么。我坚信一点，那就是那些劳改营并非佩尔托夫所认定的那样，是制度本身所造成的；它们仅仅是与某种政策相联系，对这种政策可以感到遗憾，但并不影响制度本身。我们一定要把这两者区分开来，我们谴责惩治性的劳役，可我们要捍卫苏联。”

“就算这样吧。”亨利说，“显而易见，如果我们抢先谴责劳改营，那我们的话分量要重得多。谁也不会认为我们是人云亦云。人们将信赖我们，我们可以毁了反共分子的墙脚：如果他们要对我们吹毛求疵，那他们就会给人以好战分子的形象。”

“噢！这不会改变任何状况，人们照旧会信他们的话。”迪布勒伊说，“一旦他们从我们的介入中找到理由，那么连同情者也会气愤得转向苏联，他们准会这么宣传！这无疑会弄得那些旁观者惴惴不安。”

亨利摇摇头：“必须让左派控制这一事件。对右派的恶意中伤，共产党人已经习以为常，不会大惊小怪。但是，如果全欧洲的所有左派都起来反对劳改营，那就会让他们坐立不安。秘密一旦成为丑闻，形势就会变化：苏联也许最终会修正其惩戒制度……”

“这是做梦！”迪布勒伊鄙夷地说。

“听着，”亨利气愤地说，“您一直认为我们可以对共产党人施加某些压力，这也是我们运动的意义所在。现在机会来了，可以一试，要么永远一事无成。哪怕我们只有一线成功的希望，也必须去努力。”

迪布勒伊一耸肩膀：“如果我们发起这场运动，那我们就剥夺了与共产党人共事的任何可能性：他们会把我们列为反共分子，而且他们这样做也没有错。您知道，”迪布勒伊继续说，“我们尽力担任的角色，就是一个少数反对派的角色，从外部看与党派无关，但实际上与它有着联系。如果我们号召多数派起来反对共产党，不管反对它哪一点，那就不仅仅是反对了，而是公开与他们交战，因此便变换了阵营，他们也就有权利把我们视作叛徒。”

亨利打量着迪布勒伊。如果他是个暗藏的共产党人，那他不会不这么说。迪布勒伊极力反对，这证实了亨利的想法：倘若共产党人希望左派保持中立，这就证明了左派对共产党人是有钳制力量的，因而也就表明了左派的介入很有可能获得成功。“简言之，”他说，“您为了保持将来哪一天对共产党人施加压力的可能性，便拒绝眼下已经出现的机会。我们被允许充当的反对派角色，只能在毫无作用可起的限度内去担当。那么，我绝不接受这一角色。”他声音坚定地补充道，“一想到共产党人就会对我们大骂特骂，我心里实在不是滋味，不比您更好受，可我好好思考了一番：我们别无选择。”他一挥手挡住了迪布勒伊，在他一吐为快之前，不能让迪布勒伊说话。“要做非共产党人，这就意味着某种东西，要么就毫无意义。倘若这毫无意义，那就干脆成为共产党人，或者干脆回家种菜去。倘若这还有点意义的话，那就意味着承担某些义务，其中一条就是要在必要的时刻，善于与共产党人斗争。一味地容忍他们，而又不干脆与他们联合，这选择的是最简单的精神安慰，是怯懦的表现。”

迪布勒伊满脸不耐烦地敲击着吸墨水纸的垫板。

“这是纯主观的动机，与我毫不相干。”他说道，“我只对自己行动的结果感兴趣，而不在乎给我何种形象。”

“这不是形象问题……”

“当然是。”迪布勒伊粗暴地说道，“问题的实质在于您讨厌给人造成害怕共产党人的印象……”

亨利变得生硬起来：“一味受共产党人的恫吓，我确实感到讨厌：这与我们两年来所做的一切努力是矛盾的。”

迪布勒伊继续敲击着垫板，一副无动于衷的样子。亨利冷冷地接着说：“真奇怪，您就这样讨论问题。我真想问问您为何那么害怕惹共产党人不高兴。”

“让他们高兴还是不高兴，我才不在乎呢。”迪布勒伊说，“我不愿发起反苏运动，尤其在现在这个时候，我认为这样做是犯罪。”

“我认为不在自己力所能及的范围内开展对劳改营的斗争才是犯罪呢。”亨利说。他接着看了看迪布勒伊，“要是您真的参加了共产党，那我对您的态度就可以更好地理解：一个共产党员嘛，我甚至想他都可以否认劳改营的存在，或者干脆维护其存在。”

“我告诉您我没有参加。”迪布勒伊气呼呼地说，“您还不够吗？”

他站起身，在房间里来回踱步。“不，”亨利心想，“我还不够。这并不妨碍迪布勒伊不知廉耻地对我撒谎，他已经撒过谎了。主观动机他才不在乎呢。这一次我决不上他的当。”他忌恨地想。

迪布勒伊继续默默地来回踱步。他是否感觉到了亨利的怀疑？或只是亨利极力反对让他生气了？他似乎难以自已。“那么，只有召集委员会会议了。”他说，“委员会的决定会对我们的是非有个评价的。”

“他们全都会拥护您，您心里完全清楚！”亨利说。

“要是您的理由正确，定会说服他们的。”迪布勒伊说。

“算了吧！夏尔利埃和梅里科总是跟着您投票，勒诺瓦嘛已经在共产党人脚下。他们的意见我不感兴趣。”亨利说。

“那怎么样？您要一意孤行，违反委员会的决定？”迪布勒伊问道。

“在必要的情况下，是的。”

“是恫吓吧？”迪布勒伊声音失真地问，“要么任您自由行事，要么《希望报》就和革命解放联合会决裂，是这意思吧？”

“不是恫吓。我决定公开事实真相，我就会公开的，就是这样。”

“您知道如果决裂意味着什么吧？”迪布勒伊问。他的面色发白，和他的声音一般异常。“这意味着革命解放联合会垮台。《希望报》也就进入了反共阵营。”

“目前，革命解放联合会等于零。”亨利说，“《希望报》决不会变成反共派，请相信我。”

他们一时默默地相互打量着。

“我立即召集委员会开会。”迪布勒伊最后说，“若委员会同意我的意见，我们将公开对您进行批评。”

“它准会同意的。”亨利说道，向门口走去，“批评我吧，我会对你们做出回答的。”

“您再考虑考虑。”迪布勒伊说，“您要采取的行动，叫做背叛。”

“早就全部考虑过了。”亨利说。

他穿过前厅，关门离去。也许他从今往后再也不会踏进这个家门。

斯克利亚西纳和萨玛泽尔在报社焦灼不安地等待着他。他们无法掩饰自己的满意心情。可当亨利对他们宣布他决定不受任何干扰，亲自撰写有关劳改营的文章时，他们有些失望：亨利态度强硬，要么他自己写，要么就算了。斯克利亚西纳还试图讨价还价，可萨玛泽尔很快说服了他。亨利遂动手撰写文章。他以材料为依据，大致描述了苏联的惩戒制度，强调指出了这种制度的丑恶实质；但他还是十分谨慎地指出了，一方面苏联的错误绝对不能当作资本主义弊端的借口，另一方面，劳改营的存在，这要谴责的是某种政策，而不是整个制度。在一个遭受最严重的经济困难的国家，这些劳改营无疑代表着一种最简单的解决办法。人们有权利希望这些劳改营消失。因此，所有把苏联看作希望化身的人和共产党员本身都必须行动起来，使劳改营得以取消。公开劳改营的存在这一事实本身就已经使局面有所改变，正是为此，亨利才勇于直言。保持沉默是一种失败主义和怯懦的表现。

文章在第二天早上发表了。朗贝尔表示极为不满，亨利感到编辑部里争论激烈。晚上，一位特派员送来了迪布勒伊的信，革命解放联合会开除了佩隆和萨玛泽尔，该联合会从此与《希望报》再也没有任何关系，并谴责他们利用那些只有对斯大林制度做出总的评价后才能做出判断的事实为反共宣传服务。不管其真正的影响如何，在今日，共产党仍然是法国无产阶级的唯一希望，如果谁要诋毁共产党，那就是做出了抉择，公开为反动派效劳。亨利立即执笔给予回击，他谴责革命解放联合会屈服于共产主义的恐怖，背叛了它原来的纲领。

“我们怎么会走到这一步？”第二天，亨利买了《希望报》，不禁带着几分惊愕自问道。他无论如何也不能使自己的目光从报纸的头版移开。他持的是一种观点，迪布勒伊是另一种观点。过去在私下也曾有过争执，有过不耐烦的举动，可突然间，这两栏充斥着辱骂的文字白纸黑字并列在公众的面前。

“电话在不停地响。”当他五时许走进报社时，女秘书对他说，“有一个叫勒诺瓦的先生说他六点来。”

“您到时让他进来吧。”

“您再看看这些信件，我还没有分好类呢。”

“嗳，这件事激起了人们的情绪!”亨利边想边在办公桌前坐了下来。第一篇文章前一天才见，可现在就已经收到一大堆读者来信，有的表示祝贺，有的恶意辱骂，有的感到惊愕。还有一封伏朗热的快信：“亲爱的老朋友，紧握你的手。”朱利安也向他祝贺，那种典雅的文笔完全出乎意料。令人不快的是所有的人都认为《希望报》就要成为《费加罗报》的翻版，因此有必要澄清事实。亨利抬起头。办公室的门开了，波尔站在他的面前。她穿着一件旧裘皮大衣，脸上情绪显得很不好。

“是你呀？发生什么事了？”亨利问道。

“我正来问你呢。”波尔说道，把这一期的《希望报》往桌上一扔。“发生什么事了?”

“呃，在报纸上都说清楚了。”亨利说道，“迪布勒伊不愿让我发表这些关于劳改营的文章，可我还是发了，于是我们俩便崩了。”他不耐烦地补充道，“我本来准备明天吃午饭时把一切告诉你的。你为什么今天就来了?”

“打扰你了?”

“见到你很高兴。可我正在等勒诺瓦，他说到就到。我要做的事情很多。明天再对你细谈吧：这事又不那么急。”

“急，很急。我需要了解情况。”她说，“为什么会闹崩了?”

“我刚才已经跟你说过了。”他勉强微笑道，“你应该感到高兴，你早就希望这样了。”

波尔以关切的神情看了看他：“可为何现在闹崩？谁也不会因为对一

件政治上的麻烦事观点不一致就和一位有十五年友情的朋友闹翻。”

“可这已经发生了。实际上，这件不愉快的事事关重大。”

波尔的面孔沉了下来：“你没有跟我说实话。”

“我向你发誓是实话。”

“你早就什么都不跟我说了。”她说，“我想我已经猜出到底是为了什么。正是因为这样我才来跟你谈谈，你必须重新信赖我。”

“你完全得到我的信赖。我们还是明天再谈吧。”他说，“我现在没有空。”

波尔没有动。“那天晚上我跟若赛特解释惹你不高兴了，请原谅，”她说。

“请求原谅的应该是我：我当时心情不好……”

“你千万别这样！”她朝他抬起一张谦恭得微微颤抖的面孔，“彩排那天夜里和继后的日子里，我明白了许多事情。在你和其他人以及你和我之间并没有共同的衡量标准。我一直希望你成为我梦想的人而不是成为你现在这个样子，这实际上是我把自己看得比你重，是自以为是。可现在已经不了。唯有你重要，我已经微不足道。我甘愿微不足道，甘心接受你的一切。”

“听着，你别动情了。”他为难地说，“我跟你说我们明天再谈。”

“你不相信我是诚心诚意的？”波尔说，“这是我的过错，我太自傲了，这是因为克己的道路并不好走。可我现在向你发誓：我从今以后再也不为我自己提出任何要求，以你的存在为重，你可以对我提出任何要求。”

“我的上帝！”亨利心里想，“但愿她在勒诺瓦到来之前离开！”他高声道：“我相信你。可我眼下只要求你耐心等到明天，现在让我工作。”

“你别讥笑我！”波尔口气激烈地说，但很快她脸色又变得温和起来，“我再向你重复一次，我完全属于你。我怎样才能让你相信呢？你愿意我割下一只耳朵吧？”

“我要耳朵有什么用？”亨利尽量开玩笑地说。

“这可以作为一种表示。”泪水涌上波尔的眼睛，“你怀疑我的爱，我实在忍受不了。”

门微微一开：“勒诺瓦先生来了，我让他进来吗?”

“请他等五分钟。”亨利对波尔微微一笑，“我并不怀疑你对我的爱，可你看见了吧，我有约会，你得走了。”

“你总不至于把勒诺瓦看得比我重吧!”波尔说，“他对你算什么？可我爱你。”此时她哭泣着，泪水刷刷直流，“如果说我经常去看别人，而且还试图写点什么，这完全是因为对你的爱。”

“我十分清楚。”

“也许有人跟你说过我变得很虚荣，我只关心自己的事情，跟你说这种话的人太不应该了。我明天一定当着你的面把我所有的手稿都扔到火里烧掉。”

“那就蠢了。”

“我一定要烧。”她说道，接着大声嚷叫道：“我一回去就烧。”

“不要烧，我求求你，这无济于事。”

波尔的脸色又沉了下来：“你是想说任何东西都无法让你相信我的爱?”

“可我相信。”他说，“我深信不疑。”

“啊！我让你讨厌了。”她哭泣着说，“怎么办呢？可无论如何得让这些误会消除!”

“没有任何误会。”

“可我还是让你讨厌，你再也不愿见到我。”她绝望地说。

“是的，”他冲动地想，“我再也不愿意。”可他大声地说道：“不，我当然愿意。”

“你最终准会恨我，你这样也是有道理的。真想不到我会跟你吵!”

“你没跟我吵。”

“你完全明白是吵了。”她嚎啕大哭道。

“安静下来，波尔，”他以最甜蜜的声音劝道。他真恨不得揍她一顿，可他却用手去抚摸她的头发：“安静一下。”

他继续抚摸着她的头发，几分钟后，她终于决定抬起了头。

“行，我走。”她说道，接着惴惴不安地看了看他，“你明天来吃午饭，答应了？”

“我发誓。”

“从今往后再也不见她一面，这是唯一的解决办法了。”等她关门离去，亨利暗自在想，“可要是再也不见她的面，怎么让她接受钱呢？一个认真的女人是决不会接受一个男人救助的，除非当面去见她。我一定设法解决。可我再也不愿见到她。”他下定了决心。

“请原谅我让您久等了。”他对勒诺瓦说。

勒诺瓦轻轻一挥手：“这没关系。”他咳嗽了一声，脸上已经红红的了，他无疑早就准备好了这场谴责的每个词，可亨利就站在面前，他的话全给打乱了。“您一定猜得到我这次来访的目的。”

“是的，您和迪布勒伊是一致的，我的态度引起了您的愤慨。我已经陈述了我的理由，我为没有说服您而感到遗憾。”

“您说您不愿意对您的读者隐瞒事实真相。可这是什么事实真相？”勒诺瓦说道。他重又找到了他这场责问的关键词之一，于是下面的词语就很容易一个个接上了。模糊的事实真相，片面的事实真相，对这一套陈词滥调亨利再熟悉不过了。等勒诺瓦终于放弃了这些泛泛之谈，亨利猛地惊醒，只听对方说道：“苏联的警察管制发挥的作用与资本主义国家的经济制裁的作用并无差别，如果这一作用发挥得更加具体化，我看只有好处。一个工人不会受到辞退、负责干部也不会受到破产威胁的制度必定会创造新的惩戒形式。”

“可不一定非得采用这种形式。”亨利说，“您不会把失业工人的状况和劳工的状况进行比较吧。”

“他们的基本生活至少是有保障的。我坚信他们的命运不像有关的宣传所说的那么悲惨。何况人们忘记了这一点，那就是一个苏联人的心理与我们的并不相同：比如苏联人认为根据生产需要被调动工作就很自然。”

“不管其心理如何，遭受剥削，仅吃饱肚子，被剥夺一切权利，投进监牢，服沉重的劳役，被活活冻死、病死、累死，谁也不会认为这是自然的事情。”亨利说道，同时心里暗暗在想：“这政治可真神啊！”勒诺瓦很可能受不了看着一只苍蝇活活受罪，却心安理得地容忍劳改营的恐怖行径。

“谁也不愿为作恶而作恶。”勒诺瓦说，“苏联政权也不会。他们之所以采取这些措施，那是因为有必要。”勒诺瓦脸越来越红。“您怎么敢谴责一个根本不了解其需要和困难的国家的制度呢？这是不可容忍的轻率行为。”

“其需要和困难我已经讲过了。”亨利说，“您也十分清楚我并没有全盘谴责苏联制度。可要盲目地全盘接受，这是怯懦的表现。您以需要为名肯定其一切做法，可这是一种可以两面使用的武器。当佩尔托夫说劳改营必不可少时，那是为了证明社会主义是一种乌托邦。”

“劳改营在今天可以是必不可少的，可并没有一直存在下去的必要。”勒诺瓦说，“您忘记了苏联今日所处的是一种战争的局面，资本主义列强就在等待时机向它扑去。”

“尽管如此，也丝毫不能证明劳改营有必要存在。”亨利说，“谁也不愿为作恶而作恶，可有的人还是经常在无谓地作恶。您不会否认在苏联和在任何国度都犯过错误：不然饥荒、起义和屠杀就可以避免。那么，我认为这些劳改营也是个错误。您知道，”他补充道，“迪布勒伊也赞成这一观点。”

“不管是必要还是错误，您反正做了一件坏事。”他说，“攻击苏联，并无益于改变在苏联发生的一切，而是为资本主义列强效劳。您做出了为美利坚、为战争效力的抉择。”

“不！”亨利说，“人们可以批评共产主义，而不会有损于它。共产主义总比您说的要稳固！”

“您刚才再次证明了一个人要想成为超共产党人而在客观上不沦为反共分子是不可能的。”勒诺瓦说，“没有第三条道路可走。革命解放联合会一开始就决定了其命运，要么与反动派同流合污，要么就彻底灭亡。”

“如果您是这么想的，那您只有加入共产党了。”

“是的，我只有这么做了，我也马上就要这么做。”勒诺瓦说，“我非要把情况摆清楚：从今以后让您把我当作一个敌手看待。”

“我感到遗憾。”亨利说。

他们一时尴尬地面面相觑。勒诺瓦终于说道：

“那再见了！”

“再见。”亨利说。

对，盲目地相信斯大林所做的一切都是好事，从而否认事实、数据、道理和自己的理智，这确实不失为一种反击方法。“勒诺瓦不是共产党员，正是因此他才过分激烈。”亨利暗自思忖。他所感兴趣的，是能和拉舒姆或随便哪个聪明而不过分搞宗派主义的共产党人交谈交谈。

“你这几天见到拉舒姆了吗？”他问樊尚。

“见到了。”

樊尚受到了劳改营事件的震动，他开始认为不应该公开事实真相，可后来赞同了亨利的意见。

“他对我的文章有何看法？”亨利问。

“他挺生你气的。”樊尚说，“他说你有反共倾向。”

“啊！”亨利说，“那劳改营呢？他不感到有害吗？他是怎么看劳改营的？”

樊尚微微一笑：“他认为这不存在，认为这是一种很好的机构，认为这会自行消失。”

“我明白了！”亨利说。

人们显然不爱向自己提出问题。他们总是想方设法维护自己的制度。共产党报纸甚至对这种机构大唱赞歌，称其为惩戒性劳动改造营，反斯大林分子则把这一事件看作一个重新激起已经相当普遍存在的不满情绪的借口。

“又是一些贺电！”萨玛泽尔把电报往亨利的办公桌上一扔，说道，“可以说我们已经激起了舆论。”他满脸喜色地补充道，“斯克利亚西纳在会客室等着呢，跟他一起来的有佩尔托夫和另外两个人。”

“他的计划我不感兴趣。”亨利说。

“总该接待他们吧。”萨玛泽尔说。

他指了指放在亨利面前的那些稿件：“我十分希望您能看看伏朗热刚刚给我们寄来的这些出色的文章。”

“《希望报》决不容忍伏朗热的文章。”亨利说。

“遗憾。”萨玛泽尔说。

门开了，斯克利亚西纳走了进来，满脸诱惑的神色微笑着：“你有没有五分钟？我的朋友们都不耐烦了。我领来了佩尔托夫，还有贝内，他是一个美国记者，在莫斯科整整呆了十五年，还有莫尔特贝格，我退党时，他还是共产党员，当时在维也纳搞党的活动。我能让他们进来吗？”

“让他们进来吧。”

他们走进屋来，沉重的目光充满责备，可能是因为亨利让他们久等了，抑或是因为大家没有给他们正确的评价。亨利示意他们就座，然后对着斯克利亚西纳说道：“我担心这次会谈毫无作用，我在我们以往的会谈以及我的文章中都已经明确说过：我并没有成为反共分子。你的计划，应该提交给戴高乐联盟，而不该交给我。”

“别跟我谈戴高乐了。”斯克利亚西纳说，“他一旦政权在握，第一个行动就是飞往莫斯科，这件事不该忘记。”

“您很可能还没有时间仔细看看我们的计划。”莫尔特贝格责备道，“我们都是左派的人，戴高乐运动是由大资本家们支持的，我们绝不可能与他联合。我们希望团结所有的民主有生力量反对苏联的极权政体。”他不失礼貌地一挥手，挡住了亨利的反对意见，继续说道：“您说您没有成为反共分子，您揭露了某些弊端，不愿意再进一步揭露，可实际上您无法半途而止。为反对一个极权政体的国家，我们投入的行动应该是全面的。”

斯克利亚西纳连忙接过话：“你别跟我说你距离我们那么远。革命解放联合会的创立总还是为了阻止欧洲落入斯大林的手掌。我们大家也都希望有一个自主的欧洲，只是我们已经懂得了没有美利坚的援助，这样的一个欧洲就不能实现。”

“那就成了一个傀儡！”亨利说道。他耸耸肩膀，“一个被美利坚侵占为殖民地的欧洲，正是革命解放联合会力图避免的，这甚至是我们最首要的目标，既然我们从未想过斯大林打算吞并欧洲。”

“对美利坚的这种偏见我可实在不理解。”贝内阴沉沉地说，“非得是共产党人才会固执己见，把美利坚看成是资本主义的堡垒。那可也是一个伟大的工人国家，也是一个繁荣、进步、前程远大的国家。”

“那是一个时时、事事、处处都为特权阶层说话的国家。在中国，在希腊，在土耳其，在朝鲜，他们维护的是什么？不是平民百姓吧，嗯？维护的是资本，是巨大的私人财产。当我想到他们还在支持佛朗哥和萨拉查……”

就在这天早上，亨利得知他的那些葡萄牙朋友终于发起了一次起义：结果是九百人被捕。

“您讲的是美国国务院的政策。”贝内说，“您忘了也还有美国人民，美国的左派工会以及全国所有那些真心爱好自由和民主的人是可以信赖的。”

“工会从来都不会完全脱离政府的政策。”亨利说。

“应该正视事实。”斯克利亚西纳说，“面对苏联，欧洲只有在美利坚的帮助下才有可能自卫。如果你禁止欧洲左派接受这一事实，那么右派的利益和民主的利益将发生令人遗憾的混淆。”

“倘若左派奉行的是右派的政治，那它就不成其为左派。”亨利说。

“总而言之，”贝内以咄咄逼人的口气说，“在美国和苏联之间，您选择的是苏联？”

“对。”亨利说，“我从不隐瞒这一点。”

“在美国资本主义的弊端和警察压迫的恐怖行为之间，您怎能这么权衡呢？”贝内说道，声音越来越响，开始滔滔不绝地发表宏论，莫尔特贝格与他一唱一和，与此同时，斯克利亚西纳和佩尔托夫用俄语一个劲地交谈。这些人虽然各不相同，但都显出同样茫然的目光，被可怖的过去所缠绕，陷入可怕的复仇梦幻之中，并拒绝从梦中醒来，对现实世界视而不见、置若罔闻。他们的声音或尖刻，或深沉，或庄严，或粗俗，都在预卜着未来。也许在他们反对苏联的所有证词和证据之中，最令人震惊的就是斯大林政权下的那段经历在他们脸上所烙下的这种多疑、愤怒和永远都走投无路似的可悲相。一旦他们信口开河地对你诉说起自己的往事，不要设法阻止他们，他们都十分精明，深知单纯讲述这些趣闻轶事是无望争取对方做出决定的，实际上，这只不过是一次有益于他们自己身心健康的发泄而已。贝内突然停了下来，仿佛已经讲得精疲力竭。

“我不明白我们在这儿干什么!”他粗暴地说道。

“我刚才就对你们有言在先，我们准会白白浪费时间的。”亨利道。

他们全站了起来，莫尔特贝格两只眼睛久久地盯着亨利：

“也许我们后会有期，这一天的来临恐怕比您想象的要早。”他几乎用一种温和的声音说道。

等他们离开办公室，萨玛泽尔“哼”一声说道：“跟狂热分子交谈难呀。最让人气恼的，是他们之间也都相互憎恨。谁要是在斯大林的阵营里呆的时间稍长一点，对方就会把他视作叛徒。可实际上他们全都是可疑分子。贝内在莫斯科当了十五年的记者，若他当时对当局也像今天这样怒不可遏，那他在行动上该是多么怯懦！这是一些嫌疑分子。”他洋洋自得地下结论道。

“不管怎么样，他们不愿与戴高乐主义同流合污，这种态度是光明磊落的。”亨利说。

“他们缺乏政治见解。”萨玛泽尔说。

萨玛泽尔在左派队伍中吃了败仗，如今归附右派，这在他最自然不过了，况且他自己感兴趣的只是听他讲话的人的数量，而不是自己做报告的质量。他向亨利建议采用伏朗热的文章，讲起戴高乐联盟的纲领时带着不失分寸的好感。亨利假装没有听懂他的暗示，但要这种小把戏也纯属枉然。萨玛泽尔没有犹豫多久，很快就直抒己见。

“对所有诚心诚意想组建一个独立左派的人来说，是可以大显身手的。”他显得坦率地说道，“斯克利亚西纳认为没有美国的支持，欧洲就难以自主，这是有道理的。我们的任务应该是团结各种反对西方苏联化的力量，为一个名副其实的社会主义服务，接受来自美国人民的美方支持，同意与戴高乐联盟联合，因为该联盟有可能朝左派政治的方向发展。这就是我向大家建议的纲领。”

他目光严肃而又急切地盯着亨利。

“别指望我将这一纲领付诸实施。”亨利说，“我将一如既往，尽力与美国政治斗争。您完全知道戴高乐主义是反动的。”

“我担心您对形势不怎么了解。”萨玛泽尔说，“尽管您处处小心谨慎，我们最终还是被别人划为反共分子，我们因此而失去了一半读者。报社的唯一希望是赢得其他读者。为此，我们不能半途而废，而应该朝我们刚刚投入的方向大步前进。”

“那就真的要成为反共报刊了！”亨利说，“不行。如果不得不倒闭，就倒闭好了，可我们还是要把我们的路线坚持到底。”

萨玛泽尔什么也没有说，特拉利奥显然与他持同一观点，可他知道朗贝尔和吕克始终是支持亨利的。对付他们这个三人集团，他无能为力。

“您读过《铁钻》了吗？”两天后，他喜形于色地问道，然后把周报往亨利的桌上一扔。“好好读读。”

“《铁钻》上有什么特殊的东西？”亨利漫不经心地问道。

“有拉舒姆写的一篇有关您的文章。”萨玛泽尔说道。“读读吧。”他重复道。

“我等一会儿再读。”亨利说。

萨玛泽尔刚一离开办公室，亨利就打开了报纸。《摘下假面具》，这就是文章的题目。亨利愈读愈气愤，气得喉咙眼直缩。拉舒姆任意掐头去尾、断章取义地解释说亨利的全部作品无不显露出一种法西斯的敏感性，字里行间透溢出一种反动的意识形态，尤其是他的剧作是对抵抗运动的侮辱；在他的内心深藏着对其他人的鄙视，他不久前在《希望报》发表的卑鄙的文章清楚地证明了这一点；与其说在发起这场污蔑运动的时候声称自己对苏联有好感，倒不如公开宣布自己是反共分子，这样做也许会更加光明磊落；他那种明显的狡猾充分表明了他对自己同行的敬意是何等不值一提。虽然不是白纸黑字地明确写上叛徒、卖身投靠者等字样，但字里行间不难看出这种指责。这就是拉舒姆所写的。拉舒姆。在他躲在亨利家中的那段时间，他总是满脸喜悦地帮助波尔用蜡擦镶木地板，亨利仿佛又看到了这一切。他看见他裹着一件过长的外套，激动不已地在里昂车站与他告别。圣诞节的穗形彩花在噼啪作响，他坐在红酒吧的一张桌旁说道：“必须肩并肩地工作。”之后不久，他又以困惑的神态说道：“别人从来就没有攻击过你。”亨利尽量去想：“这不是他的过错。罪魁祸首是故意挑选他来干这件苦差事的党组织。”可渐渐地，亨利气得眼睛发红。完全是他自己编造了那每一句话，他绝没有限于服从命令，这是在重新编造。他这样做比起他的同谋来说更加不可饶恕，因为他完全知道自己是在撒谎。他明明知道我不是一个法西斯分子，我也永远不会成为法西斯分子。

他站了起来。用不着反击这篇文章：拉舒姆自己心里清楚，亨利没有什么可说的。当词语已失却其意义时，唯一可行的就是动手去打。他上了车子。此时，拉舒姆应该在红酒吧。亨利全速向红酒吧驶去。他发现樊尚跟伙伴们在一起喝酒，可不见拉舒姆。

“拉舒姆不在这儿？”

“不在。”

“那他可能在《铁钻》周报社。”亨利说。

“我不知道。”樊尚说。他站起身，随亨利向门口走去，“你车子在吗？我要去报社。”

“可我不去。”亨利说，“我要去《铁钻》周报社。”

樊尚跟他走出门外，说道：“算了。”

“你读过拉舒姆的文章了？”亨利问道。

“读过了，发表之前，他还给我看过呢。我跟他吵了一架。那是一个可恶的混账。你去大闹一场又于事何益？”

“我很少想去揍人。”亨利说，“可这一次非揍不可。要是闹出丑闻来更好。”

“你错了。”樊尚说，“他们准会乘机大做文章，越走越远。”

“还能走得更远？可他们已经把我当成了法西斯分子。”亨利说，“他们不可能走得更远了。而且不管怎样我都不在乎。”他拉开车门，樊尚抓住他的胳膊：

“你知道，一旦他们决定要整哪个人，不达目的是不会罢休的。”樊尚说，“你的生活中有个弱点，他们准会对此下手。”

亨利看了看樊尚：“有个弱点？你是想说若赛特及有关她的闲言碎语吧？”

“对。也许你还料想不到，可所有人都知道了。”

“他们总不至于有这个胆量。”亨利说。

“你以为他们在乎什么。”他犹豫了一下，“拉舒姆把文章给我看时，我大骂了一通，他不得不删去了十行。可下一次，他准会全盘托出。”

亨利沉默不语。可怜的若赛特，多么脆弱啊！一想到她正在读被拉舒姆删去的那十行字的模样，亨利不禁脊背发凉。他坐到方向盘前：“上车吧，咱们去报社，你说得对。”他启动了车子，又补充了一句：“谢谢你！”

“我真不相信这会出自拉舒姆之手。”樊尚说。

“不管是出自拉舒姆还是别人之手，我都不敢相信。”亨利说，“从某人的私生活入手攻击某人，采取这种手法，也确实太卑鄙了。”

“是卑鄙。”樊尚说，接着犹豫了一下，“可有一件事你应该明白：对你来说，已无私生活可言。”

“怎么！”亨利说，“当然有，我有自己的私生活，它只与我自己有关。”

“你是一个社会活动家，你所做的一切都属于公开范围：这就是证明！你必须在各个方面都无懈可击。”

“面对污蔑是没有防卫可言的。”亨利说。他们一时默默地向前驶去。“我真想不到他们竟然选择了拉舒姆干这种事。”亨利说，“偏偏选中了拉舒姆，真是处心积虑啊！”接着又说了一句，“他们该是多么恨我！”

“你别自以为他们爱你。”樊尚说。

他们在报社前停了车，亨利下了车子，说道：“我去买点东西，五分钟后就回来。”他没有什么东西要买，只是想独自呆五分钟而已。他徒步径直向前走去。“你别自以为他们爱你！”不，他并没有这么认为，可他无论如何也想不到他们对他抱有如此敌意。对手明枪交战，决斗时相互尊重，这早已过时的口号在他的心里，在他的唇间震荡。这是早在两年前，早在几世纪前流行的口号，如今谁也不明白其意义何在。他心中有数，共产党人会公开攻击他，可他自以为还有许多人内心对他是敬重的，甚至还以为可以促使他们三思而后行。“实际上，他们全都恨我！”他自言自语道。他信步朝前走去。巴黎美丽而忧郁，犹如笼罩在秋日蒙蒙金色中的死亡之城布鲁日。仇恨紧紧地尾随着他。这是一种相当痛苦的新的体验。

“情爱，绝不会总是奉献给你，”亨利暗忖，“友谊也如同生活一般没有保障。可是仇恨绝不放过任何人，它像死神一样必定降临。”从此之后，不管他走向何处，也不管他做什么事情，这一念头将处处缠绕着他：“我受到了憎恨!”

斯克利亚西纳早在亨利的办公室里等着他。“他读过了《铁钻》，自以为应该趁热打铁呢!”亨利暗暗在想，然后开口问道：

“你有事要跟我谈吗?”他故作关切地又补充了一句，“哪儿不舒服了?你脸色不好。”

“我头痛得厉害，不过是因为睡眠太少，饮酒太多了，没什么要紧的。”斯克利亚西纳答道。他说罢从椅子上站起身来，脸色变得严厉起来：“我是来问问你，自那天以后你的看法是否有所改变?”

“不，”亨利说道，“我决不改变。”

“共产党人那样子对待你，还不能让你好好想想?”

亨利哈哈大笑起来：“噢!我想过的。我思考得很多。我一直在思考!”

斯克利亚西纳深深地叹了口气：“但愿你最终能明鉴是非。”

“算了吧!你别伤心了。你用不着我。”亨利说。

“谁也不会指望谁。”斯克利亚西纳说道，“左派丧失了干劲，右派什么也没有学到手。”他声音阴郁地添了一句，“有时，我真恨不得去乡下隐居。”

“那就去隐居吧。”

“我感到自己没有这个权利。”斯克利亚西纳说道。他神态疲惫地用手摸了摸额头，“脑袋多疼哟!”

“你要不要来片提神乐?”

“不，不，我等会儿去见人，都是过去的一些朋友。总是不太令人愉快，用不着头脑太清醒。”

出现了一阵沉默。“你会对拉舒姆进行反击吗?”斯克利亚西纳问道。

“当然不。”

“遗憾。只要你愿意，你是善于自卫的。对迪布勒伊的回击就恰到好处。”

“对。可回击得到底正确不正确呢?”亨利说道。他用目光询问着斯克利亚西纳,“我在寻思给你提供情况的那个人是不是很靠得住。”

“哪一个人?”斯克利亚西纳痛苦地用手摸着脸问道。

“那个说亲眼看见迪布勒伊党证和登记表的人。”

“噢!”斯克利亚西纳说,淡然一笑,“那个人根本就不存在!”

“真不可思议!是你瞎编的!”

“在我看来,迪布勒伊是个共党分子,不管他是否已经登记入党。可我没有办法让你相信我的这种看法,于是便略施小计。”

“要是我当时同意见那个人呢?”

“最基础的心理学知识使我坚信你定会拒绝。”

亨利惊骇不安地看了看斯克利亚西纳,他实在没有心思去责怪他,对方已经承认撒谎,而且竟然这般自然!斯克利亚西纳神态尴尬地笑了笑:“你生气了吧?”

“我实在料想不到别人会干出这等事来!”亨利说。

“实际上,我是帮了你的忙。”斯克利亚西纳说。

“那请你允许我不再向你表示感激了。”亨利说。

斯克利亚西纳笑而不答,他站起身:“我得去赴约了。”

亨利目光直勾勾地,一动不动地呆了很久。倘若斯克利亚西纳当初没有凭空捏造出那个人来,会出现怎样的局面呢?也许事情仍然会像现在这样发展,可也可能不这样发展。反正,他实在不愿意去想自己打的竟是作弊的牌。他实在憋不住,真恨不得能收回自己干的蠢事。“我为何就不能设法对纳迪娜解释解释呢?”他突然想。樊尚常与她见面,他决定向他打听一下他们俩下次什么时候碰面。

第二个星期四,纳迪娜正在咖啡店里等人,亨利走进去,他心里隐隐约约地感到有些紧张。可是纳迪娜到底怎么想,从前亨利是从不太在乎的。他站在纳迪娜的桌前:“你好。”

她抬起双眼,淡然地说了声:“好。”看她的神态,似乎都没有任何诧异的表示。

“樊尚要迟点儿来，我是来告诉你的。我能坐下吗?”

她点了点头，没有答腔。

“我能跟你谈谈，心里感到十分高兴。”亨利笑眯眯地说，“我们俩有私人关系，因此我想了解清楚我与你父亲闹翻了是否也就与你闹翻了。”

“噢！什么私人关系，碰到了才打个招呼。”纳迪娜冷冰冰地说，“你再也不去《警觉》杂志社了，再也不照面了：这没关系。”

“我请你原谅，我还是觉得有关系的。”亨利说，“如果我们还没有闹翻，那何不经常在一起喝杯酒聚一聚，这又不碍事的。”

“可也并不是非得这样做。”纳迪娜说。

“在我看来，我们是闹翻了吧?”亨利问道。她睬也不睬。亨利又补充问道：“樊尚跟我是一伙儿的，可你不是经常和他见面吗?”

“樊尚可没有写你写的那种信。”纳迪娜说。

亨利连忙说：“得承认你父亲写得也不客气!”

“这不成其为借口。你写的那篇简直差劲透了。”

“算了。”亨利说，“因为我当时在火头上。”他盯着纳迪娜的眼睛，“有人有证有据地向我发誓你父亲登记加入共产党了。他竟然瞒着我，我气得要命。请你设身处地为我想一想吧。”

“你只要不信那些无稽之谈就行了。”纳迪娜说。

只要她显出这种执拗的神态，就别指望说服她，再说，若不谴责迪布勒伊，亨利就无法洗刷自己。于是，他也就算了。

“仅仅是因为那封信你怪我?”他问道，“或者是你的共产党伙伴让你相信我是个社会叛徒?”

“我没有共产党伙伴。”纳迪娜说，并朝亨利的脸上狠狠地瞪了一眼，“不管是不是社会叛徒，你反正已经不是过去的你了。”

“你说的是蠢话。”亨利气恼地说，“我还是我。”

“不。”

“我什么地方变了？什么时候开始变的？你到底责怪我什么？请你讲个明白。”

“首先你经常与那些卑鄙的家伙来往。”纳迪娜说道，嗓门突然变粗，

“我总认为你至少还是愿意记住过去的。你在剧本中说得很漂亮：不该忘记，等等。可实际上你和其他那些人完全是一路货色！”

“啊！樊尚肯定跟你说过那些荒唐事了！”亨利说道。

“不是樊尚，是塞泽纳克。”纳迪娜两眼闪着火光，“你怎么能去摸那个臭女人的手呢？我还不如活活剥皮去……”

“我再把那天跟樊尚说过的跟你说一遍：我的私生活只跟我个人相关。此外，我认识若赛特已经一年之久。不是我变了，而是你自己。”

“我没有变，只是去年我还不知道目前了解的这些情况。再说我是信赖你的！”她以挑衅的口气说道。

“可你为何不再信赖了？”亨利愤怒地问道。

纳迪娜垂下脑袋，板着一副面孔。

“在劳改营这件事上，你站到了反对我的一方？这是你的权利。可单从这件事就下结论我是个混账，还远远不够。这无疑是受你父亲观点的影响。”他气呼呼地添了一句，“可你以前没有习惯把他说的话当作《圣经》。”

“揭露劳改营的事，不是什么混账。就这件事本身来讲，我甚至认为是有道理的。”纳迪娜声音稳重地说，“问题在于你为何要这么做。”

“我不是已经解释过了吗？”

“你讲的都是一些公开的理由。”纳迪娜说，“可你自己内心的想法，别人还不了解。”她再次冷冷地瞪着亨利，“整个右派都为你大唱颂歌，这就让人不明白了。你会对我辩解说你对此无能为力，可我还是闹不明白。”

“说到底，纳迪娜，你总不至于真的认为发起这场运动是我为了向右派靠近的一种手段吧？”

“反正右派是与你靠近了。”

“真荒唐！”亨利说道，“要是我想投靠右派，早就投靠了！你看得一清二楚，《希望报》并没有改变路线。我向你发誓其中也有我的一份功劳。樊尚没有跟你解释过这是怎么一回事吧？”

“一旦事关自己的朋友，樊尚就成了瞎子。他当然护着你，这只证明他心地之纯洁，证明不了其他东西。”

“那你呢，当你骂我是混账时，你有证据吗?”亨利问道。

“没有。我也没骂你，我只是疑心，仅此而已。”她苦笑道，“我生来就多疑。”

亨利站了起来：“算了，你就怀疑去吧。只要我对某人还有一点儿友情，我总是尽量信任他，但这确实不是你的秉性。我不该来的，抱歉了。”

“再也没有比疑心更糟糕的东西了。”他回到自己住处，心中暗自思量，“我倒愿意别人像拉舒姆那样公开污蔑我，那样做还更坦率。”他想象着迪布勒伊、纳迪娜和安娜正在书房里喝咖啡的情景。他们没有公开说：“这是个混账。”不，他们都很谨慎，不会这样辱骂，只是疑心而已。对疑心的人能回答什么呢？一个罪犯至少可以为自己寻找借口，可一个嫌疑犯呢？他完全束手无策。“对，他们就是要把我搞成一个束手无策的嫌疑犯。”继后几天里，他心里总是气呼呼地这么想，“此外，他们大家都怪我有自己的私生活!”可是，他既不是领袖，也不是旗手，他热爱自己的生活，珍惜自己的私生活。相反，他对政治已经受不了了。跟政治纠缠在一起，永远就没有个尽头，每次做出牺牲总招致新的义务。最早牺牲了报纸，如今别人又想剥夺他的一切乐趣。一切欲望。他们到底以什么名义呢？不管怎样，总是不能做自己乐意做的事，甚至相反，往往要干些违心的事情，这样一来，自我烦恼也是白搭。他暗暗下定决心，不再自我折磨，而要随心所欲，爱干什么就干什么：就他目前所处的景况而言，这样做没有任何关系。

尽管如此，当他晚上坐在吕茜·贝洛姆和克洛蒂·德·贝尔琼斯中间，面前的桌上摆着一瓶甜腻腻的香槟酒时，亨利还是禁不住突然向自己发问：“我到底在这里干什么?”他不喜欢香槟酒、吊灯、镜子和座椅的绒面，也不喜欢这些竞相炫耀自己那点残存的姿色的女人，无论是吕茜、杜杜尔、克洛蒂、维尔侬，还是这位据说是维尔侬恋人的日渐衰老的年轻演员，亨利全都不喜欢。

“这时，她走进了卧室，”克洛蒂讲述道，“看见他一丝不挂地躺在床上，还有一条小小的尾巴……像这样子，”她边说边伸出小拇指，“她开口问道：‘这玩意儿往哪儿放？放鼻孔里?’”三个男人纵声哈哈大笑，吕茜声音有些生硬地说："太滑稽了!"她为与一位出身高贵的女子交往感到荣幸，可又为克洛蒂跟下等人一起聚会时故意摆出那副粗俗的腔调而气愤。吕茜尽量拿出一副与众不同的样子，以不失其高雅。她朝亨利转去身子。

"鲁埃利演丈夫的角色说不定很合适。"她嘀咕道，一边指了指那个正在用吸管吸维尔依杯中葡萄酒的英俊小伙子。

"什么丈夫?"

"若赛特的丈夫。"

"可没有他的戏：剧情刚一展开他就死了。"

"我知道，可要搞电影，您那故事就太悲惨了。布里厄建议让那位丈夫幸免于难，逃进游击区，最后宽恕了若赛特。"

亨利一耸肩膀："布里厄要么拍我这部片子，要么就拉倒。"

"您不要因为别人请您把一个死人改成活人，就唾弃那两百万块钱!"

"他是故意对那钱不屑一顾。"克洛蒂说，"可瞧眼下那黄油卖的价钱，谁都很需要钱。现在黄油卖的价钱就差点到德国人在的时候那么贵了。"

"不要当着一个抵抗主义者的面这样说话。"吕茜道。

这一次，他们全都一起笑开了，亨利也跟着笑。不管是朗贝尔还是樊尚，是伏朗热还是拉舒姆，或者波尔、安娜、迪布勒伊、萨玛泽尔，甚至吕克和所有那些不知姓名、对他有所期望的人，若他们听到这些人的谈话，看到他这副样子，肯定会齐声斥责他。正是因为他不该呆在这儿，现在他才跟这些人呆在此处。他错了，他彻底错了，完完全全错了，无可辩驳地错了：可这又是多么令人心安啊！总是没完没了地反问自己"我对了还是错了"，这样最终总是受不了的。至少在这个晚上，他知道了答案：我错了，我完全错了。他已经与迪布勒伊彻底闹翻了，革命解放联合会已经把他除名，原来的大部分朋友只要一想起他，就气得浑身发抖。在《铁钻》周报社，拉舒姆及其伙伴——在巴黎和外省还有多少这样的人——称他为叛徒。在四十六号演出厅的后台，机关枪在哒哒扫射，德国鬼子在烧一个法国村庄，愤怒和恐惧又在麻木不仁的心中唤醒。到处燃烧着仇恨的火焰。他得到的就是这种报答：仇恨，没有任何办法可以战胜。他终于明白了斯克利亚西纳为何酗酒。他又给自己满斟了一杯。

“您所做的是勇敢之举。”吕茜说。

“做什么?”

“谴责所有那些恐怖行径。”

“噢，凭这一点就算勇敢，那法国有成千上万的英雄。”亨利说，“如今攻击苏联，可没有被枪杀的危险。”

她有些困惑不解地打量着亨利：“对，可您选择的应该是左派阵营的位置，这件事恐怕会连累您的吧。”

“可您想想，要是我在右派，会有什么样的位置!”

“右派，左派，这些概念早已过时了。”杜杜尔说道，“应该让国人明白一点，那就是劳资合作对于国家振兴是必要的。您破除了反对双方和解的其中一个神话，做了件有益的事情。”

“别过早地向我表示祝贺!”亨利说。

最令人痛苦的孤独感莫过于此，竟受到这帮人的赞赏。十一点半钟，这是最令人恐怖的时刻，剧院渐渐空了。他在三个小时里一直憋在心底的种种意识全都爆发了，一下子全都向他袭来：何等残酷的屠杀啊!

“那个迪布勒伊老头该口吐白沫了吧。”克洛蒂一副得意的神态说道。

“哎，可他老婆跟谁睡觉呢?”吕茜问道，“因为说到底，他几乎是个老头子了。”

“我不知道。”亨利说。

“我很荣幸，她曾到过我家一次。”吕茜说，“好一个傲慢的女人！啊！我就讨厌这种女人，一身公园出租椅子的人的打扮，以显示出自己多有社会观念。”

安娜是个傲慢的女人。见过大世面的杜杜尔解释说葡萄牙是个天堂，他们全都认为富足是功德所在，他们腰缠万贯是命该如此；亨利只得保持缄默，既然是他自己坐到这些人中间来的。

“……好，”若赛特边说边把一只饰着闪光片的小包往桌上一放。她身着那件慷慨地袒胸露肩的绿裙，亨利百思不得其解，既然男人的欲望是对她的伤害，可她为什么又如此不可思议地把自己奉献给男人的目光。他不愿这一细嫩的肉体像姓名那样公开暴露。若赛特坐在桌子的尽头，与他紧挨着。亨利问道："演出顺利吗？没有人嘘嘘喝倒彩吧？"

"噢！对你来说，是次巨大的成功。"她答道。

就整体而言，对她的评论不算太差。这已是一个开端，凡事开头难嘛。凭她的相貌和耐心，她大有希望获得体面的成就，可是她却失望了。她神色一亮："你看见了吗？尽头那张桌子，坐着菲莉茜娅·洛佩兹，她是多么漂亮！"

"她的首饰尤其漂亮。"吕茜说。

"她相貌漂亮！"

"我的小姑娘，"吕茜似笑非笑地说道，"决不能当着一个男人的面说另一个女人漂亮，因为他可能认为你不如那个女人漂亮，而且要记牢，任何一个女人都不会蠢得像你看待别人那样看待你。"

"若赛特有啥说啥总可以吧。"亨利说道，"她用不着担心什么。"

"和您打交道，也许是。"吕茜以略显鄙夷的口气说道，"可要是换了别人，决受不了面前的这张哭丧妇似的脸。给她倒点喝的吧。一个美丽的女人应该高高兴兴才是。"

"我不想喝。"若赛特说道，连声音都碎了，"我唇角长了一个疱，准是肝出了毛病。我喝杯维希矿泉水吧。"

"多怪的一代呀！"吕茜一耸肩膀说道。

"喝酒的好处就在于最后能醉。"亨利说。

"你没有醉吧？"若赛特不安地问道。

"噢，要想用香槟灌醉自己，那得使出赫拉克勒斯[1]似的劲儿去喝。"他把手向酒瓶伸去，她挡住了他的胳膊。

"正好。我有点事想跟你谈谈。"她吞吞吐吐，"可先答应我不生气。"

他笑道："我总不能不知道什么事就承诺吧。"

她不耐烦地看了看他："不然就是你不再爱我了。"

"说吧。"

"呃，我那天晚上接受了《现代夏娃》的一次采访……"

1　Heracles，希腊神话中伟大的英雄，是阿尔克墨涅和宙斯所生的儿子，以力大闻名。

“你又说了些什么?”

“我说我们俩订婚了。这不是逼迫你非要娶我。”她急忙说，“随你什么时候，我们都可以宣布取消婚约。但是，别人总是看见我们俩在一起，说订了婚，可以提高我的身价，你理解吧。”她从那闪闪发光的小包里抽出一页杂志，自鸣得意地摊开。“这一次，他们可算写了一篇客气的文章。”

“给我看看。”亨利说，接着又喃喃地说：“啊！我气色很好嘛!”

若赛特袒胸露肩，笑盈盈地坐在亨利身旁，面前放着好几杯香槟酒。亨利也是满脸笑容。他突然气恼地想：“完全像现在这副样子。由此而想象我整夜整夜地喝香槟，进而被美国所收买，只有一步之差：这一步别人很快就会跨过。”然而，他并不喜欢这嘈杂的喧闹声，他经常光顾时髦的场所仅仅是为了讨若赛特的欢心，可这算不了什么，这些时光与他真正的生活并不相干。他目不转睛地盯着照片：“事实是那上面就是我，而且还呆在这儿。”

“你生气了?”若赛特问，“你答应不生气的。”

“我一点儿也没有生气。”他说道，心里一横：“就让他们去放屁吧!”他不欠任何人的债，渐渐把所有的过错都置之一边：这才叫真正的自由自在!“来跳舞。”他说道。

他们在舞池里跳了几步。舞池里挤满了身着无尾常礼服的男人和身着裘皮服装的女人。若赛特问道：“我愁眉苦脸的样子真让你讨厌吗?”

“我讨厌你总是忧郁不欢。”

她一耸肩膀：“这不是你的过错。”

“可我心里还是烦呀，用不着那样，你知道，对你的评论很好，我向你保证你肯定会有不少聘约……”

“对，是蠢，因为我就是蠢。我原以为彩排一过，第二天，一切就会突然改观，比如妈妈再也不敢用那种口气跟我说话，我内心呢，也能与过去感觉有所不同。”

“等你演多了，对自己的才华深信不疑了，那时，你会觉得一切都会不一样的。”

“不，我原以为……”她结结巴巴地说，“以为神着呢。”当她用词语修饰尚不明晰的思想时，样子着实动人。“当一个人爱上你，真的爱上你的时候，那就神了，一切都全改变了。我原以为彩排之后一切都会这样呢。”

“你有一天跟我说过谁也没有爱上过你，是吗？”

她脸霍地发红：“噢！就一次，只有过一次，我当时很小，刚刚出了寄宿学校，当时的情况都记不清了。”

亨利和蔼地说：“可看你的样子，好像还记着似的。那人是谁？”

“一个年轻小伙子，可他走了，去美国了，我把他忘掉了。都是过去的事了。”

“那我们俩呢？”亨利问，“是不是有点儿神呢？”

她带着某种责备的神情看了他一眼：“噢！你很客气，你总跟我说些好听的话，可这不是生死恋。”

亨利有些气恼地说：“那个年轻小伙子也不是如此，既然他走了。”

“啊！别跟我提那件事了。”若赛特气呼呼地说，她这种声音亨利可从来没有听过。“他走了，是因为他不走不行。”

“可他没有因此而死吧？”

“你怎么知道的？”她问道。

“亲爱的，请原谅。”他对她激烈的声音感到吃惊，说道，“他真死了？”

“他死了。他死在了美国。你高兴了吧？”

“我不知道这事，别生气。”亨利把她拉回桌旁，低声地说。过去十年了，她还能有着如此灼痛的记忆？“她爱别人能比爱我更深？”他不快地自问，“若她不爱我，那更好，这样我就没有责任了，也就没有罪过了。”他连饮了数杯。突然，周围的一切东西全都开始说起话来：它们所发出的信息令人迷惑，其速度之快令人张皇失措。这种种信息唯有他才能捕捉，可惜很快就被忘却了。这根随意横在一只酒杯上的木筷，他已经记不清到底意味着什么。这盏吊灯，这盏巨大的水晶玻璃吊灯到底代表着什么？那只在吕茜头顶摇晃的小鸟是一块墓碑：这只用稻草填塞了躯壳的死鸟就是他自己的墓碑，就像路易一样。路易为什么没有乔装成小鸟呢？实际上，他们全都是披着人皮的禽兽。在他们的脑子里不时会产生一小股电流，于是话语便从他们嘴中吐出。

“瞧，”他对若赛特说，“人们全把它们打扮成了人：猩猩、鬈毛狗、鸵鸟、海豹、长颈鹿，它们全在说话，可谁也不明白别的动物跟它在说些什么。你瞧，你也不明白我在说些什么：我们俩也一样，不属于一类。”

“不，我真不明白。”若赛特说。

“没关系。”他宽容地说，“没任何关系。”他站起身，“来跳舞。”

“可你是怎么了？你踩着我的裙子了。你喝多了吧？”

“再喝也不多。”他说，“你真的不愿喝一点儿吗？感觉好极了。干什么都可以：打杜杜尔或亲你母亲……”

“你不会去亲我妈妈吧？你怎么了？我从没见到你这副样子。”

“你就瞧我的吧。”他说道。众多的往事在他的脑中跳跃，忽然闪现出朗贝尔的一句话：“要知道，”他神态庄严地说，“我是容忍罪恶的！”

“看你说些什么呀？来坐下。”

“不，跳舞。”

他们跳了又坐，坐了又跳；若赛特渐渐快乐起来：“瞧那个刚进门的大个子，他叫让-克洛德·西维尔。”她赞叹道，“这个夜总会真好，下次再来。”

“对，是好。”亨利说。

他诧异地环顾四周。他到底在这儿干什么？所有的东西猛地停止了话声。他困了，肚子里黏糊糊的。“这也许就叫放荡吧。”至少得到了解脱：只要有点儿运气，再加上许多威士忌，一夜嘛，总是可以解脱的。斯克利亚西纳经常这么说，他在这方面是行家了。用香槟酒也可奏效：可以忘却是非曲直，忘却仇恨，忘却一切。

“是好。”亨利重复道，“再说，正如他们所讲的，谁也不会纯粹为玩而玩，不是吗？亲爱的，咱们下次再来。咱们一定再来。”

第八章

靠拒绝这一份爱去体验这一份爱，这事是多么奇特啊！刘易斯的来信让我心碎。他在信中给我写道：“我难道还要继续下去，对您一往情深吗？”还有一次，他写道：“您对我玩弄的这一招可真怪啊。我再也不想把女人领进家中过夜，对那些我本可以赋予一丁点儿爱心的女人，如今我再也没有任何东西可以奉献了。”每当我读着这些话语，总恨不得扑进他的怀抱！既然我不能这样做，那就应该对他明说：“忘了我吧！”但是，我不愿明言相告，我希望他爱我，我需要给他造成的这一切痛苦，在内疚之中承受他的忧伤。我也是为自己在经受痛苦。时间过得多么缓慢，又流逝得多么迅速啊！刘易斯离我仍然那么遥远，可我却一天天走近我的垂暮之年，我们的爱情在渐渐衰老，他终将离开人世而没有真正享受到这份爱。这一念头令人难以忍受。我庆幸离开了圣马丁，回到巴黎重又和病人、朋友相聚，重又听到昔日的声音，重又忙忙碌碌，迫使自己再也不去想自己。

自六月以来，我一直没有见到波尔。克洛蒂缠上了她，邀请她到她家在勃艮第的城堡去消夏：波尔竟然接受了邀请，令我极为惊诧。我一回到巴黎，便给波尔打了电话，对她话声中那种轻快而又冷淡的客气劲儿，我实在困惑不解。

“当然，我很高兴见到你。明天有时间一起去参加马尔加迪埃画展的开幕式吗？”

“我更乐意找个更安静的地方和你见一面。你没有别的空暇吗？”

“我很忙。等等。你能在明天午饭后来一下吗？”

“没问题。一言为定。”

多少年来，波尔第一次一身城市人的打扮给我开门。她身着一套灰色交织呢新潮衣服，里边是一件黑色的衬衫，头发高高地挽起，额前留着刘海，眉毛修得细溜溜的，脸上变得臃肿起来，还有点轻微发红。

“你好吗?”她满怀深情地问，“你假期愉快吗?”

“很好。你呢?你高兴吗?”

“十分高兴。”她答道。听她口气，好像带着深长的弦外之音。她一副既尴尬又挑衅的神态细细打量着我，“你不觉得我变了吗?”

“你好像气色很好。”我说，“你还有一套十分漂亮的衣服。”

“是克洛蒂送给我的礼物，是巴尔芝时装店做的。”

她衣服裁剪考究，鞋子式样雅致，确实无可挑剔。可是比起她以前为自己创造的那种过时的装束，我觉得她现在这身打扮反倒显得更加奇怪了。也许只是因为我对她这种新的风度还不习惯吧。她坐下来，双腿交叉，点燃了一支香烟。“你知道，”她微笑着说，“我是一个新派女郎了。”

我不知如何回答才好，傻乎乎地说道：

“是克洛蒂的影响吧?”

“克洛蒂只不过是个托词而已，尽管她是一个十分了不起的女人。”她说道，接着思索了片刻。“人呀，比我想象的要有意思得多。一旦不再与他们疏远，他们便一心跟你亲近。”她用挑剔的神态打量着我，“你应该多出门走走。”

“也许。”我怯懦地答道，“那边都有些什么人?”

“噢！什么人都有。”她兴高采烈地说。

“你难道也要搞一个沙龙?”

她笑道：“你以为我没有这个能耐?”

“恰恰相反。”

她一抬眉毛：“恰恰相反?”出现了一阵短暂的沉默，接着她冷冷地说：“反正眼下要顾其他的事。”

“什么事?”

“我在写作。”

“那好！”我满怀热情地说。

“我并不认为自己是个才女。”她笑眯眯地说，“可那边的人都说白白浪费如此的天赋，岂不是罪孽。”

“你写什么呢？”我问。

“叫什么都行：短篇小说或者诗。难以归类。”

“你把自己写的给亨利看过吗？”

“当然没有。我告诉他我在写作，可我什么也没给他看过。”她一耸肩膀，“我肯定他看了准会困惑不解。他从来就没有想过要创造新的形式。再说，我眼下进行的试验，该独自去搞。”她正面看了我一眼，接着庄重地说：“我发现了寂寞。”

“你不再爱亨利了？”

“当然爱。可把他当作一个自由人来爱。”她把香烟往空壁炉里一扔。“他的反应真奇怪。”

“他意识到你变了吗？”

“显然知道。他又不傻。”

“说来也是。”

可我却感到自己真傻。我用目光询问着波尔。

“首先，他回巴黎后，我对他没有任何表示。”她得意洋洋地说，“我等着他先来电话，他果然很快就打了电话。”她静思片刻，接着说：“我穿上了漂亮的套服，样子十分安宁地给他开了门，他脸色骤变，我感觉到他慌乱不堪。他转过身去，把额头倚在窗台上，以便遮着自己的脸，我呢，却从容不迫地跟他讲述我们和我自己的事。后来，他神态十分古怪地看了看我。我马上明白了他已经打定主意，要考验我。”

“为什么要考验你？”

“他一时憋不住想建议我重新一起生活，可他很快控制住了自己。他想对我有十分把握，他有权表示怀疑。这两年来我对他可不怎么顺。”

“后来呢？”

“他严肃地向我解释他爱上了小若赛特。”她纵声大笑道，“你想象得到吧？”

我吞吞吐吐："他真的跟她有事，不会吧？"

"当然不会。可他根本用不着跟我说爱她。若爱她，他决不会告诉我的。他是要观察观察我，你明白吧。可是我先赢了，既然我自己得到了满足。"

"我明白。"我说道，尽力扮出一个信赖的笑脸。

"最有趣的，"她快活地说，"是他同时又大献殷勤，真难以想象：他只是不愿意我影响他，可一旦我不再爱他，我想他准能把我给杀了。好了，他跟我谈起了格雷万博物馆。"

"怎么谈起的？"

"就像这样，随便谈起的。传说有一个院士，好像是莫里亚克或者杜阿梅尔，马上就要在格雷万博物馆有自己的塑像，你知道亨利对此是不在乎的。实际上，他是在暗示他恋上我的那个美妙的下午。他希望我回想起过去。"

"真复杂。"我说。

"不。"她说，"真幼稚。再说，最容易做的事只有一件。四天后就是彩排，我找若赛特说去。"

"为什么事要找她谈去？"我不安地问。

"噢！什么都为，也什么都不为。我想制服她。"波尔轻佻地一笑，站起身来问道："你真不愿意参观那个画展？"

"我没有时间。"

她在自己头上搭了一顶黑色的贝雷帽，戴上了手套。

"说真心话，你觉得我怎么样？"

我再也不是从心底，而是从她脸上寻找答案。我认认真真地答道："你美极了！"

"星期四看彩排时见。"她说，"你参加夜宵招待会吗？"

"当然。"

我和她一起下楼。她连走路的姿态也变了。她从容不迫地径自走去，可这是一股夜游者的从容劲头。

彩排前的三天，我和罗贝尔看了《幸存者》的排演。我们俩的心全被抓住了。我喜爱亨利所有的书，就我个人而言，这些书无不打动我的心，可我不得不承认他写的东西再也没有比这部剧更好的了。这种语言表达的激烈程度，这种集诙谐与忧伤为一体的抒情手法，在他作品中都是首次出现。此外，在此作品中，剧情与思想之间没有任何距离：只要你注意剧情的发展，自然而然就会了解其意义。正因为这一意义与那一奇特却令人信服的故事紧紧结合在一起，所以便具有了丰富的现实性。“这才是真正的戏剧!”罗贝尔这样评价道。我希望所有观众的反应都会像我们一样。只是这一集闹剧与悲剧为一体的剧作有股生肉的味道，很可能会吓了观众。彩排那天晚上，启幕时，我真感到忐忑不安。小若赛特明显缺乏表演才能，可当一些观众开始起哄时，她表现不凡。第一幕后，掌声大起。终场时更是掌声雷动，取得了真正的巨大成功。当然，在一个命运不算太差的作家的生涯中，肯定有名副其实的欢乐时刻，可当他像这样一下子得知大获成功，该是多么激动。

走进餐厅时，我突然一阵冲动，内心腾起对亨利的好感。真正的纯朴感情是多么难得啊！在他的周围，一切都显得虚假，无论是微笑，还是话语，而他呢，却仍然是他自己。他一副幸福的神态，略显局促不安。我多么想对他说一些赞扬的话，可是我不该等待。五分钟后，我的喉咙便像打了结似的。应该说我是自找悲伤。我偶然看见吕茜·贝洛姆指着两个年轻的犹太女演员对伏朗热说：“德国人搞的不是焚尸炉，而是孵化场!”这种玩笑的分量我是知道的，可从来没有亲耳听过。我既为吕茜·贝洛姆，也为我自己感到恐怖。我暗自责怪起亨利来。他在剧中对人们的遗忘说了许多漂亮话，可更确切地说，他自己也忘了过去。樊尚说贝洛姆被剃过头，而且是罪有应得。那伏朗热呢，他在这儿干什么？我再也不想对亨利表示祝贺。我相信他已经感觉出我不舒心。因为碍于波尔的面子，我留下来呆了一会儿，可感到十分不自在，只得无节制地喝酒，然而这也帮不了我什么忙。我回想起朗贝尔对纳迪娜说的那番话。“我有什么权利非要固执地记住过去？”我扪心自问。“我做的不如别人多，受的苦也比别人少，若他们都忘记了，那就是应该忘记，我跟着他们忘记就是了。”但是，纵然我痛饮暴食也无济于事。我憋不住想骂人，想大哭一场。重归于好，宽恕他人！这是些多么虚伪的字眼。大家全都忘记了，这才是实质。忘记死去的人们这还不够。如今，我们还要忘记遭受的残杀，忘记杀人凶手。算了，我没有任何权利：如果说我眼中涌出泪水，那只与我个人相关。

那天晚上，波尔和若赛特谈了许久，可对她说了些什么我不得而知。继后的几个星期里，我觉得波尔似乎在回避我。她经常出门做客，或在家写作，一副忙碌的样子，神气活现。我对她很少顾及：我太忙了，要忙的事太多了。一天下午我回到家，发现罗贝尔气得脸色发白。我生来第一次看见罗贝尔气成这个样子。原来他刚刚与亨利闹翻了。他三言两语、声音断断续续地向我诉说了事情的经过，接着以命令的口气对我说：

“别想法子原谅他。他不可宽恕。”

我当时哪能立即为他辩解呢，我连声音都发不出来了。十五年的友情竟在一个小时中抹去了！亨利再也不会坐在这把扶手椅上了，我们再也听不到他那欢快的话语了。罗贝尔将是多么孤独！而对亨利来说，他生活中将是多么空虚！不，这不可能彻底崩了。我终于又说出了声。

“荒唐。”我说道，“你们俩都气疯了。在这种情况下，您可以在政治上宣布亨利的错误，而不要断了您的友情。我肯定他是诚心诚意的。要明鉴是非谈何容易。应该说如果要我负责做出决定，我定会乱了方寸。”

“看你的样子，好像以为我拳打脚踢赶走亨利似的。”罗贝尔说，“我巴不得能和和气气地解决问题。是他咣当一声关门而去的。”

“您肯定没有逼得他无路可走，要么向您屈服，要么断绝友情吗？”我说道，“当初您要求《希望报》成为革命解放联合会的报纸时，他肯定知道一旦拒绝就会失去您的友谊。这一次，既然他不愿屈服，无疑希望就此了结。”

“你没有看见当时的场面。”罗贝尔说，“他一开始就明显怀着恶意。我不认为重归于好是轻而易举的事，可是至少可以想办法避免大吵一场。他没有这样去做，反而对我们的理由全盘否认，拒绝与委员会一起讨论，他甚至含沙射影，说我暗中参加了共产党。你还用我对你明说：这次断交是他自找的吗？”

“瞧您想到哪里去了！”我说。

亨利无疑对罗贝尔心存积恨，可那是很早以前的事了。为何现在闹崩呢？

罗贝尔神色严厉地凝望着远处。“我妨碍了他，你明白吧？”

“不，我不明白。”我说。

“他现在的所作所为可真古怪。”罗贝尔说，“你看见他都跟哪些人交往吧？我们都是他的一块心病，巴不得早日摆脱。”

“您冤枉人！”我说，“那天晚上我也感到反感，可您亲口对我说过，如今要上演一部剧，那就非得妥协不可。亨利做得也并不过火。他跟那些人只是勉强来往。他是跟若赛特睡觉，可尽可放心，她影响不了他。”

“那次夜宵招待会本身并不严重，这我同意。”罗贝尔说，“可这是一个信号。亨利这个人就看重自己，他恨不得能随心所欲，只顾自己，用不着对任何人负责。”

“他只顾自己？”我问道，“他整天都在干那些让他烦恼的事情。您自己也经常承认他是多么忠心耿耿。”

“当他感兴趣时，是这样。但事实是他讨厌政治，他真正关心的只是自己。”罗贝尔不耐烦地一挥手，挡住了我的话，“我最责怪他的就是这一点。在这件事上，他一心只考虑别人会议论他什么。”

“别跟我说什么他会对劳改营的存在无动于衷吧。”我说。

“可我也不会对此无动于衷。问题不在这里。”罗贝尔说，接着耸耸肩膀，“亨利不愿意别人说他被吓唬住了，反倒心甘情愿投入反共阵营。在这种情况下，与我闹翻便解决了他的难题。他可以无拘无束地为自己塑造一个胸怀宽广的漂亮的知识分子形象，整个右派都将为之拍手称道。”

“对讨好右派亨利可不感兴趣。”我说。

“他本意是为了自己，可这轻而易举就会把他投向右派，因为在左派，漂亮的形象可得不到多少人喜欢。”罗贝尔举手伸向电话机，“我马上召集委员会明天上午开会。”

整个晚上，罗贝尔都一副凶神恶煞的样子，处心积虑地琢磨着欲提交给委员会的公开信。这天早上，当我打开《希望报》，看见上面印着亨利和他相互攻击侮骂的两封公开信，我的心里万分悲痛。纳迪娜也感到十分难过，她对亨利抱有深厚的友情，可她也不容忍别人公开攻击她父亲。

“是朗贝尔怂恿他干的。”她怒不可遏地对我说。

我多么想了解亨利脑子里到底是怎么想的。罗贝尔的解释怀有过分的敌意。最让他气愤的，是亨利跟他谈话时对他根本就没有一点儿信任。可不管怎么说，我心里想，对罗贝尔的所作所为，亨利确实有理由存有戒心。他可能会对我说亨利应该既往不咎吧？可说得好听，过去的事哪能随随便便就忘掉呢！我凭自己的经历知道一点，那就是对待那些不习惯对其进行评判的人，人们总是很容易不公道。我也一样，仅仅因为罗贝尔在小事上变得有些陈腐，我有时便对他表示怀疑。如今我才意识到如果他下决心避而不谈劳改营的事，那也肯定是有其充足理由的，可我却误认为是出于怯懦。我也理解亨利，他盲目钦佩过罗贝尔，尽管他了解罗贝尔十分专横，可还是处处跟着他走，哪怕有时不得不违心地生活下去。特拉利奥事件很可能伤了他的心，正是因为这样，亨利才认为罗贝尔会不择手段，什么事都可以干得出来。罗贝尔不是已经让他深深失望过一次了吗？

说到底，对此再多言也无济于事，已经过去的事谁也不可能挽回。如今的问题是革命解放联合会走向何处。它已经四分五裂，组织混乱，又失去了报纸，必定很快土崩瓦解。通过勒诺瓦，拉福利建议联合会与共产党近邻组织合并。罗贝尔的回答是在选举结束之前暂不做出任何决定。可我心里清楚，他是不会走这一步的。确实，发现存在劳改营，他没有无动于衷，他绝没有半点想要与共产党人靠拢的意思。革命解放联合会的成员有其加入共产党的自由，可该联合会作为一个运动干脆不再存在算了。

勒诺瓦第一个加入了共产党。他庆幸革命解放联合会的分裂擦亮了他的眼睛。许多人纷纷效法于他：在十一月份，自从共产党取胜之后，擦亮了眼睛的人多着呢。小玛丽-昂热找上门来，请罗贝尔接受她为《铁钻》周报搞的一次采访。

“您是什么时候成了共产党员的？”我问道。

“从我明白了必须表明态度开始。”她以一副倦怠、高人一等的神态打量着我说。

罗贝尔拒绝接受她采访。有关他的种种议论令他大为气恼。尽管他对亨利怀恨在心，可他对拉舒姆的文章十分反感。当勒诺瓦也来帮着凑热闹时，罗贝尔听得很不耐烦了。

“选举获胜，这是共产党人对那次卑鄙行动的最漂亮的反击。”勒诺瓦声音热烈地说，“佩隆及其一小撮的阴谋未能得逞，没有拉走一票。”他以蛊惑的神态看了看罗贝尔，“眼下，如果您向革命解放联合会提出我们那一天谈过的合并问题，它准会团结得像一个人，跟着您走。”

“革命解放联合会已经死了。”罗贝尔说，“我呢，也不再搞政治了。”

“算了吧。”勒诺瓦说，接着微微一笑，“革命解放联合会的成员都还活着呢，只要您一声令下，就可把他们召集过来。”

“我没有心思下这个令。”罗贝尔说，“在劳改营事件之前，我都不同意与共产党人联合，用不着现在投入他们的怀抱。”

“劳改营，可是，您不是拒绝参加那种蛊惑人心的宣传吗?”

“我拒绝谈劳改营的事，但并不是拒绝相信劳改营的存在。”罗贝尔说，“首先，什么时候都应该考虑最糟糕的结局，这才是真正的现实主义。”

勒诺瓦眉头一皱：“必须善于考虑最坏的结果，而不被其吓倒，这我同意。”他说，“但是，随您怎么责怪共产党人，这总不该妨碍您与他们共同行动吧。”

“不行，”罗贝尔重复道，“政治和我，已经完蛋了，我得回到自己的小窝去。”

我完全清楚革命解放联合会已经不复存在，罗贝尔也没有任何新的打算，可听他宣告他要彻底回到自己的小窝去，我心里不由得一惊。勒诺瓦一走，我便问道：

“您真的永远不搞政治了?”

罗贝尔微微一笑：“我倒觉得是政治和我了结了。我能有什么法子呢?”

“我肯定，如果您寻找，定能找到办法的。”我说。

“不。”他说，“我已经开始坚信一点：如今少数派再也没有任何机遇了。”他耸了耸肩，“我既不愿与共产党人共事，也不愿反对他们。怎么样?”

“噢，那就潜心搞文学吧。”我快活地说。

“对。”罗贝尔毫无热情地说。

“您尽可在《警觉》上写文章。”

“需要时一定写。可写什么都无足轻重。勒诺瓦言之有理，亨利的文章对选举没有产生任何影响。”

“勒诺瓦好像以为亨利会对此感到遗憾似的。”我说，“这是很冤枉人的，据您自己对我说的，亨利并不希望产生那种结果。”

“我不知道他的愿望。”罗贝尔声调傲慢地说，“可我也不肯定他自己心里清楚。”

“反正，”我急忙说，“您得承认《希望报》没有投入反共派一边。”

“至今还没有。”罗贝尔说，“以后嘛，还要等着瞧。”

一想到罗贝尔和亨利为一件不甚了了的事情闹翻了，我心里真感到气恼。他们不可能再重归于好，可显而易见，罗贝尔深感孤独。这可不是一个欢快的冬天。我从刘易斯那儿收到的信是欢跃的，可它们并不给我以慰藉。芝加哥下了雪，人们在湖上滑冰，刘易斯一连几天闭门不出，默默地给自己讲故事：他说我们在五月乘船顺密西西比河而下，我们俩睡在船舱里，由着水波轻轻摇晃。他好像很相信这个故事。也许，在芝加哥，密西西比河显得并不那么遥远。但是我知道对我来说，每天醒来重又开始的这种寒冷、昏暗的日子将永无尽头地周而复始。“我们永远都不可能再相会。”我心里想，“再也没有春天了。”

正是在这样一个毫无出路的夜晚，我从电话中听到了波尔的声音。她急切地说：

“安娜！是你吧？赶快来，我急需跟你谈谈，是急事。”

“我感到抱歉。”我说，“我家里有人吃饭。我明天早上去吧。”

“你不明白，我遇到一件可怕的事情，只有你才能帮上我的忙。”

“你不能来我这儿一趟？”

出现了一阵沉默：“谁在你家吃晚饭？”

“佩勒迪埃夫妇和康热夫妇。”

“亨利不在那儿吧?”

“不在。”

“肯定不在?”

“当然肯定。”

“那我来。千万不要跟他们说什么。”

半小时后她敲响了我的家门，我让她进了我的卧室。一条灰色的头巾遮住了她的头发，脸上虽然抹了粉，可还是盖不住她那只发肿的鼻子。她的呼气中散发出浓重的薄荷和劣质酒味。昔日的波尔是那么美丽，我绝对想象不到她的姿色突然会荡然无存：她的脸上有着某种抗拒一切的东西，刹那间被人看得一清二楚。原来这张脸和别人的没有任何差别，都是由海绵质肌肉组成，内含百分之八十几的水分。她摘下头巾，瘫坐在长条沙发上：“瞧我刚刚收到了什么。”

这是一封亨利的信。一小张白色信笺上写着几行字迹清晰的小字：“波尔，我们给对方造成的只是痛苦，还不如到此为止，永远不再相见。尽量再也不要想我。我希望我们哪一天能成为朋友。亨利。”

“你明白什么意思吗?”她问道。

“他没有勇气跟你面谈，”我说，“所以宁愿给你写信。”

“可这封信是什么意思?”

“在我看来十分清楚。”

“你真幸运。”

她以困惑不解的神色盯着我，我终于低声说道：

“这是一封绝交信。”

“绝交? 你见过这种写法的绝交信?”

“这封信没有什么特别的。”

她耸了耸肩膀：“算了！首先，我们之间还有什么交可断? 既然他已经接受友谊这种想法，我别无指望。”

“你肯定没有跟他说过你爱他吗?”

“这个世界上谁也没有我这么爱他，可这怎么会妨碍我们的友情呢? 再说，他要求得到这份爱。”她说道，其声音之激烈，不禁使我想起纳迪娜说话的声音。“这封信虚伪得令人作呕！再读读：尽量再也不要想我。他为何不干脆说：别再想我了？他暴露了他的心机，他想要我尽量不想他而遭受折磨，而不是要我真的不再想他。同时，他不是庸俗地称呼我‘亲爱的波尔’，而是只写‘波尔’。”当她说到自己名字时，她的声音软了下来。

“他担心‘亲爱的’这个词你看了会觉得虚伪。”

“绝对不会。你完全清楚，在交欢时，每到最令人销魂的时刻，人们只是呼唤对方的名字。他想让我听到做爱时的呼唤声，你懂吗？”

“为什么？”我问。

“正是我刚刚问你的问题。”她以斥责的神态盯着我说，接着移开了双眼，“我们给对方造成的只是痛苦。天大的笑话！他硬说我在折磨他！”

“我猜想是他为让你经受痛苦而感到痛苦。”

“那他以为这封信会让我感到愉快？算了吧！算了！他不会这么蠢！”

出现了一阵沉默。我问道：“那你是怎么想的？”

“我弄不明白。”她说，“一点儿也不明白。我不认为他会是这样一个虐待狂。”她神情倦怠地用手摸了摸双颊。“我觉得我差不多已经胜利了，他重又变得给人以信赖，和蔼可亲，我不止一次地感觉到他时刻准备告诉我考验已经结束。可前不久有一天，我错走了一着。”

“怎么回事？”

“记者们报道了他与若赛特结婚的消息。我自然一点儿也不信。既然我是他的妻子，他怎能娶若赛特呢？这是考验的组成部分，我马上明白了这一点。后来他果然来告诉我这是个谣言。”

“是吗？”

“我不是跟你说了吗！难道你也怀疑我？”

“我说‘是吗’，这又不是什么问题。”

“你是说：‘是吗？’噢，算了。他回到家，我尽可能向他说明理由，他可以结束这场闹剧了，而且在这个世界上他不管发生什么事，从此再也与我无关。我爱他，但这是一种彻底忘我的爱。我不知道是我自己笨嘴拙舌还是因为他疯了。从我嘴里说出的是一个字，到他耳朵里便变成了另一个字。真可怕……”

出现了一阵沉寂。我小心翼翼地问道：“可你觉得他要的就是你吗？”

她满腹狐疑地打量着我，问道：

“你到底在玩什么游戏？”

“我什么游戏也不玩。”

“你给我提的却是些蠢问题。”

又出现了一阵沉默，她接着说道：“你完全知道他想要的是什么。他要我把一切都奉献给他而不向他提出任何要求，就这样。我唯独不明白一点，那就是他写这封信到底是因为他认为我还会要求得到他的爱，还是因为他担心我拒绝把我的爱献给他。如属于第一种情况，那说明这场闹剧还在继续演。如属第二种……”

“如属第二种情况呢？”

“那就是报复。”她阴郁地说。她的目光又落到我身上，显得犹豫、多疑，但很急切。“你必须帮我。”

“怎么帮？”

“你得跟亨利谈谈，说服他。”

“可是波尔，你十分清楚罗贝尔和我刚刚与亨利闹翻了。”

“我知道。”她茫然地说，“可你还会见到他的。”

“绝对不可能。”

她犹豫了一下。“就算这样吧。可不管怎么说，你可以见见他，他决不会把你往楼下推的。”

“他准会认为是你派我去的，这样我说什么都没有分量。”

“你是我的朋友吗？”

“当然！”

她朝我投来一束战败者的目光。突然，她的面孔松弛了下来，顷刻间泪如泉涌。“我对什么都不相信。”她说道。

“波尔，我是你的朋友。”我说。

“那你就去找他谈谈。”她说，“告诉他我已经受够了，再也受不了了。我可能是有过错，可他折磨我的时间也太长了，让他别再折磨我了！”

“假设我是这么去做了，”我说，“当我回来把亨利说的话告诉你，你会相信吗?”

她站起身，揩了揩泪水，又披上了头巾。

“要是你跟我说实话，我一定会相信你。”她边说边朝门口走去。

我知道找亨利去谈纯属枉然。至于波尔，从今以后，与她进行任何友好的交谈都无济于事。该把她安顿到我的长沙发上，向她提问。幸好对我们认识的知己朋友，不允许采取这种医治方式，如果这样做了，我会觉得犯下了背信罪。我给她打电话，她一概拒绝去摘电话机；我又给她写了两封信，她只简短地回了几个字：“原谅我。我需要清静。需要时我哪天会给你信儿的。”这样一来，我反而卑怯地感到从此了却了一块心病。

寒冬还在继续拖延。自从与朗贝尔闹崩之后，纳迪娜情绪极不稳定。除樊尚之外，她什么人也不见。她不再搞通讯报道，只是管她的《警觉》。罗贝尔阅读大量的东西，经常领我上电影院，几个小时几个小时地听音乐。他开始发疯似的买起唱片来。每当他像这样染上一个新的怪癖，就说明他的工作很不顺利。

一天早上，我们正在一边吃早饭一边浏览报纸，无意中我看到了勒诺瓦的一篇文章，这是他第一次在共产党的报纸上发表文章。文章写得很不客气，对以前的朋友，他都一一照例加以谴责，对罗贝尔算是最客气的，可对亨利是疯狂地大加攻击。

“看看这。”我说。

罗贝尔读后把报纸一扔：“亨利没有变成反共分子，应该承认他能这样做真值得钦佩。”

“我跟您说过他会挺得住的!”

“报社里该有不少麻烦。”罗贝尔说，“据萨玛泽尔的文章看，完全可以感觉得出他巴不得向右派跑，特拉利奥显然也如此，朗贝尔嘛，远远不只是让人怀疑啰。”

“噢！亨利的处境可不妙!”我说道，接着微微一笑，“实际上，他的处境和您差不多：你们俩跟大家都不和。”

“这对他来说比我可能要更艰难些。”罗贝尔说。

他的话声中几乎隐含着关切。我感觉到他对亨利的积恨已经开始消除了。

“我怎么都弄不明白他为什么这样子跟您闹翻。”我说，“我保证他如今肯定后悔不已。”

“我经常反省这件事。”罗贝尔说，“开始时，我责备他在这件事上太顾及自己了。如今我在想他并不怎么有错。实际上，我们俩都应该明确今日的知识分子能够和应该担任怎样的角色。保持沉默，无疑是选择极为悲观主义的解决方法。像他那个年纪，表示不满是自然的。”

“矛盾的是亨利远不如您那么非要起到政治作用。”我说。

“他也许认识到事关其他事情。”罗贝尔说。

“什么事情呢?”

罗贝尔犹豫片刻：“你要听我的心里话?”

“当然。”

“一个知识分子再也起不了任何作用。”

“怎么会呢?他总可以写作吧，不是吗?”

“噢！人们尽可以闹着串字玩，就像串珍珠那样，可要加倍小心，什么都不要说。即使这样做，也有危险。”

“哎哟，”我说，“您在您的书中不是捍卫文学的吗?”

“我希望我有关文学的论断哪一天重又变成真理。”罗贝尔说，“可眼下，我认为我们最好还是让别人忘掉我们。”

“总不至于停止写作吧?”我问道。

“当然要停止。等我写完这部论著，我就再也不写了。”

“为什么?”

“我为什么非要写作?”罗贝尔说道，“因为人活着不仅仅只吃面包，因为我相信这项多余的工作是有必要的。我写作是为了拯救被行动所忽视的一切：现实的真实，个人和即时。我迄今为止一直认为这一工作是革命工作的一部分。可是不，它妨碍了革命工作。目前，任何文学，只要它致力于把面包之外的食粮提供给人们，别人都会利用它来表明人们完全可以不用吃面包。”

“您一直在避免这种误会。”我说。

“可情况发生了变化。”罗贝尔说，“你明白，如今革命掌握在共产党人手中，只在他们手中。我们所捍卫的价值观念再也没有位置。也许哪一天会重新获得这些价值观念，但愿如此。可是如果我们在眼下极力维护它们，那就是为反革命效劳。”

“不，我不愿相信。”我说，“对真理的追求，对个人的尊重，绝对没有害处。”

“我拒绝说劳改营的事，就是因为我看到说真话是有害的。”罗贝尔说。

“这是一个特殊情况。”

“类似的特殊情况有千百个。不。”他说道，“要么就说真话，要么就干脆不说。如果没有横下一条心，永远都说真话，那就不要掺和进去，最好还是保持沉默。”

我打量着罗贝尔：“您知道我有什么看法吗？您还继续认为应该对苏联的劳改营保持沉默，可您付出的代价已经够大了。您和我在这一点上是一致的，我们都不喜欢牺牲什么，这只会造成我们悔恨。可正是为了惩罚您自己，您才放弃写作。”

罗贝尔微微一笑：“应该说通过牺牲某些东西——大体上，就是你说的我的知识分子职责——我才意识到这些东西纯粹是虚的。你还记得一九四四年的圣诞节前夜吗？”他问道，“当时就有人说也许将出现文学丧失其权利的时刻。那么，我们现在就处于这种时刻！不是因为缺少读者，而是我可以提供给他们的书要么有害，要么毫无意义。”

我犹豫不决地说：“这里面有一点站不住脚。”

“什么？”

“如果在您看来古老的价值观念真的那么毫无用处，那您就会跟共产党人一起走。”

罗贝尔点点头：“你言之有理，是有一点站不住脚。我这就跟你说为什么：我太老了。”

“您的年纪与这又有什么相干？”

“我清楚地意识到我所珍惜的许多东西都已不合时宜，我不得不去接受一个与我所想象的迥然不同的未来，只是我已经无法改变自己，于是在这个未来之中我看不到自己的位置。”

“换言之，您希望共产主义获胜，而同时心里又清楚您无法在共产主义的世界生活？”

“差不多是这样。我以后再跟你细谈。”他又补充一句，“我在这方面要写一写，将作为我这部书的结论。”

“那等这部书写完之后，您准备干什么？”我问道。

“大家干什么我就干什么。有二十五亿人不写作呢。”

我不愿过分担惊受怕。罗贝尔不得不为革命解放联合会的失败承担责任，他眼下正处于危机之中，以后还会转变的。但是，我承认我不喜欢他这种想法：大家干什么他就干什么。是为了活着而吃饭，还是为了吃饭而活着，这个噩梦始终缠绕着我的整个少年时代。如果不得已到了这个地步，那还不如立即打开煤气死了算了。但是我猜想大家也都想过这种事：立即打开煤气死了算了，可谁也没有去开。

我感到相当沮丧，继后的日子里没有一点儿心思去见任何人。一天早晨，有个送货员忽然给我送来了一大束红玫瑰，我感到十分惊奇。玫瑰花包着透明纸，上面别着别针，夹着波尔的一封短信：

“好了！误会消除了！我感到幸福，给你送上玫瑰花。今天下午来我家。”

我对罗贝尔说道：“情况并没有好转。”

“没有任何误会吧？”

“没有。”

他又重复了一遍跟我说过多次的话：

“你该送她去马德吕斯诊所看看。”

“要让她下决心去可不容易。”

我不是她的医生，可我再也不是她的朋友。我唇边挂着谎言，一步步登上她家的楼梯，双眼中潜藏着职业的目光。敲门时，我扮出一个笑脸，可在我看来，这笑脸像是一种背叛。没想到波尔迎接我时竟出乎意料地亲热，她亲了我，为此我为自己的举动更加感到惭愧。她穿着一件式样已经过时的长裙，在散开的头发上和胸口分别别着一朵红玫瑰。整个房间都摆满了鲜花。

“你来了真好!”波尔说，“你始终都这么好，我可真担当不起。我待你很不客气，我当时实在是控制不了自己。”她以抱歉的口吻补充道。

“我应该感激你，你给我送去了那么华美的玫瑰花。”

“啊！这是个值得庆贺的日子!”波尔说，“我要你也一起高兴高兴。”她神情幸福地朝我微微一笑，“我在等亨利，他立刻就到。一切都重新开始了。”

一切都重新开始了？我表示怀疑。我想亨利恐怕是出于怜悯才下决心来看看。不管怎么说，我不愿遇到他。我朝门口迈了一步：

“我跟你说过我们和亨利闹翻了。他见到我在这儿会气愤的。我明天再来。”

“我求求你!”她说道。

她两眼惊恐万状，我只得把包和手套扔在沙发上。活该，我就呆在这儿吧。波尔步履轻盈地大步向厨房走去，出来时端着一只托盘，上面放着两只酒杯和一瓶香槟。“我们为未来干杯。”

瓶塞打开了，我们一起碰杯。

“到底是怎么回事?”我问道。

“要不，我真是蠢。”波尔快活地说，“我手中早就掌握了各种迹象。可在昨天夜里才把事情理出个头绪来。我当时没有睡着，可当我一闭上眼睛，我突然间看得清清楚楚，就像明信片上贝尔琼斯城堡的大水池那般清晰。天一亮我就给亨利发了一封快信。”

我忐忑不安地看着她。对，我留下来是对的，情况并没有好转，没有一点儿好转。

“你还不明白吧？这场戏简直像滑稽歌舞剧那么可笑!”波尔说，“亨利是吃醋了!”她真的开心地大笑，“这似乎不可想象，是吧?”

“确实。”

“可这是实际情况。他那么残忍地以折磨我为乐，如今我终于明白了其中的原因。”她把头发上的红玫瑰插稳，说道，“当他突然向我提出我们俩以后再也别在一起睡时，我还以为是因为他情操高尚呢。可我彻底错了。实际上他误以为我变得冷漠了，这深深地伤害了他的自尊心；我没有很认真地为自己辩解，这就更让他生气了。后来，我开始经常外出，注意穿着打扮，他恼羞成怒。我快活地跟他说再见，说得太轻巧了，他实在受不了。有一次在勃艮第，我干了许多不合时宜的大蠢事。我向你发誓我并不是存心干的。”

这时，有人轻轻敲门。波尔脸色异常地看着我，我起身前去开门。门口站着一个提着篮子的女人。

“对不起，请原谅，”她说，“我找不着门房。我是来阉猫的。”

“诊所在楼下，左侧的门。”我说。

我关上门，看见波尔那茫然的目光，我脸上的笑容顿时凝固住了。

“怎么回事？”她问道。

“门房不在，经常不在吧。”我快活地说。

“可为什么到这儿来敲门？”

“随便找的呗，总要敲哪家的门问问吧。”

“随便找的？”波尔问道。

我以鼓动的神态微微一笑：“你刚才跟我谈起了你度假的情况。你到底做了什么伤害亨利的事？”

“啊！对了。”她的话声中没有丝毫的热情。“呃，我先给他寄了一张明信片，跟他谈起我正忙些什么，最后写上了这么一句不该说的话：我在这儿经常长时间地漫步，有人说这地方与我很相似。显而易见，他很快想到我有了一个情人。”

“我不明白……”

“‘有人’，”她不耐烦地说，“这个‘有人’就值得疑心。当有人把一个女人比作某种风光，一般来说这人就是她的情人。后来，我在威尼斯又给他寄了一张明信片，明信片上是贝尔琼斯的公园，正中是一个水池。”

“那又怎么了？”

“是你自己告诉我的，泉井、喷泉的承水盘、水池等都是一种精神分析象征。亨利马上明白了我是故意侮辱他：我找了一个情人！他大概知道路易·伏朗热当时也在那里。你没有发现在彩排夜宵招待会上，我跟伏朗热说话时，他是用怎样的目光瞪着我？这就像二加二等于四一样明白。这样一切都连接起来了。”

“你在快信中跟他说的就是这事？”

“对。如今他什么都明白了。”

“他给你回信了？”

“为什么要回信？他马上就会来的，他完全清楚我在等着他。”

我缄默不语。波尔心底明明知道他不会来，正是为此她才求我留下，她最终将不得不承认他没有来，等到了那一刻，她准会昏死过去。我唯一的希望就是亨利已经明白她正在变疯，出于怜悯之心来看看她。此间，我找不到任何话可说。她目光直勾勾地盯着房门，我实在难以忍受。我觉得，这儿的玫瑰芬芳像是一股停尸房的气味。

“你一直在写吗？”我问道。

“是的。”

“你答应过我要把你写的东西给我看看的。”我灵机一动说道，“可你还没有给我看。”

“你真的感兴趣吗？”

“当然。”

她向工作间走去，拿出了一大叠蓝色的稿纸，上面写满了浑圆的字迹。她把稿子放在我的膝上。她向来爱犯拼写错误，可从来没有这么多过。我匆匆浏览了一页，以掩饰自己的窘态，而波尔则继续盯着房门。

“我看你的字很困难。”我说，“麻烦你给大声念念？”

“随你。”波尔说。

我点燃了一支香烟。至少她朗读时，我知道她嗓子里发出的是什么音。我并不指望什么东西，可我还是感到十分惊诧：那声音可真让人震惊。有个句子刚念到一半，楼下响起了门铃声。波尔应声而起：“你瞧!”一副胜利的口吻。她揿了揿控制大门的开关。她站立在我面前，脸上洋溢着狂喜的神色。

“快信。”

“谢谢。”

来人关门离开了。她递给我一页蓝纸：“打开。给我念念。”

她坐在长沙发上，双颧和双唇全都发紫。

“波尔。从来就没有任何误会。一旦你接受了我们的爱情已经死亡这一点，我们就会是朋友。在此之前，再也不要给我写信。后会有期。”

她整个儿猛地扑倒在沙发上，震得壁炉上的一朵玫瑰花落下了花瓣。“我不明白，”她呻吟道，“我什么也不明白了。”她呜咽着，面孔埋在靠垫里。我语无伦次地劝她，说出的话没有任何意义，仅仅是为了能听到我发出的嗡嗡声而已。“你一定会好起来的，应该会好的。爱情并不是一切……”我自己心里也完全清楚，若处在她的位置，我也决不愿意亲手医治和埋葬我的爱。

我在圣马丁过了周末，刚刚回到家便收到了她的快信：“明晚八点晚餐见。”我拿起电话。我觉得波尔的声音冰冷冰冷的。

“啊！是你！什么事？”

“我只是想告诉你明晚的事，一言为定。”

“当然。一言为定。”她说道，然后便挂了电话。

我料想这是一个艰难的夜晚，可当波尔给我开门时，我心里还是不禁一震。我从未见过她这副样子，她脸上未加任何修饰，身着一件旧裙子和一件灰不溜秋的旧套衫，头发全都向后挽成一个很不讨人喜欢的发髻。房子里，经她用活动桌面加长的餐桌从这头一直顶到墙那头，桌上放着十二只盘子和同样数量的酒杯。她向我伸过手来，一边撅着嘴巴对我说道：

“你是来向我表示慰问还是表示庆贺的？”

“为什么事？”

“为我与我爱人分道扬镳。”

我没有答腔，她的目光越过我的肩头，望着空荡荡的走道问道：

“他们在哪儿？”

“谁？”

“其他人?”

“什么其他人?”

“啊！我以为你们来的人多着呢。”她边关门边迟疑不决地说。接着她朝餐桌瞥了一眼，“你要吃点儿什么?”

“随便。你有什么就吃什么。”

“可我什么也没有。”她说道，“也许还有点儿面条?”

“反正我又不饿。”我连忙说。

“我可以给你吃点儿面条，这又不会把谁吃穷了。”她含沙射影地说。

“真的不用，我可是经常不吃晚饭。”

我坐下来，两只眼睛怎么也离不开这张像是要摆筵席的餐桌。波尔也坐下来，默默地盯着我看。我从她双眼中早就见到过责备、怀疑和不耐烦的目光，可今日绝不可能看错：这愤怒、冰冷、恶狠狠的样子，分明是仇恨。我尽量逼自己说话：

“你在等谁呀?”我问道。

“我在等你们大家!”她一耸肩膀，“我可能忘了发请柬。”

“大家? 你指哪些人?”我问。

“你完全清楚。”她说，“指你、亨利、伏朗热、克洛蒂、吕茜、罗贝尔、纳迪娜，整个一伙儿。”

“一伙儿?”

“别假装清白了。”她声音冷酷地说，“你们全都结成了一伙儿。我今晚想提一个问题，这就是：你们这样行动是为了何种目的? 如果是为了我好，我感谢你们，马上就奔赴非洲去医治麻风病人。如果不是，那我只有报仇雪恨了。”她直勾勾地瞪着我，“我首先要报复那些以前对我最亲的人。我当然必须横下一条心，做到万无一失。”她的话声中充满如此阴郁的激愤，我不禁偷偷瞟了她放在膝头的小包一眼，她正在烦躁不安地拉扯着小包的拉链。突然间，一切都变得有可能发生。这间红色的公寓，是一个多么绝妙的仇杀的环境啊！我下决心进行反击：

“听我说，波尔，这些天来，你显得非常倦怠。你举行晚宴，可忘了邀请客人，忘了准备晚餐。现在你又开始胡言乱语，硬说受了迫害。你无论如何要马上去找个医生看看。我这就去给你与马德吕斯约个时间。”

她一时显得窘迫：“我有时头疼。”她说道，“可这是次要的。我首先必须把问题弄清楚。”她思虑片刻，“我知道我这个人的脾气像是个判断错误症患者。可事实终归是事实。”

“事实在哪儿呢？”

“为什么克洛蒂最近一封信从‘猴相’街发出？为什么对面房子有一只猴子朝我扮怪相？为什么当我说我不会搞沙龙时你回答我‘恰恰相反’？你们责备我企图搞写作是模仿亨利，责备我像猴子似的学克洛蒂的样子，学她的衣着打扮，学她的时髦生活。你们还怪我接受亨利的钱，怪我瞧不起穷人。你们全都串通一气，想让我承认我自己贱。”她再次露出咄咄逼人的目光盯着我，“这到底是为了救我还是为了毁我？”

“你所说的这些事实纯属毫无意义的偶然巧合。”我说。

“噢，算了吧，这可不是相碰的云彩——纯属偶然！别否认了。”她不耐烦地说，“干干脆脆地回答我，不然我们就没个完。”

“谁都从来没有想过要毁你。”我说，“听着，我为什么会想让你落难呢？我们是朋友。”

“我过去也是这么想的。”波尔说，“我一见到你们的面，便不再相信自己的那些疑虑了，像是入了魔似的。”她突然站起身子，声音也变了，“我待你太差了。我什么地方可能还放着一点波尔图葡萄酒。”她去找来了葡萄酒，斟了两杯，苦苦一笑，“纳迪娜情况如何？”

“勉勉强强。自她和朗贝尔闹崩后，就一直提不起精神来。”

“她现在跟谁要好呢？”

“我想眼下她跟谁都不要好。”

“纳迪娜？得承认这挺怪的。”波尔说。

“不那么怪。”

“她经常和亨利出门吧？”

“我跟你说过，我们都闹翻了。”我说。

“啊！我忘了闹翻那码事了。”波尔怪笑道。接着，怪笑声戛然而止，“我可不是傻瓜，你知道。”

“哎哟，你读过亨利和罗贝尔在《希望报》上的公开信吧?”

“我在我负责的那期《希望报》上确实读过。”

我打量着她：“你是想说那期报纸是蓄意策划的?”

“显而易见!”波尔说道。接着她一耸肩膀，“对亨利来说，那不过是场儿戏。”

我保持了沉默，争辩下去毫无意义。她重又说道：

“照你说来，纳迪娜再也不见亨利的面了?”

“对。”

“她从来就没有爱过他，对吗?”

“从来就没有。”

“可她为何与他一起去葡萄牙?”

“你完全清楚：跟他玩玩，她觉得挺有意思，特别是她渴望旅游。”

我仿佛感到在接受警察的审讯，他们时刻都会向我扑来，对我施以酷刑。

“你就这样让她走了。”波尔说。

“自迪埃戈死后，我一直都给她自由。”

“你真是个怪女人。”波尔说，“对我的议论太多了，却很少有对你的议论。”她又给我斟了一杯酒。“把这瓶波尔图酒喝光。”

“谢谢。”

我不明白她到底想要干什么，可我已经愈来愈感到不自在。她到底恨我什么?

“你已经很久不跟罗贝尔睡了，对吗?”她问道。

“很久了。”

“你从来就没有过情夫?”

“也有过……一些无关紧要的事。”

“无关紧要的事。”波尔慢吞吞地重复道，“这种无关紧要的事，你眼下就有一桩吧?”

我实在弄不清楚自己为什么感觉到非回答不可，仿佛我希望实话会产生力量消除她的精神混乱：“眼下我在美利坚有一桩举足轻重的风流事。”

我回答道，“是跟一个作家，他叫刘易斯·布洛甘……”

我正准备一五一十全说给她听，可她打断了我：“噢！美利坚，太远了。”她说道，“我是说在法国。”

“我爱那位美国人。”我说，“我五月份又要去看他。绝不可能还有其他风流事。”

“亨利对此事怎么说？”波尔问。

“亨利跟这又有什么关系？”

波尔站了起来：“算了！别耍把戏了。”她说道，“你心里十分清楚我知道你和亨利睡觉的事。我想了解的，是什么时候开始的。”

“哎哟，”我说，“是纳迪娜跟亨利睡过觉。不是我。”

“你把她投入亨利的怀抱，目的是为了控制住他。这事我早就看出名堂了。”波尔说，“你这人很有手腕，可也有出错的时候。”

波尔拿起小包，又摆弄起拉链，我双眼再也无法离开她的两只手。我也站起身来。

“如果你这么想，那我最好还是走。”我说。

“一九四五年五月那天夜里，你们俩硬说是给卷到人流中去了，我那天夜里就猜到了其中的实际名堂。”波尔说道，“后来我一直在想也许是我自己胡思乱想：我是多么蠢啊！”

“你是在胡思乱想。”我说，“正在胡思乱想。”

波尔倚在门框上，“说个清楚吧。”她说道，“你策划了这场闹剧到底是为了摆脱我还是真的为我好？”

“去找个医生看看吧。”我说，“马德吕斯或别的医生，哪一个都行。可你得去看看，把一切都讲给医生听听，他会告诉你是在胡思乱想的。”

“你拒绝帮我的忙？”波尔说，“噢！我早就料到了。没什么关系。我不用你帮忙最终也能弄个水落石出的。”

“我无法帮你，你硬是不愿相信我。”

她一时紧逼着我的眼睛，我觉得这一时刻像是漫无尽头。她接着问道：“你想走？他们在等着你吧？”

“没有人等着我。可我留在这儿也没有用。”

她从门口闪开："走吧。你可以把一切都讲给他们听，我没有什么可掩盖的。"

"请相信我，波尔。"我向她伸过手去说道，"你病了，必须去看看。"

她把手也伸给了我："谢谢你的来访。再见。"

"再见。"我说。

我尽可能快速地跑下楼梯。

第二天吃罢了午饭，我们正在喝咖啡，这时响起了门铃声。是克洛蒂。

"请原谅，我这样随便来打扰太没有礼貌了。"她声音慌乱但神气活现，"我是为波尔的事来找您的，我感到事情不妙。"

"出了什么事?"

"她本该上我家吃午饭的，到了下午一点半钟她还没有来，我打了电话，她冲着我一个劲地哈哈大笑，我告诉她说我们就要进餐，可她大嚷大叫说：'你们进餐去吧！进餐去呀!'笑得像是患了歇斯底里症。"

克洛蒂的两只大眼睛闪现出又惊又喜的光芒。我站了起来："必须上她家去。"

"我也是这么想的，可我不敢一个人去。"克洛蒂说。

"咱们一块儿去!"我说。

我们坐克洛蒂的车子，两分钟后便到了波尔家的公寓门口。"房间备有家具出租"，今天，这一熟悉的招牌在我眼里显得充满不祥的意义。我按了门铃。门没有开。我又按门铃，整整按了很久，方砖地面上传来嗒嗒的脚步声，波尔出现了：她的头发用一块紫色的头巾裹得严严实实。她哈哈大笑说："你们就来了两个人?"她扶着微开的房门，两只眼睛恶狠狠地瞪着我们。

"我再也用不着你们了，谢谢。"

她猛地关上门，我只听见她高声嚷叫着离去："好一场闹剧!"

我们呆呆地站立在走廊上。

"我觉得应该告诉她家里人。"克洛蒂说，她两只眼睛里再也不见闪烁的光芒。"遇到这种事，最好还是通知她家里人。"

“对，她有个妹妹。”我犹豫不决。“我怎么都得想办法跟她谈谈。”

这一次，我按了第一个开关，门自动打开了，女门房挡住了我。这是一个身材矮小瘦弱、办事审慎的女人，她很久以来一直给波尔家整理卫生：“您要上马勒伊小姐家？”

“对。她看来情况不好。”

“正是，我也在烦呢。”女门房说，“她至少有五天一点东西也没有吃了，楼下的住户告诉我她彻夜不停地来回踱步。我给她家搞卫生时，她总是独自在那儿高声地说些什么事情，这我都习惯了，可这些日子以来，她变得更加古怪了。”

“我尽量想办法带她去休息休息。”

我登上楼梯，克洛蒂跟着我。最后一级楼台上昏暗一片，昏暗之中有什么东西在闪着亮光。原来是用图钉按在门上的一大张白纸。纸上用印刷体写着：“时髦之猴”。我敲门，可白费气力。

“多可怕哟！”克洛蒂说，“她准会自杀的！”

我眼睛紧贴着锁眼，波尔正蹲在壁炉前，周围摆着一扎扎纸片，正往火里扔。我再次猛烈地击门。

“开门，不然我就硬冲了！”

她站了起来，开了门，把手背在身后。

“你们想把我怎么样？”

她又蹲在炉前，她脸上泪水汪汪，鼻涕直流。她把手稿和一些信件扔入火中。我把手搭在她的肩上，她恐怖地拼命摇晃。

“松开我。”

“波尔，你跟我马上去找医生。你在变疯了。”

“走吧，我知道你恨我。我也恨你。滚吧。”

她站了起来，开始嚷叫道：“你们滚。”

她看样子又要乱喊乱叫。我连忙向门口走去，和克洛蒂出了门。

克洛蒂给波尔的妹妹发了电报，我给马德吕斯打了电话，请他出出主意，然后我又给亨利发了一封短信。晚上，我们正在吃晚餐，忽然响起了一阵门铃声，我们吓了一跳。纳迪娜向大门奔去。只见一个年轻小伙子，给我递过一张纸片。“是马勒伊小姐的信。我是女门房的侄子。”他自我介绍着。我高声地念了起来：“我不恨你，我等着你，赶快来吧。”

“你不会去吧？”纳迪娜说。

“当然要去。”

“去也无济于事。”

“谁知道。”

“可她很危险。”纳迪娜说。“行。”她补充道，“如果你要去，我陪你。”

“还是我陪着去。”罗贝尔说，“纳迪娜言之有理，最好还是两个人去。”

我表示反对，可有气无力。

“要两个人去，波尔准会觉得很怪。”

“她觉得怪的事情多着呢。”

实际上，当我重又来到这个疯狂的人的家门前，重又登上铺着满是窟窿的地毯的楼梯时，我为罗贝尔跟我在一起感到无比幸福。门上的那张纸不见了。波尔没有把手伸给我们，可她的神情是清醒的，她客气地一招手：

“请进吧。”

我憋不住险些喊出声来：所有镜子全都砸碎了，地毯上满是玻璃碎片，整个屋子里弥漫着一股呛人的焦布味。“是这么回事儿，”波尔声音庄重地说，“我想感谢你们。”她给我们指了指座椅，“我想感谢你们大家，因为我现在终于明白了。”

她声音显得诚挚，可她送给我们的微笑却扭曲了她的双唇，仿佛她那两片嘴唇再也不听她的使唤似的。

“你不用感谢我。”我说，“我什么也没有做。”

“别撒谎了。”她说，“你们的所作所为都是为了我好，我承认。可不该对我撒谎。”她细细打量着我，“是对我好，对吗？”

“对。”我说。

“对，我也知道。我活该受这种折磨，你们让我受折磨是对的。我感谢你们使我终于正视自己。可现在，必须给我出个主意：我该服氢氰酸还是该尽量赎罪？”

“不要服氢氰酸。”罗贝尔说。

“行。那我该怎么生活下去？”

“你首先吃颗镇静药，好好睡一觉。”我说，“你已经挺不住了。”

“我再也不愿顾及自己了。”她口气激烈地说，“我过去考虑自己太多了，别给我出这种馊主意。”

她一屁股瘫坐在椅子上，她时刻都会昏厥过去。只有先等着，然后再设法把她安顿到床上去，给她吃两片药。我环顾四周。她手边真的有氢氰酸吗？我想起一九四〇年她给我看过一小瓶灰褐色的东西，说是“偶然”搞到的毒药。那只小瓶也许就在她的包里。我不敢去碰那只包。我的目光又投到波尔身上。她的下颌耷拉着，脸上的线条全都已经下垂，这样的面孔我见得多了。可波尔，她不是病人，她是我的好友，见她这副样子，让我心里好不难受。她强打起精神：

“我要工作。”她说，“我要还亨利的债。我不愿意连流浪汉都侮辱我。”

“我们一定给您找到工作。”罗贝尔说。

“我本来想过干用人。”她说，“可这会引起不公平的竞争。有哪些职业不用跟任何人竞争？”

“一定能找到的。”罗贝尔说。

波尔用手摸了摸额头：“一切都那么难！刚才我开始烧起我的那些裙子来。可我没有权利这样做。”她看了看我，“要是我把那些裙子卖给捡破烂的，你觉得他们会因此而不再恨我吗？”

“他们并不恨你。”

她突然站了起来，向壁炉走去，捡起一包衣服：闪光丝裙、灰色交织呢套服全都成了皱巴巴的破布。

“我马上分掉这些衣服。”她说，“我们一起下楼去。”

“太晚了。”罗贝尔说。

“流浪汉咖啡店很晚才关门。”

她朝肩头披上大衣。怎么阻止她下楼呢？我与罗贝尔交换了一下眼色，她无疑使罗贝尔大为吃惊。“对，是一场闹剧。”她声音疲惫地说，“如今我自己模仿起自己来了。”她脱掉大衣，扔在一把椅子上，“这也是一场闹剧：我刚才看见我脱大衣的样子了。”她紧捏拳头，直打自己的双眼，“我总是不断看见自己！”

我去倒了一杯水，往水里溶解了一片药：“喝了吧。”我说，“好好睡一觉！”

波尔的目光在摇晃，她瘫倒在我的怀里：“我病了！我病得太重了！”

“对。可你得去看病，你会好的。”我说。

“给我看看病吧，必须给我看看！”

她浑身战栗，泪流满面，全身热得厉害，汗涔涔的，我仿佛觉得她时刻都会整个儿化成一摊黑得像她两只黑眼珠似的黑油。

“明天我带你上一家诊所去。”我说，“现在先喝水。”

她接过杯子：

“喝了能睡着吗？”

“肯定。”

她一口饮尽。

“现在上楼睡觉去吧。”

“我上楼去。”她顺从地说。

我陪她一起上楼，趁她去卫生间的当儿，我打开了那只拉链小包，包底果然有那只灰褐色的小瓶子，我把它藏进了自己的口袋。

第二天早上，波尔乖乖地跟着我上了诊所，马德吕斯向我保证她一定会康复：只是几个星期或几个月的事情。她定会康复的，可我一到了街头，便焦虑不安地自问：他们到底会医治好她什么呢？她以后会变成什么样子？噢！一般说来，这很容易想象。她会像我，像千百万其他人一样：一个等待着死亡，再也不知道为何而活着的女人。

五月终于来到了。等到了芝加哥那边，我就会变成一位既有人爱，又处在热恋中的女子；可在我看来，这并不怎么现实。当我坐在飞机上的时候，对这一切仍然还不相信。我乘坐的是一架从雅典起飞的旧飞机，飞得很低，机上挤满了企图去美国发财的希腊商贩。我不知自己此行寻觅的是什么，我心间没有一个活的形象，我体内没有一丝欲望，刘易斯等待的决不是这么一位戴手套的冷冰冰的女游客。没有谁在等我。“我早就知道：再也见不到他了。”当飞机在大西洋上空调头时，我心里暗暗在想。一只发动机出了故障，我们重又返回香农机场。我在峡湾的一个度假村呆了两天，度假村徒有虚名，房子简陋矮小。晚上我一个劲地饮爱尔兰威士忌，白天独自漫步乡野，野外灰绿一片，凄凉无比。当飞机在亚速尔降落时，一只轮子又爆了，我们全被塞进了一座饰着提花装饰布的大厅，等了整整二十四小时。过了甘德，飞机又碰上了暴风雨，为了摆脱雷雨，飞机朝新斯科舍方向飞去。我自感将吃着冰冷的鸡肉，永远围着地球旋转了却自己的残生。我们飞过了一个灰暗的水潭，水潭被灯塔的灯光一扫而过，飞机又降落了：又是机场，大厅。对，我脑中充斥着轰鸣声，脚下拖着一只蓝箱子，注定要从一个机场辗转到另一个机场，永无休止地流浪下去。

突然，我一眼瞥见了他，刘易斯。我们说好他在家里等我的，可他站在那儿，挤在两眼盯着海关出口的人群之中；他衬着硬领，戴着金丝眼镜，一副古怪的模样；可最为奇怪的是我明明看见了他，却毫无感觉。整整一年的等待，深深的思念和悔恨，还有这次漫长的旅行：莫非到头来我将要明白我不再爱他。他呢？他还爱我吗？我恨不得向他扑去。可海关人员没完没了，希腊的小商贩们箱子里装的尽是花边，他们一个一个地仔细检查，还一边开着玩笑。当他们终于给我放行后，刘易斯已经不在了。我叫了一辆出租汽车，想把他的地址告诉司机，可我再也想不起门牌号码。我两只耳朵嗡嗡直响，脑子里的轰鸣声响个不停。我终于想起来了：1211号。出租汽车启动了，越过一条条大街，驶过一个个霓虹灯招牌。我虽然从来就记不清这座城市的方向，可觉得路程不该这么远。也许司机要把我拖进一个死胡同，把我击毙。处于当时的心境，这在我看来要比再与刘易斯相见还更正常。司机转过头来：

“1211号，没有。”

“有的，我认识那座房子。”

“也许他们改了门牌号码。”司机说，“我们再从大街的那一头开过来看看。”

他沿着人行道慢慢地开着车。我好像认出了那一个个十字路口、那一块块空地和那一条条铁轨，可是，铁轨和空地总是相似的呀。一个水池、一座高架桥显得很眼熟，仿佛东西尚在，只是变了位置。“多么荒唐啊！”我暗自思忖。离别时说了声“我一定再来”，这仅仅是因为彻底分离实在太痛苦了。实际上，只不过相互欺骗：决不会再来。一年过去了，发生了不少事情，时过境迁，一切都与以前不一样了。今天，刘易斯衬着硬领，我看见他时心里并不激动，他的住房也消失了。我突然打起了精神，心里想：“给他打电话就是了。电话号码是多少？”我也忘记了。蓦然，我瞥见了一个红字招牌：斯希尔茨，以及一张广告画上那些幼稚的笑脸。我喊道：

“停下！停下！在这儿。”

“是1112号。”司机说。

“1112号，就是这里。”

我跳下出租汽车，在一扇窗户的灯影中，看见了一个弓着的身影。他在等着，他是在等着我，他向前奔来，就是他。他没有衬着硬领，也没有戴金丝眼镜，可他头上顶着一顶棒球帽，两只胳膊抱得我透不过气来：“安娜！”

“刘易斯！”

“终于见面了！我等待了多久啊！多么漫长啊！”

“是呀，是长，多么漫长啊！”

我知道他并没有抱着我上楼，我也不记得上楼时挪动过自己那两条发麻的腿，可是我们此刻就在黄色的厨房中间紧紧拥抱：火炉、漆布、墨西哥毯，所有东西都在原位。我嗫嚅道：

“您戴着这顶帽子干什么？”

“我不知道。它反正就戴在了头上。”他摘下帽子，往桌上一扔。

“我在机场看见一个人和您像极了：他戴着眼镜，衬着硬领。他吓了我一跳：我以为就是您，却没有一点儿感觉。”

“我也吓了一跳。一个小时前，两个男人从窗下走过，他们抬着一个死去或昏迷过去的女人，我以为是您。”

“现在好了，您、我都在了。”我说。

刘易斯紧紧地拥抱着我，接着松开双手：“您累了吧？您渴吗？您饿吗？”

“不。”

我重又紧贴着他。我的双唇是如此沉重、麻木，以致说不出半个字来。我把嘴唇贴在他的嘴上，他把我抱到了床上：“安娜！我每天夜里都在等待着您！”

我闭上双眼。一个男子的身躯重又压到了我的身上，带着其全部信赖和一切欲望。是刘易斯，他没有变，我没有变，我们的爱情也没有变。我离去了，可我又回来了。我重又找到了自己的位置，彻底摆脱了我自身。

第二天，我们忙着整理行装，沉湎于交欢：这缠绵的时光一直持续到翌日清晨。在列车上我们脸贴脸睡在一起。我突然惊醒，瞥见了刘易斯在信中跟我说过的俄亥俄河码头上那艘带有底托的大船。多少次，我曾梦见过这艘船，可总是不相信它的存在，以至此时我难以相信自己的眼睛。然而这艘船确实是真的，我登上了船，满怀柔情地察看着我们的船舱。在芝加哥，我住在刘易斯的家中；这里，是我们共同的船舱，是属于我们俩的。看来我们确实是真正的一对儿。对。如今我明白了：是可以再来的，我一定每年都来。每年，我们的爱情都将度过一个比北极之夜还更漫长的黑夜。可总有一天，幸福将会出现，一连三四个月再也不用睡眠。我们在深深的黑夜里等待着这一天的到来，我们共同期待着，离别将再也无法将我们分离：我们已经永远结合在一起。

“我们出发了，快来！”刘易斯说。

他奔跑着登上船梯，我紧跟着他；他凭倚在舷墙上，脑袋四处乱转。

“瞧，多么美啊！天地交融在水中。”

辽阔的星空下，辛辛那提灯光闪烁，我们在灯火上滑行。我们静静地坐着，久久地凝望着霓虹灯招牌渐渐暗淡、消失。刘易斯紧紧地把我搂在他的怀里。

“我竟然从来就不相信这一切。”他说道。

“哪一切？”

“爱与被爱。”

“那您相信什么？”

“一间固定的卧室、按时的三餐饭和一夜共枕的女人：平平安安。我总以为不应过分要求，以为所有人永远都是孤独的。可出现了您！”

我们的头上方一只高音喇叭在播着数字：原来游客们在玩宾戈[1]。他们一个个年纪都那么大，我不禁感到自己年轻了一半。我芳龄二十，正在享受着我的初恋，这次旅行也是我平生的第一次旅行。刘易斯吻着我的头发、眼睛和嘴巴：

“下去吧，您乐意吗？”

“您完全知道我从不说不字。”

“可我多么喜欢听到您说一声‘好’。您说得是那么亲切！”

“好。”我说，“好。”

只消说声“好”，这是多么快乐啊。我用自己那已经衰竭的生命，用自己那已经不再鲜艳的身体，为我所钟爱的男子创造幸福。这是多么幸福啊！

我们度过六天的时间，沿着俄亥俄河和密西西比河顺流而下。每次中途停靠，我们便避开其他船客，在闷热、昏暗的城中一直走到直喘粗气。其他时间里，我们一起交谈，一起看书，或迎着太阳躺在甲板上抽烟，什么事儿都不做。每天是同一的水色、草色，每天是同一的水声、机器声。可我们喜欢这一个清晨复生出一个又一个清晨，一个夜晚复生出一个又一个夜晚。

一切对于我们都那么完美，这就是幸福。我们欢欢喜喜地离船上岸。新奥尔良，我们俩都熟悉，可它对刘易斯和对我并不是一座同样的城市。他向我展示了十五年前他沿街叫卖过香皂的拥挤不堪的街区、躺在里面用偷来的香蕉填肚子的码头仓库和心脏怦怦直跳、欲火中烧而两手空空经过

1 bingo，一种赌博游戏。

的烟花柳巷。有时，他仿佛叹息那一身贫穷、愤世嫉俗的岁月，留恋那欲壑难填的亢奋时刻。可是，当我领他光顾法国高级船员餐厅，当他作为游客趾高气扬地出没在那些酒吧和内院时，他喜气洋洋，仿佛在与命运做游戏。他从未乘过飞机，整个旅途中，他一直鼻子贴着舷窗，对着云彩微笑。

我也同样欣喜。多么令人愉快的新鲜环境啊！当恒星开始在太空旋转，当大地焕然一新，此时此刻，仿佛人也换了新颜。过去对我来说，尤卡坦只不过是用蝇头小字印在地图集上的一个并无实体的地名而已；没有任何东西把我与它联系在一起，哪怕是一种欲望、一个形象，可如今我亲眼发现了它。飞机骤然变得沉重起来，向地面俯冲下去，我发现一块灰绿色的毛茸茸的荒原从苍穹的一端一直伸向另一端，云彩的阴影处形成了数个黑沉沉的大湖。我在一条凹凸不平的公路上行驶，路边的田野遍地都是蓝色的龙舌兰。遥远处，田野的上方不时呈现平顶金凤花那刺眼的火红色。我们沿着一条小街向前，街边是土墙茅草房，阳光灼热。我们把行李全都留在了旅社的大厅，那儿就像是一座繁茂而腐败的暖房，许多玫瑰色的火烈鸟挺着一只腿在里面歇息。我们遂又出发。白花花的广场上，一些身着白衣的男人顶着草帽在油光闪亮的树的阴影下做着梦。我重又看到了托莱多和阿维拉的天际和岑寂，在大西洋的这一端与西班牙重逢，此时的心情比暗自惊叹“我来到了尤卡坦”时还更加惊愕。

“咱们乘一辆那种式样的小马车吧。”刘易斯说。

广场的一角停着一排靠背硬邦邦的黑色马车。刘易斯唤醒了一位车夫，我们坐上了狭窄的长条凳。刘易斯哈哈大笑：“我们现在去哪儿？您，您知道吗?”

“告诉车夫，让他带着我们兜风，然后再去邮局，我等着信呢。”

刘易斯在加利福尼亚南部学了几个西班牙词。他对车夫咕噜了几句，马儿遂小步疾行起来。我们走过了一条条豪华而又破败的大街；风雨和贫困侵蚀了卡斯蒂利亚永久性建筑风格的别墅；花园锈迹斑斑的铁栅栏后，一尊尊雕塑在渐渐剥落，红、紫、蓝色纷呈的繁花在半裸的树底下挣扎；墙头，一排巨大的黑鸟在窥伺着。到处都感到死亡的气息。我高兴又来到了印第安人集市边，骄阳炙烤的遮篷下拥挤着生机勃勃的人群。

“等我五分钟。”我对刘易斯说。

他坐在一级石阶上，我走进了邮局。有一封罗贝尔的来信，我连忙拆开。他正在修订那部书的最后校样，并为《警觉》撰写一篇文章，那是一篇政论文。对。我是对的，用不着多担心。他尽管怀疑政治与写作，可还没有到彻底放弃的地步。他说巴黎天色阴暗。我把信放进了小包，走出邮局。巴黎是多么遥远！这里的天空是多么湛蓝！我挽起刘易斯的胳膊：“一切都很好。”

我们挤着穿过遮篷下的人群。这儿有卖水果的，卖鱼的，卖凉鞋的，也有卖棉织品的。女人们穿着绣花长裙，我喜欢她们那油光闪亮的发辫和没有丝毫表情的脸庞，印第安孩童们经常咧着嘴大笑，露出两排牙齿。我们坐进一家弥漫着海鲜味的小酒店，侍者用啤酒桶给我们送上了一种冒着泡沫的黑啤酒。小酒店里尽是男人，而且全都是年轻小伙子，他们说笑个不停。

“他们看样子很幸福，这些印第安人。”我说。

刘易斯一耸肩膀：“谈何容易。那个小意大利国也一样，当你在一个阳光明媚的日子里去散步，那儿的人们一个个也都显得幸福。”

“确实如此。”我说，“必须贴近去看。”

“我在等待着您的那段时间也是这么想的。”刘易斯说，“对我们来说，一切都洋溢着节日的欢快气氛，因为旅游本来就是欢快的事情。可我肯定他们并不欢快。”他吐出了一粒橄榄核，“当人们作为游客四处走马观花时，那就什么都看不真切。”

我朝刘易斯莞尔一笑：“咱们买一幢小房子吧。咱们俩都睡吊床，我给您做硬玉米饼，咱们一起学说印第安话。”

“我十分乐意。”刘易斯说。

“啊！”我叹息道，“可一个人得拥有多少个生命呀。”

刘易斯看了看我：“您应付得并不那么糟糕。”他微笑着说。

“您这话是什么意思？”

“我似乎觉得您设法拥有了两个生命。”

热血涌上我的双颊。刘易斯的话对我并不抱有敌意，可也不那么饱含深情。是因为巴黎的那封来信？我猛然感觉到并非就我一人挂念着我们这段私情：他也在挂念，只不过是以他自己的方式而已。我暗自在说：我回来了，我总会回来的。可他也许在心底说：她总又要离去的。如何回答他？我无言以答。我忐忑不安地说道：

“刘易斯，我们永远都不会成为敌人的，对吗？”

“敌人？谁可能会是您的敌人？”

他一副明显的惊愕神色。我随口说出的这几个字确实笨拙。他朝我微微一笑，我也朝他微微一笑。突然我感到恐惧：说不定哪一天我会因为胆敢去爱却又不献出自己的整个生命而受到惩罚呢？

我们在旅馆用晚餐时，我们身边一侧各挺立着一只玫瑰色的火烈鸟。梅里达旅行社给我们派了一位矮个子墨西哥人，刘易斯听他说话很不耐烦。我更是无心去听，一个劲地在心底问自己：他脑子里在想些什么？我们从不谈论未来，刘易斯也从不向我提出什么问题。我也许应该向他提问。可不管怎么说，早在一年前我就把自己要说的心里话向他全部倾吐了，再也没有新的话要补充。再说，言语是危险的，有可能搅乱一切。必须享受这份爱，当这份爱经历过一段漫长的时光之后，再谈也不太迟。

“夫人不能乘公共汽车去奇琴伊察。”矮个子墨西哥人说道，接着朝我咧嘴一笑，“小车全天都供你们使用，可送你们参观遗迹，司机可为你们导游。”

“我们讨厌导游，喜欢随意徒步行走。”刘易斯说。

“马雅旅馆可为旅行社的顾客提供优惠服务。”

“我们下榻维多利亚旅馆。”我说。

“不行，维多利亚是一家土著人旅店。”他说道，可他自己就是土著人。

看我们不答腔，他恶心地微笑着弓了弓腰：“你们这一天准会过得十分难受！”

实际上，我们乘坐的公共汽车第二天晚上就抵达了奇琴伊察，车上十分舒适。当路过充斥着美国人嘈杂声的马雅旅馆花园时，我们不禁为坚持了自己的意见而感到自豪。“您听听他们!”刘易斯对我说，“我到墨西哥来总不是为了见美国人吧!”

他手提一只小旅行包，我们沿着一条泥路摸索着向前走。一棵棵大树遮天蔽日，树上流下滴滴清水。我们什么也看不见，一股强烈的腐殖土、烂树叶和枯花味熏得我透不过气来。昏暗之中一只只闪动着大眼睛的猫在奔跑，却看不见它们的身躯。我指着那一只只不见躯体的眼睛：“这是些什么东西?”

“是黄萤。在伊利诺伊也有。只要在玻璃灯罩里放进五只，就相当亮，可以照明读书。”

“那倒挺有用的!”我说，“我什么也看不见。您肯定还有一家旅馆吗?”

“当然肯定!”

我开始起了疑心。看不见一座房屋，听不到一点声息。我们终于听到了西班牙人的讲话声，朦胧间隐约可见一堵墙壁，没有一点儿亮光。刘易斯推开一道栅栏，可我们不敢向前迈步。猪在嗷嗷乱叫，鸡在咕哒咕哒鸣个不停，不知什么地方还响着一片蛤蟆的齐奏声。我喃喃地说：“这是个危险的地方。”

刘易斯喊叫道：“这里是家旅社吗?”

一阵话声过后，一支蜡烛忽闪忽闪的，接着出现了亮光。我们走进了客栈的院子，一位男子彬彬有礼地对我们微笑。他用西班牙语说了一阵。“他请求原谅，出现了供电故障。”刘易斯说道，“客房是有的。”

房间的一侧朝着院子，另一侧对着丛林。整个房间没有一点儿装饰，可铺着洁白的床单，挂着白白的蚊帐。晚餐给我们送上了硬玉米饼，吃了直沾牙齿，另加紫色的小豆，一只瘦巴巴的鸡，调味汁呛得喉咙眼直冒火。餐厅里装饰着从集市买来的瓷器和彩色石印画片。一张年历画上，一些半裸的印第安人身上插着羽毛，正在古竞技场上玩篮球。一位墨西哥人坐在院子的板凳上，身边围着猪和鸡，正在弹奏吉他。

“芝加哥多么遥远啊!”我说道，“还有巴黎。一切都是多么遥远啊!”

“对，现在我们真的开始旅行了。”刘易斯声音激动地说。

我紧握他的手。此时此刻，我十分清楚他脑子里装着什么：吉他声，蛤蟆叫声，还有我。我谛听着蛤蟆的鸣叫，谛听着吉他的弹奏，整个儿完全属于了他。对他，对我，对我们俩来说，除了我们俩，世间的一切全都不复存在。

整个夜里，蛤蟆的歌声不断潜入我们的房间；清晨，千万只小鸟在啁啾鸣唱。当我们步入古城墙时，唯见我们两人。刘易斯向神殿跑去，我小步跟随着他。此时，我的心里比初到尤卡坦时还更慌乱。至此，对我来说，古代一直与地中海相混淆。在古卫城上，在古广场上，我曾毫不惊诧地凝视着我自己的历史，可这儿的一切无法将奇琴伊察与我的历史联系起来。八天前，这座用鲜血染红的石块筑成的巨大几何形圣城，我连它的名字都不知道。可现在，它就高高地耸立在这里，默默无声，以其整齐的建筑和狂热的雕塑沉重地压迫着大地。一座座神殿，一座座祭坛，印在年历画上的竞技场，千柱集市，接着又是一座座神殿，殿角整饬分明，浮雕神奇荒唐。我用目光搜索着刘易斯，瞥见他高高地挺立在大金字塔尖。他挥着手，显得很小很小。石阶陡峭，我瞧也不瞧自己的双脚一眼，两只眼睛直盯着刘易斯，一步步拾阶而上。

“我们在什么地方？”我问道。

“我也在想呢。”

越过古城墙，可见一片无边无际的绿色丛林，丛林间点缀着金凤花的火红色。没有一块农田。我问道：“可他们在哪里种玉米呀？”

“学校到底教您什么了？”刘易斯以自负的口吻说道，“播种季节，他们烧掉一块丛林；收获后，树木很快又长起，再也看不到被烧的痕迹。”

“您从哪儿知道的？”

“噢！我生来就知道。”

我哈哈大笑起来。“您撒谎！您是从哪本书上学来的，肯定是昨晚趁我睡着时读的书。不然，您昨天在车上就会对我说的。”

他一副笨拙的神态：“可这还是挺有意思的，哪怕一些琐碎小事，您总能揭穿我。对，我昨天晚上在旅店找到一本书，我想对您炫耀炫耀。”

“那就对我炫耀吧。您还知道些什么？”

“玉米自己生长。农民一年用不了劳动几个星期。正因为如此他们才有时间建造了这么多的神殿。”他突然口气激烈地补充道，“您设想一下那种生活！啃着玉米饼，搬运大石块，头顶着这种太阳！日复一日地吃饭、流汗，流汗、吃饭！人类做出的牺牲，不仅仅如此，这还不算是最悲惨的。想想那千百万不幸的人，军阀和教士把他们当作牛马来使唤！这是为什么？是出于愚蠢的虚荣！”

他充满敌意地凝视着这些金字塔。过去，它们一座座全都伸向苍穹，如今在我们眼里却好似重压着大地。我并没有因为他愤怒而愤怒，也许是因为我从来就不屑为了填饱肚子而去流血流汗，也许是因为这所有的灾难早已属于过去。但是，我已经不能像十年前那样毫无感慨地陷入对这一死灭的美的静观之中。这一为了其建筑而牺牲了多少人性命的文明并没有留下什么，不仅仅是因为它的残酷，更令我愤慨的是它的贫乏。如今只有一小撮考古学家和美学家对这些遗迹感兴趣，游客们也是不由自主地一个学着一个将它们摄入自己的照相机镜头。

“我们下去怎么样？”我问道。

“怎么下去？”

支撑着平台的基墙仿佛是四条垂直的线，其中一堵墙饰着光与影，谁也想不到可在上面落脚。刘易斯哈哈笑了起来：“我从来没有跟您说过只要离开地面两米高我就晕得可怕吧？我不知不觉登上了顶部，可再也没办法下去了。”

“怎么也得下！”

刘易斯朝平台中央退去：

“不行。”

他重又微微一笑：“十年前在洛杉矶我饿得要死，我找到了一份工作，给一家工厂烟囱的顶部抹灰泥。别人用一只筐子把我吊了上去，我在上面整整呆了三个小时，怎么也没有勇气从里面爬出来。他们只得把我放下来，我又两手空空走了。后来两天，我可一点儿东西也没有吃到。您相信吧！”

“您会晕，真怪！”我说，“您见识那么广，什么都经历过，我以为您胆子大着呢！”我向石阶走去，“有一家子美国人正准备上来，我们下去吧！”

“您不害怕？”

“我害怕。”

“那就让我在您前面走。”刘易斯说。

我们手牵着手，侧着身子往下走，当我们到底部时，浑身尽是冷汗。一位导游正在给一组游客介绍马雅精魂之奥秘。我喃喃地说：“旅游多有意思啊！”

“对，是很有意思！”刘易斯说道。他拉着我，“咱们回去喝一杯。”

下午天气酷热，我们在客房门前的吊床上打了个盹。过了一会儿，像是条件反射似的，我突然好奇心十足，朝森林扭过头去。

“我多么想到那林中去转一圈。”我说道。

“为什么就不行呢？”刘易斯说。

我们突然置身于丛林湿漉漉的岑寂之中，没有一个游客；一些红蚂蚁驮着尖尖的草根成群结队地朝着无形的大本营行进；一听到我们的脚步声，一群群蝴蝶马上四处飞开，有粉红色的、蓝色的、绿色的，还有黄色的；藤中的积水一滴滴落到我们身上。遥远处，在小径的尽头，不时可见一座座神秘的荒冢：无论是神殿，还是宫殿，早已成为废墟，无不葬身于乱石之中；有的被掘了一半，可荒草已把它们整个儿淹没。

“好似谁也没有来过这儿。”我说。

“对。”刘易斯毫无热情地说。

“瞧那小径的尽头，是一座大神殿。”

“对。”刘易斯又哼了一声。

这是一座十分宏伟的神殿。金色的蜥蜴在碎石中暖着身子，雕塑已经面目全非，唯有一条巨龙露着狰狞的面目。我指着龙对刘易斯说：

“您看见了？”

“我看见了。”刘易斯说道，脸上仍然死气沉沉。

他突然飞起一脚，朝龙头踢去。

“您在干什么呀？”

“踢了它一脚。”刘易斯说。

“为什么？”

“我讨厌它瞧着我的那副样子。”刘易斯在一块崖石上坐了下来，我问道：“您不愿围着神殿转转？”

“您自个儿去吧。”

我围着神殿转了一圈，可我心不在焉，只见到一块石头垒着一块石头，没有任何意义。我回到刘易斯身边，他一动不动，脸上那般茫然，仿佛已经脱离了自己。

“您看够了吗？”他问道。

“您想回去了？”

“如果您已经看够了的话。”

“看够了。”我说，“咱们回去吧。”

夜幕降临了。最早飞出的黄萤已经隐约可见。我焦虑不安地暗自在想，总的说来我对刘易斯还很不了解。他是多么憨直、诚挚，以致我觉得他有点儿傻！可他到底是怎样一个人？当他飞起那一脚时，样子并不善良。他眩晕，这又意味着什么？我们默默地行走着，他在想谁呢？

“您在想谁呢？”我问道。

“我在想芝加哥的家。我离家时灯没有关，路人准会以为里面有人，可根本就没有人。”

他声音中隐含着凄楚。

“您为在这儿呆着感到遗憾吗？”我问道。

他淡淡一笑：“我真在这儿吗？真有意思，您就像是个孩子，一切在您看来都是真实的，可这一切我觉得像是一个梦：一个被另一个人梦见的梦。”

“可这明明是您，是我。”我说道。

刘易斯没有答腔。我们走出了丛林。天已全黑，天上，古老的星座乱七八糟地横陈在散乱的新星之间。一瞥见客栈的灯光，刘易斯微微一笑：“终于到了！我刚才感到自己失落了！”

“失落了？”

“那些遗迹是多么古老！太古老了！”

“我倒十分喜欢失落的感觉。”我说。

“我可不喜欢。我过去失落的时间太久了，以为再也无法寻回失去的自我。而今我无论如何再也不能重蹈覆辙。”

他声音中充满挑衅，我隐隐约约地感到了威胁。“有时要善于失去自己，”我说，“如果不冒险，就一无所获。”

“我宁愿一无所有也不愿去冒风险。”刘易斯以不容置辩的口吻说道。

我理解他，他历尽了多少艰难才获取了这一点安宁，自然要不惜一切地加以维护。然而，他却是多么不顾一切地爱我。难道他会因此而感到后悔吗？

“您刚才踢那一脚，是因为您感到失落的缘故吗？”我问道。

“不是。我不喜欢那种动物。”

“您当时显得可真凶神恶煞。”

“我就是这副样子。”刘易斯说。

“跟我可不这样。”

他莞尔一笑：“跟您很难那样。去年我试过一次，您马上哭了。”

我们走进了属于我们俩的房间，我问道：“刘易斯，您不责怪我吧？”

“责怪什么？”他问道。

“我不知道。什么都责怪，也什么都不责怪。责怪我拥有两个生命。”

“要是您只拥有一个，那就不会在这儿了。”刘易斯说。

我不安地看着他：

“您责怪我？”

“不。”刘易斯答道，“我不责怪您。”他把我紧紧地贴在他身上，“我要您。”

他猛地掀起蚊帐，把我扔到床上。当我们一丝不挂紧贴着身子时，他声音快活地说道：

“这是我们最美妙的旅行！”

他神色一亮，再也不感到失落了。只要在我身上，他怎么都舒服。我内心的不安也荡然无存。我们在对方的怀抱里所获得的安宁与欢乐会比任何一切都要强大。

四处闲逛，周游世界，以亲眼目睹不复存在的和与你无关的一切，这是一种十分不光彩的行动。对此我与刘易斯都持同样看法，但尽管如此，旅行仍然给了我们莫大的乐趣。在乌斯马尔，正值星期天，印第安人在神殿的阴影处打开了野餐用的食品篓子；我们跟着一帮身着长裙的女人，手扶着铁索登上早已被损坏的石阶。两天后，我们飞越了饱饮雨水的丛林；飞机高高地升上天空，再也没有下降；是腾起的地面前来迎接我们，它献给了我们一个静卧于绿色丛中的蓝色大湖和一座平整四方如小学生作业本的都市：危地马拉。城中，贫困破旧的街道，两边尽是低矮的长条房屋，集市上倒是一片欢腾，农妇们赤裸着双脚，衣衫褴褛，头顶着一篓篓鲜花和水果。安提瓜旅店的花园里，一簇簇红花、紫花和蓝花垂挂在树枝上，遮没了墙壁。大雨疯狂地倾泻，雨点又密又热，一只被缚的鹦鹉啼叫着在架子上上蹦下跳。在阿蒂特兰湖畔，我们睡在一座带有游廊的平房里，四周生长着高高的石竹；一艘游轮把我们送到了圣地亚哥，缠着红色头巾的妇人摇晃着怀里的婴儿，婴儿们全都用圆圆的兜帽从头到肩罩得严严实实。在一个星期四，我们闯进了奇奇卡斯特南戈集市。广场上到处支着遮篷，摆着货摊；身着绣花紧身上衣和闪色花裙的妇人们在卖着各式各样的东西，有谷物、面粉、面包、干果、肉禽，也有陶器、提兜、腰带、凉鞋，还有数公里长的面料，那呈彩绘玻璃和陶瓷色彩的颜色是多么漂亮，连刘易斯也兴高采烈地动手去摸。

“买下这块红面料吧！”他说，“要么这种有小鸟图案的绿面料。”

“等等。”我说道，“什么都得看一看。”

这种种神奇的珍品中最令人赞叹的，要算有些农妇身上穿的那种古色古香的“绘绣衫”。我指着一件这种古式绣花衫让刘易斯看，只见淡蓝色、红色、淡金色柔和地融为一体。我说：“要是卖的话，这我倒想买一件。”

刘易斯打量着这位拖着长发辫的印第安老太婆：

“她说不定真卖。”

“我不敢开口问她，再说讲什么语？”

我们继续溜达。一些妇人用手揉着玉米面团，一只只锅里装着一种黄色的荤杂烩，正在火上慢慢地煮着，有几家人正在吃饭。广场的两侧，一边一座白色的教堂，两条石阶直通教堂的入口处。石阶上，一些打扮得像轻歌剧中斗牛士似的汉子在摇晃着香炉。我们透过烟雾向大教堂走去，浓浓的焚香使我回想起我那虔诚的童年时代。

“我们有权进去吗?”我问道。

“他们能对我们怎么样?”刘易斯反问道。

我们进了教堂，我马上被一股馥郁的香味熏得喘不过气来。里边没有椅子，也没有跪凳，不见任何座位。一块石板地面设着烛坛，闪烁着红红的烛光；印第安人相互传递着玉米穗，一边叽里咕噜地祈祷着。祭坛上陈放着一具木乃伊，上面覆盖着锦缎和鲜花；正对面，是一个高大的耶稣，浑身是血，一脸痛楚的样子，身上挂满了沉甸甸的织品和首饰。

“要能听懂他们说什么就好了!”刘易斯说道。

他看着一位跛脚老人在为一些跪着的妇人祝福。我拉了拉他的胳膊：“出去。这焚香味熏得我头疼。”

当我们走出教堂，刘易斯对我说：

“瞧，我并不认为这些印第安人都很幸福。他们衣着欢快，可他们本身并不快活。”

我们买了腰带、凉鞋和面料。那位身着令人赞叹的绘绣衫的老太婆还呆在原地，可我不敢开口问她。在广场的咖啡店兼食品杂货店里，几个印第安汉子正围着一张桌子在喝酒，他们的妻子都坐在各自丈夫的脚下。我们要了一些玉米饼，跑堂的给我们送上了食盐和绿色的小柠檬。两个印第安小伙子跌跌撞撞地在他们中间又蹦又跳。他们好像一点也不会玩乐，这样子叫我看了心碎。外面，商贩已开始收拾货摊。他们把陶器垒成构造复杂的一摞摞，背在身后；还有的额头上缠着一根皮带用以固定头上顶着的东西，一溜小跑地离去。

“看看这种样子!”刘易斯说，“他们全把自己当作了牛马。”

“我猜想他们太穷了，买不起驴子。”

“我想也是。可他们如此贫穷，却显得那么心平气和。他们最气人的就是这点。我们回去怎么样?”他接着问道。

“回去吧。”

我们回到旅馆，可他在大门口便离开了我：“我忘了买香烟。马上就来。”

我们房间的壁炉火烧得旺旺的。这座小太阳城所处的地势比法国海拔最高的村镇还要高，夜里很可能变凉。我躺在火苗前，火苗发出一股喷香的树脂味。这间房子很让我喜欢：粉红色的泥灰墙和色彩纷呈的地毯。我想起了刘易斯，我为能独处五分钟感到高兴，因为这可以使我有机会思念他。显而易见，秀丽的风光不合刘易斯的口味。让他看一看神殿、风景、集市，他总是很快就看错了对象。他看到的是人。怎样才应该算是一个人，他有着自己独到的见解。作为一个人，他首先应该不安于天命，要具有自己的愿望，并要为实现自己的愿望而斗争。他本人十分知足，可他激烈反对被别人剥夺一切。他的小说中隐含着某种交织着柔情与残酷的古怪情感，因为他既痛恨压迫者，几乎又同样憎恨过分安于天命的受压迫者。对所有那些至少企图从文学、艺术、毒品，甚至罪恶中寻找个人出路的人，他都抱有同情，尤其是对那些企图从幸福之中寻求个人慰藉的人。他真正钦佩的是伟大的革命者。他并不比我更有政治头脑，可他深深地爱戴斯大林、毛泽东、铁托。美国的共产党人在他眼里都是糊涂虫和胆小鬼，可我猜想若在法国，他准成了共产党员，至少会去争取。我朝房门扭过头去。他为何还不回来？我渐渐焦虑不安起来。最后，他终于回来了，胳膊下夹着一包东西。

“您到底干什么去了?”我问道。

“我负有一项特殊使命。”

“谁赋予的?”

“我自己。”

“您完成了吗?”

“当然。”

他把那包东西扔给了我，我撕开包装纸，一片青蓝呈现在我的眼前：是那件令人赞叹的绘绣衫。

“这相当脏!”刘易斯说。

我心醉神迷地用手抚摸着那熟巧、多变的绣花图案:“美极了。您怎么弄到手的?”

“我把旅馆的看门人一起叫去了,是他给谈成的。开始要她卖那一件破绣衫,那老太婆怎么也听不进,可后来提出用一件新的换,她便答应了。看她那神气,好像觉得我是个傻瓜。只是弄到手后,我不得不请看门人喝一杯,他马上缠着我再也不松手,一定要去纽约找生财之道。”

我勾着刘易斯的脖子:“您对我为什么这么好?”

“我跟您说过我不好。我这人十分自私。原因嘛,是因为您是我的一小部分。”他把我抱得更紧了。“您是多么温柔可爱。”

啊!在这激动得透不过气来的温柔时刻,我们的躯体可真帮了我们大忙。我紧紧地贴在他身上。他的肉体为何会这么熟悉又如此销魂呢?突然间,他的温柔灼烫着我的皮肤和骨骼。我们滚落在地毯上,躺在噼啪作响的火苗前。

“安娜!您知道我多么爱您吗?尽管我很少跟您说,可您也知道吧?”

“我知道。您也知道,对吗?”

“我知道。”

我们的衣服在房间里丢得到处都是。

“我为什么对您欲望这么强烈?”刘易斯问道。

“因为我也那么强烈地需要您。”

他就在地毯上占有了我,接着又在床上与我再次做爱。我久久地躺在他的胳肢窝里。

“我多么喜欢贴在您身上!”

“我多么喜欢您贴着我。”

过了片刻,刘易斯支着一只胳膊抬起身子:

“我喉咙发干。您不是吗?”

“我很想喝一杯。”

他拿起电话,要了两杯威士忌。我穿上了晨衣,他套上了那件白色的旧浴衣。

“这破衣服您早该扔了。”我说。

他紧紧地裹着浴衣：

“绝不扔！我等待着它离开我呢。”

他毫不吝啬，可他就恨扔东西，尤其是他的那些旧衣烂裳。来人给我们送上了威士忌。我们坐在炉旁。外面，天开始下起雨来。这里每天夜里都下雨。

“我多快活！”我说。

“我也是。”刘易斯说。他用胳膊搂着我的肩膀，“安娜！留在我身边吧。”

我激动得喉咙眼里突然喘不过气来：“刘易斯！您知道我多么愿意留下！我多么愿意啊！可是我不能。”

“为什么？”

“去年就跟您解释过了。”

我一口气喝光了杯中的酒，昔日的种种恐惧突然间朝我袭来。无论在德丽莎俱乐部，还是在梅里达、奇琴伊察，或在其他地方，我都有过这般恐惧，可都很快抑制住了。我早就预感到这一点。他总有一天会对我说：留下吧。而我却不得不说：不行。到那时将会怎样呢？去年，若我失去刘易斯，我还能从中解脱出来，可如今要失去他，那就等于被活活埋葬。

“您结了婚。”他说，“可您可以离婚。我们也可以不结婚，但可以生活在一起。”他朝我俯过身子，“您是我的妻子，我独一无二的妻子。”

泪水涌上我的眼眶，“我爱您。”我说，“您知道我是多么爱您。可像我这般年纪不可能把过去的整个生活随便抛弃：为时太晚了。我们相见恨晚啊。”

“对我来说可不晚。”他说。

“您真这么认为？”我问道，“若我请您来巴黎定居，您会来吗？”

“我不会说法语。”刘易斯连忙说。

我莞尔一笑：“这可以学。巴黎的生活不会比芝加哥昂贵，再说就一架打字机，也太容易带走了。您来吗？”

刘易斯的脸色阴沉了下来：“我在巴黎无法写作。”

“我想不会吧。”我说道，接着一耸肩膀，“哎哟，如此说来，您到了外国就再也无法写作，您的生活也就失却了意义。我不搞写作，可有些事物于我来说好像书对您一样重要。”

刘易斯一时缄默不语。“可是您爱我吗?”

“爱。”我说，“我对您的爱至死不渝。”我握住他的双手，“刘易斯，我每年都可以来。如果我们肯定每年都可以相见，那就再也没有分离可言，那只是等待。当人们相爱甚深时，可以在幸福中等待。”

“如果您像我爱您那样爱我，那为什么要虚掷我们四分之三的生命去等待?”刘易斯问道。

我犹豫不决。“因为爱情并不是一切。”我说道，“您应该理解我，对您来说也是这样，爱情不是一切。”

我的声音在颤抖，我的目光在苦苦祈求刘易斯：但愿他理解我！但愿他对我保持这份爱，它虽然并非一切，但失去它我将不复存在。

“对，爱情并非一切。”刘易斯说。

他神色犹豫不定地凝望着我。我热烈地说：

“我并不会因为珍惜其他东西就会减少对您的爱。不要责备我。您不要因此而不再那么爱我。”

刘易斯摩挲着我的头发：“我认为要是爱情对您来说就是一切的话，我就不会那么深深地爱您：因为那样的话就不再是您了。”

我的双眼噙着泪花。他接受了我的一切，连同我的过去、我的生活以及让我们彼此分开的一切，我们的幸福得救了。我扑进他的怀里：

“刘易斯！要是您不理解我，我该多么痛心啊！可您理解了我，多么幸福啊!”

“您为什么哭呀?”刘易斯问道。

“因为我害怕：要是失去您，我就再也不能活下去了。”

他碾碎了我面颊上的一颗泪珠：“别哭。当您哭泣时，害怕的是我。”

“现在我哭是因为幸福。”我说，“因为我们一定会幸福。当我们相会之时，我们可以为全年储备幸福。是不是，刘易斯?”

“是，我的高卢小丫头。”他满怀深情地说道。他吻着我湿漉漉的面颊，“真怪，有时您在我眼里是一个十分聪慧的女人，可有时您十足就是个孩子。”

“我想我是个蠢女人。”我说，“可要是您爱我，这无所谓。”

“我爱您，愚蠢的小丫头。”刘易斯说道。

翌日清晨，坐在驶往克萨尔特南戈的车上，我心里喜气洋洋。我再也不恐惧未来、恐惧刘易斯、恐惧言语，我一无所惧。我平生第一次敢于大声谈论计划：来年，刘易斯将在密歇根湖畔租一幢房子，我们一起在那儿消夏；再过两年，他来巴黎，我领他看看法国和意大利……我把他的手紧紧地攥在自己手中，他微笑着点头表示赞同。我们穿过密林，天下着雨，那般温暖、那般芬芳，我垂下了窗玻璃，让自己的脸庞尽情感受。一些牧人站着一动不动地看着我们经过，他们身上都穿着草衣，背上仿佛驮着茅草屋似的。

“我们真的处在海拔四千米高度?”刘易斯问道。

“据说是。”

他摇摇头：“我不相信。不然我准晕了。”

远处，那高原如同冰川一般高峻，树木郁郁葱葱。从前我总觉得这像奇迹一般令人难以置信，而今我亲眼目睹了，它们变得如同法国的牧场一样自然。确实，这危地马拉高原，连同它那沉睡的火山、湖泊、牧场和那迷信的农夫，与奥弗涅山区颇为相似。我对这一切渐渐开始感到倦怠，可两天后我又很高兴地下山前往海滨。多么美妙的下山旅行啊！拂晓时分，我们抖抖索索地行进在弯弯曲曲的公路上，路边是空气清新的牧场。渐渐地，早落性植物不见了，出现了一片片灰蒙蒙的植物，似海浪般高低起伏，那叶子硬邦邦的，如同上了釉一般。高山牧场披挂着晶莹的白色露珠，山脚下出现了一个孤零零的安达卢西亚人村寨，村前村后长满了木槿属植物，盛开着叶子花。转了几道急弯之后，我们又穿过了几条并行的山道，天空像着了火似的，我们置身于一片片香蕉种植场中。只见到处散落着一座座茅草小屋，一些印第安女人裸露着乳房在周围溜达。马萨特南戈车站是一片集市，一些妇女坐在铁轨上，身边摆着裙子、小包和家禽。远处敲响了钟声，一些雇员开始又喊又叫，随着一阵古老的蒸汽声和铁轨声，一列小火车出现了。

我们整整花了十小时才走完了与危地马拉相隔的一百二十公里路程。次日，一架飞机飞越了昏暗的山区和一条灯光闪烁的海岸线，用了五个小时把我们送到了墨西哥城。

“终于见到了一座名副其实的城市！一座新鲜事不断涌现的城市！”刘易斯在出租车上说道，“我就喜欢城市！”他补充道。

“我也是。”

我们预定了旅馆，旅馆里已经有信件在等着我们。我在房间里坐在刘易斯身边读着来信。如今我已经可以思念巴黎的生活而不至于产生某种行窃的感觉，如今我与他分享着一切，哪怕那些将我们彼此分离的东西。罗贝尔好像心绪颇佳，他说纳迪娜虽忧伤却平静，波尔差不多也已痊愈。一切都很好。我对刘易斯微微一笑：

“谁给您写的信?”

“我的出版商。”

“他们说些什么?”

“他们想要我生活的详细经历。为了推出那本书，他们打算隆重宣传一番。”刘易斯声音阴郁。我用目光询问着他。

“这就是说您可以赚到大笔钱，是吗?”

“但愿如此!”刘易斯说。他把来信放进口袋，“我得马上给他们回信。”

“为什么要马上回?”我问道，“我们先去看看墨西哥城吧。”

刘易斯哈哈笑了起来：“一个那么小的脑袋！却有两只永远看不厌的眼睛!”

他在笑着，可他那声调中隐含的某种东西令我感到慌乱不安。“要是您讨厌出门，那我们就留下。”我说道。

“那您岂不太遗憾了!”刘易斯说。

我们沿着阿拉梅达大街走去。人行道上，一些妇女在编着巨大的花圈，还有一些女人在悠闲漫步；一家殡仪馆的门楣上欢快地闪烁着“阿尔卡扎尔”几个字；我们走过了一条宽阔的大街，街上人群熙熙攘攘；接着我们又进了几条杂乱不堪的小街小巷。初步看去，墨西哥城很惹我喜欢。可刘易斯忧心忡忡。我对此并不感到大惊小怪。有些事情往往一时冲动就突然决定，可面对一只要收拾的旅行箱或一封要写的信，他常犹豫不决，一愣就是几个小时。吃晚饭的时候，我任他独自苦苦思索。一回到房间，他便坐了下来，面前铺着一张白纸。他微张着嘴巴，目光呆滞，酷似一条鱼。还不等他写出半个字，我便昏昏入睡了。

“您的信写好了？”第二天早晨我问他。

“写好了。”

“您怎么那么烦写信？”

“我并不烦。”他哈哈大笑了起来，“啊！别这样看着我，好像我是您的一个病人似的。去散散步吧。”

这个星期里，我们经常漫步。我们登上了高高的大金字塔，乘着饰满鲜花的小船游览，又在哈利斯科大街溜达，参观了可怜巴巴的集市、舞厅、音乐厅，还在郊区游逛，在一些声名狼藉的酒吧里喝龙舌兰酒。我们还打算在墨西哥呆一段时日，用个把月参观一下这个国家，然后再回芝加哥住几天。可是一天下午，我们正回房间午休，刘易斯突然对我说：

“我星期四必须抵达纽约。”

我诧异地看了看他：“到纽约？为什么？”

“我的出版商要我去。”

“您又收到信了？”

“对，他们邀请我去半个月。”

“可您不一定非得接受邀请。”我说。

“问题正是我不得不接受。”刘易斯说，“在法国也许情况不一样。”他补充了一句，“可这里，一部书就是一桩买卖，如果想要赚钱，那就非得去管。我不得不去见一些人，参加一些集会，接受答记者问。这没有多大意思，可情况就是这样。”

“您没有预先告诉他们您在七月份之前没有空吗？不能把一切事情都推到七月份以后吗？”

“七月是个不吉利的月份，要等得等到十月才好：可太迟了。”刘易斯烦躁地补充道，“我吊在那些出版商的钩子上过日子已经四年了。要是他们一心想要捞回本钱，我可没有法子阻拦他们。我也一样，如果想继续写我喜欢的东西，我也需要钱。”

“我理解。”我说。

我理解，然而我心里却感到一片空虚，真奇怪。刘易斯又笑了起来：

“可怜的高卢小丫头！只要不遂她的心愿，她就这么一副可怜样！”

我脸霍地红了。确实，刘易斯从来就是想让我高兴。他就这一次关心一下自身的利益，我不该有被要弄的感觉。他无疑觉得我自私自利，所以他的话声才有点儿咄咄逼人。

“这是您的过错。”我说，“您太宠我了。”我嫣然一笑，“噢！在纽约城一起散散步挺美的。”我说道，“只是一想到要改变我们的计划，我精神上有点儿受不了，况且您事先都没有打声招呼。”

“那要怎么对您说呢?”

“我一点儿也不埋怨您。”我乐哈哈地说，用目光询问着刘易斯，“他们在第一次来信中就对您发出邀请了吧?”

“对。”刘易斯说。

“您为什么没有告诉我?”

“我知道您听了会扫兴的。”刘易斯答道。

他那笨拙的神态使我心里发软，现在我方明白他当时回信为何那般艰难，他是想尽量使我们的墨西哥之行能善始善终，而且打定主意，非要达到目的，从而认为没有必要引起我的不安。可惜他失败了。于是他现在又尽力显出一副万般无奈的样子，我的惋惜感有点儿惹他生气。他这人宁愿气呼呼的，也不愿愁眉苦脸，我理解这一点。

“您完全可以告诉我，我并不那么脆弱。”我满怀柔情地对他微微一笑，“您瞧您太宠我了。”

“也许。”刘易斯说。

我心里又一次感到慌乱。“我们要改变这种情况。”我说，“等到了纽约，由我来满足您的一切心愿。”

他笑着看了看我。

“真的?”

“对，真的。轮流嘛。”

“那好，别等到去纽约了，现在就开始。”他抓住我的肩膀，“来遂遂我的心愿吧。”他有点儿挑衅地说。

我第一次在把嘴送给他的同时心里在想：“不行。”可是我向来没有说“不”的习惯，我不会说。要不费力气就改变这种习惯为时已晚。当然，也有过那么两三次，我嘴里说“好”，可心里并没有真正产生欲望。尽管如此，一般来说，我的心总是默认的。可今天情况迥然不同。刘易斯话中有着一股子蛮横的味道，我听了感到气恼。过去，他的言谈举止从来没有引起我的不快，因为那就像他的欲望、情趣与他的爱一般自然；今天，当我投入这番亲昵行动时，心里别别扭扭的，觉得古怪、浅薄、失礼。我同时也注意到了刘易斯没有对我说“我爱你”。他上一次是什么时候说的?

继后的日子，他一直没有说过这句话，嘴里只挂着纽约。他在一九四三年去欧洲前在那儿呆过一天，如今迫不及待要故地重游。他希望能在那儿见到几位芝加哥的旧友，还指望许许多多其他东西。未来与过去在刘易斯的眼里比现在要重要得多，我就在他的身边，纽约远隔千里，然而却是纽约城牵挂着他的心。对此我并不太痛苦，可他那副快乐的劲头不禁使我黯然神伤。难道他一点儿也不留恋我们耳鬓厮磨的时光?往事历历在目，类似的情况经历得太多了，我真担心他已经对我感到厌倦，不过也有可能他对这种生活已经习以为常了。

纽约天气炎热。滂沱的夜雨结束了。一大早，天就开始燃烧。刘易斯早早离开了旅馆，我独自在排风扇的轰鸣声中昏睡。我读了点东西，洗了几次淋浴，写了几封信。到了六时，我稍事打扮，便等待着刘易斯。他在七点半钟回到旅馆，一副兴奋的样子。

“我又遇见了费尔顿!”他对我说。

这个费尔顿，他跟我谈了不少，此人夜里当击鼓手，白天开出租汽车，整天整夜吸毒；他妻子干街头拉客的营生，和他一起吸毒。由于严重的健康原因，他们夫妇俩离开了芝加哥，刘易斯不知道他们的确切地址。

跟他的经纪人和出版商谈毕后，他便开始寻找他们的踪迹，几经周折，终于在电话里与费尔顿接上了头。

“他在等着我们。”刘易斯说，“他要领我们去看看纽约城。”

我更喜欢与刘易斯独自消受夜晚，可还是激动地说：“见识见识纽约城，我挺高兴的。”

“以后他还会带我们去许多没有他便无法发现的地方。那些地方，您的那些精神分析专家朋友肯定没有给您展现过！”刘易斯快活地说。

外面，天气潮湿闷热。在费尔顿的那间小顶楼上就热上加热了。费尔顿身材高大，但脸色苍白，他使劲摇晃着刘易斯的双手，笑得很开心。实际上，他并没有让我们领略纽约城的多少东西。他妻子把两个小伙子领到了家中，还带了许多罐啤酒。他们一罐接着一罐地喝着酒，一边议论着一些我素不相识的人物，这些人有的刚刚被投入监狱，有的不久就要出狱，有的正在四处寻找上下打点的办法，有的已经找到后门。他们还谈论贩卖毒品以及在本地警察身上需要花多少钱等一些事情。刘易斯听得十分开心。接着我们去第三大道的一家小酒店吃了猪排，然后他们又继续长时间地谈天说地。我实在厌倦，感到十分沮丧。

后来几天，我的心境一直不好。有一点我绝没有看错：一到纽约城，刘易斯便感到了几分失望。他不喜欢这儿的人们强迫他接受的生活方式，讨厌那些时髦的社交活动和宣传广告。他毫无兴趣地去参加午宴、聚会、鸡尾酒会，回来时更是闷闷不乐。我自己也不知如何是好。刘易斯有气无力地建议我陪他参加活动，可今年，毫无结果的相聚我并不感兴趣，甚至连与旧友重逢也不乐意。我独自漫步街头，心里很不踏实；天气酷热，脚下的柏油在融化，我不一会儿便浑身是汗，为刘易斯而感到烦闷。最糟糕的是当我们相聚时，也提不起快乐劲来。刘易斯讨厌说那些令人厌倦的聚会活动，而我又没有任何东西可谈。于是两人便去影院，还看了一场拳击比赛和一场棒球比赛，而且费尔顿也经常陪我们一起前往。

“您对费尔顿没有多少好感，是吗？”有一天刘易斯问我。

“主要是我对他没有什么可说的，他对我也一样。”我说道，两只眼睛好奇地打量着刘易斯，“您最好的朋友为什么不是扒手就是吸毒者，要么就是拉皮条的?”

刘易斯一耸肩膀:“我觉得他们一个比一个有趣。”

“您从来就没有产生过吸毒的欲望?”

“噢!没有!”他匆忙说,“您很清楚,对所有危险的东西我都喜欢,可敬而远之。”

他是在打趣,可说的是实话。凡是有危险的、无节制的或不合乎常理的东西都让他着迷,可他却打定主意不冒险、有节制、合情合理地生活。正是这一矛盾常常使他焦虑不安、犹犹豫豫。他对我的态度中莫非也有这种矛盾的表现?我忐忑不安地暗暗自问。刘易斯曾经无所顾忌、狂热地爱我。他现在是否追悔莫及?反正我再也不能欺骗自己,近段时间来他变了。

这天晚上,他进房间时显得格外高兴。下午他为一家电台录了答记者问,我担心情况再糟不过了,没料到他乐呵呵地亲了我:

“赶快修饰一下!我要与杰克·默里共进晚餐,您跟我一道去。他渴望与您结识,我也希望您与他认识一下。”

我没有掩饰失望的心情:“今天晚上?刘易斯,难道再也不能就您我两人在一起过个夜晚?”

“我们早早就与他告辞!”刘易斯说道。他掏出皮夹克口袋中的东西,放在桌上,从衣橱中拿出那套新的衣服。“对一个作家产生好感,这事可不常有。”他说,“如果我说默里准能惹您喜欢,您可以相信我。”

“我相信您。”我说。

我坐在梳妆台前,又打扮起来。

“我们是去中央公园的露天餐厅吃晚饭。”刘易斯说,“据说那地方十分美丽,吃得也极好。您觉得怎么样?”

我微微一笑:“我说呀,要是我们俩能早点腾出身来,那就再好不过了。”

刘易斯一副迟疑不决的神态望着我:“我多么想让默里惹您喜欢。”

“为什么?”

“啊!我们确实已经制定了自己的计划!”刘易斯声音快活地说,“可无论如何得让他惹您喜欢，不然就不行了！”

我目光不解地询问着刘易斯。

“他在一个小村寨有一幢房子，离波士顿很近。”刘易斯说，“他邀我们上那儿去玩儿，我们愿意玩儿多久就玩儿多久。这要比回芝加哥有意思多了，在芝加哥，天气该比这里还热。”

我心底重又感到一片巨大的空虚：“他是不是住在那幢房子里？”

“他和妻子带着两个孩子住在那儿。可别担心，”刘易斯以略显揶揄的口吻补充道，“有一间房留给我们俩用。”

“可是，刘易斯，这最后一个月的时光我不愿与外人一起度过！”我说，“只要单独与您在一起，在芝加哥再热也心甘。”

“我不明白为什么以相爱为借口两个人就非得日日夜夜厮守在一起！”刘易斯声音粗暴地说。

还不及我答话，他便进了浴室，并关上了门。

“这是什么意思？难道他跟我在一起真的呆烦了吗？”我焦灼不安地问自己。我穿上在墨西哥买的一件紧腰宽下摆花边女衫和一件窸窣作响的裙子，接着又穿上了金色的凉鞋，一动不动地呆立在房间中央，不知如何是好。他厌倦了？或是什么原因？我抚摸着他丢在桌上的钥匙、钱包和骆驼牌香烟。我那么爱他，可对他为何会如此不了解呢！在散乱的纸片中，我发现了一封带有出版社笺头的信。我打开信笺：*亲爱的刘易斯·布洛甘：既然您希望立即来纽约，那好。我们马上着手做好各种必要的准备工作。周四中午见。*我像蒙着一层雾，稀里糊涂地读完了全信。可后面写的没有任何意义。*您希望立即来纽约，您希望，您*……在波尔举行那次幻觉性宴会的晚上，我曾感觉到大地在我脚下旋转。今天感觉更为糟糕。刘易斯并不疯，发疯的是我自己！我瘫坐在一把扶手椅上。写这封信的时间距离奇奇卡斯特南戈之夜仅仅一周，那天夜里他还说：“我爱您，愚蠢的高卢小丫头。”当时的情景历历在目：炉火、地毯，他那件旧浴衣，击打着窗玻璃的雨水。他说：“我爱您。”这是在我们抵达墨西哥城的前一周。这期间，没有发生过任何不快。那他为什么忽然决定缩短我们单独相处的时光？他为何对我撒谎？到底为什么？

“噢！别这副样子了！”刘易斯走出了浴室，说道。

他以为我是在为默里邀请之事赌气呢，我没有把他戳穿，我实在无法挤出一个字来。乘出租车出发后的整个路途中，我们一直没有开口说话。

中央公园的露天餐厅空气清新，至少那青葱翠绿的草木、锦缎花纹桌布、装满冰块的酒桶和女人裸露的肩膀给人一种清凉的感觉。我一口接着一口连饮了两杯马提尼，多亏这酒，当默里来时，我终于开口说了几句不失体统的话。若在我热衷于毫无结果的相会的那段时间，我肯定会很高兴与他相见。他浑身滚圆，脑袋是圆的，面孔是圆的，连身子也圆圆滚滚的，也许正是因为这一点人们才会有兴趣死死抓住他，把他当作一个海上遇难时用的救生圈。而且他的声音是多么亲切！当我听到他的话声，我更意识到了刘易斯的声音已经变得有多生硬。他跟我侃侃谈起了罗贝尔、亨利的书，好像无所不知似的，跟他交谈确实轻松。然而，铁锤在我脑中继续一下下敲击：“您希望来纽约，您希望来纽约。”但这是一个与我无关的噩梦，它在继续烦扰，而我则在吃着开胃虾，饮着白葡萄酒。默里问我法国人对马歇尔的建议有何想法，然后又与刘易斯讨论起苏联有可能采取何种态度。他认为苏联会对马歇尔不屑一顾，如果这样做是有道理的话。在政治方面，他似乎比刘易斯更在行；就总体而言，他的思维更富有逻辑，文化知识更为牢固；自己想的与一个如此善于维护自己观点的人不谋而合，刘易斯感到十分幸福。对，在许多方面，默里可以赋予他的远远要超过我。我理解刘易斯为何如此渴望与他交朋友，他希望能与他度过这一个月，对此我也勉强能够理解。但是这一切并不能向我解释他在墨西哥撒的谎话，主要问题还是弄不明白。

“我能用车顺路送你们到什么地方吗？”默里一边向停车场走去，一边问道。

“不，我想走走。”我连忙说。

“如果您喜欢走走，那您无论如何要去罗克波特一趟。”默里爽朗地笑着说，“去那儿走走确实迷人。我肯定那地方准能让您喜欢。若能在那儿与你们俩相聚，我会多高兴！”

“那敢情好！”我热情地说。

“下周一开始，你们要来尽管来好了。”默里说，“也用不着事先打招呼。”

他上了自己的小车，我们信步穿过公园。

“我觉得默里很想与我们度过夜晚。”刘易斯说，话中带有几分责备的口气。

“也许。”我说道，“可我不想。”

“可是您好像与他意气十分相投似的，对吗?”刘易斯问道。

“我觉得他十分好客。”我说，“可我有事要对您说。”

刘易斯脸上布满了阴云：“不至于那么重要吧!”

“重要。”我指了指草坪间一块平平的岩石，“我们坐下。”

灰色的松鼠在草中奔跑，远处，高耸的大楼闪闪发光。我以平静的口吻说道：

“刚才您洗淋浴时，把信件都丢在了桌上。”我用目光搜索着刘易斯，“您的出版商根本就没有要求您来纽约。是您自己提出来的。您为什么跟我说了相反的话?”

“啊！您在背后偷看我的信!”刘易斯气呼呼地说。

“为什么不行？您，您都对我撒谎。”

“我对您撒了谎，您偷翻了我的信件：我们清了。”刘易斯带着敌意说。

突然间，我的一切力量弃我而去，我恐惧地望着他；确实是他，是我；我们怎么会落到这个地步呢?

“刘易斯，我什么都不明白了。您爱我，我爱您。到底出了什么事?”我茫然地问道。

“没什么事。”刘易斯说。

“我不明白!”我重复道，“给我解释解释。我们在墨西哥是多么幸福。您为什么决定要求来纽约？您十分清楚我们几乎再也难以相逢了。”

“看不尽的印第安人，看不尽的废墟，我都开始受不了了。”刘易斯说。他一耸肩膀，“我渴望换换空气，我不明白这到底有什么了不得的。”

这不是解答，可我决定暂时罢休：“可您当时为什么不告诉我您厌烦墨西哥？为什么要耍那些心眼儿？”我问道。

“不然您不会让我来这儿，您会逼我留在那边。”刘易斯说。

我惊愕不已，就像被他打了一个耳光：他的话中充满如此的积恨！

“您考虑过您说的什么话吗？”

“考虑过。”刘易斯答道。

“可刘易斯，我到底什么时候阻挡过您干您想干的事情？对，您总是想方设法让我高兴，可好像这样做也尽了您的兴。我从来没有感觉出我在虐待您。”

我把我们的过去在脑海中细细回顾了一遍。一切都是爱情与默契，我们为相互赋予幸福而幸福。一想到刘易斯的亲热背后隐藏着怨恨，是多么痛苦啊！

“您那么固执，到了连您自己都意识不到的固执地步。”刘易斯说，“您脑中一旦定下什么事情，就死抓不放，非得按您的意愿行事不可。”

“可这是什么时候出现的事？给我举几个例子。”我说。

刘易斯犹豫不决：

“我渴望去默里家度过这个月，可您拒绝去。”

我打断了他的话：

“您言不由衷。到底是什么时候的事，是在去墨西哥城之前吗？”

“我心里十分清楚，如果不来一手硬的，那我们就会留在墨西哥。”刘易斯说道，“按照您的计划，还得再在那儿呆一个月，您还会向我证明为什么非得那样做。”

“首先，那是我们俩的计划。”我说道，接着思索了片刻，“我想当时是可能争辩一番，可既然您那么渴望来纽约，我最后肯定会让步的。”

“谈何容易。”刘易斯说。他一个手势挡住了我，“反正要说服您非得下一番苦力。我为了争取时间，撒了一个小谎：这并非那么严重。”

“我觉得很严重。”我说，“我本来想您绝不会对我撒谎的。”

刘易斯有点儿尴尬，笑笑：

“实际也是如此，这是第一次。可您不该自己折磨自己。相互之间不管是不是撒谎，反正事实不是靠嘴说出来的。”

我困惑不解地打量着他。他脑袋里肯定有不少怪念头！他心情是沉重的。可到底是因为什么？我摇摇头。

“我不相信。”我说，“人相互之间是可以交谈的，人也可以相互了解。只需有几分诚意。”

“我知道这是您的想法。”刘易斯说，“可这正是弥天大谎，硬说人们相互会说实话。”

他站了起来：

“反正关于这一点我已经跟您谈过了，没有什么可补充的。也许可以到此为止，走吧。”

“走。”

我们默默无语地穿过了公园。他的这一解释丝毫没有解开我心中的疑团。唯有一点是显而易见的：刘易斯抱有敌意。可这股敌意源自何处？他的敌意太强烈了，不会给我以解答，再问他也无济于事。

“我们去哪儿？”刘易斯问。

“随您。”

“我不知道。”

“我也是。”

“您对今晚似乎已经有了计划嘛。”刘易斯说。

“没有特别的计划。”我说，“我想咱们可以去一个安安静静的小酒吧，好好谈谈。”

“如此强求，怎么谈得起来呢？”他气恼地说。

“那就去联谊咖啡店听爵士乐。”我说。

“您这一辈子听爵士乐还没有听够？”

我气得面红耳赤。

“行，那就回去睡觉。”我说。

“我不困。”刘易斯一副无辜的神态说道。

他闹着对我尽情逗弄，但毫无友好的表示。“他是存心扫今晚的兴，他是故意把一切都搞砸！”我愤恨地在想。于是我开口冷冷说道：

“那就去联谊咖啡店，既然我想去，而您什么都不想。”

我们叫了一辆出租车。我回想起一年前刘易斯跟我说过的那句话：因为他自己的过错，他跟谁都合不到一块儿。确实如此！他与泰迪、费尔顿和默里处得好，这是因为他很少与他们见面的缘故。可是一种共同的生活，他无法容忍很久。他曾经疯狂地爱过我，可如今爱情在他看来已经是一种束缚。我再次气得喉咙发干：这反倒成了一种慰藉。“他可能早就预见到现在发生的一切。”我暗暗思忖，“他不该让我从精神到肉体整个儿陷入到这桩荒唐事中去。他没有权利像现在这样行事。如果我对他是个累赘，那该明说。我可以回到巴黎去，我时刻准备回去。”

乐队正在演奏埃林顿公爵的一支曲子，我们要了威士忌。刘易斯有些忐忑不安地打量着我：

“您伤心了？”

“不。”我说，“不伤心。我生气。”

“生气？您生气时显得可真平心静气啊。”

“您别看错了。”

“您在想什么？”

“我想如果这事成了您的负担，您只要明说一声。我明天就可以乘飞机回巴黎去。”

刘易斯淡然一笑：

“您提出的事可严重了。”

“我们俩每次出门，好像您都受不了似的。”我说道，“我猜想您这种态度的关键在于：您跟我在一起呆烦了。那我还不如走。”

刘易斯摇摇头：

“我跟您在一起不烦。”他声音严肃地说道。

我内心的愤怒来得快去得急，我重又感到毫无勇气。

“那是怎么回事？”我问道，“总有什么事吧，到底是什么？”

出现了片刻沉寂，刘易斯说道：

“就算是您时不时惹我生点儿气的缘故吧。”

“我完全意识到了这一点。”我说，“可我想知道为什么。”

“您跟我解释过爱情对您来说并不是一切。”刘易斯突然滔滔不绝地说了起来，“就算是这样，可您为什么非要强求爱情对我就是一切呢？我想来纽约，来看看朋友，就使您生气。看来只有您自己一个人才重要，其他一切都无足轻重，难道非得我把我的整个生命都献给您，而您的生命不用做出任何牺牲？这不公平！”

我缄默不语。这番责备充满多少恶意，多少矛盾！可问题的关键不在这里。在这个夜晚我第一次瞥见了一丝亮光，可它丝毫不给人以慰藉。

“您错了。”我喃喃地说道，“我没有强求任何东西。”

“噢！不对！您高兴走就走，高兴来就来。可只要您在这儿，我就得保证您幸福美满……”

“不公平的是您。”我说道，声音气得卡在喉咙眼里。突然间，我一切都看得清清楚楚：刘易斯之所以怨恨我，是因为我拒绝与他永远呆在一起。来纽约逗留，与默里的种种计划，全都是报复行为！

“您怨恨我！”我说，“为什么？根本就不是我的过错，您心里完全清楚。”

“我并不怨恨您。我只是想要求得到的不应该多于付出的。”

“您怨恨我！”我又说了一遍，两只眼睛绝望地看着刘易斯，“可是，当我们在奇奇卡斯特南戈谈那个问题时，我们意见是一致的，您对我表示理解。后来怎么又变了？”

“没变。”刘易斯说道。

“那是怎么了？您说过如果我不是那样的话，您还不会那么爱我。您说我们俩都幸福……”

刘易斯一耸肩膀：

“我说的都是您想让我说的。”

我重又感觉到迎面被人扇了一记耳光。我含糊不清地问道：

“这是怎么回事？”

“我有许许多多别的事情想对您说，可您当时高兴得流出了热泪，这马上就封住了我的嘴。”

对，我想起来了。炉火噼啪作响，我双眼噙着泪花。确实，我当时迫不及待地倚在刘易斯的肩头落下了欢乐的泪水，是我逼他的，这不假。

“我当时多么害怕!”我说，“我多么害怕失去您的爱!”

“我知道，您当时一副失魂落魄的样子，这也堵住了我的话。”刘易斯说，接着忌恨地补充了一句：“可当您明白了我会按照您的意愿行事时，您是多么轻松！至于其他，您根本就无所谓!”

我咬着嘴唇。这一次我无论如何不能哭。然而，落到我身上的事情是多么可怕。炉火，地毯，击打着窗玻璃的雨点，身着洁白浴衣的刘易斯。所有这些记忆都是虚假的。我重又看见了自己依偎在他肩头哭泣，我们永远结合在一起，可结合的只有我自己。他说得对，我应该关心关心他心里想些什么，而不该只是满足于从他嘴中掏出的空话。我是个胆小鬼，自私而怯懦。我受到了惩罚。我鼓起了身上的全部勇气，现在我再也不能回避了。

“要是我当时不哭，您会说些什么?”我问道。

“我会告诉您对一个完全属于您与一个不完全属于您的人来说，不可能采取同一的爱的方式。”

我心里一硬，尽可能为自己辩解：“可您当时说的是反话，说要是我不那样的话，您就不会那么爱我。”

“我并不矛盾。”刘易斯说道。他耸耸肩膀，“要么就是情感可能会自相矛盾。”

再争再辩也无济于事，在这儿，逻辑毫无用武之地。也许因为刘易斯的情感打一开始就是混乱的。为了争取时间，他对我说了许多令人宽慰的话语，或许他是事后才开始怨恨我，这无关紧要。如今，他再也不像以前那样爱我了，我怎能甘心情愿忍受这一切?我绝望得透不过气来。我继续说话，以阻止自己去思考：

“您再也不像以前那样爱我了?”

刘易斯吞吞吐吐：“我想爱情不如我以前想象的那么重要。”

“我明白了。”我说道，“既然我不得不走，那我现在是不是在这儿，也没有多少差别。”

“是有这么点儿意思。”刘易斯说。他看了看我，骤然变了一副声音：“可是我等您等得好苦啊!”他激动地说，“整整一年里，我别的什么也没有去想。我是多么需要您!”

“是的。”我伤心地说,“可如今……”

刘易斯用手臂搂着我的肩膀:“如今我仍然需要您。”

“噢!以这种方式。”我说。

“并不仅仅以这种方式。”他的手在我胳膊上摩挲,“我现在就恨不得娶您。”

我垂下脑袋。我回忆起湖上空的那颗流星。他许下了一个愿,但此愿未能了却。我曾暗暗发誓决不使他失望,可已经无可挽回地彻底使他失望了。我是唯一的有罪之人。我再也不能责怪他什么。

我们没有再说下去,听了一会儿爵士乐,便回去了。我彻夜未眠,心里焦虑地自问最终能否成功地挽救我们的爱,他还可以战胜分离、等待和一切,但条件是我们要挽救我们之间的爱。刘易斯愿意吗?“眼下,他犹豫不决。”我暗自思忖,“他极力避免悔恨、痛苦和精神的空虚。他连一件旧浴衣也不情愿丢掉,那我们的过去也不会那么轻而易举就抛弃,他的宽容多于傲气。”我还这么去想,以鼓起自己的勇气,“他的渴求胜于谨慎,他希望人生中能遇到点儿风风雨雨。”只是我也知道他是多么看重自己的安全与独立,多么执著于平平稳稳、合情合理的生活。要穿越海洋在大风大浪中去爱,这也许显得不理智。对,在我看来,刘易斯身上最为可怕的就是一点:他变化不定,时而疯狂,时而理智。我要与之斗争。必须让刘易斯看清楚在我们这桩事中他的得大于失。吃早饭时,我开口道:

“刘易斯!我整整想了我们俩一夜。”

“您还不如睡觉。”

他声音和蔼,神态松弛。把堵在心口的东西全都对我倾吐了,无疑使他感到了轻松。

“您昨天跟我说,我让您生气,是因为我要求得到的多了,付出的少了。”我说道,“对,这是不该,我以后决不再犯。我今后只接受您所赋予我的,决不提任何要求。”

刘易斯想打断我,可我继续往下说。首先,我们一起去默里家住,这事就这么定了。其次,我不愿意他强迫自己做到忠诚,并自认为要受其约束。我不在时，他应该感到自由，就当作我根本就不存在。假如他真的爱上了哪个女人，那算我倒霉，我决不抱怨。既然我们之间的事没有给他带来他希望得到的一切，那至少不该因为我们的事而使他失去什么。

“那您再也不要认为我给您设了一个陷阱。”我说，“再也不要为一时的怨恨就毁了过去的事情!”

刘易斯一副聚精会神的样子听着我说，然后他摇摇头：

“并不这么简单!”

“我知道。”我说，“一旦爱上了，就不自由了。不过，爱一个自认为有权支配您的人和爱一个认为没有这种权利的人，还是有一定区别的。”

“噢！要是一个女人自认为有权支配我，而我不承认她有这种权利，那我也就无所谓了。”刘易斯说道。接着他补充说：“以后再也别谈这种事了。越谈事情越糊涂。”

“要是闭口不谈，事情照样糊涂。”我说道。我朝他俯去身子，“我有件事要问问您，您遇见我后悔不后悔?”

“不。”他答道，“放心吧，我决不感到后悔。”

他的口气给了我一点勇气：

“刘易斯，我们一定会再相见的，是这样吗?”

他微微一笑：

“这是世上最笃定无疑的事了。”

我心中陡然升起希望。我知道自己这番话只不过说服了他一半，实际上，跟他奢谈自由，而同时又要求他不要把我从他心中驱除，纯属虚伪。“可是，”我暗暗在想，“只要他不再固执地心存积怨，我就可以向他证明我们之间的爱会幸福美满的。”我无疑已经触及了他身上的一个敏感点，要不然就是一经发泄，他的那些积怨就全都烟消云散了。下午，他带我去了科尼岛，而且像处于最美好的时光那样开心、亲切。突然，他有数不清的事情要对我倾诉：纽约啦，文学啦，生活啦，人啦，书啦，等等。他尽情地说呀说，仿佛我们刚刚相逢不久。只要他再说一声“我爱您”，我这天夜里也许会认为一切依然如故。

“去默里家，您真不讨厌吗?”到了星期一，他吞吞吐吐地问我。

“一点儿也不，相反感到高兴。”

“那就今晚去。”

我惊诧地看了看他：

“我想您在这儿还有许多事要做吧？”

他笑道：

“不做了。”

第二天早上，我们便和默里一家坐在一间有着宽大的落地玻璃窗的房间里一块儿喝咖啡。房子孤零零地坐落在村外的一块山嘴石岩上，天空的蔚蓝和大海的喧嚣全都透过窗户渗入屋内。刘易斯一边大口吃着抹了黄油的烤面包片，一边说着话，上气不接下气。看他那欢乐的神采，仿佛他终于实现了自己最宝贵的梦幻。必须承认一切都无可挑剔，无论是景色、气候，还是这早餐，以及我们主人的微笑，可我却感到很不自在。尽管和蔼可亲，但埃伦还是让我害怕。她那洒脱风雅的外表、富有魅力的内心世界和两个健康迷人的孩子，无不证明她是一位完美无瑕的年轻主妇。凡是如此幸福美满地照顾到生活中每一个细节的女人总是让我感到有点儿恐惧。我马上就要陷进这个紧密的生活圈了，但其中却没有我的位置。我感觉到被紧紧地缚住了手脚，同时又无依无靠，四处漂浮。

小男孩八岁，名叫迪克，很快对刘易斯十分友好。他领我们顺着一条陡峭的羊肠小道来到崖石下的一个小水湾。整个上午，刘易斯都在水上或沙滩上与孩子玩球。我游泳、读书，并不感到厌烦，可心底仍然自问：“我在这儿干什么呢?”下午，默里开车领着我们沿海岸游览，埃伦没有陪我们一块儿玩。回去后，我们俩单独在那间吃饭的屋子里对着斟满威士忌的杯子呆了很久。我猛然意识到我们俩单独在一起的机会还是相当多的。默里每天白天的时间都是按计划在打字机前度过，至于埃伦，她显然没有一分钟空暇属于自己支配。我喝了一口威士忌，感觉渐渐好了起来。

“这地方多么美丽！”我说，“默里多么客气！我感到满意。”

“对，在这儿确实好。”刘易斯说。

收音机正播放一支古老的小曲，我们默默地倾听了一会儿。冰块在杯中叮当作响，耳边传来了孩子的笑闹声，一股香喷喷的点心味与大海的气息混合在一起。

“就该这么生活!”刘易斯说道，“一幢自家的房子，一个爱妻，既不过分又不欠缺地爱着她，再有几个孩子。”

“您认为由于这种缘故默里才爱恋着埃伦吗？是因为爱她爱得既不过分又不欠缺吗?”我好奇地问道。

“显然是。”刘易斯答道。

“那她呢？她怎么爱他呢?”

刘易斯微微一笑：

“既过分又欠缺，我猜想跟所有女人都一样呗。”

“他又在怨恨我。”我有点伤心地想。无疑是那个家庭幸福之美梦刚刚掠过了他的脑海。我问道：

“您觉得像这样幸福吗?”

“至少不会不幸。”

“不一定。有些人因为感觉不到自己幸福便觉得不幸。我认为您就是这种人。”

刘易斯淡淡一笑：“也许。”他说道，接着思虑片刻。

“不过，我还是羡慕默里有儿有女。总是孤灯只影地只为自己一人活着，这太令人倦怠了，最终显得活在世上纯属枉然。我爱孩子。”

“呃，那您哪一天结婚，肯定会有孩子的。”我说。

刘易斯一副迟疑不决的神态看了看我：“这可不是明天或后天的事。”他说道，“以后吧，再过几年，为什么就不行呢?”

我对他微微一笑：

“对，为什么就不行呢？再过几年……”

这正是我所企求的：再过几年。我住得遥不可及，年岁也不饶人，要山盟海誓永不分离是不可能了。但愿我们的爱情能存在足够长的时间，最后能在甜蜜中慢慢消失，在我们的心田留下无瑕的记忆和永存的友情。

晚餐十分丰盛，默里又那么友好，我终于被感化了。喝咖啡时来了不少人，我心里挺舒畅的。眼下尚属季初，来罗克波特消夏的游人还寥寥无几，他们相互间都是熟人，渴望见到新的面孔，他们对我们十分热情。刘易斯很快退出交谈的行列，帮助埃伦做三明治，调鸡尾酒。我尽量一一回答他们向我提出的种种问题。默里引起了一场有关精神分析学与马克思主义关系的讨论，在这一方面我知道的比其他人多，由于他一再催促，我讲了许多。当我们俩重又回到自己的房间，刘易斯一副惊讶的神态打量着我。

“我最终看来得相信这只小脑瓜里又长了一个大脑！”他对我说。

“一个人造大脑，对吧？”我说。

“不，您有一个真正的大脑。”刘易斯说道。他继续打量着我，眼中含着几分责备，“真怪，我从来没有想过您是一位有头脑的女人。对我来说，您完全是另一种人！”

“跟您在一起，我强烈地感觉到自己是另一种人！”我扑进他的怀抱，说道。

他是多么使劲地抱着我！啊！突然间，再也没有任何疑问。只要他在这儿，也就满足了。他的大腿和我的大腿紧紧地缠在一起，我身上感觉到他的呼吸、他的气息和他那两只狂暴的大手。他用过去的那种声音呼唤着我：“安娜！”他的微笑也如同往昔把他的那颗心连同他的肉体全都献给了我。

我们一觉醒来，天上海上金光闪烁。我们借用默里夫妇的自行车，骑到了村庄里。我们在桥头漫步，久久地观望着小船、渔夫、渔网和鱼儿。我呼吸着新鲜的海鲜味，阳光抚摸着我，刘易斯挽着我的胳膊，脸上笑盈盈的。

我激动地说：“多么美丽的清晨！”

“可怜的高卢小丫头。”刘易斯声音温柔地说，“只要有了一点儿满足，她就会自认为身处天堂！”

“蓝天，大海，还有我心爱的人，这一切并不那么微不足道。”

他紧搂着我的胳膊：“哎！您的要求并不太高！”

“我只满足于自己所拥有的。”我说。

“您说得对。”刘易斯说，“应该满足于自己所拥有的东西。”

天空越来越蓝，太阳越来越暖，我听到心中响起一阵欢乐而响亮的声音。“我胜利了!”我自言自语道。我同意来这儿是对的。刘易斯感到自由,明白了我的爱不会使他失去什么。下午,他在海滩上又和迪克玩了很长一段时间,我欣赏他的耐心。我已经很久没有看到他这么松弛。默里领我们去朋友家,吃罢晚饭,刘易斯这一次没有设法躲到一旁去,而是滔滔不绝地侃侃而谈。确实,他总是少不了让我吃惊,若非亲眼所见,我不相信聚会时他会这般闪光。可他确实引人注目。他巧舌如簧,寥寥数语就把我们的旅行吹得天花乱坠,以至从他嘴中说出的危地马拉城比真正的危地马拉城还更逼真,说得大家都动心要去那儿看看。当他模仿印第安儿童背着沉重的东西一溜烟小跑时,一些女人赞叹道:

“您可是一位非凡的演员!”

“他说得多么有声有色!”

刘易斯突然打住话头:“你们多么耐心啊!”他笑眯眯地说道,接着又说了一句:“我就讨厌听旅行见闻。”

“噢,继续讲吧。”一位金发女郎说道。

“不,我的节目结束了。”他边说边朝酒菜台子走去。他一口气喝了一大杯曼哈顿酒,与此同时,漂亮的金发女郎和没那么有姿色而眼睛动人的女人纷纷簇拥到他身边。见他如此惹女人喜欢,我不禁有点气恼。我一直认为是他缺少魅力而突然迷住了我,如今我发现他不乏魅力。反正,我心目中的他不属于任何人。“只有对我,他才是独一无二的。”我带着某种自豪感暗暗在想。

我也喝酒、跳舞,还和一位思想过激,不久前被电台开除的吉他手以及一些音乐家、画家、知识分子、文人等等交谈。夏日的罗克波特,就像是又一个格林威治村,在这儿艺术家云集。突然,我发现刘易斯不见了,连忙问默里:

“刘易斯上哪儿去了?”

“我不知道。”默里声音平静地答道。

我心中有点焦灼不安,他是不是与崇拜他的哪个漂亮女郎上花园里转悠去了?如果是这样的话,见我突然出现,他准会不太高兴。活该!我朝大门、厨房瞥了一眼,走出屋子。耳边只听得蛔蛔不绝的鸣唱声。我走了几步，瞥见了一支香烟的火光，刘易斯坐在花园的一把椅子上，孤零零一人。

“您在这儿干什么?”我问道。

“我在休息。”

我微微一笑：“我以为那些女人要把您给活活吃了呢。”

“您知道该怎么办吧?”刘易斯以复仇似的口吻说道，“把她们统统装到一艘船上去，全都扔到大海里，然后从原地拉回一船可爱的印第安女人。您还记得奇奇卡斯特南戈的印第安妇女吧，她们全都乖乖地就地坐在丈夫的脚下，多么安静啊，面孔动也不动一下。”

“我记得。”

“她们都有一副漂亮的脸蛋，拖着乌黑的发辫，我们再也见不到她们了。”刘易斯说，接着叹息一声，“这一切是多么遥远啊!”

声音中充满如此的思恋之情，就好似在奇琴伊察的丛林中跟我讲起芝加哥的家。“若我成为他心中的一个记忆，那他一定会带着这样的柔情思念我。”我思忖。但是，我不愿意成为一个记忆。

“也许我们哪一天还会再见见那些可爱的印第安妇女。”

“我想不会了。”刘易斯说道。他站起身来，“来散散步。黑夜是多么温馨。”

“该回到那些人中间去了，刘易斯。他们会发现我们不在的。”

“可去了又怎么办呢? 我对他们没有什么可说的了，他们对我也一样。”

“可那都是默里的朋友，这样不辞而别太不礼貌了。”

刘易斯叹息道：“我多么想有一位可爱的印第安妻子，从不表示反对，乖乖地跟随我到天涯海角!”

我们回到屋子里。刘易斯的快乐劲儿荡然无存。他喝了许多，别人问一句，他才叽叽咕咕地答一句。他坐在我身边，脸色苍白地听着旁人交谈。我告诉默里，在法国有许多作家都在思考如今写作到底还有何种意义这一问题。于是，在场的人们马上开始热烈争论起来。刘易斯脸色越来越阴沉。他讨厌理论啦，系统啦，归纳啦。我十分清楚这是为什么。对他来说，一种思想并不是词的组合，而是某种活生生的东西。不管他接受什么思想，它们总是在他脑中蠢蠢而动，干扰着一切，他不得不苦费一番神思对它们进行整理，让它们在他脑中变得秩序井然，可这总使他有点儿恐惧。在这一领域，他也追求安稳，讨厌产生失落的感觉。为此，他经常禁锢自己的头脑。此时他显然处于这种禁锢的状态。可有一会儿，他突然开了腔：

"为何而写作？为谁而写作？要是开始对自己提出这些问题，那就再也不会写了！写作就是写作，然后才有人读您的东西。自然是为了读您东西的人而写作。只有那些谁也不读他们作品的作家才会给自己提出这种问题！"

当头浇了一盆冷水。更何况这儿确实有不少这样的作家，谁也不读他们的作品，现在没有人读，将来也决没有人读。幸亏默里打了个圆场。刘易斯又缩了回去，缄默不语。一刻钟后，我们告辞离去。

第二天，刘易斯一直闷闷不乐。当迪克举着手枪，一路呼喊跑到沙滩来时，刘易斯狠狠瞪了他一眼，心里气呼呼地教他打了一会儿拳，然后便让他自个儿游泳去了。晚上，我和埃伦、默里一起闲聊时，他只顾自己看报纸。我知道默里不会为这么一点小事大惊小怪，可碍于埃伦的情面，我感到有点不安。"他是昨晚喝得太多了，明天就会提起精神来的。"我满怀希望自言自语，渐渐地入睡了。

我想错了。第二天早晨，刘易斯没有给我一个笑脸。他从埃伦手中夺过吸尘器，从楼上到楼下整个房子扫了个遍。为此埃伦很受感动。可是这疯一般地清扫屋子，举动实在可疑。他是在心底保持缄默，他到底在回避什么呢？吃午饭的时候，相比较而言，他显得稍稍和蔼了些，可跟我一到海滩，便声音激烈地对我说：

"要是那个小讨厌鬼再来烦我，我就拧歪他的脖子。"

"完全是您自己的错！"我气恼地说，"您只要第一天对他不那么客气就行了。"

"第一天，我总是爱受骗上当。"刘易斯说道，声音中充满积怨。

"对，可其他人也一样。"我连忙说，"您必须明白这一点。"

一些碎石从我们头顶滚落下来，迪克正飞快地从小道上跑来。他穿着一条黑白相间的格子裤和一件洁白的衬衣，扎着一条牛仔腰带。他朝刘易斯跑来。

“你为什么到这儿来了？我在上面等着你呢。你昨天说过吃过午饭一起骑自行车去玩儿的。”

“我不想去玩儿了。”刘易斯说。

迪克责怪地看着他：“昨天你说的：明天一定去。明天，就是今天呀。”

“要是今天，就不是明天。”刘易斯说，“学校里是怎么教你的？明天就是明天。”

迪克一副伤心的样子张开嘴，抓住刘易斯的胳膊喊叫道：“咱们走呀！来呀！”

刘易斯猛地一下挣开胳膊，那凶神恶煞的样子差不多就像那天飞起一脚踢向石龙时的模样。我把手搭在迪克的肩头：

“听我说，我带你骑自行车玩儿去。咱们上村子去，一起去看船，去买冰激凌吃。”

迪克一点儿也不高兴地打量着我：“他答应去的。”他指着刘易斯说。

“他累了。”

迪克朝刘易斯转去身子：“你就呆在这儿？你下海去吗？”

“不知道。”刘易斯说。

“我跟你在一起，咱们先打拳，”迪克说，“然后再游泳……”

他重又向刘易斯抬起充满依赖的小脸蛋。

“不行！”刘易斯说。

我用手按了按迪克的肩膀：“来。”我说，“要让他一个人呆一会儿。他脑子里有许多事情要考虑。我得去罗克波特，一个人去太没有意思了，陪我去吧。你给我讲故事，我给你买小人书，你要买什么，我都给你买！”我绝望地打起精神说道。

迪克转开了身子，背朝刘易斯开始爬上羊肠小道。我真生刘易斯的气，对孩子不该这样！再说，把迪克丢给我，我也不开心。幸好出于职业习惯，我知道怎么让孩子依赖我。他很快眉开眼笑。我们骑自行车兜了一圈，一路上我基本是勉强跟着骑。接着，我给迪克买了黑茶藨子冰激凌，让他吃个够。然后我们又登上一条渔船去玩儿。我带他玩儿的地方那么多，那么开心，乐得他直到吃晚饭时还缠着我不放。

“呃，您可以对我说声谢谢了。”回到房间，我冲着刘易斯说道，“我帮您摆脱了那个孩子。”接着补充一句：“您对他太恶劣了。”

“他可以对您表示感谢。”刘易斯说，“要是再闹一分钟，我就会砸碎他的骨头。”

他穿着那件旧布裤子和一件短袖衬衣躺在床上，两只眼睛盯着天花板，一边抽着烟。我愤愤不平地想，他确实应该感谢我的。我脱下海滩上穿的裙子，开始拾掇打扮起来：“您该穿上衣服了。”

“我穿了。”刘易斯说，“您看不见我身上穿着衣服？我看样子像是赤身裸体？”

“您总不会打算就这副样子下楼吧，嗯？”

“我就这么打算的。我不明白为什么借口太阳下山就该换套衣服。”

“默里和埃伦都换，您是在他们家。”我说，“再说还有客人一起用晚餐。”

“又来人！”刘易斯嚷道，“我来这儿可不是为了再过纽约的那种蠢日子。”

“您来这儿可不是让大家扫兴的！”我说道，“昨天晚上埃伦就已经开始以一副古怪的神态打量您。”我猛地打住话头，“噢！反正我不在乎！您愿意怎样，随您的便！”

刘易斯最后还是换了衣服，一边还发着牢骚。“是他逼着我来这儿住的，可现在他又故意搅得住不下去。”我愤愤地想。我在尽自己最大的努力，可他什么都扫兴。我狠了狠心，决定今晚不再管他。总是要不断看他的脸色行事，这实在太折腾人了。

我说到做到，跟谁都说话，唯独不理睬刘易斯。整个儿看来，我觉得默里的朋友都挺让人喜欢，整个晚上过得十分愉快。临近子夜时，几乎所有客人都走了，埃伦和刘易斯也离开了。我与默里、吉他手和另两位客人继续呆着，一直聊到清晨三时。当我走进房间时，刘易斯打开灯，从床上坐了起来：

“怎么样？您那张嘴巴终于叽喳够了？我想不到一个女人能这么叽叽喳喳，也许除了罗斯福夫人。”

“我很爱和默里交谈。”我边脱衣服边说。

“我要责怪您的就是这一点！”刘易斯说道，嗓门高了起来，“理论，总是空谈理论！靠理论写不出好书！有的人解释怎么写书，有的人自己动手写书！这绝不是一种人。”

“默里并不认为自己是个小说家，那是一个评论家，一个优秀的评论家，您自己也承认嘛。”

“那是一个伟大的空谈家！您在那儿听着他吹，脸上还挂着默契的微笑！真恨不得把您的脑袋往墙上砸，让您清醒清醒！”

我钻进自己的被窝，说了声“晚安”。

他没有吭声熄了灯。

我睁着眼睛，甚至连火气也没有了。我真的什么都弄不明白了！这一次次聚会让刘易斯讨厌，就算这样吧，可说到底，白天里他们可让我们安安静静地过呀，再说，默里确实没有一点儿书呆子气。在这之前，刘易斯与他一起交谈也挺开心，可为什么突然变得充满敌意呢？毫无疑问，当刘易斯决定扫我们这次逗留的兴时，他是冲着我来的，他内心的积恨还是没有熄灭，可他应该只冲着我一个人耍脾气呀。看来他非得自己心里窝着一肚子火才会这么对待大家。过去，他好像满怀柔情都端给了我，也许他现在正在责备自己呢。想到这里，我实在忍受不了，禁不住想叫他，想跟他说说。可牙关紧紧的，声音挤碎了。我听到了他均匀的呼吸声，他正在熟睡，我不忍心唤醒他。一个睡着的男人总让人心动，他是多么无辜。一切都还有可能，一切都可以重新开始，可以有个崭新的开端。他也许会睁开眼睛，说：“我爱您，我的高卢小丫头。”可问题是他不可能这样说，他的这种清白无辜纯粹是一种假象：明天将和今天一模一样。“难道就没有办法摆脱了？”我绝望地自问，气得身子一惊。“他到底要什么？他要干什么？他在想什么？”我在这儿一个劲地向自己发问，折磨自己，而他却什么都不去想，安安静静地在睡大觉。太不公平了！我尽量想让自己心头安静下来，可无济于事，还是不能入睡。我悄然无声地起了床。迪克下午缠着我，我未能下海游泳。此时，我突然渴望海水的清凉。我穿上游泳衣，又套上海滩裙，拿起刘易斯的那件旧浴衣，赤脚走下楼，穿过沉睡的屋子。黑夜是多么辽阔！我穿上草底帆布鞋，一口气跑到海滩，躺在沙粒上。天气温暖，我面对星星阖上眼睛，海水击打声把我送入梦乡。当我一觉醒来，一轮硕大的红彤彤的太阳从水中冉冉升起，这是创世的第四天：太阳刚刚诞生，人与兽的痛苦还没有创造出来。我投入大海的怀抱，迎着蓝天，浮躺在水面，再也没有一点儿分量。

“安娜。”

我朝海岸望去：一块人类居住的土地，一个男人在呼唤，那是刘易斯，他穿着睡裤，光着上身。我重又获得了自身的力量，向他游去：“我在这儿呢！”

他向我奔来，等他一把把我抱到怀里，水已经淹没到了他的双膝。

“安娜！安娜！”他连声呼唤。

“您要把身上全弄湿了！让我把身子擦干。”我边说边把他往海滩方向推。

他死死抱着不松手：“安娜！我害怕极了！”

“我让您害怕了？该轮着我了！”

“我一睁开眼，发觉床空空的，您不见了。我下了楼，屋子里到处也找不到您。我便跑到这儿来了，开始没有发现您……”

“您总不至于认为我淹死了吧？”我说。

“我不知道我会怎么认为。真像是个噩梦！”刘易斯说。

我捡起白色浴衣：“给我擦擦，您也擦擦。”

他乖乖服从了。我穿上海滩裙，他也套上了浴衣。“靠我身边坐下！”他说道。

我坐了下来，他又拥抱着我：“您在这儿，我没有失去您。”

我激动地说：“您永远不会因为我的过错失去我。”

他默默地抚摸着我的头发，过了久久一阵，他突然说道：“安娜！回芝加哥去！”

一轮太阳在我心中升起，比升在空中的那一轮还更加金光灿烂。

“我多么愿意！”

“回去。”他说，“我多么渴望单独和您在一起！我们抵达这儿的那天晚上，我就明白了自己做了一件多大的蠢事！”

“刘易斯！我多么喜欢单独和您在一起啊！”我说道，朝他微微一笑，“是因为这事您才那么不高兴吧。您后悔来这儿？”

刘易斯点点头：“我感到陷入了一个陷阱似的！找不到任何办法挣脱出来，太可怕了！”

“现在您找到办法了？”我问道。

刘易斯以突然醒悟似的神情看着我：“他们在睡觉，咱们去整理行李，马上走。”

我莞尔一笑：“还是尽量对默里解释解释吧，他会理解的。”

“若他不理解，活该。”刘易斯说。

我有点儿不安地看着他：“刘易斯！您真的肯定想回去？不是一时心血来潮？您不后悔吗？”

刘易斯淡淡一笑：“我完全知道我什么时候是一时心血来潮。”他说道，“我用我的脑袋发誓这一次绝对不是。”

我重又搜索着他的双眼：“当我们回到自己家，您觉得我们可以挽回其他的一切吗？一切都会完全像去年一样吗？或者差不多一个样？”

“完全像去年一样。”刘易斯声音严肃地说。他把我的脑袋捧在手中，久久地凝望着我，“我曾试图减少对您的爱，可我怎么也做不到。”

“啊！再也别那么做了。”我说。

“我再也不那么做了。”

我不知刘易斯跟他说了些什么，可第二天晚上默里送我们去机场时，一路上总是笑盈盈的。刘易斯没有撒谎：一到芝加哥，一切全都又献给了我。当我们在大街拐角分别时，他把我紧紧地搂在怀里，说道：“我从来没有这么爱您。”

第九章

女秘书打开门："一封快信。"

"谢谢。"亨利接过绿色信件说道。他心里在想："波尔自杀了。"尽管马德吕斯一再跟他说波尔没有寻短见的念头，而且差不多已经康复，但眼下在电话铃声中，尤其是快信中总潜藏着某种不祥的东西。他好不容易辨清了是吕茜·贝洛姆的签名，心中的石头才落了地。"我得立即见您，明早来我家。"他困惑不解地又重读了这封命令似的短信。吕茜对他从来没有用过这种口气。若赛特身体很好，对担任《美丽的苏索娜》中的角色也很欣喜，今晚还要穿着出自阿玛丽莉时装店的一件豪华裙子去花饰盛会跳舞。亨利实在不明白吕茜想要他干什么。他把快信塞进口袋。眼前明摆着是一桩麻烦事，可多一桩少一桩又有何妨？他又想到了波尔，于是朝电话机伸出手去，可马上又垂了下来："马勒伊小姐情况很好。"总是这么一句回话，连女护士冷冰冰的腔调也始终不变。他们禁止他去看波尔，因为是他把她给逼疯了，对此众人的观点是一致的。这样更好，省得他自己折磨自己，谴责自己。波尔早就把虐待狂的角色强加到了他的头上，久而久之，他的心变硬了，处于一种类似强直性痉挛的僵硬状态，再也感觉不到内疚。再说，反正不管做什么都是错，尤其当你觉得自己做了好事时，反而错上加错。自他醒悟到这点之后，他心里感到异常轻松。他就像喝热牛奶一样饮下每日少不了的那一份羞辱。

"我是第一个到的？"吕克问道。

"你不是看到了吗？"

吕克一屁股坐在一把椅子上，他故意没有穿外套只穿了件衬衫，拖了双便鞋，因为他知道特拉利奥讨厌衣冠不整。

“哎，要是朗贝尔丢下我们，我们怎么办呢？”他问道。

“他绝不会丢下我们的。”亨利有力地说。

“他是百分之百向着伏朗热。”吕克说，“我肯定正是由于这一原因，萨玛泽尔才推荐了伏朗热的那些文章，其目的在于拉拢朗贝尔，把我们孤立成少数派。”

“朗贝尔对我许过诺，一定给我他那一票。”亨利说。

吕克叹息道：“那个爵士音乐迷，我真不明白他在要什么花招，别人要是处在他的位置上，早就甩手不干了。”

“我想他迟早有一天会走的。”亨利说，“可他绝不会算计别人，我信守诺言，他也不会食言。”

不管在任何场合，亨利总是当着吕克的面袒护朗贝尔，当着朗贝尔的面又护着吕克，这已经成为他的一种习惯。但是，事实是情况不明朗，朗贝尔不会继续一个劲地投违心票。

“安静，敌手到了！”吕克说。

特拉利奥先走了进来，身后跟着萨玛泽尔和朗贝尔，朗贝尔满脸阴郁。除了吕克，谁的脸上都没有一丝笑容，唯独他一个人对这场交战各方的精力尚未耗尽的消耗战感到高兴。

“在讨论我们今天的主要问题之前，我想先提醒一句，希望各位都拿出诚意。”特拉利奥目光强烈地盯着亨利说道，“我们大家都系于《希望报》。”他声音热烈地继续往下说，“但是，由于缺少默契，我们正在把它引向倒闭的死路。萨玛泽尔前一天说白，佩隆第二天又说黑，读者被搞得晕头转向，只得去买另一家报纸。我们必须消除纠纷，建立一个共同的基础，这已经刻不容缓。”

亨利摇摇头：“我已经说过上百遍，这里再次重申决不让步。你们还是死了心，别再阻碍我了，我一定要让《希望报》坚持原定的路线。”

“这条路线已经被革命解放联合会的失败判了死刑，它已经过时。”萨玛泽尔说，“如今再也不能对共产党人保持中立态度，要么坚决拥护，要么强烈反对，必须做出抉择。”他很不情愿地装出一副乐呵呵的样子，“他们采取那么一种方式对待您，您还一个劲地容忍他们，我真感到奇怪。”

“我奇怪有的人口口声声标榜自己是左派，却又要支持资本家、军阀和教士那一派。”亨利说道。

“我们要区分清楚。”萨玛泽尔说，“我整个一生都在反对军国主义、反对教会、反对资本主义。但是必须承认戴高乐绝对有别于一个军阀。在今天，要捍卫我们所坚持的社会准则，教会的支持是必不可少的。戴高乐主义有可能是一种反资本主义的制度，如果左派的人控制住它的话。”

“能听到这话总比当聋子强。”亨利说，“不过也差不多！”

“我还是觉得与我们寻找一块共同的基础对您是有利的。”特拉利奥说，“因为说到底您很可能被孤立成少数派。”

“我不信。”亨利说，他朝朗贝尔微微一笑，可朗贝尔没有露出一丝笑容。显而易见，朗贝尔是否忠心耿耿对他举足轻重，他因此要对朗贝尔敲敲警钟：“不管怎样，如果我成了少数派，那我就辞职，但决不同意妥协。”他接着不耐烦地补充道，“没有必要再争论到明天，我们要做出什么决定，就决定吧。至于我，我强烈反对发表伏朗热的文章。”

“我也一样。”吕克说。

所有目光都投向朗贝尔，他眼睛抬也没抬一下说道：“发表这些文章我觉得不合时宜。”

“可您觉得那些文章十分出色！”萨玛泽尔气愤地说，“您准是受到了恫吓！”

“我刚才已经说过发表这些文章我觉得不合时宜，说得清清楚楚，不是吗？”朗贝尔傲慢地说。

“您指望打进我们的核心？您这一着落空了。”吕克以挖苦的口吻说道。

特拉利奥猛地站了起来，瞪了亨利一眼：“最近哪个早上，《希望报》就会倒闭。这就是对你们一意孤行的报答！”

他朝门口走去，萨玛泽尔和吕克在他后面出了门。

“我可以跟你谈谈吗？”朗贝尔声音阴沉地问道。

“我正要问你呢。”亨利说。他感到自己唇间的微笑是虚假的。已经数个月，甚至差不多已经有一年没有跟朗贝尔真正友好地交谈过了，并不是他没有去努力，而是朗贝尔一直赌着气。亨利真不知该怎么跟他说才好。

“我知道你跟我说些什么。”亨利说，“你觉得形势再也控制不住了？”

“是的，”朗贝尔说。他带着责备的目光看了亨利一眼，“你有权利不喜欢戴高乐，但你可以对他保持一种善意的中立态度嘛。在你拒绝发表的那些文章里，伏朗热明确区分了戴高乐主义的观点和反动派的观点。”

“区分观点，这是一种儿戏而已！”亨利说。接着他又补充了一句：“噢，你还要卖掉你那一股？”

“对。”

“你要与伏朗热一起去办《美妙的时光》？”

“一点儿不错。”

“算了！”亨利说。他耸耸肩膀，“瞧，我说得对吧。伏朗热口口声声说不介入，可他时刻在窥伺时机，他很快就投入了政治之中。”

“这是你们的过错。”朗贝尔连忙说，“是你们到处搬弄政治！要是能够阻止世界彻底政治化，那就不得不搞政治了。”

“不管怎样，你们也阻挡不了任何东西！”亨利说道，“反正争论已无济于事，咱们讲的已经不是一种语言。”他补充道，“把你那一股卖了吧。不过这会造成一个问题。要是我们四人买了你那一股，那就会重新出现你曾帮助我避免了的那种情况。选择谁来买下这一股，吕克、你和我三人应该取得一致意见。”

“随你选择谁，我都无所谓。”朗贝尔说，“只是尽量快点找到人选，我今天做的事，以后再也不愿违心去做了。”

“我这就去找，可得给我一点时间等我回来吧。”亨利说，“总不能就这样把你给换掉。”

他语无伦次地说了最后这几句话，可朗贝尔似乎动了心。他这人会为一些本来毫无恶意的话感到不快，可听了不痛不痒的词语有时反而会动情。

“既然咱们说的已经不是同一种语言，那么随便哪个人都比我强。”他赌气地说。

“你完全清楚除了看一个人的思想之外，还得看这个人本身如何。”亨利说。

“我知道，正是因为这才把事情搞复杂了。”朗贝尔说，“你和你的思想是两码事。”他站起身子，“你跟我去参加勒诺瓦作品朗诵会吗?”

“也许还不如一起去看电影。”亨利说。

“啊！不行，我不愿错过那个机会。”

“那就八点半来接我吧。”

共产党的报纸全都刊载了朗诵会的消息，称这部四幕六场剧为杰作，赞扬勒诺瓦“将诗歌纯洁性的严格要求与力图给人们以富有人性味的精神启迪而做出的努力和谐地统一了起来”。朱利安以从前那个“超人”组织的名义，决定破坏这场朗诵会。在与亨利最后一次交谈后发表的文章中，勒诺瓦表现出一种狂热的崇拜，奴颜婢膝到了极点：对自己的过去、对自己的朋友一概加以谴责，狂热中含着如此的仇恨，以致亨利不无厌恶地准备去瞧瞧这个家伙自己遭人嘲弄的下场。再说这也不失为消磨这个夜晚的一种方式：自波尔患病以来，他孤寂难忍。此外，还有吕西·贝洛姆的那封快信，他一直感到莫名其妙，心中很不舒畅。

会场挤满了人。共产党知识界的一班人马全都到齐了，包括老牌分子和相当数量的新人。一年前，这些新人当中有许多都愤怒谴责过共产党的错误与缺点；可到了十一月，他们一个个猛然醒悟，明白了参加共产党对他们也许有好处。亨利走下中间的通道，想找一个位子坐下，经过之处，一副副面孔都充满鄙视和仇恨。萨玛泽尔对这一点算是说对了，这些人对亨利仗义执言绝没有任何感激之情。整整一年来，亨利鞠躬尽瘁，顶住戴高乐派的压力，捍卫《希望报》，立场明确，激烈反对印度支那战争，反对逮捕马达加斯加使节，反对马歇尔计划。简言之，他支持的完完全全是这些人的观点。但他到头来还免不了被当作叛徒、内奸。他向前走去，来到了前排。斯克利亚西纳勉强朝他一笑，可坐在朱利安周围的年轻人都充满敌意地瞪着他。他又折回来，坐在会场深处的一级石阶上。

“我看来成了一个西拉诺·德·贝尔热拉克[1]式的人物，只有仇敌。”

1 Savinien Cyrano de Bergerac（1619—1655），法国讽刺作家，其人生经历成为剧作家创作素材，如作为法国剧作家爱德蒙·罗斯唐同名喜剧中的主人公，剧中与许多朋友反目成仇。

他说道。

“这是你自己的过错。”朗贝尔说。

“交朋友付出的代价实在太大了。”

亨利热爱友情，热爱集体工作，但这已经属于另一个时代，另一世界了；如今还不如彻底独来独往，这样也就不会失去任何东西，当然也得不到什么。如今这个世界上，谁还能获得什么呢？

“瞧瞧小比塞。”朗贝尔说，“她很快沾染上了他们那家子的习气。”

“对，好一个积极分子典型。”亨利乐呵呵地说。

四个月前，亨利退了她的一篇有关德国问题的报道，她还哭鼻子呢。“看来搞记者这一行当要想出人头地，非得卖身投靠《费加罗报》或《人道报》，”她还说，“我总不能把这些文章送到《铁钻》去吧。”过了一周，她打来电话：“我还是把文章给了《铁钻》。”而今她每周都为该报撰写文章，拉舒姆提起她时，总是很动情：“我们亲爱的玛丽-昂热·比塞。”她穿着平底鞋，脸上描得乱七八糟，却是一副自命不凡的神气样子走上中心通道，还一边与众人握手。她从亨利面前经过时，亨利站了起来，一把拉住她的胳膊：“你好！”

“你好！”她说道，没有一点儿笑脸。她想马上脱身。

“你很忙吧，是党组织禁止你与我说话，是吗？”

“我并不觉得我们之间有什么可谈的。”玛丽-昂热以前那种幼稚的声音变得尖酸刻薄。

“还是允许我向你表示祝贺吧，你出人头地了。”

“我尤其感到做了有益的工作。”

“好极了！你已经具备了共产党人的所有品质！”

“我希望改掉了资产阶级的某些恶习。”

她一副尊贵的样子离去了。此时掌声大作。勒诺瓦上台，在桌前坐定，与此同时，一些捧场者有组织地使劲鼓掌，以造成狂热的场面。他把椅子在桌旁放好，开始读起一种类似宣言的东西来。他声音断断续续，对每一个字都倾注了绝望的激情，仿佛看到字间正裂开一条条令人晕眩的深渊。他显然是在恐吓自己。然而，有关诗人的社会使命以及现实世界的诗歌问题，他只不过人云亦云，说的尽是陈词滥调。当他停顿时，又响起一阵掌声。敌对阵营仍然不动声色。

“你想象不到！这些来鼓掌的家伙不知是从哪儿冒出来的！”朗贝尔说。

亨利没有答腔。当然，只要正眼瞧瞧这些心术不正的知识分子，对他们的种种蔑视便可不屑一顾。这些家伙改换门庭，有的是纯粹投机，有的是因为害怕，还有的是为了图个精神安慰，因此，他们的奴性是没有极限的。不过，亨利决不会满足于这种轻而易举获得的胜利，除非他自己也用心不善。当他心情沉重地自言自语“这些人在相互仇恨”时，他想到的不是这儿的人。那成千上万的人是诚心诚意的，他们过去都阅读《希望报》，如今再也不读了，亨利这一名字对他们来说已经成了一个叛徒的名字；这个晚会尽管荒唐可笑，但那成千上万的人的诚意与仇恨并不会因此而减少一分。

勒诺瓦声音平静地朗读起用亚历山大诗体写的一场戏来。戏中写的是一个年轻人，因精神空虚而痛苦，他要离开自己的家乡；亲人、情人和朋友纷纷劝他安于天命，可他战胜了资产阶级的诱惑，最后离家出走。合唱队用晦涩的诗句解说他出走时的情景。长段独白中夹杂着隐约模糊的形象和深奥费解的词句，显得格外庸俗乏味。突然响起一个响亮的声音：

“故弄玄虚的家伙。”

朱利安站了起来，高声道：“答应给我们朗诵诗的，诗在哪里？”

“现实主义呢？”另一个声音高叫道，“现实主义在哪里？”

“杰作，我们要杰作！”

“和谐统一何时有？”

他们一齐用脚击打着地面，有节奏地高呼：“和谐统一！”与此同时，整个会场里一片嚷叫声起：“赶出门去！去叫警察！闹事的家伙！给我们讲讲集中营！和平万岁！绞死法西斯分子！不许侮辱抵抗运动！多列士万岁！戴高乐万岁！自由万岁！”

勒诺瓦傲视着对付他的这帮刽子手，他仿佛就要露出胸膛跪倒在地，或者浑身抽起筋来。不知什么原因，骚动突然平息了下来，他又开始往下读。此时，戏中的主人公已经在周游世界，寻找并不现实的精神解脱。就在这时，会场里响起了一只口琴声，声音轻微却放肆；不一会儿，又听到一支小号的嘀嘀嗒嗒声。勒诺瓦每读一句，朱利安便发出一阵狂笑，气得他嘴角直抽。笑声从一把座椅传向另一把座椅，到处都在笑，亨利也跟着大笑。不管怎么说，他正是为此而来的。有人朝他骂了一声："混账！"他笑得更厉害了。在一片笑声和嘘声中，同时响起一片掌声。人们又在叫喊："去西伯利亚！去莫斯科！斯大林万岁！密探！卖身投靠的家伙！"有人甚至在高呼："法兰西万岁！"

"我原来指望比这还可笑呢！"朗贝尔说着走出会场。

"实际上一点儿也不好笑。"亨利说。他忽然听到了身后斯克利亚西纳气喘吁吁的声音，连忙转过身去。

"我在会场里看见了你，可你一下子就不见踪影，我到处找你。"

"你找我？"亨利问道，喉咙眼猛一抽搐：他要找我干什么？整个晚会期间，他明明知道某种可怕的事情时刻都会发生……

"对。咱们一起去新酒吧喝一杯。"斯克利亚西纳说，"应该喝酒庆贺一下这个小小的节日。你知道新酒吧吗？"

"我知道。"朗贝尔说。

"那等会儿见。"斯克利亚西纳像阵风似的消失了。

"新酒吧是什么玩意儿？"亨利问道。

"你真的再也不去那个区了。"朗贝尔边说边坐进亨利的车子。"自从共党分子占了红酒吧，原来那些老主顾中的一些非共党分子便进了旁边的一家新开张的酒吧。"

"去新酒吧。"亨利说。

他们上了汽车，片刻后他们便绕过了小街的拐角处。

"在这儿？"

"在这儿。"

亨利猛地刹车，他看到了红酒吧血红的灯光。他推开新酒吧的门："这个小店挺不起眼的。"

"对，可来这儿的人比旁边那个要多。"朗贝尔说。

“噢！我表示怀疑。”亨利说道，接着耸了耸肩膀，“幸好出没不光彩的地方我并不害怕。”

他们在一张桌旁坐了下来。店里挤着许多年轻人，声音嘈杂，烟雾腾腾。亨利不熟悉这些面孔。他与若赛特出门时，别的地方去得多了，可很少碰不到熟人。

“威士忌？”朗贝尔问道。

“好。”

朗贝尔用从伏朗热那儿学来的那种风雅腻人的腔调，要了两杯威士忌。他俩默默地等着酒喝，亨利再也找不到话来跟朗贝尔谈谈，这确实让人伤心。他好不容易开了口：

“听说迪布勒伊的书出版了。”

“就是在《警觉》上摘录发表过的那一本吗？”

“对。”

“我倒有兴趣好好读一读。”

“我也是。”亨利说。

以前，一来校样，迪布勒伊马上就让亨利先看看。可这一部书，看来他得去书店买了，要想跟谁谈谈此书都可以，但与迪布勒伊本人谈是没指望了。可是，亨利只想与他谈。

“我又翻出了你拒绝给我发的那篇有关迪布勒伊的文章。”朗贝尔说，“你不记得吗？那篇东西并不太差，你知道。”

“我从来没有跟你说过差。”亨利说道。

他回想起了那次交谈的情景，他当时是第一次从朗贝尔身上感觉到一股类似敌意的情绪。

“我要再充实一下，对迪布勒伊进行一次全面的研究。”朗贝尔说道。他犹豫了一下，可没有让人察觉出来，“伏朗热让我把这篇东西给《美妙的时光》。”

亨利微微一笑：“尽量不要太不公平了。”

“我一定会客观的。”朗贝尔说，“我有一篇短篇小说也马上要在《美妙的时光》发表。”他补充道。

“啊！你又写了短篇？”

“我写了两篇。伏朗热很喜欢。”

“我很想读一读。”亨利说。

“你不会喜欢的。”朗贝尔说。

朱利安出现在门洞处，朝他俩的桌子走来。他拉着斯克利亚西纳的胳膊，两个人一致的仇恨暂时使他们结成了友谊。

“开始喝吧，同志们。”他大声嚷道。“人与威士忌和谐统一的时刻终于来临了。”

他在扣眼上插了一朵白色的石竹花，目光重又恢复了昔日的几分光泽，也许是因为他一滴酒还没有喝的缘故。

“来一瓶香槟!”斯克利亚西纳喊叫道。

“来香槟，这里!”亨利跟着起哄。

“咱们另找地方去!”斯克利亚西纳又喊叫起来。

“别，别，香槟酒可以，但千万别来茨冈乐曲!”朱利安连忙起身道。他微微一笑，“晚会愉快吗？绝妙的文化晚会！我只是遗憾没有流点儿血。”

“晚会是愉快，可应该继续下去呀。”斯克利亚西纳说道，用咄咄逼人的神态盯着朱利安和亨利。

“会上我起了一个念头：咱们应该组织一个团体，采取各种方式，随时随地与背叛的知识分子做斗争。”

“组织一个与所有团体做斗争的团体怎么样？”朱利安问道。

“那你不就会因此而变得有点儿像法西斯分子了吗？”亨利对斯克利亚西纳说。

“问题正在这里。”斯克利亚西纳说，“我们的胜利毫无结果的原因正在于此。”

“去他妈的结果!”朱利安说道。

斯克利亚西纳脸色阴沉了下来：“那总得做点事情吧。”

“为什么？”亨利问道。

“我要就勒诺瓦写篇文章。”斯克利亚西纳说，“那是一个政治狂的极好典型。”

“噢！算了吧！我认识一些人比他狂多了。”亨利说道。

“我们都是些狂人。”朱利安说道，“可我们中间谁也不用亚历山大诗体写作。”

“说得正是!”亨利道，随后他哈哈大笑起来，“哎哟，要是勒诺瓦的剧本不错，你早就一副怪相了。”

“要是多列士来跳法国康康舞，那模样你想象得出吗？你会一副什么样子？”朱利安反唇相讥。

“不管怎么说，勒诺瓦写过好诗。”亨利说道。

朗贝尔一副气恼的神态耸耸肩：“在放弃他的自由之前。”

“作家的自由，应该弄清这到底有何意义。”亨利说。

“没有任何意义。”斯克利亚西纳说，“当一个作家再也没有任何意义。”

“一点儿不错。”朱利安说，“可这反倒使我渴望重新开始写作。”

“您真应该写。”朗贝尔突然活跃地说，“如今认为自己不负有使命的作家太少了。”

“这是说给我听的。”亨利心里想，可他没有说什么。朱利安笑了起来：“瞧瞧！他马上交给我一项使命：证明作家并不负有使命。”

“噢，不!”朗贝尔说。

朱利安把一只手指往嘴唇一放：“唯独沉默万无一失。”

“我的上帝!”斯克利亚西纳说道，“我们刚刚目睹了一个令人震惊的场面，我们亲眼看见我们以前的一个朋友被他们推入了卑鄙的泥潭，你们还在这儿大讲文学！难道你们就没有一点儿人味?”

“你对尘世太认真了。”朱利安说。

“是吗？可是，如果没有一批像我这样认真的人，斯大林分子早上台了，我不知道你现在会在什么地方。”

“放心吧，就在地底几尺远的地方。”朱利安说。

亨利哈哈大笑：“你以为共产党人要你的脑袋?”

“反正我的脑袋不喜欢他们。”朱利安说，“我很过敏。”他朝斯克利亚西纳转过身子，“我不求任何人任何事情，只要活着还有点意思，我就活着作乐。一旦日子不好过了，我就两脚一蹬。”

“要是共产党上台，你就不活了？”亨利打趣地问道。

“是的。我极力劝你也跟我一样。”朱利安说道。

“这就太出格了。”亨利说。他惊愕地看了朱利安一眼，“原以为是在与伙伴们开玩笑，可突然间发现当中有一个人以拿破仑自居！”

“告诉我，要是出现戴高乐独裁，你怎么办？”

“我不喜欢听讲演，也不喜欢听军乐，不过只要耳朵里塞点棉花，我会对付过去的。”

“我明白了。呃，我要跟你说一件事，那就是你最终会掏出棉花，为讲演鼓掌的。”

“你知道，谁也不怀疑我喜欢戴高乐。”斯克利亚西纳说，“可你不能把一个戴高乐执政的法国与一个斯大林化的法国相提并论。”

亨利一耸肩膀：“噢，你呀，你马上就会去高喊：‘戴高乐万岁。’”

“反共力量都集结在一个军人周围，这又不是我的过错。”斯克利亚西纳说，“当初我想组织一个反对共产党的左派，你一口拒绝了。”

“既然已经是反共分子，为什么就不能是军人？”亨利说道。他接着气恼地又补充了一句：“你说什么左派！你当时说的是美国人民和工会。可你在你的文章中却为马歇尔和资本家辩护。”

“目前，世界分裂为两个阵营，这已经是个现实。必须做出抉择，要么彻底接受美国阵营，要么彻底接受苏联阵营。”

“而你选择了美国！”亨利说道。

“因为美国没有劳改营呀。”斯克利亚西纳说。

“又提起那些劳改营！您让我说了劳改营的事，我都后悔了！”亨利说。

“别这样说，这是你做的最令人尊敬的一件事。”朗贝尔说道，声音有点黏糊糊的。他刚刚在喝第二杯酒，只是烈酒他实在受不了。

亨利耸耸肩：“这于事又有何益呢？右派加以利用，造成对共产党的不良看法，仿佛自己一贯正确似的！只要一谈起剥削、失业、饥荒，他们就马上回击：还有劳改营呢！劳改营即使不存在，他们也会凭空捏造的。”

“事实是劳改营确定存在。”斯克利亚西纳说道，“这让人受不了，嗯！”

“我对那些对劳改营无动于衷的人深表同情！”亨利说道。

朗贝尔猛地站了起来：“请你们原谅，我有约会。”

“我跟你一块儿走。”亨利也站了起来，“我要去睡觉了。”

“睡觉！这样一个不同寻常的夜晚，这么早就睡觉了！”朱利安惊叫道。

“这是一个伟大的夜晚！”亨利说道，“可我困了。”他略欠了一下身子，向门口走去。

“你哪儿有约会？”亨利问朗贝尔。

“我没有约会，我实在受不了。他们这些人真没趣。”朗贝尔说，接着充满积怨地补充道，“什么时候能够过个不谈政治的夜晚？”

“谁也没有谈什么，不过是瞎扯。”

“是瞎扯政治。”

“我早就劝你去看电影。”

“不是政治就是电影！”朗贝尔说，“难道天底下就真的没有别的东西了？”

“我想有的。”亨利说道。

“什么东西？”

“我也想知道！”

朗贝尔狠狠地对着人行道的沥青路面踢了一脚，以略显请求的口吻问道：“去不去喝一杯？”

“咱们喝一杯去。”

他们来到一处露天咖啡座坐了下来。这是一个美妙的夜晚，人们围着独脚圆桌谈笑风生，他们在谈些什么？小汽车在马路上弯弯曲曲地行驶，一对对男女青年搂着走过。人行道上，有几对男女在跳舞，传来一支优美的爵士乐曲的回声。毫无疑问，地球上除了政治和电影之外还有许多别的东西，可那都是为别人而存在的。

“来两份双杯苏格兰威士忌。”朗贝尔招呼道。

“双杯！你真行！”亨利道，“你也开始喝酒了？”

“为什么说‘你也’？”

“朱利安喝酒，斯克利亚西纳喝酒。”

“伏朗热可不喝，不过樊尚喝。”朗贝尔说。

亨利莞尔一笑：“是你自己看见什么都认为是政治算盘，我只不过随便说说的。”

“纳迪娜也不愿意我喝酒。”朗贝尔说道，脸上显出了一种朦胧的固执神情。“她认为我喝不了酒，她觉得我什么都不行。那口气和你完全一样。真滑稽，我这人引不起别人信任。”他声音阴郁地说。

“我对你向来都是信任的。”亨利道。

“不，你有一段时间对我表示过宽容，仅此而已。”朗贝尔一口喝了半杯威士忌，气呼呼地继续说道，“你们那一伙里，如果不是天才，那就非得是魔鬼。樊尚嘛，就是个魔鬼。可我呢，既不是作家，也不是活动家，也不是放浪形骸的家伙，只不过是一个宝贝小子，连真正喝酒都不会。”

亨利一耸肩膀：“谁也没有要求你非得是天才或魔鬼。”

“你不要求我，那是因为你打心眼儿里瞧不起我。”朗贝尔说。

“你神经出毛病了吧！”亨利说道，“你脑子里有这些想法，我感到遗憾，可我并没有瞧不起你。”

“你觉得我是个资产者。”朗贝尔说。

“那我呢，我就不是？”

“噢，你嘛，是你。”朗贝尔忌恨地说，“你口口声声说你从不觉得自己高人一等，可实际上，你谁都瞧不起，无论是勒诺瓦、斯克利亚西纳、朱利安、萨玛泽尔、伏朗热，还是其他人，对我也是如此。当然，”他带着充满钦佩和怨恨的声音补充道，“你的道德那么高尚！你无私、正直、公正、勇敢，你对自己一丝不苟，无懈可击！啊！能觉得自己无可指摘，该是多么美妙啊！”

亨利微微一笑：“我可以向你发誓我的情况并非如此！”

“算了吧，你十全十美，你自己心里知道。”朗贝尔泄气地说，接着气愤地补充道，“我知道我不是十全十美的人，可我才不在乎呢。我就这个样儿。”

“谁责怪你了?”亨利问道。他带着几分内疚的心情打量着朗贝尔。他曾责备朗贝尔随波逐流，可朗贝尔是情有可原的。朗贝尔经历了痛苦的童年，二十岁时，罗莎又死了，纳迪娜是不可能给他以慰藉的。实际上，他的要求一点也不过分：只求别人允许他为自己过几天日子。“可我对他提出的尽是要求。”亨利心里想。正是由于这一原因他才跑向伏朗热一边。也许除了要求以外，再赋予其他东西为时还不算晚。亨利饱含深情地说道：

“我感到你对我有许多怨恨，还是向我全都倒出来为好，咱们好好交交心。”

“我并不怨恨，是你自己总认为我错，你什么时候都责怪我。”朗贝尔声音凄凉地说。

“你完全错了，当我观点与你不一致时，这并不就是说我觉得你错了。首先我们俩年纪不一样。我认为有价值的不一定对你就有价值。比如，我的青年时代已经过去了，我完全理解你想趁自己还年轻好好过一过。”

“你理解这些?”朗贝尔问。

“当然。”

“噢！要是你责怪我，我也不在乎。”朗贝尔说。

他声音在颤抖。他喝得太多了，不可能再谈下去，不过也不用着急。亨利对他微微一笑说道：

“听我说，时间不早了，我俩也都有点儿撑不住了。这样吧，我们最近哪个晚上再一起出门，设法真正地谈一谈，我们已经好久没有真正谈过了!”

“真正谈谈，你觉得这可能吗?”朗贝尔问道。

“你要是乐意，就可能。”亨利道。他站起身子，“我陪你回去?”

“不用了，我去看看能否找到别的朋友。”朗贝尔神色茫然地说。

“那就最近哪个晚上见。”亨利道。

朗贝尔朝他伸过手去：

“最近哪个晚上见！”

亨利回到旅馆。他的信箱里有一包东西：迪布勒伊的论著。他边上楼梯边扯开包装带，打开了著作的扉页。当然，扉页空白一张。他以为会写上什么呢？书是莫瓦纳寄给他的，以前莫瓦纳寄给他不少别的书。

“为什么？”他自问道，“我们为什么闹翻了？”他经常这样扪心自问。对亨利撰写的社论，迪布勒伊在《警觉》发表文章，以同样的笔调给予回击。实际上，并没有任何东西造成他们疏远。类似的事情已经不堪回首，但也实在说不清楚是非曲直。共产党人仇恨亨利，朗贝尔离开了《希望报》，波尔疯了，世界正走向战争。与迪布勒伊闹翻了，这确实没有多大意义。

亨利坐在桌前，开始有选择地浏览书中的段落。有的章节，亨利已经读过了，他很快跳到最后一章。这一章很长，很可能是于一月份革命解放联合会解散之后撰写的。他感到有点儿茫然不知所措。迪布勒伊身上最突出的一个优点，就是他毫不犹豫，敢于对自己的思想提出异议，重新进行探索。可这一次，观点变化是如此彻底。他宣告：“当今，一个法国知识分子已经无能为力。”其原因显然在于：革命解放联合会垮了台。迪布勒伊在《警觉》发表的文章也引起了纷纷议论，可这些文章实际上对任何人都产生不了任何影响。人们一会儿谴责迪布勒伊是隐藏的共党分子，一会儿骂他是华尔街的走卒，他几乎四处受敌。看来他的心情也并不那么快乐。亨利的处境与他相差无几，心里也不好过。可两人情况也并不完全一样，亨利过一天算一天，想方设法凑合着活；可迪布勒伊有其偏执的一面，肯定不会凑合。再说，他走得比亨利要远，他甚至对文学也提出了谴责。亨利继续往下读。迪布勒伊越走越远，对自己的存在也加以斥责。他反对自己过去提倡的旧人道主义，要以一种崭新的人道主义取而代之，这种人道主义更现实，也更悲观，给暴力以相当重要的位置，几乎将公道、自由和真理等思想一概拒之门外，他无可辩驳地指出，这是与目前人与人之间关系唯一相适应的道德准则；但是，如果要采取这一准则，那就要抛弃许多东西，就他本人而言，他无法做到。确实稀奇，迪布勒伊竟然宣扬他本人无法信奉的真理，这意味着他已经把自己当作了敌人。“这是我的过错。”亨利心里想，“当初我要是不一意孤行，革命解放联合会也许还会继续存在，迪布勒伊也不会自认为彻底失败。”无能为力，孤立无援，怀疑自己的作品会有什么意义，与前程隔绝，对自己过去又加以否定，一想到罗贝尔目前处于如此的境地，亨利感到心情沉重而痛苦。突然，亨利脑海中闪出一个念头：“我这就给他写信!”也许迪布勒伊会置之不理，也许会愤然回击。这又有何妨，自尊心，亨利再也不知道是何物。“明天我就给他写信。”上床睡觉时，他打定了主意。“也许明天我还可以和朗贝尔真正谈一谈。”他心里暗暗思忖，接着他关了灯。“明天上午贝洛姆夫人到底为什么要见我呢?”他自问道。

贴身侍女消失了，亨利步入了沙龙。狮子皮、地毯、低低的长沙发，这里，仍然像当初与心照不宣被当作礼品供奉的若赛特相遇时那般沉寂、微妙，吕茜召他来恐怕不会是为了把自己那年过半百残存的一点风姿奉献给他吧!“她要我来干什么呢?”他在心里反复自问，但尽量避而不答。

“您来了，谢谢。”吕茜说道。她身着一件严肃的便裙，头发梳得整整齐齐，不过眉毛没有描，这样光秃秃的模样使她显得出奇的苍老。她示意让他坐下。

“我有件事要找您帮助，并不是只为了我，主要是为若赛特。您爱她呢，还是不爱?”

“您完全清楚我是爱的。”亨利道。吕茜平心静气，说得那么自然，亨利隐隐约约地感到松了一口气。她要我娶若赛特，要么想让我一起策划某件事情。可她右手为什么总捏着那块小花边手绢呢?为什么捏得那么紧呢?

“我不知道您到底会花多少气力帮助她。”吕茜说道。

“告诉我是什么事吧。”

吕茜吞吞吐吐，两只手搓着那块揉得像一团破布的手绢：“我马上就告诉您，我没有别的选择，不说也不行。”她强装出一个笑脸，“也许有人已经跟您说过我们大战期间绝对不是抵抗运动的人?”

“是有人跟我说过。”

“谁也不可能知道我为创办阿玛丽莉时装店并将之发展成一家大时装店付出了多少代价，再说，谁也不会对此感兴趣，我也不想让您怜悯我的苦命。不过，您必须明白，经历了这番创业的艰难之后，我宁愿搭上自己的脑袋也不愿让服装店破产。我只得利用德国人才能保住这份家业。我是利用了他们，而且也不会向您表白我如今感到后悔。当然，要什么都不付出，那就什么也得不到。我在里昂接待过他们，搞过宴会。反正我该做的都做了。这些事在解放时给我惹了一点儿麻烦，可都已经远远地过去了，都忘了。”

吕茜环顾四周，又看了看亨利。他声音平静地嘀咕了一声：“那怎么了？”他仿佛记得这一场面已经出现过，是什么时候？也许是在梦中。自从他收到那封快信，他就知道吕茜会对他说些什么。一年来，他就等待着这一分钟。

“当时有一个人跟我一起主管我店中的生意，名叫梅尔西埃，他常去里昂，他偷了一些照片和信件，还搜集了不少流言蜚语，要是他交出来，那若赛特和我就会被剥夺公民权。”

“难道有关案卷的传闻确有其事？”亨利问道。他只是感到一种极度的倦怠。

“啊！您听说了？”吕茜惊奇地问，神情有所放松。

“您也利用了若赛特吧？”亨利问道。

“利用！若赛特从来没有帮过我什么忙。”吕茜苦涩地说，“她自己白白陷了进去。她恋上了一个上尉，那是一个多情的英俊小伙子，不受别人任何影响，给她寄过不少感情炽烈的情书，最后在东部前线被打死了。这些信件她到处乱丢，还有他俩四处招摇的一些合影。我向您保证，那可都是很好的材料。梅尔西埃很快明白了可以从中捞到好处。”

亨利猛地起身，向窗户走去。吕茜细细打量着他，可他一点儿也不在乎。他想起了那天早晨若赛特那张无精打采的脸，那是他们同床共枕后的第一个早晨。他还想起了那个明明在撒谎却装得那么真实的声音：“我？爱过？爱过谁？”她曾经爱过，可她爱的是另一个人，一个德国的英俊小伙子。他转身朝向吕茜，有力地问道：“他敲诈您了？”

吕茜淡淡一笑："您不会以为我是来向您要钱的吧？我已经被敲了三年了，我还准备继续破费。我甚至还给梅尔西埃出过大价钱，想买回那些材料，可他精明，看得远。"她眼睛紧盯着亨利，以挑衅的口气说道："他当过盖世太保的密探，最近给抓起来了。他让人传话给我，说要是我不把他救出来，他就把我们一起牵连进去。"

亨利沉默不语。跟德国佬睡觉的婊子至此一直属于另一个世界，与之唯一可以发生联系的就是仇恨。可如今吕茜在讲话，亨利在听着。那个卑鄙的世界与他所处的世界是同一个，天底下只有一个世界。若赛特的胳膊曾经搂过德国上尉的胳膊。

"您明白这件事对若赛特的分量吧？"吕茜问道，"她那种性格，肯定挺不过去，只会去开煤气自杀。"

"您要我怎么办？您指望我什么？"他气呼呼地说，"一个盖世太保的密探，哪一个律师都无法给他开脱。我对您的唯一忠告，就是尽快逃到瑞士去。"

吕茜耸耸肩膀："去瑞士！我告诉您若赛特会去开煤气自杀的。可怜的孩子，这些天她多么高兴。"她突然充满柔情地说，"谁都说她在银幕上一鸣惊人。请坐下。"她不耐烦地说道，"听我说吧。"

"我在听着呢。"亨利说着坐了下来。

"律师，我手头就有一个！特吕弗律师，您不认识吧？他是个十分可靠的朋友，受过我不少恩惠。"吕茜似笑非笑地说，目光直逼着亨利的眼睛，"我们在一起详细研究了整个案情。他说唯一的办法就是梅尔西埃提出自己是双重间谍。当然，没有一个正儿八经的抵抗运动成员为他作证，那是站不住脚的。"

"啊！我明白了！"亨利道。

"这不难明白。"吕茜冷冷地说。

亨利微微一笑："您以为就这么简单！不幸的是，所有战友都知道梅尔西埃从来就没有与我共过事。"

吕茜紧咬嘴唇。突然间，她像泄了气的皮球，亨利真担心她会大哭一场，那场面该太令人作呕了。他以幸灾乐祸的劲头细细看着这张沮丧的面孔，与此同时，脑中的词语像一阵阵风似的刮过：她爱过一个德军上尉，耍弄了我这笨蛋！可怜的笨蛋！他对她的乐趣和柔情还深信不疑呢。笨蛋！她只不过把他当作了一个工具。吕茜是一个有心计的女人，看得远，她亲手过问亨利的利益，把女儿若赛特推入他的怀抱，绝对不是为了保证她女儿的事业成功。女儿成功不成功，她才不在乎呢，其目的在于：为自己缚住一个有利可图的同伙。而若赛特也耍了手腕，她对亨利表白自己从未爱过，以原谅她那颗爱心有所保留，可那颗轻浮的心爱谁都可以，她早就把它给了那个德国上尉，那个多么英俊的小伙子。亨利真恨不得臭骂她一顿，痛打她一顿，可有人还要他来救她！

“当时的工作不是地下的吗?”吕茜问道。

“是，可我们互相之间都熟悉。”

“预审法官不会相信您的话吗？要是让您与那些战友去对质，他们会不会揭穿您呢?”

“不知道，我不愿意冒这个险。”亨利气呼呼地说道，“看您的样子，好像根本意识不到作伪证的利害关系有多大。您一心只想保住您自己的时装店，可我自己也珍重某些微不足道的东西。”

吕茜早已恢复了镇静。她平心静气地说道：“控告梅尔西埃的主要罪行，是他于一九四四年二月二十三日在阿尔马桥出卖了两个姑娘。”她朝亨利抬起眼睛，射出一束询问的目光，“她们俩都搞地下工作，一个叫莉莎，另一个叫伊伏娜，她们在达豪劳改营关了一年，您有没有一点儿印象?”

“没有。”

“可惜。要是您认识她俩，那可能对我们会有所帮助。不管怎样，她们显然都熟悉您。要是您一口咬定那天梅尔西埃在别的地方，是跟您在一起，她们不会缩回去吗？要是您断言您一直在秘密使用梅尔西埃刺探情报，有没有人敢出来驳斥您呢?”

亨利思虑良久。对，他很有信誉，说一次瞎话也会得手。一九四四年时，吕克在波尔多工作，尚塞尔、瓦里厄、加尔迪埃都已经死了。至于朗贝尔、塞泽纳克、迪布勒伊，即使他们起疑心，那疑团也只会留在自己脑子里。但是，虽然那个臭女人的肉体曾得到他的欢心，可他总不能为了这种女人去作伪证吧。那个假装无辜的女人，见不得人的事情守得可真严实！

“你们还是赶紧逃到瑞士去吧！”他说道，“那里可以找到许多好人。到瑞士、巴西或阿根廷都行，世界大着呢。以为离开巴黎就没法过日子，这是偏见。”

“您了解不了解若赛特？她刚刚才开始对生活重新有了兴趣，她肯定受不了的！”吕茜说道。

亨利一阵冲动，心里在想：“我必须去见见她！马上就去见她！”他猛地起身：“我去考虑考虑。”

“这是特吕弗律师的地址。”吕茜从口袋里掏出一张纸条说道。“若您打定了主意，那就去跟他联系。”

“假设我办成了事，”亨利说道，“怎能保证那家伙就会交还材料？”

“您想他能怎么办？首先，惹您生气对他不利，再则，一旦材料公开，您作的证词也就靠不住了。若您开脱了他，他的手脚也就被捆住了。”

“我今晚给您打电话。”亨利说道。

吕茜站了起来，一动不动地呆立在他面前，显得不知如何是好。亨利又是一阵担心，害怕她嚎啕大哭或跪倒在他脚下。可她只叹了一口气，把他一直送到门口。

亨利匆匆走下了石阶，坐到方向盘前，驾车朝加布里埃尔街驶去。若赛特在一年前那个美妙的夜晚交给他的那把钥匙一直放在他的口袋里。他打开了套间的门，门也没敲便走进了卧室。

“怎么回事？”若赛特说道，睁开了眼睛，微微一笑，“是你啊？几点了？你来亲亲我，真好。”

亨利没有亲她。他拉开了窗帘，在镶着边饰的软垫上坐了下来。置身于饰着墙革的房间，周围摆着这些小摆设、靠垫，还有这锦缎帏幔，真难相信会有丑闻、监牢和绝境。浅黄褐色的秀发下，一张红扑扑的脸蛋在微笑。

“我有事要跟你说。”他说道。

若赛特稍微抬了抬身子，倚在枕头上："什么事？"

"你为什么没有跟我说实话？你母亲刚才把什么都跟我说了。这一次，我要实话。"他声音激烈地说，"是不是因为她盘算哪一天我对你会有所用场才把你推到我怀抱里来的？"

"出什么事了？"若赛特神色惊恐地望着亨利问道。

"回答我呀！是不是屈从了你母亲你才同意跟我睡觉？"

"妈妈早就让我把你给甩了。"若赛特说，"她要我跟一个老头儿去姘居。到底出了什么事？"她以哀求的口气再次问道。

"材料的事，你听说过吧？"亨利道，"那个掌握着材料的家伙被捕了，他威胁要全部交出来。"

若赛特把脸整个儿埋在枕头里："永远都没有个完！"她绝望地说。

"你还记得在这儿度过的第一个清晨吗？你跟我说你从来就没有爱过任何人，后来你又含糊其辞地说爱过一个死在美国的年轻小伙子，你那个年轻小伙子是个德国上尉。啊！你真好好耍了我一场。"

"你为什么这样跟我说话？"若赛特说道。"我对你又怎么了？我当时在里昂，又不认识你。"

"可当我问你这件事的时候，你认识我呀。你对我撒了谎，还摆出那么一副清白无辜的样子！"

"跟你说实话又有什么用呢？妈妈禁止我说实话。再则，你不管怎样都是个外人。"

"整整一年来，我对你始终都是一个外人吗？"

"为什么非要提起那些事呢？"她双手紧捂着脸，轻轻地啜泣起来，"妈妈说要是有人告发我，我肯定要去坐大牢。我不愿意！我还不如自杀。"

"你跟那上尉的事情前后持续了多长时间？"

"一年。"

"是他给你安置了这套房子吧？"

"是的，我现在拥有的一切，都是他给我的。"

"你爱他吗？"

“他爱我，谁也不可能像他那么爱我。是的，我爱他。”她呜咽着说，“不能凭这个理由就把我抓到牢里去呀。”

亨利站了起来，在那位英俊的上尉选购的家具摆设中踱了几步。实际上，他心里早就清楚若赛特是会委身于德国人的，这种事她干得出来。她曾承认：“我对这场战争一点儿也弄不明白。”当初，他想象过她对他们媚笑，也想象过她有心无心地跟他们调情，他都原谅了她。一种真诚的爱在他看来更应得到原谅。但是，事实是一想到那把扶手椅上放着灰绿色的军装，那男人正身子贴着身子、嘴巴对着嘴巴跟她睡觉，他实在受不了。

“你知道你母亲指望我去干什么吗？她要我去作伪证，为你们开脱。作伪证，我猜想你根本不知道这到底意味着什么吧。”他补充了一句。

“我不去坐牢，我要自杀。”若赛特泪水汪汪，反复嚷叫着，“再说，我不如死了算了，我还不如去死。”

“谈不上去坐牢。”亨利说道，声音变得温和起来。

算了吧！用不着冒充伸张正义的好汉，他只不过是嫉妒罢了。合情合理地说，他不能责怪若赛特爱那个第一个爱上她的男子。他有什么权利责怪她隐瞒实情呢？他没有任何权利。

“从最坏处考虑，你也只不过会被迫离开法国。”他继续说道，“人不在法国也照样可以生活。”

若赛特继续在啜泣。显然，他刚才说的这番话毫无意义。耻辱、逃跑、流亡，若赛特绝对受不了这种打击。她对生活本来就已经不那么珍惜。亨利环顾四周，焦虑不安的心情油然而生。在这个荒唐可笑的环境里，生活显得多么无聊。但是，一旦哪一天若赛特打开煤气，那么，她将裹着这玫瑰色的被单，在这饰着墙革的房间死去，将穿着这件毛茸茸的衬衣被埋葬。这间卧室显得无聊，纯粹是一时的假象。若赛特流淌的是真正的泪水，馨香的肌肤下遮藏着的是一具实实在在的骨架。亨利坐在了床沿。

“别哭了。”他说，“我帮你摆脱。”

她拨开了沾在湿乎乎的脸蛋上的几绺头发：“你？你那副怒气冲冲的样子！……”

“我，我不气。”亨利道，“我答应你，一定帮你摆脱！”他有力地重复道。

“啊，对！救救我吧！我求求你！”若赛特说着扑进了他的怀里。

“别害怕，你绝不会有任何麻烦的。”他轻轻地说。

“你真好！”若赛特说。她紧贴着他，把嘴巴凑了过去。他扭开了脸。

“我让你讨厌？”她低声哀叹，那声音显得多么悲切，亨利不禁感到羞愧：羞愧自己处于强者一方。在弱女子正对面的这个男子汉，有钱，有名气，有文化，特别是有道德！尽管这段时间以来道德观念已经有点儿淡薄，但仍然能发人深思，他有时也主动受其约束。他亲了亲那只沾满泪水的发咸的嘴巴。

“是我讨厌我自己。”

“你自己？”

她朝他抬起两只困惑不解的眸子，他顿起怜悯之心，又亲了她。别人送过她怎样的防卫武器？教过她怎样的道德准则？给过她怎样的希望？她吃过母亲的耳光，受过男人的强暴，徒有一副让她受尽屈辱的美貌，如今又在她心灵上增添了令人震惊的痛苦。

“我不该冲你发火，一来就应该对你和和气气的。”他说。

她焦灼不安地看着他：“你真的不怨恨我，真的吗？”

“我不怨恨你。我一定帮你摆脱。”

“你怎么办呢？”

“该怎么办，我就怎么办。”

她深深叹了一口气，把头倚在亨利的肩上。他摩挲着她的头发。作一次伪证，他对这一念头感到恐惧。可这又怎么了？只立个伪誓又不会伤害任何人。要他去搭救梅尔西埃的脑袋，他实在不情愿，可天底下有多少人本该掉脑袋却都活得好好的！若他拒绝，若赛特一定会自寻短见；要不，无论怎样，她的这一辈子都算完了。不，他不能犹犹豫豫。一方事关若赛特，而另一方则只是良心的不安。他手指拧着一绺头发。反正良心的安宁于人又没有什么好处。他早已想过，人要错干脆就错到底。这次给他提供了一次蔑视他妈的道德的机会，这次机会不能错过。他抽回手，抚摸着她的脸蛋。扮演狂人角色他确实不合适。之所以要去作伪证，那是因为他别无选择，没有旁的原因。“我怎么会落到这一步?”他觉得这既十分符合逻辑，又绝对不可思议。他从来没有感到像现在这般悲伤。

亨利没有给迪布勒伊写信，也没有与朗贝尔倾心交谈。只要是朋友，那就意味着有事要先打招呼。可要办成他这次须办的事情，他必须单枪匹马。如今决心已下，他不能反悔。他也不再感到害怕。显而易见，他冒的是一次巨大的风险，很可能要进行多次对证，万一证明他作的是伪证，那将是一件多么轰动的丑闻！若戴高乐派或共产党一派再添油加醋，岂不成了多味的佐料。对这次行动的严重后果他并不抱有幻想，对个人的前途，他根本就不在乎。他跟特吕弗律师共同编造了梅尔西埃的所谓履历。跨进预审法官办公室的那一天，他心里只不过稍有点儿乱。这间办公室与成千上万的办公室没有什么差别，显得比演戏的布景更加不真实。法官与书记官只不过是一场抽象的悲剧的演员而已，他们在扮演各自的角色，亨利也在扮演自己的角色。在这里，真理一词毫无意义。

“显然，一个双重间谍不得不向敌方有所表示。”他从容不迫地解释道，“对此，你们跟我一样都清楚。梅尔西埃要不连累自己就无法给我们以帮助，可他提供给德国人的情报都是经我们共同商定的。有关活动网的真正活动从来就没有丝毫的泄露。如果说我今天还能在这里，许多战友能幸免于难，《希望报》能在地下传播，那都多亏了他。”

他说话时带着充分的热情，自感到是令人信服的。梅尔西埃脸上挂着微笑，印证了他的这一番话。这是一个相当漂亮的小伙子，约莫三十来岁，神态纯朴，那张脸长得也比较惹人喜欢。“然而，”亨利暗自思忖，“也许就是他出卖了波雷尔或弗舒瓦，他还出卖过其他人，既不是为了爱，也不是出于恨，只是为了金钱。有的人被杀了，有的人自尽了，而他却在继续过着体面、富足和幸福的日子。但是，在这四壁之间，人们距离那个生生死死的世界是如此遥远，以至这一切都无关紧要。”

“要判定一个双重间谍与叛徒之间的界限，向来十分棘手。”预审官说道，“可您不了解，梅尔西埃不幸超越了这个界限。”

他向执行员打了个手势。亨利四肢发僵，他知道伊伏娜和莉莎在达豪劳改营被整整关了十二个月，可从来没有见过她俩的面。现在，他亲眼看到了。伊伏娜是位棕发姑娘，似乎已经康复；莉莎长着栗色的头发，仍然皮包骨头，面色苍白，仿佛刚刚死里逃生。即使可以报仇雪恨，但也难以还她昔日的风姿。不过，她俩都是有血有肉的真正的人，要在她们的目光之下撒谎，该是多么艰难。伊伏娜开口重复了她俩的申诉，目光紧紧地盯着梅尔西埃的面孔。

“一九四四年二月二十三日，我下午两点与莉莎·佩鲁在阿尔马桥有约会。正当我走到她身边时，三个男的向我们靠了过来，其中有两个德国人，还有就是那个把我们指给他俩的人。那人穿着一件栗色外套，头上没有戴帽子，像今天一样胡子刮得干干净净。”

“看错人了。”亨利口气肯定地说，“二月二十三日下午两时，梅尔西埃和我一起在拉苏泰赖讷，我们是前一天抵达那儿的，战友们要将一些弹药库的平面图交给我们，三天后，美国飞机轰炸了那些仓库，那一天我们是与那几个战友一起度过的。”

“可明明就是他！”伊伏娜说道，看了看莉莎，莉莎也说道：

“就是他！”

“您没有记错日期吧？”预审官问道。

亨利摇摇头：“轰炸是在二十六日，指示信号是二十四日发出的，二十二日和二十三日我都在那里，这些日期不会忘记。”

“你们肯定是在二月二十三日被捕的吗？”法官朝两位年轻女子转过身子，问道。

“对，二月二十三日。”莉莎答道。她们一副惊愕的神态。

“那个告发你们的人，你们只见那么一会儿，而且当时你们都很惊慌。”亨利说道，“我跟梅尔西埃工作了两年，不可能把他与别的人搞混。我对他的了解向我担保他决没有出卖过两个抵抗运动的女成员。当然，这只是个人的看法。但我可以起誓，一九四四年二月二十三日，他跟我一起在拉苏泰赖讷。”

亨利神情严肃地看了看伊伏娜和莉莎，她俩绝望地面面相觑。她们确信那就是梅尔西埃，但也对亨利的诚实深信不疑。只见她俩眼睛里闪现出惊恐不安的神色。

“那么，就是他的孪生兄弟。”伊伏娜说。

“他没有兄弟。”法官说道。

“那么就是那个人很像他，长得就像亲兄弟似的。”

“间隔两年了，长得很像的人多着呢。”亨利说道。

出现了一阵沉默。法官问道：“你们俩还坚持申诉吗?”

“不。”伊伏娜说。

“不。”莉莎说。

为了不对亨利表示怀疑，她们宁肯不相信自己那最可靠的记忆。但是，现在与过去在她们周围摇晃，连现实本身也发生了动摇。她们的眼睛深处那般茫然困惑，亨利感到恐惧。

“请您再看一遍，过目后签上名字。”法官说道。

亨利重读了那页打上字的纸。他的陈述一旦转变成这种无情的风格，便失却了一切分量。要他签个名，这毫不碍事。但是，他目不转睛地看着那两位女子走出门外，心里是多么不踏实。他恨不得向她俩奔过去，可对她们没有什么可说的。

这一天与别的日子没有两样，谁也没有从他脸上分辨出发过伪誓的神色。朗贝尔在走廊上与他相遇，没有对他微笑，但这是出于其他的原因，是为亨利还没有提出跟他外出促膝交谈而气恼。“明天，我一定邀他共进晚餐。”是啊，友情重又有了转机，什么提防呀，顾虑呀，全都结束了，事情发展都极为顺利，仿佛觉得什么事也未曾发生。“就这么去想好了。”亨利暗自思忖，坐在了办公桌前。他迅速浏览了一下信函。有一封马德吕斯的来信：波尔已经痊愈，但亨利最好还是别坚持去看她。这很好。皮埃尔·勒维里埃来信说准备买下朗贝尔那一股，谢天谢地。此人正直、严肃，虽不能指望他恢复《希望报》已经丧失的活力，但可以与其共事。啊！有人又送来了有关马达加斯加事件的补充材料。他细细阅读这些打字材料。欧洲人死亡一百五十名，但有十万名马达加斯加人被杀害，岛上笼罩着恐怖气氛。虽然对叛乱分子严加谴责，但所有使节全被逮捕，受到了毫不比盖世太保逊色的严刑拷打，甚至有人投手榴弹暗害使节的律师。整个案件的审理早有预谋，但没有一家报纸公开揭露丑闻。亨利掏出笔。必须派一个人到那边去：樊尚正求之不得。在这之前，他要好好斟酌一下社论。刚刚写了几行字，女秘书便推门进来："有人来访。"她递给他一张名片：特吕弗律师。亨利心里不禁一揪。吕茜·贝洛姆、梅尔西埃、特吕弗律师，出什么事了，他如今可真有了同谋。

"让他进来。"

律师手里提着一只鼓鼓的皮包："我不会打扰您很长时间。"他说道，接着又以得意洋洋的口吻补充道："您的证词起到了作用，已确定不予起诉。我深感高兴。那个年轻人一时犯下的错误，不该去蹲监狱进行补救。您给了他重新做人的机会。"

"给了他又去干卑鄙勾当的机会！"亨利说道，"可这不关我的事。我只希望再也不要听到有人提起他。"

"我已经劝他去印度支那。"特吕弗律师说道。

"妙主意。"亨利说道，"他已经杀了不少法国人，要再杀那么多印度支那人，准能成为轰动一时的英雄。对了，他把那些材料交出来了吗？"

"我正为此事而来。"特吕弗律师说道。他从皮包中拿出一大包包着栗色牛皮纸的东西，"我坚持要亲手把它交给您。"

亨利接过包："为何交给我？"他犹豫不决地说，"应该交还给贝洛姆太太。"

"您愿意怎么处理都行。反正我的主顾履行了诺言，把它交给了您。"特吕弗律师以公允的口吻说道。

亨利把那包东西往抽屉里一扔。虽然律师受过吕茜不可告人的好处，但这并不表明他就一定把她记挂在心上，也许他要恩将仇报，从中取乐呢。"您肯定材料全都在？"

"当然。"特吕弗律师说道，"那个年轻人完全明白如惹您生气，会付出很大代价。我肯定，从今往后再也听不到别人提起他。"

"麻烦您了。谢谢。"亨利说。

律师没有离座："您不觉得我们应该提防别人揭穿事实吗？"

“我不觉得。”亨利道，“再说，有关这事没有任何议论。”

“幸好没有，因为事情很快就了结了。”

出现了一阵沉默，亨利无心去打破。特吕弗律师终于打定了主意：“呃，让您继续工作吧。希望近日在贝洛姆夫人家见面。”他站起身来，“万一您遇到什么麻烦，告诉我一声。”

“谢谢。”亨利冷淡地说。

律师刚一出门，亨利便打开了抽屉。他的手放在那棕色纸袋上一动不动。什么也别去碰，把这包东西带到房间去，看也不看一眼全部烧毁。但他已经扯开了系着的细绳，把材料乱七八糟地摊在桌上。用德语或法语写的信、报告、陈述、照片；吕茜敞胸露肩、珠光宝气地坐在身着军装的德国人中间；若赛特张口大笑，一边坐着一位军官，面前放着一桶香槟；她身着浅色衣裙，坐在一块草坪中央，英俊的上尉搂着她，她对着他微笑，一副幸福的依赖神态。亨利曾多少次被这种神态弄得神魂颠倒。她头发随意地披在肩头，显得比今日要年轻、快活得多！她笑得多么开心！亨利把照片重又放在桌上，发现富有光泽的照片表层留下了湿乎乎的指印。他心里从来就明白，当若赛特欢笑之时，成千上万的莉莎和伊伏娜正在劳改营里挣扎。但是这事已经过去，已被妥善地隐藏在帷幔之后，正是这层帷幔提供了方便，将过去、死亡与虚无混淆在一起。如今他看清楚了，过去曾经就是现在，是现实的分分秒秒。

“我亲爱的。”上尉认真地用法语写信，信中夹杂着几句德语，那都是些饱含激情的亲热话。他似乎很傻，爱得很深，也很悲伤。她爱过他，他死了，她该哭得很伤心吧。可首先她欢笑过，她笑得多开心！

亨利重又包好，扔进抽屉里，上了锁。“我明天把它烧掉。”眼下，他该把文章写完。他重又拿起笔。要谈公道、真理，要反对残杀与酷刑。“非谈不可。”他坚定地自言自语道。倘若放弃自己该做的事情，那他就罪上加罪了。不管他对自己持何种看法，那里有成千上万的人，他必须设法拯救。

他一直工作到晚上十一点，都没有顾上吃晚饭。他不饿，他像以前每个晚上一样，去剧院门口接若赛特，坐在车上等着她。只见她身披一件轻盈的雾色披风，浓妆艳抹，十分俏丽。她坐到他的身旁，小心翼翼地整好身上披着的那件似云彩般轻盈透明的披风。

“妈妈说一切都很顺利，是真的吗?”她问道。

“真的，放心吧。”他说道，“所有材料全部烧毁了。”

“真的?”

“真的。”

“别人不会怀疑你撒谎?”

“我想不会。”

“我整整一天都害怕极了!”若赛特说，“没有一点儿力气。送我回去吧。”

“行。”

他默默无语地朝加布里埃尔街驶去。若赛特把手搭在他的衣袖上：“是你把那些材料烧毁的?”

“是的。”

“你看了吗?”

“看了。”

“到底有些什么东西？肯定没有我的见不得人的照片吧。”她声音不安地说，“从来就没有人给我拍过见不得人的照片。”

“我不知道你说的见不得人的照片指什么。”他似笑非笑地说。“你跟那位德国上尉在一起，你十分漂亮。”

她什么也没有说。若赛特还是若赛特，没有变。但是透过她，亨利重又看到了照片上那位喜笑颜开的漂亮女郎，她开心过度，对一切灾难都无动于衷。然而从今之后，她将永远置身于灾难的重围之中。

他停下小车，跟若赛特一直走到大门口：“我不上楼了。”他说道，“我也累了，还有许多事情要做。”

她惊恐不安，两只眼睛睁得大大的：“你不上楼?”

“不。”

“你生气了?”她问道，“你那一天还说过不生气，可你现在生气了?”

“我没有生气，那个家伙爱你，你也爱他，这完全是你的自由。”他一耸肩膀，“也许是因为吃醋，反正我今晚不想上楼。”

“随你。”若赛特说道。

她朝他凄楚地一笑，揿了揿大门的按键。等她消失之后，亨利还久久地凝望着那扇灯光明亮的窗户。对，也许纯粹是因为嫉妒，要他今晚搂着她睡觉，他实在无法忍受。“我不近情理。”他心里在想。可情理与此毫不相干，谁也不会出于情理去跟一个女人睡觉。他离去了。

第二天亨利邀朗贝尔一起吃晚饭时，他还是气呼呼地板着面孔：“对不起，我有事。”

“那明天？”

“明天也有事。这个星期我每天晚上都有事。”

“那就下个星期吧。”亨利道。

无法对朗贝尔解释清楚为何未能早点儿请他，可亨利决定稍等几天再请，朗贝尔一定会对他如此恳切动心的。他一边上楼，嘴里一边在反复斟酌着一句话，希望能说服朗贝尔。恰在这时，迎面碰到了塞泽纳克。

“哎唷！你在这儿！”他亲切地说，“你情况如何？”

“没有特殊的变化。”塞泽纳克答道。

他发福了，远不如以前漂亮了。

“你不再上楼呆一会儿？已经很久很久没见面了。”亨利说道。

“今天就免了。”塞泽纳克说。

他急匆匆地下了楼。亨利上了最后几级楼梯。走廊上，朗贝尔倚着墙，好像正在等着他。

“我刚刚遇到了塞泽纳克。”亨利说，“你见到他了？”

“对。”

“你常见他吗？他现在情况如何？”亨利边问边推开办公室的门。

“我猜想他现在是警察局的探子。”朗贝尔怪声怪气地说。亨利惊奇地看了他一眼，只见他额头渗着汗珠。

“你怎么会这么想？”

“是因为他跟我说的那些事情。”

“一个吸毒鬼，急需钱。显然，可以招来做密探的就是这类家伙。”亨利说道，紧接着好奇地问了一句：“他跟你说了些什么？”

“他建议我搞一笔古怪的交易。”朗贝尔说，“他答应告诉我是哪些人暗害了我父亲，条件是为他提供某些情况。”

“什么情况？”

朗贝尔直盯着亨利的眼睛：“有关你的一些情况。”

亨利感到胃里一阵痉挛。

“我有什么事让警察局感兴趣了？”他惊奇地问道。

“你让塞泽纳克感兴趣了。”朗贝尔的目光紧逼着亨利不放，“据说你近日为一个名叫梅尔西埃的人作了证，那人曾在里昂一带搞黑市买卖，与贝洛姆母女过从甚密。你声称那人在一九四三年与一九四四年在我们活动网工作，并说他于一九四四年二月二十三日陪你一起去了拉苏泰赖讷。”

“一点儿不错。”亨利说道，“那又怎么了？”

“在本月之前，你从来就没有遇到过什么梅尔西埃。”朗贝尔以洋洋自得的声音说道，“塞泽纳克清楚得很，我也一样。那一年，我像个影子似的到处跟随着你，根本就没有梅尔西埃。你的拉苏泰赖讷之行是二月二十九日，本来是要我陪你同行的，但因行期对我不便，最后你带尚塞尔走了。”

“你完全疯了！”亨利说道。他感到异常气愤，仿佛朗贝尔不该怀疑他似的。“我到拉苏泰赖讷去过两次，第一次是与梅尔西埃，除我之外，谁也不认识他。”他接着气呼呼地又说了一句，“你也不值得我回答你，因为说到底你是在谴责我作伪证，就这意思！”

“二十三日你是在巴黎。”朗贝尔说，“我的记事本上都记着呢，我会查证的。可我知道你就去过一趟，咱们还在一起好好商谈过呢！不，不要跟我编造瞎话了，事实上是梅尔西埃以这种或那种方式控制了贝洛姆母女，为了搭救那两个被剃过光头的女人，你才为一个盖世太保的密探开脱了罪责！”

“要换了别人，我早就砸了他的脑袋。”亨利说道，“马上从这个办公室滚出去，再也别踏进来。”

“等等!”朗贝尔道，“我还有一句话要对你说。我什么也没有给塞泽纳克透露，不过我向你发誓我当时真希望跟他谈谈。我什么也没有透露。”他又重复了一遍，“现在我感到还清人情债了。我又得到自由了!”

“你早就等着有个借口!”亨利道，“你终于给自己编造了一个。我祝贺你!”

“我没有编造任何东西!”朗贝尔说，“上帝啊!”他接着说，“我这个人多么混账啊！我一直以为你多么正直，多么无私！你让我感到敬畏！我想我应该对你忠诚。你口口声声都讲忠诚！你拿任何人发誓。可说到底，那些良心上的顾忌根本就抑制不了你，你跟别人没有两样。”

朗贝尔向门口走去，带着如此的尊严，亨利几乎忍不住想笑。怒气已消，他只隐隐约约地感到有点儿不安。去坦诚解释？不，朗贝尔很不坚定，太容易受人影响，他今日拒绝为塞泽纳克提供情况，可明天说不定就会主动招认，成为塞泽纳克和伏朗热手中一件可怕的武器。必须矢口否认，看眼下这样子，危险就已经相当大了。“塞泽纳克准在四处寻找反击我的证据，他知道可以卖大价钱。”亨利暗自思量。迪布勒伊从未听说过梅尔西埃，他也许还记得一九四四年的二月二十三日亨利呆在巴黎。如果塞泽纳克对他搞突然袭击，他没有理由篡改事实。“应该跟他打个招呼。”可是，在为与他重归于好做出努力之前，亨利实在不愿意请求得到他的暗地帮助。再说，他根本就不可能考虑对他和盘托出。真奇怪，他经常暗暗发誓：“如果非得从头做起，我就一切从头开始好了。”但是，他连让别人了解他的所作所为都受不了，要不，他准是为自己的举动感到了耻辱。除非不被人揭穿，他才会感到自己的行为是正当的，但是这还能持续多久？“我已经身置险境。”他反复考虑。另一个人也处于危险之中：樊尚。即使不是樊尚那一帮人害了那位老人，可塞泽纳克对他的一切都了解得清清楚楚。必须给他报个信，还要立即去看看吕克，他痛风发作，正在家中休养，要跟他一起起草一份辞职书。吕克早就料到危机必定爆发，也许并不会感到过分惊慌失措。亨利站起身子。“我再也不在这张桌子前坐了。”他心里想，“一切都了结了，《希望报》再也不属于我了!”他为放弃了自己刚刚发起的有关马达加斯加事件的舆论运动感到遗憾。显而易见，别人很快就要把这场运动像在水中拖上钩的鱼似的慢慢拖下去，直至平息。不过除这件事外，他远不像自己想象的那么激动。下楼梯时，他只隐隐约约地想："这就是惩罚。"惩罚他什么？因为跟若赛特睡觉？因为想要搭救她？因为盲目认为自己拥有自己的私生活，而行动却要求他整个人彻底投入？因为自己固执己见，一意孤行，没有为自己留有余地？他实在不知道。再说，即使知道了，也什么都无法改变。

在轮转印刷机印刷他辞职信的那天夜里，亨利关照旅馆的守门人："明天我谁也不见，不接待来人，也不接电话。"他无精打采地推开房间的门。他再也没有与若赛特睡过觉，她似乎也不怎么伤心，这样很好。尽管如此，亨利的这张单人床在他眼里不免显得像张病床似的严酷。和另一个温暖、信赖的肉体共同进入梦乡，是多么美妙啊。一觉醒来，心里往往十分盈实。如今醒来时，他感到空虚。实在难于入眠。他的辞职必将引起纷纷议论，事未临头，他就已经被搅得精疲力竭。

他起床很晚，刚刚梳洗完毕，便有人送来了一封快信。看到迪布勒伊那熟悉的笔迹，他心头微微一震。"我刚刚读了您与《希望报》的告别信。真的，太荒诞了，我们的态度仅仅表明我们之间的不和，然而有多少事使我们彼此接近。至于我，我永远都是您的朋友。"又及："有一个人似乎想要损害您，我希望尽快就此事与您谈谈。"亨利目不转睛地久久盯着这几行蓝黑色的小字。他曾经想过要写信，可迪布勒伊已经写了。尽可以把他的宽容说成傲气，那是因为在迪布勒伊身上傲气本身就是一种宽容的品德。"我马上就去。"亨利暗暗打定主意。他仿佛感到有人在他胸间放出了一大群红蚂蚁。塞泽纳克说了些什么？若他已经引起了迪布勒伊的疑心，那怎么还能带着足够的感情去撒谎，以消除其怀疑？既然迪布勒伊主动向他献出友情，也许撒谎为时还不算太晚。但是，竟然滥用对方的信任作为对这种奉献的回报，这实在卑鄙。可是不这样又能怎么办呢？若他以实话相告，连迪布勒伊都会感到愤慨，这样一来，亨利就会自感有罪。他驾上小车。他第一次为心里藏着见不得人的事情感到心灵的重负。要么去骗人，要么就交代自己，那样的话，就再也不可能有什么友情了。他在迪布勒伊门前徘徊许久，下不了决心去按门铃。

迪布勒伊笑眯眯地给他开了门：

“见到您，我多么高兴！”他声音自然而又急促地说道，仿佛一段短暂分离之后有许许多多重要的事情要共同商讨。

“我才高兴呢。”亨利道，“收到您的信时，我高兴极了。”他们俩一起走进了工作室。亨利说：“我经常想给您写信。”

迪布勒伊打断了他的话：“出什么事了？”他问道，“朗贝尔把您甩了？”

昔日那好奇的目光又在他眼中闪烁，这两只贪婪而狡黠的眼睛一点儿也没有变。

“萨玛泽尔和特拉利奥早在几个月前就投靠戴高乐派了。”亨利道，“朗贝尔终于跟他们一起走了。”

“那个小混账！”迪布勒伊道。

“他情有可原。”亨利尴尬地说。他坐在了平常的那把扶手椅上，像往常一样点起一支香烟。朗贝尔真正的理由，亨利必须留在心底。迪布勒伊没有变，连他的工作室和礼节礼貌也没有变，可亨利却已经不同了。若在以前，即使剥去他的皮，对他进行仔细解剖，也用不着大惊小怪。如今他那张人皮下却藏着一个耻辱的恶瘤。他急忙说道：

“我们吵翻了，是我把他逼上了绝路。”

“早该如此了结！”迪布勒伊说道，接着哈哈大笑起来，“呃，这一圈算是走完了。革命解放联合会已经死亡，您的报纸也被剥夺了，我们重又回到了零点。”

“是因为我的过错。”亨利说道。

“不是任何人的过错。”迪布勒伊连忙说。他打开了壁橱，“我有很好的阿马尼亚克白兰地，您喝一点儿？”

“很乐意。”

迪布勒伊斟满了两杯，递给了亨利一杯。他们相互一笑。

“安娜还在美国吗？”亨利问道。

“再过半个月就回来。她该会多么高兴。”迪布勒伊快活地说，“咱们俩互不见面，她觉得愚蠢极了！”

“是太蠢了。”亨利道。

他多么想解释一番，因为他觉得只有倾心交谈，他们之间的不和才能真正消除。他正准备承认自己的过错，可迪布勒伊马上又岔开了话题：

“有人跟我说波尔已经康复，是真的吗？”

“据说如此。她再也不愿见到我。我巴不得这样。她要到克洛蒂·德·贝尔琼斯家里去住了。”

“总而言之，您现在像空气一样自由自在了？”迪布勒伊问道，“您打算做点儿什么？”

“我马上把我那部小说写完。其他嘛，我不知道。所有那一切发展得太快了，我至今还茫然不知所措。”

“想一想您终于就要有属于自己支配的时间了，难道您就真的不高兴吗？”

亨利一耸肩膀：“并不特别高兴，不过肯定慢慢会好的。眼下我尤其感到内疚。”

“我在纳闷这到底为了什么！”迪布勒伊说道。

“您再劝说也白搭，对已经发生的那一切，我是有责任的。”亨利说，“如果我不固执己见，您买下朗贝尔那一股，那《希望报》还是属于我们的，革命解放联合会也能坚持下来。”

“不管怎样，革命解放联合会注定要灭亡。”迪布勒伊说道，“《希望报》嘛，也许能保住，可保住以后又怎样呢？抵抗两个阵营，保持独立，我在《警觉》杂志社也是尽量这么去做。可我实在不明白这到底有何益处。”

亨利困惑不解地望着迪布勒伊。他急于洗刷亨利，是出于真情呢？还是想极力避免对自己的所作所为提出疑问呢？

“您认为早在十月份革命解放联合会就已经没有希望了？”亨利问道。

“我认为它从来就没有什么希望。”迪布勒伊声音生硬地说。

不，迪布勒伊绝不是出于礼貌才这么说，他心里确实是这么想的，为此，亨利感到困惑。他多么希望认为自己对革命解放联合会的失败不负有任何责任，但迪布勒伊的这番话却让他感到很不自在。迪布勒伊在书中指出了法国知识分子无能为力，但亨利没有想到他给自己所做的结论赋予反思的意义。

“您是从什么时候起就这么认为的?”亨利问道。

“已经很久了。”迪布勒伊一耸肩膀，“打从一开始，斗争就在苏联和美国之间展开，我们完全被排斥在外。”

“你说的这一切，我并不觉得怎么错。”亨利说道，“可欧洲可以起到一定作用，法国在欧洲亦然。”

“错了。我们已经进退维谷。说到底，您要明白，”迪布勒伊声音焦躁地说，“我们能有什么分量？无足轻重。”

确实，他始终还是他自己。他不可抗拒地逼着你跟他跑，可突然间又把你抛下不管，自己向新的方向冲去。亨利常常这么想：“无能为力。”可听到迪布勒伊如此武断地做出这种结论，亨利感到很不舒畅。“我们一直就明白我们只不过是少数派。”亨利说道，“可您也认为少数派也可以有所作为。”

“在某些情况下是这样，但在这件事上不行。”迪布勒伊说。他像放连珠炮似的快速说了起来。显而易见，这些话早就憋在他心头了。“抵抗运动，这很好，有一小部分人也就足够了。人们所需要的，简单地说就是要造成混乱。闹事、破坏、抵抗，这是少数人的事。可一旦提出搞建设，那完全是另一码事了。我们原来以为趁我们还在兴头上，可以一鼓作气干下去，但是被占领时期和解放后的时期被彻底分割。拒绝与敌合作，这是我们自己的事；以后的事情嘛，与我们再没有任何关系。”

“这跟我们还是有点关系的。”亨利说道。他十分清楚迪布勒伊为何要持相反的论调。老先生不愿意认为自己也有过行动的可能性，可惜利用不当。他宁愿谴责自己判断有误，而不愿承认自己失败。但是，亨利坚信不疑，在一九四五年，前途还是广阔的，他绝不是凭自己的一时兴趣掺和到政治中去的。他清楚地感到周围发生的一切都与他息息相关。“我们的努力失败了。”他说，“但这并不证明我们当初不该去努力。”

“噢！我们没有加害于任何人，”迪布勒伊说道，“搞政治和酗酒一个样，也许对身体害处还要少一点儿。尽管如此，我们还是完全错了！要是别人再读读我们在一九四四年与一九四五年间写的东西，准会忍俊不禁：您自己就去试试瞧！”

“我揣摩我们当时太乐观了。”亨利道，“这可以理解……”

“若您愿意，我可以为我们提供各种可减轻罪过的情况！”迪布勒伊道，“抵抗运动胜利，解放的欢乐，我们可以据此得到广泛的原谅。正义取得了胜利，前途赋予善良的人们，我们这些人都带有古老而深刻的理想主义背景，巴不得相信这一切。”他耸了耸肩，“我们都是些孩子。”

亨利没有吭声。他眷恋这段历史，恰似眷恋儿时的往事。对，在这段历史里，敌友分明，善恶分明，生活就像埃皮纳勒的画片一般纯朴，一切都酷似人的童年。他不愿否认这段历史，这本身就说明迪布勒伊言之有理。

“那依您之见，我们当时应该怎么办呢？”他问道，接着微微一笑，“我们应该加入共产党吗？”

“不。”迪布勒伊答道，“正如您从前有一天跟我说过的那样，人们要思考问题，这是不可避免的，谁也不可能摆脱自身。要不，我们准都是些极坏的共产党员。”他生硬地补充了一句，“再说，他们干了些什么？什么也没有。他们也同样进退维谷。”

“那怎么办呢？”

“那就什么都不做。没有什么可做的。”

亨利又为自己斟了一杯酒。迪布勒伊也许说得在理，但这样一来，一切也就荒诞可笑了。亨利重又回想起了那一个春日，充满眷恋之情凝望着垂钓者的那个春日。他对纳迪娜说：“我没有时间。”他从来就没有空暇，要做的事情太多了。可实际上，从来就没有过什么事情要做。

“真遗憾没有更早醒悟到这一点。不然可以避免多少麻烦啊。”

“我们不可能醒悟得更早！”迪布勒伊说，“假设我们属于一个五等小民族，属于一个早已过时的年代，要认识到这一点可不是一天的事情。”他摇摇头，“必须经过一番艰苦的努力，才会甘心承认自己无能为力。”

亨利以满含钦佩的目光望着迪布勒伊。漂亮的一手戏法！并没有过什么失败，只不过是一次失误。而且失误也是情有可原，因此也就一笔勾销，无所谓失误。过去这段历史就像墨鱼的骨头一般清晰明朗，迪布勒伊本人是历史必然性的一个无可指摘的受害者。这确实不错，但是亨利对此丝毫也不感到满意。他不愿意承认自己在整个事件中打一开始就是身不由己被逼着走的。他曾有过心灵上的激烈斗争，有过疑虑，也有激情，可照迪布勒伊说来，仿佛输赢早有定局。他常常反问自己是何人，现在别人给了他答案：他是一个法国知识分子，曾被一九四四年的胜利所陶醉，又在事态的发展中被迫清醒地意识到了自己毫无作用。

“真怪，您竟变成了一个宿命论者！”亨利说道。

“不。我并没有说一般意义上的行动是不可能的。只是眼前对我们来说不可能。”

“我已经拜读了您的书。”亨利说道，“简言之，您认为只是眼前跟共产党走才可能有所作为。”

“对。这并不是因为他们的处境光明，而是除了他们，别的一无所有。这是事实。”

“可是您并没有跟他们走嘛！”

“我不可能再改造自己了。”迪布勒伊说，“他们的革命与我以前希望的革命相去甚远。我错了。不幸的是，一个人并不因为发现了自己的错误就可以轻而易举地摇身一变，变成另一个人。您年轻，或许还可能下决心改造自己，可我不行了。”

“哈！我呀，我早就没有兴趣去掺和什么事情了。”亨利说，“我想隐居乡间，甚至干脆跑到国外，去写作。”他淡淡一笑，“依您之见，人们连写作的权利都没有了。”

迪布勒伊也淡然一笑：“我也许有点夸张。不管怎么说，文学并不那么危险。”

“可您觉得它再也没有任何意义了。”

“您认为还有？”迪布勒伊反问道。

“对，既然我还继续在写。”

“这不是什么理由。”

亨利怀疑地看了看迪布勒伊："您是继续在写作呢，还是再也不写了？"

"仅仅证明怪癖毫无意义，那是绝对改变不了癖好的。"迪布勒伊说道，"不然疯人院早就空了。"

"哈！得了。"亨利说道，"您连自己还没有说服呢，我看这样很好。"

"也许哪一天我会被说服的。"迪布勒伊神态狡黠地说。他紧接着故意岔开话题，"噢，我想跟您通个气：昨天有个人来访，真怪，就是那个小塞泽纳克。我不知道您到底妨碍了他什么事，反正他对您可不善。"

"我把他从《希望报》开除了，那是很久以前的事了。"亨利道。

"他一开始就没头没脑地给我提了一大堆问题。"迪布勒伊说，"问我认识不认识一个叫梅尔西埃的，问您在一九四四年的某一天是不是在巴黎，具体日期我记不清了。首先我什么都记不清，再者，这些事与他又有何干？我相当生硬，把他拒绝了，于是他便编造起一个荒诞的故事来。"

"有关我的？"

"对，那个小伙子，是个谎话癖。他可能是个危险分子。他跟我说您为洗刷盖世太保的一个密探作了伪证，说什么肯定是通过那个小贝洛姆对您进行了讹诈。必须阻止他到处传播这种事情。"

亨利心中的石头落了地。听迪布勒伊说话的口气，他明白了迪布勒伊从来就没有想过塞泽纳克说的是事实。只要淡然一笑，随便说一句无关紧要的话，这件节外生枝的事就可了结。可他怎么也找不出话来。迪布勒伊有点儿好奇地看了他一眼：

"您知道他恨您恨到这个程度吗？"

"他并不特别恨我。"亨利说道，紧接着又补充了一句："事实是他说的确有其事。"

"啊！确有其事？"迪布勒伊问道。

"对。"亨利答道。突然间，他感到撒谎这一念头本身就是对他的侮辱。不管怎样，既然他自己都承认是事实，那别人用不着装扮出挑剔的面孔。只要是于他有益的事情，于别人也是有益的。他带着几分挑衅的口气继续说道："我作了一次伪证，为的是搭救若赛特，她曾经跟一个德国人睡过觉。您过去常常责备我搞道德主义。您瞧，我有所进步吧。”

“那么，那个梅尔西埃确实是个密探?”迪布勒伊问道。

“确实。他完全应该枪毙。”亨利说道，然后看了看迪布勒伊，“您觉得我干了一件混账事吧？可我不愿意若赛特的一生就此完蛋。要是她开了煤气去死，我决不宽恕自己。至于地球上少一个还是多一个梅尔西埃，我承认这不会妨碍我睡觉。”

迪布勒伊吞吞吐吐地说道：“少一个总比多一个好。”

“当然。”亨利说，“可我肯定若赛特准会寻短见，我能见死不救，让她去死吗?”他口气激烈地问道。

“不能。”迪布勒伊说道，他显然束手无策。“您肯定经历了一个十分艰难的时刻!”

“我当时几乎立即就拿定了主意。”亨利说道，紧接着一耸肩膀，“我并不是说为自己所做的感到自豪。”

“您知道这件事证明了什么?”迪布勒伊突然活跃地问道，“这说明个人的所谓道德并不存在。这又是我们曾经深信不疑而实际上毫无意义的一种东西。”

“您这么认为?”亨利问道。他显然不喜欢迪布勒伊今天给他的这种安慰。“我无路可走，这是事实。”亨利继续说道，“当时，我别无选择。但是，若当初跟若赛特没有那段风流事，就不会出这种事了，我想在这一点上我确实有错。”

“啊！谁也不可能排斥自己的一切。”迪布勒伊似乎不耐烦地说道，“苦行僧的生活，若是自己主动找的，那很好。可是要做到这一点，别的方面非得有实际的满足才行。如今这个世界，这种满足并不多。我要对您说，如果当初您没有和若赛特睡觉，您会感到后悔，从而促使您干出其他的蠢事来。”

“这很可能。”亨利说道。

“在一个曲线空间，不可能求出直线。”迪布勒伊说道，“在一个不良的社会，不可能过真正正派的生活。人总是受夹，不是这一头，就是那一头。这又是我们必须丢掉的一种幻想。”他下结论道，“个人的灵魂绝不可能得到拯救。”

亨利并不信服地看了看迪布勒伊：“那留给我们的还有什么东西？”

“没有什么了不得的东西了，我觉得。”迪布勒伊答道。

出现了一阵沉默。对这种普遍的宽容之心，亨利并不感到满足。“我想知道，若处在我的位置，您会怎么做？”他问道。

“我无法告诉您，既然我并没有处在您的位置上。”迪布勒伊回答道。“您应该详详细细全都跟我说说。”他又添了一句。

“我这就全都告诉您。”亨利说道。

第十章

飞机从甘德直飞巴黎，提前两小时抵达。我把行李寄存在残老军人院站，上了公共汽车。天刚亮，灰蒙蒙一片，街上空空荡荡，家人以为我还在遥远的云端，可我已经悄悄到达。真有点儿冒失的滋味。大门还关闭着，门前有个男人在清扫人行道，垃圾桶也还没有来得及倒掉。布景还未搭好，演员尚未化妆，我就提前到场了。回到自己的生活天地，当然谈不上私闯民宅，但是为了不惊醒纳迪娜，我轻轻地打开房门，又悄悄地把它关上，形迹鬼鬼祟祟，我不禁隐隐约约地产生了一种做坏事与闯祸的感觉。罗贝尔的工作室里阒无声息，我转动了彩陶门把儿。他几乎立即抬起头来，笑吟吟地推开座椅，用胳膊把我搂住：

“我可怜的小动物！你就这么孤零零一个人回来了！我正要去接你呢。”

“飞机提前了两个小时。”我说道，亲了亲他那没有刮净的面颊。他穿着浴衣，头发蓬乱，两只眼睛熬得肿肿的。“您又整整工作了一夜？这很伤身子。”

“我想赶在你回家前把事情做完。你一路顺利吗？你不累吗？”

“我路上一直在睡觉。您怎么样？一旦没有人看着您，您可一点儿都不乖。”

我们快活地说了一阵，可罗贝尔一进浴室，我就又感觉到了那种令我窒息的死寂，就像刚才透过微启的门缝，看见他低着脑袋正在奋笔疾书的样子，距离我是那么遥远。我虽然不在场，可这间工作室是多么充实！空气弥漫着烟味和工作的气息。一个万能的头脑把过去、未来和整个世界随意召唤到这里。一切都存在，没有任何空缺。一块搁板上，我的一张照片在微笑，这是一张已经发旧却永远不见老的照片。它仍旧处在自己的位置上。可是为了给我在那满得不能再满的白昼里腾出位置，罗贝尔不得不熬夜工作。因为我回来得太早，他有件事情还没有处理完。我站起身来。在出门与归家的日子，人们总是有一些新的发现，但它们并不比每日的实际生活更为真实，这我知道。可是，知道了又有何用，纵然发现了种种圈套，还不照样愚蠢地陷进去。问题正在这里，要摆脱陷阱，光凭自己这么说说实在不够。我始终难以自拔。我的卧室是多么空荡！当我漫无目的地在窗台与沙发间徘徊时，它仍然这般空空荡荡。桌上摆着信函。不少人问我诊所何时开门。波尔已经出院，她请我去看看她。我发现她字迹不像以前那么稚气十足了，拼写错误也不犯了。马德吕斯来了一封短信，请我放心，说波尔已经康复。我上前亲了亲纳迪娜，她客客气气地对我的归来表示欢迎，她有许许多多的事情要对我诉说，我答应她晚上一定好好听她细叙。罗贝尔、纳迪娜、朋友、工作，虽然全都有了，可我却仍然一动不动地呆立在客厅，惊愕不已地问自己："我到底在这儿干什么？"

"你在等着我？"罗贝尔问道，"我已经准备好了。"

我很高兴离开这套住房，在街头漫步。街上不拥挤也不空荡。我们走过沿河马路，经过戈布兰花毯厂，到了意大利广场，一路上停停走走，在露天咖啡座上喝了咖啡，最后在蒙苏里公园餐厅用了午餐。

罗贝尔已经有所感觉，感到我没有多少兴致说话，可他却有数不清的事情对我诉说，于是一路上尽是他在讲话。他比我走以前快活多了，并不是觉得国际形势很好，而是他对自己的生活重又产生了乐趣。与亨利重归于好，这对他来说举足轻重。他的那部书引起了巨大反响，出乎众人意料。他又开始撰写另一部书。政治活动仍然无法开展，可他绝对不愿放弃思考，他甚至有一种感觉，仿佛自己对问题刚刚看出了一点眉目。我洗耳恭听。他是那么富有活力，那般不可抗拒，我竟然接受了他经常跟我谈起的那个过去。那就是我的过去，除了他跟我谈论的过去和向我展现的未来之外，我并不拥有别的过去，也不拥有另一个未来。我很快就可以见到亨利，同样会感到幸福。罗贝尔收到的有关他著作的来信，我也很快可以跟他一块儿细读，会跟他一样感到欢乐，受到感触。我也将很快和他共享快乐，高高兴兴地出发去意大利。

“跑了那么多地方，现在又要出门去旅行，你不感到厌烦吧?”他问我道。

“一点儿也不厌烦，我一点儿也不乐意留在巴黎。”

我凝望着草坪、湖泊、天鹅，不久的一天，我将重又热爱上巴黎。我会有烦恼，也会有欢乐和爱好，我的生活即将冲破迷雾重见天日，我在这儿的生活是真正的生活，它将把我彻底吸引。我突然打开了话匣，禁不住诉说起来，那个隔着一重海洋，隔着一个黑夜的世界也同样是真实的世界。我讲述了最近一个星期的经历。可是说出来反而比憋在心里更糟。我像过去的那一年那样感到有罪，令人发指。罗贝尔对一切都异常理解。刘易斯在那间我走后变得空空荡荡的卧室里醒来了，他闷声不吭，身边再也没有一个亲人。他孤零零的，在他的床上和怀里，只拥有我留下的空空荡荡的位置。任何东西都无法弥补这天清晨留下的悲伤！我给他造成的痛苦永远难以补偿。

晚上，我们回到家里，纳迪娜告诉我说：

“波尔来电话问你是否已经回家。”

“是第三次打电话来了。”罗贝尔说，“你必须去看看她。”

“我明天去。马德吕斯说她已经康复。”我补充道，“可你们不知道她情况到底如何？亨利没有再见到她的面?”

“没有。”纳迪娜回答道。

“如果没有真正康复，马德吕斯不会让她走的。”罗贝尔说。

我说道：“康复的情况也是有区别的。”

上床睡觉前，我跟纳迪娜谈了很久。她又和亨利一起出门玩了，为此感到十分满足。她也一个劲地向我刨根问底。第二天，我给波尔打了电话，告诉她我要去看她，她回话的声音短促而平静。晚上十点钟左右，我来到了她居住的这条街上。去年寒冬，我觉得它多么凄凉，而今一扫凄凉的旧颜，显得令人心静，我真感到有点儿困惑不解。家家户户都敞着窗户，迎着夜晚的温馨，有人在隔门呼唤，一个小姑娘在跳绳。在那块“房间备有家具出租”的牌子下，我揿了按钮，门自然而然地打开了。一切都太自然了。倘若一切又恢复得井井有条，倘若理智与常规占了上风，那当初何必狂热，何必良心躁乱不安呢？我几乎巴不得波尔带着仇视与惊恐的神色出现在公寓门口。

但是，欢迎我的是一位笑靥动人、体态丰腴的女子，身着一件雅致的黑裙。她不卑不亢地对我亲了一下。房间收拾得整整齐齐，无可挑剔，镜子也全都已经重新配置，多少年来，窗户第一次大敞着。

“你身体好吗？你做了一次美妙的旅行。这件紧腰衫真漂亮，是在那边买的吗？”

“对，在墨西哥城买的。那些国度准能惹你喜欢。”我把一包东西塞到她怀里，“瞧！我给你带来的衣料。”

“你多客气！”她扯开包装绳，打开了纸盒，“多么奇妙的色彩啊！”

在她抖落绣花布的当儿，我来到窗边。如同往常，巴黎圣母院及周围的花园一一映入眼帘。透过这一层颜色发黄的旧丝帘，看到的仍旧是那古石的深沉与执著。沿着栏杆，高高低低地摆开一溜儿玩偶盒，对面的咖啡屋里传出一首阿拉伯乐曲，一只狗在狂吠。波尔康复了。这是很久很久以前的一个夜晚，我未曾与刘易斯相遇，他不可能会让我思念。

“你无论如何得跟我谈谈那些国度。”波尔说，“你把你的所见所闻都告诉我。不过咱们不要呆在这儿，我带你去一家很有意思的夜总会，叫‘黑天使’，刚开张不久，那儿什么样的人都可以遇到。”

“到底是些什么样的人？”我有点儿恐惧地问道。

“什么样的人就是什么样的人呗。”波尔重复道，“那地方不远，咱们走着去。”

“行。”

“你瞧，”我们下楼梯时，波尔说，“要是在半年前，我心里早就嘀咕她怎么问我‘到底是些什么样的人’啊，我也准能找出一大堆答案来。”

我尽量露出笑脸：“你感到后悔吗？”

“不至于。可是你无法想象当时的世界是多么丰富，随便一件小东西都会拥有成千上万张面孔，我会对你的裙子为什么是红颜色的琢磨个够，比如那个流浪汉，我会同时把他看成二十个人。”她的话声中充满着一种眷恋之情。

“那么现在你觉得世界是那么平淡无奇?”

“噢！一点儿也不。”她斩钉截铁地说，“我为自己有过那段体验感到满意，仅此而已。不过，我向你发誓我以后的生活不会平淡无奇，我有许许多多计划。”

“快告诉我都有哪些计划?”

“首先我要离开这间公寓，它使我感到倦怠。克洛蒂建议我住到她家去，我同意了。我还下决心成为名流。”她说道，“我想出门，想旅行，想结识人，想得到荣耀与爱情，我要生活。”说最后这几句话时，她的声调显得庄严，仿佛正在下宏愿。

“你打算歌唱还是写作?”我问道。

“写作。可不是我给你看过的那些无聊玩意儿。写一部真正的书，谈谈我自己。我已经考虑过很多，书不会特别有趣，但我相信一定能引起轰动。”

“对，”我说道，“你要倾诉的事多着呢，应该好好说说。”

我说话时充满热情，可心里表示怀疑。波尔已经康复，这毫无疑问，但是她的言谈举止、她的夸张手势使我感到很不自在，就好似有人硬要把一张苍老的面容修饰成一张假扮年轻的脸蛋。她这一辈子很可能永远会担任一个普通女人的角色，直至离开这个世界，但是担任这种角色，她并没有意识到需要真诚。

“在这里。”波尔说道。

我们进入了一个温暖、潮湿的地下室，犹如置身于奇琴伊察的丛林之中。里面声音嘈杂，烟雾腾腾，大多是与我们不一般年纪的男女青年，他们一个个都穿着工装。波尔挑选了乐队附近一张处于众目睽睽之下的桌子，神色威严地要了两份双杯威士忌。她好像并没有感觉到我们这样很不合适。

“我不愿意重返歌坛，”她说道，“并不是我有自卑心理。就体貌而言，即使我已经失去了以前那些王牌，可我知道自己还拥有其他优点。只是一个歌女的生涯，取决于许许多多的人。”她快活地看我，“就这一点而言，你言之有理，取决于他人，这太贱了。我需要从事一项富有气魄的事业。”

我点点头。依我之见，她确实再也没有征服观众所必需的种种条件，还不如设法随便干点儿别的事情为好。

“你打算把你的故事小说化还是原原本本地加以叙述？”我问道。

“眼下，我正在探索一种形式。”她答道，“一种新的形式，那正是亨利始终未能成功创造出来的形式。他的小说传统得要命。”

她一口饮尽杯中的酒：“这场危机是痛苦的，但你知道我终于寻找到了我自己，这对我来说是多大的快乐！”

我真想跟她说几句情意绵绵的话，告诉她我为她的幸福感到高兴，或随便说些什么。但是，话语刚刚涌到唇边就冻结住了，她这种倔强的话声和僵硬的神情使我感到不快。我仿佛觉得波尔比精神不正常的那阵子还更陌生。我尴尬地说：“你肯定经历过十分奇特的时刻。”

“是呀！”她带着某种十分惊诧的神情环顾四周，说道，“有些日子，在我眼里一切都显得那么滑稽可笑！我笑得要死；可有的时候，却只有恐怖，他们不得不给我套上缚身衣[1]。”

“给你上过电吗？”

“上过。我往往处于一种奇特的状况，当时甚至都感觉不到害怕。可前不久的一天夜里，我梦见他们朝我太阳穴打了一枪，我感到疼痛难忍。马德吕斯说这无疑是记忆的缘故。”

“马德吕斯挺好的，是吗？”我以捉摸不定的口吻问道。

“马德吕斯是个大好人！”波尔情绪激动地说，“他是那么稳当，找到了解开这件事的钥匙，多么了不起啊。不过也得承认我在这方面也很少有过抵触。”

“这次精神分析算是结束了吧？”

“没有完全结束，可主要的已经做过了。”

我不敢再多提问，可她主动说道：“我从来没有跟你谈过我兄弟的

1　一种束缚精神病人或囚犯的紧身服。

事吧？”

“没有，我不知道你还有个兄弟。”

“他出生十五个月就死了，我当时四岁。我对亨利的爱之所以很快具有一种病态特征，这是不难理解的。”

“亨利比你也小两三岁吧。”我说。

“一点儿不错。我弟弟死后，我以前的那种幼稚的嫉妒心引发了一种犯罪感，我面对亨利的那种受虐待的感觉可以从中得到解释。我自愿做那人的奴隶，甘心为了他而放弃个人的任何成功，选择了默默无闻与从属地位。这一切全都是为了赎罪，为的是通过他，我死去的弟弟最终会宽恕我。”她笑了起来，“想想我把他奉为一位英雄，奉为一个圣人，我有时都忍不住好笑。”

“你后来又见过他了吗？”我问道。

“哈，没有！我永远不见他。”她激动地说，“他乘人之危，落井下石。”

我缄默不语。我十分了解马德吕斯运用的那种分析方法，我有时也用过，知道这种方法的真正价值。是的，为了解救波尔，必须毁了她往昔的一切爱。但是我想到了那种只有毁了它们所侵蚀的机体才能灭绝的细菌。亨利为了波尔死去了，可她同样也死了。这位在我身边喝着威士忌，满脸汗涔涔，目光阴郁迟钝的胖女人，我根本就不认识。她直勾勾地盯着我看。

“那你呢？”她说。

“我？”

“你在美国做了些什么？”

我犹豫片刻，说道：“我不知道你是否还记得，我跟你说过我在那边有一段风流事。”

“记得。是跟一位美国作家。你又跟他见面了？”

“我跟他一起度过了三个月。”

“你爱他？”

“对。”

“那你准备怎么办？”

“我明年夏天再去看他。”

“以后呢？”

我耸耸肩。她有什么权利向我提这些问题？对这些问题我是多么绝望地希冀不做出任何解答！她下巴搭着紧捏的拳头，目光更加咄咄逼人。

“你为什么就不与他重新创造你的生活？”

“我没有任何欲望重新创造我的生活。”我答道。

“可你爱他！”

“是的，但我的生活是在这边。”

“事情由你自己来决定。”波尔说，“没有任何东西阻拦你到别的地方重新开辟生活。”

“你完全清楚罗贝尔对于我的价值。”我不高兴地说道。

“我知道你总以为无法离开他。”波尔说，“可我不知道他哪里对你会有这么大的吸引力，你自己也不清楚。”她继续审视着我，“你从来就没有考虑过再让别人给你分析分析？”

“没有。”

“你害怕吧？”

我一耸肩膀：“一点儿也不怕，可这有什么用呢？”

当然，进行一次分析可以使我了解自己身上许许多多细小的东西，可我不知道这于我又有何益，万一分析过了头，我准会气愤不过。我的感觉可不是病态的感觉。

“你有许多情结。”她若有所思地说。

“也许，可只要不给我造成痛苦……”

“你决不会承认这些情结会给你造成痛苦：这正是你那情结的一部分。你依附于罗贝尔，这就是某种情结所致。我肯定进行一次分析会使你得到解脱。”

我忍俊不禁：“你到底为何要我与罗贝尔分手呢？”

酒吧招待又把两杯威士忌摆在我们座前，波尔一口喝了半杯。

“在人家的光环下生活，再也没有比这更有害的了，人会萎缩的。”她说道，“你也必须寻回失落的自我。喝吧。”她突然指着我那杯酒说道。

“你不觉得我们喝得太多了吗?”我问道。

“为什么会太多了?”她反问道。

确实，到底为什么？我也十分喜欢酒精在我血液中引起的亢奋。人的躯壳总是那么不大不小，甚至有点儿紧绷绷的，真恨不得把它挤裂。它虽然永远都不会裂开，但有时人却会产生幻觉，以为就要从躯壳中跳出来。我和她一道饮酒。她言辞激烈地说道：

“男人们都要求我们爱他们，可没有一个男人值得我们爱，没有！你也一样，上当受骗了。只要给罗贝尔足够的纸张和写作时间，他就什么也不缺了。”

她声音很响，盖过了乐队的演奏声，我似乎感到惊诧莫名的目光刷地一齐向我们射来。幸好别人大多在跳舞，沉浸在一种冷漠的狂热之中。

我不快地低声道：“我并不是出于忠贞才和罗贝尔过下去。”

“如果仅仅是因为习惯问题，那就更不值得了。我们都还年轻，不该安于天命。”她声音亢奋，双眼潮湿。“我就要进行报复，你无法想象我感到多么幸福!”

泪水在她那潮乎乎的脸上刻下了道道深痕，可她毫无意识。也许她落泪太多，以致皮肤都已经变得毫无知觉。我忍不住想与她一起哭泣这一份爱，整整十个春秋，它一直是她生命的意义所在与骄傲，可不久前突然变成了一种羞耻的毒素。我饮了一口威士忌，用手紧握着酒杯，仿佛那是个护身符，心中暗暗发誓：“宁可痛苦到极点，也不愿冷笑着随风飘撒我自己历史的遗骸。”

我的酒杯猛地碰了一下托盘，我心里在想：“我也一样，最终免不了要落到这个地步！冷笑或多或少会有差别，但到头来结局都一个样，绝对挽救不了整个过去。我要自己忠贞于罗贝尔，那总有一天我的记忆要背叛刘易斯。分离将使我在他心中死亡，我也将把他永远埋葬在我记忆的深处。”波尔还滔滔不绝地在讲着，可我再也没有听下去。“我排斥的为什么是刘易斯?”要进行分析吗？“不!”我已经回答过波尔。当时任何一个别的回答在我看来都是不可思议的，可到底为什么呀？“只要给罗贝尔足够的纸张和时间，他就什么也不缺了。”波尔不是这么跟我说过吗？我仿佛重又看到了那间工作室，虽然我不在里面，可它是那么充实。过去的岁月中，有时，尤其是去年，我曾想过要赋予自己以举足轻重的位置，可当时我就意识到在罗贝尔涉足的所有重要领域，我都帮不上他任何忙；每当他真正遇到难题，他总是独自对付。那边，有一个人如饥似渴地需要我，他的怀抱里有着我的位置，可这一位置却白白空着。这到底是为什么？我倾心爱着罗贝尔，为了他甚至不惜献出自己的生命，可他却从来没有向我提出过这一要求，实际上，他也从未向我提出过任何其他要求。他在我身边给我带来的欢愉仅仅属于我自己。留下或离开他，我做出的决定只与我自己相关。我饮尽了杯中酒。居住在芝加哥，不时来这儿一趟。不管怎么说，这并非绝对不可能。我每次来此，罗贝尔都会对我笑脸相迎，仿佛我们从未分离，甚至都察觉不到我与他呼吸的再也不是同样的空气。倘若没有他，我的生命会有怎样的情趣？这实在难以想象。但我深知将来的日子若在这儿度过将会是怎样的滋味。那将是一种悔恨、荒诞的滋味，绝对无法忍受。

我很晚才回家，因为饮酒过多，所以睡眠很差。第二天吃早餐时，罗贝尔神情严肃地审视着我说：

“你的脸色很难看！”

“我没睡好，酒喝得太多了。”

他来到我的座椅后，把手搭在我的肩头：“你回家后悔了吧？”

“我不知道。”我答道，“有时候，我觉得荒诞。有人在那边需要我，那是一种真正的需要，谁也没有像那样迫切地需要我，可我却不在那里。”

“你认为一切都那么遥远，你可以在那边生活？你觉得你会幸福吗？”

“倘若您不在世，我会试试的。”我答道，“我一定会试试的。”

他双手离开了我的肩头。他踱了几步，然后困惑不解地看了我一眼：“你将没有职业，没有朋友，你周围的人与你关心的也绝不一样，就连跟你讲的语言都不相同，从此你将与你的过去隔绝，与对你来说举足轻重的一切隔绝……我不相信你能坚持多久。”

“也许。”我说道。

对，我在刘易斯身边的生活会十分狭窄。身处异国他乡，举目无亲，将难以建立自己的生活，也无法成为那个大国的一员，它也绝不可能成为我的祖国。我将只不过是一个恋人，只能紧紧依附着心爱的人。我感到自己不能只为爱情而活着。然而，每日清晨醒来，没有任何人需要我，日复一日毫无意义地承受着时间的重负，我已极为倦怠！罗贝尔没有跟我说过需要我。他从未说过这种话。只是在以前我还没有提出任何疑问。我的生活并非必不可少，可也不是毫无意义。我的生活就是我的生活而已。而今刘易斯向我提出了问题："为什么不留下来，永远留下来？为什么？"我曾暗暗发誓决不使他失望，然而回答他的却是一个"不"字。这个"不"字必须证明有理由才行。但我找不到理由。为什么？为什么？他的声音在追逐着我。我惊悸地突然想到："但是没有什么不可挽回的！"刘易斯还活着，我们可以越过大西洋倾心交谈。他答应一星期后先给我写信。倘若他在此信中还呼唤着我，倘若他的悲憾中带有呼唤的色彩，那我一定能获得勇气放弃旧日的平安，做出回答："好，我去。我去留在您的身边，您愿意留我多长时间，我就在您的身边呆多长时间。"

罗贝尔与我共同制订了旅行计划，我做了精细的计算，给刘易斯发出电报，请他把信寄至阿马尔菲，留局自取。在这整整十二天里，我的命运仍将一直悬着。十二天后，我也许会做出决定，不怕风险，疯狂地投入前途未卜的未来之中，或者重新维持分离、等待的现状。眼下，我既不在此处，也不在彼处，既不是我自己，也不是他人，只不过是一部消磨时光的机器而已。平常，时间消逝是那么快，可现在却没完没了地拖延。我们乘飞机，坐汽车，登轮船，我重又见到那不勒斯、卡普里、庞贝，我们发现了赫库兰尼姆、伊斯基亚。我紧跟着罗贝尔，他让我关心他感兴趣的一切，我回忆着他的往事，可一旦他让我独自一人呆着，我便只有发呆！我勉强假装看书或看看面前出现的风景。时而，我像一位精神分裂症患者，准确异常地重现出我抵达芝加哥、奇奇卡斯特南戈之夜以及我们分别的情景。绝大部分时间里，我都在酣睡，从来没有睡过这么多的觉。

罗贝尔爱上了伊斯基亚，我们在那儿耽搁数日，比原定的时间晚了三天抵达阿马尔菲。"我至少心里是安定的，"下车时我心里想，"信就在那边。”我让罗贝尔在停车场等着，然后放下随身行李，独自朝邮局走去，尽量不跑。和所有的邮局一样，里面一股灰尘、胶水味，也弥漫着令人厌烦的气息。这里灯光不明不暗，职员坐在各自的位置上，几乎不挪动一下身子。正是在这种地方，时间日复一日，常年不变，人们的动作也天天重复，从未有过任何改观。当我在一个窗口前排队时，心脏竟然跳得快要裂开似的，连我自己也弄不明白这到底是为了什么。一位年轻的女子撕开一只信封，脸上顿时显出晴朗的笑容。此情此景给了我勇气。我神态诱人地出示了护照，职员瞥了瞥身后的一排信格，从一个格子中取出一包信件，翻了翻，从中抽出一封递给我。是一封纳迪娜的来信。我说道：

“还有另一封。”

纳迪娜的来信说明邮局运转正常，寄出的信件可以抵达。我又强调了一句：

“我知道还有另一封信。”

职员露出一个意大利人特有的亲切的笑脸，把整包信放在我的面前：“您自己看吧。”

德纳尔、德森古尔、德莱尔、戴斯佩，我索性从头开始，从字母 A 一直找到 Z。这么多的信！有的信已经到了数周，可没有人前来领取。为何就不能进行交流？进行交换？我绝望地问道：

“在 D 那一格，有没有我名字的信？”

“所有外国人的信件都放在这一包里。”

“还是请您看一看吧。”

他看了看，摇摇头：“没有，什么也没有。”

我走出邮局，垂着双手呆立在人行道上。不见信，这是多么残忍啊！脚下的土地、年历、我自己的名字，我对这一切都不再确信。刘易斯写过信，他的信全都寄达，因此这一封信也应该寄到这里的。可是不见信。“无消息，挂念。”发这样的电报还为时过早，伤心落泪也不到时候。这只不过是一次正常的耽搁，我没有必要陷入无比的绝望中去，我只是错算了日期，仅此而已。因为错算了日期就去找死的人实在寥寥无几。然而，跟罗贝尔一起吃晚餐时，虽然露天座装饰着鲜花，鸟瞰大海，我却毫无生气。他跟我讲起纳迪娜，说她与亨利外出频繁，我只是哼哼哈哈地答腔。我们俩喝着拉韦洛酒，商标上画着一个大胡子先生，满面笑容；海上，渔船灯光闪烁；我们的周围，弥漫着一股多情植物的馥郁芬芳，没有什么地方缺乏什么东西，除了那张印着黑字的黄纸，那一个个黑字也许就是一种空虚的象征。空虚之空虚，这可非同小可，它在吞噬一切。

第二天，一封信就在那儿放着。刘易斯是从纽约写的信。出版商们为他的书举办了一个盛大的“交谊会”，他见了许多人，玩儿得很开心。噢！他没有把我忘却，他开心、温柔。然而从他的字里行间却分辨不出任何呼唤的意思。我坐在邮局对面临海的一个露天咖啡座上。一些身着蓝色罩衫、头戴圆顶帽的小姑娘在海滩上玩耍，我心里空虚一片，久久地呆望着她们。整整十五天里，我心中一直装着刘易斯：他的神情在责备与爱恋之间游离不定，他把我紧紧地贴在他身上，说道：“我从未这样爱过您。”他还说：“再来吧。”可是他人在纽约，换上了一副陌生的面孔，就像这位陌路的先生，脸上挂着微笑，却不是投给我的。他没有要求我再去，他还希望我再去吗？仅仅这一疑问便夺走了我想再去的勇气。就像去年一样等待吧，只是我实在弄不明白自己为何注定要受到等待的可怕折磨。

继后在巴勒莫和锡拉库萨又收到了几封信。刘易斯一如既往，每周发出一封信。他的来信也像以前一样总是以“Love[1]”一词结尾，这个词既意味着一切，又不表示任何意义。这仍然是一个表达爱情的词？还是最庸俗不过的客套话？刘易斯表达柔情是那么谨慎，我真不知道他的这种柔情我该领受几分。以前，每当我读到他专为我创造的言语时，我便获得了他的怀抱、他的嘴唇，可如今这些话语再也不能给我温暖，这到底是他的过错还是我的过错？西西里岛的太阳灼烤着我的皮肤，可我的心底却始终是这么冰凉。我或坐在房间的阳台上，或躺在沙滩上，呆望着燃烧的天空、大海，可浑身瑟瑟发抖。有的日子里，我打心眼里讨厌大海。它无边无际，毫无变化，仿佛空虚一片，那水也蓝得似乎发腻。于是，我干脆闭目养神或匆匆躲避。

1　英文，爱。

当我回到巴黎，回到自己家，又有事可干时，心里暗暗发誓：“我必须振作精神。”重新振作起来，这就像重新调制没有调好的沙司，是可行的。回过头去，马马虎虎地回首自己的所忧所虑。我完全可以坐到罗贝尔身边去，与他倾心交谈，或者和波尔一起开怀畅饮。不过，我自己有能力独自总结经验。刘易斯只不过是我一生中的一个阶段而已，只是由于机缘，才使我过分地维系于它，过分地看重它。经受了多少年的压抑之后，我渴望得到新的爱情，于是便公然招引了这段私情。我之所以对它无度地大加颂扬，是因为我知道自己作为女人的这一生已经接近暮日。可实际上，我可以抛弃这段私情。如果刘易斯主动离弃了我，我轻易就可以回到自己以前那种禁欲的日子中去，或者还可以去找新的情夫。人们都说只要去寻觅，总能找到的。我错就错在对自己的肉体太认真。我需要接受一次分析，使我学会洒脱。啊！宁肯自己经受痛苦而不背叛他人，多难啊！有那么一两次，我试着对自己说：“这段私情总有一天会结束的，我终将回到我自己的道路上来，仅仅在身后留下一个美好的记忆。既然如此，何不干脆下决心了却这段私情。”可我马上生起自己的气来。多么荒诞的闹剧！自以为我们这段私情只掌握在我一人手中，实际上是以一种影像取代刘易斯，是把我自己变成幽灵，是把我们的历史化为苍白无血的记忆。我们的爱情绝不是可以随便从我生命中摘除出来讲给自己听的一种轶闻趣事，它不在我手中捏着，而是由刘易斯和我共同担负。闭起眼睛不足以取消太阳，否认这一爱情，仅仅是蒙住自己的眼睛。不，我拒绝谨慎的思虑、虚假的寂寞和可卑的慰藉。可我终于明白了这种拒绝本身也是虚假的，因为实际上，我并不真正拥有我自己的这颗心脏。我难以战胜每次拆开刘易斯的来信时侵袭着我的那股焦灼不安的心情，我理智的言语填不平我心间的这片空虚。我已经不可救药。

多么漫长的等待啊！十一个月，九个月，我们俩之间始终隔着千山万水，始终存着几多疑虑。秋来夏去。十月的一天，纳迪娜对我说道：

“我要告诉你一个好消息。”

她的目光中同时交织着不安、挑衅与困惑的神色。

“什么事?”

“我怀孕了。”

“肯定?”

“绝对肯定。我看了医生。”

我打量着纳迪娜，她向来善于保护自己，只见她的目光中闪现出一种狡黠的光芒。我说道：

“你是故意怀孕的吧?”

“怎么了?”她反问道，“想要个孩子又不犯罪。”

“你怀的是亨利的吗?”

“我想是的，既然我一直是在跟他睡觉。”她冷笑道。

“他同意的?”

“他还什么都不知道。”

我追问道：“他希望有个孩子吗?”

她吞吞吐吐：“我没有问过他。”

出现了一阵沉默。我问道：“那你打算怎么办呢?”

“你想把孩子怎么样呢?用来剁肉馅?”

“我是想问：你打算和亨利结婚吗?”

“这是他的事。”

“你总有自己的主意吧。”

“我的主意，是要有个孩子。至于其他嘛，我不求任何人。”

纳迪娜从来没有跟我谈起过这种当母亲的欲望，连一个字也没有提过。难道我是出于恶意才怀疑她主要是想采取这种手段要挟亨利与她成婚吗?

“你最终不得不去求人。”我说道，“至少有一段时间，必须要有人来承担这一负担，不是你父亲就是亨利。”

她一副故作的屈尊姿态哈哈大笑道：“哎哟，那请你给我出个主意，我看你憋在心里都快要憋死了。”

“你肯定会责怪我一辈子的。”

“说吧。”

“在没有十分的把握肯定亨利真心想要娶你之前，不要向他提出这个要求。我说真心想娶你，是指他要你确实是为了自身的利益，而不仅仅是为孩子和你。不然，这必定是一次不幸的婚姻。”

“我决不会向他提任何要求。”她尖声道，那声音尖得不能再尖了。“可谁跟你说他就不愿意？当然，如果你问一个男人想不想要孩子，他总是害怕的。可一旦孩子落地，他就高兴极了。我认为结婚、建立一个家庭，这对亨利很有好处。流浪的生活，这已经过时了。”她停顿了下来，上气不接下气。

“你让我出个主意，我已经出过了。”我说道，“如果你真心认为结婚对亨利对你都不是负担的话，那你们就结。”

我怀疑纳迪娜又想从家庭主妇的生活中汲取幸福，看不出她会专心地照顾丈夫和孩子。如果亨利是出于承担责任娶她为妻，那他会不会因此而对她心存积恨？我没有胆量向他提出这个问题。没料到反倒是他先提出了要进行一次单独交谈。那是在一天晚上，他来后没有像往常一样径直进罗贝尔的工作室，而是敲响了我房间的门：“我不打扰您吧？”

“不。”

他坐在长沙发上。“您是在这上面行医？”他一副打趣的神态问道。

“是呀，您想试一试？”

“谁知道？”他说道，“我倒需要您给我解释解释我为何感到自己正常得到了那么绝望的地步。这很值得怀疑，不是吗？”

“再也没有比这更值得怀疑的了！”我激动异常地说道，他不禁看了我一眼，显出几分惊诧的神色。

“那我真的应该让人给我治一治了。”他乐呵呵地说，“可我今天想跟您谈的不是这件事。”他添了一句，继而微微一笑，“从某种意义上说，我来此是请求您允许我向您女儿求婚的。”

我也微微一笑：“您会做一个好丈夫吗？”

“我尽力为之。您担心我？”

我犹豫片刻，接着开诚布公地说道：“如果你们成婚仅仅是为了解决纳迪娜的难题，那我确实有几分担心。”

“我明白您想说的意思。”他说道，“别担心，波尔的事对我是个教训，别害怕。首先我爱着纳迪娜，其次我也许会让您吃惊，可我坚信自己负有一家之主的天职。”

“您是有点儿让我吃惊。”我说道。

“可这是确实的。我自己也感到惊奇，当纳迪娜跟我说她怀孕了时，我心中奇怪地为之一震。不知道怎么向您解释。吃了那么大的苦写出了书，写出了剧本，可到头来谁都批评你的书，谁都对你的剧本表示愤慨。但是，我只不过任我肉体使然，却创造了一个活生生的人；那不是纸上的一个人物，那是一个有骨有血真正的孩子，而且是那么轻而易举……”

“但愿我很快就可发现自己负有外婆的天职。”我说道，“我猜想你们要尽快结婚吧？你们怎么安排？你们总得有套住房吧？”

“我们不乐意留在巴黎。”亨利道，“我甚至还希望离开法国一段时间，据说意大利有些地方可以找到租金不算贵的房子。”

“那这段时间呢？”

“您知道，我们还没有时间做很多打算。”

“你们什么时候都可以到圣马丁去住，”我说道，“房子相当宽敞。”

这一主意本身并没有惹纳迪娜不高兴。她之所以不愿意去那幢独立的小屋居住，我猜想是因为她脑中留有不愉快的记忆。她在三楼布置了两大间房子，放弃了秘书的职位，开始查阅起婴幼儿教育书籍，动手编织孩子的衣着用品，那耀眼的色彩洋溢着欢乐，打破了所有传统的做法。她很开心。这似乎是一段吉祥的日子。亨利庆幸自己摆脱了政治生活的苦恼，罗贝尔好似也不感到过分遗憾。波尔宣称为获得新的生活感到欣喜。眼下她住在贝尔琼斯府邸，担负着神秘的秘书职责；克洛蒂借给她裙服，带她到处走动。每当她跟我谈起外出游玩，谈起她的情人，总是滔滔不绝，一心想让我也沾沾她的光。

“说来说去，你还是去给自己做一套晚礼服吧！”她对我说，“你就不想打扮打扮，不想抛头露面？”

“给谁看呀？”

“不管怎么说，你需要一套午后穿的裙服。那件奇美的印第安绘绣衫，你派作什么用场了？”

“我不知道，还放在纸盒里吧。”

“得找出来用。”

真可笑，她说着便动手在我的衣橱里找起那件豪华的旧衣来。在世界的彼端，在很久很久以前，这件衣服曾经遮蔽过一位印第安老妪的臂膀。

“在这儿！可以用来改做一件新奇的套衫。”

我惊愕不已地触摸着这件呈彩绘玻璃和镶嵌画色彩的绣衫。一天，在一座遥远的城市，焚香的轻烟袅袅腾腾，一位爱我的男子把它塞到我的怀里，它今日怎能实实在在地在这儿出现？从那个古老的梦幻到我真正的生活，并不存在通道。然而这件绘绣衫就在这儿，突然间，我再也弄不清楚自己身置何处，真的，我莫非在这儿经受着幻觉记忆的折磨？要不，我梦见自己在这儿，可在即将醒来之时，却让我回到了印第安人集市，回到了刘易斯的怀抱？

“把它交给我吧。”波尔说道，“由克洛蒂找裁缝师傅去做，我尽量派人在周四之前给你送来。你周四一定来，说定了？”

“我对这真没有兴趣。”

“我答应克洛蒂把你一起带去的。我多次想报答一下她为我所做的一切！”波尔的声音就像当初哀求我帮她与亨利重归于好时那样委婉动人。

“我一定去一下。”我说道。

为给她周四的沙龙增添光彩，克洛蒂出了一个新招，为一项由女性评委会颁发的文学奖提供赞助，评委会自然由她出任主席。她迫不及待要向世人宣布这一伟大事件，尽管计划尚且渺茫，但她已匆匆召集记者和巴黎的名流于下周四聚会。她完全可以不用我捧场，可周三晚上我还是收到了波尔命令似的请求和那只纸盒，盒子里放着那件面目全非的旧绘绣衫。它如今已变成了一件对我十分合适的时髦女衫，带着一股消逝的过去的气息，穿上它时，我感到血液中渗入了某种好似希望的东西。通过我的肉体，我终于证明了在已经消失的幸福和我如今的麻木之间存在着一条通道，由此而证明了完全可以再次相会。在镜子里，我那因穿上新装而焕然一新的形象是宽厚的。从现在算起的六个月内，我不会苍老多少，我还可以与刘易斯相见，他还会爱着我。步入克洛蒂的沙龙时，我几乎在想：

“不管怎么说，我还年轻呢！”

“我多么担心你不来！”波尔说道，紧接着把我拉到前厅的深处。“我必须跟你谈谈，”她一副焦灼不安而又自命不凡的神态说道，“我希望你还能为我做点事。”

“什么事？”

“克洛蒂极希望你当我们评委会的委员。”

“可是我没有能力，我也没有时间。”

“你用不着做什么。”

“那她为何一心想要我当呢？”我笑着问道。

“呃，自然是因为名气的缘故。”波尔回答道。

“是罗贝尔的名气吧？”我说，“我的姓名可不怎么值钱。”

“你们是同一个姓。”波尔连忙说。她把我推进了小沙龙，“我恐怕没有讲清楚这个计划，它可不是什么集体游戏。”

我顺从地坐了下来。自病愈之后，波尔一谈起这些无聊的事来总是滔滔不绝。为了这件愚蠢的无聊事，她竟然像过去为了亨利的命运那样投入巨大的热情，让人看了真不可思议。她向我大肆宣扬“七”这个数字的种种好处，这个评委会无论如何要由七个评委组成。我突然鼓起勇气说道：“不行，波尔，我跟这没有什么关系。不行。”

“请听我说，”她神色不安地说道，“至少得答应克洛蒂你考虑考虑。”

“随你便，可我已经全都考虑过了。”

她站起身子，声音变得轻佻起来：“人们都在传亨利要娶纳迪娜，是真的吗？”

“是真的。”

她哈哈大笑了起来：“多滑稽！”接着又换了一副严肃的神情，“从亨利这一方面看，是滑稽。可我为纳迪娜感到委屈。你应该干涉。”

“她从来都是愿意怎么干就怎么干，你知道。”我说。

“可这一次动用一下你的权威。”波尔说，“他会毁了她的，就像他过去存心毁了我一样。当然，对她来说，亨利是罗贝尔的一种替代。”她若有所思地补充了一句。

“很可能。”

“反正我的事已经了结了。”波尔说道，然后向门口走去。“我不该独占你！快滚！”她突然激动地说。

沙龙里挤满了人。一支小乐队正在毫无激情地演奏着爵士乐，有几对男女在跳舞。大部分来客都忙着吃喝。克洛蒂正在与一位年轻的诗人跳舞，那位年轻人下穿一条淡紫色的丝绒裤，上穿一件洁白的毛线衫，耳垂挂着金耳环。必须承认此人确实让人感到有点惊奇。来的年轻人很多，无疑都是文学新奖的候选人，一个个都摆出一副大使馆随员的神态。我为见到了一张熟悉的面孔而高兴：朱利安。他衣着讲究，原来那副醉醺醺的样子不见了。我朝他微微一笑，他向我欠了欠身子：

“能请您跳个舞吗？”

“噢！不！”我说道。

“为什么？”

“我太老了。”

“并不比别的人老。”他朝克洛蒂瞥了一眼说道。

“是的，可差不多同样老。”我微笑道。

他也笑了起来，可波尔严肃地说：

“安娜全身都是情结！”她娇媚地瞟了朱利安一眼，“我可不。”

“您多有福气！”朱利安说着走开了。

“太老了！什么念头！”波尔以不满的口吻冲着我说，“我从来没有感到过自己这么年轻。”

“感觉怎样就是怎样。”我说。

刚才一时令我飘飘然的年轻感觉很快烟消云散。玻璃镜子待人太宽容了。真正可以借鉴的镜子是这些与我同龄的女人的面孔，是这松弛的皮肤、混乱的线条、下垂的嘴巴和绷着腹带但仍然奇怪地往外凸显的躯体。“这些女人全都已经人老珠黄，”我心里想，“我也和她们同样年纪。”乐队停止了演奏，克洛蒂朝我奔来：

“您来了，真客气。据说您对我们的计划很关心？要是您成为我们之中的一员，我该多么高兴。”

“我也同样欣喜。”我说，“只是我眼下忙得不可开交！”

“好像是这样，您现在已成为闻名一时的精神分析专家。请允许我向您介绍我的几位宠儿。”

我为她没有再继续强求感到高兴，同时也有点儿困惑：看来她并不那么想要我的帮助，准是波尔想入非非。我握过了一双又一双手，有年轻人的手，也有不那么年轻的人的手。他们给我送上一杯杯香槟、一只只花式糕点，一个个大献殷勤，还有的巧妙地极尽恭维之能事。在送上两个笑脸的间歇，他们全都向我透露了内心某个小小的梦想：希望得到罗贝尔的一次接见，希望他为一份刚刚问世的新杂志写篇文章，希望他到莫瓦纳那边给予举荐，或者希望他在《警觉》上发一篇亲切的评论，而且一个个都强烈地梦想着在评论中见到自己的名字！有几个比较天真或者比较恬不知耻的青年请我给出出主意：怎么才能获奖？一般来说，如何才能成功？在他们看来，我仿佛应该了解各种各样的窍门！我对他们的前景表示怀疑。谁也不可能单凭见一次面就判定某人是否具有天赋，但不难立即看出此人是否抱有真正的写作动机。沙龙的这些支柱人物，他们之所以要写作，是因为一旦坚持走文学道路，那就非写不可，然而他们中间没有一个人自甘寂寞，情愿与白纸打交道，他们都渴望得到最抽象形式的成功。可不管怎么说，这绝不是获取成功的最好方式。我觉得他们就像他们勃勃的野心一样可憎。其中有一位几乎自我供认：“我时刻准备用钱去买。”实际上，克洛蒂已经让众多的人破费了，当然以实物形式。她神采奕奕，向记者们发表宏论，周围簇拥着一群满面春风的崇拜者。波尔难以从中获利，便视朱利安为猎物，叉着两条还十分漂亮的大腿，紧挨他坐着，两只眸子频送秋波，呼唤着他的整个心灵，还上气不接下气地说个不停。倘若是个初出茅庐的新手，被灌了这么多甜言蜜语，早就已经飘飘然难以自已了，可朱利安对这套陈词滥调了如指掌。我在听着一位高个子老头儿恳切的声音，那只光秃秃的脑袋酷似传统的天才形象，而我心中暗暗发誓：万一我失去刘易斯的话，那一旦失去，就马上放弃自己还是女人的想法，我不愿跟她们一个模样。

“哎，迪布勒伊夫人。”老头儿说道，“我涉及的并不是个人的雄心问题，可我说的事情应该有人倾听；谁也没有胆量敢于启齿，只有像我这么一位疯老头儿才斗胆一说。天下唯有一个人有足够的勇气支持我，那就是您的夫君。”

“他肯定会很感兴趣。”我说道。

“可必须让他的兴趣起到作用。”他口气激烈地说，“他们全都对我说：这非同一般，这令人鼓舞！可临出版时，一个个都害怕了。倘若罗贝尔·迪布勒伊意识到了这部著作的重要性，我可以直言相告，为了这部书，我牺牲了我多少年的生命，他肯定会尽力举荐，只需要他作一篇序。”

“我一定向他转告。”我说道。

这个老头儿缠得我心里发烦，可我怜悯他。成功有成功的难处，可没有成功时也有没有成功的困难。一个劲地说呀求呀，可永远得不到任何回音，该多么沮丧。他以前出过两三本书，但都默默无闻，这部书代表着他的最后希望，可我担心他也写得不好。对在这儿出现的人们，我统统表示怀疑。我侧身穿过嘈杂的人群，碰了碰波尔的胳膊。

“我觉得我已经尽了自己的义务，我走了。有事给我打电话吧。”

“你总还有点儿空吧？”她抓着我的胳膊，一副密谋者的神态说道，“我无论如何要请你为我的书出出主意。这门心事天天夜里都折磨着我。你觉得要是在《警觉》上发第一章，是不是好策略？”

“这要看具体情况，取决于那一章的内容，也取决于整部书。”我答道。

“毫无疑问，书嘛都是猛地一下子连锅端给读者。”波尔说道，“必须让读者一股脑儿全灌进肚里，没有时间去消化。但是，从另一方面讲，在《警觉》上发表一部分，这是其严肃性的一种保证。我不愿别人把我当作一个上流社会的女人，专写些供贵妇人消遣的玩意儿……”

“把稿件给我吧。”我说道，“罗贝尔有什么看法会告诉你的。”

“我明天上午就让人给你送一份去。”她说道，然后把我丢下，向朱利安跑去：

“您这就要走了？”

“对不起，我该走了。”

“您不会忘了给我打电话吧?”

“我决不会忘记。”

朱利安跟我同时下了楼梯，他声音文明地对我说：“波尔·马勒伊可是一位十分迷人的女人，只是她太喜欢猎奇了。要知道猎奇本身并不是坏事，可若以猎奇为业，那种人我就讨厌了。”

“我觉得您也热衷于猎奇呢。”我说。

“不！确定一个人是否以猎奇为业，那就是看他是否把对象分门别类、编造成册。我可从来没有造过名册。”

我闷闷不乐地离开了朱利安。波尔竟让人用这种口气议论，我听了真伤心。但是，当我换下这身华丽的服装，穿上室内便袍时，心里不由得自问：“说到底，到底为什么呀?她根本不在乎别人对她怎么想，也许她这么做有其道理。”我希望自己有别于那些年岁已过的老妖婆子。实际上，我采用的一些手段并不比她们的更高明。我匆匆宣布：我完了，我老了。这样一来，当自己真的老了、完了的时候，那将在眷恋已逝的过去之中度过的三四十年也就被我一笔勾销了。既然是我自己主动放弃的，别人也就剥夺不了我什么。我采取这种严厉的手段，主要是出于谨慎，其中很少有骄傲的因素，说穿了，它掩盖了一个赤裸裸的谎言：通过拒绝接受老年到来之际的折磨而否认老年的存在。我肉体已经衰老，但总认为这衰老的肉体之内依然存在一位年轻的女子，她的要求自然一丝不苟，反对做出任何妥协，无视年过四十的女人那可悲的面容。然而，这样一位年轻女子已经不复存在，永远无法获得新生，哪怕在刘易斯的亲吻之下。

第二天，我读了波尔的稿子，整整十页，就像《知心话》上的文章一样空泛、乏味。我用不着大惊小怪，实际上她并不那么看重写作，失败一次并没有什么了不起的。她早就对悲惨的结局有所提防，对一切都做好了思想准备。可是我受不了她这种听天由命的劲头。有时，我甚至伤心得对自己的职业越来越不感兴趣，经常恨不得对我的病人说：“别设法治好病了，治好了又何苦呢。”找我看病的人很多，恰恰在这年冬天，我成功地治愈了几个重症患者，可是心思却不在这上面。我确实再也弄不明白为什么人要夜里睡觉、轻松做爱，要能行动、选择、忘却、生活，才算正常。

以前，我总觉得世界这么广阔，而所有这些怪人却都囚禁在他们各自狭窄的不幸天地里，一定要把他们解脱出来，这刻不容缓；如今，当我设法让他们倾吐内心的苦恼时，我只不过被动地运用那些陈旧的医治手法。我竟然落得也跟他们一个样！世界仍然是这么广阔，可我再也无法对它产生兴趣。

“真令人愤慨!”这天晚上，我暗自生气。他们都在罗贝尔的工作室里交谈，说什么马歇尔计划、欧洲的未来以及整个世界的未来，一个个都说大战的危险在继续增长。纳迪娜神态惊恐地在洗耳恭听。对这些惊恐不安的话语我自然不会不往心里去，可脑子里却只想着那封信，想着那封信的那行字：“隔着大西洋，最为温柔的双臂是多么冰冷。”在自我招认有过几次无关紧要的艳遇的同时，刘易斯为何还要写上这些充满敌意的话语？我并没有要求他忠诚于我，我们之间隔着重重海洋，滔滔海浪，要这样做实在太愚蠢了。他显然在责怪我为何不在他身边。他会宽恕我吗？我以后哪一天还能不能见到他那真正的微笑呢？在我身边，他们都在询问威胁着千百万人的将是何种命运，那也是我的命运啊，可我却只关心一个笑脸。一个笑脸又阻挡不了原子弹，对任何事对任何人都起不了任何作用，它只不过给我遮盖了一切。“真令人愤慨。”我又在想。真的，我实在不理解自己。不管怎么说，被人所爱，这既不是人生的目的，也不是人活着的理由，它改变不了任何东西，于事没有任何益处，甚至对我没有任何好处。我人在这边，罗贝尔在跟亨利交谈，刘易斯在那边想些什么，这与我又有什么关系？要让自己的生命维系于千百万颗心脏中的一颗，莫非我真的失去了理智！我尽量侧耳细听，可纯属枉然。我自言自语，我的双臂是冰冷的。“不管怎么样，”我心里想，“我的心脏也只不过是千百万颗心脏中的一颗，只要它一抽缩，这个广阔的世界便永远不再与我有关。对我生命的衡量，既可以是一个微笑，也可以是整个世界。无论选择前者或者后者，都是任意的选择。”再说，我也没有选择的余地。

我给刘易斯回了信。也许我找到了贴切的词语，他的来信变得轻松而充满信任。此后，他一直以默契友好的口吻向我介绍他的生活情况。他把自己那部书的版权卖给了好莱坞，有了钱，在密歇根湖畔租了一处住宅，显得很幸福。转眼又到了春天。纳迪娜和亨利结了婚，他们俩也显得幸福美满。可为何我不幸福？我鼓起心中全部勇气，在信中写下：“我多么想看看湖畔的房子。”他也许忽视了这句话，或许会对我说：“我不知道您什么时候能见到房子。”当我手中捏着这只装有他回话的信封，整个身子变得僵硬，仿佛面临着行刑队。“我不该抱有幻想。”我自言自语道，“倘若他只字不提，那就是他不愿再见到我。”我打开黄色信笺，里面的字立即呈现在我的眼前：“七月底来吧，房子基本上可以准备就绪。”我瘫坐在长沙发上。在最后一秒钟，饶了我的命。我是多么害怕，以致开始时都没有感受到一丝欢乐。接着，我蓦地感受到刘易斯的双手抚摸着我的身子，激动得喘不过气来。刘易斯！在纽约的卧室里，我坐在他身旁曾问过：“我们一定还会相见吗?”如今他答道：“来吧。”在我们这一问一答之间，没有发生任何事情。这有名无实的一年被一笔勾销了，我又获得了富有生气的躯体。多么神奇的奇迹啊！我热烈欢迎这失而复得的身躯，犹如欢迎一位回头的浪子。平常，我对它的关心太少了，整整一个月里，我对它倾注了全部的爱，一心想让它嫩滑，富有光泽，打扮得漂漂亮亮。我请人给自己做了海滩裙、日光浴服。通过这色彩绚丽的棉布，我已经拥有了蓝湖和亲吻。这一年，橱窗里到处可见样子古怪但柔软光滑的长裙，我也买了。波尔给我送来巴黎最为昂贵的香水，我也接受了。这一次，我相信了旅行社、护照、签证和天上之路。当我登上飞机时，它在我眼里显得就像郊区的火车一样安全可靠。

罗贝尔想方设法为我在纽约弄到了美元。我又住进了第一次来纽约时下榻的旅馆，他们给我准备的还是同样的房间，只是相隔了几个楼层。气味沉闷的过道里，亮着一盏红色的长明灯，我重又发现了以前的那种沉寂，那时好奇心还只是我唯一的激情。整整数个小时里，我重又感觉到了无忧无虑。巴黎不复存在，芝加哥尚未出现，我漫步在纽约街头，什么也不去想。翌日上午，我忙而不乱地去办公室、银行办事，然后上楼回到自己房间打点行装。我在镜中端详着晚上刘易斯就要搂在怀里的女子。他会松开这头云发，我将在他的狂吻下扯去那件印第安人旧绘绣衫改做的套衫。我在套衫上插了一朵晚上就要踩到脚下的玫瑰花，用波尔给我的香水喷了喷颈背：我隐隐约约地感到是在为一个即将为祭祀献身的女人准备祭礼，然而这个女人并不是我。最后我静静地看了她一眼，仿佛觉得如果人们爱过我的话，那也会爱上她的。

四个小时后我踏上了芝加哥的土地。我要了出租车，这一次顺顺当当地找到了房子。周围的环境丝毫未变，巨幅广告对面，“斯希尔茨”招牌红光闪烁。刘易斯在阳台上正坐在一张桌前读书。他笑吟吟地向我示意，跑下楼来，把我搂在怀里，说了一句早在预料中的话：“您回来了！终于!”也许这一幕命中注定要如此精确地展开：它显得不完全真实，就像是去年那一幕有些模糊不清的翻版。或许只是我对他房间毫无装饰感到困惑。房间里不见一幅画，不见一本书：“多么空荡啊!”

“我全部寄到帕克去了。”

“房子准备好了吗？房子怎么样?”

“您会看到的。”他说，“您很快就要看到了。”他把我紧抱在身上，轻轻摇晃着我。“多怪的香味。”他惊奇地微微一笑，说道，“是这朵玫瑰花的?”

“不。是我身上的。”

“可您以前不是没有这种气味?”

突然间，我为洒了巴黎最昂贵的香水，穿上了缝制考究的套衫和柔软光滑的丝裙感到耻辱。所有这些人为的打扮又有何用呢？要对我产生欲望，他并不需要这些玩意儿。我在寻找他的嘴巴，我并不那么渴望做爱，可我想肯定他还渴望得到我。他的双手把裙子的丝面揉得窸窣作响，玫瑰花摔落在地上，我的套衫也扔在地上，我再也没有任何疑问了。

我睡了很久，一觉醒来，已经过了正午。进餐时，刘易斯跟我谈起了在帕克会遇到的邻居，其中提到了多萝茜，她是一位旧友，婚姻十分不幸，离婚后带着两个孩子住在她姐姐、姐夫家里，离我们的房子只有四五里路。我对多萝茜不太感兴趣，也许他感觉到了这一点，因为他突然改口问我：

“我听听收音机里的一场棒球比赛，您讨厌吗?”

“一点儿也不讨厌。我就读报纸吧。”

“我为您保存了所有各期的《纽约客》。”刘易斯殷勤地说，“有趣的文章都标出来了。”

他把一叠杂志放在床头柜上，然后打开了收音机。我们俩躺在床上，我开始翻阅起《纽约客》。但是，我感到浑身不自在。过去那几年，我们经常躺在一起不说话，各自读书看报或听收音机。只是今天，我刚到不久，我人躺在他的身旁，他却一心只想着棒球，我觉得奇怪。去年，我们第一天全都沉浸在交欢之中。我翻了一页，可怎么都看不进去。夜里，在进入我体内之前，刘易斯就早早灭了灯，没有给我微笑，也没有呼唤我的名字。为什么？我没有多问自己，昏昏欲睡。可是忘却一个问题，并不等于给予了解答呀。“他也许还没有跟我完全聚合。”我暗自思忖，“分离一年之后，要完全聚合，难呀。耐心点，他一定会与我聚合的。”一篇文章刚读了个开头，我便搁了下来，只觉得喉咙眼里缩得紧紧的。我才不在乎什么福克纳的新作和其他东西，我应该躺在刘易斯的怀抱里，却没有躺在那里。为什么？这场棒球赛没完没了。几个小时过去了，刘易斯还在听。要是能睡着也好啊，可我已经睡足了。我终于狠了狠心。

“您知道，刘易斯，我饿了。”我乐呵呵地说，“您不饿吗？”

“再耐心等十分钟。”刘易斯说道，“我为巨人队赌了三瓶苏格兰威士忌：三瓶苏格兰威士忌非同小可，是不是？”

“确实非同小可。”

我又清楚地看到了刘易斯的笑脸，听到了这种嘲笑却温柔的声音。若在别的日子，这一切都是正常的。说到底，今日酷似任何一个日子，这也许是正常的。但是，我觉得这最后的几分钟漫长得可怕，这是事实。

“我赢了！”刘易斯兴高采烈地说。他起身关了按钮。“可怜的小饿鬼，我们去填肚子！”

我也爬了起来，稍微梳了梳头：“您带我上哪儿去？”

“那家古老的德国餐馆，您意下如何？”

“好主意。”

我十分喜欢这家餐馆，对它留有美好的记忆。我们一边吃着红叶卷心菜香肠，一边开心地交谈。刘易斯跟我叙起了在好莱坞逗留的见闻，接着，他领我去了那家流浪汉酒吧和以前比格·比利在那儿演奏过的黑人小舞厅。他笑啊，我笑啊，过去又重现了。我猛然想到：“是呀，这一切模仿得多么相似！”我为什么会这么想呢？出了什么不愉快的事？没有，没有出任何事。可能是我自己胡思乱想，乘飞机旅行，加之刚抵达之时心情激动，使我感到精疲力竭。我显然在胡思乱想。早在一年前刘易斯就跟我说过：“我再也不会设法不去爱您，我从来没有像现在这样爱过您。”他是跟我说过，那就在昨天，我也还是我，他也还是他。在把我们俩送回到床榻的出租车上，我躺在他的怀里。确实就是他，我重又感受到了他臂膀的粗糙和温暖。我没有得到他的嘴，他没有亲我；在我的脑袋上方，我听到了一声呵欠。

我没有动弹，可我感到自己沉入了深深的黑夜之中，我暗暗在想：“当人疯了时，也许就是这种样子。”两束耀眼的亮光刺破了黑暗，这是两个同样可靠但并不可能同样真实的事实：刘易斯爱我；但当他把我搂在他怀里时，他打了呵欠。我登上楼梯，脱去衣服。我无论如何要给刘易斯提个问题，提一个十分简单的问题，可还没提出，它便扯碎了我的喉咙，但是，还有什么会比这种困惑的恐怖感更令人难以忍受吗？我躺下身子，他睡在我身旁，盖上了被单。

“晚安。”

他说罢便背朝我扭过身去。我紧紧拉住他：

“刘易斯，怎么了？”

“没什么。我累了。”

“我是想问：整个白天，到底出了什么事？您就像没有见到我似的？”

“我见到了您呀。”他说。

“那是您不再爱我了？”

出现了一阵沉默，这阵沉默已经说明问题，可我却仍然那么愚蠢。整个夜晚，我一直担心，然而我却没有真正相信这种担心是有理由的。突然间，再也不容怀疑。我又问道：

“您不再爱我了？”

“我始终珍重您，很珍重，我对您感情很深。”刘易斯若有所思地说，

“可这不再是爱情。”

就这样，他明说了，我也亲耳听到了，任何东西都绝不可能抹去这句话。我一声不吭，对自己不知如何是好。我还是我，没有任何变化。然而过去、未来和现在整个都在摇晃。我仿佛觉得连我自己的声音都不再属于我。

“我早就知道了！”我说，“我早就知道我会失去您。见面第一天，我就知道了。在德丽莎俱乐部，正是为这事才哭的。如今事情终于临头了。这到底是怎么发生的呀？”

“应该说什么事也没有发生。”刘易斯说道，“我今年等着您来，心里并不焦急。是呀，一个女人，是让人愉快的；一起谈谈天，睡睡觉，接着她又走了：用不着神魂颠倒。可我还是对自己说，也许一见到您，会出现什么奇迹……”

他声音超脱地说着，仿佛这件事情与他毫无关系。

“我理解。”我有气无力地说，“没有发生任何事情……”

“没有。”

我神情恍惚地在想：“是因为这种香味，这些丝绸衣服的缘故，只要一切重新开始就行了，我再穿上去年的那套衣服……”但是，我的裙子与此显然毫不相干。我听到从遥远的地方传来了我的声音：“那我们该怎么办啊！”

“我十分希望我们一起度过一个快乐的夏天！”刘易斯说，“我们已经度过的难道不是愉快的一天吗？”

“地狱般痛苦的一天！”

“真的吗？”他神态遗憾地说，“我以为您什么也没有察觉出来呢。”

“我什么都察觉出来了。”

我的声音弃我而去，我再也说不出话来。再说，说又有何用呢？去年，当刘易斯想方设法不再爱我时，透过他的积恨与纷乱的心绪，我感觉到他难以做到。因此，我始终心存希望。今年，他并没有逼自己那样去做，然而他却不再爱我了，这是显而易见的。为什么？怎么回事？是从何时开始的？这无关紧要，这一个个提问都无济于事。当还怀有希望时，理解是重要的，但如今我肯定自己已经毫无指望。

我喃喃地说："呃，晚安。"

他把我抱在他身上。"我不愿意您伤心。"他说道。他摩挲着我的头发，"用不着伤心。"

"您别为我不安。"我说道，"我马上就要睡了。"

"睡吧。"他说，"好好睡吧。"

我闭上眼睛。当然，我就要睡了。我感到比经受了一夜高烧折磨之后还更衰竭。"原来如此。"我冷冷地在想，"什么事都没有发生。这是正常的。要是哪一天发生了什么事，那才叫不正常呢。什么？为什么？"实际上，我从来就没有明白：爱总是不该的。刘易斯没有正当的理由爱上了我，我并没有感到大惊小怪。如今他不再爱我了，这也没有什么值得奇怪的，甚至还很正常。蓦然间，词语在我脑中爆炸开了。"他不再爱我了。"这涉及的是我，我该死命地呼天喊地。我开始哭泣起来。每天清晨他总问我："您为什么笑？您为什么这般红润，这般温暖？"我再也不笑了。他呼唤着："安娜！"他再也不用这样的口吻呼唤我的名字了。我从今往后再也看不到他那张充满欢乐与柔情的脸庞了。"必须归还一切。"我在呜咽中暗暗思量，"我没有索取而给予我的那一切都要用这沉重的泪水去偿还。"一声汽笛在远处高鸣，火车在鸣笛。我在哭泣，我的身躯在颤抖。热量渐渐散尽，我变得冰冷、松弛，俨然一具古尸。要是能把自己彻底抹去该多好啊！不过，当我哭泣之时，我至少再也不想前程，脑子里空空一片，我仿佛感到可以这样毫不厌倦地哭下去，一直哭到世界的末日。

首先感到厌倦的是黑夜。厨房的帘子泛出黄色，映衬出一棵枝叶茂盛的树影，轮廓清晰。我不久就得站起身来，启齿说话，面对一个没有流泪、睡眠充足的男人。要是我还能怨恨他的话，也许还会使我们俩贴近。可是不，这仅仅是一个普通的男人，在他身上没有发生任何事情。我起了床。在厨房里，是一个岑寂、熟悉的清晨，和许许多多其他的清晨一模一样。我给自己斟了一杯威士忌，和着一粒苯丙胺，喝下肚去。

"您睡过了？"刘易斯问道。

"没怎么睡。"

“您真不该!”

他开始在厨房里忙碌起来，正好后背冲着我，这倒帮了我的忙。我开口说道：“我有一件事不明白，您为什么让我来？您应该给我透个信啊。”

“可我渴望见到您。”刘易斯连忙说。他朝我转过身子，无辜似的对我一笑，“我高兴您在这儿，我高兴和您一起度过这个夏天。”

“您忘了一件事，”我说，“那就是我爱您。在一个人家爱着他但他却不爱着人家的人身边生活，可不开心。”

“您不会永远爱着我的。”他口气轻飘飘地说。

“也许，可眼下我爱着您。”

他淡然一笑：“您太理智了，这不会持续多久的。说真格的，”他说道，“若要真爱一个人，必须头脑发热才行。当两个人都在一起玩游戏时，可能还有点意思；可一旦只剩下一个人在那里玩耍，那就蠢了。”

我困惑不解地呆望着他。他是真的头脑不清楚，还是故意装的？也许他讲的是真心话。自从他不再爱我后，也许爱情在他眼里已经失去了一切价值。反正，故作愚蠢也罢，头脑糊涂也罢，他的这种自私心理向我表明了我对他来说已经无足轻重。我躺在床上，头疼得厉害。刘易斯动手把书装进箱子，我猛然意识到我还没有触及问题实质。我躺在墨西哥毯上，望着黄色的帘子和墙壁。我虽然已经不再被人所爱，可我仍然感到就像在自己的家中。也许这一切属于另一个女人，也许刘易斯爱着另一个女人。这一年里，他的生活中有过不少女人，他曾经跟我说过，但在我眼里没有一个女人会让我担心，可是，他可能还遇到了一个女人，恰恰就这一位他没有告诉我。我喊了他一声：

“刘易斯!”

他抬起头：“嗳?”

“我必须给您提一个问题：是不是有另一个女人?”

“嗬！上帝，绝对没有!”他冲动地说，“我绝不会再爱了!”

我叹了口气。最可怕的事情总算没有落到我头上！我再也看不见的这副面孔，我再也听不到的这个声音，它们绝不会为其他女人而存在。

“您为什么这么说?”我问道，“谁也不可能弄清楚。”

刘易斯摇摇头："我想我这个人生来就不该爱。"他声音有点儿吞吞吐吐地说，"在您之前，没有任何一个女人有过分量。我是在觉得自己生命十分空虚的时刻与您相遇的。正是由于这一原因，我才那么草率地投入到这份爱中，后来，这终于又结束了。"他默默地打量着我，"然而，如果说有个人专门为我而造就的话，那就是您。"他又补充了一句，"在您之后，再也不可能有别的女人了。"

"我明白了。"我说。

刘易斯亲切的话音终于使我彻底绝望了。倘若他说话伤人，无理蛮缠，我也许还会尽量维护自己，可是不，他对落到我们头上的一切似乎跟我同样遗憾。我的头疼得愈来愈厉害，不得不放弃刨根问底。关键的问题只有一个，那就是："刘易斯，如果我留下来，您会继续爱我吗？"再问也是枉然，因为问题正是我没有留下来。

刘易斯去给我买了安眠药，我吃了两片，睡着了。我突然惊醒，自言自语道："这一切终于结束了。"我临窗而坐。身后，刘易斯在捆扎碟子。天气已经十分炎热。几个孩子在荨麻丛中玩球，一个小姑娘摇摇晃晃地骑着一辆红色的小三轮童车。我紧咬嘴唇，不让自己哭出声来。抬眼望去，一辆长长的豪华车沿着人行道向前开去，我扭开头，眼前仍然是同一景象，卧室也没有变，黄色的帘子上映衬出一个黑黝黝的影子，刘易斯身着一条打了补丁的旧裤子，正在打着唿哨。往事在嘲弄着我，我实在再也难以忍受。我站起身来，说道：

"我要去转一圈儿。"

我要了一辆出租车，一直驶到闹市区，下车后独自行走。走路和哭泣几乎有相同的作用，都能让人得到解脱。街道似乎对我充满敌意。我曾爱过这座城市，爱过这个国度。可两年来事情有了变化，刘易斯的爱不再保护我了。而今，美国意味着原子弹、战争威胁和重新抬头的法西斯主义。我迎面相遇的人大多是仇敌。我孤独一人，受人蔑视，不知去向。"我到底在这儿干什么呢？"我自问道。傍晚时分，我又回到了"斯希尔茨"那块招牌下。胡同里，垃圾桶在冒着热气，散发着一股强烈的夏天气息。我登上木梯，眼睛直勾勾地盯着眼前那遮盖着储气罐的红白方格饰。一列火车从远处驰过，阳台在晃。这恰是第一天来此的情景，日复一日，毫无变化。我不由得思忖："还是回巴黎为好。"我一眼瞥见了大街的拐角处，那儿已经等待着我离去。即将载着我的出租车正在城内某个地方行驶，刘易斯将要打一个我熟悉的手势，招呼车子停下来，车门就要咣当打开，它已经打开过一次、两次、三次，这一次将是最后一次了。还有什么必要度过这垂死挣扎的三个月呢？"只要我看到刘易斯，只要他还对我微笑，我就决没有勇气把我们的爱情在我心间毁灭；但是若隔着距离，谁都会有力量把它毁灭的。"我死死地抓着栏杆。"我不愿意把它毁灭。"不，我不愿意哪一天刘易斯会像迪埃戈那样在我心间彻底死亡。

"希望沙丘上的那座房子会让您喜欢！"第二天清晨，刘易斯对我说道。

"噢！当然会。"我说道。

他把最后几本书和最后几盒罐头装进箱里。我为离开芝加哥感到高兴。至少到了帕克，事情不会一个劲地重复过去，那儿有一座小院子，我们有两张床，至少不会那么让人窒息。我动手打点行装，把那件印第安旧绘绣衫放进箱底，从今以后再也不穿了，我似乎感到它的绣花图案中隐藏着某种不祥的东西。我很不情愿地触摸着这些裙子、套衫和日光浴服，当初挑选这些衣装时我是多么认真啊。我合上箱盖，给自己斟满了一杯威士忌。

"您不该喝这么多酒！"刘易斯说。

"为什么不行？"

我吞下一粒苯丙胺，我需要帮助，以熬过这些时时刻刻都应该重新牢记他已经不爱我的日子。今天，几位朋友要用车子来接我们，我没有机会独自跑到哪个角落偷偷落泪了。

"安娜。"这是伊夫琳，内德。

我同他们一一握手，脸上露出笑容。汽车穿过城区、公园和郊区。伊夫琳与我攀谈，她问一句我答一句。接着，我们穿过了广阔的平原，只见一座座高耸的高炉、一块块平整的土地和一片片修剪整齐的树林。车子最后在一条公路的尽端停了下来，被齐腰深的野草挡住了去路。一条沙砾小径通向一座白色的房子，门前，一块草坪顺着缓缓的坡势伸向一口大池塘。我举目凝望着闪闪发光的沙丘、睡莲花盛开的水面、一排排枝叶繁茂的树木，我就要在这儿生活两个月，仿佛这就是我的家，然后离去，永不回头！

“怎么样?”刘易斯问道。

“美极了！”

草坪的尽头，有一座砖炉，烟囱在冒着烟，炉子旁坐着几个人，他们快乐地呼喊着：“欢迎新来的住户！”

我一一与他们握手。有多萝茜，她的姐姐弗吉尼亚，姐夫威利，他在附近的高炉炼铁厂工作，还有在芝加哥当小学老师的胖伯特。炉子的黑铁架上在烤着汉堡包，一股喷香的炸葱头和柴火味。有一位给我递过一杯威士忌，我一饮而尽。这酒我太需要了。

“房子美吧?”多萝茜问道，“湖就在沙丘后面，这儿有一艘小船，五分钟就可划过池塘，到达沙滩。”

这是一位黑头发棕皮肤的女人，神色严厉、疲乏，声音中却充满热情。她曾经爱过刘易斯，也许她还爱他，不过她的目光中荡漾着诚挚的热情。

“晚上，要是在露天烧吃的才美呢。”她说道，“树林里遍地都是枯树枝，只要去捡就行了。”

“我给您买一把斧子，”刘易斯乐呵呵地对我说，“要是您不听话，就罚您劈柴火。”他拉着我的胳膊，“去看看房子。”

我又看到他脸上那迫不及待的火一般的快乐劲头。他以前看我时总是带着这种自豪的微笑。

“最后一批家具明天就到。我们在这儿摆上床，里面的那一间当作书房。”

我们真像是一对儿正在准备新房的情侣，当我们回到小院子，我感到所有的目光之中都潜藏着一股默契的好奇心。“你们在芝加哥还留着一个落脚地吗?”弗吉尼亚问道。

“对。我们还留着落脚地。”

他们的目光把我们结合在一起，我一口一个“刘易斯和我”，后来干脆就说“我们”。我们整个夏天都呆在这儿，对，我们没有汽车，很希望你们来看我们。刘易斯也是满口“我们”，说得十分开心。自从我来以后，我们俩很少言语，我是第一次看他这般开心。如今他需要有别人在一起他才开心。这儿的天气要比芝加哥凉爽多了，野草的芳香熏得我飘飘欲仙。我恨不得掀掉重压在心头的这个负担，也尽情欢快欢快。

“安娜，您想乘船游一圈儿吗?”

“啊！我太乐意了。”

暮色中一只只黄萤闪亮，我们走下小搭梯。我在小舟上坐定，刘易斯划着船儿，把水岸远远地抛在我们身后。一些胶状小草缠上了木桨。池塘上、沙丘上笼罩着真正的乡野夜色。然而甲板上方，天空红中带紫，仍然是大都市上空那种不自然的天色，原来高炉的火光在空中燃烧。“这儿就像密西西比河上空一样美丽。”我说道。

“对。再过几天，我们就可以看到一轮硕大的月亮。”

一堆篝火在沙丘的斜坡上噼啪作响。遥远处，一扇扇窗户透过树枝闪现着灯光，其中就有一扇是我们的窗户，它就像在黑夜中遥遥闪亮的所有窗扉一样，给人以幸福的希望。

“多萝茜很好客。”我说。

“是呀。”刘易斯说道，“不幸的多萝茜。她现在在帕克的一家杂货店做事，她丈夫每年给她一笔可怜巴巴的抚养费。拖着两个孩子，一辈子都没有个家，真苦啊。”

我们俩在一起谈论着别人，黑沉沉的池水把我们与世隔绝，刘易斯声音温柔、微笑默契。我突然自问：“这一切真的全都完了吗?”出于自负的心理，我遂让自己陷入绝望的境地，不愿像别的女人那样自己欺骗自己。当然，也是出于谨慎，以免自己经受怀疑、等待与失望的折磨。我这样做也许太草率了。刘易斯那股洒脱的劲头和过分的直率都不是自然的表露。实际上，他既不轻松，也不狂躁，倘若不是打定某个主意起到了作用的话，他不会赤裸裸地表现出这种无动于衷的态度。他已经下了狠心，从今以后不再爱我。可是打定主意和按主意去做，是两回事儿呀。

“应该给我们这艘小船起个名字。”刘易斯说，“就叫它安娜怎么样？”

“我太自豪了！”

他重又像以前那样笑眯眯地望着我。是他提出这次情侣漫游的。也许他已经开始对自己那种强装的理智感到厌倦，或许他还不舍得把我从他心间抹掉。我们又回到岸上，我们邀请来的那些客人很快都走了。我们俩躺在临时搭在书房深处的一张狭窄的床上。刘易斯灭了灯。

“您觉得您在这儿会玩得开心吗？”刘易斯问。

“肯定。”

我把脸贴在他光光的肩膀上，他轻柔地抚摸着我的胳膊，我紧紧地贴着他。抚摸着我的胳膊的是他的手，确实是他的温暖，他的气息，我刚才的那种自负与谨慎顷刻间消失了。我重又吻着他的嘴巴，当我的手在他那温热的腹部移动时，全身充满了欲望，像要破裂开似的；他对我也充满欲望，过去在我们之间，欲望始终都是爱的表现；这天夜里，又重新出现了某种东西，我深信不疑。突然，他爬到我身上，钻入我的肉体，没有说一个字，没有给一个吻，便占有了我。这一切发生得那么仓促，我一时呆若木鸡。接着我开口说道：

“晚安。”

“晚安。”刘易斯朝墙那头翻过身去，说道。

一股绝望的怒火烧得我喉咙发干。我嗫嚅道：“他没有权利。”他从来就没有把他的生命献给我，一有机会就把我当作一种泄欲的机器。即使他不再爱我，也不该如此对待我呀。我起了床，恨透了他身上的热气。我走到起居室里，坐了下来，尽情地哭泣。我实在一点儿都不明白。我们的肉体曾经那般相爱，如今怎么会落到这种陌生的地步呢？他说：“我是多么幸福，多么自豪。”他呼唤着：“安娜！”他用自己的双手、嘴唇、阳具，用自己的整个肉体把心交给了我。这些就像发生在昨天。那一个个良宵，其记忆如今还焚烧着我的心。墨西哥毯下，密西西比河摇荡的船舱睡垫上，蚊帐的阴影下，弥漫着树脂味的炉火前，这一个一个夜晚……它们永远不会重现了吗？

当我精疲力竭地回到床上时，刘易斯抬起身子，支着一只胳膊，气恼地责问我："白天玩得高高兴兴，晚上整夜整夜地哭，这就是您消夏的计划？"

"啊！别拿出这副高人一等的样子！"我口气激烈地说，"我是气哭的。就这样冷冰冰地睡觉，太可怕了，您不该……"

"我再也感觉不到温暖，当然就没法给予温暖。"刘易斯说。

"那就不要跟我睡。"

"您当时是那么渴望，"他平心静气地说，"我不想拒绝。"

"最好还是拒绝。我更希望咱们狠狠心，再也不一起睡觉。"

"要是干完那事之后您不得不整夜去哭，那当然不睡在一起为好，尽量睡去吧。"

他话中没有任何敌意，只含着几分冷漠。他这种冷静的态度使我感到困惑不安。他仰面而卧，两只眼睛一直睁着。湖水在远处发出低沉的吼声，其中夹杂着工厂的轰鸣声。刘易斯说的是对的？难道有罪的是我？对，毋庸置疑，我是有罪过的。没有苦苦去乞求他的抚爱，而是想入非非地燃起虚假的希望。刘易斯肯定也没有完全摆脱他自己，他态度多变可以从中得到解释。可是对像他这样的人来说，在拒绝爱与不存在爱这两者之间并没有多少距离。他既然打定主意不再爱我，其结果也自然就是不再爱我了。过去已经完完全全地死亡了。死去了，却见不到尸体，就像迪埃戈那样突然无影无踪。正是这一原因才使人难以相信这是真的。只要我能趴在哪个坟头上去哭，无疑能给我以慰藉。

"这次逗留一开始就很不顺利！"第二天早晨，刘易斯神色不安地对我说。

"不对！"我说道，"没有什么特别了不起的。让我慢慢适应，一切都会很好的。"

"但愿一切都会很顺利！"刘易斯说道，"我总觉得我们可以共同度过美好的时光。您不哭的时候，我跟您是多么默契。"

他的目光在询问着我。他的这种乐观态度明显存有恶意，他是想以此来与我做情感交易。不过，他那种焦灼不安的心情是真挚的，让我经受痛苦，他实在过意不去。

“我相信我们一定能度过一个美妙的夏天。”我说道。

这确实像一个美妙的夏天。每日上午，我们泛舟穿过长满胶状水草的池塘，登上烫脚的沙丘。右侧，寥无人迹的沙滩无限地伸展开去；左侧，沙滩消失在一座座冒着火舌的高炉脚下。我们一起游泳，一起晒太阳，看着挺着长腿的白鸟在啄沙子。每次回家时，都像印第安人似的抱捆枯树枝。我几个小时几个小时地在草坪上读书，身边伴着灰色的松鼠、蓝色的松鸦、蝴蝶和前胸夹着一撮红羽毛的棕色巨鸟。远处，我听到了刘易斯那架打字机的咔嚓咔嚓声。夜晚，我们在砖炉里生起火，由我化开冰碗子里边那早已散架的冻鸡，或者由刘易斯用肉锯锯开像化石般坚硬的牛排，然后裹上一层玉米粉，包上潮湿的树叶，放到火中去烤。我们并肩而坐，一边听唱片，一边看电视荧屏上播放旧片子，或者拳击赛。我们像是多么幸福。我不禁常常感到这时刻就会变成名副其实的幸福。

多萝茜被这种假象所迷惑，她傍晚时常常踏着她那辆红色的自行车赶来，嗅着汉堡包的浓香，闻着蔓枝的烟味。“多么美妙的夜晚啊！您看见黄萤了吗？看见星星了吗？还有沙丘上的堆堆篝火？”她没完没了地向我描绘着这种绝不可能成为她的、也绝不可能真正成为我的生活的生活。她对我一个劲地恭维，帮我出主意，向我表忠诚，弄得我飘飘然。她给我们布置房子、购买食物，此外还给我们提供许许多多细小的帮助。她每次来，总是身负神奇的使命，或带来一种食谱，或送上一块新潮香皂，或递上一本宣传最新式样洗衣机的小册子，或者一篇预告某一部即将引起轰动的新书的评论文章。如果听到有哪一种理想的冰箱可以冷藏一吨鲜乳，保鲜期长达六个月，她便可以一连几个星期连做梦也想着这种冰箱的种种优越性。她虽然没有一个属于自己的家，却订阅了一本昂贵的建筑艺术杂志，津津有味地欣赏着亿万富翁那神话般的住宅。我耐心地听着她那些毫无下文的计划、热情洋溢的呼喊和那种再也没有任何指望的女人发疯似的唠叨。刘易斯经常为此事生气，对我说：“我不可能跟她生活到一块儿去!”是的，他不可能会娶多萝茜为妻，我也没有可能嫁给他，他已经不再爱我了。这个小院子、这座房子给人以幸福的希望，但这一幸福不属于我们俩中的任何一位。

自然又是多萝茜领我们去赶帕克的集市，那是一个星期天。她就喜欢结伴外出游玩。伯特开着车子来接我们俩，多萝茜的那辆旧车里载着弗吉尼亚、威利和伊夫琳。刘易斯不善谢绝，但明显缺乏热情。至于我，欢乐的下午过后，还要去弗吉尼亚家吃晚餐，这一计划使我感到惶恐。每当我长久地处在众目睽睽之下，我总担心我这个幸福女人的角色难以扮演到底。

"我的上帝！这么多人！到处都是灰尘！"刘易斯一踏进游乐场的大门便嚷叫道。

"啊！别又开始发牢骚了。"多萝茜说。她朝我转过身子，"他一不高兴起来，就恨不得把太阳都灭掉！"

她脸上显现出带有几分疯狂的希望，向一个短箭射击场跑去。她从一处转悠到另一处，仿佛指望得到非凡的启示。我强装笑脸，尽可能好奇地观看驯养的长尾猴、裸体的舞女、海豹汉子和树身女。我比较喜爱需要我集中全身注意力的游戏：我兴意盎然地去翻小木柱和罐头盒，指示微型汽车在传动带上行驶，指挥飞机在描绘的蓝天上翱翔。刘易斯狡黠地观察着我说："您对事情竟然这般认真，不可思议！仿佛您在玩自己的脑袋似的！"

是否就应该透过他的微笑听出某些弦外之音？他是否以为我在爱情方面所持的同样是无聊的认真态度，倾注的也同样是虚假的热情？多萝茜有力地给予反击："这总比摆出一副自以为了不起的厌倦神态要强。"她不由分说地拉着我的胳膊。在一家照相台前经过时，她用那只粗糙的手摸了摸我裙子的丝面："安娜！跟刘易斯照张相吧！您这件裙子这么漂亮，头巾也十分相配！"

"啊！对！我们多么希望能有你们的一张留影！"弗吉尼亚说。

我犹豫不决，刘易斯一拉我的胳膊，乐呵呵地说道："咱们就去给您留个不朽的形象！既然您显得那么楚楚动人。"

"在别人的眼里是这样，可对他来说永远都不可能了。"我悲伤地暗自思忖。我挨着他在布景飞机中坐定，勉强扮出一个笑脸。他根本就不注意我穿什么裙子，对他来说，我再也没有身躯，只勉勉强强有张脸面。要是发生一次大祸，毁了我的面容，那该多好啊，我真恨不得这么去想！可是，他当初爱的是我的这副容貌，他如今不再爱的也同样是这副容貌。多萝茜的赞叹是个证明，刘易斯当初打破了我的一切平衡，其原因也正在于此。我在溶化，我就要瘫倒。我无论如何也要挺起来，挂着微笑，坚持到深夜。

“刘易斯，您该陪陪伊夫琳，”多萝茜说，“她被太阳晒得都没有劲儿了。她想到树荫下坐坐。等她歇过气来，您请她喝一杯，我们现在去看蜡像了。”

“啊！我不行！”刘易斯说。

“总要有个男的照顾照顾她吧。她不认识伯特，对威利又讨厌。”

“可我也受不了伊夫琳。”刘易斯说。

“行，我陪她。”多萝茜气愤地说。我示意去陪，她连忙说：“不，您就算了，安娜。你们去吧，去吧，等会儿跟我讲讲就行了。”

我们离开后，我问刘易斯：“您为什么不对多萝茜客气一点儿？”

“是她请伊夫琳来的，谁也没有要她请伊夫琳来。”

我想再说几句，可放弃了，只顾集中精力观看蜡像。只见一群正在杀戮的杀手，身边躺着已遭杀身之祸的蒙难者；一个五岁的墨西哥小姑娘坐在产妇的床上，正在摇晃着一个新生儿；戈林在一副担架上奄奄一息，一些身着德军军服的人被绞死，摇摇晃晃地吊在绞刑架上，铁丝网后，尸体堆成山，形成了一个巨大的堆尸台。我惊愕不已地看着。布痕瓦尔德和达豪集中营已经退到历史的深处，就像格雷万博物馆中被狮子咬杀的基督徒一样久远。当我重又置身于外面时，我被太阳光照得一时头昏眼花，整个欧洲仿佛已远离而去，移到空间的尽端。我看着露着光臂的女人和身穿花衬衫的男人，他们有的在啃热狗，有的在舔冰激凌。没有一个人讲我的语言，连我自己讲什么话也忘了。我丧失了一切记忆，连同自己的形象。在刘易斯的住家，没有一面大镜子能够从脚照到我的眼睛，我只有用一面袖珍小镜，胡乱涂抹一番。我几乎记不清我自己到底是谁，不知道巴黎是否依然存在。

忽然，我听到多萝茜气呼呼地说道：

“您决定回去了，可您都不问问安娜的意见。听说七点钟这儿要放映旧影片，有人还跟我说有一个非凡的魔术师。”

她在苦苦哀求，可周围的一副副面孔仍然紧绷着。

“啊！我们回去!”威利说，“家里有马提尼酒等着我们，再说，我们大家全都饿了。”

“男人都那么自私!”她嗫嚅道。

我上了她那辆旧车，坐在她和威利中间。她沮丧极了，一路上没吭一声，我也没有说一句话。下车时，她拉住我的胳膊，劈头问道：“您为何就不留在这儿住下？您应该留下来。”

“我不能。”

“为什么？太遗憾了!”

“我不能。”

“那您至少会再来吧？春天再来，春天是这儿最美丽的季节。”

“我尽量来。”

“她有什么权利跟我这样说话?”走进屋里时，我气恼地问自己，“她为什么有事无事都这么客气，可刘易斯却从未问我一次‘您会再来吗’?”威利给我递过一杯马提尼酒，我连忙接了过来。我心里憋着一团火。桌上摆满了肉糜、色拉、糕点，我绝望地看着这些东西，看来一时半会儿吃不完这顿饭！多萝茜转眼不见了。回来时，只见她满脸白粉，穿上了一件破旧的花长裙。伯特、弗吉尼亚、伊夫琳、刘易斯都回来了，一个个笑呵呵的。他们谈笑风生，我没有心思去听他们说些什么。刘易斯又变得开心起来。我看了他一眼，心中不由得自问：“等我跟他单独相处时会怎么样呢?”我就像当初等待着泰迪、玛丽亚走一样巴不得早点离开，可今天我这种焦躁的心情纯属愚蠢。刘易斯跟别人距离甚远，可对我也不会更加亲近。伯特把一盘三明治往我膝盖上一放，朝我微微一笑，只听得他在问我：

“一九四四年八月二十四日您在巴黎吗?”

“整个大战期间，安娜都是在巴黎度过的。”刘易斯以一种自豪的口吻说道。

“多么非凡的一天啊!”伯特说，“我们以为见到的会是一座死城：可到处都是身着花裙的女人，露着美丽的褐色大腿，跟我们这儿想象的法国女郎迥然不同!”

“是呀，”我说道，“我们都很健康，你们那些记者见到了全都感到失望。”

“噢！那是几个蠢驴!”伯特说，“老弱病残不会到街上去，这不难明白嘛。当然被抓到集中营去的和已经死了的也不会上街了。”他那张胖乎乎的脸上显出茫然的神色，“可那还是非凡的一天!”

“我刚到时，”威利遗憾地说，“那里的人一点儿也不喜欢我们。”

“对，我们很快被人讨厌。”伯特说，“我们的所作所为就像是野蛮人。”

“那是肯定的。”刘易斯说道。

“本来是可以避免的，只要纪律严一点……”

“您以为绞死的人还不够多吗?”刘易斯口气激烈地问道，“就知道把他们一个个往战争的虎口里填，可他们稍一违纪就把他们绞死!”

“绞死的人太多了，这我同意。”伯特说，“可问题正在于此：一开始没有采取必要的措施。”

“什么措施?”威利问。

“啊！他们一开始谈论起他们的战争来，我们就别想有个完!”多萝茜说。

三个人脸上闪现出兴奋的神色，口若悬河，滔滔不绝。他们对法国抱有不可怀疑的好感，可对自己的国家却没有一丁点儿好意。听着他们的谈话，我心里并不舒服。他们谈论的是他们的战争，我们只不过是一种荒唐可笑的借口而已。他们对我们具有负疚心理，就好像一个男人面对一个弱女子或一个走投无路的野兽可能会产生的良心上的不安。他们用我们的历史制作了一个个蜡像神话。等他们好不容易静下来，伊夫琳声音懒洋洋地问我：

“现在巴黎怎么样?”

“处处都是美国人。”我答道。

“这好像并不让您高兴嘛。”刘易斯说，“多么无情无义的民族啊！我们让他们喝足了奶粉，灌够了可口可乐，到处都开着我们的坦克，却不拜倒在我们脚下！”他哈哈大笑起来，“希腊、中国、法国，我们援助啊，援助，太傻了。真是个不讲实际的民族。”

“您觉得这可笑吗？”多萝茜咄咄逼人地问道，“多迷人的幽默！”她一耸肩膀，“等我们向全地球投放了原子弹，刘易斯还会开几个黑色的玩笑，让我们好好开开心的。”

刘易斯乐呵呵地看着我：“遇事笑总比哭好，这不是一个法国人说的吗？”

“现在的问题不是哭还是笑，而是要行动。”多萝茜说。

刘易斯遂换了一副面孔：“我投票赞成华莱士，我为他说话。您还要我再做什么？”

“您知道我对华莱士的看法。”多萝茜说，“那个人永远也建不成一个真正的左派政党，他只不过给那些需要以廉价买回良心安宁的人用作了托词。”

“我的上帝！多萝茜，”威利说道，“一个真正的左派政党，并不是刘易斯或我们中间的哪个人可以创立的……”

“但是，”我说，“与你们持同样看法的人为数众多，你们就没有办法组成一个团体？”

“首先，我们的人越来越少，”刘易斯说，“其次我们都是被孤立的。”

“特别是您觉得冷嘲热讽要比试图做点事适意得多。”多萝茜说。

刘易斯这种不动声色的冷嘲热讽也时常令我气恼。他头脑清醒，具有批评的眼光，有时甚至愤世嫉俗，但是，他谴责美国的那种种缺陷与恶疾，在他身上一应俱全，而且紧密相联，就像病人与病魔、流浪汉与污垢一样密不可分。正因为这一原因，我才隐隐约约地感觉到他本人就是一个同谋犯。我突然想起他总责怪我没有把他的国家当作自己的国家，可他自己却决不在我的祖国扎根。这明明是一种狂妄自大。“我决不成为一个美国女人！”我在心底抗议。他们继续争论不休，我有趣地在一旁琢磨这个义愤填膺的科莱特·博多施到底是从哪儿闯入了我的心底。

伯特又开车把我们送回住处，刘易斯温情脉脉地把我搂在怀里："这一天您过得愉快吗？"

他这副温柔的笑脸向我暗示了该怎么回答，可我心情到底如何，没有谁会感兴趣。

"十分愉快。"我答道，紧接着又说了一句，"多萝茜多么咄咄逼人！"

"她很不幸。"刘易斯说道，思虑片刻，"弗吉尼亚、威利、伊夫琳都不幸。您和我差不多还算自在，真是莫大的幸运。"

"我并不太自在。"

"您也有不自在的时刻，谁都一个样。可这并不常有。"

他说话如此自信，我无言作答。他接着说："他们或多或少都是奴隶。不是丈夫的奴隶，就是妻子的奴隶，或者儿女的奴隶。"这就是他们的不幸。

"去年，您跟我说过您希望结婚。"我说。

"有时候确实想过。"刘易斯笑了起来，"可一旦与妻子儿女关在家里，我只会有一个念头：逃出家门。"

他话声欢快，给了我勇气。"刘易斯，您觉得我们这辈子还会相见吗？"

他脸上骤然乌云密布。"为什么不会？"他口气轻浮地反问道。

"因为我们相互住得十分遥远。"

"对，我们住得是远。"

他消失在盥洗室里。情况总是这样，每当我重新靠近他，他便回避。他大概担心我向他索取他无法给予我的温暖、谎言或承诺吧。我开始脱去衣服，我早就料到两人单独在一起时的这场谈话肯定令人失望。尽管如此，我还是感到失望。幸好我的肉体与刘易斯的肉体十分协调一致，不难适应他那种冷漠的态度。我们睡在各自的一模一样的床上，中间隔着一条冰冷的深渊，我甚至再也不明白"欲望"一词的意义所在。

我祈求自己的心灵也能一样宽容。刘易斯宣称，若要爱，必须头脑发热。姑且假设我的头脑已经不再发热了吧？刘易斯在酣睡，我倾听着他均匀的呼吸声，第一次试图不再用自己的双眼，而用他人的，用多萝茜含有敌意的眼睛将他审视一番。他确实是自私的。他打定主意要在我们俩的事情中得到尽可能多的快乐，尽可能少惹烦恼，对于我所反感的东西，他根本无所谓。他事先没有跟我打任何招呼，让我来到芝加哥，这是因为与我见面会给他带来欢乐；一旦把我控制在手，他便毫不掩饰地向我宣布不再爱我了，更有甚者，他还强求我给他笑脸。真的，他只顾他自己，说到底，他为何如此冷酷地谨防产生遗憾、激情和痛苦呢？这种谨慎的举动之中确实含着吝啬的成分。第二天清晨，我尽量保持着一种严肃的姿态。刘易斯一副成竹在胸的样子用水浇着草坪，我看着他，心里暗忖道："这是众人中普普通通的一个人。可我为何固执己见，一直认为他独一无二呢？"耳边传来了邮车的声音。邮差拔下了插在邮箱上的小红旗，连同邮件一起丢进邮箱内。我踏上沙砾小径。没有信件，可有一大堆报纸。我先读一会儿报纸，然后去书房挑选一部书，再去游泳，下午嘛听听唱片。我完全可以做许多愉快的事情，再也用不着折磨自己的大脑和心灵。

"安娜！"刘易斯呼喊道，"快来瞧，我逮住了一条彩虹。"他在浇着草坪，一条彩虹在喷洒的水中闪耀。"快来！"

我重听到了这种急迫而又默契的声音，看到了这副洋溢着欢乐的脸庞，一副与谁的面孔都不一样的脸庞。是刘易斯，确实是他。他已经停止爱我，可他仍然还是他。我为何突然想起他的坏处来？不，我不可能如此轻易地得到解脱。实际上，我是理解他的。我也同样憎恨不幸，不愿牺牲。我理解他既不愿为我而痛苦，也不愿失去我，我理解他过分地只顾解脱自己心中的痛苦而没有多少心思来关心我内心的痛痒。我回想起了他说话的那种口气，他曾经用抽搐的手紧抓住我的肩膀对我说："我要立即娶您为妻。"那时，我就已经消除了一切积恨，永远永远。当人们真的不愿再相爱时，人们也就不再相爱了，但是，人们不会随心所欲地表现出不情愿。

我还在继续爱着刘易斯，可这不那么风平浪静。只要听到他说话的一种声调，我就会一时冲动，整个儿重新拥有他；可一分钟之后，我便又失去了他。当他在周末的一天独自去芝加哥过时，我反而感到了轻松。二十四个小时的寂寞，倒是一种喘息。我陪他到了公共汽车站，然后沿着两旁尽是花园和别墅的公路慢慢地走回住处。我带着书坐在草坪上。天气十分炎热，树叶纹丝不动，远处，湖上没有一丝动静。我从小包里拿出罗贝尔最近的一封来信。他向我详细叙述了马达加斯加事件的始末；亨利撰写了一篇文章，将发表在下一期的《警觉》上，可这还远远不够；要想给舆论施加影响，必须拥有一份日报或一份发行量很大的周刊；他们打算组织一次集会，可缺少时间。我折起信，抬眼朝空中经过的一架飞机望去：飞机一直从这儿经过，它可以把我带回巴黎的。可这又有何用？若我在他身边，罗贝尔不会给我写信，而是亲口给我讲述情况，但不可能因此而使他的工作有所进展。我对他毫无用处，他不会召我回去的，我也没有理由离开这儿。我环顾四周，碧空如洗，草坪就像经过精心修理一般，松鼠和小鸟如同驯养的动物。我再也没有任何理由留在这里。我随手抓起一部书：《新英格兰文学》。若在一年前，这准会激起我的兴趣，可如今，刘易斯的国家及其历史已经不再与我有任何关系。堆放在草坪上的书籍全都默不作声。我伸了伸腰，干什么呢？我绝对无事可做。我一时一动不动地呆在原地，这一刻显得多么漫长，突然间，我感到惊恐不安，全身瘫痪，耳聋目盲，却有着清醒的意识。我常常哀叹没有比这更为不幸的命运了，然而这就是我的命运。我终于站起身来，回到屋子。我冲了个澡，洗了个头，可我这个人向来不善花很多时间管管自己的身子。我打开了冰箱：一大瓶西红柿汁，一瓶满满的橘汁，还有随时可供食用的色拉，冷肉，牛奶，只需我伸手去取；食品格里放满了罐头、速溶粉、快餐米饭，只要用沸水浸泡就可食用。我只花了一刻钟时间就匆匆吃完了晚餐。世上肯定有消磨时间的艺术，可这对我来说是陌生的。干什么呢？我听了几张唱片，又扭开了电视机的旋钮，我从一个台跳到另一个台，混合着看电影、喜剧、历险片、新闻、侦探片、神奇故事等，以此取乐。可突然，世间发生了什么事，不管我怎么旋转旋钮，屏幕还是一片白点。我想到睡觉，可我平生第一次出现了恐怖感，害怕四处游荡的歹徒、小偷和疯人院跑出来的疯子，害怕睡过了，又害怕睡不着。此时，湖水在咆哮，野兽踩得枯树枝沙沙作响；屋子里，静得让人窒息。我把所有的门一一关死，回到自己卧室抱出一床毯子和一个枕头，亮着灯，和衣睡在长沙发上。我渐渐入睡了：这时，一些汉子从紧闭的窗户跳进屋来，把我击昏了。一觉醒来，只听到一只小鸟在啁啾，另一只鸟儿正在用利嘴击打着树身，为树诊病。我宁愿被噩梦缠绕而不愿处在现实之中，于是又阖上眼睛，可眼皮下已经大亮。我起了床。房子是多么空空荡荡！前途是多么虚无缥缈！以前，每当我看到横搭在扶手椅上的白色浴衣或遗忘在办公桌下的旧拖鞋，心里往往激动不已，可如今我再也不明白这些东西到底意味着什么。它们都属于刘易斯，对，刘易斯始终存在！但是那位爱我的男子消失了，没有留下一丝踪迹。这是刘易斯，这又不是他。我在他的房子里，在一个陌生人的家中。

我走出门外，登上沙砾小径。信箱上面插着的小旗不见了，邮差已经来过。我拿起邮件，其中有一封是我的信。默利娅姆和菲利普正在墨西哥旅游，回国时准备在芝加哥停一停，十分希望与我见一面。自一九四六年以来，我一直没有再见到他们，可南希在五月份来过巴黎，我把自己在美国的地址给了她。默利娅姆给我写信，这本来没有什么了不起的，可我惊愕不已地看着来信。它使我回忆起刘易斯对我来说还不存在的那段时光。他人不在，这怎么会变得一片空虚呢？这是一片毁灭性的空虚，它吞噬了一切。花园死气沉沉的，我的记忆也死亡了。无法对默利娅姆、对菲利普、对任何东西提起兴趣，哪怕只有一秒钟的兴趣。举足轻重的只有这位我正在等待的男子，可我却连他到底是何人也不知晓。我也不知道自己是谁。我在小园子里转了又转，又回到屋子里来回踱步，不断地呼唤着：“刘易斯！回来吧！帮帮我！”我喝了威士忌，吃了苯丙胺，可无济于事。仍然是这片难以忍受的空虚。我在落地玻璃窗边坐下，守候着。

“刘易斯！”约摸两点钟光景，我听到了他在沙砾小路上的脚步声，我飞奔迎去。他提着大包小包：有书、有唱片、中国茶、一瓶基昂蒂酒，仿佛这都是些礼物，这一天就是节日似的。我从他手中接过那瓶酒。

“基昂蒂酒，多妙的主意啊！您玩得开心吗？您扑克牌打赢了吗？您想吃点儿什么：牛排？鸡肉？”

“我吃过午饭了。”刘易斯说。他放下手中的大包小包，脱下鞋子，换上拖鞋。

“您不在，我整夜都担惊受怕的。我梦见一些四处游荡的歹徒把我杀了。”

“我猜您威士忌喝太多了。”

他走到落地玻璃窗旁，在扶手椅上坐了下来，我坐在长沙发上。“您马上都讲给我听听。”

“没有什么特别的事情。”

我欢迎他归来，就像所有失宠的女人一样，顾不上什么体面，表现出了过分的热情、过分的狂热，一个劲地问这问那。他讲给我听，可有口无心。是的，他玩了扑克牌，可没有赢也没有输。泰迪现在关在监狱，还是因为老问题。不，他没有见到玛莎，不过与伯特见了面，两人没有谈什么特别的事情。我要求他详细讲讲时，他马上显出一副气恼的样子。最后，他拿起一份报纸，我也翻开了一部书，装着阅读起来。我没有吃午饭，是东西无法咽下肚去。

“我到底在等待什么呢?”我在心底自问。我已经放弃了寻回过去的任何希望，我还指望什么呢？指望得到一种可以取代失去的爱情的友情？可爱情要是可以让什么东西取代的话，那它就没有什么了不起了。不。这就像死一样，无可挽回了。我重又思量，“要是我怀里还剩下一具尸首也好啊!”我多么想走到刘易斯身边，把手搭在他的肩头，问他：“这样的一种爱怎么会化为乌有的呢？您好好解释一下。”可是他也许会对我回答说：“这没有什么值得解释的。”

“您不愿意去沙滩转一圈儿?”我提出。

“不，我一点儿也不想去。”他答道，连眼皮也没有抬一下。

两点刚过，我还有整个下午的时间需要打发，接着还有晚上、夜里，还有新的一天，一天又一天。怎么打发这些日子？要是附近有个电影院就好了，或者地处名副其实的乡野，有森林、有牧场，那我可以不断地行走，一直走到精疲力竭！可是这儿，笔直的马路，两旁尽是园子，俨然一个监狱的院子。我斟满了一杯酒。太阳闪耀，可阳光却没有足够的力量把烦恼驱逐到远处，它们仍然重重地压在我心头。书中的字母就像贴在了我的眼皮上，弄得我眼睛发花，不可能读下去了。我尽可能想想巴黎、罗贝尔，思考过去、未来，可怎么也不行。我脖子上套着枷锁，四肢被紧紧地缚住，整个儿囚禁在这一时刻之中。我自身的重量压得我近乎窒息，喘出的气息毒化了空气。我想要挣脱的是我自己。问题的关键是这一点永远无法做到。“要我放弃床笫之欢，打扮得像个老太婆，白发苍苍，这些我都愿意，可永远无法挣脱自己，这是多么痛苦的折磨啊！”我伸手去拿酒瓶，可又放下了。我早就练出来了，酒精只会烧坏我的胃，不可能使我头昏，也不会给我温暖。会发生什么事呢？无论如何得出点儿什么事。这种静止的不断折磨不能永远存在下去。刘易斯还在读报，我突然心头一亮：“这再也不是同一个人了！”爱我的那个男人消失了，刘易斯也随之而去了！我怎么会弄错了呢！刘易斯！我记得清清楚楚！他说：“您有一个漂亮的小脑袋，圆滚滚的……您知道我有多爱您吗？”他送给我一朵花儿，问道：“法国人吃花儿吗？”他如今变成什么了？是谁罚我与一个伪君子像死人似的单独相处？忽然，我听到了一个可恨的记忆发出的回声：一声呵欠。

“啊！别打呵欠了！”我说道，眼泪刷刷直流。

“噢！别哭了！”他说道。

我整个儿扑向沙发，直挺挺地摔了下去。一只只橘黄色的圆盘在我眼前旋转，我陷入了一片黑暗之中。

“您一哭起来，我就恨不得走开，永远不再回来。”刘易斯气呼呼地说。

我听见他离开了屋子。我让他绝望了，我彻底地失去了他，我本该控制住自己的。我挣扎了一阵，接着彻底沉没了。在十分遥远的地方，我听到了他的脚步声，刘易斯在底楼行走，他刚刚给花浇了水，回到了屋里。我还在哭。

“您还没个完？”

我没有回答，我已经精疲力竭，但还始终在哭。女人眼里竟然能容下这么多泪水，真不可思议。刘易斯走到他写字台前坐了下来，打字机响起了咔嚓咔嚓声。“哪怕是一只狗，他也不该眼睁睁让它受苦啊。”我心里在想。“我是因为他才哭，可他一点表示也没有。”我咬紧牙关。我早就发誓永远不恨他，不恨这个毫无保留地向我敞开了心扉的男人。“可这再也不是他了！”我在心里反复说道。我的牙齿咬得咯吱响。要制住一场精神危机，谈何容易。我使出全身的力气，从头到脚像撕裂一般痛得厉害，我睁开了眼睛，把目光落在了墙上。

“您要我干什么？”我嚷叫着，“我被关在这里，和您关在一起，我就是要躺到路沟里去也去不了呀。”

“我的上帝！”他说道，声音中稍许有了点友好的表示，“您何苦啊！”

“都是您，您都不愿想办法帮我一把。”我说道。

“一个女人哭起来，对她还能有什么法子呢？”

“要是换了任何一个女人，您都会帮她忙的。”

“我讨厌见到您这副丧失理智的样子。”

“您以为我是故意装的？跟一个人家心里仍旧爱着他，可他却不再爱着人家的人一起生活，您以为容易吗？”

他仍然坐在他那扶手椅上，没有再试图走开，不过，我知道他不会从嘴里掏出我们需要用以平息这场争吵的字眼，还得由我来设想如何了结。我语无伦次地说道：“我是为了您才来这儿的，我只有您！当我成了您的累赘，我该怎么办呀？”

“没有必要哭，不就是因为您想好好谈一谈，我恰好没有那个心思吗？”他说道，“难道都非得随您的心愿不成？”

“啊！您太不公平了！”我说。我揩了揩眼睛，“是您请我来这儿消夏的，您跟我说过我来这儿您感到高兴，那您就不该摆出这种仇敌似的样子。”

“我没有什么敌意。您一哭起来，我就想走开，仅此而已。”

“我并不是动不动就哭的人。”我说道，手里拧着手绢，“您没有意识到，有的时候我就像是个仇敌似的，您总是提防着我，我讨厌。”

刘易斯淡然一笑：“我是提防着点儿。”

“您没有权利！”我说，“我完全清楚您是不爱我的，我再也不求您类似爱情的什么东西。我是在尽最大的努力，希望我们俩处好。”

“对。您是很客气。”刘易斯说道，“可问题正在这里，”他补充道，“我正是因为这个缘故才提防着您。”他的嗓门陡然高了起来，“您客气，是最危险的陷阱！您去年就是这样让我上了当。别人不攻击你，你却提防着他，这似乎显得荒唐，于是就不提防；可等你又到了孤灯只影的时候，心里便又一片纷乱。不，我不愿意这种情况重演！”

我站起身来，踱了几步，以便让自己心情平静下来。竟然责怪我客气，这可真是太过分了！

“我不能故意装出让人讨厌的样子！”我说道，“您可真的弄得我干什么事情都不容易啊。”接着我又补充了一句，“要是情况真像这样的话，我看只有一个解决办法：我走。”

“我可不想让您走！”刘易斯说，他一耸肩膀，“对我来说，事情也不容易啊。”

“我知道。”我说道。

确实，我不能生他的气。他早就希望把我永远留在他身边，可我拒绝了。如今他情绪多变，反复无常，我不该大惊小怪。一旦到了被迫去干心里不愿干的事情的地步，那必定会自相矛盾。

“我也不想走。”我说，“只是您不该这样讨厌我。”

他莞尔一笑：“我们还没有走到这一步！”

“刚才要是我死在那地上，您都不会动一下手。”

“确实。”他说道，“我没法动手，可那不是我的错，我全身都瘫了。”

我走到他身旁。每当我们俩开始交谈，我便想利用机会。

“您不该提防着我。”我说道，“您应该知道一件事，那就是我并不责怪您，我永远都不会责怪您不再爱我。想一想我对您会怎么想，就不该让您这么讨厌吧。我心里没有一点儿会惹您生厌的东西。”

我打住话头，他有点儿忐忑不安地看着我。他就害怕言语，我亦如此。我见过多少女人试图用言语抚慰肉体的痛苦；我也见到多少女人满怀凄楚，总算把一个被说得晕头转向的男人拉回床头；要是一个女人必须设法通过跟男人的大脑对话，才能把他的双手重新牵回自己身上，这太可怕了。我又补充了一句话：

“我们是朋友，刘易斯。”

“当然！”他用胳膊搂着我，轻声地说，“我后悔自己那么严厉。”

“我后悔自己那么愚蠢。”

“是啊！多么愚蠢！不过您倒有个好主意：您为什么不到路沟里躺着去?”

“因为您不会到沟里去找我的。”

他笑着说：“等到后天，我就会通知警察局。”

“您总是占便宜。”我说道，“让我受两天的苦，可您连一个小时的苦都不愿去受，这太不公平了，我才不干呢。”

“不错。这可怜的心窝里没有多少坏心眼，可这个脑袋瓜里也没有多少聪明劲儿!”

“正因为如此，对我得客气点。”

“我尽可能吧。”他快活地把我贴在他身上，说道。

从此之后，我们之间的距离缩短了。当我们在沙滩上漫步、躺着晒太阳或晚上听唱片时，刘易斯总是无拘无束地跟我说话。我们之间的默契重又产生了。他不再害怕搂我、亲我。我们甚至还有过两三次交欢。当我感到我的嘴巴与他的嘴巴重逢时，我的心脏便疯狂地跳动起来。这种泄欲的亲吻多么酷似爱的亲吻啊！可我的肉体很快恢复了平静。这只不过是一种短暂的男女交欢，这种举动是如此不值一提，实在难以理解像淫逸、罪孽等这些重要的概念竟能与它混为一谈。

白天过得并不过分艰难，我特别受不了的是夜里。多萝茜送给了我不少黄色的小胶囊，她储备着各种用途的药丸、药片和胶囊，品种齐全。每次上床睡觉前，我总要吞服两三颗安眠药，可能是睡着了，却总少不了噩梦缠绕。我很快又受到了一种新的痛苦的折磨：再过一个月，半个月，十天，我就要走了。我还会再来吗？我还能与刘易斯相见吗？他很可能也不知道答案。他这人对自己心里想些什么预见性极差。

我们本来决定最后一周在芝加哥度过。一天晚上，默利娅姆从丹佛打来电话，问我是否能见一面。我答应可以，于是我与刘易斯商定我比他早一天去芝加哥，第二天半夜时分再与他在家里相见。当时这事好像十分简单。可我出发的那天上午，我感到心里一片空虚。我们沿着沙滩漫步，湖水碧绿一片，仿佛可以踏着涟涟湖波行走。一只只死蝴蝶躺在沙滩上，湖畔的小别墅全都已经关闭，唯独剩下一座渔民的木屋。一艘黑色的渔船边，晾晒着渔网。我心里想：“我是最后一次见这湖了。这是我一生中的最后一次了。”我是用自己的眼睛观看，我不愿忘却。但是，要使过去仍然富有生命，必须以痛苦与泪水来滋养。怎么留住自己的记忆、保护自己的心灵呢？我突然说道：

“我马上给我朋友打电话，我不去了。”

“为什么？”刘易斯说道，“您怎么想的？”

“我愿意在这儿再呆一天。”

“可您很高兴见到他们呀。”刘易斯责备道，仿佛世上再也没有比心潮突变更让他感到陌生的东西了。

“我现在不再渴望见到他们了。”我说。

他耸耸肩：“我觉得您荒唐。”

我没有打电话。确实，既然刘易斯觉得这荒唐，那留下来就真的荒唐了。多见我一天还是少见我一天，对他来说已无关紧要，那我再在这沙滩上赖一天能给我带来什么呢？我与各位一一告别。“您还会再来？”多萝茜问道。我回答说：“会来的。”我打点好行李，全都交给了刘易斯，自己只提了一只小旅行袋。当他在我们身后关上屋门时，他问我：“您就不愿意跟池塘道声再见？”我摇摇头，朝公共汽车停靠站走去。倘若他还爱我，那离开他二十四个小时算不了什么。可是我心里实在太冷了，我需要他在我身边给我以温暖。在这座房子里，我给自己修筑的窝并不舒适，可它总归是个窝啊，我尽量适应了，如今要我飘零无寄地去闯荡，我感到悲伤和恐惧。

公共汽车停靠了。刘易斯照例在我脸颊上亲了一下：“好好玩儿。”车门咣当一声关上了，他消失了。不久，还有一扇车门就要关上，他就要彻底地消失。离开他那么遥远，我孤独一人怎能经受得住这种确信的念头呢？当我在火车上安顿下来时，夜幕降临了。一朵茶色的玫瑰花染红了天空，我如今终于明白了为什么会一嗅到玫瑰花就昏死过去。我们穿过了大牧场，接着火车开进了芝加哥城。我又看见了架着木梯、搭着木阳台的黑色砖墙。这是千万座普普通通的小屋中的一座，它留下了我的爱，但永远不再属于我。

我在中央车站下了车。高楼的窗口灯火明亮，霓虹灯招牌开始闪烁。指示灯、节日橱窗和街道上巨大的喧闹声弄得我头昏眼花。我在河边停下脚步。河桥被高高吊起，一艘高耸着黑烟囱的货轮神气活现地把忍气吞声的城市劈成两半。我沿着昏暗的河水慢慢地向湖畔走去，只见水中闪烁着沉浮的灯火。透明的石墙，如画的天空，灯光闪耀的河水，被吞没的城市的喧嚣，这一切并不是他人梦见的梦，而是地球上的一座城市，我正在这座城市中行走。它是一具实实在在的血肉之躯，生机勃勃，熙来攘往。它披着银色的锦缎，显得多么美丽！我定睛凝望着它，渐渐地，心中怯生生地蠕动着一种东西。人们总以为是爱情给世界增添了光彩，可世界也使爱情变得绚丽多姿。爱情已经死亡，但地球依然存在，安然无恙，带着它奥妙的歌声，带着它的温馨和柔情。我心潮激荡，就如大病初愈的病人发现自己在经受高烧折磨的时候，太阳并没有熄灭。

默利娅姆和菲利普对芝加哥都不熟悉，可他们还是找到了门路，约我在城里最时髦的餐厅见面。穿过豪华的大厅时，我在一面镜子前停了下来。好多个星期以来，我第一次从头到脚地照自己。我的穿着打扮都像个城市女子，那件用印第安布料做的套衫也被我翻了出来，它的色彩仍然像在奇奇卡斯特南戈的时候一样珍奇，我没有变老，面容也没有毁坏，重新看一看自己的形象，这并不让我讨厌。我在酒吧坐了下来，饮着马提尼酒。蓦然间，我惊奇地醒悟到世间还有着平静的等待，寂寞也可以是轻松的。

“亲爱的安娜!”默利娅姆拥抱着我。她一头银灰发，显得比任何时候都年轻、果断。菲利普的握手意味深长，难以言表。他稍有点儿发福，可仍然保持着年轻人的魅力和他那种不卑不亢的风度。我们顾不了什么条理，谈论起法国啦、南希的婚礼啦、墨西哥啦，接着我们到大厅去要那张预订的餐桌。大厅的天花板装饰着流水般的水晶吊灯，由一位傲慢的侍应部领班全权掌管。天晓得怎么一时心血来潮，这座餐厅完全建成那种称作“Pump Room”[1] 的浴室风格，在十八世纪，这类浴室是英国雅士的用浴

1 英文，一般指温泉疗养胜地的药用水配制处。

处。一些黑人侍者打扮成印度土邦主的模样，用尖矛高举着一大块一大块的火红的羊肉；还有一些化装成十八世纪的家奴，端送一条条大鱼。

“打扮得多滑稽啊!”

“我就喜欢这种滑稽的地方。”菲利普说，脸上露着矜持的微笑。他预订的那张桌子总算给了他，他认真地为我们选菜。当我们开始交谈时，我诧异地发现我们几乎对所有问题的意见都不一致。他们读过刘易斯的书，并不认为玄奥难懂；至于墨西哥城的斗牛比赛，他们看了生厌；相反，洪都拉斯和危地马拉的印第安人村寨在他们眼里倒是富有诗情画意的乐园。

“对游客来说具有诗情画意!”我说道，“您就没有看见那些盲眼的小孩和肚子胀气的妇女？奇怪的天堂!”

“不应该用我们的标准来衡量印第安人。”菲利普说道。

“饿死就是饿死，这对所有人来说都是一码事。”

菲利普眉毛一抬：“真滑稽。”他说道，“欧洲谴责美国人都是追求物质享受者，可您对生活物质方面重视的程度远远超过我们。”

“也许非要享受到美国人的舒适生活才能明白生活的舒适是多么无关紧要。”默利娅姆说道。

她旁若无人地大口吃着她那份樱桃鸭肉，靛蓝色的衣裙裸露出两条成熟美丽的臂膀。看她的样子，她保准能在拖车上睡着觉，还能按照严格的节食标准，素食一段时日。

“根本谈不上舒适的问题。”我口气有点儿过分激烈地说，“连必需的生活条件都不具备，这可是大事情，没有比这更重要的了。”

菲利普朝我微微一笑：“对一些人来说必需的东西对另一些人就不一定是必需的。您比我更加清楚，幸福在何种程度上是一种主观的东西。”他不由我反驳，紧接着往下说，“我们很想去洪都拉斯过一两年，安安静静地做点事。我坚信那些古老的文明肯定有许多东西值得我们学习。”

“我真的看不出有什么可学的。”我说，“目前美国发生的一切，你们都加以谴责，在这种情况下，还是尽量想办法反对那些东西为好。”

“您也有这种偏激的精神状态!”菲利普说道，“行动，这是缠绕着所有法国作家的噩梦。这反映了一些令人奇怪的心理症结，因为他们完全清楚他们改变不了任何东西。"

"所有美国知识分子都辩解自己无能为力。"我说，"这才像是一种奇怪的心理症结呢。等到美国彻底法西斯化、发起战争的那一天，你们连表示愤慨的权利都没有了。"

默利娅姆把用叉子叉着的炸杂米丸往盘子里一扔，冷冷地说道："安娜，您说话就像是个共产党员似的。"

"美国不要战争，安娜。"菲利普用充满责备的目光紧紧盯着我说道，"请把这一点告诉法国朋友。我们之所以积极备战，那正是为了避免战争。我们也决不会成为法西斯分子。"

"两年前您可不是这么想的。"我说，"您当时认为美国的民主受到了极大的威胁。"

菲利普脸上显出十分严肃的神色："我后来终于明白了，要想用民主的方式保卫民主，这是不可能的。苏联丧心病狂，这迫使我们采取相应的强硬态度。这自然会造成某些极端的做法，我首先对此表示遗憾，但这并不意味着我们已经选择了法西斯主义。那些极端的做法只是体现了现代世界的普遍悲剧。"

我惊愕地呆望他。两年前，我们彼此之间十分融洽，他当时坚决要求保持自己思想的独立性，没想到他如此轻而易举地就被官方宣传说服了！刘易斯曾经对我说过"我们的人越来越少"……他无疑是有道理的。

"换句话说，"我说道，"你们国务院目前所采取的政策在您看来是形势所迫？"

"即使可以设想一种不同的政策，亲爱的安娜，也不是我能够让大家接受的。"他温和地说道，"不可能，如果希望彻底拒绝与这一令人遗憾的时代同流合污，那唯一的出路就是到某个偏僻的角落去隐居，过与世隔绝的生活。"

他们还想继续无忧无虑地过他们那种唯美主义者的安逸生活，任何理由都无法动摇他们这种突出的自私自利思想。我决定不再争论下去，"我们可以争论一夜，但都无法说服对方。"我说道，"毫无结果的争论，纯粹是浪费时间。"

“更何况我们已经很久没有跟您见面，见到您是多么高兴！”菲利普微笑着说。他又开始谈论起一位新的美国诗人。

“安娜，我们就把这一夜交给您安排了。我坚信您是一位出色的导游。”菲利普边说边走出餐厅。

我们上了汽车，我把他们领到湖畔。菲利普称赞道：“这是美国最美丽的景观了，比纽约还美。”相反，这里的杂耍歌舞厅不如波士顿的高级，流浪汉酒吧比不上旧金山的有趣。这种比较使我感到惊奇。那些刘易斯在一天夜里使之从虚无中出现的场所能与什么相比较呢？那些场所有它们在地理上的位置吗？然而，透过我的记忆，我不难发现通往这些场所的道路。德丽莎俱乐部已经属于消逝的过去，已经不存在于地球上的任何地方。可突然间它又出现在我眼前，它就坐落在一条街道的拐角处，这条街道与另一条交会，两条街道都有着各自的名字，清楚地写在地图上。

“气氛棒极了，”菲利普神态满意地说。我一边看着表演手技、跳舞和耍杂技，一边苦恼地在想，要是他在电话里回答“我来”的话，那该会出现怎样的情况。毫无疑问，我们会度过几个美妙的夜晚，可我不可能爱他很久，也决不会真正爱上他。偶然的因素竟然如此稳妥地为我做出了决定，这使我感到惊奇。可是，菲利普把去科德角度周末看得比我还重，且出于对他母亲的敬重，没有到我房间里来找我，这无疑不是一种偶然。倘若他更富于激情，宽宏大度，他的思想感受和生活会不一样，那他也就不成其为他了。尽管如此，如果当时情况有所变化，就很可能把我推入他的怀抱，使我得不到刘易斯。想到这里，我不禁感到气恼。我们俩的事情确实让我流了不少泪，可我无论如何也决不答应把刘易斯从我的过去中夺走。事情虽然已经了结，其命运也彻底决定，但它仍然永远活在我的心间。想到这些，突然间反倒成了一种慰藉。

出了俱乐部，菲利普又引我们向湖畔走去。高楼大厦在晨雾中化为乌有。他在天文馆附近拦了一辆车子，我们下了岬角的石阶，哗哗的水声越来越清晰地传入耳中。湖色泛着蓝光，深灰色的苍穹下，这湖水显得多么新艳！“我也一样，”我暗自思忖，“我的生活就要重新开始。这仍然将是一种生活，一种属于我自己的生活。”第二天下午，我领着默利娅姆和菲利普逛公园、马路和集市，这些地方显然都属于尘世间的一座城市，我可以不用别人保护走向它。既然尘世已经重又归还于我，那前途也就不再绝对不可能存在了。

然而，当红色的小车在暮色中飞快地驶往纽约后，我犹豫不决，迟迟没有往回走。我恐惧那间被遗弃的卧室，恐惧内心的悲哀。我坐进了一家影院，继而又踯躅街头。我还从未在夜里独自在芝加哥城中漫步过。城市蒙着一层闪光的面纱，原来那副敌视的模样不见了，可是我不知如何与它相处为好。我像是闯进了一个未被邀请参加的盛会，不知所措地四处乱闯，双眼含着泪珠。我紧咬嘴唇。不，我不愿哭泣。实际上，我也没有哭，我暗暗地这么想，是黑夜的光芒在我心中颤动，是光的闪烁凝成一粒粒发咸的细珠垂挂在我的睫毛边沿。这一切的发生是因为我身处异邦，因为我永远不会再来，因为世界太丰富、太贫困，因为过去太沉重、太轻盈，因为我无法用这过分美妙的时光编织幸福，因为我的爱已经死亡，而我还幸存着。

我要了一辆出租车，又来到了放着垃圾桶的小径的拐角。在黑暗的小径上，我撞到了楼梯的第一级。储气罐周围闪烁着一个红色的光环，远处，一列火车在鸣笛。我打开门，房间亮着灯，刘易斯在睡觉。我脱去衣服，灭了灯，钻入了这张我曾落过多少泪水的床铺中。我的那些泪水都是从哪儿来的？到底是为了什么？猛然间，再也没有任何东西值得哭泣了。我紧靠着墙壁。多长时间以来，我一直在刘易斯的温暖中睡觉，如今我仿佛感到一个陌生人出于怜悯之心才让给我那张简易床铺的一角。他动了动身子，伸伸手：

“您回来了？几点钟了？”

“半夜了，我不想在您之前回来。”

“噢！我十点钟就到了。”他的声音已经完全清醒。“这座房子是多么凄凉，是吧？”

“是。一座殡仪馆。”

“一座改作他用的殡仪馆。”他说道，“到处都是幽灵：小妓女、疯女人、扒手，所有这些人我再也见不着了。幽灵不会上那儿去的。我很喜欢帕克的那座房子，可那儿太理智了。这儿……”

“这儿有魔力。”我说。

“魔力？我不知道。不过这儿至少有人来，至少会有事情发生。”

他在黑暗中仰躺着，高声地回顾起在这间卧室度过的日日夜夜。我的心一点点缩紧。他的生活在我看来富有诗情画意，就好似菲利普眼中的印第安人生活，但是对他自己来说，那是多么清苦的生活啊！多少个日子，多少个岁月，无艳遇，无奇遇，无人陪伴身边！他该是多么希望有一个彻底属于他的女人！他一度以为摆脱了孤寂，斗胆希望得到安稳的生活之外的东西。然而他失望了，他经受了痛苦，他恢复了原状。我用手抚摸自己的脸庞，从今之后，我的双眼永远是干涸的。我再也明白不过，他不可能赋予自己惋惜与等待的奢望。我不希望自己成为刺入他生命的一根毒刺。我甚至没有权利惋惜，也不可能抱怨什么。任何东西都没有给我留下，绝对没有。突然，他拉亮灯，朝我微微一笑：

“安娜，这个夏天您过得不算太糟糕吧？”

我犹豫不决：“这不是我一生中最美好的夏天。”

“我知道，”他说，“我知道。我惋惜许多东西。您有时以为我高人一等或抱有敌意，实际上，情况完全不是这样。不过有的时候，我感到胸口堵着一个东西。于是我宁愿让自己和所有的人去死，也不愿做点努力。”

“我也知道。”我说，“我猜想这由来已久。很可能是因为您经历过一个过分痛苦的青年时代的缘故，大概您的童年也是原因之一。”

“啊！别给我进行精神分析了！”他笑着说道，但已经处于戒备状态。

“不，别害怕。可我清楚地记得，两年前在德丽莎俱乐部，我想把戒指还给您独自去纽约城，您事后对我说：‘我竟然无法说出一个字来……’”

“我是说过这话！您的记忆力真好啊！”

“是啊，我的记忆力是好。”我说道，“可这帮不上忙。您不记得那天晚上我们做爱时一句话也没有说，您几乎显出一副敌视的模样，我说了一句：‘您对我至少有点儿友情吧？’您往墙边一缩，回答我说：‘友情？可我爱您！’”

我模仿着他那高傲的声音，刘易斯哈哈大笑起来：“这显得荒谬吧？”

“您当时就是用这种声调说的嘛。”

他眼睛直勾勾地盯着天花板，声调轻巧地低语道：

“也许我还爱着您。”

若在几个星期前，我会对这句话如获至宝，试图从中萌发出一线希望。然而现在它在我心间没有引起反响。刘易斯对自己的精神状态提出疑问，这是很自然的事，人们任何时候都可以玩弄字眼。但不管怎么说，我们的事已经了结了，他心里清楚，我心里也同样明白。

最后几天里，我们没有谈论过去和未来，也没有谈我们的感情。刘易斯人在这儿，我呆在他身旁，这就足够了。既然我们再也不索取什么，那也就不会拒绝我们任何东西，我们也许可以认为我们得到了满足。我们可能确实得到了满足。临行的那天夜里，我说：

“刘易斯，我不知道自己是否会不再爱您，可我知道只要我活着，您就永远在我心间。”

他把我紧紧地贴在他身上：“只要我活着，您也永远在我心间。”

我们还会相见吗？我再也不能这样问自己了。刘易斯把我送到了机场，他匆匆地亲了我一下，在进口处离开了我，我心间一片空白。临登机前，一位雇员交给我一只硬纸盒子，里面摆着一大朵兰花，兰花上铺着一层丝纸。等我到了巴黎，这花还没有枯萎。

第十一章

一只蜜蜂围着烟灰缸嗡嗡作响。亨利抬起头，嗅了嗅福禄考花甜丝丝的馨香。他的手又在稿纸上轻轻滑动，誊清了涂改过的那一页。他喜爱在椴树下度过这一个个上午，也许是因为除了写作之外他再也不做任何其他事情的缘故，一部书在他眼里又显得有了分量。再说，迪布勒伊喜欢他的小说，他为此感到满意。毫无疑问，这部短篇准也会让迪布勒伊喜欢。亨利感到他第一次在从事着完全是自己想做的工作。能为自己感到满意，这确实令人愉悦。

纳迪娜在窗口两片蓝色的护窗板间探出脑袋：

“看你的样子多用功！就像是一个在完成假期作业的小学生。”

亨利微微一笑，他清楚地感觉到自己就像一个小学生那么幸福。

“玛利亚醒了吧？”他问道。

“醒了，我们就下楼。”纳迪娜说。

他整理好纸笔。时值正午。要想避开夏尔利埃和梅里科，该出门走了。他们俩还要为那本周刊的事来鼓动迪布勒伊，可亨利一再重申：“我不想掺和进去。”这话他都说厌了。

“我们来了！”纳迪娜说道。

她一手提着一只食品袋，另一只手抱着一件她引以为自豪的东西，既像是行李箱，又像是摇篮。亨利连忙接了过来。

“小心！别碰到她！”纳迪娜说道。

亨利对着玛利亚微笑，竟然在虚无之中得到了一个小丫头，一个新生出的蓝眼睛、黑头发、完全属于他的小丫头，他至今还感到惊奇。小丫头充满信任地空想着，亨利把她放进了车子里，安顿好。

“咱们赶快溜！”他说。

纳迪娜坐在方向盘前，她就爱开车。

“我先开到车站去买报纸。”

“如果你非要去就去。”

“当然要去。特别是今天是星期四。”

星期四是《铁钻》以及和《美妙的时光》合并的《希望周刊》出刊的日子。纳迪娜实在不愿意错过这种愤然怒骂的大好机会。

他们买了一摞报刊，驾车向森林驶去。纳迪娜开车时从不说话，异常专心。亨利亲切地望着她倔强的身影。每当她像这样认真而狂热地迷上哪件事时，亨利总觉得她让人心动。他后来之所以又开始与她见面大多是因为她这种极度的诚意使他动了情。“你知道，我变了。”见面的第一天，她这样对亨利说。她并没有多大变化，可她意识到自己身上有某种东西不正常，并试图改变自己。亨利想帮她一把。他心里想，如果能使她幸福，那她就可以摆脱那种使她对生活产生厌倦的隐隐约约的苦恼。既然她那么渴望亨利娶她为妻，他便做出了娶她的决定。实际上，他也相当钟情于她，也想娶她为妻。好一个古怪的姑娘！别人时刻准备送给她的东西她不要，而非要自己花一番努力从你手中夺走才高兴。亨利心中有数，她肯定早有盘算，虚报安全期，故意怀上孩子以逼他就范。当然除此之外，她坚信一旦使亨利面对既成的事实，她实际上也是帮助亨利体验到真正的乐趣。亨利困惑不解地打量着她。她拥有了诈取的财富，可她头脑也相当清醒，她的内心深处肯定怀疑亨利这样做不是心甘情愿的，正是由于这一主要原因，亨利才未能如愿以偿，使她真正幸福。她心里总以为亨利不是真正爱她，为此对他产生了埋怨情绪。亨利思忖：“也许最好还是向她解释清楚我从来就没有上当受骗，一直感到自己是自由人。”但是纳迪娜一旦知道自己的盘算早就被戳穿，她准会感到痛苦与耻辱。她会因此而认定亨利打心眼里瞧不起她，是出于怜悯之心才娶了她，没有比这更会伤害她了。她痛恨别人对她评头论足，也讨厌别人慷慨过分，施舍她礼物。不行，跟她说实话无济于事。

纳迪娜在池塘边停下车子。

“真是一个好地方。平时上班的日子里，这儿从来没有人来。”

“下水去该多么快活。”亨利说。

她仔细检查玛利亚是否安顿稳妥，然后两人才脱去衣服。脱掉那件布裙后，纳迪娜身上穿着一件绿色的比基尼，裹得紧紧的。她的两条腿已经不像以前那么粗壮了，而两只乳房却仍然那么富有青春活力。亨利乐呵呵地说道：

“你可是一位漂亮的妓女！”

“噢！你也一样。咱们可以下水了。”她笑着说。

他们向池塘跑去。她俯卧而游，威严地把脑袋昂在水面，仿佛就像是在用托盘托着。他十分喜欢她的脸庞。“我钟情于她，”他暗暗思忖，“甚至十分钟情，可这为什么不完全是爱呢?”纳迪娜身上有着某种令他气恼的东西，那就是她的疑心、积恨、恶意与她那种根深蒂固抱有敌意的孤僻。但是，如果他爱她爱得更深一点，她也许会变得开朗、快活、可爱一些。眼下的状况是恶性循环。爱情可不是说得到就可以得到的，信任也同样如此。无论是爱情还是信任，都难以产生。

他们游了很久，接着躺下晒太阳。纳迪娜从食品袋中取出一袋三明治，亨利拿了一个。

“你知道，”亨利稍歇片刻后说道，“我又想了想你昨天跟我说的有关塞泽纳克的那些事情。我怎么也无法相信。肯定是塞泽纳克干的?樊尚有把握吗?”

“绝对有把握。”纳迪娜说，“樊尚花了整整一年的工夫，终于找到了一些当事人，让他们开口作证。塞泽纳克专门在边界线搞交接，经他交到德国人手中的犹太人很多，肯定就是他。”

“但到底是为了什么呢?”亨利问道。

他听到了尚塞尔热烈的声音：“我给你领来了我最要好的朋友。”他看到了一张顽强而纯洁的面孔，它立即给人以信任感。

“为了钱呗，我猜想。”纳迪娜说，“谁也料想不到，他当时可能就已经吸毒了。”

“他为何要吸毒呢?”

“这，我就一点儿也不明白了。”纳迪娜说。

“他现在人在哪儿?”

“樊尚巴不得弄清楚呢！当他得知塞泽纳克是个密探，便把他撵出门外，那是去年的事，后来就一直不知他的踪迹。不过，樊尚会找到他的。”她添了一句。

亨利咬了一口三明治。他并不希望再找到塞泽纳克。迪布勒伊已经向他许诺，不管遇到怎样严峻的情况，他一定作证，发誓他与梅尔西埃十分熟悉。他们俩这样一联合起来，什么官司都肯定打赢。不过，要是这件事不再惹出风波，那当然更好。

“你在想谁呢?”纳迪娜问道。

“想塞泽纳克。”

他没有把梅尔西埃的事告诉纳迪娜。当然，即使跟她说了，她也决不会透露风声的。只是她这人无法让别人动情地跟她讲知心话，她好奇心有余而同情心不足。而这件事，恰恰需要深厚的同情心才能容忍。虽然迪布勒伊和安娜都很宽容，可每当他想起这件事，心里总是不那么舒畅。不过，他想达到的目的最终已经达到。若赛特没有自寻短见，她成了人们经常提起的一颗新星，每个星期都可以在这份或那份报纸见到她的艳照。

“一定会找到塞泽纳克的。”纳迪娜重复说道。

她打开一份报纸，亨利也拿起一份。只要他人在法国，看报纸是不可省去的，不过，他心里可真不想读。美国对欧洲严加控制，法兰西人民联盟获胜，与敌合作分子大批回国，共产党人笨拙失策，看了真叫人心烦。在柏林，问题并未妥善解决，战争随时可能爆发，说不定就在最近的哪个清晨。亨利仰天睡倒在地，阖上了眼睛。要是到了韦内雷港，他决不打开一份报纸。有什么用呢?既然什么都无法阻止，那还不如无忧无虑地享受余生。“这会使迪布勒伊感到愤慨。但是，这样活着，就仿佛永远不会死去似的，他会觉得情有可原的，因为说到底这是一回事。”亨利暗自思忖，“做好死的准备有何用呢?无论怎样谁也不会完全做好死的准备，可不管在什么时候，谁的准备又都是充分的。”

“竟然对伏朗热那本不值一提的书如此欢迎，真不可思议！”纳迪娜说。

“这是必定的！眼下所有的刊物都在右派手中。”亨利说道。

“即使都属于右派，可他们不会全都是傻瓜呀。”

“可是他们多么需要有一部杰作！”亨利说道。

伏朗热的书根本不值一提，可他提出了一句十分精明的口号：“容忍罪过。”过去与敌合作，是因为喝了罪过的旺泉；密苏里州出现一起私刑处死事件，是罪过，因此也就是赎罪；愿降福于犯下种种罪过的美国，马歇尔计划万岁。我们的文明是有罪的，这正是它的最高荣耀。想要实现一个更加公平的世界，这是多么肤浅可笑！

“喂！我可怜的好人，等你的那本书出来，瞧他们该怎么对待你！”纳迪娜说。

“我心中有数！”亨利说道。他打了个呵欠，“啊！这再也不稀奇了！我事先就可以想象出伏朗热和勒诺瓦的文章，连其他那些标榜自己公正不倚的人，我也知道他们会说些什么。”

“说些什么？”纳迪娜问道。

“他们会谴责我没有写出《战争与和平》或《克莱芙王妃》。得知道，我没有写过的书，图书馆里多着呢。”他乐呵呵地补充了一句，“不过冲你提起的往往是这两部书。”

“莫瓦纳准备什么时候出版你的书？”

“两个月后，九月底吧。”

“那时离出发的日子就为期不远了。”纳迪娜说道。她伸了伸懒腰，“我已经恨不得在那边了。”

“我也一样。”亨利说。

把迪布勒伊一人抛下不管，这太不近情理了，他理解纳迪娜坚持要等她母亲回来再走。再说，亨利在圣马丁过得挺开心。不过到了意大利，他肯定会更高兴。那房子就坐落在海边，依山傍水，峭壁耸立，青松茂密。想当初他打算丢下手中的一切，独自隐居南方写作时，经常梦寐以求而又不敢奢望的正是这样的处所。

“咱们带一部高质量的唱机去，再带许多唱片。”纳迪娜说。

“还要带很多书。”亨利说道，“咱们一定能把日子安排得好好的，你到时候瞧吧。”

纳迪娜支着一只胳膊欠起身子：“真奇怪。咱们要到皮米昂塔的家里去住，可他却要来巴黎过日子。兰顿也再不愿意回到美国去了……”

“我们三人处境都一个样。”亨利说道，“三人都是作家，都搞过政治，也都搞腻了。到国外去，这是自断退路的最好方式。”

“是我想到那座房子的。”纳迪娜洋洋得意地说。

“是你。”亨利莞尔一笑，“你经常能出些好点子。”

纳迪娜的脸色忽然阴沉下来。她神态严肃地向天边凝望了一会儿，突然站了起来：“我得去用奶瓶给玛利亚喂奶了。”

亨利目不转睛地看着她。她到底想到了什么？可以肯定的一点，那就是她很不甘心只当孩子的母亲。她坐在一截树桩上，怀里抱着玛利亚，她神色威严而又耐心地用奶瓶喂她。她很要面子，想当一个称职的母亲，接受了可靠的育儿原则，购置了许多卫生用品；可当她照顾玛利亚时，亨利从未在她眼里见过真正的柔情。是的，正是这一点使她很难被人所爱。连照顾这个婴儿时，她也是保持着距离，性情始终那么沉郁。

“你还要下水去吗？”她问道。

“我们一起去吧。”

他们又游了一会儿。上岸后他们擦干身子，穿上衣服，纳迪娜又掌握着方向盘。

“但愿他们已经走了。”小车停在栅栏门前，亨利说道。

“我去看看。”纳迪娜说。

玛利亚在酣睡，亨利把她搬到家中，放在前厅的箱子上；纳迪娜耳朵贴着工作室的门听了片刻，接着推开门。

“你就一个人？”

“对。进来，进来呀。”迪布勒伊高声说道。

“我先上楼让小丫头睡下来。”纳迪娜说道。

亨利走进工作室，微微一笑：“真遗憾，您未能跟我们一块儿去。在水里可舒服了。”

“我最近哪一天一定去。”迪布勒伊说道。他拿起写字台上的一页纸，“有件事要我转告您：有一个叫让·巴杜洛的人，就是您认识的那个律师的兄弟，他打来电话，请您马上给他回个电话。他兄弟从马达加斯加给他提供了一些情况，他想要转告您。”

“他为什么非要见我呢？”亨利问道。

“因为您去年撰写的那些文章的缘故呗，我猜想。就您一个人揭露了事实真相。”迪布勒伊把那张纸递给亨利，“要是那人向您提供那边事态发展的详细情况，《警觉》最近一期可以缓一缓再出，您还有时间为杂志写一篇文章。”

“我等一会儿就给他打电话。”亨利道。

“梅里科告诉我，他们在那边干的一些事情真是史无前例，竟当场审判被告。”迪布勒伊说，“类似情况，在法国都是先立案的。”

亨利坐了下来：“今天中午这顿饭吃得怎么样？”

“那个夏尔利埃越来越瘦了。”迪布勒伊说，“人老了是可怜。”

“他们又提起周刊的事了？”

“他们就是专为此而来的。据说曼海默非要见我不可。”

“真滑稽。”亨利说，“要钱时，怎么也找不着。如今什么也不求，却来了这么一个家伙，非要您拿他的钱。”

曼海默是一位在流放中身亡的大银行家的儿子，他本人也被流放过，后来在瑞士的一个疗养院呆了三年。他在那里写过一部书，书写得很差劲，可充满善意。他打定主意要创办一份大的左派周刊，而且非要由迪布勒伊来主持。

“我马上就要与他见面。”迪布勒伊说。

“您跟他说些什么？”亨利问道，接着淡淡一笑，“您又开始动心了？”

“得承认确实让人动心。”迪布勒伊说道。“除了共产党的报刊之外，根本就没有一份左派的周刊。如果真的能有一份大发行量的刊物，图文并茂，有照片，有报道，那还是值得一试。”

亨利耸耸肩：“您知道办一份有影响的大周刊有多大工作量吗？那跟

《警觉》没法比。得日夜操劳，尤其是第一年。”

“我知道，”迪布勒伊说道，两只眼睛在搜索亨利的目光。“正因为如此，只有您也一起干，我才会考虑接受。”他添了一句。

“您完全知道我就要去意大利了。”亨利有点儿不耐烦地说，“不过，要是您对这件事真感兴趣的话，不难找到合作者。”

迪布勒伊摇摇头：“我办报刊毫无经验。”他说道，“如果真要创办这份周刊，那我身边需要一个专家。您知道具体情况是怎样的：基本上由他来掌管一切。对这样一位专家，我得像对自己一样信任才行。那只有您了。”

“即使我不走，我也决不揽这种苦差事。”亨利说道。

“遗憾啊!”迪布勒伊带着责备的口气说，“因为这种差事正适合我们干，我们本可以一起做一件出色的工作。”

“那以后怎么办?”亨利道，“我们的处境比去年更进退维谷。我们能采取什么行动？什么都不成。”

“总有些事情是取决于我们自己的。”迪布勒伊说，“美国想武装欧洲，对此我们就可以组织反抗力量。为此，如果有一份报刊就极其有用。”

亨利哈哈笑了起来：“总之，您是一找到机会就准备重操旧业，去搞政治，是吗?”他说道，“多棒的身体啊!”

“谁的身体棒?”纳迪娜走进工作室问道。

“你父亲，他对政治还没有个够，他还想重操旧业。”

“确实应该干嘛。”纳迪娜说。

她在唱片柜前跪了下来，又开始折腾起唱片来。“对，”亨利心里想，“迪布勒伊感到厌倦，为此他才蠢蠢欲动。”

“我从来没有像放弃政治以后这段时间里这么幸福过。”亨利道，“我无论如何再也不干了。”

“可这种消沉的状况是可鄙的。”迪布勒伊说，“左派已经彻底四分五裂，共产党被孤立。应该尽量想办法重新组织起来。”

“您想重新组建革命解放联合会?”亨利以怀疑的口吻问道。

“不，决不会!”迪布勒伊回答道。他耸耸肩膀，“我没有任何明确的想法。我只是发现咱们目前处于一种尴尬的境地，希望能从中摆脱出来。”

出现了一阵沉默。亨利回忆起类似的一个场面：迪布勒伊逼着他，他极力自卫，心想很快就要离开巴黎，远走高飞了。但是在那个时期，他还觉得自己负有责任。如今他已经确信自己无能为力，从而感到自己是绝对自由的。无论我答应还是不答应，并不关系到人类的命运，只是关系到我自己的命运与人类的命运的连接方式而已。迪布勒伊非要将这两者混为一谈，那是他自己的事情，反正我不加以混淆。不管怎么说，这只涉及到他，只涉及到我，不关任何其他的事情。

“我可以放张唱片吗？”纳迪娜问道。

“当然可以。”迪布勒伊说。

亨利站起身子：“我要去工作了。”

“别忘了给那个人打电话。”迪布勒伊嘱咐道。

亨利穿过客厅，抓起电话。对方的那个人仿佛得意忘形，同时又战战兢兢，似乎感觉他从那头收到了一份急电，必须不惜一切代价立即传达给收件人。“我兄弟给我写信说：谁也不会做什么，可我肯定亨利·佩隆能做点事。”他口气夸张地说道。亨利暗忖：“写一篇文章看样子是逃不脱了。”他约定巴杜洛第二天在巴黎见面后，又回到椴树下坐了下来。他那么迫不及待地要去意大利，原因就在此。在这里，仍然还有信啦、来访啦、电话啦，他要处理的事情太多了。他把纸张在面前摆好。唱机在放着弗兰克的四重奏，纳迪娜正坐在窗扉大敞的窗沿上欣赏；蜜蜂围着福禄考花丛嗡嗡作响；一辆牛车在路上经过，发出古老的声响。“多么安宁啊！”亨利暗暗在想。为什么非要逼他去过问在塔那那利佛发生的事情呢？地球上可怖的事情总是不断，可谁也不会同时生活在地球的各个角落。终日记挂着异国他乡发生的灾难，却又无法解救，这岂不是贪恋不舍的快乐[1]。“我是在这儿生活，而这儿是安宁的。”他心里想。他看了看纳迪娜。她一副很不常见的沉思神态。平常，她很难集中精力去读书，可听起她喜爱的音乐来却可以静心地听很久很久，每逢这种时刻，往往感到她心间仿佛降

1　天主教神学用语，指本应排斥而竟陷入其中的邪念。

临了一片酷似幸福的岑寂。“我必须让她获得幸福。”亨利暗暗发誓，“眼下这种恶性循环应该是可以打破的。”要让某人幸福，这是具体实在的事情，如果你确实记挂在心，那要花去你不少精力。照顾纳迪娜、抚育玛利亚、写书，这并不完全是他以前希冀的生活。从前，他以为幸福就是一种回避世界的方式。但是，听听这音乐，看看这住家、这椴树和这桌上的手稿，心里暗想：“我是幸福的。”这可非同一般呀。

亨利撰写的有关马达加斯加的文章于八月十日发表了。他在文章中倾注了自己的激情。非法处决主要证人、谋害律师、严刑拷打被告搞逼供：实际情况比他想象的还要可怖得多。这些事件不仅仅发生在塔那那利佛，而且在这儿，在法国，所有人也都是同谋。投票通过取消豁免权的议会是同谋，政府、最高法院和共和国总统是同谋，保持沉默的报刊是同谋，容忍这种沉默的千百万公民也是同谋。“现在至少有几千人知道了。”当他手中拿到这一期的《警觉》时，这样自言自语道。可他又遗憾地想：“这没有多大作用。”他对整个事件进行了详尽的研究，始终挂在心上，是那么仔细，那么关切，到了整个事件与他个人休戚相关的程度。每天早上，他都在报上寻找那些报道案件情况的可怜巴巴的短讯，然后整个一天都用来思考。手头那部短篇小说一时难以完稿。当他又坐在椴树下写作时，福禄考的馨香和村庄的喧哗再也没有以前的那种感觉了。

这天上午，他正心不在焉地写作，突然栅栏门口响起铃声。他穿过院子去开门：来的是拉舒姆。

“是你呀!”他说道。

“是呀。我想跟你谈谈。”拉舒姆声音平静地说，“你好像并不高兴见到我，可还是让我进去吧。”他补充了一句，“我要跟你说的事情你会感兴趣的。”

这十八个月来拉舒姆苍老多了，眼睛下出现了两道黑印。

“你想跟我说什么?”

“关于马达加斯加事件。”

亨利开了门：“你跟一个卑鄙的法西斯分子有何相干?”

“噢！别提了！”拉舒姆说，“你知道政治是什么玩意儿。一旦写了那篇文章，那我就非得判处你死刑不可。那都是旧事了。”

“可我记忆犹新。”亨利道。

拉舒姆神态痛苦地看着他：“如果你真记恨我，那就恨吧。尽管你真的应该理解！”他叹了一口气说道，“不过眼下，关系的不是你与我，事关解救一些人的性命。你就听我说五分钟吧。”

“我听你说。”亨利朝他指了指一张柳条扶手椅说道。实际上，他早已不对拉舒姆感到愤怒了。那整个过去离他已经太遥远了。

“你刚刚写了一篇十分精彩的文章，我甚至说是一篇振聋发聩的文章。”拉舒姆声音有力地说。

亨利耸了耸肩膀：“可惜它没有震醒上流社会。”

“是呀，这就是不幸之所在。”拉舒姆说道。他搜索着亨利的目光，“我猜想如果别人给予你更广泛的活动余地，你不会拒绝吧？”

“那是什么活动余地呢？”亨利问。

“简单地说吧，事情是这样的。我们正在组织一个保卫马达加斯加人委员会。本来要是不由我们出面，而由别人发起更好，但是那些小资产阶级理想主义分子并不是什么时候都具有敏感的意识，有时候，他们可以不动声色，安之若素，结果是谁都袖手旁观，不肯动手。”

“迄今为止，你们也没有干过多少大事。”亨利说道。

“我们无法干。”拉舒姆连忙说，“他们一手策划了整个事件，其目的正是为了取缔马达加斯加民主革命运动；他们通过马达加斯加的议员，把目标对准了整个运动。要是我们过分大张旗鼓地为他们辩护，那会连累了他们。”

“就算如此，那又怎么了？”亨利问道。

“那么我就想到了组织一个委员会，其中进去两三名共产党人，而大多数由非共产党人组成。我读了你的文章，心想谁也不会比你更有资格主持这个委员会。”拉舒姆用目光询问着亨利。“同志们都不反对。只是在向你正式提出请求之前，拉福利想先有个把握，肯定你会接受才干。”

亨利保持沉默。法西斯分子、卖身投靠的家伙、混账、密探，当初他们断言他干尽背信弃义的勾当，如今他们又突然回头，伸出乞求的手。这不禁使他产生了几分极为惬意的胜利感。

“那个委员会里具体都有哪些人?”亨利问道。

“都是一些很渴望行动也比较重要的人物。”拉舒姆回答道，“可他们为数不多。”他耸耸肩膀，“这些人一个个都那么担心危及自己！他们宁愿看着二十个无辜的人被活活打死，也不愿意跟我们一起陷进去。如果你出面牵头，那情况就大不一样了。”他声音迫切地添了一句，“你嘛，他们肯定会跟着你走的。”

亨利犹豫不决：“你们为什么不去请迪布勒伊？他的名字比我的要更有分量，他也肯定会答应的。”

“有迪布勒伊那敢情好。”拉舒姆说道，“可必须把你的名字放在第一个。迪布勒伊跟我们太贴近了，无论如何不应该让这个委员会被人看作是共产党人出的主意。”

“我明白了。”亨利硬邦邦地说，“我只有在当一个社会叛徒的情况下才可能对你们有所用场。”

“对我们有所用场!”拉舒姆气呼呼地说，“你可以对被告有所帮助。看你都想些什么！我们在这件事上可以得到什么？你不了解。”他带着责备的目光看着亨利继续说道，“我们每天都收到从马达加斯加发来的信件和电报，今天上午也还收到了。一封封撕心裂肺：‘公开事实真相吧！激起公众舆论。把这儿发生的一切告诉本土的人们。’可我们的手脚都被捆着！如果不设法让大家组织起来投入行动，那我们还能做什么呢?”

亨利微微一笑，拉舒姆情绪激烈，令他心动。确实，此人可以干出卑鄙的勾当，但也不会平心静气地容忍别人大批大批地折磨、杀害无辜的人。

“那你到底要干什么呢?”他口气随和地问道，“你们那里把什么都混淆在一起，政治谎言和真情实感相混杂，别人很难分辨真伪。”

“要是你们不动辄就谴责我们搞阴谋诡计，那你们还是可以分辨得更清楚一些的。你们好像总是以为共产党只为自身谋利益！你记得一九四六年吧，我们为克利斯迪诺·加尔西亚出面干涉，可别人却谴责我们不可避免地要把他往断头台上推。如今我们保持沉默，你又对我说：‘你们可没有做过什么大事。’”

“你别生气。”亨利说，“你好像变得特别爱动气。”

“你不知道，到处都被人怀疑！最终真弄得你恼火透了！”

亨利恨不得回他一句：“这是你们自己的错。”可嘴里没有说什么，他觉得自己没有权利摆出那种肤浅的高人一等的模样。说实在的，他已经不再记恨拉舒姆。有一天拉舒姆在红酒吧对他说过：“我宁愿忍受一切也不愿离开党。”他觉得与涉及的利益相比，他自身是无足轻重的，可他为什么更加重视亨利的价值呢？在目前的情况下，友谊自然谈不上了，但是，没有什么可以妨碍他们一起工作。

“听着，我巴不得与你一起工作。”亨利说道，“我并不认为成功的可能性有多大，但总可以试一试。”

拉舒姆脸色变得晴朗起来：“我可以告诉拉福利你一定会同意的？”

“是的。可你们都有哪些打算，给我详细说一说。”

“咱们一起讨论吧。”拉舒姆说。

“瞧！”亨利思忖，“这再一次得到证明，每做一件正经事都必定要担负起新的义务。”他一九四七年撰写社论，这不可避免地迫使他写了《警觉》上的那篇文章，这篇文章又推着他去组织这个委员会。他又被死死地夹住了。“可这不会持续多久，”他暗暗在想。

“你该上床睡觉了，看你精疲力竭的样子，”纳迪娜不高兴地说。

“我是乘飞机旅行累的，”安娜以抱歉的口吻说道，“再说还有时差。我昨天夜里睡得很不好。”

工作室里看似洋溢着快乐的气氛。安娜头天回到家里，纳迪娜到小院子里采摘了各式各样的鲜花，把屋子装饰成一个花的天地。可实际上谁也不开心。安娜突然苍老多了，无度地喝威士忌。最近这些日子一直精神振奋的迪布勒伊也显得忧心忡忡，无疑是由于安娜的缘故。纳迪娜多多少少都在赌气，她还一边织着一件鲜红色的东西。亨利介绍的情况更使夜晚布满阴云。

“那怎么了？算完了？”安娜问道，“再也没有任何希望搭救那些人了？”

“我看不出有什么指望。”亨利答道。

“传说议会要把这件事拖下去，拖得它不了了之。”迪布勒伊说。

“要是旁听了议会会议，您也会感到吃惊的。”亨利道，“我觉得自己经受得住，可有的时候，我真恨不得去杀人。”

“是呀，他们是挺狠的。”迪布勒伊说。

“那都是些政客，我并不感到奇怪。”安娜说道，“我难以理解的是，就总体而言，人们的反应如此淡漠。”

“正是由于这个原因，那些人才无动于衷呢。”亨利说。

热拉尔·巴杜洛和其他律师来到了巴黎，下决心闹个天翻地覆。委员会尽最大努力为他们提供了帮助，可他们却遇到了普遍的无动于衷的态度。

安娜看了看迪布勒伊：“您不觉得这让人泄气吗？”

“不，”他回答道，“这只是证明了行动是不可能仓促发起的。大家是从零开始，那显而易见……”

迪布勒伊进入了委员会，可对委员会的事情不怎么过问。这件事令他感兴趣的一点，就是他又开始接触政治。他报名加入了“自由战士”运动，他参加了该运动的一个集会，过几天还要去。他没有要求亨利跟他走，再也没有提起周刊的事，可不时漏出一句或多或少经过掩饰的责备的话。

“不管仓促还是不仓促，反正眼下任何行动都毫无结果。”亨利说。

“这是您说的。”迪布勒伊道，“如果我们身后有一个组织完备的群体，有一份报纸，有资金，那就很可能成功，激起公众舆论。”

“那可不一定。”亨利说道。

“不管怎么说，您也知道当机会降临时，如果想要获得行动的成功，那事先就得有所准备。”

“对我来说，机会绝不会降临。”亨利道。

“算了吧！”迪布勒伊说道，“您说什么您和政治都已经完了，真让我感到好笑。您跟我一样，政治搞得太多了，不可能不再去搞。您一定会重新被夹进去。”

“不会的，因为我就要退避三舍了。”亨利乐呵呵地说。

迪布勒伊两眼闪亮：“我跟您打个赌：您绝不可能在意大利呆上一年。”

“我来打这个赌。”纳迪娜连忙说。她向她母亲转过身去，“你觉得怎么样?”

“我不知道。”安娜回答说，“这要看你们在那边过得到底怎样，是不是开心。”

“你怎么觉得我们在那儿会不开心呢?你见到那座房子的照片了吧?那座房子难道不漂亮吗?”

“它看上去十分漂亮。”安娜答道。她突然站起身来，“对不起，我困了。”

“我陪你一起上楼。”迪布勒伊说道。

“今天夜里尽量好好睡。”纳迪娜亲了亲母亲，说道，“我向你发誓，你的脸色可真太难看了。”

“我一定能睡着的。”安娜说。

等她一带上门，亨利便搜索着纳迪娜的目光：“真的，安娜神色太疲惫了。”

“既疲倦又阴沉沉的。”纳迪娜忌恨地说，“要是她真的那么舍不得她的那个美国，那留在那儿不就得了。”

“她没有跟你讲过那边到底出了什么事情?”亨利问道。

“瞧你！她那人就爱搞得玄玄乎乎的。”纳迪娜说道，“再说，对我嘛，谁也不会告诉什么的。”

亨利好奇地打量着她：“你跟你母亲的关系可真怪。”

“为什么怪?”纳迪娜一副被惹怒的神态说道，“我很爱她，可她经常惹我生气。我猜想她也是处于同样的情况。这没有什么稀奇古怪的，家庭关系就是这种样子。”

亨利没有多说，可这始终让他感到吃惊。母女俩为了对方不惜献出自己的生命，可两个人之间却总有点儿什么不合拍。每当她母亲在场，纳迪娜就显得好斗、固执得多。继后的日子里，安娜尽量显得欢快些，纳迪娜的眉头也就舒展开了。但是总觉得一场暴风雨时刻都可能出现。

这天上午，亨利在房间里看见她俩满面笑容，手挽手走出院子；两个小时后，当她们穿过草坪回家时，只见安娜拿着一个细长棍面包，纳迪娜拿着报纸，两人好像争吵过似的。

吃午饭的时候到了。亨利收拾起纸笔，洗了洗手，下楼来到起居室。安娜神色茫然地搭着一把椅子的边沿坐着，迪布勒伊正在读《希望周刊》，纳迪娜站在他身边盯着看。

“你们好！有什么新鲜事吗?”亨利向大家一一微笑，问道。

“哼!”纳迪娜指着报纸说。“我希望你去砸朗贝尔那小子的脑袋。”她生硬地又补充了一句。

“啊！又开始了，朗贝尔又污蔑我了?”亨利笑盈盈地问道。

“要是他只污蔑你也就算了!”

“瞧瞧。”迪布勒伊把手中的周刊递给亨利，说道。

文章题目为《他们的自画像》。首先，朗贝尔再次对迪布勒伊施加的不良影响表示遗憾。想当年亨利才华横溢，如今江郎才尽，这完全是迪布勒伊之过。接着，朗贝尔以荒诞之手法断章取义、东拼西凑，介绍了亨利的小说的故事梗概。他无中生有，以提供此书的要点为借口，有选择地透露了亨利、迪布勒伊、安娜和纳迪娜的私生活的许多细节，真真假假，使他们显得面目可憎而又滑稽可笑。

“多混账!”亨利说道，“我记得那次就我们与金钱的关系进行的谈话，他竟然从中编造出了这段如此卑鄙的文字，说什么‘左派特权阶层的虚伪’。多么混账的小子!”他又咒骂道。

“你不会听之任之吧?”纳迪娜问道。

亨利用目光询问着迪布勒伊：“我恨不得砸了他的脑袋，再说这也不难。可这样做有什么用处呢？丑闻一桩，各家报纸竞相报道，少不了又是一篇文章，比这一篇还更糟糕……”

“砸得狠一点，他嘴巴就不会吭声了。”纳迪娜说道。

“肯定不行。”迪布勒伊说道，“他巴不得别人议论他，一有机会便猛扑过去。我赞成亨利，不管算了。”他做出结论道。

“这样一来，哪天等他又心血来潮，再写一篇文章，写得更离奇，那怎么还能阻挡得了?”纳迪娜说，“要是他觉得没什么可害怕的，那他就不在乎什么了。”

“一搞写作这一行当，出现这种情况是在所难免的。”亨利说道，“谁都有权朝你吐唾沫，许多人甚至觉得这是一种义务。”

“我可不写作。”纳迪娜说道，“别人没有权利朝我吐唾沫。”

“是呀，开始时总免不了气愤。”安娜说，“可你到时看吧：慢慢会习惯的。”她站起身子，“咱们吃午饭，怎么样?”

他们默默地围着餐桌坐下。纳迪娜从冷盘中叉出一片红肠，脸色顿时舒展开来，“一想到他就要摆出一副得意洋洋、心安理得的样子，我心里就气。”她以令人困惑的口吻说道。

“他不会得意到哪里去。”亨利说道，“他一心想写故事、小说，可自从发了那篇差劲的所谓短篇小说之后，除了他普通的文章之外，伏朗热还没有发表他的任何东西。”

纳迪娜朝安娜转过身子：“他上个星期斗胆写的那些东西别人跟你说过吗?”

“没有。”

“他宣称贝当分子是以他们的方式爱着法国，与分立派的抵抗运动成员相比，他们距离戴高乐分子更近。还没有谁说到这个程度呢!”纳迪娜幸灾乐祸地说道，“哈！他们原来的那些伙伴气得要命。”她添了一句，“你读过朱利安对伏朗热那本书写的评论吗?”

“罗贝尔给我看过了。”安娜答道，“朱利安！谁会相信?”

“并没有什么让人那么大惊小怪的!”迪布勒伊说道，“今天的一个无政府主义分子，你想让他怎么样呢？在左派，那些如同儿戏的破坏伎俩提不起谁的兴趣。”

“我不明白为什么一个无政府主义分子就必定会成为法兰西人民联盟成员。”纳迪娜说。

她老把别人的解释看作托词，为此她常常拒绝理解，以免败了自己发泄私愤的兴致。出现了一阵沉默。他们四人从来就不容易谈到一块儿去，如今就更不易了。亨利和安娜谈起一部她从美国带回来的小说，这部小说他刚刚读完全文。迪布勒伊和纳迪娜各自想着心事。吃罢了饭，大家总算松了一口气。

“我可以用用车子吗？”纳迪娜离开餐桌时问道，“要是有人愿意照顾一下玛利亚，我倒很想去转一圈儿。”

“我来照顾玛利亚。”安娜说。

“你不带我去逛逛？”亨利笑眯眯地问道。

“首先你根本就不想去。”纳迪娜也笑眯眯地说道，“再则我更乐意一个人呆一会儿。”

“那好，我就不强求了！”亨利道。他亲了亲她，“好好逛，小心点。”

他无心去逛，也没有兴致工作。迪布勒伊说他写的第一部短篇小说写得确实好，眼下他想写的这一篇也一直记挂在心头，可这些天来他感到有点儿神不守舍。他的心已经不在法国，可也还没有飞到意大利。塔那那利佛一案不了了之，被告们全都拒绝为自己辩护，判决事先早就决定。迪布勒伊的活动令他气恼，可对迪布勒伊从中获得的乐趣却隐隐约约有点羡慕。他拿起一本书。感谢上帝，他的时间再也不像以前那样按天按小时计算了，他用不着逼迫自己。他在等着到韦内雷港安顿下来之后再开始动笔写这篇新的小说。

七点钟光景，安娜喊他去喝开胃酒，这个习惯是安娜自己立的。亨利走进工作室，迪布勒伊还在那儿埋头写作。他推开纸笔：

“又一件好事干成了。”

“是什么东西？”亨利问道。

“我周五要到里昂讲话的提纲。”

亨利微微一笑：“您真有胆量。南锡、里昂：多么可怖的城市！”

“是呀，南锡是可怖。”迪布勒伊说道，“可我对那个夜晚留下了美好的记忆。”

“我怀疑您有点儿邪。”亨利说道。

“也许。”迪布勒伊说道。他微微一笑，“我不知怎么对您解释。集会后，大家到一家小酒店去吃腌酸菜、喝啤酒，那地方没什么稀奇的，我跟周围的人也几乎素不相识，差不多没说什么话。可大家共同做了一件自己高兴的事，因此感到惬意。”

“我理解。我也有过这种体会。”亨利道。在战争期间搞抵抗运动时，在办报的第一年里，他都有过这样的时刻。“可在革命解放联合会里，我从未有过。”他又补充了一句。

“我也没有过。”迪布勒伊说道。他从安娜手中接过一杯马提尼酒，饮了一口，“我们以前不够实在。要想获得这些微薄的幸福，必须投入现实的工作。”

“哎哟，竟想阻止战争发生，我看并不那么实在！”亨利说道。

“还是实在的，因为我们并不带有试图强加给世人的先入之见。”迪布勒伊说道，“革命解放联合会具有一个建设性的纲领，这势必沦为幻想。我如今做的事情与我在一九三六年做的颇为相似。大家都在想方设法利用权宜之计避免某一特定的危险。这就要现实得多了。”

“如果这对什么事情还有点用处的话，那才算现实呢。”亨利说道。

“会有用处的。”迪布勒伊说。

出现了一阵沉默。“他脑子里到底装了些什么？”亨利暗暗思忖。亨利轻而易举地接受了纳迪娜的看法：“他蠢蠢欲动是因为感到厌倦。”这种犬儒主义的做法，实在方便。他已经学会了不再盲目地认真对待迪布勒伊，可这并不允许亨利把他视作一个冒冒失失的人。

“我有一件事不明白。”亨利说道，“您去年说过就个人而言您无法接受被您称为‘新人道主义’的东西，可您现在却已彻底地跟共产党人一块儿走。过去令您感到为难的事如今您再也不在乎了吗？”

“您知道，”迪布勒伊说，“这种人道主义恰是今日世界的表现。既然无法拒绝这个世界，也就不可能拒绝这一人道主义。当然可以熟视无睹，可那毕竟不是熟视无睹呀。”

“原来他是这么看待我的。”亨利心里想，“认为我熟视无睹。”迪布勒伊这一辈子将不断超越自己的过去和他人的过去，直至生命的终结。

“说到底，这是我自找的。”亨利自言自语道。他的本意是想理解迪布勒伊，而不是试图防备他。实际上也用不着防备，他知道自己平安无事。他微微一笑。

“那您自己为什么不再熟视无睹了？”

“因为我有一天重又感到身陷其中。”迪布勒伊答道，“噢！这太简单了。”他继续说道，“去年我对自己说：‘一切皆恶，即使最微不足道的罪孽，我也难以忍受，无法将之视为善。’只是形势日趋严重了。最可怕的罪恶变得如此危险，以至我对苏联和共产主义的保留态度在我自己看来已经显得太无关紧要了。”迪布勒伊看了看亨利，“令我感到惊奇的是，您的感觉跟我的并不一样。”

亨利一耸肩膀：“这个月，我见过不少共产党人，我跟拉舒姆工作过。对他们的观点我十分理解，可就是不合拍，跟他们永远都合不到一块儿去。”

“并不是要去入党。”迪布勒伊说道，“要共同斗争，反对美国，反对战争，这并不需要对一切问题都观点一致。”

“您比我要更忠诚。”亨利说，“我决不会为一种我对之将信将疑的事业牺牲我渴望享受的生命。”

“啊！别给我搬出这种理由！”迪布勒伊说道，“这让我想起了伏朗热的那种论调：‘人不值得他人关心。’”

“两者根本不是一回事。”亨利声音有力地说道。

“不像您自己想象的那样。”迪布勒伊用目光审视着亨利，“您完全同意在苏联和美国之间，应该选择苏联吧？”

“显而易见。”

“那就够了。有一点必须承认，”他激动地说道，“选择则赞同，偏爱则爱。倘若非要等到绝对的十全十美才肯投入，那就永远爱不上什么人，也永远做不成什么事。”

“不要求十全十美，但个人总可以认为事情一败涂地，不想掺和进去吧。”亨利说道。

“您说的一败涂地是与什么相比较呢？”迪布勒伊问道。

“与事情本来可以存在的状况相比较。”亨利答道。

“亦即与您自己的想法相比较吧。”迪布勒伊说道。他耸耸肩，“苏联本应该是一场不用经历任何痛苦的革命，可这纯粹是幻想，等于零。显然，与幻想相比，现实总是错的。思想一经实现便会走形。与各种各样可能的社会主义相比，苏联的优越性就在于它已经存在。”

亨利以审讯的神态看着迪布勒伊：

“如果存在即有理，那就干脆袖手旁观算了。”

“绝对不是这样。现实不是一成不变的。”迪布勒伊说道，“现实具有前景，具有可能性。若想对现实起到作用，哪怕只想对现实有所思考，就必须置身于现实之中，而不应该以想入非非为乐事。”

“您知道，我很少想入非非。”亨利说道。

“要是说‘事情一败涂地’，或者像我去年说的‘一切皆恶’那种话，那肯定是因为心里在悄悄地梦想绝对的善。”他盯着亨利的眼睛说道，“人们意识不到这一点，但非得目空一切到了怪诞的地步，才会把自己的梦想放到高于一切的位置。若人实实在在的，那就会明白一方是现实，另一方则是虚无。我犯的最大的错误就是爱虚胜于实。”他添了一句。

亨利朝安娜侧过身子，她正在默默地喝着第二杯马提尼，亨利问她：“您的看法如何？”

“就我个人而言，我一直难以把恶视作善，哪怕是一种微不足道的罪过。”她答道，“可这是因为我信奉上帝时间太长了的缘故。我想罗贝尔言之有理。”

“也许。”亨利说道。

“我是在了解事实的情况下才这么说的。”迪布勒伊说道，“我也一样，过去曾试图把自己心绪的恶劣看作是对尘世的愤慨。”

亨利给自己又斟了一杯酒。迪布勒伊不正是在用理论为自己的性情辩解吗？“可要是这样去想的话，那我不是也因为心里不快才试图贬低他对我所说的一切吗？”他暗自思忖。他决定对迪布勒伊表示信任，至少等到谈话结束再说。

“可您对事物的看法，我觉得还是悲观了点儿。”亨利说。

“这里也是一样。所谓的悲观是与我过去的幻想相比较而言。”迪布勒伊说道，“那时的幻想太诱人了，历史可不诱人。可又没有任何办法摆脱历史，因此必须寻求经历历史的最佳方式。依我之见，最好的方式莫过于节制。”

亨利还想再向他提出其他的问题，可听到客厅里响起了脚步声。纳迪娜推门而入：

“你们好，这一伙酒鬼！”她快活地说，“你们可以为我的健康干一杯，我值得你们为我祝酒！”她一副洋洋得意的神态看了看我们，“猜一猜我做了什么事？”

“到底什么事？”亨利问道。

“我去了巴黎，为你们报了仇雪了耻：我打了朗贝尔耳光。”

出现了一阵短暂的沉默。

“你在哪儿碰到他的？事情前后经过是怎样的？”亨利问道。

“呃，我去了《希望报》。”纳迪娜自豪地说，“我闯进了编辑室，他们全都在，有萨玛泽尔、伏朗热、朗贝尔和许多新进去的人，一个个脸色难看极了，那场面看了可真叫人发笑！”纳迪娜咯咯笑了起来，“朗贝尔直发愣，结结巴巴地说了点什么，可我不容他解释。我对他说：‘我对你负有旧债，我很高兴你给我提供了向你还债的机会。’说罢我便挥手朝他脸上扇了过去。”

“他怎么样了？”亨利问道。

“唉！他做得很体面，”纳迪娜回答道，“他摆出一副威严的气派，我急忙走了。”

“他没有说我的事情可以我自己去干？若我是他，我肯定会这么说的。”亨利说道。他不愿意臭骂纳迪娜，可他心里十分恼怒。

“我没有听他说了些什么。”纳迪娜说道。她带着几分挑衅的神态扫了大家一眼，“怎么了？你们都不对我表示祝贺？”

“不。”迪布勒伊说，“我并不觉得你做的事有多灵。”

“可我觉得这很灵。”纳迪娜说，“我从那儿出来后见到了樊尚，他说我是个了不得的女人。”她以报复的口吻补充了一句。

“如果你想要做广告，那你这一手算成功了。”迪布勒伊说道，“各家报纸马上就会大肆宣扬。”

“我才不在乎什么报纸呢。”纳迪娜说。

“看你不在乎做出的事情！”

他们充满敌意地瞪着对方。

“要是您高兴别人往您身上拉屎撒尿，那您活该。”纳迪娜气愤地说，“我可不乐意。”她朝亨利转去身子，“这一切全都是你的错。”她劈头说道，“你为何去跟别人谈我们自己的事情？”

“哎哟，我没有说过我们的事。”亨利说道，“你完全知道所有人物都是虚构的。”

“算了吧！你的小说里足足有五十处与爸爸或与你完全吻合，我也清楚地看出了有三句是我说的。”她说道。

“说那话的人与你毫无关系。”亨利道，接着一耸肩膀，“当然啰，我展现的是今日的人，他们的情况与我们所处的境地相差无几。可这样的人有千千万万，并不特指你父亲或我自己。恰恰相反，在许多方面，我笔下的人物与我们毫不相似。”

“我当初没有提出反对，是怕有人又会说我无事生非。”纳迪娜尖刻地说，“可你以为这让人愉快？别人放心地跟你交谈，自以为受到了平等对待，可你却在观察别人，暗暗地在心里做笔记；别人向你倾吐，是为了忘掉那些本来微不足道的事情，这可倒好，哪一天看到自己说的那些话都变成了白纸黑字。我把这叫做背信罪！”

“谁要写一本小说，就不可能不搜集发生在周围的一些事。”亨利说道。

“也许，那跟作家就不该多来往。”纳迪娜气呼呼地说。

亨利朝她微微一笑：“你可命运不佳！”

“你现在还讥笑我。”她叫嚷道，气得面红耳赤。

“我不是在讥笑你。”亨利说道。他用胳膊搂着纳迪娜的肩膀，“咱们可不要为这事闹个不愉快。”

“是你们在闹不愉快！”纳迪娜说道，“啊！你们倒高兴，三个人都摆出一副判官的模样在盯着我看!”

“算了，谁也没有在审判你。”安娜口气通融地说道。她在寻找着迪布勒伊的目光，“一想到朗贝尔被狠狠扇了一巴掌，还是挺让人满足的。”

迪布勒伊没有说什么。亨利试图岔开话题：“你见到樊尚了？他情况怎样?”

“你希望他情况怎么样呢?”她一副傲慢的声调反问道。

“他一直在电台?”

“对。”纳迪娜犹豫不决，“我本来有件很有趣的事情想告诉你们的，可我没有心思谈了。”

“快，说说呀!”亨利说道。

“樊尚又找到了塞泽纳克的踪迹!”纳迪娜说道，“是在巴蒂尼奥勒那一带的一家小旅店里。他一弄到了确切住址，便去敲塞泽纳克的房门，想跟他谈谈自己的看法。塞泽纳克死活不给他开门。樊尚便守在旅店门口，可那人从安全楼梯溜掉了。三天来，他再也没有露面。旅店呀、餐厅呀、他平时去过毒瘾的酒吧呀，都不见他的影子。”她以得意的声调接着说道，“这不是不打自招吗？对不对？要是心里不是怀着什么鬼胎，他不会东藏西躲的。”

“这要看樊尚隔门跟他说了些什么。”亨利说道，“即使清白无辜，他也可能会害怕的。”

“不。一个清白无辜的人一定会试图解释清楚。”纳迪娜说道。她朝她母亲转去身子，以咄咄逼人的口气说道：“这好像与你无关似的，可你认识他——塞泽纳克。”

“是认识。”安娜说，“我觉得他是一个极端的吸毒者。等到了这个程度，什么事情都可以做得出来。”

一片沉重的死寂降临了。亨利忐忑不安地暗自在想：“樊尚一定会重新找到塞泽纳克的。那将会怎么样？”如果塞泽纳克说出去，再加上朗贝尔一气之下对他的事予以证实，那会出现什么情况？安娜和迪布勒伊也在考虑同样的问题。

“哎，早知道你们听了就这样反应，还不如烂在肚子里不说呢!”纳迪娜恼恨地说。

“唉，不。”亨利说道，“这事真有趣，所以我们都在想这件事。”

“用不着客气！”纳迪娜说，“你们都是大人，我只不过是个黄毛丫头。我高兴的事，你们不会觉得有趣的，这很正常。”她朝门口走去，“我上楼去看玛利亚。”

整个晚上她都在赌气。“这样四人生活在一起她很不适应。”亨利思忖，“等到了意大利就会有好转的。”他又有点儿焦灼不安地想：“还有十几天呢。”一切都已经计划停当。纳迪娜和玛利亚坐火车卧铺走，他开小车先行一步。再过十天就走。有时，他脸上已经感觉到那散发着盐味和树脂味的和煦的海风，一股幸福感在心间升腾而起；可有的时候，他却感到懊悔，就像是一种积恨，仿佛别人违抗他的意愿，强行把他流放了似的。

第二天整整一天，亨利一直在反复思考头天夜里与迪布勒伊延续到深夜的那场谈话。迪布勒伊认为，唯一的问题是要确定存在的事物中哪些是自己偏爱的。这谈不上什么主动放弃。要是面临两件实实在在的东西，只接受最无价值的那一件，那才叫主动放弃呢。可是除了处于如今这种状况的人类之外，不存在任何东西。是的，在某些方面亨利是同意的。爱虚胜于实，这正是他责怪波尔的一点。她不是接受现实中的他，而是一味抓着那些古老的神话不放。相反，他从来没有到纳迪娜身上去寻找“理想的女人”；他显然了解她的缺点，可还是决定与她共同生活。当考虑到书与艺术作品时，便会感觉到迪布勒伊所采取的态度是有理有据的。人永远写不出别人希望看到的书，谁都可以把任何杰作看成一种失败，以从中取乐。但是，虽然我们并不幻想一种超世俗的艺术，可对于我们所偏爱的作品，无疑都是倾注了一种绝对的爱。在政治方面，亨利感到并不怎么信赖，因为在这一领域，出现了恶的干扰，这种恶并不是一种微不足道的善，而是灾难与死亡的绝对存在。如果对灾难、死亡，对一个个单个的人予以重视的话，那想要心安理得，觉得自己有理由不再过问世事，单凭哀叹一句“不管怎么说，历史总是不幸的”，是远远不够的。历史多一分不幸，还是少一分不幸，这事关重大。夜幕降临了，亨利还在椴树下苦苦思索，这时，安娜出现在门口的台阶上。

“亨利！”她喊了他一声，声音平静却迫切，他不禁烦恼地想到：“准是又跟纳迪娜闹了一场。”他朝屋子走去。

“嗯？”

迪布勒伊坐在壁炉旁，纳迪娜站在他对面，两只手插在裤兜里，一副执拗的神态。

“塞泽纳克刚才来了。”安娜说。

“塞泽纳克？”

“他说有人企图杀死他。他躲藏了五天，再也坚持不下去了，五天不吸毒，他到了极限了。”她指了指餐室的门，“他就在那儿，躺在长沙发上，病得像条死狗。我马上给他打针。”

她手中拿着针筒，桌上放着一只药箱。

“等他开口你再给他打吧。”纳迪娜声音严厉地说。“他就指望妈妈一下就上当，不问他什么就帮他忙呢。”她添了一句，“可惜没有机会，我正好在场。”

“他说了？”亨利问道。

“他马上就要开口了。”纳迪娜说道，接着猛地朝餐室的门走去，打开门，只听得她几乎以亲切的声音呼喊了一声：“塞泽纳克！”

亨利一动不动地与安娜站在门口，纳迪娜走近沙发。塞泽纳克没有动弹，仰躺着，嘴里在低声说着什么，两只手张着，在痉挛抽缩：“快！”他喊着，“快！”

“你那一针马上就有得打了。”纳迪娜说道，“妈妈给你拿来了吗啡，瞧。”

塞泽纳克扭过脑袋，脸上流淌着汗水。

“只是你得先回答我一个问题。”纳迪娜说，“你是从哪一年开始为盖世太保做事的？”

“我要死了。”塞泽纳克说道，泪水滚到了面颊上，两脚在空中拼命狂蹬。这场面惨不忍睹，亨利恨不得安娜立即制住这一幕，可她似乎全身瘫痪了似的。纳迪娜靠近沙发。

“回答吧，一定会给你打针的。”她说道。她朝塞泽纳克俯下身子，“回答，要不就坏事了。是哪一年来着?”

“从来就没有。”他喘了一口气低声说道。他又蹬了一脚，接着落到了沙发上，一动不动，唇角含着一些白沫。

亨利朝纳迪娜迈了一步：“让开他!”

“不，我非要他说。”她口气激烈地说道，“他要么说，要么就死。你听见了吧。”她又朝塞泽纳克转去身子，“要是你不说，那就让你去死。”

安娜和迪布勒伊像僵住了似的呆在原地。确实，如果想要弄清塞泽纳克到底干过什么勾当，眼下正是问他的机会，机不可失，时不再来，还是把事情弄个水落石出为好。

纳迪娜一把扯住塞泽纳克的头发：“别人知道你出卖过犹太人，出卖过许多犹太人。你是什么时候开始的?说!”她摇晃着他的脑袋，他呻吟道：“疼死我了!”

“回答。你出卖过多少犹太人?”纳迪娜问道。

他疼得喊叫了一声：“我是帮助他们。”他说道，“我是帮助他们逃出去。”

纳迪娜松开了他：“你不是帮他们，你是出卖他们，出卖过多少?”

塞泽纳克开始冲着枕头呜咽起来。

“你出卖了他们，承认!”纳迪娜说。

“有时干过，可要解救别的人，非这样做不可。”塞泽纳克说道，他挺起身子，惊恐失色地环顾四周，“你们冤枉人!我救过人。我救过许多人。”

“恰恰相反。”纳迪娜说道，“你在二十个里边救出一个，为的是让他给你提供客源，你把别的全都出卖了。你出卖过多少?”

“我不知道。”塞泽纳克答道。突然，他喊叫起来：“别让我死!”

“噢!行了。”安娜朝沙发走去，说道。她朝塞泽纳克俯下身去，挽起他的衣袖；纳迪娜返身朝亨利走去：“你信服了吧?”

“是的。”他说道。“可是，我还是无法相信。”他又补充了一句。他经常发现塞泽纳克目光茫然，双手发潮，如今又见他衰竭无力地躺在这长沙发上。可这一切仍然抹不去那位扎着红饰带、肩上背着枪、从一处街垒走向另一处街垒的年轻英雄的形象。他们又回到工作室坐了下来。亨利问道：

“怎么办，我们该怎么办?”

“不用怎么办。”纳迪娜生气地说，“他脑袋壳该吃粒子弹。”

“由你去打?”迪布勒伊问道。

“不。我给警察局打电话。”纳迪娜说道，伸手去抓电话机。

“警察局！你知道自己说的什么话吧!”迪布勒伊说道。

“你把一个人往警察手里送?”亨利问道。

“去他妈的！那小子把几十个犹太人交给了盖世太保。听你说话的口气，好像我会在乎什么似的!”纳迪娜说道。

“别打这个电话了。坐下。”迪布勒伊不耐烦地说，“不能去喊警察。可总得拿个主意呀！咱们又不能照顾他，把他藏起来，然后再让他平平安安地去干他的漂亮行当。”

“这样做符合逻辑呀!”迪纳娜说道。她倚着墙，满目愤怒地盯着大家。

此时一片沉默。若在四年前，一切都容易解决。当行动是一种活生生的现实之时，当人们还相信某些目标之时，公道一词具有其意义。一个叛徒，那就打死他。可当人们再也没有任何希望的时候，对过去的一个叛徒能怎么处置呢?

“咱们留他在这儿呆两三天，让他恢复一下。”安娜说道，“他病得是很重。然后再打发他去某个遥远的殖民地，比如法属西非，我们那里有些熟人。他去了就决不会回来，他太害怕被人杀了。”

“那他会落个什么地步?咱们总不能给他几封嘱托信吧?”迪布勒伊说。

“为什么不行?趁您还在世，每年给他一笔抚养费。”纳迪娜说道，声音气得直抖。

“你知道，他永远都戒不了毒了，这个人是真正瘫了。”安娜说道，“不管怎么说，他面临的生活是相当可怕的。”

纳迪娜一跺脚："他绝不能就这样了事!"

"这样了事的人多着呢!"亨利说道。

"这不是什么理由。"她满腹狐疑地打量着亨利，"你是不是有什么事情害怕他?"

"我?"

"他好像了解你的一些底细。"

"他猜疑亨利是樊尚一伙儿的。"迪布勒伊说。

"噢，不。"纳迪娜说道，"你明明听到了。他对我说：'要是我张扬出去，你的丈夫准会遭遇到我一样的麻烦。'"

亨利微微一笑："你是不是猜想我过去当过双重间谍?"

"我不知道我该想些什么。"她说道，"我嘛，谁也不告诉我。我才不管这个闲事呢。"她又补充道，"你们可以守住你们的秘密，可我要塞泽纳克偿还血债！你们知道他都干了些什么，对不对?"

"我们大家都知道。"安娜说道，"可让他偿还血债有何用处呢？人死了不会再活过来。"

"你说话就像朗贝尔！无法让死去的人再活过来，可这并不成其为忘却他们的理由。我们没有死，我们还可以怀念他们，总不能去舔那些杀害了他们的家伙的脚。"

"可我们已经把他们忘了。"安娜声音激烈地说，"这也许不是我们的过错，但这却致使我们对过去再也不拥有任何权利。"

"我什么也没有忘记。"纳迪娜说道，"我没有。"

"你和别的人都一样。你有你的生活，你有一个小丫头，你也忘了。你非要这样坚持惩罚塞泽纳克，这是为了向你证明你还没有忘记，这是用心不善。"

"不愿意听你们那一套陈词滥调，就是用心不善!"纳迪娜说道，然后向落地窗走去。

"哼，你们的所谓问心无愧，我叫做怯懦!"她愤怒地嚷叫道，砰的一声关门而去。

"我理解她。"安娜说，"当我想到迪埃戈，我就理解她了。"她站了起来，“我到小屋那边给他铺一张床，他在睡着呢，你们把他抬过去就行了……”她猛地跑出门去，亨利感到她的泪水就要滚落下来。

“要是在以前，我自己都会动手干掉他。”亨利说道，“今天，这样做就毫无意义了。可是帮助这种人生活，确实让人气愤。”

“是啊！不管怎么做都肯定不合适。”迪布勒伊说道。他看了看塞泽纳克，“有可能解决问题的唯一时机，就是在问题尚未提出之时。要是我们也是当事人，那就不会提出什么疑问了。只是现在我们都是局外人，因此我们采取的任何决定必定都是任意的。”他站起身来，“搬他上床睡吧。”

塞泽纳克正在熟睡，闭着两只眼睛，神色平静，又恢复了昔日的几分英俊模样。他身子没有多重。迪布勒伊和亨利把他抬到小屋，让他和衣睡在床上。安娜在他腿上盖了一床毯子。

“一个人睡着了，像是多么无害于他人啊！”她喃喃地说。

“他也许并不这么于人无害。”亨利说道，“他肯定了解樊尚及其伙伴的许多底细。眼下，有许多人不惜为过去的盖世太保分子洗刷罪名，以便排挤以前的游击队抵抗战士。”

“您不觉得要是他了解樊尚的底细，樊尚早就遇到麻烦了吗？”安娜说道。

“听我说，”迪布勒伊说，“在照顾他的同时，尽量想办法问问他，吸毒的人容易开口，我们也许可以弄清楚他肚子里到底都装着些什么货色。”他思索片刻，“我想不管怎么说，最好还是把他送走。”

“他怎么就非要闯到这里来呢！”安娜说道。

她显得极为惊恐不安，亨利心想该让她与迪布勒伊单独呆在一起。于是，他借口说没有胃口，等会儿再下来跟纳迪娜一起吃点东西，然后便上楼回到自己房间去了。

他倚在窗台上，瞥见遥远处一座山丘昏暗的轮廓和近处那间小屋，屋子里躺着塞泽纳克。想当年在那个快乐的圣诞之夜，塞泽纳克也是这样躺在波尔的公寓里。他们一个个喜笑颜开，欢呼着胜利，与普莱斯顿共同高呼“美利坚万岁”，为苏联的健康畅怀痛饮。然而塞泽纳克是个叛徒，乐施好助的美国在暗中准备奴役欧洲，至于在苏联发生的一切，最好不要贴近去看。一旦失去了它本来就未曾有过的希望，过去便再也欺骗不了任何人，除非傻瓜才会被其蒙骗。在漆黑一团的山丘里，一辆汽车的探照灯辟开了一道灯光闪烁的宽阔的壕沟。亨利一动不动，久久地凝望着那光芒之路在黑夜中蜿蜒。塞泽纳克在睡觉，他的罪行连同他的躯体都在沉睡。纳迪娜在野外游荡，他毫无心思去做任何解释，没有等她回家便上了床。

透过一个模模糊糊的梦，亨利仿佛突然听到了一种怪声，像是在下雹子的声音。他睁开眼睛，一线灯光射进门底。纳迪娜已经回到家，怒气未息，可声音并不是传自她的房间。玻璃窗口响起一片雨点般的碎石声。“是塞泽纳克。”亨利心里想，他跳下床，打开窗户，俯身一看：原来是樊尚。他急匆匆套上衣服，下楼来到院子里。

“你在这儿干什么？”

樊尚坐在靠墙的绿色木凳上，他神情平静，但左脚抽筋似的直跺地面，裤脚直晃。

“我需要你帮助。你的小车在吧？”

“在，干什么用？”

“我刚才把塞泽纳克干掉了。得把他从这儿搬走。”

亨利惊愕不已地瞪着樊尚问道：“你把他干掉了？”

“没费什么周折。”樊尚说道，“他正在睡觉，我用了无声手枪，没有发出一点儿声响。”他声音平静但急促，接着又说了一句：“只是这混账家伙就是烧不起来。”

“烧？”

“我们在游击队时从德国鬼子手中偷了一些磷片，平常很解决问题，可也许是保存时间太长了的缘故，不太好使，尽管存放时我也很注意保持干燥。我等了三个小时，肚子才刚刚烧掉一点儿，天不早了，还是用车把他搞走算了。”

“你为什么干这种事！”亨利嗫嚅道。他坐在长凳上。他知道樊尚会杀人的，而且已经杀过。可知道归知道，并非亲眼所见。迄今为止，樊尚在他眼里一直是一个没有制造过受害者的杀手。他的这种恶癖就好比酗酒、吸毒一样，只与他一个人相关，可如今他手持手枪闯进了小屋，朝一只活的太阳穴扣动了扳机，塞泽纳克送了命。樊尚一连三个小时呆在被他亲手杀死而怎么也烧不掉的伙伴身边。“本来准备把他送到哪个国家的丛林区去的，再也不会回来的！”亨利说道。

“回来得会更勤！”樊尚说道。他的腿已经恢复平静，可说话的声音似乎还不那么稳。“塞泽纳克！一个告密的小人！你知道！他把我们大家都给骗了！尚塞尔说：‘我的小兄弟！’我也一样，可怜的傻瓜蛋！因为他吸毒的原因，我一直没有提防他，可他却向警察局告发了我。我为他做过不少事情，我可从来没有为别人做过。即使肯定会搭上自己的脑袋，我也要他的命。”

“你是怎么知道他在这儿的？”

“我寻到了他的行踪。”樊尚神情恍惚地答道。他接着补充道：“我是骑自行车来的。我本来想把烧剩下的全装进一只袋子，上面挂块石头，全都沉到河底去的，我自己一个人完全能解决问题。我实在不明白他怎么烧不起来！”他神色困惑地重复道。他默默思考了片刻，然后站起身子，“还是赶紧下手为好。”

“你想怎么办？”

“让他去洗个澡，永远地洗下去，我恰好发现了一个地方。”

亨利没有动弹，他似乎觉得别人在要他亲手杀掉塞泽纳克。

“怎么不行呀？”樊尚说道，“总不能让他这样子躺在这里，嗯？你要是不愿帮我一把，也罢，只是把车借我用用，我不用你帮忙，自己想办法解决问题。”

“我帮你。”亨利说道，“可我也求你一件事：向我发誓你离开那一伙。”

“我刚才做的这一切都是我单枪匹马干的。”樊尚说道，“至于我那一伙，我以前就跟你说过，今天再向你重复一遍：你没有更好的事情可以奉劝我去做。对所有那些卷土重来的混账家伙，你们斗争过吗？什么也没有干。那就让我们自己保卫自己吧！”

“这可不是自卫的一种方式。”

“你没有更好的方式提供给我呀。你去还是不去，快定呀。”他说道。

“行，我去。”

眼下可不是争辩的时候。再说，他也不知自己在说些什么，一切仿佛都不是真实的。微风习习，在与椴树枝嬉戏，开始凋谢的玫瑰馨香四溢，朝开着绿色百叶窗的屋子飘去，这是普普通通的一个夜晚，什么都未曾发生。他跟樊尚走进小屋，在虚无中摇晃的仍然是平常的那个世界，气味也毫无异常，就像是在厨房烧鸡毛时散发出的那一股浓烈的味道。亨利瞥了床铺一眼，差点惊叫起来：一个黑人，躺在白色床单上的那人脸色漆黑。

“是磷的缘故。”樊尚说，他掀去床单，“瞧瞧这儿！”

太阳穴上的小窟窿已经用棉球塞上，不见一丝血迹。樊尚办事向来是仔细的。躯体上肋骨向外突出，呈烧焦的面包颜色，肚子中间被磷烧成一条深深的大口，塞泽纳克与躺在这儿的这个黑乎乎的家伙之间毫无联系。

“衣服呢？”亨利问道。

“我全放进包里去了，由我自己处理吧。”他抓起尸体，夹在胳膊下，“小心别让他折成两段，那就太惨了。”他就像个护士似的，以内行的口吻说道。亨利抬起双脚，两人把尸体一起抬到车房。

“等等，我去把工具拿来。”樊尚说道。

他把自行车藏进了一簇灌木丛中。他带回一根绳子和一只装有一块大石头的袋子。

“他装不进袋子去。我来处理。”樊尚说道。他把那只石头袋子紧紧地绑在塞泽纳克的腹部，然后又用绳子围着身子结了一个活结。“这样就保准能沉到水底了。”他满意地说道。

他们把那东西躺着放在车后座，盖上了一床格子旅行毛毯。屋子里似乎还在沉睡，只有纳迪娜的窗口还亮着灯，她是否猜到出了什么事？他们把车子一直推到公路上。亨利启动车子时尽量不发出声来。村寨也好像在酣睡，可肯定有失眠者在窥听着每一声动静。

“他出卖了许多犹太人？”亨利问道。仗义执法与此事难以联系到一块儿，可亨利需要确信塞泽纳克确实罪恶累累。

“几百个呢，在边界线交换，都是大宗买卖。混账小子！他差点儿从我手中逃脱。我一想就气！”樊尚说道，“是我自己的毛病，我做了一件傻事。当我又找到他的踪迹后，我傻乎乎跑到他住的旅店去，我本想在他房间里把他干掉的。实际上这样做很不精明。他坚决不给我开门，竟从我手缝里溜走了。我总算结果了他！”

他在说着，声音有点结结巴巴。汽车在沉睡的公路上行驶。天空岑寂，简直难以相信在这天底下几乎到处都有人正在死去，也有人正在杀人。真难以相信眼前的这件事是真的。

“他为什么要跟盖世太保做事呢？”亨利问道。

“需要钱。”樊尚回答道，“我一直以为他是在尚塞尔死后，在世上的一切都开始变得丑恶之后才吸毒的，可是不，他早就吸毒了。可怜的尚塞尔！他常说塞泽纳克喜欢冒险的生活，他欣赏他这一点，谁料到他竟不惜一切地在弄钱，吸毒。”

“可他为什么吸毒呢？那可是一个可以在家里养尊处优的资产阶级少爷。”

“他走上了邪路。”樊尚俨然一副清教徒的神态说道，“一个误入歧途的家伙，后来又沦为了混账。”他打住话头，片刻后，他手一指：

“那就是桥。”

公路上空空荡荡，河里阒无声息。他们一下就把塞泽纳克那东西从栏杆上摔到河里。只听到一声水响，激起一个旋涡、几条波纹，紧接着便重又变成一条纯朴无邪的河流。路上寥无人迹，天上死寂一片。“我永远弄不清楚刚刚是谁沉入了水底。”亨利暗自在想。然而这一念头使他感到局促不安，仿佛他至少应该给塞泽纳克致一个像样的悼词。

“我谢谢你。”等他们掉过车头，樊尚说道。

“留下你的谢意吧。”亨利说，“我帮了你的忙，是因为这个忙非帮不可。可我心里是反对的，绝对反对。”

“除掉一个混账，天底下也就少了一个。”樊尚说道。

“塞泽纳克嘛，我理解你为什么非要跟他算账。”亨利说道，“可那些素昧平生的人，别跟我说你杀掉他们也是有正儿八经的理由的。你呀，染上这种恶癖，实际上也是在吸一种毒品。”

“你错了。”樊尚生气地说，“我不喜欢杀人，我不是一个杀人狂，我讨厌见到血。游击队里确实有些人，对他们来说，杀保安队队员是一种轻松愉快的乐事。他们用机关枪扫射，把那些保安队队员打成碎片，我对此感到恐惧。你完全清楚，我是一个正常人。”

“该有点儿不正常吧。”亨利说道，“为杀人而杀人，这可不正常。”

“我并不是为杀人而杀人，而是为了除掉某些混账王八蛋。”

“你为什么非要他们死呢?”

“对于你真正深恶痛绝的人，巴不得他去死，这是正常的。要是不这样，那才不正常呢!”他耸耸肩，“说什么杀人凶手都是些色情狂，都是些乌七八糟的东西，这纯粹是胡说八道。我并不是说那伙人中就没有一两个疯子，可真正最疯狂的，是那些道貌岸然的一家之主，他们搞起女人没个够，也不会遇到什么麻烦。”

他们驾车默默地行驶了一会儿。

“你明白，”樊尚说道，“必须弄清楚自己站在哪一边。”

“可也用不着为此而杀人呀。”亨利说道。

“人必须冒冒风险。”

“热拉尔·巴杜洛要为马达加斯加人辩护，他是冒着被暴徒迫害的危险，冒这种风险才有意义呢。你还是想办法去冒险做点有益的事情吧。”

“谁都很快就要在下一次大战中送命，你要我做什么有益的事情呢?只能去清算旧债，仅此而已。”

“也许不会再爆发战争。”

“瞧你说的！大家都是被夹住的老鼠，逃不脱的!”樊尚说道。

他们来到了小院子前，樊尚嘱咐道：

“听着，万一遇到什么麻烦，你什么也不知道，什么也没看见，什么也没听见。塞泽纳克失踪了，你们想是他自己找了死路。要是他们跟你说我全招了，请你心中有数，那肯定是他们唬人。什么都不承认，一概否认。”

“要是出了什么麻烦，我决不会抛下你不管的。”亨利说道，“现在，你就悄悄地走吧。”

“我走。”

亨利把车子开进车房。出了车房，樊尚已经不见了。确实可以认为塞泽纳克是自己跑掉的，樊尚根本就没有踏进圣马丁这个地方，什么都未曾发生。

然而却发生了一点什么事情，在清晨的昏暗之中，他们三人都坐在起居室中间，安娜和迪布勒伊穿着晨衣，纳迪娜穿得整整齐齐，正在哭泣，她抬起头，声音惊恐地问道："你到哪儿去了呀?"

亨利坐到她身旁，用一只胳膊搂住她的肩膀。"你为什么哭呀?"

"都是我的罪过!"纳迪娜呻吟道。

"你有什么罪过?"

"是我给樊尚打的电话。我是从咖啡店给他打的。但愿别人没有听到什么!"

安娜连忙说："她只是想要樊尚向警察局告发塞泽纳克。"

"我求他别来的。"纳迪娜说，"可有什么法子呢。我听见他从路上过来的声音，心里真害怕。他向我发誓只想与塞泽纳克谈谈，把我打发回卧室。过了很久之后，他朝我窗户扔石子，问我哪一间是你的卧室。后来出什么事了吗?"她一副恐惧的声音问道。

"塞泽纳克脖子上吊了一块大石头沉入了河底。"亨利答道，"一下子找不着他了。"

"噢!我的上帝啊!"纳迪娜嚎啕大哭，整个健壮的身子在有力地晃动。

"塞泽纳克活该吃一枪，你自己也这么说过。"迪布勒伊说道，"我认为这可能是对他处理的最好办法。"

"他是个活生生的人，如今他死了!"纳迪娜说道，"这是多么可怖啊!"

他们没有跟她说什么，让她哭了很长一段时间。她抬起头问道："现在该会出什么事情呢?"

"什么事都不会有的。"

"要是有人找到他呢?"

"谁也找不着的。"亨利答道。

“他突然失踪，有人会感到不安的。谁知道他是否跟他的女朋友或伙伴说过他到这儿来了？你车子开出去又开回来，还有樊尚来来回回，村寨里就没一个人注意到吗？要是樊尚身边还有另一个小探子，对什么都心中有数的话，那该怎么办呢?”

“别担心。万一出事，我会为自己辩护的。”

“你是参与一起暗杀案的同谋犯。”

“我相信有一个好律师帮助，我肯定会被宣告无罪。”亨利说道。

“不，这不见得!”纳迪娜说。

她在哭泣，并带着如此强烈的内疚感，不禁使亨利感到惊愕。她是出于对她父母和对他的积恨才进了电话亭。根深蒂固的怨恨，深受其害的首先是她自己。难道就真的不可能消除她内心的这种怨恨吗？她这样折磨自己，是多么不幸啊!

“他们会把你抓进牢里，一关就是好几年!”她说道。

“不会的!”亨利道。

他拉起纳迪娜的胳膊：“去休息吧，你一夜都没有睡。”

“我睡不着的。”

“去试试。我也去睡。”

他们登上楼梯，进了亨利的卧室。纳迪娜揩了揩眼睛，猛地一擤鼻涕：“你恨死我了，对吗?”

“你疯了!”亨利说道，“你知道我心里想些什么吗?”他补充道，“我觉得你对什么人都有点儿怨恨。其他人嘛，与我毫不相干，可你无论如何不该恨我，因为我爱你，请你脑子里边牢记这一点。”

“不，你不爱我。”纳迪娜说道，“你言之有理，我不可爱。”

“坐这儿。”亨利说道。他站在了她身旁，把手放在她的手上。他是多么渴望独自呆一会儿，可他不能抛下纳迪娜，让她经受内疚的折磨。他也感到内心不安，因为未能成功地赢得她的信任。“看着我!”他说道。

她朝他转过一张可怜的面孔，两只眼睛带着浓浓的黑圈。他心头不禁对她涌起一股强烈的感情。是呀，人最偏爱的东西，就是人之所爱，他最钟情于她，胜于对世间的一切。他爱她，无论如何必须让她相信这一点。

“你真觉得我不爱你吗？是实在话吗？”

纳迪娜一耸肩膀：“你为什么会爱我呢？我给你带来什么呢？我连漂亮都谈不上。”

“啊！扔掉这些愚蠢的心理症结吧。”亨利说道，“你就是这副样子惹我喜欢。你带给我的就是你，既然我爱的是你，所以你就是我所要求的一切。”

纳迪娜一副遗憾的神态说道：“我多么想相信你呀。”

“那就尽力试试。”

“不行的。”她说，“我太了解自己了！”

“我了解你，你知道。”

“问题正在这里。”

“我了解你，我只想你的优点，这又怎么了？”

“那就是你不了解我。”

亨利哈哈大笑起来：“这是一个多漂亮的推理！”

“我丑陋！”纳迪娜说，“我总是在做些丑事。”

“不，昨天晚上你正在气头上，那可以理解，你没有事先考虑会有什么后果。再别这样折磨自己了。”

“你真好。”纳迪娜说，“可我配不上。”她开始啜泣起来，“我怎么会这副样子呢？我厌恶自己。”

“你真不该。”亨利温情脉脉地说。

“我厌恶自己！”她又说了一遍。

“不应该这样，亲爱的。”亨利说道，“瞧，如果你不是愣觉得别人不爱你，那情况就会好得多。你总怨恨别人那么无动于衷，所以你出于报复之心，时不时地对他们撒个谎或跟他们闹一场。可这绝不会走得太远，因为这不是出自一个那么丑恶的灵魂。”

纳迪娜摇摇头：“你不知道我会干出什么事。”

亨利微微一笑：“我十分清楚。”

“不。”她说道，声音如此绝望，亨利不禁把她搂到怀里。

“听我说，要是心里憋着什么事，还是都跟我说出来为好。事情一旦从心里倒出来，你就不会觉得那么可怕了。”

“我难以启齿。”纳迪娜说道，“那太丑恶了。”

“要是你不愿意就别说。”亨利道，“可要是如我想的那样，事情并不那么严重。”

纳迪娜忐忑不安地看了看他：“你心里想些什么？”

“有关你我两个人的事情？”

“是的。”她两只眼睛直勾勾地盯着他说道，双唇在颤动。

“你是故意怀上孩子的吧？是这一原因搅得你心神不安？”

纳迪娜垂下脑袋：“你怎么猜到的？”

“你必定做了手脚，这是唯一的解释。”

“你猜到了！”她说道，“别跟我说好听的，别说我并不让你讨厌！”

“可是纳迪娜，你绝不会容忍我违心地娶你，你也从来没有要挟过我！你只不过是和你自己耍了个小小的把戏。”

她一副哀求的神态朝他抬起眼睛。

“没有，我从来就没有要挟过人。”

“我知道。你肯定出于这种或那种原因，突然对我起了恶意，于是你策划了此事，你为强加给我一种我不乐意接受的处境而高兴。可你冒的风险比我的要大，因为你从来就没有真正地想过要逼我就范。”

“可这还是不光彩的事情！”纳迪娜说道。

“不。不过没有必要这么做！我们俩或早或晚都会结婚，都会有孩子的。”

“真的？”纳迪娜问道。

“当然。我们之所以结婚，是因为我们俩都乐意。既然我早就猜中你一心想要让它发生的那码事，我就更不是出于什么责任感才娶你了。”

纳迪娜犹豫片刻，接着说道：“我猜想要是你讨厌跟我一起生活，那你就不会跟我结婚的。”

“再增加一点信心吧。”亨利乐呵呵地说道，“要明白若我不爱你，我会讨厌与你一起生活的。”

“这就是另一码事了。”纳迪娜说，“与别人在一起可以很愉快，但不一定就爱他。”

“我可不。”亨利说，“算了！你为什么就不愿相信我爱你?”他有点儿不耐烦地添了一句。

“这不是我的过错。”纳迪娜叹息道，“我这人生性多疑。”

“你不是向来就这样的。”亨利说道，“你对迪埃戈就不这样。”

纳迪娜态度强硬起来：“情况不一样。”

“哪些方面?”

“迪埃戈属于我。”

“并不比我更属于你。”亨利有力地说道，“区别在于他当时还是个孩子。可他也会老的。如果你不先验地认定所有成年人都是审判他人的人，因此便是一个敌人的话，那我如今这个岁数不会让你不高兴的。”

“反正跟你在一起，绝不会跟迪埃戈在一起一个样。”纳迪娜坚决地说。

“世上没有完全相同的两种爱。”亨利道，“可为什么要比较呢?显然，你要是在我们的结合中寻找这种结合之外的东西，那你永远都找不到。”

“我永远忘不了迪埃戈。”纳迪娜说。

“不要忘掉他。可也不要调动你的往事来跟我作对。你现在就是这种做法。”他添了一句，“出于多方面的原因，你总与你的现实生活赌气，于是你逃遁到过去之中，你以过去的名义对现实发生的一切统统予以蔑视。”

纳迪娜显得有点儿犹犹豫豫地看着亨利：“是的，我眷恋我的过去。”她说道。

“我十分理解你。”亨利说道，“只是应该明白一件事，那就是你并不是因为往事难以忘却才对生活抱有恶意。恰恰相反，你是使用你过去的记忆来证明你自己这样做有理。”

纳迪娜沉默片刻，紧咬着下嘴唇，一副聚精会神的沉思状：“我为何会抱有恶意呢?”

“出于怨恨，出于猜疑，这形成了一个恶性循环。”亨利说道，“你怀疑我的爱，于是怨恨我；而为了惩罚我，你又提防着我，一个劲地赌气。可你想想，”他以恳切的口吻说道，“倘若我爱你，那我该得到你的信任，假如你不给予我信任，你就不公平了。”

纳迪娜一副遗憾的神态耸耸肩膀：“如果是个恶性循环，那就无法摆脱了。”

“你可以摆脱。”亨利说道，“假如你愿意，你可以。”他把她紧紧搂在怀里，“即使你不肯定我该得到你的信任，你也下决心给我以信任吧。一想到有可能受到欺骗，你就感到恐惧，可这总比不公平好吧。你到时会明白的，”他补充道，“我值得信任。”

“你觉得我对你不公平？”纳迪娜问道。

“是呀，当你责怪我不是迪埃戈，你就是不公平。我明明是一个爱你的人，可你却把我看成判官似的人，你就不公平。”

“我不愿，我不愿意不公平。”她声音焦灼不安地说道。

亨利微微一笑：“那就再也不要不公平了。若你再增加几分善意，我最终一定能让你信服。”他亲着她说道。

她用胳膊勾住亨利的脖子，说道：“我请你原谅。”

“没有什么事需要我原谅你的。来，”他说道，“现在尽量去睡觉吧。这些事咱们俩明天再细谈吧。”

他扶她上了床，把她床上的被子掖好，然后回到自己房间。他从来没有这样开诚布公地跟纳迪娜交谈过，他感觉到她身上的某种东西已经开始退却了。必须坚持下去。他叹息了一声。这又怎么样呢？要使她幸福，他自己也应该幸福才行。这天早晨，他再也不明白幸福这个词还能有什么意义。

两天后，报纸还没有提起塞泽纳克失踪的事。亨利仍然感觉得到那座小屋四周弥漫着一股焦味，那浮肿的面孔、开着大口子的肚子的形象一直没有消失。可这个噩梦未尽，又添上了一种新的忧虑。三国不久前与莫斯科决裂，东西方之间如此紧张，仿佛战争迫在眉睫。这天下午，亨利和纳迪娜用车子把迪布勒伊送到了里昂车站。迪布勒伊与许许多多的人一样，忧心忡忡。亨利从远处看着他与候车大厅的一些人握手。此时，他大概在想如今再去用讲演报告维护和平，太可笑了。但是，当迪布勒伊在其他三个人的陪同下向月台走去时，亨利却有点儿遗憾地目送他们离去。他感到自己被排斥在外。

“咱们干什么呢?”纳迪娜问道。

“先去买你的车票，再去办汽车临时入境证。”

“咱们还是要去?”

“是的。”亨利说道，“要是到时确实发现形势越来越严重，那我们就推迟行期。可也许会出现缓和。既然咱们已经定下了一个行期，眼下还是按这个日子走。”

他们购买物品，其中有不少唱片，然后去了《警觉》杂志社，继又到《铁钻》周报社看了拉舒姆。共产党人已经做出决定，判决一旦公布，便立即亲手过问马达加斯加事件；政治局将发表一项声明，并将大搞请愿签名活动及组织群众集会。拉舒姆表面上尽量装出乐观的样子，可心里十分清楚这必将一无所获。对于国际形势，他也并不更加乐观。亨利带纳迪娜进了一家影院。回家的路上，当汽车一开上高速公路，在湿润的暮霭中行驶时，纳迪娜便一个劲地缠着他问这问那，可亨利不知如何回答。“要是他们要动员你入伍，你怎么办?要是俄国人占领了巴黎，会发生什么事情?要是美国赢了，又会怎样?”晚餐吃得冷冷清清，安娜一吃完饭便上楼回到自己的房间。亨利和纳迪娜留在工作室。她从小包里拿出两只鼓鼓的信封和卧铺车票。

“你想看看你的信件吗?”

“想。给我吧。”

纳迪娜给他递去一封信，自己仔细检查着车票：“你知道，我要坐卧铺去旅行了，真感到不好意思。”

“你不高兴?以前，你那么渴望坐卧铺旅行。”

“当我坐三等车厢旅行时，我羡慕那些坐卧铺的人，可我不愿去想如今我成了别人羡慕的对象。”纳迪娜说道。她把车票放进小包，“自从我手中拿着这张车票，便感觉到这是真的要出门了。可怕。”

“你为什么说可怕?”

“出门总是有点儿可怕，不是吗?”

“让我感到局促不安的，倒是行期不定。”亨利说道，“我多么希望肯定这次能够成行。”

“不管怎样，咱们可以推迟行期。”纳迪娜说道，“参加不了拉舒姆说的那次集会，你不感到惆怅吗?”

“既然共产党人就要彻底介入，那就再也用不着我了。”亨利说道，“要是一开始把行期往后推延，那就没有道理不继续往下推了。”他连忙补充道，“十四日，又要开庭审理一件新的诉讼案。等解决了马达加斯加问题，还会出现许许多多其他的事情。必须快刀斩乱麻。”

“噢！这就是你的事了。”纳迪娜说道。

她开始翻阅《信息专刊》。亨利打开一封信，这是一封年轻人的来信，写得十分恳切。这样恳切的来信数量颇多，平常他总为之感到欣喜。可这天夜里，不知何因，一想到他在某些人的眼里是一个优秀的典型人物，心里便生起一团无名火。闹钟敲响了十点。迪布勒伊正在做报告反对战争。亨利猛然感到自己多么希望处在他的位置上。他过去经常暗自思量：“战争就是死亡，即使有所准备也无济于事。”但是，当一架飞机直往下栽时，与其当一个惊恐失色的旅客，倒不如当驾驶员，想方设法让飞机重新升向蓝天。做点事情，哪怕做个报告，也比心里隐隐约约地压着一块沉重的石头、蜷缩在一个角落无所事事要强。亨利想象着大厅里座无虚席，一张张脸朝向迪布勒伊，迪布勒伊正面朝听众，向他们发表讲话。他们心底没有恐惧、不安的位置，他们全都充满希望。散场后，迪布勒伊将去吃红肠，饮博若莱葡萄酒。这可能是一个普普通通的小酒店，他们互相之间也没有什么可说的，可大家心里都感到欢畅。亨利点起一支香烟。凭几句话制止不了战争，但是讲话并不一定就奢望改变历史，这也是经历历史的某种方式。在工作室的沉寂之中，亨利的心灵深处噩梦缠绕，他感到这段历史经历得很不愉快。

“最近一期有好文章。”纳迪娜说道，“对你的短篇小说有很好的评论。”

“这本杂志是站得住脚的。”亨利漠不关心地说。

“它唯一的缺陷就在于它是本杂志。”纳迪娜说道，“当然，要是有份周刊，文坛动态介绍就不一样了。”

“你父亲为什么还不打定主意呢？”亨利问道，“他自己心急如焚，渴望有份周刊。他所在运动的成员准会感到欣喜，共产党人对此计划也报以赞许的目光。到底是什么原因阻挡了他呢？”

“你完全清楚，亨利，要是你不干，他不愿掺和进去。”纳迪娜说道。

“滑稽。”亨利说道，“他想要什么样的合作者都可以找到。”

“这不一样。”纳迪娜连忙说，“他需要一个可以闭起眼睛完全放心的人。他变了，你知道。”她添了一句，“可能是上了岁数的缘故吧。他再也不觉得自己什么都能干了。”

“我想他最终还是会打定主意的。”亨利说道，“大家都在推着他。”

纳迪娜在寻找着亨利的目光：“要是我们不去意大利，你会高兴去干这件事吧？”

“我们去意大利正是为了躲避这类事情。”亨利说。

“我可不是，我去是为了能在一个美丽的地方迎着太阳生活。”

“当然，也有这个目的。”亨利道。

纳迪娜朝信件伸过手去：“我能看看吗？”

“如果你高兴就看。”

他开始浏览起《信息专刊》，但心不在焉。《警觉》的事他再也不过问了，这一切与他毫不相干。

“这位小大学生的信写得挺恳切的。”纳迪娜说道。

亨利开口笑道：“就是说我的生活为他树立了榜样的那一位？”

“人都是能学什么样就学什么样。”纳迪娜莞尔一笑，说道，“说实在的，他真明白了一些事理。”

“是呀。可是这种完人的看法是愚蠢的。实际上，我在个人义务与爱好之间举步维艰、勉强应付，或者说十分勉强。我只不过是一个处于如此境况的小资产阶级作家而已。”

纳迪娜脸上骤然阴云密布：“那我，我是一个什么人呢？”

亨利一耸肩膀：“实际上，根本不应该去关心自己是什么人。在这一方面，陷进去就无法自拔。”

纳迪娜一副拿不定主意的样子望着亨利："那你想让我处于哪一种境地呢?"

亨利没有答腔。等到了意大利，他自己将处于何种境地呢?他也许会对自己创作的一切重新抱有热情，对自己是个作家不再提出任何疑问。行。但是，作为一个作家，这解救不了一切。他很难想象自己将如何避免去考虑自己。

"你有玛利亚，你有你的生活，你也有你所感兴趣的事情。"他从容不迫地说道。

"我也有许多空暇。"纳迪娜说道，"等到了韦内雷港，咱们时间多得很呢。"

亨利打量着纳迪娜："这让你害怕吗?"

"我不知道。"她说，"我只是感觉到在手里拿到这张票之前，从来就不相信真的要出门。你相信吗?"

"显然。"

"并不那么显然。"纳迪娜说道，声音有点儿咄咄逼人。"商量呀、写信呀、准备呀，可只要没有上火车，这就很可能只是一种姿态而已。"她又添了一句："你真的肯定你渴望走吗?"

"你为什么提这个问题?"他反问道。

"我的一种感觉。"她答道。

"你觉得我害怕跟你在一起会感到厌倦?"

"不，你跟我说过几十遍，说我不会让你厌倦，我已经下决心相信你的话。"她声调严肃地说，"我是考虑整个的情况……"

"什么整个的情况?"亨利问道。

他有点儿气恼。纳迪娜就是这副德性，她想要得到什么东西，那比谁都贪婪，可东西一旦到手，又惶惶不可终日。是她打了那座房子的主意，似乎非要那座房子不可，态度之坚决，使亨利从未对这一计划产生过任何怀疑。可突然间，她把他抛下不管，让他独自空对一个再也不实在的未来计划。

"你说到了那边再也不读报纸了，可你一定还会读的。"纳迪娜说道，

“要是收到《警觉》，或者那份周刊，如果它哪一天问世的话，那准挺有意思。”

“听着，”亨利说，“当我们像这样出门到别的地方久住，必定要度过一段艰难的时期。没有理由因此而突然改变全盘计划。”

“要是仅仅为了不改变我们的计划而出门，那也太蠢了。”纳迪娜忍着性子说道。

“你听见你父亲那天说的话了？要是我留下来，那一切都将像过去那样重新开始。你不是总责备我不把时间用到生活上去吗？”

“我过去说过许多蠢话。”纳迪娜说道。

“今年，我自由支配了自己的时间，感到十分幸福。”亨利说道，“我去意大利，正是为了能继续下去。”

纳迪娜一副犹豫不决的神态看着亨利：“要是你真觉得你到那边一定会幸福……”

亨利没有说什么。幸福：事实是这个词再也没有意义。人绝对拥有不了世界，也无法回避它。人处于世界之中，情况就是如此。无论在韦内雷港还是巴黎，整个地球都照样出现在他周围，连同地球上的贫困、罪恶与不公。他完全可以把自己余生用来逃避人生，但绝不会有个安身之地。他照旧会读报纸、听广播，照旧会收到信件。他从中唯一可以得到的一点，那就是暗自哀叹：“我对此无能为力。”猛然间，有什么东西在他胸口炸开了。不，这天晚上压得他喘不过气来的寂寞感，这种堵在他胸口的无能为力的感觉，不，他需要的不是这一切。他决不答应说出这种话：“没有我，一切照转。”纳迪娜看得透彻：他从来就没有真正地选择这条流亡之路。他蓦然醒悟到这几天来他一直经受着这一念头的可怕折磨。

“咱们要是留在这儿不走，你高兴吗？”他问道。

“不管在什么地方，只要你高兴，我就高兴。”她激动地说。

“你不是渴望到一个美丽的地方迎着太阳生活吗？”

“是的。”纳迪娜犹豫不决，“你知道，那些梦想天堂的人，一旦把他们逼到墙根，那他们就不再那么迫不及待地要去天堂了。”她说道。

“换句话说，要是走了，你会感到遗憾？”

纳迪娜神情严肃地看着他。“我求你一件事：你一定要做你渴望做的事情。我想自己还和以前一样自私，”她添了一句，“但我目光不那么短浅了。要是我总想到是我逼你的，那我这一生也就烦透了。”

“我再也弄不太清楚我到底在渴望什么。”亨利说道。他站了起来，把刚刚买的一张唱片放在唱机盘上。若他不走，就不可能经常找到空暇听唱片了。他环顾四周。若他不走，他知道等待着自己的是什么。这一次，他事先已经有所防备：“我至少可以避开某些陷阱。”他暗自思忖。“可我还会落到其他陷阱中去。”他又无可奈何地这样想。

“你愿意听点儿音乐吗?”他问道，“我们今天晚上用不着决定什么事情。”

可是，他心中清楚自己决心已定。

第十二章

我是否早就预感到自己会落到这一步？当初从波尔的包中悄悄拿出这瓶东西时，本来是打算扔掉的，可我却把它藏到了自己的手套盒里。只要上楼回到自己的房间，举手之劳就可了却自己的一生。一想到这里，不禁让我感到心安。我把两颊贴在暖烘烘的草坪上，低声道："我要死。"我喉咙眼里舒展开了，突然间觉得心里极为平静。

这并不是由于刘易斯的缘故。早在十五天以前，那一大朵兰花就已经枯萎，被我扔掉了，这件事也就了结了。在芝加哥时，我的创伤就已经开始愈合。我一定会痊愈的，我无法阻挡。是因为那些在四处遭到杀害的人？是因为威胁着人们的战争？都不是。被杀死或自然死去，这两者并无多大差别。人固有一死，而且死亡的年龄也大致相同，四十岁左右。所有这一切都与我毫不相干。倘若事物与我有关，那我就会感到自己是个活生生的人，就不会希望结束自己的生命了。然而，就像我年满十五岁那一天发出恐惧的呐喊时那样，死亡重又追逐着我。如今我再也不是十五岁的时候了，再也没有力量逃遁了。呆不了数日，死刑犯就会在铁窗里自缢。然而却要我耐心等待数年！等待又有何用呢？我已经精疲力竭。人一旦到了精疲力竭的时候，死亡也就显得不那么可怖了。如果我能够带着对死亡的渴望死去，那就利用这个时机吧。

打从我踏上巴黎的那一刻起，这念头已经持续整整十五天了。罗贝尔在残老军人院站等着我。他没有立即看到我。只见他迈着老人的小步，沿着人行道行走，我蓦然想到："他老了！"他朝我微微一笑，目光永远是那么年轻，可他的脸庞已经开始松弛，他将一直衰老下去，直到整个躯体都彻底变样的那一天。此后，我不断地闪出这个念头："他只有十年或十五年了，也许还有二十年。二十年，这是多么短暂！他就要死去。他将在我之前死去。"夜里，我常常惊醒，心里在想："他就要在我之前死去。"这天早上，他在跟亨利谈话，他们都说必须重新开始。人从来就是重新开始，除此之外别无他法。他们制订计划，共同商讨。可我在看着他的牙齿，人的躯体中只有牙齿最忠实。牙齿，人之躯骨裸露之所在。我看着罗贝尔的躯骨，心想："他在等待着自己的末日。"这一时刻必将来临。也许会让我们苟延残喘一段时日，时间或长或短，但最终绝不会饶过我们。我将看到罗贝尔躺在床上，面如蜡色，唇角挂着虚假的微笑，我将孤独一人面对他的遗体。肩并肩沉睡在教堂地下室的石像，手挽手安息在骨灰盒上的夫妻，这是多么骗人的假象啊！人们尽可以把我们的骨灰混合在一起。然而，我们的死却难以混淆。整整二十个春秋，我一直认为我们是在共同生活，可是不，每个人都各自孤独地生活着，囚禁在各自的躯壳之中。干枯的皮肤下，血管慢慢变硬，肝脏受到侵蚀，腰板不再硬朗，连鲜血也变得苍白，死神在各自的躯壳之中无声地渐渐成熟，最终将它与别的躯壳彻底分开。

我知道罗贝尔会跟我说些什么，他已经对我说过："我不是一个苟延残喘的死者。我是一个活人。"他曾经把我说得心悦诚服。但是那时，他对话的对象是一个活生生的女人，生命是生者的真实。我与死亡的念头嬉戏，仅仅是与死亡的念头嬉戏。当时，我尚属于这个尘世。如今，就不同了。我不再嬉戏了。死神已经来临，它遮去了苍穹的蔚蓝，吞没了过去，吞噬了未来，大地冰封，重又沦为虚无的世界。一个噩梦仍在永恒之中飘摇。那是一只水泡，我就要把它戳破。

我支着一只臂肘欠起身子，我看着这屋子、椴树和正睡在摇篮里面的玛利亚。这一天与别的日子没有差别，表面看去天空也是蓝蓝的，但是多么冷清啊！万籁俱寂。也许这片死寂仅仅是我心间笼罩的孤寂。我心底已经再也没有一丝一毫的爱，无论对人还是对物。我过去常常暗自思忖："世界是广阔的，取之不尽，用之不竭，仅仅凭活在人世是不足以享受人生的！"而今，我冷漠地望着这个世界，它已经沦为一个广阔无边的流放之地。遥远的星际和数十亿与我素昧平生的人对我来说无足轻重！我只有自己的生命，唯有它是举足轻重的，然而问题的关键正是它已经无关紧要了。我在尘世间再也看不出还有何事可为。我的职业，天大的玩笑！我岂敢阻止一个女人哭泣，强迫一个男人睡觉呢？纳迪娜爱着亨利，我对她来说已经毫无作用。罗贝尔与我一起生活曾经是幸福的，可他无论与另外一个女人生活还是独自度日也同样会幸福的。“只要给他纸张与时间，他就什么也不缺了。”毋庸置疑，他不会沉痛地怀念我。但是他这人生来就不善怀念，再说他自己很快就要入土。刘易斯曾经需要我，我心想：“无论是当初还是重新开始，都为时太晚了。”我给自己编造了许多理由，但是各种各样的理由都弃我而去了，他再也不需要我了。我侧耳细听，无论在什么地方都没有一声呼唤。没有什么阻止我去取在手套盒里等待着我的那只药瓶。

我挺起身子，看了看玛利亚。在她那张紧绷的脸蛋上，我瞥见的仍然是我的死亡。她总有一天会长到我这个岁数，那时我早就不在人世了。她在睡觉、呼吸，她是多么真实，她是未来与遗忘的现实。秋天就要来临，她也许就要在这座院子里或在别的地方蹒跚学步，万一她呼喊出我的名字，没有人会答应。我的沉寂将消融在世界的岑寂之中。可是她也许都不会呼唤我的名字，这样，我之消失将是多么完善，谁也觉察不到。这种空虚使我感到头晕目眩。

然而，我还清楚地记得，生活有时就像集市一样美妙，睡眠犹如微笑一般温馨。在加奥，我们曾在旅馆的露台酣睡，拂晓时分，微风吹拂，钻进蚊帐，床铺仿佛一叶小舟，随风摇荡。在弥漫着柏油味的轮船甲板上，只见一轮硕大的橙色的明月在埃吉纳岛后渐渐升起。密西西比河上，天地在水中交融，吊床在回荡着呱呱的蛤蟆叫声的院子里摇晃，我看见头顶上方星移斗转，星光闪闪。沙丘的细沙上、谷仓的牧草里我睡过，青苔、松针、帐篷、德尔斐的竞技场、蓝天当屋的埃皮扎夫罗斯露天剧场、候车室的地板、长条木椅、饰有天盖的古床、铺满鸭绒的乡村大床、阳台、板凳、屋顶，我都曾栖身过。我也在人的怀抱里安睡过。

够了！每一件往事都勾起一阵极度的痛苦。我心中负载着多少死者！

相信天堂的小姑娘死了；认为书本、思想和她所热爱的男子永存的少女死了；满怀喜悦漫游在充满幸福希望的世界里的年轻妇人死了；在刘易斯的怀抱里欢笑着醒来的恋爱的女人死了。她们全都死了，就像迪埃戈，就像刘易斯的爱。她们也同样死无葬身之地。正是因为这一缘故才禁止她们获得地狱的安宁，她们还仍然有着微弱的记忆，呻吟着呼喊安息。怜悯怜悯她们吧。把她们全都彻底地埋葬吧。

我向屋子走去，悄然无声地从罗贝尔的窗前经过。他坐在写字台前，正在工作。他是多么贴近！他又是多么遥远！只要呼喊他一声，他就会对我微笑。接着呢？他在遥远处向我微笑，这是一段无法逾越的距离。从他的生到我的死，不存在通道。我上楼回到自己卧室，打开了手套盒，拿出了小药瓶。死神就在我心间，我手中掌握着它。这只不过是一只灰褐色的小瓶子。突然，它再也不威胁着我，而是取决于我。我紧握着小瓶躺在床上，阖上了双眼。

我感到冷，却浑身冒汗，我害怕。有人就要把我毒死。这是我，这又不再是我。漆黑的夜，一切都十分遥远。我紧捏着小瓶。我害怕。但是，我想倾注自己的全部力量战胜恐惧。我一定能战胜它。我一定能得到解脱。不然，一切将周而复始。我不愿意。一切都将重新开始，我又将恢复一成不变的有条有理的思维，重将发现事物，发现世人，重将看到摇篮中的玛利亚，看到无处寻觅的迪埃戈，看到从容不迫地向死亡迈进的罗贝尔，看到走向遗忘的刘易斯和恢复理智的我，这是维持秩序的理智。过去在后，未来在前，无形的光芒与黑暗相隔，世界在虚无中胜利地出现，我的心脏既不在芝加哥，也不在罗贝尔的遗体旁跳动，它在它该跳动的地方，在我的肋骨下，在心房跳动。一切将重新开始。我将对自己说：“我经历了一次抑郁危机。”我像被钉子钉住似的躺在这床上，其原因一清二楚，可我却以精神抑郁加以解释。不！我否定、忘却、逃遁的已经够多了，我撒的谎已经够多了。我这一次要让真理获胜，这是唯一一次，也是最后一次。死亡胜利了，如今，它就是真理所在。只需举手之劳，这一真理就可变得永存。

我睁开眼睛，天是亮的，但是黑夜与白昼之间再也没有任何差异。我在岑寂之上飘摇。这是一种伟大的静穆，犹如我躺在鸭绒被上等待着天使把我带走时那般静谧。院子、房间悄然无声。我也同样。我再也不感到害怕。一切都同意我死。我也同意。我的心脏不再为任何人跳动，仿佛它已经不再跳动，仿佛其他所有的世人都已经变为尘埃。

院子里传出声响，那是脚步声、说话声。但是，这些声响并没有搅乱这片岑寂。我看见了，然而，我是盲人；我听到了，然而我是聋子。纳迪娜气呼呼地高声嚷道："妈妈不应该丢下玛利亚一个人走的。"一个个词从我头上飞过，没有触及我，他们的话再也不能触及我了。突然，我心间发出一声微弱的回响，这是一种细微的噬咬声。"是否出了什么事情？"玛利亚一个人在草坪上，有可能一只猫在抓她，一条狗在咬她。不，有人在院子里大笑，然而沉寂没有闭合。回声在继续回荡："我不应该。"我想象着纳迪娜的声音，响亮而愤怒："你不应该！你没有权利！"热血涌到我的脸上，某种活生生的东西在焚烧着我的心："我没有权利！"灼热的感觉把我痛醒。我挺起身子，惊愕不已地望着墙壁，我手中捏着药瓶，房间空空荡荡，可我却不再独自一人。他们将走进我的卧室，我将什么也看不见，可他们却可以看清我。我怎么没有想到呢？我不能把我的尸体和将在他们心间造成的一切强加给他们。罗贝尔俯身看着这张床，刘易斯在帕克的房子里面对眼前跳动的词语，纳迪娜发疯似的嚎啕大哭。我不能。我起了床，走了几步，瘫坐在梳妆台前。真奇怪。去死的只是我自己，然而经受我之死的却是别人。

我久久地坐在镜前望着自己的这张死里逃生的面孔，双唇发蓝，鼻孔紧闭。但这不是给我看的，而是留给他们的。我的死并不属于我。药瓶还在这儿，垂手可及，死神始终存在，但是生者近在眼前。至少，只要罗贝尔还活在人世，我就不能摆脱他们。我放好药瓶。我已被判定要死，但也被判定要活下去。多长时间？十年？二十年？我常说：二十年，太短暂了。如今这十年在我眼前显得漫无尽头，这是一条漫长的黑暗的隧道。

"你不下来？"

纳迪娜敲了敲门，走进屋来，站在我身旁。我感到脸色发白。她可能早就进屋，看见我躺在床上浑身抽搐。多么丑陋啊！

“你怎么了？你生病了？”她声音不安地问道。

“我头痛。我上楼来吃阿司匹林。”

我的声音毫不费力地脱口而出，我觉得这声音是正常的。

“你把玛利亚一个人留在那儿。”纳迪娜以埋怨的口吻说道。

“我本来马上就下楼了，可我听到了你的声音，于是呆在房间休息一会儿。”我补充道，“现在好多了。”

纳迪娜满腹狐疑地看着我，可她只不过怀疑我心里烦恼而已。

“真的？你觉得好多了？”

“我吃阿司匹林很有效。”我站起身来，以摆脱她这种审讯似的目光。“咱们下去吧。”我说。

亨利递给我一杯威士忌。他正在跟罗贝尔一起看稿子。罗贝尔显得喜气洋洋，并马上向我细说起许多事来。我惊愕不安地自问：“我怎么会这么愚蠢？我怎么没有考虑到会给他造成无限的痛苦？”不，这不是愚蠢。我一时间确实进入了彼世，那儿的一切都微不足道，一切的一切都无关紧要。

“你在听我说吗？”罗贝尔问道。他对我莞尔一笑，“你人在哪儿呢？”

“在这儿。”我答道。

我是在这儿。他们在生活，在跟我说话，我是活着的。我重又并着双脚跳入了人世。话语钻入了我的耳朵，渐渐地又具备了意义。原来这是亨利提出的周刊预算表和初步设计方案。我对刊名就没有个主意？迄今想到的刊名没有一个合适的。我在寻找一个刊名。我暗自思忖，既然他们有足够的力量把我从死神手中夺回来，也许他们会有能力帮助我重新生活。他们肯定能够做到。不是世人在冷漠中沉沦，就是地球重新人丁兴旺。我没有沉沦。既然我的心脏在继续跳动，那必须让它为某事、某人而跳动。既然我耳朵不聋，那我一定能重新听到对我的呼唤。谁知道呢？也许哪一天我重又会幸福。谁知道呢？

SIMONE DE BEAUVOIR
Les mandarins

本书根据伽里玛出版社 1954 年法文版译出

图字：09-2007-608 号

图书在版编目(CIP)数据

名士风流：全卷本 /（法）西蒙娜·德·波伏瓦著；
许钧译. —上海：上海译文出版社，2022.10（2025.8 重印）
ISBN 978-7-5327-9031-9

Ⅰ.①名… Ⅱ.①西… ②许… Ⅲ.①长篇小说—法国—现代 Ⅳ.I565.45

中国版本图书馆 CIP 数据核字(2022)第 166108 号

名士风流
Les mandarins

SIMONE DE BEAUVOIR
西蒙娜·德·波伏瓦 著
许钧 译

责任编辑 周 冉
装帧设计 董茹嘉

上海译文出版社有限公司出版、发行
网址：www.yiwen.com.cn
201101 上海市闵行区号景路 159 弄 B 座
徐州绪权印刷有限公司印刷

开本 720×1000 1/16 印张 47.75 插页 5 字数 521,000
2022 年 12 月第 1 版 2025 年 8 月第 2 次印刷

ISBN 978-7-5327-9031-9
定价：178.00 元